U0543873

温洁 著

花势

HuaShi

西南师范大学出版社
国家一级出版社　全国百佳图书出版单位

图书在版编目（CIP）数据

花势 / 温洁著 . -- 重庆 : 西南师范大学出版社，2021.1
ISBN 978-7-5697-0518-8

Ⅰ.①花… Ⅱ.①温… Ⅲ.①散文集—中国—当代 Ⅳ.① I267

中国版本图书馆 CIP 数据核字 (2020) 第 235039 号

花　势
HUASHI

温　洁　著

责任编辑	万珊珊
特约编辑	姚良俊
装帧设计	双安文化　向加明
出版发行	西南师范大学出版社
	地址：重庆市北碚区天生路 2 号
	邮编：400715
	http://www.xscbs.com
经　　销	全国新华书店
印　　刷	重庆市开源印务有限公司
幅面尺寸	180mm × 255mm
印　　张	26.5
字　　数	520 千字
版　　次	2021 年 1 月　第 1 版
印　　次	2021 年 1 月　第 1 次印刷
书　　号	ISBN 978-7-5697-0518-8
定　　价	78.00 元

进取的心态，纯情的格调

——温洁散文新著《花势》序

石英

"桃李不言，下自成蹊。"生活、工作于汉水一角、巴山的温洁以其诚挚进取的状态、清丽健康的审美格调，继《清水文字》和《汉水瑶》之后，又推出一部散文新著《花势》。这位说得少而做得多，以求新求美为奋斗目标的女作家，总是在自己栽植的桃李树下收获果实并力求不断改进其品质。但万变不离其宗的是，她的作品格调从本质上说是相当坚实的，即始终保持前进向上的心态，坚守真善美的精髓，有勃勃生气，真切灵动，不尚高调空谈，却绝不沉迷低晦阴暗。这既是天性使然，又是后天山水淘滤自我修养所致。

所谓格调，绝不仅仅是某种艺术风格问题，甚至也不是一般意义的性格问题，确切地说，它是一个作家的诸多思想观念在其作品中的集中体现。且看温洁在本集第一部分"行走如水"的题旨所言："我如此虔诚，怀揣着希冀，持一颗空旷的心行走。走过了山水，走过了岁月，只为邂逅最美的风景。"难怪我读她的散文，经意或不经意间常会受到激励和促进，或是获得美好的熏陶，这充分证明一位作家的作品绝不仅仅是写给自己看的，它所能产生的影响有时很可能超出作者自己的预期。作品会影响人的信笃，相反的，格调的影响亦如是。也许我们无法要求不同的作家以同一格调写作，却有理由给《花势》这种格调的作品投上点赞的一票——它应该是一本老少皆宜的精神佳品。

再说说作者的眼界和反映的生活面。应该说，在这方面与作品的格调是相得益彰的。作者虽身居陕南一隅，却并不妨碍她作为一位称职的作家视通万里，思接内外。她的散文取材也相当广泛，如上所述，她也写了巴山和汉水以外的世界，感受也很精深，但我仍要说，她还是最爱写她最爱的方面。她爱写汉江水的纯净，爱写巴山深处正在脱贫的小村庄，爱写富硒茶特有的清香，爱写其乐融融的母女情，终生难忘的师生情，相识和不相识的、无私无偿的扶危济困，感人至深的人性美。总之，大真、大善、大美的一切一切在她的笔下都呈现出最动人最耀眼的"花势"。仅举一些散文的题目也可以略感其醇厚美善之内涵。如：《明亮的世界》《最好的时光》《修好人生这座桥》《玫瑰的微笑》《当好孩子健康的保护神》《教学是一种精神》《每一种姿态都是风景》《每一缕阳光，掷地有声》《找准坐标，用心去爱》《文学是近在咫尺的精神背景墙》等等。

还要说一说她的语言文字应用。按说这是一个最普通的常识。散文嘛，不就是汉语言文字嘛，谁都会。可这"都会"之中很可能意味着固化的套路，干巴的表述，等等。无特色，欠生动，俗堆砌之类，常常成为散文写作中不算大毛病的毛病。温洁作为历练经年的进取者和绝不敷衍的教师，她深知如不动脑子不下工夫，作品就很可能成为篇数的累加而永不会达到别开生面的好看耐读。看得出，她在这方面也是很努力的；而且，在"有技巧"与"无技巧"的关系上，她所持的是辩证的观点：必要的技巧是毋须排斥的，要的是流畅自如而尽量少些斧凿痕迹和造作之态。都是汉语言文字，也有用得好与用得差、有声有色与无色无味之别，还要恰当地求新出新，不能采用绝对的老一套与机械地模仿他人。温洁在她的努力实践中，清醒地运用和发扬了自身生活领域与职业熟谙之所长：具象而又舒放，丰腴而不累赘，率真而忌稚弱，流利而耐咀嚼。类似相辅相成或相反相成的概念和状态，她把握得都比较得体。她行文分明忌奥涩而力求好读，在口语化与"智识味"之间糅合得也比较适中，尽量不失诸偏颇。很明显，她充分理解当代读者看腻了那种近乎固化的语序和句式表达，而有所合理的变通，妙艺的组合。

另外，在本集中有些篇章和段落，情节展开形如小说，读之别有意味，我视为作者手法之所长。但她能适可而止，有小说人物情态、精神气质之真髓，却仍不失散文味儿。也就是说，值得去品，内韵能在其中。

最后，由温洁在文字创作上造获佳绩（应该认为是一种可观的成功），使我想到了一个或被人看重或被无视的问题，这就是一个人或一棵树在并无"优势"的地方能不能生长？生长到何种程度，何种状态？我觉得这个问题必须辩证地来看：也可能有关系，也可能关系不大。关键是如何看待自己所处的环境，所拥有的条件；另一个就是主观上持何种心态，是排斥还是看好乃至虔心地尊重这种环境，智慧地融合这种环境。而温洁无疑是取后一种态度。从她散文的字里行间里可以清晰地看到：她对自己出生与工作的这方土地，是由衷亲和喜爱的，她时时能够发现自己身边的一切情景的所长与可爱之处，甚至在别人看来也许不怎么起眼的东西，她也能感受到它的闪光点。

能看到这些，感受到这些，证明了她的纯朴，同时也衬托出她心灵世界的高度。我在写这段文字的时候,没有用"热爱"这个字眼,不是因为这个字眼不合适,而是觉得:热爱是相互的,不仅是她热爱它(环境),它也热爱她。至少在她的笔下,我读着读着便觉得她和它已经融而为一,这就是她收在本集中的一篇篇健康、清新、真切、明丽的散文作品。

读她的文字时,总会感到有一个活跃而得体、积极而不张扬的形象在奔忙,在工作着。这时,我便自然地联想起七八十年前当时的女作家陈学昭的自述体书名《工作者是美丽的》。两者相差不止一代人,精神世界却如此高度地重合,可见凡是真诚投身于积极向上工作中的奋斗者,是能够自然承继而再现光辉的。还有一点我绝不能遗漏:就是她在她所在的"那个地方"工作着时,总是使人感到主人公内心是自豪的(还有一点自强),半点也看不到我"这个地方"不怎么大而不经意流露出一丝卑微,这是十分可贵的心态。其实据我所知:作者这些年也去过不少通都大邑、名山胜迹,应该说是开了眼界的,但她这些都是"营养",都是一些清醒剂和丰富剂,在她,始终认为自己是汉江的女儿。

对,汉江的女儿!

2020 年"夏至"于京城斗室妙悟居

努力实践是成长的最好法则

——温洁散文集《花势》序

王德祥

一草一木,一花一鸟,一山一水,一沟一壑,一所学校,一群孩子,一座村庄,一条江河,在温洁眼里都是最好的素材。正是这些素材,在她的笔下发酵、酝酿,终是有了馨香和光彩,弥漫在她的三部散文集中,其中《花势》犹浓。

温洁,留给认识她的人最深的印象就是笔耕不辍,勤奋正是她源源不断的成长动力。读完温洁的文稿,她的语言质朴有哲思,书写主题更集中,人性关怀更丰富,一如她身边的汉江水,轻盈而滋养。

首先从质朴而有哲思的语言风格说说吧。比如《老家的树》这样写道:"树让山峦充满生机,山峦举树壮阔。回去,远远看到树了,就知道是到家了。"这些语言如流水般,既有画面感,也有亲切感,还有艺术感。再如《落樱满地》里"雨声越来越急,这树樱花恐怕经不起这般猛烈的摧残,去年的樱花也是被一场突来的风雨打落满地的"。这种语言摒弃了华丽的辞藻,读起来有些清淡,但文字有味道,充满人性,怜悯之情跃然纸上。又如《宁静的月夜》里"若处在烦恼纠缠不清时,便宜在明亮的月光下,仰视苍穹,深呼吸,呼出所有尘埃"。《修好人生这座桥》里"修好人生这座桥,可以摆渡自己,亦可以摆渡世人"。这些朴实的语言富含了深刻的哲理,颇耐人寻味。

其次,我感觉作者书写主题更集中。每个作者的书写领域和主题各不相同。一般来讲书写内容都从作者比较熟悉的入手,有乡土风、城市风、军事题材、工业题材、商业题材、少儿题材等分类。而身为教师的温洁在《花势》中的散文作品的主题更加集中化,主要体现在教育情怀和家国情感以及当下的所思所感。

一是倾心教育。这是她的职责所系,从教二十多年,中途虽然离开讲台专职做办公室工作长达七年,但终归未离开教育这个圈子。两年前重新走上讲台,她就坚定一个信念,一定要在教育孩子上做出点成绩来,一定要把教育孩子的过程记录下来。这两点她都做到了,教学效果得到了学校的认可,所教的孩子全面进步,教学随笔不经意间也有了数十万字。文字表达着她对教育、孩子、学校和教育事业沉甸甸的爱。她不仅记录了自己和孩子们之间美好的故事,而且促进了教学相长。你看她对教学的感觉:"每天行走在校园里,目之所及,花香袭人,看在眼里,醉在心里。"(《教学是一种精神》)教师节到了,一个学生给她送了一枝玫瑰,下课时学生还提醒她:"温老师,我送你的玫瑰花,今天一定要记得带回家,插在有水的花瓶里,否则就会枯萎的。"(《玫瑰的微笑》)孩子是多么有心啊,这何尝不是爱的回报?

二是关注当下。2020年初,作者居家两个多月,读书,思考,并都转换成了文字,便有了《阳光暖暖,幸福站在春天的路口》《低调行善是一种境界》等美文,文字饱含着温暖和责任。坚持写是作家的职责,也是让思想在岁月里留痕。

最后,我还想说说散文丰富的人性关怀。真善美是文学作品的灵魂,其实温洁的散文作品一直闪烁着真善美的光泽,这与她个人修养有关。人民教师,清贫如她,博爱如她,至善如她。《花势》中丰富的人性关怀体现在所描写的事物、所接触的人与所思考的内容里。如"今年九月,我摇身一变成为六十三个孩子的'保姆'——班主任,首先要当好孩子们健康的保护神。我一直认为,让孩子们健健康康、快快乐乐地学习和生活,才是老师职业幸福最好的体现,也是所有家庭所期盼的佳境。"(《当好孩子健康的保护神》)又如她在《家庭教育之殇》中就写道:"多次读到学生写的关于家庭暴力的文字,我的心和孩子一样纠结和沉重。透过这些触目惊心的文字,担心家庭暴力何时休,思考着到底如何才能改变这样的局面。"

这里所列举的都是她与学生相关的美好印记,其实《花势》中处处都可以找到她与亲人、同事、朋友和恩师相处的感人故事,如《向上流淌的河》《门前的石榴树》《老家的树》《环境向北》《窗外的树》等篇章,人性之美熠熠生辉。特别是在《每一缕阳光,掷地有声》中描写作家王宗仁的书房,看似一个环境描写,其实饱含深情,一种敬仰和膜拜的情感溢于言表。"先生带我们参观他的书房,每间房都有书,卧室有书,客厅有书,书房也有书。每间房最惹眼的也是书,到处都是书本,到处都是书架,高的,矮的,宽的,窄的,层层叠叠,密密麻麻,堆满了书。"书是作家成长的阶梯,也是他们生活的主题。

当然,有些文字是作者信手拈来,选材微小,却以小见大。就像苏东坡的《记承天寺夜游》一样随性而唯美。温洁此集的散文大多是工作和生活中的小事,可她把内容写活了,视野开阔了,境界提高了,人性更闪光了。如《花势》里的第一篇散文写道的"今天要去的这个大同镇,四季都有花看,春天有樱花、海棠和红叶李，夏秋季节有紫薇和荷花，冬天有菊花和梅花，真可谓'四时人相似，四季花不同'"。让我们看到了现代中国的新农村，这是一个新时代农村发展致富的缩影。"孩子，不管你多么平凡，都是妈妈掌心里的宝。在未来的道路上，妈妈希望你——努力做你笔下和心中那颗最最平凡的星星。"（《最平凡的星星》）给予爱，多鼓励，这是一个现代母亲倾心培育孩子的法则，也是当下家庭教育可借鉴之典范。这样的文字具有独有的价值，正如我们读一些古人的笔记类文章，通过千年的文字再现了千年前的事物。可贵之处不言而喻。

　　温洁不仅勤于写作，也勤于读书，这就是最好的实践。只要有时间，要么写作，要么读书，是她多年来养成的好习惯。出门都带着书，车上读，路上读，站台上读，零碎的时间都会拿出书来读。读书是写作者摄入营养最重要的方式，也是提升写作质量最重要的途径。勤奋助力温洁迅速成长，读书提升了她文字的分量，读来入心。这让我想起了苏东坡的一个小故事，有人问他如何才能提高写作的能力，他说："写写写，就是写。"是的，有量的积累，才有质的飞跃。努力实践是提升认知的最好法则，亦是作家成长的最好捷径。在这里祝福温洁，努力向文学高峰迈进。

2020 年 7 月 12 日

目　录

行走如水

花势	003
向上流淌的河	009
门前的石榴树	011
老家的树	013
秋吟双龙	016
金色满地	020
山间花开	023
荷花为谁开	026
春满校园，落字为念	028
落樱满地	032
宁静的月夜	035
这一切，都是风景	037
礼物	045
轻轻地我来了	049
我们在西安	052
女儿城的泼水节	054
走过金丝峡	057
写给开封的离别	063
包公祠是一座丰碑	066

岁月如歌

缝补的时光	071
环境向北	075
窗外的树	078
麦子熟了	081
寄语中考的宝贝	084
最美的风景	087
孩子，人生的路要慢慢走	089
最平凡的星星	092
我是你的树	096
柳暗花明又一村	099
亲子阅读是最好的搀扶	102
金色的麦浪	104
爱架起的那座桥	106
淡红的青杠树叶	109
找准方向，用心抵达	117
每一种姿态都是风景	119
每一缕阳光，掷地有声	121
等待一场雪，覆盖下来	126
寒霜雪千年，阳光尚好	129
一副袖套	131
穿越生命的缝隙	135
隐藏的美	139
但得夕阳无限好，何必惆怅近黄昏	142
新年絮语	145
小寒散记	147
腊月三十	150
拨响琴弦，无问西东	153
这一天	155
委屈的花儿	156
生命的勇气	158
万物有灵，未来可期	161
平常人家的年味	163

艺海拾贝

自由的文体与超拔的境界…………………………………………… 167
青春闪烁光芒…………………………………………………………… 170
花香清浅自飘远………………………………………………………… 172
开一扇窗，朝着光亮那方……………………………………………… 175
找准坐标，用心去爱…………………………………………………… 178
善是人类铿锵挺拔的精神高地………………………………………… 181
文学是近在咫尺的精神背景墙………………………………………… 184
乡村风景是驰骋世界最厚重的精神原点……………………………… 187
爱和责任是人性最美的盔甲…………………………………………… 190
愿每个人都能成为追风筝的人………………………………………… 192
仁慈是冲破阴暗的出口………………………………………………… 194
最好的救赎……………………………………………………………… 196
道在哪里，都是美……………………………………………………… 199
川剧《金子》体现的人性之美………………………………………… 202
城市化期待乡土化浸润………………………………………………… 206
明亮的世界……………………………………………………………… 210
把根扎在大地上………………………………………………………… 213
最好的时光……………………………………………………………… 216
愿雨过天晴，岁月静好………………………………………………… 220
不要忘记你的名字……………………………………………………… 223
修好人生这座桥………………………………………………………… 226

从教印记

年做的门槛……………………………………………………………… 231
致我亲爱的孩子们……………………………………………………… 233
玫瑰的微笑……………………………………………………………… 236
爱的疑问式……………………………………………………………… 238
坚持的魅力……………………………………………………………… 241
努力长成自己想要的样子……………………………………………… 244
当好孩子健康的保护神………………………………………………… 247
雨中的背影……………………………………………………………… 250
大雪的记忆……………………………………………………………… 254

跨越严寒是春天 ………………………………………………… 257
教学是一种精神 …………………………………………………… 261
幸福是什么 ………………………………………………………… 267
孩子，你争气的样子真美 ………………………………………… 270
欣赏的角度 ………………………………………………………… 273
牵挂 ………………………………………………………………… 275
做孩子成长的摆渡人 ……………………………………………… 278
好习惯是一种巨大的力量 ………………………………………… 280
心上花开 …………………………………………………………… 283
最美的花儿 ………………………………………………………… 286
画好人生的圆 ……………………………………………………… 289
孩子是你未来最美的全世界 ……………………………………… 293
孩子，你离幸福还有多远 ………………………………………… 295
家庭教育之殇 ……………………………………………………… 299
让语文课散发生活的芳香 ………………………………………… 302
深秋寒意浓，诚信暖心田 ………………………………………… 304
解读抒情散文，落实语用策略 …………………………………… 306
紧扣小说要素，感受人性温暖 …………………………………… 309
成长的阶梯 ………………………………………………………… 311
放慢脚步，静待花开 ……………………………………………… 313
润物无声，教育无痕 ……………………………………………… 315

春日笔记

别让家庭教育短板阻碍了孩子成长 ……………………………… 319
唯有努力的时光，才不会被辜负 ………………………………… 322
所有坚强，都是柔软结的茧 ……………………………………… 324
路走远了，精彩就近了 …………………………………………… 326
青春可贵，经不起浪费 …………………………………………… 328
人最大的幸福就是活着 …………………………………………… 330
人生如花花似梦 …………………………………………………… 332
遇见了，真诚相待 ………………………………………………… 334
每个冬天的句号都是春暖花开 …………………………………… 337
"暴力式"家庭教育会把孩子逼成"雾都孤儿" ……………… 339

善待是生命的最高级形式……	342
孩子讨厌的妈妈是什么样……	345
只求三月可去阅读吧……	347
人生是一场孤独的旅行……	349
每个人都要理所当然地活着……	351
为孩子成长撑起一片天……	353
阳光暖暖，幸福站在春天的路口……	355
漫漫长路，其乐无穷……	357
低调行善是一种境界……	359
世界有爱，无坚不摧……	361
铭心刻骨的伤，时间也不能治愈……	363
中小学生如何践行雷锋精神……	365
每份感情都靠付出来维系……	366
即使不能左右世界，也要努力照亮世界……	369
活着，如花儿一般绚丽多姿……	371
教师为什么会遭受社会的指责……	373
生活的纵横交错……	375
心若向阳花自开……	377
假如最爱的人欺骗了你……	380
学生最大的压力来自何处……	382
枪响之后没有赢家……	384
你当像鸟儿飞往你的山……	387
线上教学，班主任津贴该发……	390
孩子，要用光明和正义审视世界……	392
读书，可以使人找到心中那片海……	394
"伤医"，人性的扭曲……	396
我安静地站在您身边……	398
坚持读就好……	400
开学在即，老师如何帮学生快速转换频道……	402
点一盏灯，照亮前路……	404
后记……	407

一 行走如水

我如此虔诚，怀揣着希冀，持一颗空旷的心行走。

走过了山水，走过了岁月，只为邂逅最美的风景。

花势

一

2018年7月18日,三十七摄氏度,地上像生了火,火花四溅。

阳光当头照,花在丛中笑。这样的日子本只适合静待家中,闲听音乐,浅翻杂书。可文友诚邀前往安康市汉滨区大同镇赏花,难得有机会零距离亲近,便欣然答应。

汽车穿梭在月河之滨的水泥路上,这段距离不算远,时间也不算太长,但大家却特别兴奋,有的激动地唱起了陕南民歌《兰花草》,有的不等曲终又唱起了陕北民歌《兰花花》,有的深情演唱苏轼的《水调歌头》……似乎所有的人不是文学家而是歌唱家,所有的人都不能用谈话来表达,而只有歌声才能尽情。我心也特别激动,因为这些都是沉潜在文友心中如花般璀璨的文化元素。

终于有一位熟知汉滨区"内情"的文友,开始讲述汉滨区政府这几年高度重视乡村旅游的具体做法以及取得的成绩。"今天要去的这个大同镇,四季都有花看,春天有樱花、海棠和红叶李,夏秋季节有紫薇和荷花,冬天有菊花和梅花,真可谓'四时人相似,四季花不同'。今天的大同镇已经真正实现了四季可以赏花赏景,还可以品文艺、品美食的发展愿景。"我听得正入迷,却因车已到大同镇就戛然而止。

正因意犹未尽,作为汉滨人的我就更加珍惜时间和机会,用我纤细的手触摸它的肌肤,用我亲切的眼捕获它的魅力,用我坚实的脚缩短彼此的距离,这真是最幸福的事儿啊!

二

站在这片陌生而熟悉的土地上,整个人都感觉格外亲切,整颗心咚咚跳动。高大的凤凰山上有我的家,而此时它静静地环抱着这个小镇,形成一个小小的盆地，如婴儿之摇篮。清澈盈动的月河水，如婴儿期盼的乳汁，不舍昼夜地滋养着土地以及这片土地上的所有生灵。

生活真美好，美好如花势。

放眼望去，规划整齐的大同集镇，形成一个"井"字形，街道宽阔，纵横交错，高楼拔地而起，店铺挨挨挤挤，叫卖声温馨可闻。西门子、海尔、格力等家电专卖店，手机专卖店，移动服务厅，文具店，书店，美食店，服装店，应有尽有。站在街中央，一种现代城镇的气息在这里延伸。人们衣着虽然朴素，却透出些许时尚，特别是姑娘小伙儿们，有的撑着太阳伞，戴着太阳镜，骑着摩托车，行走匆匆，精气神十足，脸上写满了幸福，胸中装满了奋斗。

人行道上，干净整洁，少有乱停乱放，一眼可望到街的尽头。一棵棵郁郁葱葱的桂花树挺立在人行道上，神采奕奕，如艺术品一般惹眼。桂花仿佛正在孕育花苞，而居民门前的红叶石楠格外红艳。

阳光下，大同镇三村村支书早已静候在这里，他并不是刻意地站在树下，而是成行的绿树自然地为他开辟了一片阴凉儿。他那热情的微笑恰似康桥柔波里倒映的回眸，他那亲切的招手正如多年的故友。他把我们招进了他的那片自然田园，我们还没有来得及思考，更没有来得及客套。

在这里，总有一股喜悦与美好穿过心间。我总觉得这里的山有着画的意象，这里的村庄有着花的模样，这里的人有着诗的高度，每一寸土地上都弥漫着浓郁的芳香。

三

三村村是距离大同集镇不足两公里的村庄。这里没有机器轰鸣，没有尘土飞扬，自然一切都是静美的。造物主是着意的，仿佛不经意间伸出纤纤细手，在这里画了一条优美的风景线。纵横交错的道路，用水泥延伸到田园里。

或许兴之所及，随处闲庭信步，目光却被道路左旁的花海所俘房。那一排排紫薇树，高过我头，花儿正值茂盛的青春期，兴致勃勃地向我招手。明艳艳的花儿，其状簇簇，其姿纤纤，其色灼灼。百十朵汇聚一簇，百十簇汇聚一树，千万树汇聚一村。红成一片火，艳成一片海，美煞天地间。

花朵妖娆，花枝芊芊，横斜眼前。轻抚枝干，枝摇叶动，姿态翩跹。隐隐约约，我听见了蝉鸣，这声音不烦躁，不世俗，仿佛在歌吟，也似在倾诉。正如此刻的我，醉在花海里。情感释然，笑容浅浅；温婉如故，花事淡淡。

我慢慢地靠近那紫薇，真的不想惊扰它的良辰美梦。这是一片恣意绽放的美丽，也是月河河畔七月火热的风景。那些姿态百媚的花树，绽放着，高举着，洁白的、粉黄的、紫红的……远看热烈似火,绚丽如绣;近观则枝条轻盈柔婉,花朵纤秀清雅,花穗成团成簇。它们在烈日中光彩夺目,尽情燃烧,势如火海。

阳光滚烫,田园让微风驱散了腾腾热浪。花丛中,几个没有戴草帽的农民正在紫薇树下除草,空气里流淌着野草的清香,还有紫薇的芬芳。我们几个爱热闹的文友,忍不住话着紫薇的浪漫,抢拍着紫薇的美丽。然后继续沿着笔直的小径向前走,想以紫薇为伞,以紫薇为伴,以紫薇为友,用紫薇养心,走到花尽头。

有人说:梧桐引凤,紫薇引龙。这丽质天成,尊容贵相,上通天堂,下接地气,无须浓妆脂粉,妖娆宛自天成,自然龙之所至。有诗赞曰:"似痴如醉弱还佳,露压风欺分外斜。谁道花无百日红,紫薇长放半年花。"我不是诗人,却也如法炮制:大同田园好风光,浅浅紫薇映骄阳;三村村舍红如火,一片锦绣似流香。

道路右旁,风景各异。先是紫色葡萄挂满藤蔓,再是荷花次第开放,还有白鹅肥臀戏于水间,后面便是翠绿禾苗迎风摇曳。而紫薇,就在它们对面,相映田间,天作之合,用芬芳把它们紧紧拥抱。

我突然想起了安康市区解放路的花坛里,那些稀疏而瘦小的紫薇,这么多年也不见长高,前几天看到了几团干涩的花簇,在烈日下愁容满面。相同的花,却存在不同的生长效果,我们不必哀怨,也不必埋怨。自然是一切生命的最佳选择,而人工雕琢的结果自是改变生命本来的命运,这是一种法则。

走在这样的村庄里,即使形单影只,你也不会感到陌生,更不用担心孤寂。遇见这样的紫薇是我的幸运,我想它会把幸运之花种在我的心里,随风而长。

四

从三村村前往鲁家村,需要穿过一幢幢错落多姿的农家,有新建的别墅般的小楼,也有简单砖木结构的平房。

民居庭院门前,都是水泥地面,平整洁净。栀子花洁白如雪,浓香醉人;凤仙花红粉相间,略显羞涩;豇豆绿如丝,茄子披紫纱。这样的画面早已成为都市人的向往,而此刻我驻足不前,便是享受。

这多像海子笔下的风景,从现在起,就做一个幸福的人。种菜,养花,散步,周游世界;有这样一座房子,面朝大海,春暖花开。

或许,我的巴望惊动了主人,平房里走出一位阿姨,招呼我,好像一点儿也不陌生,很是亲切。

"姑娘,今天很热,到屋里歇会儿,喝点水,天凉了再走吧。"或许,我真是渴了,不,是热了。我跟着阿姨进了屋,叔叔靠墙而坐,他穿着宽松的衣裤,自然而休闲。屋顶的吊扇忽闪忽闪地旋转着。方桌上,放着三五个玻璃茶杯,一碟青黄的李子,还有几把纸扇。叔叔连忙给我倒水,阿姨给我递上扇子,还塞给我一把李子。我不好推辞,左手摇着扇,右手捏着李,享受着一种回家般的感觉。

　　成长的记忆里,这样的情节还真不少,只是那时祖母、爸妈、我们姐弟是主角,而今天,我是配角。阿姨情不自禁地说:"前几天,我外孙从新疆回来看我,说大学毕业后已经在乌鲁木齐上班,要挣钱给我修新房子,让他妈妈回来陪我住,照顾我,我没有同意。我还叮嘱外孙早点儿找媳妇,照顾好他爸妈,他们打工辛苦半辈子,把他养大真不容易……"奇怪,阿姨满脸的幸福突然消散,声音突然哽咽了,好像被什么卡住了似的。

　　我不知如何是好,吞吞吐吐地问:"您儿子呢?"

　　"儿子?走了,19岁,上大一。"阿姨好像突然想起了往事,接着说:"那年暑假在家,从梯子上摔下来,就没了。这些年,女儿一直照顾我们,她在新疆的超市打工,很辛苦,每年回来陪我们过年。"阿姨仿佛是一字一顿,眼圈湿润了,双手在发颤,一滴滴泪水滑过脸颊,从皱皱巴巴的脸上流过。我给阿姨递上纸巾,想去安慰,却卡在了嘴边。

　　"姑娘,你和我姑娘长得很像,大眼,圆脸,殷勤。"阿姨说这话的时候,有一种异样的目光落在我脸上。这一刻,站在阿姨面前的我,好像呆滞了,竟然忘记叫一声"妈妈"。只是,我紧紧地拉住阿姨的手,一个劲儿点头,默默地在心里为她和她的亲人祝福。

　　我陪着阿姨聊天,知道她家姓鲁,叔叔以前是位卡车司机,专门跑大车,是鲁家村第一个盖砖房和买电视机的人。现在,种地,养牛,安享晚年。过了一会儿阿姨的情绪完全恢复,她便要给我做饭吃,我好言推辞了。离开时,她执意送我一把纸扇,我郑重收下,藏在包里。而我,来不及回赠她任何礼物。

　　缱绻地走出了阿姨家,回头时,看见门楣上挂着一块牌子:"大同镇鲁家村521号"。这个门牌号再也不会忘记,因为它有一种"家"的感觉,我好像是这家主人的女儿。

　　阳光泛着香味,弥散在空气里。真不想离开"妈妈",更舍不得拿出扇子来获取清凉,害怕一不小心抖落了她美好的心愿。

五

　　如果说三村村是花的海洋,那么鲁家村便是歌的世界。

　　在这并不繁华的村落里,没有一望无际的草原,不见成群的牛羊,亦没有奔放的骏马,但这里的歌声婉转、悠扬、辽远、高亢。

　　这歌声来自鲁家村的"湖上竹楼",这里像庙会一般热闹。五六个青年男女,穿着专制的汉剧服饰，正在表演陕南民歌。"郎在对门（喂）唱山歌（哎），姐在房中（呃）织绫罗（哎）……"歌声里荡漾着绵绵情意。他们演唱十分投入，汗珠浸没彩妆，用这般真诚欢迎客人的到来。听众目不转睛，在歌声的音符里，我们产生了情感的共鸣，随之一起歌唱起来。

第一次遇见这样的湖上风光，人工造湖，湖上建楼。楼由竹造，风情别致。远观，形如椭圆；近看，似亭立湖中。包括弧形过道，方形门窗，皆为竹制。湖中红鱼，浮光掠影。蓝天碧水间，歌舞翩跹，歌声悠远。人影攒动处，渔歌互答，其乐融融。啊！此景只应天上有。

我静静地欣赏着，一阵凉风和着歌声飘过来，沉淀在我的心头。片刻间，燕子也飞过来了，叽叽喳喳地伴奏着，还有老人、孩子、青年男女，热烈的掌声在这舞榭歌台的竹楼里回荡。

这样的景致，我曾在杜甫草堂见过，但那是草房子，有点简陋，鱼池很小，裸露在阳光下。而眼前这气场，再加上幽雅的竹楼，还有凝重深沉的汉剧歌舞，实在是让人享受极了。我忍不住拿出手机，捕捉画面，立刻发到微信朋友圈。朋友留言："你下江南了？"

答曰："没有，在安康啊！"

"这是安康？"

"是！"

"安康哪里？"

"大同镇鲁家村。"

"一定要去看看！"

"值得一看！欢迎！"

六

有人说，如果让时间慢下来，曼妙成你最喜欢的风景，便会永世不忘。那么，今天，在这里，我做到了。

眼睛是心灵的窗户，我用它轻轻地勾勒出乡村的幸福生活图。农人们在这片土地上耕耘着，用岁月的纵横培植土地上的花草树木，用幸福的经纬勾画人生的春夏秋冬，用奋斗不息的精神把平凡的日子过成浅淡适宜的和谐，这何尝不是新时代人民生活的最好写照？

美无处不在，花无时不开。大同乡村风景如画，简单而不单调，宁静而不寂寞。这里有灵秀的青山绿水，有别致的亭台竹阁，有浪漫的田园风光，有隆重的汉剧歌舞，有闲适的民俗风情，有厚重的农耕文化，还有日渐富足的居民生活，蒸蒸日上的乡村经济,繁盛如花,势不可挡!

  站在这里,我仿佛看到了生活在这里的人们,享受着新农村的惬意,幸福地在云上散步,看百花齐放,赏满地金黄。

  站在这里,我仿佛听见了栖息在这里的鸟儿,和大地一起歌唱,音符漫过天边的云彩。

2018 年 7 月 18 日

向上流淌的河

我的故乡有一条河，碧水清澈，绕过山，绕过树，绕过村庄，流向远方。

我出生在这条小河边，喝着河里的水长大。从小就喜欢站在河边聆听水响，欣赏蓝天白云倒映水中，憧憬如鱼虾般衣食无忧。

小河是生命里最好的倾听者。每当开心时，我会对它诉说；忧伤时，我会对它哭泣；激动时，我会光着脚丫，站在河中央，俯身捧起一掬水，用力泼向脸颊，感受水滴瞬间从我的脸上滑落。

这条河有个清澈而富有诗意的名字——五堰河。小时候，我一直都不知道它名字的由来，曾经一次次问过母亲，她摇头说不知；也曾一次次问过祖母，在我一次次失望之后，终于有一天她轻描淡写地回复了我。她说，她问过曾经在私塾教过书的弟弟。传说很久以前，凤凰山上有五条窄窄的溪流，有一年山洪暴发，溪水猛涨，冲毁了附近的房屋和庄稼。老天爷怜悯村民，划出一道闪电，五条溪流就变成了一条宽阔的河，这条河就是五堰河。我无从考证它的来历，或许是神的旨意，或许是土地的旨意。

五堰河发源于安康市汉滨区洪山镇海拔最高的漆树垭村张家院子，犹如一条绿色的绸带飘荡在秦巴山南麓凤凰山脚下。由浅浅小溪变为宽阔河流，最后汇入汉江，流向长江。河水顺山势而来，时而缓，时而急，时而宽，时而窄，最宽处十米有余，最窄处不足三四米，蜿蜒曲折地流淌着。没有人知道它起源于何处，终结于何地，只知道它流经双柏树村时，用千年时光孕育了两棵高大的双柏树，河便有了厚重的历史感，树也因河而有了名气。

在我的记忆里，五堰河畔的人们都非常敬重这水。河两岸的人们很勤劳，他们倚仗这水的丰盈与润泽，开垦荒地，开造水田，这里很早便有了"稻香阵阵与荷争艳"的美景。二十世纪八十年代初期，土地包产到户，我的父亲首先尝试将河边的两亩旱地改造成水田，前后忙碌了大半年，用双手、用铁铲铲走了旱地的碎石和杂草；用双手、用铁铲一抔土、一抔土夯实田基。那时候我仅能帮父母从河里搬些小石头到地边，那些不规则的石块在爸爸的手中巧妙地砌成了直线般的田坎。朝起暮归，终于实现了挂在祖母嘴边的祈愿——多劳动就有米饭吃。正因为如此，我的童年时代涂抹上幸福的色彩，书包里常有白面馍馍和白米锅巴之类的干粮，还经常和同学们分享。

二十世纪九十年代，五堰河畔掀起了修建水田的热潮。河畔那些贫瘠的旱地，逐渐变成了一畦一畦的水田，夏季的水田里，蛙声争鸣。遇上细雨蒙蒙，父辈们披着蓑，戴着笠，在田间除草，为秧苗施肥。勤劳是摆脱贫穷的最好方式。五堰河畔的人们在勤劳中不再缺吃少喝。那浅浅的富硒水，化作水稻最好的甘霖，受到滋养的水稻化作人们最美的晚餐，成为贫穷岁月里最珍贵的救命粮。

二十一世纪载着农业现代化，翻山越岭，来到乡村，手扶犁铧不经意间被搁浅，机械耕作代替了弯腰躬耕，不变的只是这条清澈的河流。贫穷悄然走远，挖掘机改建的大片水田，书写着时代的变迁，成为脱贫致富的标杆。农民变股东，资源变资产，五堰河畔的这些零散水田已经被统一规划、统一种植、统一管理，这里的人们成为新世纪真正的受益者。当我一次次漫步在田坎上，聆听着河水婉转歌唱，就会情不自禁地朗诵起艾青的那句诗："为什么我的眼里常含泪水，因为我对这土地爱得深沉"。我与五堰河，五堰河与这片土地，一刻也不曾分离。

如今，城市的快节奏常常让灵魂跟不上前行的脚步，亲近河流便可舒缓行走的速度。河水潺潺，总是映着岁月的模样。轻步于河边的水泥道，春赏河岸菜花黄，夏看水稻成诗行，秋听机器收割忙，冬尝富硒腊酒香。徜徉于河岸的休闲广场，抬头是天高云淡，山高水长，繁星点点，低头是晨风牧歌，花香满径，蝴蝶轻舞飞扬，好一幅宛若天成的"乡村胜景图"。

这条清澈的河，源远流长，养育着祖祖辈辈。一年四季，河流都在默默浸润这片土地，滋养土地上的生灵，净化生灵的心境。即使是烦躁的夏季，这里依然水面平静，倒映出蓝天的辽远，河水深深，鱼虾欢腾，沙石清浅，孩童嬉戏，老人悠然。河水仿佛从大地的脉搏里流过，从来不会吝惜和寂寞。

河水静流，岁月安好。人有了河水的浸润便会向高处攀援，水有了大地的灵气便会朝气蓬勃，随着时代的节拍向上流淌。

2018 年 7 月 20 日

门前的石榴树

记忆是寻常的,也是不寻常的。

天高云淡的八月,我的脚步跟随时光挪动。走进乡村,亲吻土地,清香怡人。

驱车从城区出发,蜿蜒盘旋在通村水泥路上,顺风而上。车窗外,一幢幢新建的小洋楼临近公路而伫立,红色的瓦、黄色的墙、白色的窗,绿色葱郁的香樟树,挂满花朵的紫薇树,还有那火红的玫瑰,米黄的栀子花,把农家小院点缀得诗情画意,让人分不清是城市还是乡村。最惹眼的还是围墙上关于"诚孝俭勤和"的主题绘画,图文并茂,栩栩如生。

我不经意间来到了汉滨区关庙镇文化村,这里最大的变化不是高楼林立,而是乡土文化气息在默默扩散。曾经被城里人称作山旮旯的地方,正在向城市化迈进。

早听说这里的新乡贤文化成为典范,今天终于亲自感受到了。在这里,我认识了年过七旬的徐智凤老人,她头发花白,乐观率真。村里要建老年活动室,找不到合适的场地,她瞅准目标,几经周折,多次找人协调,最终免费得到这块地。没有资金,她自己拿钱办事;没有教练,她边自学边教;村里有什么扯皮的事儿,她常常闻风出面,就可以和气调平;就连村里最让人无奈的上访户,好像时刻系在村委会主任、镇长的脖子上,也都被她逐一说服。在村民眼里,没有她做不到的事。

乡亲们竖起了"乡贤"模范标杆,展示了地域乡土特色,增强了乡土文化归属感,引领了社会主义文明新风尚,营造了文明和谐氛围,展现了新农村新气象。

当我问起:"徐妈妈,您为什么要做这些事儿?"徐妈妈激动地说:"虽然我老了,但还想为构建和谐社会做点力所能及的事儿啊!有事做,我心情就好;没事做,我就睡不着觉。"听着她铿锵有力的话语,看着她缕缕银丝被风吹起,突然让我想起了已故十年的祖母,还有她被叫了几十年的爱称"烂贤惠"!

"人啊,心里要时常装着别人。"这是我祖母时刻挂在嘴边的话,我和我的兄弟姐妹一直谨记着这句话。在我的记忆里,祖母勤劳了一辈子,80多岁了还给我们做一日三餐；一生从不和别人计较，也教导我们这样做。给陌生路人倒水喝、做饭吃，提供住宿，不计其数；给左邻右舍解决困难，他们需要什么就送去什么，毫不吝啬；在遇上自然灾害的年月，大家都缺吃少喝，她省吃俭用，也要想办法帮助别人。

人和事和天地和，家兴国兴万事兴。眼前的"徐妈妈"，记忆里的祖母，她们都用真诚打动人心，用博爱征服人心，用节俭触动人心，用和善赢得人心，用勤劳改变生活，用行动诠释民风，成为新民风最朴素的先行者，成为乡土文化最忠实的传承者。

不知道为什么，我和徐妈妈好像有某种冥冥之中的情愫牵连着。离开时，她拉着我合影留念，我挽着徐妈妈站在路边，真舍不得离开。回眸处，竟是徐妈妈小院里浓郁纷繁的紫薇花，缕缕花香弥漫在空气里；门前那棵并不高大的石榴树上，大大小小的石榴挂满枝头，高枝上那个最大的石榴开始泛着红晕，跟随阵阵晚风，轻轻摇摆。夕阳在远处，一抹橘黄暖山村。

天色渐浓，汽车沿着弯弯曲曲的水泥路缓缓返程了。我的目光追随着路边电线杆上悬挂的宣传牌，"诚孝俭勤和"直逼我心，格外醒目；崭新的民宅侧墙上，新民风文化墙和道德模范好人榜随处可见；尤其是规格较大的文化大舞台，村民们穿着专业的演出服，打着响器，唱着花鼓，声声入耳。"教育家人讲诚信，心怀善良重实诚；光明磊落来做人，要知仁义礼智信……"

乡村越来越好，这些乡土文化气息越来越浓，陪伴着一代代人成长，成为他们珍贵的记忆。一如曾祖父住过的黑瓦灰土墙上清晰可辨的"祖国万岁"，一如祖父贴在堂屋的十大元帅油印画像，一如父亲最喜欢的那幅红光闪烁的开国大典红绸中堂画像，都还收藏在安静的老屋里。

此刻，我又想起了曾祖母栽在老屋门前的那棵石榴树，夏天枝繁叶茂，秋天果实累累，红得惹人眼馋。祖母最爱说的那句"心里要时常装着别人"，如石榴籽一样甜润饱满；她和祖父睡过的那张刻有"花好月圆"的木格子床，如石榴花一样惹人喜爱。

正在怀念时，我看到家庭群里爸爸的提议，"明天是爷爷的祭日，有空的可以和我们一起回老家。"弟弟和妹妹都是秒回，我们都喜欢陪爸妈一起回老家，那里有我们最美好的童年记忆，还可以看看老屋里的那些老物件，还有门前的那棵高高的石榴树。而我，我的先生和女儿，都想一起陪他们回去。

2018 年 8 月 11 日

老家的树

回了趟老家，拜访了几棵树。

老家洪山镇，隐藏在秦巴山的皱褶深处，栖息在凤凰山脚下，地处陕南安康市汉滨区西南角，因洪家山而得名。

老家树多。山上有树，地里有树，房前有树，屋后也有树。山上有了树，就有了灵气。树长在山上，就有了依靠。山上栽有桑树、茶树、板栗树、核桃树，也有野生的栎树、桦树、枫树、杉树。树让山峦充满生机，山峦举树壮阔。回去，远远看到树了，就知道是到家了。

一棵菩提

菩提如盖百岁余，欣然静立庭院中。密密麻麻的墨绿色的叶子，层层叠叠，堆积在枝干上，犹如一把大伞，尽力伸向远方。院子四周被简单的厂棚包围着，院内堆放着刚刚收割的甜秆儿。

树下坐着一位老奶奶，银丝沾着岁月的风霜，紧贴在她的头顶，从她的红毛线帽子缝隙里钻出来，是那么刺眼。她的身上系着酒红色围裙，手腕上戴着铁红色袖套，右手挥舞着镰刀，正在削甜秆儿的叶子。

她叫余用香，今年78岁了，羸弱的脊背自然地靠着红漆木椅的靠背。周围满是甜秆儿，未削的甜秆儿毛毛糙糙的，堆在她的右手边；已削的甜秆儿光溜溜的，堆在她的左手边；那些半黄半绿的叶子，轻轻地有节奏感地从镰刀口落下，落在她的椅子周围。

初冬的雨夹杂着稀疏的雪花飘落下来，老奶奶坐在菩提树下。神情专注于她的工作，我本不想打搅她的工作，可还是轻轻向她走近："奶奶，忙着哩！"

老奶奶眯着眼睛说："不忙啊！"与老奶奶交谈，拉开了她老人家的话匣子。"做梦都没想到，老了还可以在家门口挣钱。每天挣七八十块钱，用起来大方！在这里，我们老人相互做伴，一起劳动、吃饭、聊天，很高兴哦！"

几只麻雀，从老奶奶的头顶飞过，叽叽喳喳地叫着，我仰起头，目光随之移动。瞬间，麻雀精灵般消失在山影之中。

她的身边还有好几位老人，她们都在削甜秆儿。毛糙的甜秆儿一点点变得光滑，在菩提周围，泛着光芒，成为酿酒的原材料。

这个院子大门处，竖着一块牌子，上写安康市汉滨区洪山镇康曲酒坊。酒坊很年轻，才三岁，专为脱贫致富所建。酒坊的主人也很年轻，姓张，本村人。

看着眼前一个个正在煮料的铜色陶鼎，一个个正在发酵的原木色大口樽，一排排贮酒的铜色陶瓮，一滴滴散发着热气的醇酒，让我一阵惊叹。那些甜秆儿就这样变成了"洪山小烧"，醉了山野，也醉了风月。

"洪山小烧"名声遐迩，如今已成小镇名片。到洪山，没喝过"洪山小烧"，怎能说到过洪山呢？小烧年产二十多万斤，通过网络销售到全国各地。我们洪山籍人在城里小聚，酒必上"洪山小烧"，那喝的是乡情啊！

斜风细雨携裹着"小烧"的香气弥散，慕名而来的客人还真不少。他们跋山涉水，或调研，或参观，或采风，是来这里赏菩提树，也是品甜秆儿酒。

两棵柏树

凤凰山下双柏村。这两棵古柏树，在五堰河畔伫立了七百六十多年。一棵高约三十米，树围约五米，另一棵高约二十三米，树围五点四米。枝繁叶茂，五个胳膊长的小伙子手牵着手都围不住，已经载入汉滨古树名录。

这里海拔相对较高，土质坚硬，草木稀疏，两棵古柏真是村民们引以为豪的大树，是凤凰山的招牌。树干粗壮，就像临近分娩的孕妇，肚皮撑得即将裂开一般，饱含着母亲幸福的期待。一抬腿，都是生命的灵动；一伸手，都是亲热的感觉。

走近双柏树，得穿越一个门楼，高约一点八米，宽约一米。几片黑瓦依然遮挡着门楼的墙壁，青砖早已失去了光泽。门楣上写着繁体的"双柏小学"，白色的排笔字，笔画粗拙，但清晰可辨。

几十年前，一位回族女知青，下乡来这里当老师，一晃，就把整个人生留在这里，哺育了双柏村一代代读书人。她自己种菜，捡拾柴火，生火做饭、取暖。每当村上炊烟散去，小学校的炊烟才升起，全村人都晓得，村校的老师才烧上锅哩！

一九九二年十月，她参加了中国共产党第十四次全国代表大会。那年十一月，她受邀来校给我们讲她的故事，一条长长的草绳和红纸黑字制作的横幅，赫然写着"热烈欢迎中国共产党十四大代表锁捍东同志来我校作报告"。

她的故事很简单，就是爱孩子，爱学校，爱双柏树。

她的故事很不简单，就像白天不懂夜的黑。夏天，需要忍受蛇一次次爬到床上的恐惧；冬天，河水结冰，靠柴火烤红薯填饱肚子；黑夜各种动物的叫声，都是她最好的陪伴；寒暑假走几十里山路，才能乘车回家；把每个学生当自己的孩子去爱，帮助他们走出大山。就这样，我也从村小走出，做了一名乡村老师。

仰望着苍劲挺拔的双柏树，耳边响起田震的成名歌曲《好大一棵树》，群山合唱，风打节拍，我的热泪涌出眼眶。

万亩油茶

一树树油茶横七竖八地从或平或斜的土丘上长出来，吸吮着凤凰山的乳汁，饱饮着天然富硒水，长势茂盛，花开正旺。

行走在茁壮的油茶树丛里，轻轻地抚摸花瓣，就像抚摸婴孩的脸，嫩得经不起两个指头拿捏，却经得起寒风蹂躏，笑傲深山不知愁。

初冬油茶花香浓，馥郁芬芳迎客来。男的，女的，高的，矮的，胖的，瘦的，撑伞的，光头的，都在雨里尽情赏着油茶花，瞬间成为油茶树最好的陪伴。

站在山顶眺望，眼前是一幅雾霭迷蒙的水墨画。我的导游是洪山镇党委书记，他用手指着远山或近树，讲述着油茶树的来历和故事，每一棵树都记得他的足迹。我们不约而同地在写着"贫困母亲肖自香油茶种植区"的牌子前驻足，"这是一位不同寻常的母亲，她用女人的柔韧和勤劳打破了贫困，她种油茶有了稳定的收入，今年全家顺利脱贫了。"镇党委书记边说边竖起大拇指。

我的眼前，浮现出肖妈妈瘦削的身子，高举锄头，披星戴月，躬耕于地，阳光下有她的身影，雨雾中有她的身影，通向茶园的那条曲折的小路，她一年要走一千多个来回，才换来这洁白如雪的油茶花，换来全家人温饱，换来求学孩子的琅琅书声。油茶香了，肖妈妈老了，日子甜了。

油茶树喝的是富硒水，享受阳光雨露，花香可人。花谢后，就会长出油茶果，榨出的油胜过菜籽油，是食用油中的极品。

我用心捕捉油茶树的美，吮到一种来自生命的鲜香，遗憾的是，因为下雨，我未能前去拜访这位质朴的母亲，但我在满园茶树丛中，仿佛已看到了她。

2018年11月1日

秋吟双龙

安康的深秋还沉浸在夏的延时期里,阳光明媚,高山浅水,到处都是暖暖天。天气晴好,秋意正浓,爸爸提议周末全家一起去汉滨区双龙镇赏景,我们都满怀欣喜。

为备行程,我提前打开安康电子地图,锁定"双龙"之地。再打开汉滨政府网,我才豁然开朗,原来双龙发展这么快。双龙镇,地处汉滨、岚皋、平利三县交界处,距安康城区五十千米,一万五千多人分布在十三个行政村,地域面积一百多平方千米,四分之三被森林覆盖。我即刻更加喜欢这个天然氧吧了,被森林包围的感觉能不舒适吗?

坐在车上,我心里惦记的是爸爸妈妈,一定要让他们玩得开心。妹夫是地地道道的"双龙通",他一上车,就不停地向我们介绍,说旅游和茶叶是双龙的主打产业,让双龙经济逐渐腾飞起来了。

而我最感兴趣的还是它地名的来历,还有一个古老的传说:秦太子扶苏被赵高所害,扶苏的两个儿子在家臣带领下逃进了汉江支流岚河的香河峡谷,成功地逃避了赵高、胡亥等人的迫害。这两个儿子本是天子之后,传说天子就是龙子,故称"双龙"。

车轮碾碎的尘土在车后飞扬,而我的思绪也在亢奋中飞舞,尽力搜索关于龙的记忆。龙,这个流淌在中华民族血液里的精神情愫,最初来自一个团结勇敢且骁勇善战的部族。他们每攻陷一个部落打败一个部族,夺得带有部落图腾的战旗便收存起来,后来,他们打败了很多个这样的部族,这个战无不胜的部族把缴获的战旗聚集起来,裁剪所需,便拼凑起最初的"龙"来。龙象征着至高无上的权力、不容置疑的统治,所以龙在封建时代是帝王的象征。龙,能走能飞,能上天入地,能兴云降雨,在中国传统十二生肖中排列第五。上下数千年,龙已渗透在中国社会的各个方面,成为中华民族的文化符号。

驱车大约一个小时,一片绿油油的"世外桃源"突然从天而降,彻底让我震撼了。目之所及，群山起伏，绿树环抱，山水呼应，一个上千亩的大茶园延展开来。黛绿色的茶树，被修剪得整整齐齐，像一排排列队的礼兵，静立在田野里，欢迎游客的到来。"中国好茶·陕茶一号"八个红色大字镶嵌在绿海里，既是宣传，也是昭示。

眼下虽是晚秋时节，但是茶树依然精神抖擞，巍然挺立，像一条条巨龙列阵待发。我一步步靠近茶园，蹲下来吸吮它的清香，抚摸它的肌肤，感受它的温馨。茶树是最经得起风霜雨雪的，四季常青。料想，来年春天，春雨滋润，更会蓬勃而发。每一棵茶树上都会长出密密麻麻的新芽，每一片新芽都将被勤劳的茶农制作成茶叶，纵横在大江南北。

我在茶园里穿梭，突然看见一个头发银白的老人正在劳作，他的脊背已成弧形，双手紧握锄头，正在为茶树松土。我好奇地问："这茶园效益好吗？"他笑咪咪地说："好着呢！每季新茶个把月就卖完了。水土好，无污染，传统方法制作，茶叶好喝，卖到全国各地了。"一方水土养一方茶，这上天赐予的肥沃土地，注定是为茶树而生的。对于爱喝茶的我来说，便开始憧憬明年的新茶了。

我们的车又起动了，准备继续前进，今天的目的地就是双龙镇。车直奔镇上的景区祥龙谷，迎接我们的是一条人造祥龙，高大威猛，柔中带烈，让人望而生畏。妹夫是今天最好的导游，他曾经在这里的镇政府上班，见证了整个景区的发展。

他说，双龙景区着眼于解构龙之传奇，体验龙之神韵，追寻中华龙根文化，加上优越的地理位置和天然的生态景观，在政府和民众的共同努力下，终于打造成了一条五点六千米的旅游环线，贯穿了祥龙谷、青龙寨、玉龙宫等主要景点。

走进祥龙谷，分外幽静，颇有吉祥、长寿之意。我们顺溪而上，沿途是青枝绿叶，鸟语花香迎春来，溪水潺潺叮咚响。山无水则无趣，小桥流水，亭台楼阁，处处都展现着传统神韵。翠竹深处，杜鹃花开，我驻足而立，靠近它，用我的心去聆听它的心语心愿。我想，这里的杜鹃花的花期可能比我家种在花盆里的长得多。

继续前行，跨过潜龙桥，真像一条龙盘卧在溪流之上。桥下潭水清澈见底，潭的上方就好像一条白龙从山间缓缓而下，漂浮在潭水上，而水底下的石头就像一片片龙鳞，虽无波澜壮阔之势，却有游龙腾飞之慨。

山间小路，蜿蜒盘旋，风和日丽，暖在心间。女儿一路照顾着我的母亲，先生一路照顾着我的父亲，妹妹和弟弟分别照顾着自己的孩子，而我一路只管赏景。穿行其间，时而缓转，时而陡立，一路有笑，且歌且行，不知不觉就来到龙影壁。传说这是女娲留下的神石，石壁上留有龙的影子，有缘人才能看见：一条龙，一家和睦；二条龙，双喜临门；三条龙，三阳开泰；四条龙，四季平安；五条龙，五谷丰登；六条龙，六六大顺；七条龙，七星高照；八条龙，八方进宝；九条龙，九九长寿……或许，每个人看到的数量都不一样，但是，当我站在这里，凝眸远摄，不在乎真正能看到几条龙，但至少已经沾到了龙的福气。

我们离山顶越来越近了，山间雾霭迷蒙，雾气蔓延，腾云驾雾，"只缘身在此山中"的感觉真是良好。远远地就看见了"青龙寨"的招牌，松涛阵阵，殿宇楼阁，霸气十足。寨内有大殿、青龙庙、青龙泉、古枫树，寨前面设有瞭望塔。站在青龙寨可观双龙集镇全貌。低头便是千壁万仞，气势如虹；静听则水流潺潺，如龙歌舞。而我只想对着高山呼喊："青龙寨，我来了！"高山立刻回音，转瞬间传到山那边去了。工作的压力和城市的烦躁片刻间释放，灵魂在这里如溪水般清澈明亮。

早就听说，青龙寨历史悠久，而眼前今人制作的龙旗随风飘舞，猎猎作响。这里充满了"山寨文化"，那种行走江湖、行侠仗义的豪气随处可见可感。相传崇祯七年，李自成、张献忠联军由楚入蜀，被巡抚刘汉儒阻击并将其撵回陕西，时值炎夏，行军数十里，人荒马渴，无水可饮。于是，派兵寻水，见一草坪，战马径直往奔，不慎前蹄失足，落入泥中，不得而起，忽一跃，战马跃上山坡，落马处清泉喷涌。张献忠大惊，驻兵饮水，就地安营扎寨，取名永欣寨，后来改名"青龙寨"。而今天，李自成和张献忠的故事依然口口相传，如两条真龙，保卫百姓平安。青龙寨，高高伫立，守卫江山，造福百姓。

上山容易下山难。女儿风华正茂，开始飞奔下山，因为她已经窥见了半山腰的玉龙宫了。我和母亲开始掉队，膝盖有些僵硬，每一次弯曲都感到隐隐作痛。我搀扶着母亲，一步一步下山。玉龙宫，这数亿年孕育的溶洞，充满了奇异色彩。我们小心翼翼俯身而入，只见洞内一钟乳石酷似石狮，淋漓透彻如白玉。有的像陡峭秀丽的山峰，有的像大海深处的龙宫，故名曰玉龙宫。宫内怪石嶙峋，千姿百态，奇异无比。透明状的石笋、石柱、石花、石针、石豆、石菇等景观十分珍奇，至今仍在生长发育；还有海底珊瑚、龙盘玉柱、千叶琴、七剑倒悬、仙姑睡龟、八戒福耳，栩栩如生。置身洞内，仿佛走进了远古传说中的龙宫世界。

走出玉龙宫，阳光当头照，树影婆娑，清风醉人。疲惫随风而去，这大自然的鬼斧神工，变幻莫测的魔幻灯光，着实令人目不暇接，心旷神怡，惊叹不已。

不知不觉就到了观光车的起点，几辆新车正在等候游客。我们全家刚好坐满一车，健谈善思的爸爸高兴地说："我走了很多地方，没想到这里的风景如此美啊！"我们相视一笑，感同身受。

虽然两次走进双龙镇，但是对于它的认识还是肤浅的，只看到它一点点耀眼的肌肤而已，而要真正了解双龙，还得常来常往。

归途中，我一直在思考双龙名字的意蕴，而我的脑海突然萌生了一个新的诠释。我第一次看到的形如长龙的茶园，第二次看到的关于龙文化的景区，它们不正是今天"双龙"腾飞的一种表现手法吗？是啊！茶旅携手，支撑着经济和民生，撑起了双龙镇的今天和明天，犹如巨龙，正在美丽的秦巴山区腹地龙腾虎跃。

　　茶园从千亩正在向万亩进军，旅游业已经蓬蓬勃勃，茶文化，龙文化，都在以不同形式呈现在双龙大地。安康学院艺术系在双龙创建了写生基地，摄影家和作家们纷纷涌进茶园和景区，用他们的艺术思维捕捉双龙的四季之美，用他们的妙笔描绘着双龙的前世今生。

　　仰起头，天空的云彩留下了腾飞的痕迹，仿佛双龙从头顶缓缓划过。

2018 年 11 月 3 日

金色满地

大自然真是大手笔，它能把每个季节描摹成内涵不同的写意画。

日子已经过了立冬，但安康的最高气温仍然是二十四摄氏度，冬的脚步好像被温暖推迟了，而秋的意境自然被这汉滨区北部王莽山的轮廓和树的内涵沉潜了。

应好友之约，一大早，我们直奔王莽山而去。晨雾浓厚，拖慢了前行的速度。大约半小时之后，雾渐渐散去，隐匿近半月的太阳穿越重重迷雾终于露出久违的笑脸，把浅浅的寒意消融殆尽，温度渐渐升高，大约三小时王莽山就映入眼帘了。蜿蜒的盘山公路在大山中穿梭，而我们在车内就像坐着个摇篮，人顺势摇摆。透过车窗，暖暖的阳光势不可挡地钻进车内，抚摸着我的脸。而我的眼，已经被湛蓝透明的天空，连绵的远山，成片的枫树，完全遮蔽了。此刻，如果真要让我选择一个词来描述王莽山冬日里的秋色，那一定是"金色满地"了！

景区公路已经被密密麻麻的大巴车和小汽车堵截了，车辆立刻摆成了见不到头的长蛇阵。我们争先恐后地跳下车，耳畔能够清晰地听到景区负责人的介绍：这里就是王莽山，位于汉滨区北大门的茨沟镇，海拔一千六百米，因故事而得名。听说当年光武帝刘秀逃到这一带，人困马乏，口渴难耐，马蹶几蹄子，潺潺清泉涌地而出。刘秀和马饮后而行，可王莽的追兵已接近，刘秀心想如果山此刻塌陷就好了，突然"轰"的一声，山崩地裂，山陷数十丈，兵马被阻隔，从此得名"王莽山"……这故事虽然有待考证，但这美好的结局真让人回味无穷。

山不在高，有仙则名。"仙"者，在其丰富内涵也。旷世独尊的西岳华山，蕴含着中华民族历史文明，它尊严、神奇、奥秘。享有天下第一山之美誉的东岳泰山，象征着国泰民安，历代帝王在此封禅和祭祀，建庙塑神，刻石以记。眼前的王莽山虽与华山和泰山无可比及，但这"心如所愿"不正是王莽山的名片和意蕴吗？此刻，我有点心猿意马，竟然不想挪动脚步了。

带着野菊花馨香的风儿轻柔地飘过来，疲惫片刻消散了，我脸颊上微微渗出的汗渍也被风干了。枫树叶，一片金黄，漫卷西风后，轻歌曼舞，缓缓落下。我猛一低头，竟第一次被满眼的金色震撼了！

金色树叶堆满地，层层叠叠，纵横交错，像一块绣花的大毡子，把整个大地都罩住了，又像一床厚实的金色棉被，给大地保暖，完全看不见一丁点儿泥土。我伸开双臂，金色的阳光给我一个长长的拥抱；于是蹲下身子，轻轻地拍打树叶，树叶立即就唱起了催眠曲。我迫不及待地躺下了，轻轻横卧，慢慢放下身子，缱绻在松软的落叶里。

不经意间我的耳朵紧贴住落叶，仿佛听见大地在歌唱："就在这个时候，地上的枫叶刹那间飞起来，飞过来，飞进我深深心怀，越过那宁静海，充满着回忆的海，那阳光洒下了爱，催促着万物绽开……"倾听大地的声音，枫叶翩翩起舞，曾经背诵《山行》时，曾经栖息爱晚亭，我都浑浑噩噩，身在其中不解其味啊！而眼前的王莽山，彻底包围了我，征服了我，秦巴明珠的意境或许就在此。

我第一次这么惬意地躺在王莽山的怀里，以大地为床，以金色的树叶为被，舒服极了。仰起头，眼里是偌大的蓝水晶，整个把山全笼罩着，感觉天空越来越近了。好友谢静拿手机咔嚓咔嚓地按个不停，这声音美妙，悦耳，随即还有我的乳名，"洁儿，你睡在落叶里好美啊！红衣包裹，就像一朵绽放的山茶花，你为何只在王莽山开放呢？""哈哈，你懂的！"谢静被我的话逗笑了，快速向我奔来，猛地抓住我的手，使劲拽起，继续攀登。

登上王莽山的最高峰，目之所及，白墙红瓦的楼房点缀在蜿蜒崎岖的水泥路畔，炊烟袅袅，庄稼地里有穿着毛衣劳作的中年农民，他们的俯首投足清晰可辨，这一切都被金色包围着。"一脚踩三县"的界碑蓦然伫立在这最高处，它的三个面分别雕刻着"旬阳、汉滨、镇安"，茫茫林海把它包围着。放眼望去，跌宕起伏的王莽山，被一幅金色绵丝般柔滑细腻的油画完全包裹起来，这大自然的画笔把它勾勒得栩栩如生，秦巴明珠的金秋蓦然间被炫耀得如此明晰。

我走在冬阳里，人影与日影重叠，清风裹着枫叶，树影婆娑，金色的光柔和着红透的笑靥，在枫树林中斑斑驳驳，刻下永恒的记忆。我知道人的美好记忆，穿梭于苍莽的林海，携着一缕金色，自会奔向远方。我突然想起白居易当年走过枫树林时，留下了"晓晴寒未起，霜叶满阶红"；而孟浩然闲步枫树林，写出了"洞庭去远近，枫叶早惊秋。"看来金灿灿的枫叶早已成为文人墨客的最爱，那些诗词也成为我们学习的经典。思绪翩跹中，头顶清澈蓝天，天高云淡，身旁枫叶流韵，色彩斑斓，谁能料想到今天的王莽山会被描绘得如此淋漓尽致、有生气呢？

正是王莽山这自然天成的风景诱惑，让人青睐，成了秋冬时节游玩的最好去处。今天，我的微信朋友圈被这王莽山的金色枫叶刷屏了，而王莽山的今天也挤满了来自西安、安康的游客。一条"中国摄影协会"的横幅最惹人眼，那些来自不同地方的摄影者，有头发花白的老人，也有朝气蓬勃的青年，他们用长长短短的镜头记录下了这山的神韵和树的情态，他们互相交换着欣赏拍摄的照片，想象着他们相机里捕捉到的金色满地；而我欣赏着他们心如所愿的幸福表情，这金色满地一定印在了他们心灵的底片上，也深深印刻在你我的心海里。

真正的美是需要反复欣赏的，被金色雕琢的王莽山是美丽的，被美丽荡涤的心是幸福的！此刻，我突然有种难以抑制的冲动，还有一份心如所愿的美好，强烈地怂恿着我，想把谢静偷拍我躺在金色树叶上的那些含情脉脉的照片，以最快的速度毫不修饰地分享到微信朋友圈，还不假思索地给它取了个名字——金色满地。短短几分钟，就有百余位朋友点赞留言，"你沉浸在落叶里，落叶沉浸在金秋里，金秋沉浸在王莽山，王莽山沉浸在天宇里！"这是一位女诗人给我的留言，而最懂我的好友说："地球上真正的美，就是人类与自然的和谐相处！"

一年好景君须记，莽山金色落满地。站在苍苍茫茫的高山之巅，我在心里反复思考，金色满地，这是土地馈赠予人类最珍贵的礼物！

曾经沧海难为水，除却莽山不是云，我在心里默念道，大地立即回复：俯下身子，贴近土地，就能享受到金色满地！

2018 年 11 月 10 日

山间花开

陕南三月，天空湛蓝如洗，阳光斑驳陆离，滚烫的温度把大地给唤醒了。

这样的周末，最适合出去探春。我们驱车从小城出发，沿着310省道，在通往凤凰山的柏油路上，缓缓前行。秦巴山间，如期而至的野桃花，星星点点，坦露粉白的衣衫，激情地撩开春的序幕。远远望去，俨然一幅明暗相间的水粉画，浅淡而高雅。

车窗半开着，风儿携裹着缕缕的花香，扑鼻而来。凤凰山上，路边的油菜花儿，一串串，一簇簇，一畦畦，撑满了无数油菜秆儿，引来了成群结队随花而舞的蜜蜂。停车，驻足，赏花，拍照，定然是此刻最有意思的事儿了，慢一秒钟都是对自然的亵渎。

站在这里俯视，远远地看见了三姑家的土房子，我突然有了去看看三姑的冲动。先生很赞同我的想法，好在我出门前，刻意拿了烟酒放在后备厢里，没想到还真派上了用场。

我们的车从省道拐入蜿蜒曲折的通村道路，奔向三姑家的方向。路很窄，S形，慢下坡，大部分路段只能够一辆车通过，偶尔有宽阔处，好像是专为错车而设。

顺势而下，村居屋舍栖息在道路两侧，房屋被周围斜面的坡地包围，地里有弯腰劳作的农民，他们正在辛苦地播种，眼里饱含着希望，脸颊定格着喜悦，好像要与春风比忙碌，要与春花比执着，要与土地比忠诚。因为耕耘是他们共有的梦想。

我们的车渐渐临近三姑家，灰白的墙壁遮住了破旧土房的底色，红漆粉刷的两扇木门敞开着，院子里的大花狗静卧在大门的右侧，也就是我们来的这个方向。一只肥嘟嘟的花母鸡，领着一群各种花色的小鸡，在长方形的院坝里踱步，觅食，嬉戏。小鸡仔们叽叽喳喳的叫声里，展示了阳光的温暖，自然的丰盈，生命的惬意，母爱的温度。

车停了，花狗立即站起来，我不敢下车，立即摇下车窗玻璃。目光盯着屋里走出的瘦弱女子，她的脚步敏捷迅速，她的目光亲切祥和。"三姑，你好。"我一边说话，一边招手。三姑愣了愣，惊喜地叫出我的名字，声音充满生活的质感，回荡着岁月的呢喃。我连忙推开车门，跳下车，贴近三姑站着，自然地挽着她的胳臂。大花狗冲着我摇头摆尾，还吐出舌头舔我的裤腿。我俯视着，往后退，心里害怕极了，因为小时候被狗咬过，那阴影从来不曾散去。

"三姑，你瘦了！"我忍不住脱口而出，这是三姑这次给我的印象。她五十多岁的年龄，看起来比同龄人更加瘦弱。麦黄色的脸上，明显的沟壑占据了她的额头，零星的斑点已然清晰扎眼。我和三姑面对面坐着，眼睛里，脑海里，瞬间就给三姑勾勒出这样简洁的素描画像。我的心蓦地疼起来。

前些年，三姑一直租住在恒口古镇街上，她在塑料厂上班，姑父在为农网改造架电线，表弟和表妹在职业学院读书，啥时候见到三姑，她的笑容里总透出淡淡的忧郁。而去年腊月听说她们又搬回老家了，一直不知道原因。

"自从去年被村里定为贫困户，我就感到很惭愧，拖了村里的后腿，就决定搬回来住，今年一定脱贫。老房子收拾好了，还在高新区预订了一百平米的新房，享受了贫困户搬迁扶贫政策，还在村里建设的安置小区工地找到活儿干。你姑父和表弟白天在建筑工地当技工，晚上负责看场，我每天按时按点儿去给工人们做两顿饭，抽空还可以种地、养殖，还是老家好。"没等我问，三姑就侃侃而谈道。

"还是老家好"，三姑重复着，我也默念着。三姑起身给我们做饭去了，我和先生在院子里转悠。门前的毛竹绿意盎然，竹笋在用力抽节，鸟儿们在竹林间轻歌曼舞，老母鸡"咯咯咯"地呼唤着，带领几百只小鸡在菜地里午餐。房后面，大片的庄稼地里，金黄的油菜花，绿油油的麦苗，还有菠菜青葱油亮，大葱正在积蓄能量结着花苞。拴在大树下的黄牛正在低头吃青草，时不时地抬起头，扬起尾巴，左右摇摆，赶走飞虫。柴火灶里，劈啪作响，铁锅里飘逸出酸辣土鸡的香味，馋得我忍不住一次次深呼吸。屋顶上，袅袅炊烟升起，成为了无边际的蓝天动感的旋律。

徜徉在春色里，生命轻盈，田野的微风送来诱人的花香。花之美，就在阳光的抚摸里，蓝天的呵护中，土地的奉献里。太阳暖暖，小路旁，杏花春红已谢，杏树枝头冒出嫩绿外衣般的芽儿，指尖大小的青粒儿，不可阻挡地在摇曳枝头，在枝干蓬勃。油然想起王安石笔下的《北陂杏花》："一陂春水绕花身，花影妖娆各占春。纵被春风吹作雪，绝胜南陌碾成尘。"我忍俊不禁地吟着诗，冒昧地幻想诗人创作时的心情，一定和此刻的我完全一样，除了暖，还是暖，不是吗？

最是三月春色新，百花齐放意争春。融入春天里，我无比羡慕那些田野的花族们，它们犹如一群窈窕而羞涩的少女，在春风里翩翩起舞，花瓣摇曳，娇艳多姿，其乐无穷。

  行走在这散发着泥土清香的乡村，我才真正体会到人生的滋味和生命的真谛。博大的山是大地的依靠，厚实的大地是生命的温床。春风万里，幸福不过是，与温暖阳光窃窃私语，与静美田野亲吻缠绵，与脚下土地深情拥抱。

  想到这里，我无比愧疚，以前总是抱怨靠北阳台花盆里的花儿们迟迟未开，原来并不是铁丝网的坚硬和冰冷囚禁了它们的芳华，而是我的自私和冷漠破坏了它们生存的环境，消逝了它们盛开的激情。

2019 年 3 月 23 日

荷花为谁开

荷塘清幽，菡萏娇羞。

这是我走在汉滨区沈坝镇花红村的土地上，放眼望去之所见。这里是沈坝赏荷的胜地，也是沈坝有名的莲花池，古称沈坝粮仓，今是当之无愧的荷花之乡。那惹眼的满地荷花，在陪伴盛夏的热浪里随性铺展，在群山包裹的山坳里肆意芬芳。

汽车在小镇周围盘旋时，这里的村庄、山水、树木、荷塘，好像都很熟悉，好像在哪儿见过。被绿色渲染的村庄，土地平旷，屋舍耸立，山水轻盈，树木蓊蓊郁郁，荷花千娇百媚，俨然一幅巨型长卷水墨画，在我的眼里瞬间诞生。

千亩荷塘入眼帘，汽车戛然停路边。随风而舞的荷花，安然呵护的荷叶，我只想静静地凝视，欣赏，不忍触碰。蝴蝶吮花枝，蜻蜓歇花端，女子听荷语。这或许就是人内心静谧的外现，这荷就是最好的催生物，也是最美的静化剂。

一幢幢小洋楼错落有致地排列在水泥路的两侧，大门敞开着，屋内的圆桌上，摆放着香蕉、苹果、李子、桃子等水果，桌上花瓶里插着正在盛开的栀子花和紫薇花，三两个中年女人围坐在桌旁聊天，喝着花茶，品着水果，赏着荷花，像极了江南水乡的女子那般，惬意甜美。

这是安康市汉滨区沈坝镇的移民新村。站在任何一个角落，都可以尽情欣赏"接天莲叶无穷碧，映日荷花别样红"，尽情感慨"出淤泥而不染，濯清涟而不妖"。

"花为谁开？"我竟然产生了疑问。

"新农村建设如火如荼，移民搬迁势在必行。"听年轻的村支书胡纪全介绍，"村民刚听到搬迁的消息时，心里是非常抵触的。"

是啊！都说金窝银窝不如自家的狗窝，那古老的宅院，那祖先的坟茔，那屋后郁郁葱葱的青竹，那屋前竹子编织的鸡舍，那门前屋后的老树，那四季常绿的菜园，那凹凸不平也早已走惯的小路……平时虽然并不是时时挂在嘴上，念在心里，但是想到这些熟悉的老朋友，都要一股脑儿全抛下，他们就忽然觉得心里空落落的。

就像丢了魂一样，人就没有了精气神儿。

镇村干部良苦用心，三番五次地上门劝说，把搬迁后的日子描绘了又描绘，但依然还是打不动他们的心，主要是他们放不下，所以就不为所动。但是诚心诚意还是可以感动人心的，那段时间，干部们经常去，讲述搬迁政策，讲述大家住进新房的喜悦，慢慢地有住户开始心动了，一带三，三带五，村民就纷纷搬进了沈坝镇中心社区的新居，过上了舒适的日子。

大地从不吝啬它的怀抱。新修的社区，清一色的楼房，设计精巧，造型相同，坐南朝北，背靠青山，面朝绿水，村前有宽阔的广场，各种健身器材配置齐全。碧水之上有桥横跨，桥头有雅致的牌楼，周围的房屋鳞次栉比，栋与栋之间间距宽阔，在阳光的照耀下，一切都更加舒适。

搬进新居，村民们渐渐体会到了新居的好处。房屋别致，阳光满屋，干净整洁，环境舒适。尤其是蚊子苍蝇少了，花香稻香浓了。更让村民们欣喜的是，小河两岸杨柳依依，风景秀丽，行走在村庄里，就像走在汉江河堤之上一样悠闲，又像走在城里的公园一样惬意。

尤其是眼前，几百亩荷花正在夏天纵情地绽放幽香，荷叶如盖，荷花亭亭玉立，飘飘欲仙，简直像是走进了安康的世外桃源。四周的远山高高伫立，紧紧包围着这铺天盖地的美景，怎不让人闻香而至呢？正如宋代大词人苏轼的《定风波·南海归赠王定国侍人寓娘》中所言："试问岭南应不好，却道：此心安处是吾乡。"

居住在这里的村民，自是找到了新的安身之处。当我随意走进一家三层楼的别墅一般的民居，燕子的亲切呢喃好像是在欢迎客人的到来，轻轻仰起头，看见二楼的窗沿下有一个新搭的燕巢。

俗话说："燕子不进愁门之家。"一只燕子叽叽喳喳地飞进飞出，好像在呼朋引伴，又仿佛是在欢庆它们又找了新的家。它们和沈坝镇的所有生灵一样，飞入了新的安定之门，找到了新的安心之地。

水缓缓流过村庄，葱茏的碧树布满整个乡村。高山深处，昔日那斑驳的老屋，落后的生活，已经成为历史。搬进新居的村民，正享受着美好富裕的新生活，欣赏着百亩荷塘万花齐放的盛景。

这荷花，莫非是为他们幸福的重生而绽放？

2019年7月5日

春满校园,落字为念

1

岁月辗转,转瞬又是一年。

万物从长眠中苏醒过来,即使闭上眼睛,处处都是万紫千红春满园。像是一树生长在汉江边的玉兰花,被轻柔的风吻过后纯洁而喜悦的表情;像是一片片生活在田野里的油菜花,摇曳着满枝金黄的妖娆风姿;像是缠绵在巴山深处的旖旎茶园,尽情摇摆着碧裙绿衫,飘逸着柔波风韵。

"不知细叶谁裁出,二月春风似剪刀。"

"竹外桃花三两枝,春江水暖鸭先知。"

窗外,不知谁吟着这些熟悉的诗句,琅琅书声犹在耳畔。

一切都这么真实,又那么遥远。似曾如梦,亦非梦里,春意浓浓,不知不觉已然翩翩走进校园。

2

站在校门口,跃入眼帘的是那一排你拥我挤的绿植,停靠在校史文化长廊的最显眼处,拽住了新春第一缕诗意,细碎的叶子被春雨洗涤过,犹如新衣,一尘不染。拐角处,那一棵瘦而高的紫薇树,摇曳着稀薄的绿叶,与春姑娘招手呼应。春天是它的初装,积蓄能量,孕育花朵,夏日才会粉墨登场。

校史文化长廊的对面,"幸福园"肃然宁静。这"幸福"二字是陕西籍著名作家陈忠实先生所赠所题,镌刻在汉江石上,守护着校园。先生因病已驾鹤西去,而他把"幸福"留在校园里,如汉江水源远流长。

"幸福"是校园最靓丽的风景,也是校园的核心文化。"打造幸福课堂,构建和谐校园"是安康市第一小学的办学宗旨,它已跻身陕西名校。在这里,老师们倾心于工作,你追我赶,只为校园发展助力;学生们朝气蓬勃,天真活泼,神采飞扬，只为梦想加油。校园里，旭日东升，落日余晖，每一缕空气都弥漫着幸福的味道。

密密丛丛的翠竹，是幸福园天然的屏障。旁边那棵繁盛如伞的桂花树，旧叶遮不住，新叶枝头跃。回想起去年春天，好奇的我，双手抚摸过它的枝干。我的手掌太小，无法紧握，给不了它太多温暖，任何外力都阻挡不了生命的蓬勃。经历冬的洗礼，它又多了一圈年轮，犹如你我，又长了一岁。

3

校园，与你，与我，思念渐长，人生的"幸福园"与日俱增。

"老师，我好想念你，想念我的学校，我的教室，我的同学。"

"孩子们，我好想念你们，想念你们课堂上辩论会的畅所欲言，操场上跳绳时的欢声笑语，国庆节手握大红花共唱《我和我的祖国》，歌声嘹亮……"

校园陪伴我们共同成长。"停学不停课"，讲堂换了场，我们开启了"云课堂"，学习一如既往。咫尺天涯，彼此惦念，相互依恋，幸福如花。

犹念，笑脸墙上，孩子们开心的笑容，数不胜数，比春天更明媚，比杜鹃花更奔放，比春阳更灿烂。笑容如花，是会传染的。任何时候，从这里走过，都能给人一种温暖。想念你，靠近你，可以抚平内心淡淡的哀愁，抹去昨日浅浅的忧伤。

在这个春天，你我似曾在梦里，一次次漫步于校园，停顿在笑脸墙前，像往日一样，使劲扬起嘴角，偷偷模仿孩子们纯洁无瑕的笑容。

4

谁不喜欢春天？万物复苏，春风十里，春暖花开，春光明媚，春色诱人，春意盎然，只是你我此刻依然不能重返校园。孩子，别忧伤，看看窗外，远一点，再远一点，目光所及之处，就是我们的校园，我们的家。

从来没有比这个春天更加渴望在校园里踏春，在博学园里散步。静静伫立在爱因斯坦的塑像前，和它一起体会经历了长久的孤独和寂寞。记忆翻开过往的痕迹，书页写满快乐的故事。

忆往昔，每一棵桂花树下，孩子们你一句我一句讲故事的声音，一群鸟儿躲在枝叶里聊天或唱歌的喧哗，老师披着长发，穿着长裙，坐在长椅上，捧着书本，安静地阅读和思考，楚楚动人，历历在目。

博学园旁边的笼式足球场，十分敞亮。绿色的铁丝网，挡不住春光外泄，挡不住附近居民的眺望，挡不住孩子们对足球的迷恋，挡不住所有人对童年无尽的羡慕和渴望。

荣誉墙上，校园足球闪耀着光芒，这是国人关注的热点，也希望如中国女排一样闪亮。只是此刻，它被按下了"暂停键"，听不见足球场上的吆喝声，看不见少年匆匆奔跑的身影。运动不息，你在，我在，我们一直都在，暂停过后，即会开启。

5

操场安静，红绿相间，辽阔舒适，四周的树木给了它最真挚的祝福和最幸福的召唤。和煦的春风送来了它的第一声问候，北归的大雁送来了它的第一声呼唤，粉红的桃花送来了它的第一缕芬芳，隔离的师生们抛来了他们长长的思念。

分别愈久，思念愈浓。生命里，某些情感，常积心田，羞于表达，苦于矜持，日久愈浓。春天来了，你在，我在，我们的心都在，我们的爱都在。

阳光斑驳，春色满园关不住，一树杨柳出墙来。靠近围墙的植物角，黄莺啁啾，清风吻眉，柳絮飘舞。杨柳树下，迎春花开，一只只蝴蝶迎风飞舞，一只只蜜蜂你追我赶，一只只鸟儿欢腾雀跃。芳草萋萋，红叶石楠蓬蓬勃勃，冬青簇簇拥拥，清风徐来，春光满面，醉在其中。柔美和芬芳是春天最好的素描，你在或不在，它们都充满生机，充满诗意。

冬去春来，心也悠悠，情也漾漾。细风拂柳，水波潋滟，燕子啁啾。躲在家的春日，键盘上的文字也是这般干瘪晦涩，心中的思念变得肆无忌惮，未来的憧憬竟也诗意翩翩。你和我，都不敢轻轻哀叹，唯愿归期缩短。

6

走在春深时光里，校园是你我日夜最浓的思念，有时不能自已。

拿破仑说："能控制好自己情绪的人，比能拿下一座城池的将军更伟大。"走在路上，千万不要看见阳光就怕刺眼，看见雨滴就怕淋湿。这段单调而粗糙的日子，你我在家，捧着书本，读今天，忆过往，读书不会迷茫。我们一起在家长群里交流读书增长的见识，在家里忽悠家人读书明理，在家庭群里炫耀读书随笔，在大好时光里留下人生的芳华。

在家捧书读，咖啡氤氲着窄窄的小屋，你我却把静谧的日子打理成纷繁的春光。再次捧着落尘的《追风筝的人》，细品人性之光；拿起褪色的《活着》，帮我们读懂人生不易，洗涤年轮的浮躁；迫不及待地捧起新买的《更美语文课》，寻觅语文的秘诀，沉潜教育的光泽。这些最寻常的日子，有书读就不寻常了。我们在书页里积淀，岁月里安稳，精神上觉醒。

分别久了，最怕找不到来时的路。读书追梦，即使足迹凌乱，也会排列有序，更不会迷失在归途。遥寄思念，拉长的细线在情谊的长河里蜿蜒。安康城区育才路17号，每一封信的地址都是一样的，都可以抵达，有你，有我，像童话故事般，翻越千山万水，跨过沟沟坎坎，终究结局圆满。

育才路的梧桐树都长出了新叶，春天离我们的距离越来越近了。

7

校园真是我们追梦的幸福园。这些年，一路相依，共同走过，汗水滴落，希望乘着幸福的翅膀飞翔。路程固然遥远，或苦涩，或泥泞，或一帆风顺，眺望远方，诗意就会来到身旁。会议室的各抒己见，教研会的锋芒毕露，总结会的耀眼星光，我们都激动而真实，那是我们一起奋斗的历程。幸福相伴，思念深浅，形影相行，天涯与共，我心永恒。

有人说："走着走着就散了，回忆都淡了；风吹过云就散了，影子淡了；夕阳靠着山倦了，天空暗了；一朵花开得厌了，春天怨了；鸟儿飞得不见了，清晨乱了。"读着读着，就清醒了，释然了。那些少许的愁，变质的怨，如时钟滴答，迅速飘散。不必藏在角落，遮羞布薄如蝉翼，透明如玻璃，一切清晰可见。打开窗户，让阳光进来，见证我们，一起携手走过，终是悄然走散。

绿竹随风舞，花香入梦来。春满校园，落字为念。一切美好，如约而来。岁月静美，时光堪惜，你我相携，共享春暖。不求越过万水千山，只愿彼此，不负韶华，珍惜春光，守望幸福。

2020年3月12日

落樱满地

陕南安康的春天是温暖的。前几天都是二十多摄氏度,而今天气温骤降,夜里细雨敲窗,深夜噼里啪啦,声声敲在我心坎儿上。

我十分担心小区里的那树樱花,昨天满树花开,颇为繁盛,一簇堆在另一簇上面,粉嫩粉嫩的,你拥着我,我拥着你,像极了一群活泼可爱的小孩儿。

樱花树下热闹极了。很多人驻足在树的周围,有的拿着照相机拍摄,有的举着手机捕捉,都想记录下樱花的青春岁月。毕竟此时,最繁华,最美丽,最热烈,最迷人。

奇怪的是,昨天的我站在满树烂漫的樱花下,却蓦然涌起落幕之悲,担心花儿明天会不会凋落。谁知我的担心竟成了冰冷的现实!

雨打在屋外的遮阳棚上,那刺耳的声音加剧了我的担心,就像担心一位远行的好友行走在一望无垠的沙漠里,找不到回家的路。就像担心一只高飞的大雁,被雨水打湿了翅膀,仍然飞翔在茫茫天地间,找不到栖息之地。

雨声越来越急,这树樱花恐怕经不起这般猛烈的摧残,去年的樱花也是被一场突来的风雨打落满地的。

我躺在床上,一夜无眠,回忆着樱花盛开的过程。

阳光明媚的午后,我每天都在树下漫步,欣赏那些含苞待放的花骨朵儿,感受它们因某种力量吸引一律向上,就像一个个神采飞扬的小脑袋,你争我抢,都想早一点露出色彩,把辽阔的天空和春天扮靓。

稀疏的树叶,指甲盖大小的叶片嫩绿嫩绿的,显得十分惹眼。万粉丛中一点绿,它们从花骨朵儿的空隙里钻出来,俨然是全力以赴的表情。绿叶总是护花使者,那么心甘情愿,努力守护,倾力去爱,这就是它存在的价值吧!

阳光这般柔美,从茫茫天宇中抛洒温暖的银辉。它从没有一点儿私心,把全部的爱都给了大地和大地上的生灵。它从来不溺爱,不因花的耀眼而多馈赠一点,也不因叶子的瘦小而少给予几分。这或许就是万物钟爱它的原因吧!

这些等待开放的花骨朵儿是我的最爱。它们神采飞扬，有着青春热情，热爱生活，积极绽放，又遵守生存法则，按照自然规律走过青葱岁月。不急于求成，也不会羡慕"揠苗助长"，而功亏一篑。它们慢慢地适应春天，慢慢地享受生活，慢慢地积蓄力量。水到渠成花自开，不浪费一点儿光阴。

花骨朵儿的这个特点和有些人是不一样的。在这个快节奏的时代里，有的人习惯了忙碌时的天昏地暗，闲暇时的纵然流逝。倘若每个人都像花骨朵儿那般懂得珍惜，时光就不会白白流去了。

许是好久不见春光，我迷上这棵樱花树了，喜欢一个人安静地陪陪它。这棵樱花树只有在午后才能享受更多的阳光。安静地看着它，慢慢地长出花苞，再长出叶芽，看它们和睦相处。

十天前，樱花树下，驻足者常有，每个人都想看看这久违的风景。

"这树太可怜了，阳光都被两幢楼房遮住了，花儿就开得晚一些吧！"这是同情和怜悯，处在夹缝中，难得有人懂。

"这樱花咋还不开呢？"这是赏花族的期盼，露出淡淡的埋怨。

而我，就是看热闹的。看午后阳光轻抚着樱花树的每个部位，粗糙的树干，旁逸斜出的树枝，堆簇着的花骨朵儿，长得很慢的叶子。静静地想象它的表情，想它的昨天、今天和明天的变化，仅此而已。

一周前，花骨朵儿一点点地松开了，微风拂过，我仿佛听见叶子在低声吟诵着苏轼的诗词《浣溪沙》里的句子："芍药樱花两斗新，名园高会送芳辰。"似开非开的樱花，又像是正在含蓄地准备敞开嗓子，唱上一首赏花曲。

三天前，曲终人未散，樱花瞬间繁华璀璨。绿叶和我大拇指一般大小了，对于这繁盛的花枝来说，它真是最好的配角。满树繁花，叶子稀稀疏疏，不争美丽，不争空间，不争宠爱。或许，在某些人眼里，还会觉得叶子是多余的，会影响到他赏花呢！

真没想到，花一旦璀璨夺目到极致，生命就开始走向终结。

我翻来覆去，就像担心孩子的命运。总希望聪明的自己能找到挽救樱花的良策，却无能为力。干吗非要装作若无其事呢？

翌日晨起，大雨倾盆，风声鹤唳，天地之间贴得紧紧的。我真的没法放松身心，甚至荒唐地想，楼宇之间加个大网，就可以为樱花遮挡。这只是我的异想天开，就像人总想远离现实生活，可大多数人一辈子还是待在原地，寸步不离。

有时也羡慕那些勇者，远离了现实织就的大网，一头钻进喜欢的另一片天地。做喜欢的事儿，抛开尘世所有纷扰，给心绪一片宁静。人生最难的也最快乐的事情就是找到并痴迷于自己喜欢的世界。

可是，这棵樱花树达不到那种自由的境界。因为它的根早已深深扎进这片土地里，履行着它的神圣使命。

午后，雨小了些，我撑着花纸伞急匆匆下楼，樱花匆匆地落幕了。本可多开几日，谁料风雨过急，方一日，便孤独落去。伤心的我，读不懂花儿此刻复杂的心事。

站在雨幕里，深情仰望，花伞遮住了我头顶的雨珠，却无法阻挡樱花的劲敌。一片片樱花，风雨里挣扎，落下，有的落在绿叶上，有的落在花伞上，有的落在草丛里。最幸运的是落在绿叶上的樱花，被叶子与雨水挽留住，停在叶子上，小水珠还紧紧搂着它。

花落了，是风雨的残忍，而不是叶子不挽留。这一片片平淡无奇的叶子，它懂得挽留花瓣儿，它在乎落花，它这般有情有义有爱。

这现状和我的想象完全吻合。一切仿佛从昨夜的梦里传来，这树樱花的境遇重蹈覆辙，悲伤在我的心上游走。

2020 年 4 月 6 日

宁静的月夜

宁静的夜晚,独自一人在月光下,该是怎样的幸福和享受?

就像朱自清笔下的《荷塘月色》,什么都可以想,什么都可以不想,感觉整个世界都是你的,超然物外,物我合一。这样的夜景是可遇而不可求的。

每当看见轻柔的月光,如流水一般从天空倾泻下来,给大地镀上了一层银霜,四周空灵,内心深处,也是一片空灵。仰头凝视着月,久久不忍将视线移开,那洁白如玉的月似乎害羞了。偶尔树枝拽住一片薄云,遮住了秀美的脸,一切变得朦朦胧胧。

走着走着,偶尔会遇见一个人,他或她安静如月,纤尘不染,不打扰那一份共有的静谧。偶尔也想驻足欣赏,花草树木,呼吸清新空气。

或月下独酌,就像李白那样,信笔涂鸦,便是"床前明月光,疑是地上霜。举头望明月,低头思故乡。"这千古绝唱,引起多少人的遐想,勾起多少诗人的情怀?

或是像苏东坡那样,吟唱着"明月几时有,把酒问青天,不知天上宫阙,今夕是何年。"满月总是团圆之时,那弯月便是思念之时。月夜深深,深情絮语,闪闪烁烁,甜美柔和,淡然微笑,低头回眸,皆是风景。"月有阴晴圆缺,人有悲欢离合,此事古难全。"一盏月,道破天有不测风云,顺遂天意,也是释然。

当然,那些夜归途上的行人,头顶有月,便是光明。黑暗,恐惧,看小树林也是魑魅魍魉。一轮月亮,朗照四野,一丝光明,一缕柔和,一份陪伴,一份依靠。天上一轮月,光辉洒万里。

人在世间走,庸人自扰之。若处在烦恼纠缠不清时,便宜在明亮的月光下,仰视苍穹,深呼吸,呼出所有尘埃。

仰望星空,月亮代表我的心。月满天空,哪管在山里,在城里,都可以把月光带进梦里,装进生活里。

月,高悬。黎明前,聆听布谷鸟的歌声,醒来时还有梦的情节。美好的一天就从这里开始，月光把快乐带给梦，黎明把幸福带给你我。

时光，清脆悦耳；生活，优美动听！

2020 年 4 月 7 日

这一切，都是风景

一

在中国地图上看汉江，就像一根弯弯曲曲的毛细血管，分布在长江之畔。就是这条汉江，从安康穿城而过，把安康分为江南江北。江南是我的家，江北也是我的家。

记不清是某年某月某日，听朋友说起江北的变化：道路很宽，行道树很绿，楼房很高，环境很爽，诱惑着我，就想去看看。

一个人从江南出发，走过横跨在汉江上的三桥，感觉它有着武汉长江大桥的气魄，毕竟，它的设计充满了新时代元素，尤其是夜晚的灯光成为汉江最耀眼的风景。夏天，很多人在桥上散步、乘凉，吹着晚风，享受岁月静好。

转过三桥，就是宽阔的安康大道，我从这里一步一步走到了江北，大约用了一个小时。我走在人行道上，行人都走在人行道上。车辆缓缓行驶在八车道上，看不见拥堵，听不见撕心裂肺的汽笛声，路宽了，司机师傅们不用抢行了。

斑马线很宽，红绿灯总是那么有序地闪亮。人们不用跑着过斑马线，"车让人"三个大字特别温暖，有一种生命至上的神圣从心底流淌而出。想起每天都有生命消失在车轮底下，该是多么悲惨的事情。而造成这种悲剧的无怪乎是：道路无法满足车与人的需求，人类的文明素养跟不上社会的发展，"宁等一分而不抢一秒"被冲动忽略。不管是哪种因素，让无辜的生命灰飞烟灭都是一种罪过。

还好，通往高新区的路足够宽阔了，人与车的冲撞明显减少了。城市的文明在汉江南北向四处蔓延，范围越来越宽阔，让人感受到城市的和谐与久违的宁静。

幸福感好像一股脑儿都挪到了这里，随处可感。

这可能才是人们喜欢的城市模样。

二

高新区，是汉江之北的经济开发区，也是安康城市发展的必然产物。人口数量的变化倒逼着城市提升发展速度，以适应人们生活的需要。汉江南岸的居民，从几万人飙升到百万人，老城安康实在难以容纳。

城里的人越来越多，能盖楼的地方都盖了，占据了城市的大部分空间，街道拥挤，显得越来越狭窄。汉江是没法变宽的，向城外发展，已是大势所趋。

于是，2008年，安康就有了一个崭新的举措，把城市的框架迅速向江北延伸，一个国家主体功能区在汉江之北落地生根，它的名字就叫高新区。这里的一切都是新的。清新的空气，宽阔的道路，两岸的住宅楼、高悬的路灯、茁壮的行道树、人性化的公交站台，都是新的。在这里，有一种举世无双的静美叫安康蓝，有一种清新氤氲的营养叫天然氧吧，有一种垂涎欲滴的诱惑叫美食城。在这里，一栋栋现代气息浓郁的高楼大厦拔地而起，一条条俨然自然景观的宽阔高速路自然舒展，一条条人文情怀丰富的大街纵横交错，一棵棵蓬勃茂盛葱郁的行道树威武挺立，一盏盏闪烁的街灯璀璨迷离。

高新区是安康一颗璀璨的明星。它和其他城市的高新区有着相同的名字，却走着不一样的发展之路。安康高新区聚集创新要素的有效裂变，打造区域特色文化与经济结合体，牵动着安康、陕南乃至中国的发展。

高新区是连接重庆、成都、西安、武汉等地的交通枢纽。五条铁路全线贯穿，九条高速公路在此交汇；三大主题公园，生态环境优美，历史文化悠久，资源丰富多样，"投资洼地"和"产业高地"效应日趋凸显，已成为安康战略门户之区、宜业宜居之区、生态文化之区和循环产业之区。

高新区成为省内外的企业家关注的焦点。他们纷纷在这里发展，他们积极抢抓机遇，秉承"用品质装点城市、用诗意弥漫幸福"的全新理念，为高新区的建设和发展推波助澜。

高新区实现了惬意的生活品位。眺望或俯视，都给人以舒适和温馨。不管你从哪个角度欣赏，都有人文的馨香和生态的清新。生态公园给你天然的乡村自然风光，四季鲜花开在绿海中；四通八达的高速路，交织着城市的经纬；汉水文化元素星罗棋布，汉调二黄随处可听，花鼓戏随处可赏，24小时读书吧比比皆是，标准化的中小学校和医院拔地而起，为城市的繁华赋予文化和精神的高度。

经过十多年的发展，高新区彻底超越了古老的江南，一切都具有绝对现代的风格。如果说江南是政治文化中心，高新区则是商业中心和经济中心，也是宜居胜地。

三

五年前的冬天，正是元旦，迷迷蒙蒙的阳光笼罩着天空，雪花纷纷扬扬地飞舞着，朋友电话邀我去家里玩，因为她刚搬了新家。

她住在西津城6号楼，这是我第一次走进这个小区。西津城在三桥头北端，它算得上是高新区较早竣工的住宅楼。

道路宽宽的，几十幢高楼安静地伫立着，楼宇之间间隔数十米，完全遮盖了我狭窄的记忆。因为江南老城很少看见这样的画面。

这是一座宁静的浅灰色建筑，自然是很惹眼的。竖起耳朵也没有噪音进入耳膜，这或许就是城中取静吧！朋友在楼下候着我，她见到我说："住这里感觉挺好，小区环境好，居民素质高，到处都非常安静。"

简单的午饭后，她准备带我去游高新公园，我很乐意。漫步在冬天的第一场雪里，星星点点的雪花，带着星星点点的暖阳，雪花仿佛人工从天而降。我摘下手套，想让阳光温暖我的手，像身旁的园林工人一样，都被温暖着。他们身穿橘黄色马甲，脚穿绿色深口的运动鞋，右手拿着钳子，左手拿着塑料袋，遇见垃圾，就弯腰捡拾。他们额头渗出微微的汗渍，又或许是雪花落在了脸上融化成了水珠。

劳动有时是诗意的生活，可以创造更多的美。他们用勤劳的双手装扮着崭新而干净的运动公园，浅的草、绿的树、红叶石楠，都在雪后的暖阳里伸着长长的懒腰，而公园好像舒适地平躺着。没有一丝风，冬的寒冷散去了。

站在高新区的地盘上，这里真的繁华而宁静。我和朋友静静地站在公园最高处，视野十分辽远。四周的远山紧紧地包围着高新区，就像母亲伸开双臂抱着孩子，又像一个小盆地静静伫立，还像一件艺术品正在雕琢之中。我不忍心坐下来，怕压折了草儿，也怕损坏了泥土的松软和肥沃。

不远处的工地上，依稀看见很多工人头戴黄色的安全帽，在水泥框架的建筑群里来回穿梭。庞大的挖掘机看起来像玩具模型，动作轻缓，就像初学广场舞的大妈，脚步蹒跚。让人忍不住自由畅想，高新区的未来和发展的模样。

就这样静静地依偎在高新区的怀抱里，犹如静立在一间宽阔而精致的会客厅里，以高远的蓝天为屋顶，以轻盈的白云为脊梁，以灵秀的远山为屏风，满眼绿的水、绿的树、绿的草为点缀，怪不得叫"绿色生态公园"。我俩慢慢享受，悠然遐想，飘然若仙，日子这般温馨而惬意。

我情不自禁地拽住她的衣角，好像拽住了幸福的棱角。她伸开双臂，深情地拥抱着我，好像此刻读懂了我的所有小心思——更想给我一个角落停歇我浮躁的心，让疲惫最快地瓦解。

和她在这里好好度过了这个有雪花、有阳光的周末，舒心地与宁静牵手，享受着当下的每一分每一秒!

四

偶尔想起朋友说的话，城市还是这座城市，住在西津城多了舒适和惬意，日子就过得有品质了。而我数十年一直住在江南，相比之下，生活品质好像打折了。

是的，全新的高新区，文明度和繁华度在默默提升，城市的品位也在提升，生活的品质也提高了。这话是朋友说的,也是我自己感受到的。她是我多年的好友，从来不和我炫耀和显摆，只是这儿竟让我依依不舍。莫非我真的爱上了舒适的高新区。

怦然心动，不是背叛了江南，是它的拥挤让我有点疲惫和反感。

利用周末，我偷偷地坐着公交车亲近高新区，欣赏着高楼，看着这里的小区一个连着一个，数不胜数。而它们竟都不属于我。

在高新区买房是我必须要做的事。在与家人商量、与朋友交流后，我也选择了西津城，选择了最靠近乡村边野的那幢楼。它终是成了我的归宿，我成了它的又一个主人。

三年前，春花烂漫的三月，我搬到这里住。那时的我，工作的压抑，孩子升学的焦虑，楼上楼下那些令人心烦的噪音，都在这里得到了释放。一份难得的心灵宁静，成为我健康的按摩仪。

宁静是人们摆脱烦忧的最好过滤器。我喜欢站在高楼里向远处望，绿意盎然的山川，闲适的村庄，站在哪个角度都可以享受到一份难得的静谧。在这里，生活的快节奏，心灵的蒙尘，情绪的垃圾，恶心的负能量，都会随着空气的飘逸而消散。

尤其是在周末，一家人走在这样的小区里，感觉天更高远，云更轻盈，风儿悠然。围墙之外，农民唱着民歌，在地里劳作，绿油油的小麦，油菜花金黄一片，蜜蜂嘤嘤嗡嗡，成为空旷的田园风光里最热闹的旋律。女儿说，这就像她童年记忆中的那个老家。

人们选择在高新区居住，缓解城市的快节奏给生活带来的压力，让匆匆的日子缓慢地从耳鬓衣袖间轻轻滑过。人们厌倦了江南老城大街小巷的拥挤，厌倦了夜市里觥筹交错的扑朔迷离，厌倦了喧闹商场的人群如蚁，还好，今天，还有高新区这个宁静的角落。

不管你是常住还是短歇，都能感受到它的温情和魅力。这种朴素无华的神韵，悄无声息而毫不保留地献给每一个行者。走在这里，不用眺望，就可以分清城市的层次和内涵；不用仰视，就可以找到它的底蕴和灵魂。

这里有自然风光的纯净，也有人间烟火的温情。正因如此，我那在厦门、深圳、澳门等地工作的几个好闺蜜，纷纷在高新区仕府大院、北城中央、缇香郡买了房，方便回来度假，准备退休后常住。听她们说有些北上广的人们，对这样的生活也充满了向往。

五

住在西津城，一晃就是三个春秋。我在这里享受着春的清新和柔美，夏的清爽和窈窕，秋的绚烂和迷离，冬的温婉和静美。在这里，诗情画意的春天，仿佛一直在身边，因为小区里四季有花，树木常绿。

西津城位于安康城三桥头，它是高新区最早建成的公务员小区，只是高新区的一隅，但能够展示高新区住宅楼的品质和风格。用高品质的城市眼光，延续着古老的文化和现代的文明，凝聚着自然的本色，传递着生活的品位，让诗意的栖息成为现实，这就是高新区设计者和建设者共同的理念。

看这座城市的匆匆蜕变，看凡人生活的真实缩影，看真和善逐渐化解了人心的复杂，看生活静美驱除了心灵的雾霾，看透了健康活着必然代替了熏心的欲望。一切都回归宁静，生活的淳朴，环境的优雅，自由的呼吸，是最适合人类终身栖息的。

又一次漫步在西津城的林荫道上，无所谓进场和退场，我是主角，人们都是主角。花草树木，空气和阳光，都属于我们。

每天，我们枕着高新的夜色睡去，温柔的路灯便是我们共同的忠实伴侣。料想，在夏季，在梦里，一阵风悠悠飘过，穿越纱窗拂过我们的脸颊，笑容一定会被时光老人紧紧摄住；料想，在冬季，在凌晨，一串氧分子从汉江里升华，带着雾霭的轻柔，温暖自然醒来的我们，抚摸我们的每一寸肌肤，甜蜜定会被上帝记录。

终于自由了，我抑制不住冲动，绕着西津城，转了一圈又一圈，感慨颇多。世界很大，而我只需一席之地，有柴米油盐酱醋茶，可以坐在有太阳跳跃的阳台上，捧着书本，品着咖啡，度过我的今天和明天。

高新区太大了，我不要你的全部，只想拽住宁静的一角，安静地读书，安静地幻想，安静地捕捉灵感，写下安静而真实的文字。

当我老了，还有这些普通的文字和美好的故事可以回忆和重读。

六

汉江是安康人的生命之河，也是我最喜欢的河流，不管我住江南江北，我的心始终和它在一起。我出生在汉江畔，江水滋养我成长，江畔陪伴我长大。我在书页里，懂得了江水也曾从《诗经》里流过，也从你我的心里流过。江水带着它的清澈明亮，缠缠绵绵，流过岁月翩跹，最终缓缓汇入长江。

江水韵味绵长，城市温暖如诗。人们依江而居，所有过往，如春花，似夏雨，如秋风，似冬阳，定格在心灵深处，流淌在血脉里，这就是汉江最动人的魅力。而我与汉江，就像一只鸟儿与辽阔的蓝天，永远分不开。毕竟数十年的日子都留在了汉江之南，所有的过往都纵横在汉江之南，所有的故事都与汉江之南有关。

我时常想起汉江之南，想起那里的美好和感动，一切都写进了童年的故事和记忆。春天，和小伙伴们站在江边赏"春江水暖鸭先知"，听柳枝与迎春花窃窃私语，仰视水鸟衔着枯树枝从头顶啁啾飞过。夏天，和姐妹们在汉江边捡鹅卵石，洗干净，用水彩画画，因此赢得同学们的青睐和老师的喜爱。秋天，挽着家人在江边倾听流水如歌，情不自禁地仰起头，看姿态万千的晚霞，如霓虹色彩明丽，宛若仙境。冬天，午后的阳光裹着温暖把光和热播撒到汉江两岸，陪着父母坐在河堤的长椅上，听身边的男女老少拉家常，听河对岸舒缓的音乐，看江水浅浅，议城市变换，这一切都是这座城最珍贵的元素。

那些已逝去的青春，也都流进了汉江的脉络里。曾经风华正茂的我们，站在河堤上，对着滔滔江水，背诵徐志摩的《再别康桥》和戴望舒的《雨巷》，也曾渴望遇见一个丁香一般的姑娘，也曾经光着脚丫，坐在江边石头上，深情地唱着毛宁的《涛声依旧》，"今天的你我，怎样重复昨天的故事，这一张旧船票，能否登上你的客船？"

汉江，从千年万年的时光中走来，而我一直依偎在汉江畔，从昨天走到今天，从童年走向中年，从江南走向江北。

七

水是一座城市的名片。正是这条清澈而奔腾不息的汉江，滋养了秦巴山间数万人民，朝饮富硒水，午食富硒米，晚品瀛湖鱼，夜呷巴山茶，他们用自己的方式，耕耘着岁月的春夏秋冬，编织着年轮的苦辣酸甜，谱写着春华秋实的山水歌谣，聆听着节奏分明的晨钟暮鼓，幸福地与江水共生。

汉江与安康，就像黄浦江与上海，长江与武汉，嘉陵江与重庆，江水轻轻流过，洗刷不去历史留给城市的文明和进步，洗刷不去一代代人对江水的挚爱和感恩，也洗刷不去江水带给人们深深的创伤。

惨痛的1983年7月31日水灾，世世代代安康人铭记于心。一夜间令几万人流落四野，安康完全沉入水中，城里的屋顶有如江上浮漂的枯叶，市民一天死亡数量数以千计。洪水退去，面对一派颓败的废墟，安康人挽起衣袖，重建家园。

现在的江南老城，就是那一年新建的，繁华与日俱增。

西津渡口是汉江最富有历史感的一块"胎记"。往昔暮色里，那种"独怜幽草涧边生，上有黄鹂深树鸣。春潮带雨晚来急，野渡无人舟自横"的意境沉浸在江水深处。月圆夜，江水空寂何处，古渡聊寄乡愁，总会带给人们无限遐想和绵思愁绪。

西津古渡老街，墙体斑驳，街巷幽深，商旅往来，沿街叫卖，倚门而立，凭窗眺望，远送故人，期盼旧人归，那是一条承载着历史记忆的西关老街，繁荣与热闹依然犹如梦游一般清晰，即将成为安康最后消失的一条老街。

这样生动的场景，是老街留给我最后的记忆。汉江畔古老的西津渡口，是安康发展历史的见证，也是人与水斗争的历史见证。

汉江三桥就在西津古渡原址上跨江而建，它向南直抵安康城南主干道，向北延伸至高新区的安康大道。昔日的"西津古渡"早已经没了痕迹，因古渡而繁华的七里沟街道也没了踪影，曾经连通江南江北的古渡口已经消失在历史的长河之中。

安康的繁华也是从汉江江畔开始的。从东到西，长长的河堤就像是一幅大画的轴心，城市画面从它这儿拉起，于是有了河堤路，有了西大街，有了兴安路，有了巴山路，有了南环路；从南到北，慢慢地舒展开来，于是，它有了后来的滨江大道，有了安康大道，有了民主大道，有了建设大道，有了发展大道；也有了无数无数的人，在这里生活，在这里繁衍。

"安宁康泰"是安康人对汉江灾难的最好缅怀，亦是对汉江未来的祈福。

不管住在安康城的江南江北，都要铭记它名字的来历和寓意。

八

城市画卷至今还在舒展，带着它独特的魅力，高贵的品质，散发着缕缕清辉，一直向远处扩散。

昔日的西津渡口远去了，停泊在渡口的船只搁浅了，但汉江上的赛龙舟一直在传承。每年端午节，省内外的很多游客都会来安康欣赏汉江龙舟赛，这是汉江文化的最好延续。震耳欲聋的击鼓声，船公的呐喊声，水手的摇橹声，观众的欢呼声，应有尽有，仿佛又把我们带进了汉江最繁华的高潮中。这不仅是对汉江拼搏精神的歌咏，更是对安康人民美好生活的赞美。

水路运输已经载入汉江的历史记忆，取而代之的航空和高铁都已落户安康高新区。工人们日夜奋战正在建设安康富强机场，航空大楼和机场跑道都已经建好了，就像一只等待展翅翱翔的鸟儿，只要一声号令，即刻起航。据说今年国庆节通航，快了，快了，我们就可以飞到天涯海角了。

高铁建设已经立项，开工指日可待。建成后，从安康出发，半小时可到西安，一小时可到重庆，五小时可到北京，我们出行真的是赶上加速度了。

花若盛开，蝴蝶自来。只有交通便捷，才能促进城市文化、交通、科技和经济的飞速发展，优化高新的品牌，提升安康的知名度，缩短安康与中国的距离。

丘吉尔说："如果今天不比昨天多做一点什么，那么明天还有什么意义。"今天富裕的物质正满足着安康人的品质生活，但奋斗一直处在进行时态。上帝给了人们无限的力量，就是用来创造神话的。安康人正在抓住发展机遇，维护自然环境的静谧，保持生态环境的和谐，让城市越来越繁华，让人们的生活越来越幸福，让城市与人类健康和谐相融，以达到最大的默契。

衡量幸福的指数，不是楼越高越好，或钱越多越好，而是你在人类文明的进程中，做出了多少贡献。在翻滚的历史河流中，我只是其中一个幸运者，享受着城市红利。亦是城市的建设者，幸福的创造者，我也在平凡的岗位上为城市发展助力。

"在我的理想和我的栖息地之间，隔着我整整一生。"这是诺贝尔文学奖得主、法国作家纪德激励自己的话，何尝不是勉励我们所有正走在路上的奋斗者？每个精彩的人生都是奋斗而来的。

每一座城从来都不会停止舒展，我不知道它的尽头会在哪里。只知道每一年都会有新的画面出现，都会有新人诞生，旧人逝去。

这一切，都是风景。

2020 年 4 月 10 日

礼物

2018年七夕，我在敦煌莫高窟。

第一次知晓莫高窟，源于读余秋雨先生的散文《莫高窟》，大约在十多年前。莫名其妙地憧憬它，就只能重读余先生的散文了，以此安慰自己。一遍遍阅读，一次次膜拜，一回回梦游，一次次神往，竟也有感而发地用文字堆积了读后感《莫高窟之美》。

而此刻，在家人和好友倩一家的陪伴中，我终于见到了魂牵梦绕的莫高窟。我已经完全走进它，眼前的莫高窟与书中的莫高窟还是有所不同的，就像人物写真照片和真人版一样，有的使用美颜相机优化会失真，有的不曾修饰却也太单调会暗淡。只有亲自用眼睛和心灵捕捉与勾勒，才能留下最真实的印象。敦煌莫高窟，就是这样用神奇和磅礴片刻间完全俘虏了我。

为了赶上第一班大巴车，我们凌晨五点钟起床，六点到达莫高窟数字展示中心，排了半个小时长队，才挤上39座大巴车，沿着莫高窟景区专线前行，而我的心仿佛穿越时空，徘徊在历史悠久的莫高窟了。虔诚使然，我的脑海里莫名地回放着余秋雨先生的文字："莫高窟俗称千佛洞，坐落在河西走廊西端的敦煌。它始建于十六国的前秦时期，历经十六国、北朝、隋、唐、五代、西夏、元等历代的兴建，形成巨大的规模，有洞窟七百三十五个，壁画四点五万平方米、泥质彩塑两千四百一十五尊，是世界上现存规模最大、内容最丰富的佛教艺术圣地。"这些熟悉到可以复制粘贴的文字足以为我亲历欣赏扫盲，又为我仰视莫高窟添上了几分神秘，为我充分了解莫高窟增添了几分魔力。

莫高窟的美，既需要眺望，又需要凝视。或许正是对面的三危山静静守候，莫高窟才越发凸显出自身的魅力；或许正是远处鸣沙山的默默陪伴，莫高窟才有了幽静而厚重的辽远；或许正是甘肃敦煌四季少雨的气候，莫高窟才有了不输岁月侵蚀的霸气。莫高窟，用灵动而逼真的壁画诠释了人类的智慧，用鲜活而形象的洞窟展示了华夏的文明，用表情丰富的泥塑表达了生活的况味。让我不得不惊叹,在科技并不发达的历史网页里,这么多的灵感和造诣从何而来,仿佛是离奇的神话一般。

人类的脚步总是在历史车轮里缓缓前行,他们在繁衍生息中不断认识地球,不断创造出历史的神话。大西北,曾经人迹罕至,到处都是飞沙走石,而今日我们所能欣赏到莫高窟的实景犹如人间仙境,迎合着耳畔的导游讲解声,随着蓝天白云一起清澈而响亮,这只能是神的造化,怎一个"奇"字了得!

莫高窟为游客正常开放的仅有八个洞窟,那是专为正常购票的游客准备的,而为应急票开放的只有四个洞窟,我抢到的仅是应急票,已经十分幸运,十分满足。游客参观路线也因此兵分两路,互不交叉,整个参观都显得十分有序。正因如此,我们就更加珍惜这来之不易的机会。

金色的朝阳漫过三危山,缕缕金光轻抚着莫高窟大大小小的洞窟,照亮了成百上千的泥质彩塑,也把数以万计的壁画照亮了。游客们摩肩接踵,依次有序走进莫高窟景区,自觉排队,收起手机,怀着虔诚的心愿,在导游的引导下先后走进半封闭的98号、100号、138号、144号洞窟。洞外是闪烁的金光,洞内是五彩的泥塑和壁画,越是靠近洞口,越是轮廓清晰,人物或忧或喜,或愁或乐,都静谧地等着我欣赏。

大家都安安静静的,睁大眼睛扫视这四个能看到的石窟,没人说话,没人拍照,好像一不小心就错过了精彩。眼前的九重楼用红色的楼阁渲染了莫高窟的技艺精湛,翘起的棱角如鸟儿停歇之尾,层层叠叠,直插云霄。大佛伫立,卧佛横躺,慈祥的眼神里流淌出善良的本性,微笑的神情里折射出内心的质朴,宽阔的胸怀里容纳了游客所有的心语。涅槃重生,娘娘送子,都是人类美好的期许,在这里,依然美好如初。阳光下,完全暴露的壁画有些褪色,但是这美好的期许从不过时,永不褪色,犹如游客永不褪色的神往痴心。

回眸一笑,被人群紧紧拥抱的莫高窟,不惊不怒,不急不躁,把外形的美好和内在的神韵都馈赠给了每位游客。

在参观的过程中,我意外地看到了一些石窟的外墙上,写着"某某捐赠善款多少万元用于修复此洞窟"的文字,我慌乱地掏出手机,拍下了这些文字。这是我未曾想到的细节,却是我必须珍惜的情节。这些文字,记录了这些石窟的开掘和修复,需要付出的代价。当然,这并不是全部代价,或许仅仅用于材料的购买,工匠的薪水,都凝聚着这些爱心人士对莫高窟的爱。尤其是在贫穷的时代,有这样的善行多么难得,这些钱也是多么珍贵。正是有了很多人的善行,才减少了修复莫高窟的艰难险阻,缩短了封闭和开放之间的距离。

在参观队伍行走缓慢的间隙,我用身体亲吻了这些用沙粒与泥土紧紧黏合的外墙，我的体温穿不透凹凸不平的墙壁，我的心跳唤不醒莫高窟沉睡的过往，我唯一能做的就是拿起手机记录下我与莫高窟亲昵的瞬间，然后反复回望、回忆、回味。日子匆匆，岁月长久，我和很多国内外的游客一样，把憧憬化作现实，把信仰化作祝愿，通过眼神传递，通过心扉凿进。当三危山被风沙消减，唯愿景区高大的榆树和柏树可以更加茂盛，可以化作屏障，继续为莫高窟遮风挡雨。

在这里，四周的沙漠从来都不寂寞，因为莫高窟的无限魅力吸引了来自五湖四海的游客。城市的繁华，西北的荒漠，骤然形成鲜明的对比。距离的遥远，海拔的落差，早晚分别有了冬夏的感觉。八月，固然是一年中最热的，也是游客最多的时候。一望无际的荒漠，没有牛羊，没有花草，却也成为游客远眺的风景。简单如版画，浑然天成，满眼金黄，仿佛是上天专为游客即兴创作，刻意送给长途跋涉的朝圣者。

参观完四个石窟，我又走进敦煌莫高窟陈列馆，一张张黑白照片，记录着莫高窟曾经的沧桑。从凌乱不堪到完好如初，从一笔一画涂色到莫高窟的完整付梓，从年接待量的万余人到日接待量数以万计，中国的古文明正在一步步蔓延到更多人心灵深处。如今敦煌莫高窟、八达岭长城、西安兵马俑和洛阳龙门石窟等景点热度逐渐上升，尤其是莫高窟每天限制接待游客 1.2 万人，足见中国许多文化遗产正在从中国走向世界，其中蕴藏的秘密非肤浅的文字可以阐述。真正的艺术不是文字宣传可以完全表达清楚的，而依靠文字宣传兴盛于一时的也并非真正的艺术。敦煌莫高窟，当我目睹后，我才真正懂得，它的魅力正是以静默的方式保存着本真，以珍藏的方式保存着神韵，这独特的艺术价值属于整个人类，供全人类瞻仰。

很喜欢余秋雨先生《莫高窟》里的这句话："看莫高窟，不是看死了一千年的标本，而是看活了一千年的生命。"他从文化价值的深度解读了莫高窟独有的文化魅力，用学者的高度诠释了艺术的内涵。但真正的艺术不在于它存在的形式和外表的华丽，而在于它对于文化和文明的推动，在于它留给人类去仰视的深度。

阳光在头顶烘烤，灼热的秋风吹起我的长发，遮住了我滚烫的脸颊。我轻轻地挥手，悄悄告别莫高窟，还有近处的三危山和远处的鸣沙山。我莫名其妙地幻想，有月亮升起的七夕夜，织女也许会降临凡间，挽着牛郎的手，一起俯视这被人类和大地暖热的敦煌莫高窟。他们可以欣赏到"四周渐明朗，疏星天边亮"的今天，也可以欣赏到"大漠孤烟直，长河落日圆"的昨天，还可以欣赏到"天涯海角处，又见莫高窟"的明天。

车轮滚滚，我与莫高窟渐行渐远，而游客中心排队乘车的人们依然层层叠叠，每个人都有着急切的心情。同样跳腾的还有来自朋友间的"七夕快乐"的祝福，以及微信朋友圈都在暴晒的各种节日礼物。而我们这些追寻莫高窟的男女老少，三三两两，亲切相伴，在这里与几万幅壁画一起舞蹈，与几千个泥塑一起把逝去的年华编织成不同的图案，与天地融为一体。如果某年某日，我们头发都白了，牙齿都掉了，仍然能在一起面对面回忆，还能想起今年的七夕，一起手挽着手行走在莫高窟景区，一起肩并着肩欣赏气势磅礴的石窟，一起随心所欲地在景区的林荫道上散步，一起简简单单度过了人生最难忘的七夕，该是今生今世最美的记忆，也是莫高窟馈赠于我们人类最最珍贵的七夕礼物。

2018 年七夕节

轻轻地我来了

对于徐州，我仅存的记忆里就是生产大型机械的地方。接到要去徐州学习的消息，是在四天前，当然有点小激动。

我们同行的队伍共十六人，看似年龄跨度很大，实则心态同频道。细心的领队和助理提前建了微信群，为我们统一订票、取票，安排每个人带点不一样的零食，在车上分享。

早起的鸟儿有美食吃。我们都在七点二十分到达安康金地酒店大门口，热心而贤惠的姐妹们准备了肉末酸豇豆、煮鸡蛋、牛肉酱、烧饼、酸奶、薯片、溜溜梅、果冻、烤馍片儿、咖啡，还有新鲜的香蕉、桃子、梅子等水果，真可谓应有尽有。我忍不住惊叹：姐妹们，珍惜我们一起出来增肥的时光！

大巴车七点半准时离开金地酒店，过汉江，越高新，钻山洞，过隧道，一路向北，四小时后到达西安北站。年轻帅气的司机师傅，稳稳地把车停在北站附近，帅哥小全便开始学雷锋，帮每个人把行李箱提下车，最后才背起自己的小背包。过马路，选择拍摄地点，这是美女出行最钟爱的事儿。摄影师忍不住遗憾地说："可惜没拿单反相机。"马总连忙递上手机，十五位美女不约而同地摆出相同的姿势，七彩的行李箱在前，右手扶着行李箱的拉杆，左手高高挥舞。"咔嚓"一声，拍下美图。看着这瞬间的靓图，背景还有西安北站的字样，我忍不住在朋友圈晒图，写道：轻轻地我们来了，正如我们匆匆地走；挥一挥手，暂时作别西安的云彩。

进站本是最简单的事了，没想到竟遇上了意想不到的乌龙。身份证和高铁票同时经过红外线的扫描才可以顺利过关。可是领队王惠主席翻遍衣裤口袋和大箱小包都没有找到票。然后他默默地自言自语道："我的票在和我捉迷藏吗？我找不到你了。"当确信找不到了，便开始及时补救。我赶紧帮忙找售票窗口咨询，重新购票，上车证实，下车退票，迅速搞定。再次来到安检处，依次走进候车室。密密麻麻的人群，占满了蓝色的椅子。我们选了一个偏僻的角落，稍作休息，耐心静等高铁 G1938 开过来。

候车的间隙，才想起女儿一个人在家，早已过了午饭饭点，匆匆拨通她的电话。她才开始煮饺子，我不禁心疼起来。通话期间，女儿着急地告诉我，"妈妈，我已经给你做旅行小功课了。"我的话还没说完，女儿就挂了电话，急忙通过微信给我推荐关于徐州的旅游攻略。

我幸福地打开微信，开始预习。眼睛快速浏览：徐州古称彭城，历史上为华夏九州之一，具有五千多年的文明史和两千五百多年的建城史。徐州先后获得国家历史文化名城、中国优秀旅游城市、全国双拥模范城、国家环保模范城市等称号。徐州是交通要道，承东接西、贯通南北、双向开放、梯度推进，战略区位优势凸显，是淮海经济区的中心城市，也是江苏省重点规划建设的四个特大城市和三大都市圈核心城市之一，素有"五省通衢"之称，是全国重要的交通枢纽，资源富集，是江苏省重要的能源基地。

痴迷历史的女儿说："要真正认识徐州，得从它悠久的历史文化开始。"不用说文化底蕴深厚，历史胜迹浩繁，单是汉墓、汉画像石、汉兵马俑为代表的"汉代三绝"就名扬海内外。徐州出土了数量众多的汉兵马俑，与秦俑写实的风格相对应，徐州的汉兵马俑是用写意的手法，将汉代兵士的神态和表情，甚至是内心活动都惟妙惟肖地刻画出来。数以千计生动传神的汉兵马俑，宛如一支威武雄壮的汉代军阵穿越了历史时空，展现在世人面前。除两汉文化胜迹之外，项羽"戏马台"、刘邦"大风歌碑"、苏轼"放鹤亭"、北魏"大石佛"、唐代"燕子楼"以及明清"城下城"遗址等历史胜迹遍布全市，使徐州这座古城处处散发着浓郁的文化气息和独特魅力。

下午七点，我们到达徐州东站。凉爽的晚风直入心脾，舟车劳顿的疲惫瞬间消散，这或许就是这座城市夏季的招牌。高楼林立，整洁别致，美不胜收。大运河傍城而流，山围着城，城环着山，山城相依，山水相连，形成了徐州独特而美丽的自然风光。自然风光兼有北方的豁然大气和南方的钟灵秀丽，将城市装点得雅致秀丽，成为人们休闲观光的旅游胜地。深厚的文化底蕴、优美的自然风光和现代化城市风貌交相辉映，相得益彰，形成了兼得北雄南秀、富有鲜明个性的城市风格。走在这样古典而又具有现代文明的大街，俨然有种穿越古今的飘逸和浪漫。

晚饭后散步，我们突然聊起想挤点儿时间去参观博物馆，一定要目睹这座城市的蜕变与升华。是的，只有走进历史的长廊，触摸文物的轮廓，才可以真切地感受到徐州的繁荣文明和谐，它以经济为强大后盾，正在古彭大地上迅速崛起。

为了了解徐州的来历，我打开了百度搜索并迅速找到了答案。这要追溯到原始社会末期，尧封彭祖于今市区所在地，为大彭氏国，徐州自此称彭城。春秋战国时，彭城属宋，后归楚，秦统一后设彭城县。楚汉时，西楚霸王建都彭城。徐州的两汉文化遗存，以"汉代三绝"为名片。以汉皇祖陵、项羽"戏马台"、楚汉鏖战的九里山古战争遗址、霸王别姬处、虞姬墓以及刘邦荣归故里吟唱千古名句《大风歌》的歌风台等为代表的风景区，让我立刻有了近距离接触的冲动，就像孤独时遇见了对的人，就像久别重逢的情侣，缠绵悱恻。渴望这个心愿可以实现，我给领队建议后，她说尽量满足。如果这次没有机会，那也是留给下次重逢最好的念想。

我们悠然自得地走在植被丰茂的徐州高等师范专科学校校园里，树木与晚风亲吻，灯光与背影重叠，学习与赏景同步，已经找不到最合适的语言来描述此时的安逸和满足。生活的静美大概就是这样了，面带微笑，闭上眼睛，满怀期待，进入梦乡吧！

2018 年 8 月 5 日

我们在西安

西安是我们一家人最喜欢的城市。

不记得这是我们第几次来这里了，但每一次都有深刻的印象。

我们一家三口之所以选择大年初一再次来这里，是被"西安年·最中国"活动所吸引，也是为了圆女儿再来西安好好参观陕西历史博物馆的心愿。

家有历史迷，西安这座历史文化名城成为我们出行的首选。记得女儿四岁时，已经是第三次来西安，早已参观过陕西历史博物馆，但她说印象全无，我和先生也没了印象，那就只能再重来一次。

早上八点驾车从小区出发，空气中弥漫着浓浓的火药味。尽管政府早已禁放烟花爆竹，但小城市民还是没有太在意。除夕夜的爆竹真的有点疯狂，公路上能见度不足五十米，车子时速不足二十千米，不禁让人十分生厌。最令人难以接受的是，这些烟花爆竹一夜间把安康的空气指数从全国前十，拽向全国倒数第九。往日安康境内的高速路，空气清新，带着舒心的甜味。而今天，浓浓的火药味儿，把两岸的草木和油菜苗都呛着了，耷拉着脑袋，看不见春的灵气和活力。

女儿反复叹气，唠叨，"这样的速度，今天的历史博物馆只能变成明天的项目了。"我知道孩子心切，慢如蜗牛行走，是难以按计划到达了，上午十二点半才到预订的宾馆。简单歇息，便争分夺秒地重新计划行程。

钟楼当然首选。这座镌刻着西安发展痕迹的高楼，浓缩着西安悠久历史的高楼，不限制游客数量的高楼，是可以随时随看的。站在钟楼上，耳畔传来的是各地方言，眼睛看到的是密密麻麻的人群。男女老少，穿新衣，戴新帽，有的手挽手，有的搀扶着老人，有的牵着小孩儿，都在有序地排队，期待安全登上钟楼。

人们都在新年第一天向上攀登，向高处攀登，这或许是设计者和建楼者未曾料想的胜景。生活如此美好，幸福随时荡漾，新年时光在钟楼上熠熠生辉。游客如织，这就是西安这座城市文化铺展的力度和深度，也是人们逐渐改变的追求幸福的方式。

城市节奏变化有点儿快，以至于行者都是脚步匆匆，来不及驻足，来不及回望。

我们就是这样被人流从入口带进去，又被人群从出口涌出来。大钟是钟楼最好的陪伴，也是西安这座城市最好的陪伴。如家门前的一方巨石，一棵劲松，见证主人晨起暮归，见证主人为生活四处奔波的背影。

走出钟楼，目之所及，它的前后左右，四通八达，道路伸向远方。车辆密密麻麻，把人们送到将要赶往的地方。钟楼是西安的心脏，它就像人的心脏，时刻跳动着，闪烁着生命的价值和魅力！

我总觉得，登楼是一种心境，亦是一种憧憬。想起第一次登城楼，是在十六年前，那时女儿还没有出生。也是二月，我和先生一起度婚假。那一年，西安的天气和安康没有多大差别，"雾霾"这个词好像还没有诞生。城市很安静，很素净，我们手牵手在城里缓慢行走，游客稀少，不着急赶路，也不担心脚步太快，灵魂跟不上节奏。我俩慢悠悠地在西安，看钟楼的历史，看博物馆的故事，看碑林的文字，看秦兵马俑的表情，看行道树的蓬勃，看岁月风尘在这座城市留下的印记。

第二次登钟楼是在十年前，五一放假，我们一家三口陪爸妈到西安。那时弟弟在西安读书，即将大学毕业，多次邀请我们带爸妈一起过来玩儿。在兄弟姐妹们共同的说服下，才得以同行，圆弟弟心愿。记得在钟楼上，爸爸语重心长地说："人生就像登楼，路要一步一步地走，走得稳一点儿，才能走得远一点儿。"那时，我们都太年轻，似乎都不太懂爸爸的话外之音。

而今天，再次登上钟楼，过去的场景历历在目。女儿脚步太快，我也忍不住重复了爸爸说的那句话，她似乎也没有听懂。只是埋着头，向前冲，不怕摔跤，不怕碰壁。而今天的我，是真的理解了爸爸的话，可惜岁月已经染白了他的黑发，而我们也已经不再年轻。

西安这座城，真不是普通的城，经得起历史洪流沉潜。这座渊博的城，古老的城，魅力的城，值得城内外的人，慢慢阅读和品味，需要一代代人精心构建，需要用历史打磨，用文化提升，用未来见证。慢慢读，慢慢品，才解其中味。

今天，我们一直在西安钟楼附近踱步，走过书院门，吸吮书画为西安点染的书香气；踏上西安老城墙，感受春节的灯火阑珊为西安涂抹的色彩；走在回民街，品尝地域和民族特色美食为西安增添的烟火味；走进赛格城，挑选小城没有的物品，如获珍宝般地在这里享受"奢侈"购物的满足感。这就是凡人的生活，城市的品质，高雅而内敛，文化与生活兼容。这就是城市的内涵，繁华而洁净，古典与现代并蓄。

寒风已去，阳光给力，初春乍暖。走在西安这样的城市，我们不禁感慨道："今天，我们在西安真好！"

2019年2月5日

女儿城的泼水节

早听说湖北恩施土家族苗族自治州地域文化独具一格，人文特色风情万种，今日能有机会亲眼所见，真算得上心想事成！

清晨六点，我们从宜宾市区驱车出发，直奔恩施州，下午一点多来到恩施州城区。恩施州是湖北省唯一的少数民族自治州，也是民族特色最浓郁的城市。它位于湖北省西南部，东连荆楚，南接潇湘，西临渝黔，北靠神农架，有土家族、苗族、侗族等二十九个民族，其中少数民族人口占一半以上。这个被武汉和重庆两大"火炉"挟持的城市，一条清澈的清江相伴，山清水秀，人杰地灵，酷暑时节仍凉风习习，真是适宜人类居住。

女儿城是我们在恩施州游玩的首选之地，因为在市区很便捷。尽管头顶着炎炎烈日，但并没有消减数以万计的游客的热情，偌大的停车场密密麻麻停满了各种车辆，并不宽阔的古老街道上人流如织。这是一座独具特色而又饱蘸土家族风味的城中城，我惊叹于别具一格的吊脚楼，仰望着一串串错落有致的红灯笼，触摸着长街古香古色的雕塑，吸吮着长街四处弥散的土家风味。走在女儿城，文化元素直逼我眼，真是目不暇接。土家族的文化元素雕刻在建筑物的棱角上，编织在美女帅哥的服饰上，荡漾在琳琅满目的美食上，陈列在恩施市巴蜀民俗文化博物馆里，这是我视觉和味觉里的女儿城——真是一个民族文化底蕴丰厚的城。

最幸运的是今天巧遇女儿城火辣辣的泼水节，真是锦上添花。欢呼声、泼水声此起彼伏，土家族民歌铿锵有力，节奏鲜明，随风飘远。小伙子们拿着高压水枪从吊脚楼二楼左右扫射，土家族幺妹端着大小不一、形状各异的盛满水的塑料盆从二楼尽情泼洒，好像是在挑战，又像是回应，实则是在表达着美好的爱情。欢呼声一浪更比一浪高，泼水声一浪更比一浪强，歌舞升平，整座城都沸腾了。

一年一度的泼水节正在进行中，我害怕淋湿了衣服，只能站得远远的，但看得出来很多人是有备而来的。密密麻麻的游客，手里的"武器"可真是种类繁多。有撑着伞遮挡的，有拿帽子遮挡的，有拿防晒衣遮挡的，有拿水桶盖遮挡的，有拿七彩塑料盆遮挡的，他们都在享受着无比欢乐的美好时光。街上人来人往，有的光着头远眺，有的躲在居民家门口，有的靠在楼宇之间的缝隙里，还有的躲在店铺里。老人相互搀扶着，孩子们在水中奔跑着，青年男女相拥而立，都以自己喜欢的方式感受着节日的快乐。人们都想亲历泼水节的全过程，任凭水从头而降，打湿衣裳，没有人抱怨，也没有人生气，反以此为荣幸。据说被水泼到来年财运好、身体好、仕途好，一切都好。

夕阳渐渐退去，泼水声渐渐消失，女儿城渐渐安静下来，我们也放慢脚步，开始细细品味这土家文化的底蕴。视觉抹不去的是，街道里安静伫立着多处造型奇特的塑像，每一尊塑像好像都在向你诉说它们的故事，仿佛那神秘的传说、那动情的故事，足以让你神采飞扬，仿佛也会激发你对爱情的向往。耳畔，偶尔传来摔碗酒店摔碎碗的声音，女儿终是经不起诱惑，"老板，来一碗！"双手接过，深深呼吸，酒——香；畅饮一口，酒——浓；用力一甩，碗——碎。很多游客驻足，或许真想当一回武松，试一次三碗不过冈，用酒香和碗碎来消逝心中积淀的忧伤与愤怒，与这一段或甜或酸的时光和解，也不愧是首选的方式。

徜徉在女儿城里，感觉时光很慢，慢得可以听见它的呼吸。自是远离了大都市的拥挤与喧嚣，在这里每个人都可以不经意间宣泄一次思绪上的怅惘，那早已被尘世喧扰的心扉可以来一次不用期许的停歇，完全与女儿城的激情飞扬握手言和，与土家族地域风情完美融合。此时此刻，瞬间忘记了心中千重顾虑、万般忧郁，情不自禁地和他们一起品尝正宗的土家饼，一起洒脱地轻歌曼舞，一起歌唱爱情的永恒，一起歌唱岁月的静美，一起歌唱祖国的富强。

听说每年七夕节恩施的相亲会都要在女儿城举行，而今天正是活动的最高潮，竟有三万多人齐聚于此，甚是壮观。这些土家族俊男美女，大概是从四面八方来这里寻找自己心爱的伴侣，赴一场惊天动地的约会，做一次自由爱情的追随者，而我们也能沾一份爱情的幸运。

女儿城的泼水节，让人想到泱泱华夏璀璨夺目的民族文化，自然也让人想到傣族最盛大的节日——泼水节，它们形式相似，只是内涵不同。傣族泼水节时间在每年四月，泼水节是傣族的新年节。据说，泼水节最早源于印度，曾是婆罗门教的一种宗教仪式，其后为佛教所吸收，经缅甸传入云南傣族地区。人们在这一天，清早要采来鲜花绿叶到佛寺供奉，担来碧澄清水为佛像洗尘，随后才是群众性的相互泼水。而女儿城的泼水节是在每年七夕节，好像专为俊男美女相亲服务的，算是一场隆重的自由爱情典礼，也是一年一次隆重的相亲盛事。

听当地的土家族阿姨说，女儿城的泼水节越来越隆重了，今年吸引了陕西、湖南、四川、重庆等好几个省市的游客，很多人都是冲着泼水节而来。有的单身男女真是为相亲而来，有的人是想感受这盛大的场面，而我们真的是巧遇。人生最大的幸福就是不期而遇，在女儿城遇见如此壮观的泼水节，不知道是前世今生做了多少善事，修了多少福才换来的眼福啊！

女儿城的泼水节热闹非凡，为恩施州这方文化深厚的沃土增添了几分浪漫和激情，为游客留下了一抹浅浅淡淡的记忆，让人回味无穷！

2019 年 8 月 12 日

走过金丝峡

一

十月二日，陪爸妈走完金丝峡已是下午六点多。"金丝归来不看峡"正是此刻我们共同的感受。

"金丝峡大峡谷是祖国大好河山的缩影。全家十二个人的大部队同行，老幼年龄差六十三岁，一起享受其乐融融的生活。2019年转瞬即逝，家人安好，一切如愿，祝福祖国七十岁生日快乐，也祝愿我的亲人在岁月的棱角分明里，幸福安康！"

夕阳西下，夜幕降临，赶到乘坐大巴车的地方，我和妈妈不约而同地坐在车站的石凳子上，长长地舒了一口气，在微信朋友圈晒出了上面的文字。

"妈妈，今天太累了。"我担心地说。

"还好吧！这也是一个奇迹。我的腿脚不利索，行动迟缓，没有停留，还是坚持走完了全程，很有成就感。"

"是啊！全程二十点五千米，差不多就是从安康走到恒口的距离，现在想来真是一个奇迹。"

今天的行程对于年迈的爸妈和四个年幼的孩子来说，过程更有意义。爸妈始终走在最前面，由我照顾。妹妹照顾五岁的侄女，牵着她的手勇敢地走完全程，小侄女始终不哭不闹。途中遇到很多和她一般大小的孩子，都是在爸爸的肩膀或脊背上，而她全靠自己的双脚。一岁的侄儿，快乐得像个小精灵，一路欢声笑语，三个帅哥轮番上阵，抱着走完全程。他毫无设防地在帅哥的手中传递着，把快乐带给他人。

对于行走者来说，脚踏实地，不停留，不放弃，走到目的地，就是最大的成功。

二

这是一次毫无准备的旅行。

当我们的车路过商洛市商南县境内时,弟弟提议去金丝峡看看,就这样毫无目的地走进了金丝峡,这对于我们来说是一种挑战。

我们从陆督门进入景区,午后的阳光在峡谷深处斑斑驳驳,穿越树叶的缝隙,播撒下秋的温暖。金丝峡大峡谷是当之无愧的天然氧吧,因溪流而自然天成,这里风光秀丽,景区风格独特,处处风景如画,被誉为"峡谷奇观,生态王国"。

我们一路顺溪而上,溪水叮咚,鸟语欢歌。最是绝境一线天,白龙峡窄两岸悬。依稀留有古栈道,两面峭壁松柏茂。我挽着妈妈艰难地从栈道走过,山水犹如一条线,仰望高处不觉寒。

青龙峡异常险峻,有险如华山之称。峡谷两面,绝壁千仞,藤萝摇坠。海桐、樟树、铁杉等珍贵的常绿乔木,茂密地生长在两面的悬崖峭壁上。为了鼓励妈妈攀登,我讲述了几年前夜登泰山时遇到的那位年过八旬的老奶奶,她比我走得快,比我有毅力,比我耐力强。途中我累趴了,卧在台阶上,是女儿用那位老奶奶激励了我,硬是搀扶鼓励我攀上泰山最高处。妈妈兴许是被这位素不相识的老奶奶感动了,一直默默攀向最高处。站在极顶远眺,峡区数十里山水风骚各异,尽收眼底,楚天空阔,真想大声高歌一曲。"会当凌绝顶,一览众山小",用在此处最是恰当。

沿石燕寨西进,就是奇险而神秘的黑龙峡,全程约十千米。因峡谷窄长,水在石槽中湍流,在石潭里回旋,在阳光的折射下,闪闪发光,犹如金丝串珠。峡内有一金狮洞,洞中天然形成的金狮高约三层楼,栩栩如生,十分神奇。洞中石狮横卧,形象逼真,吸引众多游客驻足观看。

这么长的距离,我们没有停顿,相互鼓励,顺利走完全程。途中的艰辛可想而知,但坚持的力量真是无穷大。

三

岁月静好,只是近黄昏。

忙碌之余,不忍凝视日渐苍老的爸妈,他们因劳累过度而显得疲惫的身躯,早已经不住岁月的悄然偷袭。

常常因忙碌而自责,忘记前去看望。而爸妈常说,年轻人不能太闲,忙碌方充实,累过方知生活百味。

他们曾经太过忙碌,忘记了白天和黑夜,忘记了年轮和岁月,为了我们姐弟几个能有书读,能有学上,种地、养蚕、喂猪、放牛、加工粮油、开小卖部、代理通信业务、照顾体弱多病的奶奶……在乡邻们眼里,他们是"铁人",家里的灯火从未熄灭。

妈妈时常说:"只要每天有事做,忙得有收获,就不觉得累。"小时候,我真的听不懂;当我能听懂,已不再年轻。每个人都希望生活得轻轻松松,但现实却是,忙中有乐,劳而有获。忙碌是人生的风景,需要用心去欣赏。

坚持和忙碌是一对孪生姐妹。很多人,很多时候,都是在忙碌中默默勾勒着不同寻常的风景。真正决定风景好坏的,并不是天地自然,而是我们的心态。一如爬泰山,走金丝峡,越不怕累的人,走得越从容不迫,活得越精彩。

现实生活处处都有挑战,勇敢面对,永不退缩,才有机会攀登人生的高峰。面对快节奏生活带来的压力和各种挑战,谁都难免会有力不从心的时候。只要像爬山一样,迎难而上,坚持不懈,就可以赢得成功。所有今天战胜的难,都会成为未来的甜。

四

"妈妈,你后悔走金丝峡吗?"

"不后悔,有你们这么多人陪我一起走,真是人生最大的快乐。心情好,就不累。"

妈妈的话,让我理解了一起走过金丝峡的特殊意义。儿女的陪伴才是爸妈最幸福的事儿,而这些年,我们都忙于工作和照顾孩子,忽略了对他们的陪伴,几乎全然忘记了他们的感受。走过金丝峡这长长的峡谷,我才知道日渐衰老的爸妈最需要什么。可惜我们都各自忙着各自的家庭,而冷落了他们苍老的心啊!

清醒地活着,在正确的时间做正确的事儿。曾经迷茫地不知道为什么而活,现在明白了就可以努力活成自己想要的样子,有工作的充实,有家庭的和谐,有付出的快乐,有陪伴的幸福。为自己想要的风景而全力以赴,这个过程的确很累,争分夺秒,精打细算,这样才能抵达人生想要的境界。闲适是无聊的代名词,幸福是忙碌的军功章。不怕累,不偷懒,才会不为生活所羁绊。

先苦后甜,是很多人的必经之路。爸妈曾经的艰辛,只有长大并已不再年轻的我体会最深刻。只上过三年学的爸爸,煤油灯下熬夜给我检查作业,烈日下挥汗如雨,在贫瘠的土地上播种,春华秋实。羸弱的妈妈,白天种地,晚上摇着石磨,为家人准备第二天的早餐,手掌的老茧层层叠叠,密密麻麻,以至于不到四十岁,她的手掌就已经变形、萎缩,十个手指僵硬成曲线,再也伸不直。她过早颤抖的手,让我们深刻领会疲劳过度的伤害之重。

爸妈付出得太多,我们真的无法偿还,只能镌刻于心。我们姐弟能做的就是从今天开始，为他们多付出一点时间，带他们吃想吃的美食，陪他们聊聊天，理解他们内心的想法，带他们看看最美的风景。

五

"我们好幸福，跟你们一起走了很多地方，唯一的愿望就是坐飞机去北京看看，看看天安门广场，看看毛主席纪念堂，看看国家博物馆……"

"明年安康机场通航后，就一定带你们去北京看看。"我们不约而同地回答。

爸妈的愿望少之又少，我们期待从安康起飞抵达北京。爸妈的要求不高，是因为他们不想给我们添麻烦，就像每次电话里只报喜不报忧，就像每次身体不适用过度的隐忍抵抗，就像每次过节都要在家亲自准备丰盛的晚餐，就像每次孙子辈过生日都要给钱却从来不给自己过生日……他们把自己卑微到尘埃里，甚至忘记了我们是他们抚养长大的孩子，尽孝是我们的义务。

他们把曾经吃苦的滋味，化作今天甜美的糖果，只管让我们品尝。他们用坚强的身躯和勇敢的毅力，倾力为我们遮风挡雨，消减我们成长的苦。他们的脊背变成了弯曲的弧线，而我们在他们用结实的肩膀搭建的阶梯上，越走越稳，越走越远。

走过金丝峡，我的双腿疼痛不堪，脚掌有了茧，而他们笑谈，这一次远行才知道原来都还可以坚持。他们用坚强和毅力，教会我们珍惜这来之不易的甜。每一道美丽的风景，都藏在大自然最深处，那里有天空的高远，也有山水的合欢。是他们，教会我们年少时要懂奋斗的苦，长大后才能享受生活的甜。

年过不惑，终于明白：人生最幸福的事儿，就是该吃苦的年龄尝到了苦的滋味，到享受的时候有机会品尝甜的美味。回首往事，不曾枉费生命的年轮，有付出，有收获，有幸福，还有曾经为追寻幸福所付出的大好时光，以及用智慧和汗水谱写的人生篇章。

走进新时代，去北京真是算不上个事儿，我们随时可以满足爸妈。他们用最卑微的姿势，最善解人意的胸怀，为我们构建了亲情的风景，供我们欣赏，供我们品味。

六

最好的风景永远在路上。

走过金丝峡大峡谷，才知道人的潜力是无穷的。如果提前知道，峡谷长二十多千米，估计我是没有勇气尝试，而稀里糊涂走完了，才知道行走的过程原来如此有意义。

小时候，爸爸给我讲过很多遍王子的故事。王子很脆弱，很胆小。可是有一天，他的爸妈不在家，一只大灰狼突然钻进屋里，他吓得手足无措。看到大灰狼向他龇牙咧嘴，他不想被吃掉，瞬间拿起长长的猎枪，对准大灰狼，"啪"的一声，干掉了狼。这时，他的爸妈回来了，为他竖起大拇指。那个胆小的王子瞬间消失，勇敢的王子被困境铸成。

经历挫折是站起来的最佳捷径。每个人在成长路上，都会遇到各种意想不到的挫折，战胜了就是英雄。当好自己的英雄，才能成为他人心目中的英雄。

多少年来，这个故事一直激励我战胜各种困难。一次次走到放弃的边缘，又回想起这个故事，便有了勇气和坚定的信念。在成长的路上，每当因脆弱作祟而感到茫然时都以此提醒自己：只有坚强才能救自己，人生没有白走的路，没有人会随随便便成功。

每一次经历，无论好坏，无论对错，都是为人生积累财富。战胜困难，才知道人的潜力是需要挖掘的；经历失败，才懂得阳光总在风雨后；获得成功，才知道人生的风景自己主宰。

人生如逆旅，你我皆行人。走过金丝峡大峡谷，深刻领悟：人生没有回头路，坚持走完，才有出路。

很喜欢一句歌词："岁月是一场有去无回的旅行，好的坏的都是风景。"那些走过的路、掉过的泪、经历过的岁月洗礼，其实都是为了丰富我们的人生，带给我们体验和智慧，积累经验和财富。

走在路上，处处都是风景。不阅世间百态，安知岁月沧桑。最好的人生态度，就是勇敢面对，不为逝去而悲叹，不为付出而后悔，走好当下的路，前方阳光明媚。

七

安静走过人生路，少一点遗憾，就多一份安然。

走过金丝峡，在这个秋天，在爸妈喜欢的秋天。我们同行的脚步，在峡谷内辗转，不经意间又一次创造了行走的奇迹。

那峡谷里的温婉秋风，拂过滚烫的汗珠，风干成一曲幸福的歌，回响在舞姿翩跹的山水里；那缠绵的温暖秋阳，穿过年轮的跳跃音符，吟成一首激昂的诗。那迎风怒放的野菊花，荡涤过清澈的秋雨，渲染成一幅绚丽的画。大雁北归，挥动的双翅，高亢的长鸣，弹奏着秋的节奏，留给天空亲切的细语呢喃。

无须悲秋或赞秋，享受就好了。秋天里，我们就这样与爸妈的生命深情重叠，让亲情与秋天畅怀高歌。说走就走，悄然在流年的路上携手勾勒，这是给人生之秋最炫酷的渲染和涂色。最大的快乐莫过于人心舒畅，可以仰望天高云淡，亦可以享受岁月静美。

　　理解和宽容是幸福最好的获取方式。在平行和相交的故事里，我们彼此理解，相互宽容，在这样的风景里，期盼着一个个生命日渐成熟，目睹着一个个生命走向终结。悲伤和眼泪都毫无意义，用可以留痕的方式，紧握一段段光阴的更替，书写一幕幕饱含情感的故事。没有俗世功利的纷争，没有尔虞我诈的喧嚣，唯有返璞归真的宁静。

　　人生如四季，爸妈已然进入秋季，岁月的印记在他们的脸颊上留下抹不去的皱纹，亦在他们的心灵里留下收获的希冀。白发不堪回首，只是过程那般清幽，只要时常与时光真诚握手，走好属于自己的人生路，看好属于自己的一亩三分地，活在当下，珍惜今天，即使抵挡不住生命早来的秋天，我依旧心安，记住奋斗者原来的模样，始终都清澈明亮，神采飞扬。

　　生活的最高境界是理解，人生的最高境界是心静。佛语有云："心就是土，土就是心。人心本无染，心静自然清。"不管处在哪个季节，珍惜便是春天，奋斗便是夏天，收获便是秋天，沉潜便是冬天。做想做的事，记住该记住的，忘却该忘记的。无忧无虑地行万里路，在山水中给心灵除尘，在行走中感悟人生别韵。

　　人生好时节，风景这般独好。

2019 年 10 月 2 日

写给开封的离别

伴随着火车的呜呜呜呜声，我已开始返程。

离开开封宾馆时，是佳伟送我到出租车上。我们轻轻拥抱，挥手道别，就这样直奔火车站，挤上 K281 列火车 14 车厢 6 号下铺。放下行李，我就开始想他们了。

相处的时间很短暂，可我们在一起有默契，有交流，有思想的碰撞，有对文学之路的憧憬和规划。说句抒情的话，我眼里有他们，心里也有他们。不管是正走在回家路上的我，还是明天返程的他们，都要天天开心，一路顺风。

在时间面前，没有花开花落。在人生旅途，定有柳暗花明。月亮带着光环，星星带着温暖，我们从五湖四海来开封团圆。脚下是八朝古都，宋朝在开封停留了一百多年，划出历史的弧线，演变成一个个景点，成为我们了解开封的窗口。

走进包公祠，遇见了秉公执法、执政为民的清官"包公"，认识了遭遇抛弃的秦香莲母子，他们在生活的夹缝之中艰难求生，演绎了"铡美案"的完美结局。廉泉的水时时刻刻向四周喷洒，你的手、我的手都触摸了它的清澈。眺望包公湖辽阔的水域，茫茫无际，奔流不息，穿古今，至未来。

走进了底蕴深厚的河南大学，南大门承载着百年河大的至上追求，六号楼充盈着百年河大的浪漫时尚新风，七号楼积淀着百年河大的典雅高贵气韵，东西斋房体现着百年河大的不饰浮华之风，大礼堂凝结着百年河大的磅礴雄浑气魄。行走在博雅路上，感受楼宇的风采，欣赏斋房的别致，近观礼堂巍然如斯，忍不住自言自语道——不愧是近代优秀建筑的典范！

每个人心中都有一座高高的铁塔，那是心中的梦，梦中的神。我们从幼年开始蹒跚学步，在岁月的流逝中一步一步向上攀登，一步一步向高处行走，一步一步向梦想靠近，从不停歇——这是我站在河南大学铁塔下的顿悟。它是开封标志性建筑，建成于宋太宗端拱二年，谓之"福胜塔"。由北宋著名建筑师喻浩设计，为供佛祖释迦牟尼佛舍利而建造。木塔八角十三层，上安千佛万菩萨，下作地宫供奉佛舍利，"其土木之宏伟，金碧之炳耀，自佛法入中国，未之有也。"铁塔高耸云霄，威严神圣，同行者有少许攀援至最高处，而我一直默默仰望，只想把它永远摄入心底。

我很喜欢一句话，一座小城里有一所大学，温柔了岁月，惊艳了时光。美丽的河大，春有草长莺飞二月天，夏有游鱼戏水乐无边，秋看遍地银杏金满地，冬赏湖心锦亭霜如雪。城墙与我们为伴，借着铁塔的风铃酣然入梦，在近代建筑群里穿梭，与先贤志士心会神交，为青春芳华恣肆扬歌！

开封的夜晚很亮，到处都是温馨的灯火。冬季的开封，没有凛冽的风，亦没有纷飞的雪。轻轻地我走了，轻轻拉开火车车窗窗帘，月光就钻进来了。我知道，城市间隔不是距离，思念也不是一种病，有缘就会再相聚。温暖是我，热情是你，开封是圆心，文学是半径，友情已经让彼此十分温暖。

开封，这是我第二次亲近，非常荣幸地以文学的名义，在这里参加了《中国校园文学》首届教师笔会，遇见我崇拜的优秀的老师们，让我更加深刻地认识开封，让我的人生因文学而精彩。

于我而言，文学与校园有着特殊的情愫，校园是我耕耘的沃土，文学是我挚爱的美味。从1993年在《安康日报》发表处女座《青春如歌》到现在，近三十年来，文字都是我从教路上最好的陪伴。有文字可读，有文字可写，岁月就有了季节。春天可以播下种子，夏天可以满屋清凉，秋天可以五谷丰登，冬天可以如火温暖。几十年来，在文字里成长，有人生不易，也有花开四季。在未来的日子里，我将以这次活动为动力，把《中国校园文学》带进校园，把文学带进孩子们的童年，用文学点亮学生的未来。

我是文学的宠儿，因为钟情文字，所以有机会从乡村走进城市，从幼儿园走进小学，从幼稚逐渐成熟。文字如诗，青春如歌，奋斗时就听《信仰》，失落时就听《水手》，孤独时就听《一个人的天荒地老》，无奈时就听《涛声依旧》……就这样匆匆忙忙地逝去了青春。把逝去的青春用文字串起来，就有了散文集《清水文字》《汉水瑶》。那些不曾远去的岁月，编织成幸运，敲开幸福之门，2018年实现了梦寐以求的心愿，加入了中国作家协会，2019年成为《中国校园文学》首届签约作家，成为教育路上自由欣赏风景的人！

在八朝古都开封的这几天，有历史，有文化，有美景，有美食，有文学，我们，有遇见，有别离。很喜欢陈忠实老师的"文学永远神圣"这句话，让我们对文学更加痴迷；贾平凹老师也曾馈赠我一句话："文字如水，入心为上"，这是对写作者最高的期许。在此作为道别礼物与大家分享，这些话对于我们这群文学圣徒来说，是温暖的鼓励，亦是攀登的高峰。让文学成为一种信仰，有信仰就更加坚定，更加虔诚。别离是重逢的起点，有文学做思念的风帆，后会一定有期。

在开封，文学与文化，文化与建筑，建筑与大学，都成为这座城市最好的名片。这次笔会活动让我们更加了解开封，也让更多人知道了文化厚重的开封，知道《中国校园文学》。其实，文学与文化从来不会分离，都一直默默为新时代文化事业的发展助力。

灯火照亮了黑夜，照亮了前行的路。火车与开封渐行渐远，那个温暖而纯洁的姑娘会一直记得开封。时光深处，她栖息在陕西南部风光旖旎的秦巴山间——安康，默默——等你！

2019 年 12 月 22 日

包公祠是一座丰碑

开封有个包公祠，包公祠因包公而得名。

我从小就喜欢读关于包公的书籍，看电视剧《包青天》，知道了他为人正直，刚正不阿，抑强扶弱，铁面无私，秉公执法，忧国忧民，为百姓伸张正义，赢得了清正廉洁的美名，千百年来深受人们的尊敬与爱戴。世人尊称他为"包青天"，顾名思义，他在人们心中筑起了一座道德的丰碑。

记得在我五六岁时，听祖母讲过包公机智处理棘手案子的故事。某日一农人至县衙，状告歹徒割去其家耕牛舌头，请求捉拿罪犯。割去牛舌并无财利可图，故包拯推断此事必属怨家的报复行为，于是命农人宰牛卖肉以引罪犯上钩。因为在宋代，宰杀耕牛是犯法的，不出包拯所料，割牛舌者见牛主杀牛，欲加其罪，果然前往县衙首告，遂自投罗网，疑案立破。该故事足见包拯断案的本领之高，在我幼小的心灵里筑起了一座智慧的丰碑。

包公祠是一座普通的祠堂，坐落在八朝古都开封城内风景如画的包公湖西畔。史书记载，开封包公祠始建于金、元，经明、清等朝代，历代修葺，已有近千年历史。由于黄河水患，屡毁屡建，现存包公祠是由开封市政府在1984年重建于包公湖上。目前堪称国内外规模最大、资料最全、影响最广的专业纪念包公的场所。

第一次走进包公祠是在2015年春天，因正值旅游高峰季，景区人满为患，我只是跟随人群移动，几乎听不清导游的介绍，更未记住包公的诗句，未看清包公的至真画像，未触摸"开封府题名记碑"上包公的名字。

第二次走进包公祠是在2019年的冬天，准确地说是2019年12月22日，开封的冬天略带北方的清冷，轻微的雾霾遮蔽了浅淡的日光，但阻挡不了我瞻仰包公祠的迫切。占地一公顷多的包公祠蛮辽阔的，祠内仿宋风格的古建筑群错落有致，既有北方建筑风格的宏伟壮观，又不乏江南园林的清新雅致，布局规整，油漆彩绘，庄严肃穆。

跟着导游宋女士一起游览，着实节省时间。首先走进大殿，正中央伫立着一尊包公坐像，塑像高八尺有余，古铜色的脸庞上，面如黑炭，长眉如鬓，五柳长须，正气凛然，神情端庄严肃，一手执笏，一手握笔，蟒袍玉带，端坐靠背椅上，劲正如松，威严端庄。包公坐像两旁陈列着历史文物，有包公墓出土的碗、盏、木俑和普通砚台等。山墙上镶嵌有反映包公政绩的彩陶壁画，壁画边缘有龙凤图案，展示了包公的气魄和威严。

二殿内有包公石刻像拓片一幅，俨然是一白脸书生模样。画像线条清晰，生动传神，逼真地再现了包公的风姿。据说这画像最贴近包公真实的相貌，而大殿的坐像只是文学作品里被艺术化的形象。画像左侧，有包氏家训一则："后世子孙仕宦有犯赃滥者，不得放归本家；亡殁之后，不得葬于大茔之中。不从吾志，非吾子孙。"足见包公廉洁奉公的高尚品德和憎恨贪官的无私精神，于当下社会文明和进步有着深刻的意义。二殿中央竖立一座《开封府题名记》石碑，尽管包公的名字早已模糊，我还是忍不住伸出食指，轻轻触摸，以示我对先生的敬仰之情。元代诗人王恽赋诗赞曰："拂拭残碑览德辉，千年包范见留题。惊乌绕匝中庭柏，犹畏霜威不敢栖。"即使千百年后，见其碑犹如见二公其人，仍惊惧万分，不敢近前逗留。

导游说："包拯笑堪比黄河清"，足见他在朝廷为人刚强坚毅，贵戚宦官因此而大为收敛，听说的人都很害怕他。小孩和妇女，也知道他的名声，叫他"包待制"。京城里的人因此说："暗中行贿疏不通关系的人，有阎罗王和包老头。"按旧规矩，凡是诉讼都不能直接到官署递交状子。包拯打开官署正门，使告状的人能够到跟前陈述是非，办事小吏因此不敢欺瞒。朝中官员和势家望族私筑园林楼榭，侵占了惠民河，因而使河道堵塞不通，正逢京城发大水，包拯于是将那些园林楼榭全部毁掉。有人拿着地券虚报自己的田地数，包拯都严格地加以检验，上奏弹劾弄虚作假的人，他洁身自好，为世人树立了一座廉洁奉公的丰碑。

包公祠东，有廉泉，位于花亭里，廉泉从水井喷出。井沿是黑褐色的青石，石壁内侧，是一道道被井绳勒得极深的纹道。传说廉泉有一个特别神奇的地方，就是会因不同的人产生不同的味道。普通老百姓喝了会解渴；清官喝下去，清冽可口，甘醇香甜；但是如果贪官喝下去，必定苦涩难咽，像有芒刺封喉，而且当场头痛欲裂，无药可医。如若廉泉真有如此功效，世上就可以取消反贪局，贪官污吏估计就很难生存下去了。

"廉者，民之表也；贪者，民之贼也。"包公不仅这样说，而且躬身力行，廉洁为官，深受世人爱戴。据说二十三岁时，他受家乡一豪富之家邀请赴宴叙谈，而包拯却严肃地说："彼富人也，吾徒异日或守乡郡，今妄与之交，岂不为他日累乎。"他出知端州时不仅革除了诸前任在"贡砚"数额之外，加征数十倍，以饱私囊和贿赂权贵的流弊，而且任满离去时"不持一砚归"。1973年，合肥清理包拯墓时，在包拯及其子孙墓中仅发现一方普通砚台而无端砚，也足证史载之确。终于明白游客们争先恐后地触摸纪念碑上包拯的大名，翻山越岭来瞻仰包公祠，品尝廉泉水，都是对包公最大的敬畏。在反腐倡廉的今天，包公用行动竖起了一座反腐倡廉的丰碑。

包拯在社会享有盛誉，因而人们广泛传诵他的事迹，并加以理想化和艺术化，衍生出许多逸闻传说。南宋时有以包拯为主题的故事和戏曲，元杂剧中更有大量的包公戏如《陈州粜米》。包拯是以龙图阁直学士职名任权知开封府，故世称其包龙图。有小说《三侠五义》流行，包拯遂成为一个家喻户晓的传奇人物。

离开包公祠时，我一直在回味展在正殿的一首五律诗："清心为治本，直道是身谋。秀干终成栋，精钢不作钩。仓充鼠雀喜，草尽狐兔愁。史册有遗训，毋贻来者羞。"这是包公平生写过的唯一一首诗，旨在教诲后人：做人要光明正大，就像茂盛直挺的木材应该做房屋的栋梁，精炼的钢料决不应去做铁，应该做一个无愧史书教诲的清官，他用行动为世人树立了一座传承家风的丰碑。

包公保持廉洁一生，与诸葛亮主张的"静以修身，俭以养德，非淡泊无以明志，非宁静无以致远"有异曲同工之妙。

2019 年 12 月 23 日

二 岁月如歌

所有日子，从指尖划过，奏响成长的旋律，留下五彩斑斓的痕迹。

缝补的时光

缝补的时光是珍贵的。

我生活的陕南安康，是一个温暖的小城，享有南方的北方、北方的南方之美誉。随着全球变暖，寒冬好像也没北方那么冷，仅仅是比秋天更冷一点而已。而今年有点异常，寒冷来得更早一些。刚到小寒，温度一夜之间就降到零下6摄氏度，为了御寒，我给女儿找出了最厚的加绒保暖裤，并温馨提示：今天特别冷，穿上加绒裤保暖。女儿并没有反对，摸了摸，就穿上了。已经高我半个头的大孩子，早已开始爱美了，在镜子面前晃了晃，看着本来粗壮的大腿更粗了，冲着我直吐舌头。天空灰蒙蒙的，清晨的风，格外凛冽，雪花飞舞着，寒到彻骨。女儿坐在我的摩托车后面，紧紧地抱着我，我能感觉她双腿的温度。

下晚自习回家，已经是十点钟了。每天准时接送女儿是她上初三以来我必须做的事，学习压力伴随着青春期的冲动和叛逆，只有浓浓的爱才可以稍稍缓解。

今天亦是如此，我和女儿迎着风和雪一起走进家门。她放下书包，走进卧室，就开始叫我："妈妈，我的裤子破了一个小洞洞，请你给我缝补一下。"我以为她在和我开玩笑，全然无动于衷，还完全不相信地冒出一句："是真的吗？"

"当然了，不信你来看看吧。"我连忙走进她的卧室，裤子已经捧在她手里。

我接过来，左手捧着裤子，右手开始翻找破洞的位置，女儿的眼睛一直盯着我。想起我小时候积累的经验，裤子破洞的位置一般有三处，屁股、膝盖、大腿内侧。果然如此，女儿的裤子大腿内侧破了几个小洞，看起来是磨破的，附近还有磨得快要破洞的痕迹。

家里的针线盒，因从来没有用过，竟然不记得它躲在哪里。给母亲打电话，她说在大卧室柜子最里面的角落里。我走进卧室，打开柜子的门，看着被遗忘的针线盒，眼前浮现出母亲为我缝补的画面……

我出生在20世纪70年代末期，成长在80年代。那时候，大雪是寒冬的名片。白的树、白的草、白的房子、白的麦苗，微微露出一点绿色，便成为寒冬里最顽强的生命。求学的必经之路，全是蜿蜒崎岖的山路，雪花常常在一夜之间覆盖了全部。山村小路的积雪有时超过二十公分厚，怎么上学全然是不用我思考的。我的母亲，总是早早为我准备了早餐，有时是蛋炒饭，有时是酸菜面条，起床就有热气腾腾的早餐吃。

那时候，母亲三十多岁，总是穿着外婆给她缝的碎花棉袄站在洁白的雪地里。母亲每次把我送到兴隆寺小学门口，看着我走进教室，走到座位上，踮起脚跟，用眼睛给她示意，或者点头，才转身离开。母亲离开后我才坐下，取出语文书，开始晨读。

乡村的冬雪，永远是孩子们的最爱。上课时，雪花偶尔从木格子窗钻进教室，大伙儿立即伸手去抢，常常是谁也没抢着，却被老师逮个正着。"你们在干啥？"一声质问，教室立即恢复平静，我们屏住呼吸，不敢抬头，不敢回答。老师停顿片刻，继续教生字，组词，造句，领读，或者继续讲加减乘除的奥秘。下课的铃声响了，老师刚开始往外走，我们就往外跑，争先恐后地跑出去玩雪。吃雪，是一二年级学生的最爱；打雪仗，是三四年级孩子的最爱；堆雪人，是五六年级孩子的最爱。这些事儿，我们都干过，也都乐过，都不曾忘记。

印象最深刻的是四年级时的那个冬天，雪特别大，持续了一周。有天中午放学了，我们这些因为路远，不回家吃饭的孩子，就在一起堆雪人，雪人堆得又高又肥，就是找不到红色的东西点缀嘴唇。和我住一个小院的六年级大哥哥黑娃提议，把我的花棉袄口袋里的布剪一小块，我毫不犹豫地答应了。雪人堆成了，白色的外套，两个拇指大小的石炭做成的眼睛，红色碎花布做成的小嘴巴，头顶是稻草做成的帽子，静静地站立在学校的小院子里，成为师生们眼里最美的艺术品，也是我们童年生活最美的记忆。

那天放学回家，我战战兢兢的，害怕母亲发现了，那是新棉袄。越是害怕，越是糟糕，口袋里露出了一小团雪白的棉花，直逼母亲的眼睛。坦白从宽，这是母亲的规矩，实话实说，就等着母亲惩罚吧。母亲睁大眼睛，盯着我的眼睛，我丝毫不敢转移视线，直到交代完毕。奇怪，母亲竟然没有扬起宽厚的手掌，也没有愤怒地呵斥，只是冷静地说："以后不要这么糟蹋东西了，要爱惜！"

就是那个晚上，煤油灯下，我写作业，母亲就在灯下缝缝补补，用一块相同的花布补好了口袋的缺口。那一晚，我始终没有心思写作业，偶尔抬头，眼里全是母亲一针一线有序地交替，那是缝补幼稚的童年，也是缝补童年的纯真。

母亲拼接布块的别具匠心是最让我折服的。我的花书包是母亲缝补而成的，妹妹的花棉鞋是母亲缝补而成的，弟弟的枕套也是母亲缝补而成的，就连扫帚把上手握的地方也有母亲缝补的布套子。母亲的缝补就像今天的一日三餐，成为习惯；那时候感觉她毫无目的，就是为了打发时间，现在才明白那是为了陪伴我们写作业。等我们写完作业，她逐个认真检查，全部正确了，才让收拾书包。之后她就给我们端来洗脸水，按照从小到大的顺序，依次洗脸，形成规矩，谁都不曾破坏，然后一起睡觉。

记忆里，外婆的针线活儿是村里出了名的。我出生三个月后，就一直住在外婆家，每天跟着外婆，寸步不离。自我记事开始，外婆的时光也与缝补紧密相连。母亲是老大，有两个妹妹，三个弟弟，家里的衣服都是阶梯式地换着穿。母亲结婚都很多年了，衣服依然是外婆缝的。小姨穿的衣服，很多都是母亲和二姨的旧衣服，小舅穿的衣服也是大舅二舅的衣服改制而成的。外婆如果生活在今天，一定是极有天赋的服装设计师，她能把黑色和蓝色的布缝制成复杂的中山装，也会用碎花布缝制圆领或 V 领的无袖衫。尤其是她用小姨穿旧的白衬衣，为我缝制的"小衣服"，贴身穿着，十分舒适，还让我一下子明白，小屁孩已经开始长大了。

我不知道，缝补技术是遗传，还是后天练就。母亲的针线技术也不错，她为我们缝制的衣服，在小伙伴的眼里，都是漂亮的。比起有的孩子，衣服的扣子掉得只剩一两颗，遮不住前胸的有之，最搞笑的还是裤子的破洞，尤其是屁股那块磨破了，露出一点点"别样的风景"，常常成为同学们的笑料，甚至，不经意间，还有小淘气在后面追着吆喝，"漏气了，漏气了……"当事者回头时，众人都用目光灼伤他，羞得其如受惊的小鸟，倏忽间跑远了，消失了。

在我上中学时，家里有了第一台现代化机器，那就是缝纫机。那是母亲一年养了三季蚕宝宝，卖了两头肥猪，省吃俭用，攒下了 385 块钱，为家里添置的宝贝。摆放在堂屋里，屋内是灰白的墙壁，屋外是青黑的瓦顶，大门敞开着，缝纫机就是房子里最好的装饰物，又是母亲缝补的最好工具。正是有了缝纫机，缝缝补补的事儿都有它帮忙，手工针线渐渐淡出了人们的视线。

自从家里有了缝纫机，母亲缝缝补补的事儿就增多了，邻居大婶大叔家的衣服挂破了，裤子磨烂了，都是拿到我家，由母亲踩着缝纫机缝补。缝纫机是半自动的，靠双脚有节奏地踩踏，踏板带动皮带，转动机头，密密麻麻地行走，缝补的针脚，细而密，看起来整齐，穿起来结实。

再后来，母亲还专门到城里参加了缝纫培训班，学会了裁剪各种样式的衣服，乡亲们都把新布料拿到我家去做衣服。母亲做好了新衣服，给他们送到家，还要让他们试一试，一般都很满意。

而此刻，女儿让我缝补她破洞的裤子，我竟然不知从何下手。目光凝视着柜子里红色爱心形状的铁盒，这是结婚时母亲为我准备的针线盒。慢慢打开铁盒，红黑灰蓝，绿白褐黄，各种颜色的线，各种型号的针，都藏在这里面。除了多年前自己钉过扣子外，我从没有缝补过任何物件。这些针线，看起来很亲切，也很陌生。

女儿的裤子是灰色的，我拿出灰色的线，取出一根三厘米长的较细的针，穿针引线，线头好像故意和我游戏，一次次地拒绝我。女儿看我笨手笨脚的样子，主动提出帮我穿针引线。她戴着150度的近视眼镜，一次就成功穿好了。我接过针线，把裤腿翻过来，缝补在里面，才不会"露馅儿"。在线的末端打个结，把破洞的位置尽量对整齐，然后轻轻把针穿出加绒的边缝，一针一线，慢慢地，笨笨地，从破洞的最右端缝补到最左端，再从最左端缝补到最右端。这样缝补过后，应该不会再破了。再把裤子翻到正面，检查一遍，几乎看不清线头，分不清是手工的，还是机器缝补的。

女儿接过裤子，细心地看了又看，我猜想，她是在寻找遗漏的缝隙，或是在寻找某种记忆。我没有问她，也没有打扰她，只是静静地拿走针线盒，放回柜子里。

针与线，缝补的最佳搭档，就像锅与铲，脸盆和毛巾，碗与筷，记录着岁月的点滴风尘。针与线，连接着远去的时光，在情感里繁衍。针与线，缝补的是堪惜的记忆，在岁月里升华。

抚摸针与线，时光几乎沉默了，耳畔仿佛响起了它们的轻轻絮语。我想，它们谈论的，无非是日子的匆匆流逝。生活的日趋富有衍生的铺张浪费，淹没了节俭和朴素，丢失了不该丢失的东西。

看着女儿穿上我缝补的裤子，我忍住了调侃，她也不再做鬼脸。曾经，衣服裤子不小心划破一丁点儿小口子，女儿就坚决不穿，即使拿到缝纫店，用最漂亮的图案贴住残损，也只是周末在家里偶尔穿一下。大道理讲过无数次，小道理磨破嘴皮子，都是一样的结果。而今天，女儿竟想起来缝补这种方式，着实让我震撼，让我警醒。

缝补，于我是一次良好的开端，也是最珍贵的记忆。这是一个母亲，天生应该会做的事儿，也是必须会做的事儿。

缝补，留下生活的印痕，融化了情感的冷霜，见证残缺与完美，考验懵懂与成熟。在缝补的时光里，可以品味生活的酸甜苦辣，可以交织岁月的冬去春来。

缝补的时光，无关贫穷和富有，那是一代代人传承的品格，捡拾一个个动情的故事，衔接一代代人的记忆，折射一个个时代的缩影，愈是久远，愈是堪惜。缝补的时光，总会流淌在岁月的每个针脚里，风带不走，云遮不住，就连时光也消遣不了。

2018年1月13日

环境向北

不知道是深受母亲的影响，还是流淌在血液里的钟爱，住在哪里，我都喜欢养几盆小花，自娱自乐。

搬进兴安城市花园的小屋，已有十数年了。小屋和女儿同龄，女儿满月我们就搬家入住。小屋有两个阳台，一个向南与大卧室相连，给女儿做了简易书房；一个向北，在客厅之外，是一个狭长的空槽，弄了一些土，准备养花。

搬家时，北阳台空荡荡的。细心的母亲可能发现了，没过几天，她就从老家草坪河挖了迎春花和百合送来了，母亲还亲自给栽进土里。她说，花儿当即栽进土里，成活率最高。接着闺蜜小雨到家来玩，从老家蜀河挖了橘子树和杜鹃给送来了，婆婆从她的老家肖家沟挖了柚子树和草莓给送来了。我稍作规划，把橘子树和柚子树栽进土里，把杜鹃和草莓栽进花盆，间隔而置，相得益彰。狭窄而细长的阳台，有了植物入住，一下子充满生机，好像真的成了后花园。

说来我是愧对这些花的。那时候，我和先生都在最偏僻的乡村中学教书，平时住校，周末才回家见它们一次，照顾它们一次，浇足够多的水，有时是淘米水，有时是自来水。但是花儿们很钟爱我们，耐得住寂寞，受得了孤独，一直长势很好。迎春花和百合花第二年就开花了，草莓第三年就结果了，柚子树和葡萄树默默在长高，都即将触到屋顶了。尤其是石榴树，每年夏天红艳如火，秋天果实摇曳，石榴没有超市卖的那样丰满，瘦小得只有鸡蛋大小，椭圆形的外表里裹藏着珍珠似的红水晶，甜中略带酸味，就像童年时外婆带我在大山深处采摘的马奶子的味道。

说实话，当时我们是没有能力在小城购买新房的，但是父亲特别支持，说都结婚了，该有个落脚之处，将来有了孩子总不能挤在不足十平米的宿舍里。在父亲的眼里，再苦不能苦孩子，再穷不能丢志气，这是他灌输到我血液里的持家之道。他带我走街串巷，在小城看房，鞋子都磨破了，最终选择了兴安城市花园。在当时，这里的房子是全市最贵的，每平米超过1600元。对于年轻而贫穷的我来说，是可望而不可即的,感觉奢侈到极点。父亲强烈坚持,说这里虽是闹市,但很宁静。他倾力相助,我们才支付了五万多的首付款,剩余房款都是商业贷款,每月要偿还房贷。

  清楚记得,那些年,公公婆婆体弱多病,先生负担他们的医疗费,我负责偿还房贷。上班时间,父母提议就住在娘家,管吃管住;周末,因为带毕业班,我和先生只能轮流带女儿回小城的家。一是要照看阳台的花,二是要带孩子进城玩。偶尔有事要出去,就只能把女儿一个人放在家,所幸的是直到我忙完回家,女儿要么安静地躺在沙发上睡着了,要么在书房里和书上的动物图片、植物图片以及那些不认识的文字窃窃私语。

  不知不觉,女儿也爱上养花了。两岁之后,每次回家,常常是她提醒我,然后我们一起给花儿浇水、松土。草莓红了是她最早发现的,摘下来就执意要给奶奶吃;石榴熟了,她执意留一个在枝头,说是冬天来了,叶子落了,还有果实可以让人欣赏;从没有结果的葡萄树和柚子树,先生几次提议,把它们铲除了,都遭到女儿的强烈反对,她说:"只有珍惜每一个生命生长的过程,才有机会看到果实满枝头,这么心急怎么行呢?"

  说也奇怪,这些年过去了,闺蜜送的那盆杜鹃早已枯萎,后来每年都买杜鹃,依然是活不过365天,依然坚持每年买,因为女儿和我都分外喜欢。草莓从十颗到八颗、六颗、三颗,直到前年,因为最凶猛的那场雪,全部"牺牲"了。后来也买过,没多久,还是枯萎了。百合,依旧昂扬,只是不再年年开放。后来,我们先后买过三角梅、栀子花、海棠、桂花、梅花、榕树等,长势都很好,逐年壮实。

  这些年,养花从没有间断过,春夏秋冬,阳台的花都默默吐芳。我和女儿都是花族最好的朋友,我喜欢给它们拍照,晒在微信朋友圈,与友人分享;女儿喜欢用文字悄然记录,偶有在报刊发表,与读者共享。

  昨天晚上,我进屋就发现阳台的花儿又开了,激动地发了一条朋友圈,八个字"阳台花开,清风自来",配了六张照片,关于迎春花和长寿花的花瓣们和花骨朵儿们,有近二百友人点赞,近二十位友人留言,流露出花儿带给他们的喜悦和美好。不解的是,有一位朋友的留言是这样的:春天刚刚开始,迎接夏天的花儿就耐不住寂寞开放了。不知道他是看错了花儿的类别,还是误读了花开的季节,他的这些文字,还是委屈了我的花儿。我本想回复一句的,犹豫之后还是选择了沉默。

  不是每个人都喜欢观察花开花落,只有爱花之人才会真心留意和欣赏。想起刚立春不久,小区里的迎春花就开了,楼下退休阿姨放在院子里的长寿花也开了,时至今日它们早已枯萎。这才醒悟,我家阳台的花儿是开得太迟了,而不是耐不住寂寞。

　　看着窗外绚丽多姿的花儿，我欣慰地在客厅里走来走去，嘴里念叨着为什么我家的花儿却开得如此晚呢？女儿乐呵呵地说："阳台向北，光照不足，花儿能开都很对得住我们了。"原来，女儿比我更懂花儿的心事，这可真是花儿的福气。这世间最幸福的事，莫过于和喜欢的一切在一起，在一起叠加出幸福的模样。

　　或许，生物世界和人类是相同的，只要有人欣赏，心儿始终朝着阳光升起的地方，即使环境向北，幸福之花也会悄然开放。

2018 年 4 月 12 日

窗外的树

不足六平米的阳台，玻璃窗成为阻挡风雨最好的屏障。阳光从来不曾疲惫，一直任性地穿越窗玻璃，洒落在书柜上，也洒落在层层叠叠的书本上。窗外那些或高或低的树，都在阳光下舒展腰肢，绽放青春的光彩。

翻开我的青春画册，图案或深或浅，都写着曾经的执着——好好读书。读书是我们70年代人共同的青春底板，贫穷的过往化作奋力奔跑的不竭动力。记忆里，教我的老先生总是戴着黑边老花镜，老花镜时常跌落在鼻梁最下端，先生习惯摇头晃脑地教我们读书，检查我们背书。走近他，才发现，他的目光经过眼镜上沿，看我们的眼神还是蛮可亲的。

校园里的那棵橘子树，是我们青春里最好的玩伴。年少时，我们把它栽植在矮小破旧的土围墙内，因为枝干上长着小刺，我是不敢过于亲近它，神奇的是它和我们一起长高，老先生强迫我们每天记录它的变化，我期待着它早点儿开花。三年后的某天，橘子树突然开着白色的花，清香漫过校园的围墙，招来蝴蝶和蜜蜂，引来路人踮着脚仰望，老先生为它写过《橘子花开》，我也为它写过《橘子树成长记》。最巧的是，中考那年，考场作文是关于"朋友"的主题，橘子树就这样驰骋在我的试卷上，茂盛的枝丫，孩子们的追逐，蜂飞蝶舞，欢乐了我姗姗而来的青春。自然，那一年，高分通过了中考，橘子树为我的青春喝彩，老先生因此评上了高级职称，我也因此养成了随时记录的好习惯。

走进师范学校，最爱教学楼前的那一排桂花树，馨香了我最珍贵的三年时光。春天，绿叶最痴迷在春雨里洗澡；夏天，树枝最钟情在夏日里蓬勃；秋天，花瓣最酷爱在秋风里舞蹈；冬天，整排树都争先恐后地在雪花里捉迷藏。当十几块的稿费换来四十七颗阿尔卑斯棒棒糖时，全班同学都在桂花树旁享受青春之乐，笑声穿越汉江两岸；当室友体育课不小心骨折住院后，我立即召集其他室友，伤心地蹲在桂花树下，商议每天一人轮流去医院陪伴她，既辅导功课，又写好陪伴日记，直到她康复返校。毕业季，我们像青春王国的公主，纷纷穿上最富有青春活力的黄色或红色长裙，拥抱每一棵桂花树，用海鸥牌照相机，缓慢地摄住了这些散发着青春味道的场景，然后把这些黑白相片贴进毕业留言册，写下某年某月某日。青春画册里，有春夏秋冬的诗句，有喜怒哀乐的旋律，始终不变的是我们在桂花树下共度的时光。

我很庆幸，那个年代，有书为伴。求学时光转瞬即逝，九月的风陪伴我再次走进熟悉的母校。崭新的红砖瓦房和围墙替代了土房子，只有那棵橘子树依旧伫立在那里，树上挂满了许许多多小灯笼，绿色的，浅黄色的，青黄相间的，那种无以言表的喜悦一下子点燃了青春梦想——人要像树一样挺拔。就这样每天行走在有橘子树陪伴的校园里，听孩子们唱歌、讲故事，看孩子们跳绳、踢毽子，又回忆起曾经的过往，只是我已不再是孩子。

工作成了我生命的唯一，至今我还记得第一天走上讲台的情景，担任初一数学和初二英语的教学，兼初二班主任工作。每天给初二学生听写单词，每周给两个班的学生各印一张自刻的油墨试卷，当晚就把单词和试卷批阅出来，把成绩写在一张红纸上，第二天张贴在教室。学生成了我生命的核心，吃在学校，住在学校，和学生一起学习，一起打球，一起分享书里的故事，一起写成长日记。学校离家不到一百米，除了换衣服，很少回家。一学期结束了，期末考试英语平均成绩 83.2 分，数学平均成绩 88.5 分，这两个数字我一辈子都忘不掉，因为当时刷新了学校的成绩记录。这些孩子自然成了我一辈子的好朋友，现在他们都像橡树一样茁壮，至今节日里我还能收到他们的祝福。

青春日历里，最刻骨铭心的日子是二十岁的我被调入最偏远的阴坡垭小学，担任校长。学校在凤凰山顶上，四堵围墙，五间土房，六位教师，七个班级，二百三十八个孩子，这就是学校的全部。在这里，我担任一年级语文和六年级的数学教学工作，兼任六年级班主任、老师们的炊事员、孩子们的保姆、上下课敲铃员、石炭炉子监管员、好书分享员、校园故事宣传员、树木管理员，等等。

在这里，体弱多病的刘老师一次次晕倒在讲台上，被学生扶起后坚持继续讲课，我每天三次给他熬药，并提醒他吃药。默默无闻的汪老师，将吊瓶挂在黑板边沿上课持续四十五天，我多次劝他去大医院检查，他都推辞，直到六年级学生毕业，终因错过治疗时间，被食道癌夺走了年轻的生命。追悼会上，我大声痛哭，晴好的天空竟突然下起了雨。事后我将他的事迹写成教育随笔《生命的价值》，刊发在 2001 年 11 月 28 日的《教师报》，得到教育主管部门领导高度关注，给他女儿解决了工作。

在这里，春夜暴雨偷袭，摧毁了摇摇欲坠的土房子，我们立即租用民房上课，多方寻求社会力量的扶持，半年就建好了砖混结构的楼房。刚去时和孩子们一起栽的那些松树，在焕然一新的校园里，无拘无束，都已经长高了。站在校园里，既可以欣赏"欲与新楼试比高"的磅礴，也可以欣赏"松枝繁茂出墙来"的惬意，还可以和孩子们一起勾勒树的模样。

每个人的青春都是用来奋斗的，学会吃苦无疑是放慢脚步的最好方式。现在终于明白，四十年前，在我出生那天，爸爸在窗外栽植一棵枇杷树的意义。四十年来，时刻铭记着，爸爸不变的教诲，自己多吃苦，给别人的都是甜。儿时歪歪斜斜的铅笔字，着实成为我青春最好的预备，犹如蹒跚学步的孩子，在无法重新着色的画板上，留下独一无二的痕迹。青春年少时，犹如一棵小树苗，在老先生的约束下，努力汲取营养，丰腴枝叶，用最古老的方式给青春涂色。二十多年的教书生涯，甘愿做一棵枝繁叶茂的树，把青春的火花全部燃放。

初夏的阳光洒落在我浅浅的鱼尾纹上，十四岁的女儿轻倚着我，我们惬意地坐在阳台上，捧着不同的书，品着一样的青春。我俩高高束起的马尾，携裹着澎湃的初心，跳跃着。而窗外那些参差不齐的树，昂扬挺立，拼命抵达更高处。

2018 年 5 月 12 日

麦子熟了

麦子黄了，父亲节就到了。

麦子的生长环境和人的生长环境出奇地相似。出生在富有家庭的孩子，就像关中平原的麦子，阳光充足，营养丰富，麦秆粗壮，成熟早，收成好。出生在穷人家的孩子，就像陕南山丘上的麦子，缺少阳光，土地贫瘠，麦粒干瘪，成熟迟，收成低。

虽然我已经在山城安康居住了十多年，然而关于麦黄时节的记忆依然无比清晰，一切仿佛在昨天，又仿佛在眼前。

从我有记忆开始，我家的麦浪总是长势最好的，它在地里伫立的时间最久，有时还会遭遇连阴雨，麦粒就在枝头发出新芽，让一家人为此直抹眼泪。

父亲是种地的高手，秋耕的地都要亲自翻犁三遍，松软得就像刚出锅的面包。他用宽阔的大锄头轻轻地划出直线，母亲挎着麦篓，均匀地把麦种撒进沟壑里，我拿着宽不足十厘米的特制小锄头，把两边的土，刨进沟壑里，把麦粒全部盖住，这算是乡村播种图。

麦粒一般一个星期就长出嫩嫩的绿芽儿，朝露到日夕，麦苗一天一个样，就像刚出生的婴儿。一个月后，麦苗长到十多厘米高了，父亲就开始给麦子兄弟们施家肥。他一米六的个子，一担一担地把旱厕里的水粪担到麦地里。我家的麦地都比较偏远，全在海拔 600 米以上的半山腰，沿途很难找到平地歇息片刻，每一次都得从起点一口气担到终点。

小汗珠爬满父亲的额头，父亲满脸通红，脊背的衣服像水洗过一样，紧紧贴在背心上。我和母亲总是眼疾手快，一人紧紧扶住一只粪桶，生怕这来之不易的肥水溢出桶外。等双桶落定了，父亲才肯松开手，取出扁担，长吁一口气，靠近地头坐下喝口茶，便担起另一担空桶快速离去。我们母女俩赶紧用水瓢轻轻舀起水粪，泼洒在一畦一畦的麦苗上，麦苗迎着暮秋的风儿幸福地摇曳。这是我脑海里最富情感的线描画，弥足珍贵。

瑞雪兆丰年。记忆里，寒冬的雪是父亲最渴望的，就像今天的我们对于知识的渴求，就像今天的孩子们对于游戏的痴迷。幸运的是，那时候，每年冬天都能遇见大雪，有时候大雪持续三五天，积雪都一尺多厚。我们姐弟四人就忙着吃雪花，打雪仗，堆雪人，而我的父亲竟也高兴得就像个孩子，哼着小曲儿，抢着冲进厨房给我们擀面，煎饼，祖母和母亲都成了打下手的。我们玩累了，饿了，就守在灶台边，像小猫窥视老鼠般等待美食，随后便是一家七口的欢乐午餐或开心晚宴喽。

冬去春来，麦苗见风而长，暮春时节就成了一眼望不到边的麦海。浓绿浓绿的麦芒一律向上，朝气蓬勃，就像要飞起来一样。麦浪翻滚，蜂飞蝶舞，乡村麦舞曲开始上演。

盛夏的风最是遒劲，就像画笔，吹过一缕，就染黄一片麦浪。知了趴在挂满黄杏儿的枝头，高歌曼舞，农人们就要开始忙着收割麦子了。这时候，我的父亲常常顾不上收割自家的麦子，而是要给邻居大叔大婶们的麦子脱粒，因为那时我家买了脱粒机，也是村子里唯一一个。

麦子黄了，金色的麦浪是乡村最逼真的油画，早已胜过美国作家塞林格笔下的麦田。瘦弱的母亲一个人在地里，弯着腰，挥着镰刀，从不肯直起腰歇会儿，因为她害怕半夜里突降暴雨，淋坏了即将到手的麦子。我们姐弟放学回家，狼吞虎咽地吃完晚饭，小跑着赶到麦地里，我和姐姐割麦子，弟弟和妹妹捡麦穗儿。

月光皎洁，星星格外明亮，父亲这时才能来到我家的麦田里。远远地就能听到他的声音，"宝贝们辛苦了"，有时他还给我们带几个熟透的枇杷或杏子，我们干活儿的劲头就更大了。他忙着扎麦捆，再用背夹子把麦捆背回家。而我们在母亲的带领下，在蛐蛐的催眠曲里，在爽朗的夜风里，继续低着头，弯着腰，收割麦子。每年麦收时节，我家的麦子都是最后脱粒的，邻居们也都纷纷来帮忙。

对于在城里长大的女儿来说，麦子的播种和收获的场景仅仅依靠影视作品留下些许印象，而对于出生在贫穷家庭长在农村的我们来说，真是人生六月最最珍贵的记忆。

昨天，当女儿突然想起让我补发儿童节的礼物时，我蓦然想起了很多年前父亲馈赠予我们的节日礼物，独一无二，无比稀有。女儿见我愣着不动，轻轻靠近我，分开双腿，坐在我的腿上，搂着我的脖子，用她白皙的脸颊紧贴我的脸颊，对着我的耳朵说："妈妈，你怎么了？"我使劲抱紧女儿，给她讲了我童年里"父亲和麦子"的故事。即将告别童年的女儿，一次次用衣袖拭去我脸颊的泪水，哽咽地说："我外公就是麦田里的守望者，你们就是外公的麦子，现在都成熟了！"

天真的孩子本是生活在童话世界，芭比娃娃和遥控汽车才是他们的最爱。而我们这些不幸的小麦粒，长在陕南贫瘠的土地上，是麦子和父亲彻底改变了我们的命运，让我们都能在这个人杰地灵的城市找到一席落脚之地。

麦子熟了，父亲额头那深深浅浅的沟壑，始终散发出麦子的味道。他的双眼，凝视着远方，好像祈祷着我们的麦子早点儿成熟。

2018 年父亲节

寄语中考的宝贝

亲爱的宝贝,还有八天你就要中考了,妈妈终是难以让这颗心淡定下来,忍不住想和你唠叨几句,如果你赞同就接受,不赞同就忽略不计。

家长群的孩爸孩妈们,每天用倒计时来提醒我们,我感觉时刻生活在高压中,犹如高温熔炉的铁块,稍不留意就会被熔化。而我,还不能这么快就熔化了,因为你还没有长大。

每天接送你是我最幸福的事儿,就像小时候我的爸妈关心我一样寻常而从不间断。管它酷暑高温38摄氏度,还是严寒零下9摄氏度,我都风雨无阻,准时出现在学校门口。戴着的手套随着季节变化而变化,从冬日到夏日,都能尽职尽责地保护我的双手。当然,寒冬的残酷,还是皲裂了我的手掌,手背上第一次平添了一群小疙瘩,我必须躲过你的双眼,偷偷用冻疮膏涂涂抹抹,终究还是无济于事,直到阳春三月,那凸起的小疙瘩才悄然退去。

盛夏,最受伤的是裸露在烈日下的脸。各种遮阳帽都难以遮挡紫外线对日渐衰老的脸的伤害。从不过敏的脸,开始红肿,瘙痒,长痘,偶尔还蔓延到颈脖,医院的水疗、中药和西药,内调外抹,都难以抑制和根除。于是,就豁出去了,任其红肿吧。只要能为你做好服务,这一切都不算什么。

任何时候,能陪伴你成长都是我最愉快的事。你马上十四岁了,即将面临中考,但是你的脸上写满稚气。当我的第二本新书在儿童节那天收到时,你捧着新书,闭了眼,吸吮馨香,"妈妈好棒哦,你好好写书赚钱供我上学,我长大了也要出书哦!"本来淡定如水的我,见状,却也忍不住拥抱你。宝贝,你怎么如此懂妈妈的心哦。

妈妈给不了你优越的成长环境,但妈妈一直在努力着。每每想起你十岁时,曾经在日记里写的一段话:"小时候,家里很穷,妈妈却四处借钱,让我去上辅导班、学钢琴、舞蹈、声乐、绘画,而不争气的我,都没有好好坚持,最终都放弃了。唯独读书和写作,我始终坚持,因为这是妈妈最喜欢的事,也是我最喜的事，更是她希望我坚持的事，所以绝不放弃。"这是你对妈妈最好的理解，也是妈妈和你始终零距离的原因。

面临中考，你的心绪也很不平静，妈妈有点儿担心。你时而忧心忡忡，紧张到失眠；时而毫不在意，捧着班级平均分以下的试卷，傻傻看，默默改，静静想。我并不在乎你的分数，并不艳羡那些学霸级别的高分，也不排斥那些摇摆在平均分左右的低分，只要你尽力了，就是最好的成绩。

记得今年的第一次月考，你在班上倒数第十名，还遭遇了请家长的惩罚。那是开学的第二周，星期二，你泪光闪烁，低着头，走出校门，不敢看我。而我远远地看着你，从你的表情猜测到结果。你和往常一样，坐上我的摩托车，轻倚着我的后背，我轻轻起步，缓缓驶出原地。

"妈妈，这一次是真的要毁你的尊严了，下午四点请你到学校见见我的所有授课老师。"

"没什么啊，你马上要毕业了，见一下老师，向他们讨教一些指导你冲刺的方法，多好啊！"

"妈妈，你真不生气啊？"

"真不生气啊。"

"一次考试，只能说明这次考卷上所涉及的知识点，你哪些掌握了，哪些还不会，还需要想办法弄懂。"

你从背后搂紧我，突然沉默了。

就这样，我们回家后再也没谈起这次考试成绩。而后来的几次月考，你的成绩始终在进步，最好的一次考到班级第三十一名。

你贴在书桌上的中考倒计时，只剩下最后的八天了。每天看着不断变小的数字，我心里既替你着急，又有几分淡定。我知道你是一个幸运的孩儿，也是不骄不躁的宝贝，妈妈相信你，中考你一定会发挥出你真实的水平。

"无论肥沃或贫瘠，耕耘以同样的深情。"求学的道路，不管怎样，努力付出就是最好的选择，你做到了问心无愧，这是妈妈最大的欣慰。每天晚上都在我的催促声中睡去，妈妈知道你很勤奋，中考前的每一分钟你都觉得弥足珍贵。

作为老师的妈妈知道，良好的心态比聪明的头脑更重要。中考在即，知识的掌握已经基本到位，沉着冷静的心态可以帮助你发挥到极致，把所学知识都展现在试卷上。不要有压力，不要有负担，就像你每次劝妈妈一样。

"竹杖芒鞋轻胜马，谁怕？一蓑烟雨任平生。"在漫长的人生道路上，良好的心态才可以让你从容地面对人生的风风雨雨。成长路上，挑战无处不在，中考并不能说明一切，只是客观而真实地记录着你的付出与努力。相信你可以微笑着对它说一句："我已准备好了，等你很久了。"

幸福是一种生活态度，是自己的一种感觉。每次看到你脸上洋溢的微笑，我就心安了。那种感觉就是：你不会陷入郁闷或烦恼之中，你总是用微笑把它们融化，感觉你的世界时常阳光灿烂。

人生最大的差异，不是出生时的家境，不是父母的智商，也不是那些堆积的物品，而是父母的人品与性格对你成长的影响。贫富不均只会形成物质落差，每个人的努力程度才是决定未来的最主要因素，决定你未来的生活是否可以铺展得更宽阔。你一直非常珍惜拥有的一切，并用二十分的努力去追求自己想要的生活，你一直行走在路上，妈妈很满足。

马卡连柯说："我的基本原则永远是尽量多地要求一个人，同时也要尽可能地尊重一个人。"谢谢你小时候对妈妈那些苛刻要求的理解，将来不管你涉入哪个领域，妈妈都非常理解你、支持你，并祝福你可以早日获得想要的幸福。

2018 年 6 月 17 日

最美的风景

——谨以此文感谢汉滨初级中学 2015 级 26 班全体老师

三年已去,风景犹在。

毕业季来啦,盛夏的果实和晚风,带给孩子和老师更多感谢和感动。

紧握着夏日的激情,高举的手在头顶挥舞,沉潜的情愫在老师和孩子们共同经营的一千多个日子里荡漾,一圈,两圈,三圈……如一棵树的年轮,慢慢增多,逐渐茂盛。

亲爱的老师,感谢您一直心甘情愿,做孩子成长历程中的星辰,默默照亮他们前行的旅途。不管孩子的成绩是否优秀,宝妈宝爸都已经十分知足。

这三年,面对性格、身体、生理等瞬间万变的"淘气鬼""调皮鬼""倔强鬼",您的宽容教会了孩子担当,您的博学消除了孩子的自傲,您的睿智磨平了孩子的棱角,您的鼓励点燃了孩子的激情,您的祝福铺展了孩子的未来。

感谢您用尽全身解数,或严厉,或温婉,或幽默,或直白;感谢您总是扮演着不同角色,北斗星、天王星、海王星、冥王星,在浩瀚无垠的知识银河系里,为孩子们答疑解惑,不厌其烦。感谢您的谆谆教诲,如细雨和风,润泽孩子的心境。

在未来的旅途中,愿您轻抚孩子的手细腻如昨,愿您叮嘱孩子的语言亲切如昨,愿您鼓励孩子的眼神温暖如昨,愿您牵挂孩子的心澎湃如昨,愿您祝福孩子的目光如昨,愿您爱生如子的梦想如昨,愿您健康美丽的容颜不老!

一日为师,终身为父。宝妈宝爸和孩子更加珍惜这份情缘,在孩子即将步入高中生活以及走向未来和远方的道路上,您的厚爱永远是孩子成长旅途最美的风景,让孩子和宝爸宝妈堪惜。

在当面感谢略显得鄙俗的时节,在过程重于成绩的季节,真诚的我谨以干瘪的文字深深致谢!祝愿敬爱的老师们天天都有好心情,夜夜都有好梦,岁岁都有好收成!

牵手注定就是一生,这就是爱的旋律,格外嘹亮。同行注定就是缘分,愿我们一如既往，用满满的爱，勾勒孩子成长路上的风景，一起静静期待每个孩子用青春和知识编织的最美的风景！

2018 年 7 月 10 日

孩子，人生的路要慢慢走

十四岁，真是个承上启下的年龄。孩子，十四岁，这一年，于你，有点忙碌，有点匆匆。妈妈一直默默关注着你，一直在心里默默对你说："孩子，人生的路要慢慢走！"

这一刻，你正在秋阳的烈焰中适应着高中生活旅程。当妈妈收到爸爸偷拍你变黑的照片时，你的眼球和牙齿的美白，衬托出脸颊和脖子的黎黑，我忍不住赞叹："黑得好纯正好完整！"这样的开端一定是高中最好的开学第一课，你没和初一军训时那样向妈妈诉苦，也没有畏惧和退缩。妈妈知道，你真的长大了！妈妈很想叮嘱你，小时候吃的苦，长大后一定会享受到加倍的甜。

十四岁，你的初中生活画上句号。可能在爱你的老师、朋友和亲人眼里，这个成绩真算不上圆满。因为没有像你的优秀同学那样，没有像爸爸同学的孩子那样，高分考进西安五大名校，或以全市前五十名顺利进入安中火箭班，而你仅仅是没有被安中拒之门外。

但是，你的努力妈妈全部看在眼里，记在心上，每天晚上十二点之后睡去，早上六点起床，从没欠过一次作业，从没请过一节课的假，这已经很难得。当活动与上课冲突时，你都是毫不犹豫地选择学习，证明学习在你心中永远是第一位。

尤其是今年五月，关于水鸟征文获奖，是否去现场参加下午三点的领奖，我们一起犹豫，一起商量，一起打听颁奖仪式程序，终于找到最好的方案，只请假二十分钟，两全其美。我们约定下午第一节课下课两点五十分，你准时往校门口走，妈妈准时接你。可谁知，妈妈单位有事，来迟了五分钟，你走到门口没见到妈妈，为了省时间，你直接往培新小学走，而我们在路上错过了。

你着急，一路奔跑，我怀着十分焦急而愧疚的心情，在去你学校的路上往返了两次，还是没有找到你。还是你智慧，在离我单位最近的地方，借到陌生阿姨的电话，打通电话，才让我锁定你的位置。于是，我们三分钟赶到颁奖现场，而此时主持人正在念你的名字。你满头大汗地走上领奖台，汗滴滚落在蓝白相间的校服上，你接过证书和奖金，给了妈妈一个眼神，示意我们离开，赶回去上物理课。尽管，当时给你颁奖的叔叔奇怪地看着我们离开，只有我俩明白这样做的意义和价值。以学习为重，争分夺秒，对于中学生真的十分重要。

每周一妈妈要在单位值班，中午不能回家，都只能接你到办公室。妈妈的闺蜜们看着你狼吞虎咽地吃完饭就埋头写作业，总是好奇地问你："宝宝怎么不睡午觉？"你的回答总是："我作业写完再睡。"十分钟，二十分钟，三十分钟，这是你午睡的时间，你自己规定的，自己遵守着。

今年的中考成绩，你自己觉得不满意，离火箭班就差十多分，觉得十分遗憾。你一次次对妈妈诉说，如果我的体育多考五分，如果我的历史试题全部答完，如果我的化学不填错试卷前两个最简单的填空题，如果我的物理计算不出错，如果我的数学选择题全对，如果我的英语作文第一句"In the morning"不出错，如果我在语文阅读题上再多思考一下……但是这些都是你个人的假设，妈妈只想告诉你，人生没有假设，必须抓住当下，做好充分准备，迎接你将要经历的每一件事情，才能少点遗憾。

初中三年，你游刃于幼稚和迷茫之间，你奔走在童年和少年之间，你成长在叛逆和乖巧之间，你徘徊在刻苦与悠闲之间……你在成长路上随心所欲，妈妈却用尽苦口婆心和煞费苦心。和你一起背古诗文和政史，攻破数理化难题，记单词，听英语美文和英语歌曲，看英文电影；和你一起打篮球、跑步、逛街、喝奶茶、吃冰激凌；和你一起读书，写青春，评电影，游敦煌、雅丹地貌、张掖丹霞、青海湖；和你一起幻想未来，回忆过往，很开心，很知足，很默契，愿我们始终保持这样的零距离。

高中三年，我们依然会亲密相伴，妈妈总是会出现在你最需要的时候，但是，你自然不会违背我们一直以来的约定，该你努力的你必须竭尽全力，该妈妈做的妈妈一定做到细致入微。妈妈依然会定好闹钟，准时接你，送你，做饭，洗衣，依然做你忠实的听众，当你最好的粉丝。

高中生活是新的开始。"高中我还是要好好学习的，考不上理想的大学会遗憾一辈子的！"孩子，你总是会安慰爸妈，也会安慰自己。但求学的路，更重要的还是要付诸行动。妈妈期待你比初中更努力，脚踏实地，走好每一步。妈妈很喜欢你说的一句话："知识欠的账，都是要翻倍偿还的。"就像中考前，我们梳理欠账时一样，花几倍的时间都换不回当初的"这个我会"。而妈妈，再也没法辅导你的高中知识，这些年忙于工作遗忘了曾经自学的很多知识，现在也只能当你生活上的低级保姆了，真的快要变成那个没法和你交流的"文盲"了。

孩子，十四岁是梦的年龄，好好编织梦想。高中生活太匆匆，来不及回眸，更来不及重走，考试制度的变革让你们这一届孩子真的没有退路可走。所以，孩子，妈妈期待你一路顺风，奔向未来。当你在欣赏沿途秀丽风景的时候，"孩子，请记住，人生的路要慢慢走"，这是妈妈的叮嘱，也是妈妈的期盼。因为走快了会摔跤，会错过路上的精彩！

2018 年 8 月 28 日

最平凡的星星

我是最没资格说家长这个话题的,因为我本身就是一个最不称职的家长。天降暴雨没给孩子送过伞,初三之前没接送过孩子,……在女儿眼里,老师比我溺爱她,同学比我关心她。甚至,偶尔,她也会怀疑,是不是我亲生的。

这可能和我的职业有关系。女儿常说一句话:"我长大不会当老师,老师不会管自己的孩子。"可见,女儿对我的成见还一直装在心里。我有点惭愧,唯一能做的就是从现在开始,每天接送她上学,给她做可口的饭菜,当好她的听众和倾诉者。以至于本学期开始,她不拿电话,不拿钥匙,还乐呵呵地炫耀:"每天走出校园看到妈妈的感觉真幸福哦!"尤其是一坐上我的摩托车,就紧紧抱住我的腰,匍匐在我背上,就像小公主依偎在小王子的肩头。然后,就开始给我汇报今天校园里或班级里的新鲜事儿。

比如,前两天,我们的对话。

"妈妈,我被周爸揪办公室去了。"

"哈哈,越轨了?"

"不是,是三带一式的谈话!"

"三件事做得不好?"

"周爸真是苦口婆心,看了我的数学月考卷,抚摸我的头,说我都是会做的题结果算错,很可惜。"

"感谢周爸帮你分析原因。"

"哎,刷题太少,概念不清,计算能力差呗。还问我学文学理,我说学文,周爸说学文也要好好学数学。"

"带一呢?"

"呵呵,让我运动会开幕式举班牌,就我这小胖模样,有损班级形象哦。可能是形象好的都选去表演节目了,就剩我这样残损的了。没得选哦!"

"哈哈,周爸还是火眼金睛哦!"

"那是的，理科的逻辑思维，男士的风度，爸爸的胸怀，表扬和批评都用数学模式，让我们难以预测，也乐意接受哦。"

"看来老师不仅要有丰富的知识，还要有足够的智慧。"

"是的，妈妈，你可以好好学学哦。"

在女儿的眼里，老师都比家长好。这可能是女儿对老师很依赖，也可能是处处得不到爸妈的溺爱，而校园里总是得到老师的优待。难道，还有别的原因吗？

回忆过往，女儿十年的求学生涯，遇见了五位班主任，三女两男。小学阶段，遇见的三位班主任都是美女，都比我年龄小，她们待女儿都像自己的孩子，带她吃饭、看电影，给她买零食和学习用品，都是常有的事。

尤其是为了指导女儿组织班级活动，班主任老师手把手教，点点滴滴磨砺，直到满意为止。女儿感动不已，提出帮老师批改作文，每个周末悄悄背着同学的作文本回家，让我教她，开始先生有点反对，害怕影响她的学习，也担心她出错，同学的家长有意见。但是女儿并不这样认为，她的理由是老师那么爱我，我必须帮老师做点事，我唯一能做的就是帮老师改作业，我也可以学到知识。就这样，女儿歪斜的字写端正了，小作文写清楚了，知识积累也逐渐增多了，与老师同学的关系更亲密了，周末大把时间也派上用场了。

那时候，我们的日子也是过得艰难。家里公公婆婆有病，经常住院需要照顾，兄弟姐妹都不在安康，所有的困难都是我一个人扛。我着实扮演着拼命三郎的角色，为了孩子进城上学，所有的苦都自己默默忍受。本是教数学的，新学校缺语文老师，我必须努力学习，快速适应。除了上课，就去听课，蓉儿姐姐、超哥、卓哥、洁妹等都是我最好的老师，一个月就迅速适应了，能勇敢地站在讲台上，成为孩子们喜欢的老师。

课余时间，做几份兼职，当文学刊物的兼职编辑，帮其他单位写公文，写宣传稿件，代写先进事迹材料，等等，我真没时间管自己的孩子。因为在中学任教，放学时间和她套不上，她11点20放学，等我12点放学，她早就走回家了。如此以往，女儿就养成了自己按时回家的习惯，也培养了自己解决困难的能力，更重要的是她养成了在家有序做事的习惯。那时候，姐姐的女儿琦琦（比她大半岁，始终同班）就是她最好的伙伴儿，任何时候她俩都形影不离。

小学毕业那天，女儿的班主任王文妍老师给我打电话，说孩子本学期的语文考试试卷都给她整理出来了，孩子的考场作文写得好，可以给孩子拿回家保存。我才警醒，女儿的童年就这样悄然消逝了。而此时，我已经调入幼儿园办公室工作，接电话时我们正在开会，我犹豫不决。当我说要接孩子时，领导并没有答应。我又给王老师打电话，说我可能晚点儿到。

半小时过后，我赶到市一小大门口，电动门近乎关闭，只有一点儿缝隙，勉强可以侧身挤进去。保安不让进，说放学一个小时了，校园里没人了。我又给王老师打电话，她说，她和孩子都在办公室等着我，感动已经不能表达我此时的愧疚之情。

我当时是飞奔跑上二楼的，但真不知道王老师的办公室是哪间。可能是我脚步声过大，王老师听见了，就在门口等着我。看见王老师的脸上流露出发自内心的微笑，我竟说不出一句话来。

女儿见到我，"妈妈，你怎么才来啊？王老师都等你好久了……"我接过王老师用白色塑料绳子捆好的一叠试卷，还有两个作文本，眼泪雪山崩裂般滚落下来。我们一起走出教学楼，在大门口道别，女儿一直一句话也没有说。

女儿就这样进入了初中生活，她和琦琦放学后，一起多次去一小找过王老师，但只有一次见到了，那还是去领荣誉证书，六年级时参加安康市"绿色安康"征文比赛获奖了。女儿说，本是很想见到王老师，可还是没有勇气拥抱一下她。后来两次作文里写到王老师，王老师看到后也为孩子点赞留言，女儿可激动了。

现在，女儿已经读高中了，国庆节前我参加了女儿的家长会，这是我第二次为她开家长会，用她的话说，"再不去，我上大学你就没机会了哦！"我知道，这是孩子潜藏在内心深处的期盼，也是她身为老师的女儿必须适应的无奈。但是女儿学校里的事，班级里的活动，我都是大力支持的，虽然几乎没时间过去帮忙，但总是鼓励女儿努力做好，时常提醒她做老师最喜欢的"那一个"。女儿这些年虽一直在努力，好像一直都没有做到，或许是她的能力配不上她的"野心"，她的努力也撑不起她的梦想。

昨天晚上，我批改第三单元试卷到一点多，准备睡觉了，走进她的卧室，看她在全神贯注地做数学试卷，都没有发现我。"宝宝，还要多久？有点晚了哦。"女儿抬起头，黑色的眼镜框，在柔和的灯光下格外耀眼，镜片下的眼睛又变小了。

"妈妈，这次考试我的作文得分班上最高，但是总成绩排名退步了。高中知识好难哦，我可能会让你失望的！"

"孩子，尽力就好了，每个人都不可能把每件事都做好，不可能方方面面都优秀。走好你选择的路，其他的路留给别人去走，每一条路都有佼佼者，靠自己去努力。祝福你！"

"妈妈！"孩子冰凉的双手捧着我皱褶的脸颊，这样的抚摸总是触动我最柔软的情感。

"妈妈明天早上去西安，后天回来，你好好学习，听老师和爸爸的话。"

"嗯！"

我匆匆转身，轻轻掩上女儿的房门。走进卧室，先生早已进入梦乡。这个大大咧咧的爸爸，在女儿眼里是最帅的，也是最没风度的，因为女儿讨厌他：黎明和黑夜骑摩托车接她，眼睛总是只盯着分数，喜欢开车出去旅游，旅行日记一个字不写还嫌弃别人写得不好，靠在床上看手机还口口声声说很爱学习，皱纹增多了还一样爱臭美……

　　女儿就是这样默默无闻地长大了，而我们做家长的，竟然还没来得及宠爱，还没来得及把她和别人的孩子"比较"，还没来得及把她塑造成十项全能的孩子，她怎么就长大了？

　　当我看到我所带的班级，孩子们的家长每天都和我交流孩子的学习情况，有时也积极为班级活动准备而交流，不惜代价地努力培养"全能"孩子，妈妈真的自愧不如！

　　孩子，不管你多么平凡，都是妈妈掌心里的宝。在未来的道路上，妈妈希望你——努力做你笔下和心中那颗最最平凡的星星。

2018 年 10 月 20 日

我是你的树

每个人都是一棵成长的树。

人的生命从无到有,这是父母的给予。每个生命都是一粒种子,在父母的精心呵护中诞生,不管环境优越还是恶劣,都会在大地上生长、发芽、长叶、开花、结果。

秋天最后一个节气已过,寒冬即将来临,我就匆匆来到这个世界,那是四十年前的秋天。这样的季节,无所谓好与坏,我也无法选择。至于父母的心愿,他们更希望我是个儿子,因为我已经有个姐姐。非能如父母所愿,又不能重来,也不能离去,因为生命是唯一的,谁都无法改变。我就是在那样的年代,那样的家庭里,如一棵不招人喜欢的树,在那个偏僻的村庄里,在那个村庄的小院里,在那个小院的土房子里,寂寞地成长。

没有风,便是安好。本是改革开放的大潮浸润城市和乡村的大好时代,而计划生育的风雨已经开始,乡村的夜多了漆黑与恐惧。本是可以安静地成长,但是,我的父母还是难以逃避风雨的侵袭,三十多岁的母亲毫不犹豫地接受了政策的约束。于是,姐姐和我,就成了父母心中最珍贵的两棵小树。那个时代最大的缅怀,就是对生命的润泽。幸运的是,过了很多年,便有了妹妹和弟弟,圆了父母的心愿。

乡村是我最大的暖床。土地是父母耕耘的家园,是虫鱼鸟兽栖息的乐土,是花草树木依靠的大树,而这一切都是我生命的最好伴侣。安静地存在着,摘一朵野花吸吮,捉一只公蝉嬉戏,爬上大树品尝红彤彤的柿子,蹲在洁白的雪地里捏一个大大的雪球,都是对童年最圣洁的追忆。乡村的行走,简单得就像一张白纸,轻轻地落下笔,都清晰可见,条理清楚。就这样在父母温热的怀里长大了,在那个物质和精神都匮乏的时代,过去和将来,都必须学会思考,都只能脚踏大地,蘸着泥土默默行走。

家人识字是我今生最美好的幸运。白天,祖母习惯了早早地做好午饭和晚餐,剩余的时间给我和姐姐讲故事。祖母的故事永远讲不完，天上的，地上的，古代的，现代的，都是我听不够也听不厌的传奇。母亲会背一些唐诗，教我背的第一首诗是《锄禾》，母亲总是先给我讲一遍它的意思，再一句一句地重复教我，直到我背会为止，睡前的重温是母亲最严厉的考核。父亲喜欢教我认字和写字，没有教材，他就把他认识的那些字，按照从易到难的顺序，每天教我十个，开始都是他粗糙的大手握着我瘦弱的小手写，后来渐渐地放手，让我自己练习，歪歪斜斜的笔画里，藏着我和爸爸对生活不一样的憧憬。

最大的惊喜就是村庄原木色的大木房子变成了学校。那个破旧的兴隆寺老街，有一排并列的老房子，房前有一棵高大的桂花树，秋天的馨香弥漫致远。那几间房子里摆着几张拙朴的八仙桌长条凳，两扇向内开的大木门，仅此而已。教书先生就是祖母的亲弟弟，我的大舅爷。他好像不认识我似的，我既不敢叫舅爷，也不敢叫老师，什么事都躲在同学的后面。但是，他教的那些字我都认识，爸爸教过我的。只是，他让我用毛笔书写，每个字写五遍，我那颤抖的笔画就像蚂蚁上树，很难入他的法眼。直到有一天，他出现在我家里，和祖母聊天，给父母"汇报"我在学校的表现时，家人都很意外。于是，舅爷就成了我的私教，一切从头开始，教我握毛笔，从点横竖撇开始教我习字，我便有了进步，也不再畏惧舅爷。

识字和明理给予小树苗最好的养分。天空高远，遮不住阳光的绚烂与温暖；星空璀璨，照亮了夜空和远方。贫穷依然在，而有阳光普照的生活已不再贫穷和寒冷。徜徉在不同的校园里，遇见了不同的老师，有严厉型，有温柔型，有"舅爷"款，也有"慈父"款，有博学多识的，也有风趣幽默的，我总觉得遇见是最好的陪伴。按照他们的要求去做，努力做他们喜欢的那一个，安静地在校园里长大了。尤其在选择读高中还是读师范时，待我如兄的年轻老师叮嘱我读高中，待我如父的中年老师叮嘱我读师范，我如一棵夏日里被风吹得不知所从的芦苇，在尖锐的矛盾中飘摇不定。后来，还是父亲帮我选择，读师范，就当个乡村老师吧。

是啊，乡村老师是我坚守的天空。一棵树，有阳光就会在大地上长高的。二十一年前，怀揣着少女般的渴望与迷茫，踏上讲台，转瞬就是二十多年。在我选择并挚爱的从教生涯里，我始终是一棵长不高的树，只是年轮一圈圈增多了。在年轮曲线里，我的枯枝败叶，有时化作鸟巢，有时化作春泥；在干裂的树干上，我的千疮百孔，有时藏着孩子不为人知的秘密，有时成为迷路的鸟儿遮风挡雨的港湾。

当树叶渐黄，落叶遍地，我渐渐明白，生命的意义与年轮曲线没有太多关系。突然领悟：所谓成长，就是在正确的时间努力做正确的事情；所谓长久，就是生命的延续或光明的传递。想起今晨，一缕阳光透过玻璃窗，洒落在窗台上，我倚着床，吮着阳光的味道，捧着《臧克家全集》第六卷阅读。突然，女儿打开我的房门，诡异地走到我身边，亲昵地说："妈妈生日快乐！该起床了，今天要为我外公外婆做一顿可口的晚餐哦。""谢谢乖宝宝！"想起很多年来，这一天都是母亲为我做可口的饭菜。今天是该我行动了。于是，预约，邀请，采购，准备，共享，忙得忘乎所以，乐得忘乎所以！

父母在儿孙绕膝的氛围里，笑容从岁月雕刻的皱纹里荡漾开来，幸福仿佛瞬间删繁就简，就这样越来越容易获得和享受。看着父母端着红酒杯的手微微颤抖，我的心酸与恐惧陡然剧增，他们衰老的速度超出了我接受的能力，极力掩饰不让他们看出来。而父母的心房里，那棵"你是我的树"总是生机勃勃，就像窗外阳台上那棵落光了叶子的石榴树，尽管屹立在寒冬里，依然轻轻摇曳着春华秋实的夙愿。不管儿女做一棵什么样的树，在他们眼里，都期待着：发芽，开花，结果。

"I am your tree！"我是你的树！努力长成你喜欢的样子！

2018 年 10 月 28 日

柳暗花明又一村

雪后天晴，阳光满屋。

我的女儿温馨和姐姐的女儿琦琦早早起床，焦急地等待北大博士哥来我家，这是寒假里最重要的一件事儿，也是女儿最大的心愿。当然，这样优秀的帅哥并不是想见就可以见到的，他的假期也仅有八天，给亲人，给同学，给朋友，都是难以分配的。面对我的邀请，他欣然同意，这让我很感动。

孩儿们已经进入高中阶段，新知识难度大，教学进度快，消化过程慢的现状使得她们的高中生活迷雾重重。时间和成绩，付出和收获，理想与现实，差距与日俱增，孩儿们仿佛瞬间丢了自信，迷茫得找不到方向。于是，我多次搬出博士哥高中生活的故事来拯救她们萎缩的自信，期望能救治她们的"顽症"。正因为此，孩儿们的期待超过了我，她们渴望这位见过但印象不深的博士哥可以给她们指点迷津，可以给她们讲述不同寻常的高考奋斗历程，讲述各科学习技巧，激发她们的学习动力。

孩儿们和我一起收拾房间，再去超市采购果蔬和零食，然后就是坐在沙发上，捧着书，装作读书的样子。听到屋外的脚步声，时而打开门看看，时而安静地听听，我知道这是仰慕之情和迫切之心在作祟。她们都久仰这位数学满分王子和理综满分得主，百闻不如一见，今天终于可以如愿以偿！

我的手机响了，女儿飞一般冲过去，拿起一看电话号码，失望地放下，"妈妈，送快递的"。我才知道她们对"天才"博士哥的崇拜已久，由衷期待他的到来。

直到十二点半，才接到博士哥的电话，已至我家楼下，我们下楼迎接。红色的羽绒服，黑色的牛仔裤，黑白相间的耐克运动鞋，将这位博学多识的博士哥紧紧包裹。风雪里，寒冷被热情消减，笑容把寒舍温暖。

"哥哥好！"孩儿们亲切地叫着，她们仰着头，欣赏这位戴着黑边眼镜的博士哥。倒茶，递水果，她俩抢着做。博士哥落落大方，坐在沙发上，温馨在右，琦琦在左，炉火映红了他们的脸颊。

"你们知道科举制度是从何时开始的吗？它们有什么意义呢？"正式交流从这里开始。

"科举制度是从唐朝开始的，科举制度是为了选拔人才。"我家历史迷答道。

为了不影响他们交流，我走进厨房忙活去了。一切准备就绪，才坐在餐厅里，远远地聆听。"高中生活对于每个人都是很重要的，如果对待高中生活都不努力，我估计这样的人一生都不会太努力。因为高中毕竟是可以改变人的命运的，也是可以开辟人生大道的……"博士哥侃侃而谈，孩儿们安静聆听，不时地点头。

"读书和学习的目的也很重要，有的人就为了高考，有的人却为了长知识，长见识。你们怎么看？"

"首先是为了长知识，其次是为了长见识。"

"哦，不对，首先是长见识，其次是为了长知识。"

"你们都认同后者？"

"嗯！"

"上大学后你会发现，小时候很多观点都是错误的。读书越多，感悟越深，你们长大了就会明白的。所以，无论在什么时候，都要好好读书，多读书，多思考，才长见识。比如，耳听为虚，眼见为实。其实，眼睛看到的也未必是真相。"

"是的，虚伪和假象一直在欺骗我们的眼睛。"

聆听博士哥关于知识和成绩的关系的见解，孩儿们恍然大悟！她们曾经以为成绩等于知识，今天终于明白，知识大于成绩，学习不仅仅换来成绩，还有成绩之外的惊喜！

岁月可居，时光流逝，那个十年前从江北中学一步步走进北大的帅哥，英俊潇洒，博学多识，看待问题见解独到，对未来的规划十分清晰。祝愿博士哥，也希望孩儿们多向博士哥学习！

环境固然重要，但努力更重要。博士哥为了减轻家庭的经济压力，选择了江北中学，用自己的青春激情书写了学校的历史，让学校因他而骄傲。

"当年我也是蛮努力的！"这是博士哥今天唯一重复的一句话，看得出来，每个人的成功都是努力的结果！今天我们见到的是优秀的博士，其实当初，他们都付出了太多的汗水！"宝宝啊，如果不努力，什么都是浮云啊！"

很喜欢李宗盛的那首《山丘》，"望着大河弯弯，终于敢放胆，嬉皮笑脸面对人生的难。也许我们从未成熟，还没能晓得，就快要老了，尽管心里活着的，还是那个年轻人，因为不安而频频回首，无知地索求，羞耻于求救。不知疲倦地翻越，每一座山丘。"人生如歌，行走的轨迹大同小异，无非就是这样，努力翻越一个个山丘，跨越人生一个个难关，才可以勇敢走向远方。

客厅里那束薰衣草风姿依旧,而凤凰山上此刻依旧白雪皑皑,这位从凤凰山走出来的博士哥,满脸的阳光像鲜花般四处弥散,但是他从没忘记曾经跨越的山丘,和用努力换来的春天!

每个生命都有最艰难的一刻,比如突来的遭遇,天灾人祸,都要面对。只要清醒地认识它,并捏紧拳头,勇敢跨过去,就可以柳暗花明又一村!

孩儿们,加油!

2019 年 1 月 31 日

亲子阅读是最好的搀扶

我总觉得书籍是每个人成长的阶梯，亲子阅读就是对孩子最好的搀扶。

面对生活节奏加快，面对人心浮躁不安，面对网络种种诱惑，面对工作忙碌不堪，我们何以能抗住？亲子阅读该是首选。夜静了，和孩子一起捧着书，安静地阅读，真是最幸福的事儿。这是培养孩子学会安静的最好方式，是培养孩子读书兴趣的最好途径，也是在孩子幼小的心灵中播撒阅读种子的最好捷径。

父母坚持陪伴孩子遨游书海，废寝忘食，犹如在浩瀚的世界寻宝；夜深人静，陪伴孩子手捧书本，犹如身临其境；闲散时光，手不释卷，惜时如金，犹如加足前进的马力。父母陪伴孩子读书，是给予孩子最好的营养，使其在滋养中长成一棵理想的大树。

回想起我和女儿一起读书的经历，真是倍感欣慰。那时候在偏僻的乡村学校，那里没有网络，没有幼儿园，没有游乐场，仅有的就是图书，还有我们一起在书页里获得开心的场景。这个自称童年略带灰色的孩子，跟着我一起在书页里成长。从一岁半开始，我们一起走进食物、数字、动植物、交通工具等图文并茂的微型书，那逼真的画面，绚丽的色彩，吸引了孩子的视线，激发了她阅读的兴趣。两岁半开始，我们一起走进儿歌、唐诗、宋词的世界，从短句到长句，从五言到七言，从绝句到律诗，从唐诗到宋词，各类图画书由易到难，步步推进。六岁开始，我们一起走进经典儿童文学类书籍，一起阅读，一起交流感受，一起沉浸在色彩斑斓的童话世界里。九岁开始，我们一起走进中外名著，一起做读书笔记，一起写读后感，一起在书页里成长。直到今天，女儿即将高二，我们依然每天一起读书半小时来化解繁重的学业压力。正是一起读书，让我们不经意间都爱上了写作。女儿已在省市级征文比赛中获奖十余次，在省市报刊发表文章一百余篇；我也出版了两本散文集，2018年加入中国作家协会。

父母是孩子最好的老师，你想让孩子成为怎样的人，你就会把他往哪个方向引导，他就会成为怎样的人。坚持亲子阅读，可以架起父母与孩子沟通的桥梁，可以缩小彼此的代沟，可以走进对方的心灵，获得情感的交流。坚持亲子阅读，可以在书本里找到人生的偶像，在书页里明白做人的道理，在故事情节里与作家对话，在知识的浸润里羽翼丰盈，志存高远。

很喜欢《哈利·波特》里的一句经典台词："所有的父母都曾经是孩子，但大多数父母都忘记了自己曾经是孩子。"孩子最大的爱好就是模仿，父母最大的野蛮就是己所不欲，强施于人。亲子阅读无疑是化解这一对矛盾最好的方式。静下来陪孩子同看一本书，同写一篇文，同讲一个故事，都是缩短父母与孩子距离的最好方式。亲子阅读可以让我们保持一颗快乐的童心，享受读书的无限乐趣，收获彼此成长的幸福。

当然，亲子阅读不能一蹴而就，要因势利导，循序渐进。首先，父母要激发孩子的阅读兴趣，就要从孩子最爱看的图画和文字启蒙，关注他们对书中图文产生的好奇，引导他们对故事的角色、情节、主题产生兴趣，逐步对语言文字的韵律、生动有趣的词句产生阅读兴趣，逐渐激发阅读的原动力，让"我想看、我要看"的冲动把孩子一步步带进图书馆或书城，使他们养成阅读习惯，从而爱上阅读。其次，父母要发展孩子的阅读能力，重视引导孩子学会自觉地、主动地有效阅读，自己决定、计划、监督、控制和评价，培养个人的自主阅读能力。

亲子阅读是父母与孩子情感互动的润滑剂，贵在持之以恒，且读且珍惜。为孩子搭建读书的空间可以激发阅读兴趣，给孩子创设自主阅读的环境氛围将为阅读推波助澜，尊重孩子的身心发展规律是维系阅读的纽带，为孩子提供阅读经验是提高阅读效率的途径。开卷真的有益，是理想的加速器。

书籍永远是全世界最好的营养品，亲子阅读是家庭教育最好的模式，是孩子成长过程中最好的搀扶。愿天下所有父母都能陪伴孩子在浩瀚的书海中遨游，在淡淡的书香中共同成长。让每个家庭充满书香，生活充满营养，人生绚丽多彩。即使是一棵瘦弱的树苗，也会在书的润泽里长成一棵大树；即使长在贫瘠的土地，也会在书的馨香里散发出生命的光彩。

2019 年 4 月 23 日

金色的麦浪

每个人的童年世界都是独一无二的，也是不可替代的。

记忆中，那一大片金色的麦浪，仿佛烙印在我自由自在的童年里，风吹不去，雨淋不湿，就连岁月也抹不褪色。

犹记得，低矮的土房里传来婴儿的啼哭声，妈妈忍着剧痛，把我带到这个世界，这是祖母告诉我的；犹记得，屋檐下土色的鸟巢，初春时节的莺歌燕舞，那是曾经好奇的仰望；犹记得，老屋前那高高的红椿树，仲春时节满树葱茏，和小伙伴携手掰香椿的情节……这简单如白纸般的童年记忆，在长大的脚步声中渐行渐远。

唯有那一大片金色的麦浪，在碧蓝如洗的天空下，在布谷鸟儿婉转的歌声里，在麦浪边挂着黄杏的树枝旁，随风翻滚，此起彼伏，构成了金色的丰收图。

这丰收喜人的麦浪不是我家的，与我也没有太多关系。

我生活的农村在20世纪80年代没有幼儿园，童年就从一年级开始。刚走进学校，就渴望遇见一位慈祥的女老师，可谁知竟偏偏遇见了一位严肃的男老师。不仅严肃，而且满头白发，还戴着老花镜，简直像极了鲁迅笔下三味书屋里的老先生。

他的脸上时常写着严厉，看不见他的笑容，也感受不到他的温婉。说话声音刚硬有力，师者为大，我们都遵照执行。

麦黄时节，学校都要放忙假。所谓忙假，就是让孩子们回家帮家里收割麦子，帮家里劳动。但是，我们的这位师父很奇怪，一放假就安排我们给他家帮忙，忙完了才能给自己家帮忙劳动。

我们这群七八岁的小不点，不敢反抗，只能如实告诉家长，然后去师父家劳动。他家住在山顶上，我们和正常上学一样，早早来到校门口汇合，然后跟着老先生一起爬山。去他家要走一个多小时，累得筋疲力尽，可一到他家就有热气腾腾的白米饭，香脆可口的土豆丝、凉拌黄瓜等下饭菜。那时候，好像都饿了好几天一样，见了米饭就一抢而光。师母看上去也很少言，站在一旁帮我们盛饭，让我们放肆地吃个够，吃完了还有米汤水喝。

吃饱喝足了，师父才开始吩咐劳动的任务，把我们带到金色的麦浪里，教我们右手握镰刀，左手握住麦秆，用力一割，麦浪一点儿一点儿地横卧在麦茬上，师父和师母用稻草把割好的麦子捆成一把一把的，再让它站立在土地上。上午我们一起割麦子，傍晚时分，我们一起把这些麦捆扛回家。

师父用扁担扛，一次能扛十几把麦子，而我们力气小，左手抱一把，右手抱一把。几十个同学排成长队，师父走在最前面，我紧跟师父，小伙伴都在我后面。到了师父家的院坝里，他还继续走，不停下来。我也不敢吭声，只能默默跟着他走，走到一位陌生的奶奶家，他终于停住脚步，和奶奶打招呼，再把麦捆立起来，我们都照着他那样做。

麦捆一个挨着一个就像最好的兄弟，紧紧地依靠在一起，占满了奶奶的院坝，就像电影里看过的风吹麦浪般壮观。放眼望去，金色的麦穗胀鼓鼓的，好像一不小心就会撑破麦壳的包裹，瞬间变成香喷喷的白馍馍，陪伴奶奶度过漫长而孤独的日子。

后来，还是在好奇心的怂恿下，我忍不住询问师父。师父告诉我，王奶奶是优秀的军属，刚结婚没几天，她的丈夫就参加抗日战争去了，不幸牺牲在战场，从此她就一个人坚守着这份忠贞，不知不觉已经过了半个世纪，真是不容易。那时候，我虽然年龄小，可心里面觉得能帮王奶奶收割麦子，也是很光荣的事儿。

我的小学生活里，每年的忙假都是在师父的带领下，去帮王奶奶家收割麦子。每天早出晚归，不觉得累，也不觉得苦。因为师父一直都教育我们，人活在世上，要尽力而为地帮助最需要帮助的人，该出手时就出手。

那时候，懵懂的我还真不明白这句话的内涵，只是默默照着去做。帮邻居家的残疾婶婶买油盐酱醋，帮她的小孙子辅导作业，帮她收割麦子。长大后，才渐渐明白，师父用金色的麦浪为我们的童年编织了一幅最美的风景。

又到麦黄时节，情不自禁地想起那金色的麦浪，潜回了我们丢失已久的童年，重拾那生命最初的美好，摇曳的金色麦浪让我们的童年如节日般快乐。如今，王奶奶已经去了天堂，师父也已年过八旬，可能都已不记得帮王奶奶收割麦子的事儿了，但他用金色的麦浪在我的心上勾勒了一个金色的"善"字，伴我成长。

任何时候，我都记得这个大字，如金色的麦浪，在我的世界里翻滚，把我的人生涂上一抹闪光的金色。

2019 年 5 月 24 日

爱架起的那座桥

"美好的时光就要开始了,我又可以见到可爱的宝宝们了,真开心,真幸福。请你们转告宝宝按时返校,并带上暑假作业哦。明天早上九点报名,从前门入校,进教室报名。自愿购买教辅资料,收费是190元,请准备好现金,最好刚刚好,不用找零。谢谢你们的支持和配合!"我以最快的速度在家长群发出了这条消息。我知道,这是家长和孩子们都期待看到的消息,因为明天就正式开学了。

等待分工的时间漫长,心情很焦急,空气里弥漫着开学时的激动,如愿以偿的喜悦,还有未来得及说出口的满腔的感动和感恩,这一切都会化作新学期最好的期待和工作的满满动力。正如细心的王校长今天会议的开场语一样美好而难忘:"每个人的脸上都洋溢着幸福的笑容,每个人的眼睛里都折射出奋斗的光芒。"

今天是三校大融合的第一次大会,三百多人欢聚一堂聆听王校长铿锵有力的祝福与新学期寄语,随后才是三校区的人员分配,一切都那么有温度,有激情,就像停顿的号角突然吹响。

听完高新校区和红星校区老师的名字,还好,都没有我的名字,看来我继续留在本部,这真是最好的消息。像我这样的多功能"妈妈族",工作第一,家庭第二,当好高二宝宝的"保姆"也有着特殊的意义。感谢学校领导的厚爱,尽可能地照顾到每个老师,尽可能地把每个老师安排到最适合的岗位,尽可能地为老师们提供成长的平台,这是市一小这个大家庭给予每个老师的优待,也是给每个老师的福祉。

分校区开会是今天的第二个议程,胡校长简明扼要,直奔主题,宣布了本部的分工。从六年级到一年级的顺序,大家都按捺不住心中的激动,有的老师轻轻地说出了心声:"太好了!"学校本着基本不变的原则,尽量做到新旧搭配,老幼搭配,都为了促进学校高效地发展。

这样的安排老师们也很理解,只有少数班级做了细微调整,我在心里暗暗祈祷"希望不是我们班"。因为我的搭档放假时当妈妈了,本学期休产假,数学老师一定是新的，而我更加希望跟班走，毕竟孩子们还能遇见一张熟悉的脸。"五年级十二班语文温洁，班主任，数学老师周欣。"这该是今天听到的最好的消息了，所有的等待终是等到了最想要的消息。我已经管不住自己的手，拿起手机立即编辑了文章开头的那条信息，发到家长群，这是本学期发给家长的第一条消息，很多家长都积极回应。

刘书记的新学期叮嘱铭记于心，王副校长的开学工作要求记录在本，彭主席的第一次校会要求熟知在耳，汤主任的办公室和教室安排我听得清清楚楚。但当我收拾好办公桌后，才接到美女万恒老师的电话，说我的办公室在隔壁，原来我又走错了。这才恍然大悟，三楼靠东边我们教室隔壁连着的是两个办公室，一个是美术老师办公室，一个是语文老师办公室。感谢万老师暖心的电话后，便走进语文老师的办公室，老师们已经收拾得干净整洁。在靠近门口的空座位处坐下，简单收拾一下，就接到军玲的电话，她帮我领的报名发票放在了她的办公室桌子上，我迅速上楼取，带着最好的心情回家了。

"五年级的学习时光里，我们继续为孩子们做好榜样，当好'保姆'，陪伴并引领孩子们健康快乐成长！今天我们的家长群也正式升级为五年级，我们继续一起努力哦！请各位家长一定要认真阅读群里的通知，转告孩子明天早上八点四十多从前门入校，在教室报名（笼式足球场旁边的三楼左边第一个教室），挂着牌子五年级（12）班，希望宝宝们按时到校，及时收心，投入新学期的学习时光！我们一如既往地携手同行，当好孩子们的保护伞、引路人、好朋友。学校已经安排相关工作人员把书本搬到教室了，我们只需要认真打扫卫生，就可以报名发书了，离学校近的孩子可以带上抹布和拖把哦！"到家赶紧编辑第二条消息发到家长群，虽然显得很啰嗦，但是早已习惯重要的事情说三遍，好像不重复说，就担心个别家长忘了看或看不到，期待每个孩子明天早上按时返校，这是老师经过长假之后最好的期待。

这样的体会，每个老师都会常有的。老师和学生之间的情感，有时候比父母和孩子还要浓烈。由于人到中年，更加看重情感，所以这种期待更加强烈。

其实，很多学生和我一样期待，这份情可以继续。假期里，很多学生都问我是否可以继续教他们，我只能回答冷冰冰的那三个字。每年一小的教师都有变动，工作安排都有变化，这也是实际困难，学校以难以预料的速度走上了发展的快车道。学校领导总是在减少矛盾，化解难题，自然，这样的安排都是有着最好的理由，有着最强的说服力。作为老师，都能理解和接受。

很喜欢市一小的校园文化和工作氛围，处处都是风景；很喜欢市一小领导对待老师不分亲疏平等对待的态度，处处都是温暖；很喜欢市一小老师们之间的真诚友善，以老带新，互帮互助，处处都有师父。感谢过去一年的时光，让我在这里熟悉，在这里成长，在这里收获，在这里充满期待。年过四十，本是工作懈怠速度抵抗不住年龄增长的速度，但是在这里，老师们的工作热情完全把懈怠抵御在校园之外。在这里，没有人自甘平庸，没有人甘愿掉队。

我们都是普通人，只有通过努力才能取得自己想要的成绩，才能实现心中的梦想。走在市一小的校园里，我们总是恐惧时间流逝太快，还有很多事都可以做得更好。

人生匆匆，珍惜就好。我们不奢望奢侈的生活，也至少可以让自己在有限的人生中尽可能地利用好属于自己的时间，这样就可以创造出更多价值，活出更多精彩，欣赏到更好的风景，有同伴的，也有你的，还有大家庭的。

当然，在业余时间，也可以坚持读点儿喜欢的书籍，不管是文史哲，还是教育著作，抑或社会百科，都可以开阔眼界，助推工作。读书，既能读懂别人的人生真谛，也可启迪我们给人生定位，该朝哪儿走，怎么走，和谁走，诸此等等。我总觉得，珍惜时间最好的方式，就是好好工作，好好读书，善待身边的人，帮助需要帮助的人。

很喜欢这样一句话：善待别人就是善待自己。在今天这个正能量逐渐消灭负能量的时代，善良已经成为衡量人品以及交友的第一原则。善待父母和家人是本分，善待同事是友好，善待遇见的每个人是素养。想起昨天在《人民日报》上看到的一则新闻，一个漂亮的女孩在火车站，看到一个衣衫不整的男子，满脸绝望的表情，她没有避而远之，而是靠近他，给他递了一个又红又大的苹果，并告诉他——你一定可以生活得很好！男子感激不尽，递给女孩一个纸条，上面写着"感谢您的帮助，我本来今天准备结束生命的，现在我改变了想法，我一定好好活下去。谢谢！"看似生命中最平淡如水的一句话，竟挽救了一个鲜活的生命，这样的举动真的很了不起。

很喜欢王校长分享的教育箴言：教育最大的幸福是改变人，最大的收获是帮助人成长。愿我们都能在这个幸福的时代里，多一分温暖的关爱，多一分真诚的善良，多一分付出的勇气，多一分宽容的度量。

愿你我，都经得起时光的打磨，在相交或平行的空间里，都能善待彼此，用真诚缩短心与心之间的距离，可以共度一段最美好的时光。因为爱架起的那座桥，可以渡人，亦可渡己。

2019 年 8 月 31 日

淡红的青杠树叶

1

  陕西南部，群山连绵起伏，凤凰山脉只是其中的一部分，山上生长着数不清的青杠树。当秋风飒飒作响时，一片片淡红的青杠树叶，聆听着山与风的交响曲，羞涩地从高枝上飘落下来。

  站在凤凰山脉的鹰嘴岩上，放眼望去，漫山遍野，都是淡红的青杠树，随着风，翩翩起舞。它是树族的强者，坚硬的骨子里隐藏着生命的顽强。秋风吹不尽，红叶云上飘，颇有几分诗意。

  午后，一群孩子坐在岩石上，青杠树叶瞬间跳进他们的视野。他们在树下诵读杜牧的《山行》，读书声穿越山的脊梁，飘向远方。

  一缕微风拂面而来，一片椭圆形的青杠树叶，像一只小船轻轻滑落，我忍不住伸手迎接，刚刚好，落在我的掌心里。立即双手合一，紧紧地，给它我所有的温暖，就像呵护我的学生一样。

  就是这个秋天，就在这个偏僻的山头，十九岁的我，在这里开启了我的教书生涯。五十多双求知若渴的眼眸，五十多颗晶莹剔透的心，无数淡红的青杠树叶，我们如期邂逅。山间辽阔，不必惊叹，我们的相遇成为世间最美的风景，散发着生命的芳香！

2

  每个青杠树叶泛红的季节，总是勾起我的缕缕回忆，一切都像电影般回放，那些情节仿佛镌刻在我的心上！

  四十多年前，正是青杠树叶翻飞的时节，我匆匆来到这个世界。

  阳光被乌云遮盖，天空少了明亮和精彩，到处是一片灰暗。

  以家里第二个女儿的身份出场，少了姐姐出生时的喜庆，多了奶奶的抱怨，或多或少都给爸妈的生活增添了不和谐的元素。见过我的人总说："要是个男孩多好啊！"

生命的诞生常常未能如人所愿，就像青杠树叶子，它也想一直高居枝头，永不凋零。被仰望该是一份怎样的荣耀？就像苹果、石榴和柚子一样，从开花到结果，总是招人欣赏。

那个秋天，母亲丢失了快乐，时常搂着我，躺在床上，闭着眼睛，一起待在昏暗的睡房里，不想被人看到。那份无奈写在妈妈的脸上，谁能感受到呢？妈妈单薄而瘦弱的身体，经不住新生命的挣脱，日渐瘦削，而她的乳汁却给了我足够的营养，让我在漫长的黑夜里能够甜蜜地酣睡。

满月后，我就被送到外婆家。

那是凤凰山脉的另一座叫青山寨的高山，与云彩相接的地方，好像在云里；四周都是茅草丛，丛中有一棵稚嫩的青杠树，那是我出生时外婆新栽的。

秋天总是提前到来，站在外婆家的门前，满眼都是满山的茅草，枯黄枯黄的，在苍劲的长风里，东倒西歪，好像要乱扑扑地向我压过来。只有那弱小的青杠树，坚定地在茅草丛的掩护中，安然生长。

3

对于 70 后的我来说，生长的环境，无所谓好与坏，只要能够活下来，就已经足够幸运。

在我的童年里，夏季总是上演得太快，秋色就不免提前。但山区的秋是永远不会被风吹乱的——这坚硬挺拔的大山，黄土墙的房，黑色的瓦砾，枯黄的茅草，淡红的青杠树叶，都是秋天最美的舞者。而我，是孤独的观众。喜欢捡拾一片青杠树叶，用丝线拴住，挂在我的窗前，让它随风而舞。

那时候，我还小，不懂得为秋天鼓掌，只会远远地守在青杠树身旁。

我与外婆相伴走过了六年时光。有外婆的日子，每一天都是幸福的。

清晨，从外婆的臂弯里醒来，小姨给我蒸鸡蛋，算是我的早点。外婆抱着我，小姨一勺一勺地喂我，生怕烫着我，舀起来的鸡蛋羹，先吹几下，再用舌头感受一下温度，再轻轻滑到我的嘴里。

午饭，白米粥，那可是稀罕物。外婆熬好后，总是放在碗柜上，凉着，过十几分钟才拿下来喂我。数得清米粒的粥，那是我的救命粮。一年到头，各家各户就分得十几斤大米，实在是珍贵极了。

五岁后，我就跟随小舅开始上小学一年级了。每天鸡叫三遍，外婆就起床给我做早饭，煮鸡蛋是世界上最好的早餐。小舅比我大四岁，他很少能吃上煮鸡蛋，只能吃烤红薯或玉米粥。我们的午饭是一样的，两掺面做的煎饼，又香又脆，中午放学一起坐在学校的桂花树下吃。下午放学回家，就回外婆家一起吃挂面或土豆拌汤之类的。

我的童年时代，有饭吃就是最大的幸福。有学上，就是人生最大的幸运。

4

一日三餐，柴火是外婆最好的伙伴。那些干枯的枝叶，在灶膛里发出毕毕剥剥的声音，火苗呼呼地喘着气。

我们的寒冬也是在这温暖的灶膛边度过的，微凉的山风在屋外哗啦哗啦地作响，而屋内则温暖如春。我在外婆怀里，小舅靠着她，听外婆给我们讲故事，女娲补天、精卫填海、愚公移山……那些神一般的人物总是那么神奇，简直无所不能。

但是，我还是最喜欢听外婆给我讲我妈妈上学的故事。外婆生了六个孩子，三个女孩，三个男孩，妈妈排行老大，天资聪颖，加上勤奋上进，学习成绩一直很好，每年期末考试都可以登台领奖。

高中毕业后，她的很多同学都有了让人羡慕的工作，在医院的曹阿姨是妈妈最好的闺蜜，教我的班主任王老师是妈妈的同桌，公社杨书记也是妈妈的班长……外婆时常讲起这些，每次讲着讲着就停下来，偷偷抹眼泪。

那时候，上学要交学费，虽然学费并不昂贵，但也因为交不起学费，使得妈妈这样优秀的学生在高三竟然辍学了。

于是，妈妈所有的梦想都破碎了。

我也是听了这些故事，才读懂了妈妈的沉默。

5

六岁那年的深秋，正好是外公过生日，我的爸妈和二姨一家都来外婆家了，还买来了外公最爱吃的冰糖雪梨、芝麻饼之类的食物和好喝的葡萄酒。外婆做了很多美食，大家都特别高兴。

夜深了，外婆送走了他们，才开始收拾房间。外婆洗碗，我就帮着扫地，挪椅子，忙完我才可以躺在外婆的臂弯里睡觉。

那一夜，外婆睡得十分安详。以至于第二天黎明，鸡叫三遍，她都没有醒来。我自己轻轻地起床，叫小舅起床，自己煮鸡蛋，和他一起上学。

等到我们下午放学回家时，堂屋里摆放着灵柩、花圈、红蜡烛……我跑进外婆的房间，床不见了，整个房间空荡荡的。我才明白，那个最爱我的人已经撒手人寰，永远也见不到了。哭，撕心裂肺地哭，是我唯一能做的事。

外婆走了。不，外婆没走，她住在茅草丛旁边的山坳里，那一棵早已茁壮的青杠树成了外婆最亲密的伙伴。

每年秋天，茅草枯了，青杠树叶红了，我都会爬上那座高山，去看看我的外婆，摸一摸外婆栽的那棵树，泪水总是忍不住吧嗒吧嗒掉下来。

临走时，捡拾一片落叶带回家，夹在笔记本里，当作书签。

秋风只能吹落叶，却吹不去生命的信念。那是长在骨子里的，亘古不变。

6

没了外婆的那个秋天，我只能回到妈妈身边，那时我已经上二年级了。

每天晚上，煤油灯下，妈妈纳着鞋底，爸爸给我检查作业。昏暗的灯光下，还不到三十岁的爸妈，那刺眼的白发显露在头顶上，我总是不顾他们的痛强行拔掉。

那时候，我幼小的心灵里，就留下深刻的烙印。不知道他们忍受了怎样的煎熬，稀疏的黑发过早地让岁月染白了。从那时起，一个强烈的想法时刻撞击我的心扉，"一定要让爸妈过上好日子！"

妈妈床头的旧木箱子里有一些她用过的旧课本，还有一本《繁星·春水》。发现这本书时，我已读三年级，认识很多字，那种强烈的读书欲望如同决堤的洪水般汹涌，偷着把《繁星·春水》装进书包里，课间抢着问老师，很奇怪，那些不认识的字，不理解的诗句，请教一次就记住了，那些简短的诗文很快就背会了，也因此养成了背书的习惯。

在我的求学时代，读书每天相伴。妈妈时常对我讲，"多读书，就可以找一份工作，当老师也挺好的。"

我的爸爸也是个辍学的孩子，他六岁时爷爷因病去世，就告别了学校，承担起家的重任，照顾奶奶的生活。他舍不得花一分钱给自己买东西，但是他总是毫不吝啬地给我买书。

从我四年级开始，他每年给我订阅《作文成功之路》《少年文艺》《读者》等书籍，有时为了给我买想要的课外书，要坐拖拉机颠簸四五个小时。那些书，读过之后，爸爸叮嘱我要借给邻居伙伴们读。

有书读的日子是甜美的。

7

冥冥之中，总感觉书本像一片片青杠树叶，早早地被秋风从爸妈生命里吹落了，而又被他们悄然地种在了我的心上。

最是难忘1995年5月，临近中考，每天只睡三小时，每天坚持读书，每天写日记，每天做十张试卷，每天吃两顿无菜的玉米粥，每天……终是以584分的好成绩（总分610）被安康中学录取，同时也收到了安康师范学校的录取通知书。

在那个偏僻乡村里，有人金榜题名，全校的老师都为之鼓舞。但是我一点儿也高兴不起来，老师劝我去读安中，家人希望我读师范，不知如何选择。也许是源于对父母的理解，源于对弟妹的疼爱，我选择了师范学校。

正是九月，青杠树叶开始变红的日子。临行之前，再一次爬上那座高山，与天堂的外婆告别，捡拾一片红黄相间的青杠树叶，在背面写下了"落叶之美，美在坦然"。

在爸爸的呵护中，走进了那个培养教师的神圣殿堂。跨进学校大门，教学楼上镶嵌的"学高为师　身正为范"八个烫金大字，瞬间刻入我的脑海。好奇地徜徉在校园的每一个角落，一切都是崭新而美丽的，爸爸说："未来的一切都得靠自己今日的努力"。

入校的第三天，收到了我的一位老师写来的长信，信封里装着一片青杠树叶。树叶上写着——珍惜最美，祝福！

我豁然开朗，"珍惜"机会，多读书就可以充实自己。从那个秋天开始，我没有辜负亲人和老师的期望，把全部课余时间拿来读，阅览室靠窗的最后一排那个座位永远是我的。

我在那里度过了最珍贵的三年读书时光，阅读了几百册中外名著，写了二十余本读书笔记，度过了青春最曼妙的时光。当一篇篇千字文变成铅字出现在报刊上，样报第一时间寄给爸妈，他们给我的回信，简单，朴素，却和傅雷家书一样暖心，而那些文字就像淡红的青杠树叶，点燃了我火红的青春。

8

像青杠树叶一样，不管飘落到何处，都珍惜生命的每一秒。我废寝忘食，在全班四十八个同学中，在年级数百个学生中努力脱颖而出。

读师范二年级时，听说学校为我们这一级学生争取了两个保送生名额，我激动地失眠了。在心里暗暗发誓：我一定要抓住机会！全年级通过考试选拔四十名学生进入保送班加强训练，我名列其中，又把我遗忘很久的"初三式学习法"重拾起来，弥补曾经的缺憾。

1998年8月2日，我以全校第一名的成绩被陕西师范大学汉语言文学系录取了。然而在开学之际，是选择继续求学，还是拿着派遣证去山村学校报到，我又是进退维谷。

在家庭民主会上，面对经济的困难，弟弟妹妹学习成绩年级第一的事实，我左右权衡之后，自己投降了。上班就可以分担父母的压力，毅然决然地第二次选择了放弃！

就这样，在那个青杠树叶红遍的秋天，我走进了安康市汉滨区洪山镇九年制学校，成了学校里最年轻的老师。选择师范学校，就注定与三尺讲台相依相偎。

9

是啊，"当好老师也挺好的。"这一直是妈妈给予我的祝福和期盼。

教师，多么平凡的职业，多么响亮的名字，一直是我引以为豪的名称，也是我前行的方向。

求学的80年代，物质和知识的贫穷，让人举步维艰，而讲台上的老师成为莘莘学子心目中最"富有"的人。他们博学多识，宽容仁爱，爱生如子，成为我崇拜的偶像，就像枝头淡红的青杠树叶，让人仰慕不已。

那个秋天，我如愿以偿，开始了新的生活。时常带学生爬上鹰嘴岩的高山之巅，背唐诗宋词，读经典美文，捡拾淡红的青杠树叶，站在高处眺望远方……就是在那里，奉献了我最好的青春。

10

岁月流逝，年龄渐长，越来越发现自己这些年来一直憧憬的世界，便是静谧的校园。

一本书，一杯茶，一群孩子，一座安静的校园，足以守心，充实而满足。

在如山的书本里，学会了淡定地面对一切；

在惬意的校园里，呵护孩子健康成长，总是全力以赴；

在流淌的岁月里，把校园里的故事编织成文字，让心灵与情感重叠。

人生路上，不管走在哪个季节，只要珍惜，就会欣赏到不同的风景。

分外珍惜我的从教之旅，这二十多年，简单而平凡，也不失精彩。心中有光芒，脚下有力量，始终铭记着那个沉甸甸的初心，矢志不移地在三尺讲台上绽放着青春的芳华。

不忘初心，我在艰苦的乡村学校工作了十多个春秋，学会了润物细无声的道理。刚走上讲台，不断汲取知识丰盈自己去浸润每个学生，勇敢地张开温暖的翅膀呵护每个学生，用自己的人格魅力去感染每个学生。

不忘初心，我在优越的城区学校工作了九个年头，在人才济济的校园里，学会了谦虚和勤奋，学会了勇敢与担当。

任何时候，都要不断地提升师技，修炼师品，铸就师魂，让自己成为教师队伍里那颗闪耀的星。

11

二十多年逝去了，火红的青春远去了。曾有多次机会可以离开讲台，但我矢志不渝，始终坚守着我所选择的路。从语数英到史地生，从中学到小学，从乡村到城市，无论形式上怎么变换，我的心始终深爱着我最初的选择——校园。

女儿常常调侃，在妈妈的心上，始终镌刻着学生的名字，笔下的文字永远写不完学生的故事，我只能莞尔一笑。不管是刚上班时教过的那些初中孩子，还是现在我所呵护的安康市第一小学的孩子，他们都是我生命里最重要的元素，成为我长征路上最美的风景。

不曾忘记，数学王子翁翕，高考数学卷鲜红的满分；演讲天才张睿，用高超的技艺把城里的孩子打败；模仿天才刘威，如愿以偿考进大学表演系；小作家杨静，初中作文就开始在报刊发表；那个不爱说话的瘦小男孩阳阳，在我从教生涯的第一个教师节，送给我亲手折的千纸鹤，踮起脚跟儿拥抱我，对着我的耳朵叫我"妈妈"。

不曾忘记，那个单亲女孩小雅在面临辍学之际，我冒险答应让她搬进我的宿舍，同吃同住近三个月，在期末考试的语文试卷上，我们的故事被她变成流畅的文字《天使在人间》，阅卷老师毫不犹豫地给了满分，并当着所有阅卷老师的面，深情地朗读，那声音竟融化了寒冬里的积雪，让我们所有老师感受到浓浓暖意，仿佛片刻间跨进了春天。

不曾忘记，我资助的那些留守贫困孩子，他们如青杠树叶般坚韧，可以继续在不同的校园里读书、写日记，一步步向梦想靠近。

12

每到青杠树叶变红的时节，孩子们的祝福便如期而至，如淡红的叶子般温暖，裹挟着青春的渴望，蕴含着生命的光华，触动我们彼此的心扉。

教师真的很平凡，牢记使命是我亘古不变的信仰。人们羡慕太阳受人景仰，因为它公平对待一切，给予大地光芒，给予苍生温暖，激励众生前行。教师也要有太阳的无私和奉献，更要有太阳的炽热和胸怀。

日复一日，年复一年，教师始终牵挂的是别人的孩子，用博爱与知识改变那些孩子的命运。

就像宫崎骏所言："不管前方的路有多苦，只要走的方向正确，不管多么崎岖不平，都比站在原地更接近幸福。"

教师真的很简单，岁月的流逝不经意间就消减了生命的长度，世俗的风浪随时随地羁绊了行走的脚步，即使是一片淡红的青杠树叶，也要美在其中。

迎着清晨的第一缕阳光，任微风荡涤心灵的蒙尘，依然清新，魅力四射。做永远喜欢的事，努力就可以抵达最远的地方！

13

很喜欢俞洪敏说的那句话："我们的生命，就是在不断的努力中间，不断地开花。"

生命最大的魅力就是爱如潮水，涌动四季。

走过了四十三个春秋，感觉自己越来越像一片绿中泛黄的青杠树叶。就这样，幸福地行走在校园里，享受着秋去春来，欣赏着春华秋实；坚持将流逝的校园时光，写成震颤心灵的篇章。就像此刻，我依然坐在电脑前，敲打键盘，用拼音输入法记录着平凡而简单的从教故事。

当你不经意间路过我身旁，看到层林尽染，瓜果飘香，你不必惊讶，因为那每片叶子都从我的心上发芽，每个果实都从我的生命里绽放，请勿采摘它。

就让它挂在枝头，挂在天上。

走在这秋风摇曳的大道上，血液里涌动着年轮与初心碰撞出的力量。我紧紧呵护着手心里的那片青杠树叶，依然感觉它很美，很美。

即使到第五十个年头，或者第六十个年头，我依然像一片淡红的青杠树叶，颜色愈浓，愈是痴迷田野。

2019 年 9 月 1 日

找准方向，用心抵达

岁月的流逝不经意间消减了生命的长度，世俗的风浪随时随地羁绊了前行的脚步，"不忘初心，牢记使命"的春风悄然而至，荡涤心灵的蒙尘。走在这春风摇曳的大道上，年轮与初心碰撞出奋斗的力量。

念念不忘，必有回响。这一句话总能撩动心弦，以一种诗意的方式，勾画出很多人的初心，给予奋斗的光芒，尝试改变着属于自己的世界。它无关繁华与落魄，在奋勇前行的脚步中散发着生命的光泽。

回望我的人生之旅，简单而平凡，也不失精彩。始终铭记着"当一个学生心目中的好老师"这个沉甸甸的初心，从教二十多年，心中有光芒，脚下有力量，矢志不渝地站在三尺讲台上绽放着青春的芳华。

每一粒种子都在阳光与雨露的滋润中发芽，在辛勤耕耘的土地上开花，在永不退缩的信念里结果。因为心中有梦，念念不忘，长大后我就真的成了你，光荣地加入了教师队伍。

不忘初心，我在艰苦的乡村学校学会了润物细无声的道理。刚走上讲台，我将"当一个学生心目中的好老师"作为从教的座右铭，时刻镌刻在心上。怎么才能成为一个好老师呢？不断汲取知识丰盈自己的羽毛去浸润每一个学生，勇敢张开温暖的翅膀呵护每一个孩子，用自己高尚的人格魅力感染每一个学生，用自己先进的教育理念感染每一位家长。提升师技，修炼品格，铸就师魂，让自己成为教师队伍里那颗闪耀的星星。

不忘初心，我在条件优越的城区学校学会了勇敢与担当。每天清晨，提前半小时走进校园，吸吮着校园里的第一缕书香，让自己在这里成长。在这个优秀的集体里，深知自己的渺小，用勤学上进弥补自己能力的缺陷，用笨鸟先飞鞭策自己前行的步伐，积极参加学校的各项活动，努力为学生搭建成长的平台，倾心为每个学生撑起一片蔚蓝的天空。教书育人，不仅仅是我的职业初心，也是我时刻牢记的职业使命，更是我人生追求的方向。

不忘初心，努力成为学生心目中那个优秀的老师。甘愿起始于辛劳，收归于平淡，淡泊名利，无怨无悔。甘愿化作一缕温暖的阳光，一滴甘甜的雨露，滋润每一粒种子在肥沃的土壤里发芽，搀扶每一个学生走好人生第一步。

牢记使命，是亘古不变的信仰。太阳受人景仰，公平对待一切，给予大地光芒，给予苍生温暖，激励众生前行。教师要有太阳的无私和奉献精神，更要有太阳的炽热和胸怀。日复一日，年复一年，教师始终都要牵挂别人的孩子，用博爱与知识改变那些孩子的命运。谁又能说这不是另一种高尚呢？

牢记使命，是从"做好"向"精彩"飞跃。坚持做好一件事容易，坚持一辈子做好每件事很难。但很多教师都做到了，如教了两代人而被岁月染白头发的乡村教师支月英做到了，年过八旬依然坚守讲台的呼秀珍老师也做到了，这是我们新时代教师学习的榜样。他们用时光做年轮的经线，用使命做成就的纬线，在人生的坐标轴上定格了初心的方向，延伸了使命的高度，拓展了人生的厚度，散发了灵魂的芬芳。作为新时代的教师，我们肩负重任，任重道远，唯有坚持，方能致远。

牢记使命，画好人生的圆。生命只有一次，人生无法重来，教师是培育人、塑造人的天使。要时刻牢记自己的初心，紧握一支粉笔，在三尺讲台画出绚丽的圆。教师要不忘初心，牢记使命，时常回头看看自己的来路，重温当初为什么出发，纯净自己的内心，不为世俗所惑。不管世事怎么改变，坚守梦想，竭尽全力举起别人，不忘初心奉献自己。

站在新时代的起跑线上，愿所有老师都能成为学生和家长期待的模样，成为"心中有梦，眼里有光"的老师。愿你我都能成为那个最优秀的老师，坚守初心，砥砺前行，找准人生的方向，用最初的心，做永远的事，努力抵达自己的初衷！

2019 年 10 月 11 日

每一种姿态都是风景

学会哭泣，月亮也会陪你哭泣。

擦干眼泪，星星也会为你眨眼。

学会热情，太阳就会给予生活炽热。

选择冷漠，月光也会无情地背叛你。

即使是一个人的世界，除了孤独，还有全世界陪你一起度过。即使错过了太阳、月亮和星星，不要悲伤，还有花草树木陪你惬意生活。

学会安静地聆听花的倾诉，灿烂与绚丽就会拥抱你；喜欢依偎树的绿荫，舒适与温馨就会拥抱你。

挫折是这个世界上最富有挑战性的阶梯。别畏惧，迈开双腿，用力跨过去，世界就会春暖花开。

生活的颜色——赤橙黄绿青蓝紫，每一种色彩都得尝试。品过，才知其中味。人生色彩，幸运是红色，热情是橙色，蓬勃是绿色，经典是蓝色，美好记忆是紫色，都是生活的背景，也是人生的滋味。

请别害怕黑色。有了黎明前的黑色，太阳才有了奔跑于全世界的动力，才能证明——每一缕阳光都有极强的征服欲。

黑色是精彩的孤独。思想的种子垂到泥土里，在灵魂的呵护下才会生根发芽。正是这样，马尔克斯才有了被誉为"再现拉丁美洲历史社会图景"的鸿篇巨著《百年孤独》。

蓝色的天空不会抛弃一只鸟，辽阔的大地不会忽略一棵树，深邃的大海不会淹没一艘船，所有的远方都不是彼岸，可以眺望，亦可以抵达。你我想要抵达的地方并不遥远，触手可及，又遥不可及。

走在路上，风景最美。就像鲁迅文学奖得主王宗仁老师，一百多次攀登青藏高原，还是觉得赏不够昆仑雪山，写不尽高原美景，看不厌战士风采。当岁月侵袭，步履开始蹒跚，累了就歇歇脚，醒了就继续远行，向着心灵企盼的地方。

人生最难能可贵的就是尝试，行动就是一种最好的风度。走在路上，心里踏实。学会追寻，梦想就能看得见；学会执着，脆弱就会逃离；学会宽容，世界就没有隔阂。

　　天空有时会有风雪，情绪有时也会低落。学会排遣，并不是向岁月示弱。沉默，有时也是最好的选择；不低头，未必就是坚强；不说话，未必就是赞同；不仰望，未必就是停滞不前。

　　心中有苍穹，就乐意脚踩大地，去嗅泥土的芬芳。即使在冬季，也不要忽略枯萎的野草，寒风里它也会深情回眸。万物有情，每一份留恋，都是对大地的赞歌。

　　胸怀天下，就不会和环境计较，学会适应是一种谦虚的态度。学会和自己和解，就没有一串串悲伤。学会和生活和解，就没有一丝丝绝望。

　　真正不羁的灵魂，不会真的去计较什么，也不会真的失去什么。因为在他们的世界里，雨和雪都不是洗礼；即使在他们心中的无底深渊，走下去也是晴空万里。就像我们围着篝火跳舞，看得见的不是自己，看得见的也是自己。

　　正如海明威所言："优于别人，并不高贵，真正的高贵是优于过去的自己。"

　　世间百态，每一种姿态都是风景，遵循内心的呼唤，就好！

2019 年 12 月 6 日

每一缕阳光，掷地有声

初升的太阳，泛着鱼肚色的光芒洒下大地，每一缕光都掷地有声，好像携裹着梦想在大地上远行。

轻轻推开窗户，阳光就急匆匆地照进来，微微一笑，开始跳跃，在我的脸上，阳光好像在和我捉迷藏。伸手触摸，温暖滑过脸颊，柔软，舒服，惬意。

或许，每一缕阳光都万万没想到，亲吻在此刻如此轻而易举。风戛然而止，冰凉逐渐消失，温度慢慢升高。离开枝头的叶子放慢了脚步，挂在枝头的叶子成了阳光的宠儿。

冬阳本无意，醉在柔波里。站在窗前，我的手机屏幕突然亮起来，和窗外的阳光一样温暖。"小姑娘，还好吗？写东西没？"这是先生从远方送来的问候，又何尝不是对我惯用的提醒呢？

一次，五次，几十次……正是有了先生这样频繁而温馨的提醒，让我一次次迷茫时又在遗忘的文字里找到前行的方向，坚持用文字构建一间属于自己的小房子，那些成长的阅历、从教的幸福、生活的滋味、公益的足迹、育儿的故事统统珍藏在里面，于是就有了散文集《清水文字》《汉水瑶》。

不曾想过，那些零散的文字，还能结集出版。是先生冬阳般滚烫的热情和帮助，帮我修改，给我写序，再寄给我。读着先生修改过的文字，我眼前又浮现了无数个凌晨或深夜，先生独自在书房里，戴着老花镜，紧握手中的笔，字斟句酌地用他的智慧为我粗拙的文字润色。《好个清水，点滴之润》，是先生写给《清水文字》的序言，也是对我写作的最好指引——文字要润心；《圆月的壮美是阅读出来的》，这是先生写给《汉水瑶》的序言，也是对我最好的叮嘱——阅读，是一辈子的事儿。

我猜想，此刻，先生依然稳健地走在北京的万寿路上，沐浴在阳光里，那沉甸甸的文字在心上跌宕起伏。他一辈子都行走在文字的世界里，走得那么实，走得那么远。凭借散文，他获得鲁迅文学奖。这是对先生酷爱文字最好的认可，也是最好的鞭策。

第一次知道先生的名字，缘于教他写的散文《藏羚羊跪拜》，在小学语文课本里。那时候，我，一个二十岁的小姑娘，在凤凰山深处一所最偏僻的乡村小学教书。高山冬早，有呼呼的风声，还有朗朗的读书声。朝阳里读书，午后读书，夕阳里也读书。读着读着，就读懂了《藏羚羊跪拜》这篇课文的教育价值；读着读着，就爱上了先生的文字，书柜上就有了先生的《珍珠集》《逆境·拼搏·成才》《地平线》《望柳庄》《藏地兵书》《为什么可可西里没有琴声》等十余部大作；读着读着，就读出了文字的韵味，也读懂了人生的意义。在乡村教书的十年时光里，先生的文字如一缕永不落的阳光，消遣了我大把的业余时间，也让我与文字成了最好的闺蜜。

乡村没有幼儿园，年幼的女儿与我相依为伴，也爱上了读书，时常和我一起读先生的书。她五岁时就背会了《藏羚羊跪拜》，常常问我，什么时候能见到这位大作家。

今年暑假，当女儿收到去北京参加"叶圣陶杯"新作文大赛全国总决赛的消息时，几乎是央求我，一定要带她去拜访先生，我也不敢百分百答应，万一先生有事或不在北京，就难以兑现。

7月19日下午三点，我们到达北京。雨后的北京，显得特别干净、清爽。酷暑被雨水和微风击退，午后的阳光洒满一地珍珠，树叶儿在阳光的抚摸下绿得耀眼。我在心里默念着，希望可以圆女儿的心愿。

20日早上九点到十一点比赛，女儿走出考场，长长地疏了一口气，就大声吆喝："妈妈，我好想去拜访王宗仁老师"。女儿是十分认真的，我立即拨通先生的电话，试探一下先生是否有时间满足女儿的心愿。谁知，先生不仅十分高兴，还激动得像个孩子一样，"太好了，我随时在万寿路28号等你们"。电话用的是免提，这样的话语对女儿来说，比寒冬时节的阳光更暖心。回房间放下书包和笔袋，分秒必争，背上背包，出发。看得出来，那种欲望就像窗外的阳光一样强烈。

下午一点多，我们在"万寿路28号"下了出租车，沿着万寿路行走，阳光很毒辣，法国梧桐犹如一把把超大号的伞，遮住了强烈的紫外线。这段路很长，光影斑驳，女儿大步流星，几乎是小跑着，冲向1幢楼。按门铃，进电梯，到家，就在短短的几分钟内全部搞定。拒绝先生下楼接我们，是尽量减少对他老人家正常生活的打扰。先生已年过八旬，可他对青年人的热情比夏日的太阳更温暖。泡好的茶水，红彤彤的桃子，红如火的西瓜，都已整齐划一地摆在茶几上。激动，心满意足，都在这一刻迸发了。

大作家的书房一定很神秘！先生带我们参观他的书房，每间房都有书，卧室有书，客厅有书，书房也有书。每间房最惹眼的也是书，到处都是书本，到处都是书架，高的，矮的，宽的，窄的，层层叠叠，密密麻麻，堆满了书。"我终于知道大作家的生活是什么样子的了！"女儿感慨万千。

先生给我们讲他今年的"喜事"，青海省的出版社为他出版了《拉萨河的色彩》《青海线》《藏地兵书》《藏羚羊背上的可可西里》等系列书籍，那是给祖国成立70周年的献礼。他整理了发表作品目录和出版书籍目录……他还给我女儿分享了写作的经历：十四岁写了处女作《陈书记回家》，在1955年第8期的《陕西文艺》发表，一个偏僻农村小娃娃的作文在省级文艺刊物发表，激动得有点得意，就萌生了走出农村的想法。就这样，他如愿以偿地飞向那个遥远的地方——青藏高原！

激动之中，先生拿出已经褪色的笔记本，都是他做的读书笔记，每一本都有书名、目录和页码。有五十年代写的，有六十年代写的，有七十年代写的……每一页文字都是一笔一画地书写，那些棱角分明的文字就是他人生的垫脚石，让他从平凡的日子里活出了不一样的精彩！女儿捧着那些读书笔记，轻轻地翻开，阅读，她澄澈的眸子里闪烁着青春的光芒。"孩子啊，从现在开始努力，多读书，多积累，多动笔，为青春书写，为人生添彩。"女儿使劲点头，此时无声胜有声。

如愿以偿的女儿，侧身坐在王爷爷身边，往日孩子般的顽皮和淘气彻底消失了，双眼全神贯注地注视着王爷爷，沉醉在王爷爷的传奇人生里。

从20世纪50年代在青藏高原当汽车兵开启人生，七年的义无反顾，上百次穿越险象环生的唐古拉山到西藏，在逼仄的驾驶室里坚持读书和写作。七年后，是文学上的突出才华改变了他的命运，调入解放军总后勤部从事宣传工作，这一干就是一辈子。虽然先生已经退休，但文学永远在场，朝暮相伴，将他的人生装扮得阳光灿烂。大半生里，他一百多次穿行于青藏线，像朝圣一样，重回唐古拉山，再访格尔木，或收集写作素材，或探访长眠于此的战友。在他心目中，海拔最高的青藏高原，是圣洁的"精神高地"。几十年来，笔耕不辍，出版文学书籍五十一部，文学是他永远的"人生高地"。

"也许，今生我再不可能上青藏高原了。但是，我还会写高原生活。因为文学，让我站在了比青藏高原更高的精神高原上！"当王老师说这话时，他的声音里流露出几分遗憾，他的眼睛里跳跃着激情，我和女儿不约而同地为他竖起大拇指。女儿眼睛都不敢眨巴一下，专注倾听王爷爷的故事，忍不住问"写作有没有捷径可走呢？"王爷爷摇着头，一副郑重其事的表情。"孩子啊，有三句话伴随我大半生，它就是——看见了！想一想！记下来！很有益的三句话！送给你了！"说着，先生走进书房，取出了新书《拉萨河的色彩》，并将这些话写在书的扉页上，双手递给女儿。

幸福的时光总是很快！几位在北京工作的安康乡党也崇拜先生已久，我们相约一起邀请先生在万寿路共进晚餐。说是吃饭，其实是聊天，交流，都想倾听先生讲他和万寿路以及关于写作的故事。他说，这条路上的很多陌生人，在和他聊天或散步中，了解了他，并和他成为好朋友。先生鼓励他们读书，记录生活，他们渐渐也喜欢上文字，很多也成了作家。万寿路上的文学活动，在以先生为核心的文学圈子里，办得热火朝天，好几个成员都加入中国作协了。人们都说，他就是万寿路一缕璀璨的阳光，人和文都像阳光般耀眼。

在回宾馆的地铁上，我和女儿相依相偎读完了先生的自序。上百次穿越世界屋脊青藏高原，心甘情愿品尝苦与累，只有心知道；他"一心想要当作家"，誓死不渝，将文字变成光芒闪烁的星星，照亮了诸多读者的人生路。

女儿爱不释手地捧着《拉萨河的色彩》，她在文字中跟随王爷爷的脚步走过敦煌、阳关、日月山、昆仑神泉、长江源头、拉萨河谷、布达拉宫……这些文字里饱含着先生对文学的痴迷，对生活的挚爱，对大地的敬畏，每迈出一脚，每走过一处，都踏出属于自己的一篇文或一本书！女儿一边阅读，一边满怀憧憬地说，要是每个人都像王爷爷那样，在匆匆赶路时，用心捕捉路上的美景，用文字编织成一件件充满生活味道的艺术品，我们的世界就会更加诗意，更加精彩。

是啊，当改变命运的时刻来临，犹豫就会败北。就像冬日清晨的风，有了温暖的阳光，它就轻了，淡了，远了。先生正是抓住了人生的每一个机遇，从一个普通的汽车兵到著作等身的散文大家，是他用征服命运的勇气改写了一个陕西小伙儿的传奇人生，是他采撷高原的阳光融化了梦想的冰雪，是他选择了用高原的海拔来衡量人生的高度。

他的文字如一缕光，洒向大地的角角落落。这些精美的文字，饱含着攀登者的激情、奋斗者的毅力，化作我们前行的勇气和动力。

读先生的文字，给我最大的启示就是——选择了喜欢的东西，并努力付出真诚，命运就会改变。是啊，他每天凌晨五点开始写作，六七十年始终不渝，是文字消减了睡眠的时间，延伸了他生命的长度，彰显了人生的价值，筑起了文学的丰碑。

我无数次捧着先生荣获鲁迅文学奖的散文集《藏地兵书》，我也渴望有机会走一趟青藏高原，去感受高原夏季的风，秋季的云，冬季的雪，春季的阳光，去感受青藏线上官兵的平凡生活，去感受生命在极限状态中所呈现的光辉。

我一次次翻开王老师馈赠我的人生箴言："想飞就给他一双翅膀，让他努力飞高飞远。"先生送我这句话时，我们相依坐在长寿湖的游船上，那是一个多雨的五月，雨水敲打着船篷，发出"滴答滴答"的声音。我把先生那天说的每句话，快速记录在黑色的笔记本上，终身铭记于心。更为感动的是，那一天，他重感冒，声音沙哑，可这一整天，他都在给我讲他写作的故事，并鼓励我坚持写作，未曾停歇。正因为这样，写作成了我业余生活的全部，从不改变。

每一次相遇，都是上帝最美的给予。

每一片叶子，生长或落下，都是生命的光芒。

每一缕阳光，掷地有声，哺育万物，不经意间就结出了果实。

2019 年 12 月 9 日

等待一场雪，覆盖下来

朋友，一旦别人问起你此刻想要什么，那一刹那你会不会一下蒙了，反倒什么都不想要了。

人就是这样奇怪，最不抱希望的时刻，痛苦常是意外的宽慰。心怀梦想，越努力越幸运！

每个人都像黑夜里的一轮明月，努力展示着自己的精彩，刻意隐藏着不愿示人的一面。两面性原来如此相似。

很多人都喜欢剧烈，因为那是性格使然。有时是太剧烈的快乐，有时是太剧烈的悲伤，极端得让人难以防备。热情过火，极端伤人，人群就会默默远离。惹不起躲得起！

闺蜜之间，不经意间说出的话，才带有真实的味道。没有目的，没有企图，真诚就有温度。

总有人习惯用蔑视的眼光看人，看世界。这是他过于自私或自卑，总害怕别人超过他。

我们都喜欢光，它天生就是"热心肠"。给夜行者以温暖，给远行者以方向，给绝望者以希望。

风景易逝，美好铭刻。涛声依旧，渴望再次登上你的客船。即使是转瞬即逝，但有人提起你，或者突然又喊出你的名字，心也会颤动。

风轻轻吹过，总会情不自禁地伸出手，轻轻去抚摸新生的花朵，因为是它教给我温柔，温柔对待每个生命。

命运迥异，缘于奋斗。成功的花，总是浸透汗水和智慧。失败了，别说天注定，那是你忘了在正确的时候做选择，或者是选择了就冷漠待它。失败不是恶魔，仇恨与之结伴同行，早一刻苏醒，就会改变局面。

人生路上，只要初衷与希望永不改变，我们就能最终克服困难，抵达想要去的地方。

怀旧，有各种姿势，相同点就是忘不掉，抹不去。浮光掠影，雾里看花，隔岸观火，只会让我们深陷其中。

即使跌入爱的痛苦，不要硬撑，走出来也不是不可能。记得某部电影里的一句台词，"生活真的没有这么复杂"，两个人相处，多一分理解，多一点儿担当，多一点儿替他人着想，这是和睦相处的最高境界。

努力保护彼此，排遣对方的孤独，渴望时光能够在彼此心间驻留，毫无保留地成为对方心中渴望的模样。

即使乌云弥漫世界，我们也可以心心相印，手牵手继续奔跑，一起抵达想去的地方。真实的生活，有温热的阳光，有轻柔的微风，有朝云暮雨，有日月星辰，愿一生努力，彼此被爱，拥有想要拥有的生活，得到想要得到的风景，实现想要实现的梦想。

脚踩大地，还有什么难以释怀？一切都可以过去。跟着四季，鼓足勇气，吹着口哨往前走。抬头看看天上的星星美丽依旧，低头吸吮大地四季芬芳。

一个人一定要有自己的最爱。爱旅行，可以享受行走的快乐；爱读书，可以品味文字的魅力；爱思考，可以沉潜理论的高度。喜欢就好，也不必为喜欢的东西大费周章，这样才能快乐如斯，诗意美好。

爱是什么？是一种情感，也是一种试探，更是一种考验。看我们能付出多少不求回报，看我们能坚持多久不求回报，看我们能包容多久不求回报。

因为有爱，所以活着。因为活着，所以珍惜。仅仅活着还是不够的，还应当穿越生活，还应当有所在乎，还应当有所收获。

很喜欢一句话：我们都身处阴沟，但仍有人仰望星空。这是一种力量，可以让我们站在痛苦面前，抹掉眼泪，在黑夜里重生。

星辰大海，是我们孤独终老最好的陪伴。任何时候，都不能说一无所有，也不能说两手空空。太阳和月亮，一直在每个人的心中。

好好入梦，醒来就是自己期待的早晨。不用闹钟，人自然会醒来。幸福的生活，愉快的过往，关键在于抛弃没必要的东西，然后去热爱自己所选择的东西，努力去爱！

不管有什么困难，风雪交加，逆境而上，都需要自己主动去明白，努力去解决。换一种心境，即使被大雨狂风吹坏了一把伞，也要学会避开风雨，也要再买一把更加坚固的伞，也要继续努力前行。不抱怨就是真正的赢家！因为常常挂在嘴上的许多抱怨，有时将会毁掉你所拥有的人生。

当你慢慢走稳，逐渐走远，你终会明白：其实并没有山穷水尽，亦没有柳暗花明。世界很大，我很渺小，抓住此时此地，脚过留痕，便是人生路上最好的风景！

又到一年岁末，这样的月份就是一道门槛，是终点，也是起点。如果感觉自己跌落到生命的底部，那就耐心等待，耐心等待一场雪轻轻覆盖下来。

2019 年 12 月 10 日

寒霜雪千年，阳光尚好

大地铺满白霜，我在繁忙苟且的生活中，精疲力尽地行走，看见雾霾严重，就把自己囚禁在最卑微的世界里，捧着李诞的《冷场》，读着序里的文字："不输的办法只有一个，就是不上场。不敢跟任何人比，不敢把它放到任何尺度上，好像出书是发生在平行宇宙的事，出了假装没出，它是它，我是我。"淡忘，是记忆的最高境界。

关于写作，只是在教书之余，忙里偷闲地给自己开个小差而已。行走在路上，匆匆忙忙，冷冷清清，但并不凄凄惨惨，也不轰轰烈烈，总是在忙碌中赶赴一场场的约会，关于教育、文化、文学之类。除了教书育人，其他方面都没有主题，一切都随心所欲，随遇而安。

世界有爱，格外温暖。行走之间，偶遇是最好的焦点。五湖四海，南腔北调，天高云淡，云淡风轻，有时是相识恨晚，有时是似是而非，有时是彼此重叠。比如，在草滩，一起同吃同住的姐姐，在去年初秋刚刚好遇见，在中秋夜淡淡的忧伤，好久好久没有拥抱，终于有了2019的重逢。激动之中，还有十几小时，多想化作十几秒钟，睁开眼睛，就是你那双明亮的大眼睛，带着洛南与关中融合的口音，开启聊天模式。

每一次推心置腹，就是我们相识恨晚最好的礼物。在这个看淡一切的时代，还有一份牵挂，这也正是我们最珍贵的友情。在爱已经慢慢褪色的年纪，这样的平淡无奇刚刚好。咖啡厅里，浓郁与淡雅，都无关紧要，要不要加糖，也无关紧要。轻轻端起有点分量的杯子，我们立刻忘了咖啡的苦，忘了人生的苦，忘了遭遇的苦，忘了追梦的苦……面对面，脚碰脚，腿挨腿，对于我们彼此真诚的心灵来说，这样的举止刚刚好。你的大眼睛里，有小巧玲珑的我。我的小眼睛里，有灵气逼人的你。我们俩的世界简单得像一张白纸，都只能在心灵深处，用思念着色。

年龄渐长已经不愿意出入各类喧闹的活动场所，在家听一首歌能干干净净地荡涤生活的尘埃，很温暖。阳光璀璨，捧一杯绿茶，一缕清香远远地驻足，瞬间会想起某个爱茶的人，或是曾经去过的茶山，每一片绿叶，都像是曾经在某个地方见过的某个干干净净的人，很熟悉，很模糊。

生活的滋味就是酸甜苦辣，生活的意义就是晨起暮归。下霜的清晨，闹钟是最大的敌人，它一次次地发出最后的通牒，就像一只愤怒的小鸟，逼着我们离开温暖的床。走出大门，寒霜粘住脚步，走不快，才发现岁月有情，缠绵不休，就是想留住最快乐的日子，留住世间最好的朋友，留住人生最好的瞬间。

很喜欢叔本华的那句话："人，就像寒冬里的刺猬，靠得太近会疼，离得太远会冷。"一个人最大的幸福就是能够把握尺寸，刚刚好的尺度，不冷不热，不输不赢，不卑不亢，这样就不会孤单寂寞，也不会被温暖灼伤。

夜已深，女儿在灯下写作业，我在手机上写着今天的心事。在朦朦胧胧中，看见即将要奔赴的古城车站，拥挤的人群里，有送别的眼泪，也有迎接的喜悦，画面太美，有生活的意义。火车的铁轨，在寒霜里，越发青黑，可火车奔跑时，就有了亲密接触，摩擦力就化作热能，有了温暖。人与人之间的事或许也这样吧。但愿如此。

一直喜欢坐绿皮火车的卧铺，下铺，睁开眼睛就是窗外，闭上眼睛就是自我。没有时间的约束，不急不慢，到点就有乘务员的温馨提示，一起走过的这一段时间，虽顾不上言语，马上离开时，你温柔的眼神在我们彼此不认识的人群角落里默默送别。

在中国的大地上，人群太多，多得你都想忽略不计。懂你的知己太少，拒绝所有的逢场作戏，就只想找个角落，想说话时就大声说出来，不想说话就缄默。四季之美，就在于此，不因为你喜欢春天，就四季如春；亦不会因为你厌恶冬天，冬天就悄然远离。

岁月有情，安静地面对每一天，即使寒霜雪千年，也有阳光尚好的那一天。生活并不完全尽如人意，但总有一缕温暖可以终身相伴！

2019 年 12 月 27 日

一副袖套

天空下着小雨,夹杂着小雪粒。

冬天的夜有几分萧瑟,也有几分寒冷。

为了给女儿买一副白袖套,我不得不走出家门,来到华润万家超市门口。地摊还是和往日一样,一堆是袜子,一堆是小百货,一堆是各式各样的袖套。

"怎么没有人呢?"一个高个子的美女大声问道。

此时,我刚好站在她的背后。听到这样的声音,我立即左右巡视,没看到摆地摊的阿姨,我只好上前搭话。

"美女,你买什么?"

"白袖套。"

"哦,我也买白袖套,一起等等吧。"

一分钟过去了,两分钟过去了,五分钟过去了,卖东西的阿姨还没回来。美女一会儿跺跺脚,一会儿看看手机,看着看着手机铃声就响了。她匆忙接听,"一下就回来了。"电话里传来婴儿的啼哭声。

"你知道这袖套卖多少钱吗?"美女问,我摇摇头。

"怎么办呢?我家小孩正在哭闹,着急回家,又想买一副白袖套。"看着她满脸焦虑的样子,我唯一能做的——你先拿着袖套回家吧,一会儿我帮你付钱。

美女半信半疑地看着我,"真的吗?"

"真的,我也正好要买一副白袖套呢。"我话刚说完,她就蹲下,取了一副白袖套。刚要离开,又转过身来说,"要不我们加个微信吧,一会儿卖东西的阿姨来了,你问好价钱,我转给你,你再转给阿姨吧。"

"不用了,我帮你付,就几块钱。"我很真诚地说。这时,美女望着我,说了声"谢谢"就走了。"路上注意安全!"我叮嘱道。

呼呼的冷风吹落了路旁梧桐树的叶子。一片片树叶打着旋儿,在天空飞舞着,多像我犹豫的心。片刻间,我就做出决定,耐心地在原地等着,不管多久都要等着。

那一副袖套，对阿姨来说，就是几块钱；可对我来说，就叫诚信。

大约半小时过去了，我依然没有等到阿姨。寒风刮在脸上，像刀割一样，我站在小摊前，来回跺脚，等着阿姨回来。过路人奇怪的眼神，有的疑惑，有的同情，有的斜视……但是我都能接受。

大约又过了十多分钟，阿姨从远处向我走过来，街道的路灯照亮了她的全部。这是一位白发苍苍的阿姨，她穿着一件单薄而起了毛球的旧大衣，系着一条褪色的红围巾。围巾在风中，飘来飘去，遮挡不住寒风的袭击；阿姨头顶的白发，也被风吹乱了。

阿姨看见我了，快步向我走来。我惊奇地发现，她那双黄手套明显破了好几个洞，四个手指头都从洞里钻了出来。她那瘦弱的身影，敏捷的脚步，让我想起了一个人。曾经，她也像阿姨这样，在街道上摆着地摊，长达二十五年。

尤其是每年寒冬腊月，凌晨四点起床，拿一块破旧的广告布，在门前摆地摊。等天亮时，她已经摆好了各种小物品。那么早，那么冷，虽然没有一个顾客来买东西，但是她依然站在凛冽的寒风里，等待着她的上帝。不管能卖多少钱，她都要等到晚上十点钟才收摊回家。每天从凌晨开始，忙到夜深结束，从不叫苦叫累，她就是我的母亲。

她的青春，就在摆地摊的过程中消失殆尽。可提起摆地摊的艰难岁月，却是母亲一生最引以为荣的事。因为她用摆地摊赚来的钱，养育了几个孩子，让我们走出了贫穷的大山，走进了不同学校求学，找到了一份工作，再也不用像她一样摆地摊了。

母亲的口袋里，总是装满皱皱巴巴的零钱。为了那些钱，她的手背龟裂过，手掌粗糙得像老树皮，划破过我的脸颊，也划破过女儿的小手。但是，就是那双粗糙的手，教会我们姐弟几人深深领悟了生活的艰辛、赚钱的不易、养孩子的那份沉甸甸的责任。

如今，母亲早已不摆地摊了，每天照顾着她的儿子，领着她的孙子，安享晚年。可她摆地摊的事儿，一直镌刻在我的心上。每每看到路边儿摆地摊的阿姨，我都会油然而生几分敬畏。我知道，她们都是生活的强者。有的为了养育家里患病的老人，有的为了养育在外求学的儿女，有的是为了自己赚点零花钱，少给子女添麻烦。她们总是以不同的理由，出现在大街小巷，却有着相同的追求——一定要让家人过得好一点儿。

只有经历过摆地摊儿的人，才知道其中的苦楚。路人的斜视，城管的追赶，顾客的冷眼，都曾像匕首一样刺痛过她们的心。然而，她们依然不放弃，用自己的行动，呵护着家，坚守着爱。

岁月的风霜，在她们的脸上刻下春夏秋冬。人生的风雨，在她们的额头写下年轮沧桑。但是，浓浓的爱却在她们心中亘古不变，从不消减。她们的心里始终装满别人，就是没有自己。

"姑娘，你想要买点什么呢？"阿姨的话突然把我惊醒。

"我想买一副白袖套。"

"五块钱，丝质的，质量挺好。"阿姨说完就递给我，我双手接过那副白袖套，感觉暖融融的。

"阿姨，刚才你没来时，还有一位陌生朋友，也买了一副白袖套，我不知道多少钱，因为她着急要回家带孩子，就先走了，袖套的钱我一起付给您。"

"一共十块钱，谢谢你。"阿姨的声音带有几分颤抖。

我之所以这样做，也是阿姨教会我的。女儿五岁时的那年冬天，有一次她拿着五块钱，出来买松紧带，结果走到阿姨身边，发现钱丢了。女儿很委屈，就开始大声哭。就是这位阿姨，热情走上去，询问缘由，"妈妈给我五块钱，让我买松紧带，可不知钱掉哪儿去了，妈妈也着急用，给我修袖套，袖套的松紧带坏了。"正是这位阿姨，毫不犹豫地送给女儿两尺松紧带。女儿连声道谢，两只手紧紧攥着松紧带，跑回家，还给我讲了事情的经过。

后来，女儿特意领着我，去给阿姨付钱。女儿说，不能占别人的小便宜，尤其是像阿姨这样善良的人，我们一定要把钱付给她。因为她的日子，比我们过得艰辛，挣钱很不容易。可不管我们怎样说，阿姨都不肯收钱。正是这样，女儿和我永远记住了阿姨，记住了这件事。

如今，十年过去了，女儿已经成了大姑娘了，个头比我高了。但是，每到冬天，需要戴袖套时，女儿就会提起那个陌生阿姨，想起阿姨送她松紧带的事儿。童年的记忆多么珍贵！

这一次，也是给女儿买袖套。先生刚给她买了白色的新羽绒服，女儿害怕把袖口抹脏了，就让我给她买一副白袖套。当我站在阿姨身边，再买袖套时，往事又重演，更加感谢阿姨。

岁月荏苒。女儿已经从小学生变成高中生了，在课本上学到了很多知识，但阿姨给她上的那一课比知识更重要，课的名字叫与人为善，让她终身受益。

她在成长的道路上，救过被摩托车撞伤的流浪猫，帮过在广场上唱歌的残疾大哥，用自己的压岁钱为福利院的孩子们买过儿童节礼物，给贫困山区的留守儿童送过课外书、写过书信……这些力所能及的事，带给她美好的记忆，也让她的生活不再孤单。

一件事，能够坚持几十年，实属不易，可阿姨做到了。我想，阿姨现在摆地摊一定不是因为钱，而是因为很多人需要她。尤其是像缝衣针线、松紧带、各种扣子等这样的小东西，阿姨这应有尽有。而大商场，估计是买不到这些的。

像阿姨这把年纪，依然还能坚持摆地摊，实属少数。虽然她每天赚的钱很少，但她依然坚持用自己的劳动，为别人服务，这是多么难能可贵！

拿着白色的袖套，准备离开时，我热心地提醒阿姨："这么晚了，天这么冷，你早点儿收摊吧。"阿姨说："我每天晚上十点半才收摊，孙子刚好下晚自习，路过这里，我陪着他一起回家。"

夜色已晚。阿姨站在地摊旁，目光注视着远方。闪闪烁烁的霓虹灯，很温暖，把路照亮了，也把心照亮了。

2019 年 12 月 31 日

穿越生命的缝隙

　　站在生命的时空里,我们总是渴望能够触摸到四季的轮廓,欣赏莺歌燕舞,感受春华秋实,才觉得圆满。

　　当嫩绿的叶子悄然飘落,拼命拽走生命如花的微笑,凝成一缕悲伤,抑或绝望,甚至是一秒钟就跌落至寒冬的隧道,你能怎么办呢?闭上眼睛,让生命成为记忆,有人会这样,也有人不会这样。

　　今天,我想讲述的故事,主人公叫乐乐,此刻他正在中国传媒大学校园里幸福地享受着大学时光。恰同学少年,英姿勃发,风华正茂,刘海随风舞动,脸颊上锁定了青春斑斓的色彩。校园里,角角落落,都留下了他的歌声和身影,还有他为传媒而敲响的旋律和节奏。

　　这样一个明星范儿的男孩,你很难想象:他的骨子里雕刻着什么?他的思想里投射出什么?

　　故事发生在2007年9月,秋霜早至,黄叶飘飞,玉米秆儿光秃秃的,早已经耗尽了生命的全部,而校园的林荫道边黄菊依旧灿烂。秋风萧瑟,校园里的桂花树寂寞地在渐凉的世界里芬芳,凋零。

　　乐乐刚刚开始他憧憬已久的中学时代,本应是如愿以偿,可他的脸上却充满着少年的忧伤。每天,课堂上时有走神,只有在忙碌的作业中,歪歪斜斜的文字暂时匆匆忙忙地挤走了思念的影子。写完作业,就是他下楼去的最好理由。他不是去打篮球,捉迷藏,玩网络游戏,而是去陪一个女孩。

　　那个女孩叫悠悠,比他小一岁,时年正读六年级,是个留守儿童,爸妈都是生意人,一心一意忙着赚钱。平日里,悠悠住在姥姥家,和乐乐在一个小区,一栋楼不同的单元里。他们很早就彼此认识,只是最近才开始走得近,几乎每天都要见面。孩子的心写满蓬勃的理想,他们可能梦想着青春阳光明媚。在生活里,乐乐的心里时刻想着悠悠,悠悠的眼里时刻浮现乐乐的笑脸。

　　中学时代,对于每个孩子来说,都是独一无二的,也是至关重要的。乐乐每天放学回家都会赶着完成作业，忙完作业就要去看悠悠。没人知道，他在悠悠的姥姥家做什么，他和悠悠在一起，是开心还是烦恼。有人说，念念不忘便能换来回眸一笑，而那笑容的棱角里，是否被岁月浸泡得发黄，或者消融。

寒暑假里，乐乐的爸妈都要忙着上班，乐乐常常带悠悠到家里来玩，他们一起读书，一起写作业，一起做简单的午餐，一起享受阳光的温暖。乐乐的父母对他俩的交往持中立态度，因为独生子的成长轨迹里不能只有孤单，还应该有陪伴，或者相互取暖。

时光跳跃，悠悠已经跨进初一了，而乐乐已经读初二，他们俩在同一所省重点中学里读书。悠悠的爸妈虽然很忙，但是节假日还是习惯省出时间带悠悠出去玩，可悠悠每次都很不情愿和他们同行，甚至有时到了景区，索性就呆坐在车里面。正是那一年国庆节，他们一家三口驱车去了九寨沟，到了景区门口，任凭父母怎么劝说，她都不下车，这让爸妈很难堪。爸爸终于被激怒，长长的手臂高高扬起，用尽浑身力气，狠狠地一巴掌打在她的脸上，悠悠的脸颊立刻印下一个宽大的手掌印，整个脸瞬间红肿，仿佛高烧一般。谁也想不到，就在那天晚上，在九寨沟五星级宾馆里，悠悠毫不犹豫地割破了手腕儿，滚烫的鲜血染红了洁白的被单。妈妈临睡前，去给悠悠送第二天要穿的衣服时，看到了这场景，她晕了过去。120焦急的呐喊声，搅乱了九寨沟风情万种的夜景，整个假期，他们都在医院里度过。

后来，姥姥知道了"流血事件"，姥姥苦口婆心地说服悠悠的爸妈，请他们不要打孩子，不要强迫孩子，要读懂孩子的心，懂她需要什么，懂她想要什么。姥姥反复说，这次"流血事件"对年幼的悠悠来说是一个重重的创伤，也给了爸妈沉重的挑战。在姥姥的调和中，家庭渐渐趋于平静，姥姥还给他们偷偷讲述了悠悠想和乐乐一起去玩的秘密。乐乐父母欣然接受，在后来的旅行中，乐乐和悠悠总是形影不离。

陪伴就是最真的爱，无论对老人，还是孩子，都是适用的。在周末，或者假日的午后，悠悠和乐乐常常搀扶着姥姥，在公园里散步，进西餐厅共进晚餐，一起看电影，一起听歌，即使他们都不说话，也能静静享受这个甜蜜的过程。我总觉得，生活是最真实的，没有必要在电话里头始终演习微笑，而挂断电话后，却听不见电话那头泣不成声的哀婉，到最后终于连哭声都戛然而止。

顺着时光，五年的日子就悄然而逝。乐乐已经高三了，在时间的缝隙里，他总能找到办法逃出去，看看悠悠。偶尔，在暖暖的夕阳里，他们手挽手，一起静静地欣赏南飞的大雁，聆听它们深情地呼吸，依依不舍地呢喃。

九月底的第一次模拟考试中，乐乐很不幸地摘走了年级倒数第一的名次，爸妈被校长约谈，那结局就可想而知。恰逢国庆节，爸爸让乐乐妈妈把他带回老家，这是命令。他俩来到了贵州省荔波县瑶山乡巴平村的老宅，那儿没有电话，没有电视，没有电脑，他仿佛被时光隔绝了。

眼看假期已经过了五天了，妈妈还是难以启齿，身为大学教授的她，竟然不知道怎么和孩子谈话，也不敢想象捅破那层纸后，会带来怎样意想不到的后果，母子之情会不会被剪断，"流血事件"会不会重演……

各种犹豫和矛盾都在她的指尖划过，看着儿子投入学习中那色彩斑斓的画面，默默的温情，在妈妈的心上缠绵。

但是，先生的一个电话彻底搅乱她的思绪。

"你的任务完成了吗？"

"没有。"

"马上都收假了，你怎么不说呢？"

"那……那……我……晚上……说……"

"我等你的回音……"

电话突然就断了线，妈妈开始焦急地等待黑夜的到来，她心乱如麻，好像有千万只毛毛虫从心尖上爬过。

十月的乡村十分静谧，听不见蝈蝈的歌声，亦听不见车辆喧嚣，只看见遥远的天边有一颗星星在闪烁光芒。

妈妈终于忍不住这被逼迫的煎熬，郑重其事地叫来儿子，良苦用心地说："宝贝儿，眼看就要高考了，能不能把心思都用在学习上，为明年做好充分准备。"

"妈妈，我一直在努力呀。"

"你和悠悠在一起，浪费了很多时间。你不觉得可惜吗？"

"悠悠需要我陪伴，我不能离开她！"

"你真的就甘心情愿把你的前途葬送在早恋上吗？"

"妈妈，不是的！"

"我说错了吗？"

"是的，大错而特错，错得不可救药！"

"那你给我解释，你和悠悠……"

"解释什么？那是个人隐私，我不能告诉你！"

"你必须说清楚，否则就别回去！"

乐乐突然暴跳如雷，怒声呵斥道："男孩和女孩在一起就是谈恋爱吗？你们真狭隘！"

"男孩和女孩在一起，还能干什么？"

乐乐怒视着妈妈，突然看见她的脸已经变成青灰色，眼睛里写满难以抑制的愤怒，就像即将决堤的洪水，即刻就会喷涌而出，淹没整个村庄。

乐乐赶紧走近妈妈，抚摸着她的心脏，扶着她坐下。犹豫，除了犹豫，还是犹豫。他的眼睛紧紧盯着妈妈，希望谈话到此为止。但是，妈妈的嘴巴一张一合，呼吸迅疾，仿佛听不到他的解释就会休克一般。

在毫无选择中，乐乐被逼无奈，只好坦白。

"妈妈，悠悠是个可怜的孩子，她患有严重的抑郁症。自杀过好几次，被救过来了。我们情同兄妹，她很信任我，六年级时给我讲了她的遭遇，我就暗自决定，一定要帮助她走出阴影，好好活着。我们一起上学，一起旅游，一起读书，一起成长，一起收获。你看到了，悠悠现在多么阳光，多像你的女儿啊，每次见你都响亮地叫你'阿姨'，比见着她妈妈还开心啊！我就想不明白，你们大人的思想怎么那么复杂啊！"

妈妈突然从木凳子上站起来，表情惊愕，好像刚刚从黑屋子里走出来，见到了一片光明。她费劲地伸开双臂，向乐乐靠近，乐乐立刻用健壮的双臂紧紧拥抱着妈妈。他宽阔的胸膛足以安抚妈妈剧烈跳动的心房。

那一夜，乐乐依然坚持学习到十二点，而隔壁的妈妈早已酣然入梦，均匀的呼吸声早已透过木质隔板传到他的耳膜里。洗漱过程中，他才想起，还有两天就可以回家了，就可以看到悠悠了，嘴角不经意间上扬。窗外的那颗星星格外明亮，陪伴着他，好像所有的光芒都映照在他的心上，就这样幸福地躺下，安静地睡着了。

第二天，黎明时分，妈妈就开始收拾行李。清晨的阳光，荡漾着青春的蓬勃，穿越生命的缝隙。等他醒来时，他听到了最意想不到的一句话："宝贝，我们马上回家！"

2018 年 10 月 6 日

隐藏的美

秋雨近乎疯狂，打落了石榴树枝头的叶子，一串串花瓣碎了，该不会击落那隐藏在树叶下的柚子吧？我分外担心。

我家客厅外有一个窄窄的阳台，在装修时，给它添加了钢筋防盗网，这是效仿楼上楼下的做法。其实，于我，是不情愿的，也是多余的。如果留一点儿不被杂物遮挡而可以放眼远处的小空间，既是对生活空间的拓展，亦是对心灵最好的释放。不足两平米的阳台，朝北，呈长方形，被建筑者设计成花坛。我当初就是爱着这个花坛，才爱上这间小屋的。

我们是2004年的国庆节那一天入住的，婆婆当天从老家挖了三棵树，并亲自送来，给栽到阳台的土里。一棵是迎春花，栽在花坛的最东边；一棵是石榴树，栽在花坛的最中间；一棵是柚子树，栽在花坛的最西边。入住后，几位好友来看新房子，还分别送来了好几盆盆栽花。那个秋天格外迷人，阳台的花仿佛瞬间把我们带进了绚丽多彩的春天。

哦，不是春天，是秋天，石榴树上分明挂着乒乓球一般大小的小石榴，一半浅红，一半淡黄。当秋日金色的阳光从楼宇的间隔中挤进来，那一缕耀眼的金光，是阳台这些植物朋友们最美的大餐，也温暖了生活在新房的我们。

第二年春节刚过，那株迎春花就开始孕育新芽和花苞，顿时感觉春时早至，花势最美。那时候，我二十多岁，女儿半岁有余，都是最爱热闹的年龄。看见迎春花赶在春阳最暖时节，吐蕊献姿，金黄的小花在细长的枝条上摇曳，一穗一穗的花串，一半在窗内，一半在窗外，第一时间映入客厅，弥漫在我的眼里，定格在我的心里。这般艳丽，这般美好。迎春花花期较长，一般到四月中旬才完全谢幕，近两个月的陪伴，已很享受。

十五年后的这个秋天，恰逢中秋佳节，爸妈与弟弟一家去了重庆，女儿要上课，于是，我便在家睡懒觉，打扫卫生，洗衣做饭，显得很是无聊。下楼走走，见楼下阿姨正在修剪花枝，我便立即有事可干了。

盆栽的木槿和三叶梅都长高了，摘去了枯黄的叶子，修剪了旁枝，显得错落有致。也剪去了石榴树的旁枝，只留了一枝主干，主干上没有结一个石榴，因为今年六月，一场狂风暴雨吹落了所有花瓣，怪可惜的。凝视着早已高出屋檐的柚子树，那繁茂的枝叶，几乎占据了花坛二分之一的空间。该怎么修剪呢？只留一根主干，还是全留着？我真是犹豫不决。正好先生回来了，他建议都剪去吧。我便问原因，他说："十五年了，没开一次花，没结一个果，留着何用？"

这听起来十分合情合理，但真要下手，我还是做不到。无论如何，在这里生活了这么久，呵护了这么多年，从一米左右长到五米有余，也十分不易。进退维谷，我不想成为柚子树致命的杀手。

放下大剪刀，走出门，来到楼下，仰望这棵柚子树，我竟然有了惊人的发现。在斜伸出窗外的高枝上，在巴掌大的叶子下，竟然藏着一个硕大的柚子。激动的我竟然像个三岁小孩一般，大叫道："结柚子了，结柚子了！"

先生完全不信的模样，甩来冷语："一阵子剪了，免得遮挡光线，影响其他的植物生长。"

"真的结柚子了！你快看！"我用手指着那个大柚子隐藏的方向。

"骗鬼吧。"冰冷的一句话。原来，他对柚子树的"憎恨"太深了。我没有再次替柚子树辩解，而是拿出手机，调亮光度，寻找一个最佳角度，为这个隐藏的大柚子拍了一张照，发到朋友圈，希望替它洗冤。

我仔细端详着这个柚子，东边升起的阳光，好像还带着昨夜的美梦，从远处直奔过来，悄然落在柚子上。我感受得到柚子内心的激动，不，还有隐藏的风度。以前见过很多柚子，都是高高挂在枝头，随时随地可以享受到日光的抚摸，随时随地可以聆听到月亮的呢喃，随时随地可以听见行人的赞叹，只有完全成熟才能赢得主人的青睐。而我家的这个柚子，好像不大一样，它喜欢隐藏在别人看不见的地方，难道它生性胆小吗？或许它害怕过于喧嚣，影响了生长和成熟的速度吧。或许都不是。

此时此刻，我突然想起三年前的国庆节，我们兄弟姐妹们陪爸妈在武汉东湖边看到的那一株柚子树，树上几十个大大小小的柚子，已经成熟了，在枝头随风摇曳。路过的行人，有的使劲摇树枝，似乎想摇落一地，有准备捡拾回家的嫌疑。这风景区的柚子，抗风险的能力十分强悍，只可惜，它很难把神秘的美感隐藏起来。

望着眼前的柚子，我又想起了我那个苦命的婆婆佝偻着背栽树的画面。在我和先生一起相处的十多年里，每年中秋节我们都回老家陪她，她总是把屋后的柚子、洗净的花生、半红半绿的苹果，以及剥皮的板栗等原生态的美食一股脑塞进后备箱里，自己总是舍不得吃，总是希望我们多吃一点儿。虽然她一直生活在农村，一辈子走得最远的地方就是安康，但是，她给予我们的爱从未断线。而现在，她给我们新家栽的三棵树，都长高了，开花了，结果了，她却因病匆匆离我们而去，已经六年有余。我知道，她非常舍不得离开我们，便默默化作一缕阳光，温暖着我们，照耀着这三棵树。婆婆不善言语，但她一直把爱默默隐藏在行动中，永远也品不够。

时光的扉页里，爱从未缺席，我在雨里低声吟着马致远的《秋思》，只为您。我不会写小令，只能用这苍白的文字，携着全部的虔诚与敬畏，来记录您栽的树，告诉您，我爱您栽的柚子树，更爱您赐我的秋天。

2018 年 10 月 12 日

但得夕阳无限好，何必惆怅近黄昏

请允许我把时光拉回到二十多年前的9月，开学第一周，刚踏上讲台的我正在讲六年级语文《一夜的工作》这一课，像往日一样认真而随性。

下课铃响起来，同学们都站了起来，教室最后面的角落里一位瘦弱的先生也站起来了，我十分吃惊，就慌乱地向先生走去，低着头对他说："老师，对不起！"先生的表情我已忘记，只记得他轻轻拍着我的肩膀，说："孩子，功底不错，好好学！""谢谢老师"，我好像重复了好几遍。这就是我与先生第一次遇见的场景。

那一年，先生六十岁，已经退休了，被学校请来专门给我这样的新老师做辅导，我们的缘分也由此开始了。一次次听课，一回回点评，一句句鼓励，都成为我们之间最珍贵的情节。在先生的帮助下，我的教学水平有了快速进步，先生那句"孩子，好好学"也时刻激励着我努力走好从教之路的每一步。

每天清晨，当我漫步在绿意蓬勃的校园里，我时常想起先生，想起他几十年来努力为老师的成长当好垫脚石，直到生命戛然而止。我一直疑惑，他瘦弱的肩膀是怎么扛起沉甸甸的教育重任的。"爹妈养我一条身，长大成材党有恩。为民服务是本分，教书育人报寸诚。"他的这首诗给了我最完美的答案，他就是李春义老师。

心常怀感恩，情荣归故里

李老师1960年毕业于陕西师范大学数学系。他出生在贫穷的家庭里，全靠母亲当保姆挣钱将他艰难养大。求学的日子里，助学金是他全部的生活费。艰苦的生活和社会对他的帮助，铸就了他强烈的爱国之心，凝聚了他感恩奉献的情怀。

大学毕业后，本来学校已经安排李老师留校，但是他怀揣着奉献山区教育的理想，放弃了省城优越的工作环境，回到了当时极其贫困的故乡——安康，扎根基层，帮助一批又一批和他曾经一样贫困的学生完成梦想。他在汉滨区第三中学任教十八年，十八年里直接培养的大学生多达六百余人。

莫道桑榆晚，为霞尚满天

1998年，李春义老师从汉滨区教研室高级教研员岗位退休。然而，他"不甘寂寞"，一边照顾家里患病的儿子和妻子，一边抽出时间奔赴偏远山区，指导老师上课、撰写教研文章、开展师德教育。退休十六年，他义务走遍了安康市汉滨区三百多所中小学校，每年听评课五百多节，深入中小学校开展师德教育八十余场次、青少年德育教育两百多场次，进行教学业务辅导四百余场次，开展家长培训五十多场次。

2003年，当听说关家镇十几所中小学校教学质量位居全区倒数时，李春义老师记在心里，决定一个人只身前往。关家镇距安康城区约四十多千米，是全区出了名的贫困乡镇，交通不便，唯一通往该镇的公路路况十分恶劣。

李老师在这里坚持了四年，每天行走在崎岖的山间小道上，去每一所学校听课授课，与教师们同吃同住，指导老师提高业务水平。在李老师的帮助下，该镇的教学质量突飞猛进，年终考核名次跃居全区前茅，他所探索的网格化考核模式在全区范围被推广。

真情润心灵，爱心育栋梁

进入21世纪，面对当前青少年学生责任心不强、道德滑坡的现状，李春义老师看在眼里急在心上。为此，他在深入学校做教学辅导时专门开辟德育教育板块，帮助学生树立正确的人生观和价值观。

2008年，安康城区大南街一名学生，因为父亲常年忙于工作，疏于教育，他经常在网吧过夜，学习成绩很差。父亲知道孩子学习成绩不好，就通过打骂解决问题，孩子产生逆反心理，父子相处就像仇人一样。久而久之，孩子也暴露出暴力倾向，竟然和自己父亲打架动刀，孩子母亲面对这样的情况整日以泪洗面，家庭濒临破裂……

李春义老师得知此事后，特意上门找这名学生和家长谈心、交流，消除父子之间的隔阂，帮助学生补习功课。通过李老师一年的劝导，孩子的学习成绩逐步提高，家庭也变得和谐安宁。现在，孩子亲切地管李老师叫"李爷爷"。

李春义老师和他的老伴儿都是退休教师。多年来，他们一起践行善举，用自己微薄的收入帮助贫困学生完成学业，受助者数以百计。

以心换得心，以爱博得爱

做教师最高的境界就是去奉献，做老师最大的幸福就是被记得。从教几十年，李春义老师一直都在默默付出，感动着一批又一批的学生。每逢李老师过生日时，总有很多学生从全国各地打来电话向他祝寿。当他讲起这些故事时，李老师的脸上总是情不自禁地露出自豪的笑容。正是由于这些感动与被感动的故事，让李春义老师年复一年，为教育事业呕心沥血。

老骥伏枥志千里，不用扬鞭自奋蹄。李春义老师始终把"重阳"当"六一"，把师生的掌声当成最珍贵的礼物。退休后的李老师，2008年被陕西省妇联授予"留守儿童教育先进工作者"，2012年被省委宣传部评为"理论宣讲先进个人"，2013年元月被评为安康市"十大幸福老人"之一。

2015年4月下旬，我带着女儿去看望他，他比以前更瘦弱了，不变的依然是目光深邃，声音洪亮。他给我的女儿承诺，给她作一首藏头诗，勉励她勤学上进。然而五天后，我在朋友圈看到了先生因病悄然而去的消息。他走得那么匆匆，我们都来不及道别，他就这样把满满的爱永远留在了坚守一辈子的讲台上，留在了安康的沟沟坎坎里。

回忆起来，作为他的弟子，我是不称职的。因为我的文字过于稚拙而肤浅，很难描绘出恩师生而为教育的初心和激情，很难勾勒出先生大爱轻无言的隽永和魅力，很难谱写出老师甘做摆渡人的执着和高尚。我能做的就是沿着他坚守的道路继续向前走，永不回头。

为此，我只能借用先生一首平凡的诗来总结他不平凡的人生：

有限年华无限情，

多做奉献了余生。

但得夕阳无限好，

何必惆怅近黄昏。

2018年12月31日

新年絮语

　　跨入新年，欣喜和激动之后，好想"说说"。于我而言，可能是自言自语，也可能是闲言碎语，这与人的学识和阅历有关。想说就说，性情使然，分享给你，唯愿新年一切如愿。

　　念旧，往往是新年的第一场戏。不知不觉，年少时的活泼与天真远去了，成年的执着与无争占据了主流。很多时候，平静得什么都不想说，便是常态。不是突然失去了语言能力，而是我一直坚守着做人做事的那个信念，只做不说是上策，多做少说是良策，只说不做是下策。

　　但是，我好像输了，像我一样的很多人好像都输了，输给了内心的低调和谦卑，输给了现实的矫情和自傲。偶尔，你也会和我一样，自惭形秽，感觉自己越来越脱离尘世了，腐朽得可以掉渣渣了。

　　也曾哀叹，我估计是在狭隘的圈子里囚禁得太久，寂寞得脱离了现世的繁华热闹。甚至也曾沮丧过，冲动地想一走了之，找个安逸的世外桃源，过自己的安乐生活，度自己的苦乐年华，忆自己的芳华刹那。可是，我还是自觉投降了，输给了现实的责任和担当！

　　当清晨的闹钟在六点左右准时响起，便和先生不约而同地跳出梦境，立即翻身、起床、穿衣、洗刷、做早餐、呼唤孩子起床，陪着孩子一起吃早餐，帮着孩子拎起沉甸甸的书包下楼，骑着摩托车，迎着清新的晨风，向着孩子的学校出发。到达学校门口，轻轻地停稳车子，看着孩子背起书包，径直走向校园，目送再转身，去自己的学校。第一个走进熟悉的院子，并不是冲着那句"早起的鸟儿有虫吃"，也并不是为了"不想当将军的士兵不是好士兵"，一切皆是习惯和约束。

　　走进办公室，打开电脑，烧开水，有条不紊地开始一天的工作。尽量珍惜时间，提高工作效率，用勤奋弥补智商的缺陷，用好学弥补专业的缺陷，用真诚弥补人脉的缺陷，用热情弥补年龄的缺陷。于是，尽力做到问心无愧。

　　当然，下班的时间就可以自由驰骋于江湖，做点什么都可以。看书，如一日三餐，是必需品。读什么书尽可自己做主，与工作有关的、无关的，都可读可思。或者在院子里走走，汉江边走走，江南江北走走，五湖四海走走，既是健康的需要，也是精神的需要。有山有水，有情有境，可赏可戏，可观可品，可摄可记，其乐无穷。

  忙碌太久，疲惫就会结伴而来，选择你喜欢的方式，稍稍驻足，释放压力，停歇片刻，再次出发，定是上策。就像骆驼，负重前行，固然劳累，但却很少会迷失方向。但是人类在沙漠里行走，有人就会倒下，尤其是看不见出路，也看不见归途，就很难把握行走的速度。天黑了，就找个略显安全的地方住一夜；天亮了，迎着朝霞，吮吸晨露，再次启程，自会看见日出，亦会得到温暖，就会行走得更稳更远。

  新年已经登场了，不要让日子过于华丽，那样就只能呈现肤浅的外表，仅仅养眼而已。生活的真正味道，还是需要脚踏实地，坚实地走好每一步。沿途风景，需要用心来品，不要当旁观者，只有自己才能尝出苦辣酸甜。世间事，亦是如此！

  前行，是一种本能，也是一种必然，不要埋怨，不要犹豫。日子平淡，岁月无奇，一切都得靠自己努力。在行走中默默沉潜，在沉潜中逐渐丰腴。不急不躁，不偏不斜，慢慢读懂，便是成长，渐渐看透，自是成熟！

  新年里，请让我们一起同行，为岁月加油，为生活添彩！

2019 年元旦

小寒散记

今日小寒。

独坐书房，咖啡的浓与密，电暖器的光和热，完全改变了"小寒已近手难舒，终日掩门深闭庐"的感觉。

捧着曹文轩的签名本《穿堂风》，而心里一直在想"一个人怎样才能变得很牛"，这是昨天班里一个女生追到办公室来请教我的难题，也是我在前行路上常常思考的话题。

其实，每个人都会经历人生最寒冷的季节。有的人，在最严寒的日子里倒下了，放弃了，逃跑了；而有的人，"千磨万击还坚劲，任尔东西南北风"，终是跨越寒冷，奔向春天。

"某某很牛！"在这个繁华的世界里总是随处可闻，但真正很牛的人并不是随处可见，真正很牛的人都有一段非同凡响的奋斗历程。

一个人怎样才能成为一个很牛的人？我也问过很多人，每个人的回答都不一样。首先，这与"牛的水准"有关，参照物是决定牛人最好的高度和深度。在我任教的班里，同学们都以赵艺茹和刘宸纬为偶像，不仅是因为她俩学习好，为人好，身体好，而且修养也好。作为一个十岁左右的孩子，时刻心系他人，处处为他人着想，像今天这些养尊处优的孩子很难做到。

这让我想起了本周发生的一件事，周三下午放学时，我说："还有两周就考试了，我们要认真做好复习，明天早读时我来检查同学们的家庭作业哦。"同学们不约而同地说："好"。

但是，周四早上我在检查作业时，细心勤奋的刘宸纬超前写了15页，而且还把易错的字词，在新买的作业本上又默写了一遍；聪明可爱的潘瑞乐、王赛楠、李阳、康子茹、于建西、袁梦瑶、王馨雅、崔郴松等孩子都已经超前写了20页。我在班上表扬了他们的好做法，这是孩子们学习的榜样。

同时出现的另一种状况也着实让我失望至极。检查中，十几个孩子都说忘带复习资料，三个孩子没打印资料，还有一个女孩一个字都没写。面对这样的情况，我是绝不手软的。掏出手机，让没有带作业的孩子，立即给家长打电话请他们送到学校来；让一个字都没写的，请家长到学校来。

以前很少出现这样的现象，我自定义为"考前堕落症"。一些孩子认为新课上完了，已经学好了，就开始放纵自己，有的家长也跟着一起附和，殊不知"临阵磨枪，不快也光"的道理。孩子们看我满脸严肃的样子，没了央求，一个一个打完电话给我汇报结果。

星期五早上，我再次检查了同学们的家庭作业，全班只有两个孩子因特殊情况，没有按要求完成，情况明显好转。我感慨万千地在家长群发了一段话："期末考试成绩是孩子们本学期学习效果最好的检验。在复习过程中，家长重视了，孩子才会重视。请家长们督促孩子们查漏补缺，做好字词句段的听写和背诵部分的默写，基础知识是孩子们最容易忽视也是丢分最多的部分。我们不要好高骛远，脚踏实地就够了。万丈高楼平地起，做好最后的冲刺才是王道！祝愿每个宝宝考出好成绩！"

我之所以陈述这件事，是因为刘宸玮的做法有力地回答了"怎样成为牛人"这个问题。这个女孩，很低调，很务实，从不张扬，好几次语文考试，试卷都没有错题，作文也写得不错，考试成绩一直稳居97分以上。这也是同学们称她"牛人"的原因，但是她从不骄傲，一直用比别人更努力更务实的方式，向真正的"牛人"靠近。尽管我在班上已经多次讲过："每次语文考试成绩在95分以上的学生，都可以不写我布置的家庭作业，自行安排就好了。"但事实上，班里可以免写语文作业的孩子们，每次作业都是写得最好的。

是啊，前行的路，哪有什么捷径可言。除了坚持，就是努力，再没有什么更好的方法了。就像中国作协副主席、陕西省作协主席贾平凹老师，早已著作等身、蜚声国内外的他，是写作者们仰慕不已的真正"牛人"，但在很多公开场合，他却谦卑得让人无比感动。去年九月，我有幸聆听了贾老师的讲座，他在开场时说，因为这次培训班在陕西举办，我才有幸作为举办地的搭头，来给你们说几句，说的不一定有用，你们也可以忽略。写作是个苦差事，就是靠多读多写多悟。多么朴素的语言，婉转地回答了"怎样成为牛人"的大道理。

要想成为"牛人"，先从努力坚持做好每一件小事开始。学生时代，坚持高质量完成每一天的学习任务；工作时代，坚持高水准完成每一天的工作任务。不敷衍，不焦躁，不放弃，因为最难的地方往往只有最后一步，坚持走过去就会马到成功。如果你要保持好身材，就要坚持运动，放弃诱人的饭局；如果你要坚持读书，就要放得下手机，忘得掉网剧；如果你要做个"牛人"，就要受得了孤独和约束，更换一种生活状态，在自己选择的道路上，养成自觉行走的习惯。

我从学生时代，坚持写日记，三十多年来，从未间断。每天坚持读书，背包、床头、书桌、茶几都是书本栖息地，随时都可以拿起来读几页。不知不觉，就这样度过了几十年。

偶有朋友问道："好久没有你的消息，你在干吗呢？"我的回答很简单：上班，管娃，读书，仅此而已。

家里的房子越来越拥挤，书本占据了很多空间，有女儿的青春派，有先生的文史哲，也有我的百货摊。虽然我们都很平凡，工作和学习也都没有多大进步，但一家人享受着读书的快乐。

随着年龄的增长，生活必须做减法。省去不必要的饭局，省去不必要的逛街，省去不必要的娱乐，倾力干好工作，呵护家人，陪好亲人，再努力做点对社会有益的事情。世界太大，哪有时间随波逐流，哪有时间犹豫彷徨呢？

面对纷繁复杂的社会，总有一天你会明白，你想要的真的很少，只有健康和快乐。做有利于健康的事儿，上帝会被感动的，就会不经意间延长你的生命；做有利于快乐的事儿，人类都会被你感染的，人毕竟是为快乐而生，为痛苦而死。快乐是健康的良药，也是世间美好的催化剂，坚持做个快乐的人，并把快乐带给别人，留给世界，剩下的交给地球就好了。

即使西伯利亚寒流袭来，生活也有充满希望的时节。不管你选择做个什么样的人，都只为过好这匆匆一生。面对寒冷，不哆嗦，不转身，跨过去。把每一天都当作最好的起点，不沉醉，不荒废，昂起头，勇敢向前走，就会迎来一个不一样的世界。

书房里，品味小寒，养生汤的美味从厨房溢出来，暖意融融。脑海涌起一首诗，"小寒初渡梅花岭，万壑千岩背人境。清远聊为泛宅行，一梦分明堕乡井。"这是苏轼泛舟梅花岭，专为小寒而做。我无法考究诗人当时的心境，仅从这文字里，我读懂了浓郁的情感、生活的味道，还有小寒触发的人类的灵感。

2019 年 1 月 5 日

腊月三十

真正的年总是从腊月三十奏响幸福的旋律。

人们不远千里，或飞机，或火车，或汽车，赶路回家，都是为了这一天，和亲人团聚在一起。这是我们中华民族最富盛情的传统节日，犹如一首古老的歌谣，从远古一直盛行到今天，并将一直延续下去。在传统节日备受重视的今天，年的味道越来越浓，从城市到乡村，处处都洋溢着浓浓的幸福，仿佛沿着长江和黄河流淌，又像是随着空气弥漫，川流不息地浸入华夏儿女的心间。

腊月三十的第一个音符，从贴春联开始缓缓升起。几千年的传统文化，好像在这一天都定格在春联的横竖撇捺里。过年的春联内容还是蛮讲究的，无论是街市上买的，还是请书法家写的，都一定要符合自己的口味。有人喜欢国泰民安之意，有人喜欢大展宏图之意，有人喜欢家和业旺之意。家有老人一定要福寿康宁，家有孩子一定要学业进步，这就是传统文化的魅力，根深蒂固。像我这样普通的三口之家，本可不讲究对联内容，前两天就意外地收到了张枫老师送我的手写春联，说是专为我和女儿创作的，"催花风月依春醉，启智乾坤酿梦新"，横批是"春意盎然"。文字极富诗意，贴在家门口，顿时感觉新年和春天携手同至，祝福和期许瞬间升温。

吃团年饭是腊月三十最欢快、喜悦、活泼、温暖的音符。不管是城市还是乡村，团年饭的内容都是极其丰富的，鸡鸭鱼肉，牛羊蛋奶，青绿红粉，满桌满碗，应有尽有。鱼，年年有余；鸡，新年吉祥；酒，天长地久。传统美食与新年祝福默默相恋，腊月年味与传统文化默契相融，让腊月三十变得五彩缤纷，幸福的音符在觥筹交错中叮咚作响。敬酒是团年饭的奏鸣曲，白酒，红酒，牛奶，果汁，此刻可以不等量，但可以等值，积累了一年的祝福，好像都在端起的这杯酒里，"身体健康，工作顺利，学习进步"……这些一遍遍重复的词语，总是无比暖心，然后便是一饮而尽。不喝酒的我，听着听着就醉了，竟也忍不住端起杯子，一一敬酒。腊月三十就这样把旧年的时光匆匆终结，悄然无声息地拉开了新年生活的序幕。

送祝福是腊月三十最抒情的旋律。积累了一年的祝福，一股脑儿铺展在亲情和友情的氛围里，绽放在新年的春光。这一天，电信、联通、移动，所有的网络都不够强大，都难以满足14亿人的祝福需求。在今天，所有的祝福都不会太迟，所有的话语都暖心，所有的思念都很浓烈。当我静静地站立在老家的院子里，这里是偏远的乡村，没有WiFi，手机仿佛突然失联了，我忍不住爬上屋顶搜索移动信号，时有时无。只好登上荒草萋萋的山顶，立足脚下，眺望远方，小心翼翼，一个字一个字地编辑："福狗旺旺随风去，金猪携福迎春来。在这幸福快乐的时刻，温洁唯愿您身体好，运气好，收获好，一切安好！"我一条一条地送出，真挚地献给我的亲人和朋友，万水千山，都无法阻隔！

祭祖是腊月三十最哀婉浑厚的旋律，拉长了回忆的痕迹。曾经拥有的温馨时光，不想回想都不行。读过私塾的祖母，一个裹着三寸金莲的民国女子，在五十多年的岁月里，背负着丧夫之痛，遭遇了人生坎坷，忍受着生命里最大的孤独，艰难地把父亲养大，培育成人，继而使这个残缺的家逐渐添人进口，随后有了我们姐弟，并把我们领大。坟前的小柏树已经长高了，迎春花开始发芽了，墓碑上雕刻着很多名字，女儿没有找到她的名字，一个劲儿问我为什么没有她。她说："我记得太太，她最爱吃盼盼面包，最爱用她精致的青花瓷茶碗喝茶，最爱给我们在柴火灶里煎油饼，最爱在腊月三十晚上早早躺在床上自言自语……"祖母是2008年离开我们的，那时她才四岁，一个孩子对于老人的记忆如此深刻，着实令我感动。我突然想起了臧克家的一句诗："有的人活着，他已经死了；有的人死了，他还活着"，瞬间明白了它另外的意义。夕阳西下，我们来到公公婆婆的坟前，先生拔去荒草，我们仨把一大箱金黄的纸钱，一张一张，折叠，点燃，先生、我和女儿跪在坟前，看着纸钱随风而舞，火光明亮了昏暗的高山。荒草萋萋的坟前，我情不自禁地在心底默念着余光中先生的《乡愁》——"后来啊／乡愁是一方矮矮的坟墓，我在外头／母亲在里头"。在文字的缝隙里，我领悟了人间的冷暖，悟透了生命的意义。

看春晚是腊月三十最热闹、温馨、美好的旋律。歌舞、小品、魔术都是最好的年夜饭，值得全国人民分享。倪萍、赵忠祥、董卿、朱军、周涛、撒贝宁，他们用语言和笑容，把幸福送进每个人的心房，曾经的期待，今日的回忆，都是央视大咖为一代代人带来的快乐，为腊月三十献上的幸福晚宴。艺术和生活，在这一天没了距离，流进十几亿人的生命，把大年夜推向高潮。

鞭炮声声，是腊月三十最响亮的旋律，声声敲在人们的心坎上。或祈福，或辞旧，或迎新，都在广袤大地鸣响。尽管很多城市为了环保而禁止放炮，但是鞭炮声依然此起彼伏，烟花烂漫。于是，腊月三十的夜，在璀璨星光里，一直清晰，明亮,清脆,悦耳。这一夜,人们开始规划新的目标,安排自己的生活、工作、学习。在这样的好时代,我们铭记着习总书记的祝福:"青春是用来奋斗的,撸起袖子加油干"。一如鞭炮,不管在哪里点燃,都可以尽情释放。所有的梦想,一定是在奋斗中实现,新时代无时无刻不激励着人们,充满信心,勇往直前。即使有一天,青春隐去,人生也了无遗憾,清晰如月,激情似火。

  腊月三十,就这样悄然而逝,可脑海里,记忆如昨,欢乐闪烁,喜悦弥漫,在星星点点的光芒里,在噼里啪啦的声响里,在至真至纯至美的祝福里,终究汇成一首温馨的歌,让人分外珍惜,永远唱不完,唱不够!

2019 年 2 月 4 日

拨响琴弦，无问西东

　　春节的旋律，荡漾在红色的日子里，载着喜悦和幸福，姗姗而来，翩翩起舞，毫无准备，就与我撞个满怀。跨入不惑之年，徜徉在喜庆的世界里，少了一份欣喜和激动，多了一份充实和念想。

　　"买、买、买"，依然是新年的序曲。给老人和孩子买到心仪的新衣，穿街走巷，从开元商城到时代购物广场，从兴安路到金州路，大大小小的脚印，在时光的印痕里，叩响新年的门扉。爸爸妈妈爱吃的糕点，孩子爱吃的糖果，自己爱读的书本，还有那窗花和福字、肉类和果蔬，都是必买品，大包小包，统统安置在拥挤的家里，瞬间觉得心里充实。

　　"说、说、说"，必然是新年的开端。把储蓄一年的美好祝愿，送给师长、朋友、同事、亲人，或短信、或微信、或QQ，有文字版的、有语音版的、有视频版的，都从大年三十这天开始，越过网络的经纬线，瞬间翻山越岭，穿过大江南北，分秒必争，依次抵达。浓郁的年味就从这祝福声里快速弥漫开来，情真真，意切切。

　　"聚、聚、聚"，定然是新年的高潮。鞭炮声声，合着美酒佳肴的馨香，激起了回忆的波澜。逝去的青春，每一滴热情都镌刻着少年时代的真心，展示着为梦想而倾力打拼的那份执着。曾经的贫穷，并不是忧伤，更多的是满满的动力，激励着我为摆脱贫穷而冲动的过往。念念不忘的还有爸爸始终不变的期许，人要活成树的模样。举着火把，也要第一个抵达学校；就着煤油灯，也要尽可能多地把知识装进贫穷的大脑；衣衫褴褛，也要把想要的书本捧回家，扫描存进心海。这些画面，就像乡村的黑白电影，早已远去，可故事的情节和主角，至今都还深深烙印在心上，永不褪色，历历在目。

　　"盼、盼、盼"，俨然是新年的重音符。欢声笑语里，老人盼着儿女事业有成，孙子孙女学业有成；年轻人盼着老人身体健康，快乐安享晚年。热闹的日子里，盼着一家人和和睦睦，平平安安，饿了有可口的饭菜，渴了有纯净的水喝。忙碌的日子里，累了有安心栖息的小屋，郁闷了有知心朋友可以倾诉。愉悦的日子有亲朋好友可以分享。在新年最幸福的日子里，"事事顺心"是挂在中国人嘴上的高频词汇，这是所有人新年美好而共同的期许。每个人都事事顺心，我们的生活就和谐幸福，我们的祖国就惠风和畅，繁荣富强。

  灯火阑珊，火红的中国结，犹如新年的使者，把小城装扮得红红火火。男女老少，穿着新衣，携着憧憬，踏着光明，享受着新年的快乐旋律。他们或许如你我一样，依然脚踏实地，坚守初心，拨响岁月的琴弦，无问西东，努力地把自己挺立成幸福的模样，正踩着新年的音符奔向远方。

2019 年 2 月 6 日

这一天

春的交响曲常常从元宵节拉开序幕，花鼓子、小场子、舞火龙、猜灯谜、欣赏圆月，这是绽放在民间的艺术之花。荧屏里，各电视台的元宵节晚会异彩纷呈，这是孕育已久的专业艺术与地域文化的精彩奉送。不管准备多久，都只为在这一天隆重上演。歌舞升平，火龙奔腾，各地盛欢，全民皆乐，岁月的时针这在一天仿佛滴答得更加响亮悦耳，生活的节奏在这一天好像格外激情澎湃。

这一天，大自然也在春雨的浸润中开始盛装表演。山上的野桃花粉白摇曳，门前屋后的迎春花金黄耀眼，人行道上的玉兰花洁白撩人，江两岸的柳枝婀娜多姿。田野里，风筝呼啦啦迎风歌唱，孩子们也不认输，铆足了劲儿，与风筝赛跑。

这一天，亲人总是赴约般团聚。我的妈妈前两天就开始在家人微信群里吆喝，"元宵节团聚，家常菜招待"。我们姐妹们都争分夺秒地回复，我们的孩子们也很兴奋。妈妈虽然已经年过六旬，记忆力日渐衰退，但是她时刻都记得家人们的"最爱"。爸爸的青椒牛肉，弟弟的酸辣鸡肉，妹妹的宫保鸡丁，我喜欢的鸡蛋蒜苗，还有我们的孩子痴迷的玉米豆、土豆片、腊肠、软饼，再大的餐桌也摆不下妈妈清晰的记忆，再多的儿孙也品不够妈妈积蓄的热情和爱。

这一天，晚饭总是提前一小时，为了陪爸爸饭后一起回老家祭祖。山路蜿蜒，坑洼颠簸，风雨无阻。他说，繁衍生息就是为了人老了还有人记得，人都是要老的，但不一定都有人记得。这话他说了几十年，我也听了几十年，直到今天我才明白其中的内涵。

但愿人长久，千里共婵娟。这一天，最精彩的节目就是赏月，赏自然的月，赏人生的月，赏古代的月，赏新时代的月，赏自己的月，更要赏别人的月。元宵佳节赏月时，既是一种境界，也是一种享受，一种感念，一种领悟。

2019年2月19日

委屈的花儿

很喜欢周末，可以悠然自得地睡到自然醒。可今晨，却被一阵浓郁的花香惊醒了。

寻着馨香，来到客厅，我简直不敢相信自己的眼睛。昨日那些略显枯萎的花儿们，被我随心所欲地插在花篮里，睡意蒙眬，一夜之后竟然活力无比，露出了最绚烂的容颜。康乃馨伸长了指头似的花瓣，还涂抹上了诱人的粉色；紫罗兰扬起了耷拉的脑袋，花串一律斗志昂扬；小星星般的野菊花如梦初醒，睁大了可爱的小眼睛，好像默默注视着我。我忍不住蹲下身子，深深吸吮着，清晨的春意携着微风在花枝上跳跃着，闪烁着，舞动着。

轻轻抚摸着花篮里的花儿，满腔愧疚之情油然而生，我开始怜惜这些花儿了。昨天的委屈并没有折损到它们，竟全然不在意，全然不介意，把生命的魅力全部绽放出来。我不禁替花儿感到难过，也为自己的无知深深自责，更为花儿的胸襟默默赞叹。

也许你要问我了，这些花到底是什么来路呢？请容我慢慢道来。

鲜花总与美人乐，昨日恰逢三八妇女节，学校精心为我们女教师准备了节日活动，而且这个活动是在"高大上"的市一小高新校区举行。

我们吃过午饭后，怀着无比激动的心情来到高新校区，因为很多老师都是第一次来这里，辽阔诗意是校园留给我们的第一印象，布局精巧是留给我们的第二感觉，操场布置犹如神秘的婚礼现场是最惊喜的意外。一个个花篮纵横皆成直线，静立在绿色的草坪上，花篮旁边静卧着一枝枝彩色的花儿。早春的阳光敞开暖暖的胸怀，温度并不高，可花儿好像还是有所畏惧，思念和惆怅写在脸上，可能是离开母亲有点儿太久了罢。"花儿都蔫了，插出来也没什么好看的"，耳畔刺耳的声音略有点儿扫兴。

下午两点三十分，主持人闪亮登场。戴着玫红色围巾的刘书记，手握话筒，步履轻盈，来到舞台中央，我们的目光一起聚焦到她的身上。她邀请王校长上台，因为在这样美好的节日里,王校长准备了很多祝福要送给大家,我们翘首企盼。"愿美女老师们拥有美丽,拥有健康,拥有快乐……"我们满心欢喜。

"今天的主题活动是插花,老师们将在花艺师的指导下,学着插花,插好的花请你带回家。"主持人说完这句话,台下的我们已经迫不及待了,尤其是爱花的我,双手轻轻捧起草地上有点困倦的花,放在我的胸前。哦,不是困倦了,是饿了吧。我拧开矿泉水瓶,将水一滴滴地洒落在花泥上,便开始完成我的作业。

两枝康乃馨和两串紫罗兰整个变蔫了,我必须最先把它们插在花篮中间,四周用其他花枝包围着,这样它们就有安全支撑了。栀子花叶打着卷儿,我只好把它剪成四枝,插在花篮的四条边上,这样它就可以吸吮到更多水分,更好地呵护花瓣了。一枝野菊花,七八个花骨朵儿,都蜷缩在一起,好像春风太猛烈了,把它的心都吹凉了,我怜悯地把它剪成一朵一朵的,捧在手心里,深呼吸,再使劲呼出暖气,把它们暖热点儿,再把它们分别插在花篮的四个角上和四个边的中点上。还有一些我叫不上名字的花儿,分别把它们插到花篮的空隙处,花枝都有了归宿,它们在花篮里亲如一家人,相拥而立。

从未插过花的我,今天竟然也成了"花艺师",还有了自己的杰作(自诩),莫提有多高兴。拎着花儿回家了,有一种大获全胜的激动,也有着过节的喜悦,感动于学校的良苦用心。

未曾料到,女儿晚自习放学回家,第一眼看到茶几上的插花作品,惋惜地说:"妈妈,这么好的花儿,可惜有点蔫了,没啥好看的。"一向爱花的孩子,甩出这样的冷语,我感到很委屈,沉默无语。脑海里,此刻只有"怎么才能挽救花儿呢?"——连忙拿起水杯,将水轻轻滴到花朵和绿叶上,心中默默祈祷,"愿你们安然度过漫漫黑夜"。

"黑夜给了我黑色的眼睛,让我去寻找光明。"花儿终究没有辜负领导的热心,没有辜负主人的好意,顶着一串串委屈,睁开了明亮的眼睛,从黑夜里散发出光彩,用来自生命的馨香装点了凡人的日子,醉了我心,醉了晨光,也醉了整个春天。

"野火烧不尽,春风吹又生",此刻用在我的这些花儿身上,再合适不过了。静谧的晨辉,从窗玻璃缝隙里钻进来,散落在舒心的花儿上,花香点点,花色艳艳,格外喜人。这经受得起委屈的生命,春光无限,魅力四射。

2019年3月9日

生命的勇气

风雨对生命的考验是相同的，勇敢者总会咬紧牙关，踩碎苦难，向上攀登。

我家客厅的小阳台，摆放着十多个花盆，花盆里栽有各种植物。我是它们最好的保姆，每天都要亲自呵护。

前天晚上，一场狂风袭击了花盆里的苦瓜苗，那毫无抵挡的钢筋防护网，保护不了那根极其瘦弱的苦瓜苗，它的腰身被风吹折，脑袋低垂，生命奄奄一息。

昨天清晨，看到这样凄惨的画面，对风雨的憎恨，对苦瓜苗的同情，油然而生。而这株还没有完全回过神儿的苦瓜苗，在花盆里的生命刚过满月，无论如何都经不起这样的折磨。

看到苦瓜苗受折磨的样子，我便下楼找来一根干枯的树枝，用透明胶带把树枝与防盗网缠在一起，再把耷拉的瓜苗轻轻扶起来，让瘦弱的瓜藤依靠着树枝，还给它浇了点水，期待能换回它的生命。

这株善解人意的苦瓜苗，在我的提心吊胆中又熬过了一夜。翌日凌晨，我被噼里啪啦的雨声唤醒，睁开眼就往客厅跑，发现折断的苦瓜苗顽强地生长着，伤口也正在愈合中。它们的胡须在枯枝上缠了一圈又一圈，看上去很牢固，好像只等雨过天晴，就可以尽情绽放了。

自从它入住我家，我每天都要推开窗户，爱怜地看看它的变化，轻抚它的叶子，祈祷风雨少一点儿，尽管我深深知道——风雨才是考验生命力是否顽强的手段。这位新成员，好像还没完全扎根新居，显得很瘦弱。细细的藤，就像铅笔芯那样纤细，叶子像幼儿稚嫩的手掌般小巧玲珑。细藤越来越长，已经快攀爬到防盗网的顶部了，刚长出的一个又一个小花苞，可爱极了。

在我的记忆里，苦瓜苗是每年都要栽种的。小时候，住在乡下，勤劳的奶奶最喜欢种苦瓜，因为我的爸爸妈妈都爱吃清炒苦瓜。但有限的菜园总是难以分配，聪明的奶奶总是把苦瓜苗栽在菜园的边际，把茄子、豆角、辣椒等栽种在菜园的核心地带，苦瓜苗自然而然地成了它们的保护伞。

奶奶的菜园，不过一分地，那里没有城市的高楼，没有坚固的围墙，也没有高大的行道树，唯一可以抗击狂风暴雨的就是那些苦瓜苗了，还有支撑它们生命的细长的干竹棍儿。方方正正的小菜园，阳光充足，苦瓜藤长得很快，当盛夏来临，它们已经像篱笆一样，足以为伙伴们遮风挡雨。

夏风猛烈，暴雨常来，苦瓜苗总是会找到生命的依靠，那些干枯的竹枝，那些抱团取暖的兄弟，都是生命最好的依靠。苦瓜苗如此团结、勇敢、不惧风雨，始终向上攀登，总是要超过那些竹枝的高度，才算心满意足。花谢瓜长，小生命刚开始总是隐藏在叶子后面，不想被发现，以免遭遇伤害。"学会保护自己，努力减少生命的意外，静静地开花结果"，这是苦瓜独有的低调。

当张扬成为引人注目的方式，仍然保持低调便是最大的优点。生活中这样的例子不胜枚举。四月下旬，学校举行了运动会，四年级组的最后一个项目是30人的迎面接力赛，我班很多同学都纷纷毛遂自荐，少数同学沉默不语，我难以选择。于是，便把全班同学带到操场上，分成两组比一比，请同学们自己挑选。

"老师，蔡尚谷是跑得最快的！一定要选他！"同学们异口同声地说。

"蔡尚谷，你愿意参加吗？"我满怀期待地问道。

"老师，我不想参加，机会还是留给其他同学吧。"他慢条斯理地说。

"但是大家都看到了，你是跑得最快的，最有资格参加啊！"我反驳道。

"老师，我也想参加，但是同学们比我更想参加，还是把机会留给他们吧。"听到这里，我果断地选择了他，这个平日里总是与世无争的孩子，原来他的内心世界这么宽广！

比赛如期进行，他用最快的速度超越了好几个竞争对手，帮助班级获得此项比赛第二名的好成绩。但跑完比赛时，他的脸上出现了十分痛苦的表情，豆大的汗珠从额头向下滑落。我连忙走近他，帮他擦去汗珠，问道："孩子，你好像不舒服，要不要去医院看医生？"

他使劲摇着头说："老师，没事的。我昨天在放学回家的路上不小心摔了一跤，腿摔了，比赛时不疼，这会儿有点疼。"

我立即弯下腰，挽起他的裤子，右边的小腿上，又青又肿，看着让人十分心疼。瞬间，同学们获胜的喧嚣声戛然而止，连声称赞道："蔡尚谷，你真是我们班最勇敢的人！"他羞涩一笑。

每个生命都会遭遇各种坎坷，总有人能抓住最后一线获胜的希望，倍加珍惜。如顽强的苦瓜苗，如勇敢的蔡尚谷同学，让我无比惊叹。

面对生命的痛，史铁生顽强地在文学之路向上攀登，慢慢地走，与病魔抗争，孤独地面对死亡，简简单单走完一生，却把全部精彩留给世界。

史铁生是我无比敬仰的老师。如果说是上帝给予了他生命的不幸，他却用勇气书写了人生之大幸。他的《我与地坛》一书，是留给世界的"生命的密码"，是他用全部生命在探寻人类的精神高度，是他用诸多不幸诠释了"风雨偶然，绝不轻视"的真谛。正如他自我调侃时所言："几十年病痛对我的折磨远远超出我们的想象和承受力，这种磨难早已融合进我的思想和灵魂。"从文字里，我读出了生命的勇气。

　　当我们还在抱怨眼前的小失意、人生的小坎坷、前行的小磕绊时，请你捧起《我与地坛》读读，用心地读读，便可以读出生与死的意义，读懂花谢花开的内涵。你或许和我一样也会记住此书中《我的梦想》里的那段话，我希望既有健美的躯体又有一个了悟人生的灵魂，前者可以祈望上帝的恩赐，后者却必须在千难万苦中靠自己去获取。千万不要说：倘若二者不可兼得你要哪一个？因为人活着必须有一个最美的梦想。

　　那最美的梦想，莫过于悄无声息地生长，不问环境，不惧风雨，努力绽放。

2019 年 5 月 18 日

万物有灵，未来可期

当中国红在大街小巷开始闪烁时，新年的脚步就渐渐逼近了。不管你是走在故乡的大道上，还是正坐在返乡的火车上，此时此刻，我们的心情都是一样的。

不经意间，你我又站在新年的门槛，郑重地与2019挥手道别。耳畔还回荡着新中国成立70周年阅兵式那雄壮的声音，眼前还浮现着中华儿女英姿飒爽的身影，内心深处仍涌动着对伟大祖国丝丝缕缕难以言表的感恩之情。是啊，祖国繁荣富强，人民才会幸福安康。

时光不老，365天太短，来不及回眸，仿佛瞬间一倾天下。想起这一年的某个时候、某个地方、某个路口、某个角落、某个遇见、某个重逢、某个思念、某个送别、某个拥抱、某个憧憬、某个误会、某个错过……都还在，还在眼前，还在身边，还在生活里。

这一切，都属于过去式了，不必后悔，不用焦虑，不要难过，不再纠结，就让它过去吧。用氧气点燃氢气的激情，用高锰酸钾做快乐的催化剂，用碳酸钙沉潜生活的不如意，用酒精灯加热幸福，用硫酸腐蚀心里面可能还残留的死结，以最快的速度化解吧。就让那么多的难以释怀、难以抹去、难以记住、难以实现、难以和解……统统在2019年的最后一刻熔化或升华。

站在新年的门槛，我们一起放纵，一起跨年。愿你和我一样在美食世界肆无忌惮地大吃大喝，和我一样摇摆在繁华大街自由自在地疯狂采购，和我一样没心没肺地晨起暮归而忘记春夏秋冬，和我一样坚持读书写字不负大好时光，和我一样走南闯北日晒雨淋乐在其中，和我一样脚踩大地而两脚沾泥马不停蹄，和我一样深爱着最亲的亲人、挚爱的朋友、敬爱的恩师、亲爱的同事、可爱的弟子……人生太短，该放纵时就放纵。

回首岁月，虽两手空空，却也忙碌充实。大年初一我们在网红古城西安欣赏"大唐盛世"；酷暑炎夏我们携老带幼走过湖北宜昌亲历"游船过大坝"的有惊无险；恰逢七夕我们在恩施感受女儿城的泼水节，淋得稀里哗啦，笑得前仰后合；国庆节我们一家老小穿越秦巴山间感受三秦大地民俗文化，享受假期旅行之乐；工作之余一路北上来到北京海淀万寿路拜访恩师王宗仁先生，圆了女儿魂牵梦萦的拜师心愿；正值岁末奔赴开封与五湖四海的老师朋友约会，流浪街头感受八朝古都的历史文化魅力，走进包公祠目睹包公断案铁面无私之威武，叹陈世美背信弃义葬送性命之惋惜；旧年最后一个周末漫步陕师大校园，十分荣幸地认识了仰慕已久的大师和文友。这一年，行走漫步百不厌。

这一年，我待生活如初恋。最爱李宗盛的《山丘》，听了一遍又一遍；最爱马伯庸同名小说改变的电视剧《长安十二时辰》，看了一遍又一遍；最爱电影《老师·好》《银河补习班》《千与千寻》《我不是药神》《我和我的祖国》，看了一遍又一遍；最爱《小王子》《爱的教育》《青铜葵花》《时代广场的蟋蟀》，读了一遍又一遍；最爱并不繁华而又无比热闹的育才路，走了一趟又一趟；最爱纯甄酸奶小蛮腰，喝了一箱又一箱……物质丰富，岁月静好，爱我所爱。

这一年，和往年一样，还有丝丝缕缕的情绪没来得及抚平，还有断断续续的文字没来得及书写，还有浅浅淡淡的感悟没来得及交流，还有懵懵懂懂的疑惑没来得及请教，还有悄悄咪咪的故事没来得及讲述，还有犹犹豫豫的心愿没来得及实现……就这样匆匆忙忙送走了2019年，这一切都来不及了，这一切其实都还来得及。

朋友，和我一样，把烦恼和羁绊统统清零。立即准备好心情，张开双臂，伸开双手，迎接新年的钟声，拥抱属于自己的快乐新年、属于大家的美好明天。就这样吧，匆匆忙忙，一起出发！用我们最灼热的爱拥抱新年，与满意或不满意的自己亲吻，与今天或未来真诚接触，与最近的或遥远的梦想一路同行。

鼠年安好，人民幸福，祖国最强；

宇宙苍穹，万物有灵，未来可期！

2019 年 12 月 31 日

平常人家的年味

大年三十。阳光带着春的味道，大地散发着春的活力。

今天是先生的生日，家人早早预订了生日蛋糕，我们兄弟姐妹们和小宝宝们都聚在一起陪他，分享他的生日蛋糕，送上生日祝福，但他总是在生日这一天高兴不起来。

生日是母亲的受难日。尤其是四十多年前，贫穷充斥着整个山村，他就在最偏僻的山沟里，冲破胎盘的禁锢，匆匆来到这个世界。于是，在大山的记忆里，有了他的声音和足迹。那蜿蜒的山路，清晰的老房子，每一片瓦砾，每一块菜畦，都是陪伴他童年最珍贵的记忆，都布满他深深浅浅的脚印。无论他身居何处，记忆都会重演无数次行走的模样。而这一切，都因他的父母多病离去，而被涂抹上凄凉的灰色。思念加浓，悲伤袭来，从心底弥漫到空气里。

童年时光是每个人生命里最有魅力的烙印，就像指南针，时刻提醒着我们找准前行的方向。平日里的忙碌不堪，晨起暮息，都在回乡的路上渐渐消融。伫立眼前的永远是乡村那清晰的背景，永不褪色。

走在曲折离奇的山路上，路的轮廓已经模糊不清，杂草枯黄，脚踏实地，才可以走好每一步。跪在爷爷奶奶肃静的墓碑前，想起裹着小脚的祖母，带我捉蝴蝶，身影瘦小，却动作敏捷，那是隔代亲的最好表达。墓碑上，刻着我和先生的名字。还记得我的祖母坐在房间里，端着青花瓷的茶杯，一边悠闲地喝茶，一边娴静地看夕阳；也记得我的祖母从厨房里端出一盘盘家常菜。四世同堂，让祖母的晚年幸福快乐，也留给后辈弥足珍贵的记忆。

不管何时都始终想起一句话：故乡在哪里，所念就在哪里。岁月可居，时光流逝，转眼已是十余年。祖母去了天堂，与爷爷重逢，他们途经几十年的期盼，终于又开启了爱的新模式。女儿说，再也看不见我的祖母，才开始有一点儿明白，什么叫永别。以至于她的文字里，常常念起她的爷爷奶奶，每年过年都和我们一起回老家祭祖。走在冷风中，纸钱被风吹起，亲人一定会有感应的。

年少的我也曾无数次跟随爸妈一起祭祖，听爸爸说，这是代代相传的规矩，过年过节一定要记起已故的亲人，用简单的方式去忆起他们，表达对他们的思念。他们的离去，让我们更加珍惜今天的拥有，就像大树永远记得根的情结，要让亲情融入我们的血脉之中。

我们每个人的心里，都有着这样一个地方，永远镌刻在我们童年记忆中。当我们的生活被酸甜苦辣的现实所触碰，那些从未封口的记忆就像逐渐升温的老酒，香气开始氤氲。那是被爸妈顶在肩头，翻山越岭，看过的一场场电影；那是朝朝暮暮，仰望炊烟袅袅，桌上呈现的期盼已久的美食；那是通往外婆家那条陡峭的山路，是屋后那棵杏树，花开花落，结成的果，换来的零钱，买回的的确良花布，外婆一针一线缝成的新衬衫……那是一条通往我们成长记忆的十字路口。

土房已经变为平地，毛竹茂盛，树木葱茏，村庄渐渐丰盈，却留不住游子的脚步。走在老家的土路上，逐渐增多的坟茔，让乡村寂寞变浓。每一年，乡村最过热闹的就是大年三十这一天，远远近近，乡亲们都要带孩子回去看看，让他们知道这些都是我们最亲的人，曾经呵护和陪伴我们成长。

不管我们今天是否过得安好，成功还是失败，这些经历都是难忘的财富。那些爱过我们的人，都是我们永远的牵挂。那些经历过的挫折，都会变成前行的经验。那些取得的点滴成绩，都是满满的动力。亲人已经老去，我们已经长大，再回乡村，品尝这流在血管里的亲情的味道。看到依稀的炊烟升起，昙花般的烟火闪烁，明亮的灯光把乡村点亮，我们更加坚定，更加珍惜。

大年三十，最热闹的节目当数吃团年饭。妈妈从小年那天就开始准备年货，采购、卤菜、做丸子、炖汤、调醋汤，就为这一顿幸福和谐的欢乐聚餐。妈妈满头银发，任劳任怨，爸爸不辞劳苦，看到儿孙满堂，有说有笑，他们抢着给小宝们发红包，我们抢着给爸妈送祝福。

大年三十，承前启后。回想2019年，我们这个大家庭最有收获的一年。爸妈健康快乐，兄弟姐妹们心想事成，大宝小宝们学习进步，一切都好。路越走越宽，生活越来越好。

大年三十，是年与年的交接处。一家人团团圆圆，有吃有喝，有喜有乐，这就是平常人家最浓的年味。

金鼠敲开幸福门，新春化绿气象新。

一元复始天地好，健康快乐万事顺。

特此记之。

2020年1月25日

三 艺海拾贝

行走在艺术之间，努力捡拾人生之贝。

自由的文体与超拔的境界

在文学的百花园里，散文作为一种书写最为自由的品类，备受人们喜爱。因为散文特别适于人们回忆、思念乃至反思，有人就说散文像浩瀚无垠的广漠，像深不见底的海洋，是人渐趋老境时的反刍。诗是青春激情的勃发，小说是人生成熟的文体，散文则是浩瀚的海面，底下波涛汹涌，表面则风平浪静。散文有无边界？它笔意所向，似乎无处不至。既可倾情于个人私情，亦可关注于不同国度，还可纵横于整个人类。真可谓"形在江海之上，心存魏阙之下""吟咏之间，吐纳珠玉之声；眉睫之前，卷舒风云之色"。人生的宽度和深度，尽纳其中矣。

散文的历史悠久，源远流长。早在春秋战国时期，诸子散文就达至一个难以企及的高度，不管是儒家经典《论语》《孟子》，或墨家的《墨子》，抑或法家的《商君书》《韩非子》，这些政论性散文，既闪烁着思想的光芒，亦是散文文体的典范；还有《战国策》的纵横捭阖之风与《庄子》汪洋恣肆般的洒脱，都为后世散文提供了丰富的营养，滋润着中华民族的精神生活，助推社会文明进步，彰显历史文化内涵。

孔孟为代表的先秦儒家散文，以仁爱作为生发点，关注世道人心，重建道德理想，表现出浓厚的情感和斐然之文采，充满着"扶大厦于将倾"的道义热情，显示出作者浓烈的仁爱情怀。问答之间，温文尔雅，字里行间，蔚然成采，成为思想与文采兼具的典范而光芒四射。艺术的魅力，就在于它作为人类精神困境的烛照，照亮着人类前行的路途。艺术也像一面偌大的镜子，当我们回首过去和展望未来时，可以拷问人性，也可咀嚼苦难，还可讴歌美好，弘扬社会正义。就个体而言，艺术探寻既可滋润我们饥渴的生命，激发我们的思考和表达，亦可提升我们的认知和审美能力，陪伴我们的精神成长。我犹如一位迫切汲取清泉的孩子，自始至终在散文世界里徜徉寻觅，广博见识，明辨是非，锤炼思维。这样积沙成塔，逐渐懂得生命的意义；不择细流，憧憬大海，奔向远方。

散文枝繁叶茂，名篇迭出，它是中华灿烂文化的最好见证，亦是推进华夏文明进程的不竭动力。《赤壁赋》何止成就了苏轼,《醉翁亭记》何止成就了欧阳修,《岳阳楼记》何止成就了范仲淹,是他们的光彩,照亮了北宋的天空。后来者在他们的作品里,见识了高远的境界和人生。品读这些经典,我们能体验到他们别样的生命。文字如精灵,翩翩而来,裹挟着带血的究问,回荡在历史的缝隙里,从而创造出文学之高峰,来辉映北宋苍凉的大地。"先天下之忧而忧,后天下之乐而乐",是何等襟怀!磊落坦荡,激励人心,催人奋发。贬谪之冰霜酷暑,士子之人格节操,虽遭打击,但"穷且益坚,不坠青云之志"。历经坎坷,怀玉蒙垢,受尽屈辱,却如啼血的杜鹃,化为天下美妙之音,为后人的前行带来清凉慰藉,又如一眼清泉,滋养万千后学。人生的悲欢离合,皇室的繁华寥落,文学的艰难玉成,所有这些,都暗含着艺术的启迪。

  在这个信息快餐化时代,清泉和污水常常混淆在一起,清泉抵不住污水的混染而转瞬变质,散文就是人类精神家园的一汪圣洁清泉。散文最大的魅力和价值,或许就在于行文自由与取材灵活。茫茫宇宙,卑微蝼蚁,皆可随手拈来,纳入其中。风霜雨雪,日月江河,虫鱼鸟兽,花草树木,亦可成篇。王国维先生有言:"能写真景物、真感情者,谓之有境界。否则谓之无境界。"散文的境界在于"真善美"。"真",真诚、真实、真情,是散文的本源所在;"善"是善良、善行、善意,是散文思想的积淀;"美",文字美、思想美、人性美,是散文的灵魂所在。无论写景、叙事、状物、说理,都要以"真善美"为核心。将深沉的思考、生动的形象和真切的情感交融起来,用内心深处迸发出的真情实感去打动读者,给读者以崭新的认识和深刻的启迪,从而提升其境界。经典的散文,既观照对灵魂的触及,又关注人生的体悟,真善美都蕴含在字里行间。高邮的咸鸭蛋、火车站的背影、门前的丑石、跪拜的藏羚羊、老人的叫魂,等等,事无论巨细,情无论深浅,都在他们的文字里发酵,韵味悠长。

  一个有境界的散文作家,他的文字虽从生活里来,却能高于生活。散文是人心和文心的天然合一。很喜欢苏轼的一句话"惟江上之清风,与山间之明月,耳得之而为声,目遇之而成色,取之无尽,用之不竭。"宇宙万物皆存在,观察的视角不同就有不同的收获,欣赏的角度不同就有不同的发现。遵循人文合一的规律,取之用之,这是对文学和万物的尊重。正如梁实秋在《论散文》里所言:"一切的散文都是一种翻译。把我们脑筋里的思想、情绪、想象翻译成文字。古人说,言为心声,其实文也是心声。"红孩说:"散文是说我的世界。"散文是一个人真实心迹的流露,无论是记叙的或者抒情的,"我"都是散文的核心与灵魂。比如,朱自清的散文唯美而温润,贾平凹的散文关注社会底层,汪曾祺的散文带有风雅的生活趣味,余秋雨的散文饱含广博的学识与深刻的思考……有境界的散文既带有生命的朴素，还带有哲理的庄严与厚重。

一个作家的生活阅历、丰富学养和宽阔视野，决定了散文的境界。散文的境界不是生活的重现，而是作者"人"与"文"、"情"与"境"的完美融合，能"沁人心脾"，引起读者感同身受。刘白羽曾说："散文就像每朵浪花都属于大海，每一点艺术创造，都是作者的血水浇灌的鲜花，你的作品都有你的生命烙痕，无论多少，只有如此，这才是你的艺术价值。"经典的散文一定是有高远的境界，书写得或大气或细腻，或空灵或雄浑，或含蓄或旖旎，或严肃或诙谐，做到开阖有度，抒写得淋漓尽致，让许多读者被触动。人心的呢喃，智慧的警觉，语言的美感，尽在其中，让读者的精神境界在潜移默化中提升。每一位散文作者都要以沉潜之心，建立精神和思想的纬度，展示文字的艺术之境和作者的人生之境。

徜徉在散文的世界里，我们只有不断汲取生活与艺术的养料，拥有严密的逻辑、清晰的思维、深厚的学养、向善的力量，才能打开散文创作的眼界，走进光芒四射的殿堂，才能为人类守护一汪清泉，让高尚的灵魂有一栖息之所。你才会发现，散文所具有的情感和思想力量，无坚不摧；浸透在散文里的意绪，其色泽柔和绵密，却可以穿盔甲照无眠，拨亮心灵的灯火。

生活常常有强大的规定性，使你不得不如此。散文的世界，却总欲超越这个规定而自由飞翔。散文文体给予我们以充分的空间和自由，你须得沉入其中，见到最深处的自己，同时细心聆听上苍的呼唤。在深不见底的自我中见出天地之精神和宇宙之大道。越是纯粹忘我，越能自然喷涌。人要每时每刻开拓生活和自由，然后才配有自由和生活的享受。创作者的每一粒汗水和每一滴泪珠，都会悄无声息地成为滋润大地、浇灌生灵的雨露，也由之散发出醉人的芬芳和夺目的光芒，导引人类前行。

2018年5月13日

青春闪烁光芒
——读《梁家河》有感

雨滴近乎疯狂地敲打着窗外的雨棚，啪啪作响，但丝毫不影响我阅读的热情。一本书，一杯咖啡，八个小时，十多万字，全部收入眼帘，印入脑海。我的眼前反复回放：一个十五岁的青少年，从北京出发，离家远行，吃力地拎着两箱书，奔向陕北大地；行走在偏僻的村庄里，翻山越岭，跑三十多里地，只为借书，就着煤油灯，悄然至深夜，鼻孔熏得黧黑……这就是梁家河馈赠予一位青年的芳华和记忆，也是《梁家河》留给我的感动与震撼。

青春是别无选择的旅途，梁家河为这位少年战胜逆境、谱写青春奏响了奋斗之歌。"我人生第一步所学到的都是在梁家河。不要小看梁家河，这是有大学问的地方。"这句话诠释了习总书记对梁家河的最好忆念。正是梁家河的山水，滋养了他的韧性；正是梁家河的风雨，磨砺了他的拼劲儿。入团、入党、求学，他一次次地重复着去争取机会，用自己日渐丰腴的肩膀抵挡风雨，用自己的虔诚感动青春的岁月。终于，这位青年赢了！

受苦是通向成功的高架桥，亦是十分励志的青春之歌。"近平当年担粪、担麦把肩膀压得又红又肿，背上风吹日晒，皮脱了一层又一层。"有钱难买少年贫，这是梁家河对青年最好的考验和锤炼，也是梁家河留给那个时代最珍贵的记忆。贫穷真是那个时代的风雨，帮村民摆脱贫穷是青年的当务之急，用智慧和汗水在土地上耕耘，用担当和奉献在青春里歌唱。他的心上，时刻铭刻着"为人民服务"字样；他的脑海里，始终涌现着"坚守崇高理想信念"的字样。所以，当风华正茂的青年从繁华的北京来到梁家河，面对贫瘠的黄土地，西风用力吹沙舞时，他毫不犹豫；寂寞孤独静清香，他努力扛起了朝阳与炊烟纵横交融的生活，撸起袖子加油干。这是青年求真务实的开端，为更多青年竖起一面鲜艳旗帜，鞭策着一代代青年砥砺前行。不一样的青春，铺就了习总书记的成功之路。正当青春年少，血气方刚，我们任重道远。芳华几许，青春与信念抱团，成就英雄无数。

书籍是滋养少年身体和精神的最佳营养品。品读《梁家河》，领悟了爱读书成就人生的道理。无论条件多么艰苦，时间多么紧迫，读书是青年每天雷打不动的事情，那"30里借书，30里讨书"的生动故事历历在目。青年嗜书如命，涉猎广泛，从古典名著到现代经济，从国内文学到国外名著，逐一品读。他大量的阅读，奠定了丰富的理论积累量，四十多年后，他铿锵有力地提出了中华民族伟大复兴的中国梦。他博学多识，引经据典，彰显了对祖国优秀文化和历史传统的深刻认识，这也是新时代中国特色社会主义思想的基石。作为青年，读书与吃饭并重，我们要用书籍坚定信念、开阔眼界、沉潜思想、拓展情怀，用书籍来补足我们的精神之钙，用书籍填补我们的阅历之空白，用书籍指引我们的诗意和远方，用书籍成就伟大的中国梦。

　　树高千尺不忘根，这是一个青年的博大情怀，助推青年到国家总书记的完美蜕变。"作为一个人民公仆，陕北高原是我的根，因为这里培养出了我不变的信念：要为人民做实事！"这就是习总书记坚守的信念，也是我们青年要坚定的信念，这个信念就是为民造福的初心、追求真理的精神、埋头苦干的作风、攻坚克难的意志、民族复兴的梦想，始终保持敢打硬仗、敢啃硬骨头的精神，要锤炼党性、提升素质、坚定理想、立志成才。

　　一处处旧址、一件件实物、一个个故事，无不诉说着青年艰辛的七年知青生活，把我的思绪带回到那激情燃烧的岁月。面对群众贫穷的生活，带领群众建铁业社、缝衣社、代销社、磨坊，修沼气池，打淤地坝，就是这样一步一个脚印做出来的。若干年后，在十九大报告中，习近平总书记对青年提出了"志存高远，脚踏实地"的谆谆教诲。这是习总书记用实践警醒我们广大青年，要坚定理想信念，立志成才，脚踏实地去干好每件小事，久久为功，最终会顺利到达目的地。青年敢于担当，带领村民办合作社、建沼气池、打水井，村里的面貌发生了翻天覆地的变化。遇到困难，从不退却，想方设法，解决一切难题，帮助了村民便利采购，用上沼气。这就是一位风华青年的担当，不怕吃苦，不怕吃亏，实实在在做事，铺就了通向远方的康庄大道，完成了青年到总书记的华丽转身。祝贺，这位青年成功了！

　　雨水滴答，浸润着梁家河的沟沟坎坎，生命蓬勃；

　　青春如歌，荡涤人生岁月的阴晴风雨，光芒闪烁。

2018年6月22日

花香清浅自飘远

——任毓萍《花漾浅浅》序

  初冬掩盖了树和草的芳华，却给了月季花生命的力量。行走在月季花园，枝叶葱郁，俨然藏在闺中的温情女子，那一缕缠绵和娇羞，悄然从窗格子里钻进来。

  翻开任毓萍老师教育随笔集《花漾浅浅》，我倍感亲切，真像一本教育的"百草纲目"。很喜欢"花漾浅浅"这几个汉字，有诸多花朵在花园里叱咤风云的神韵，也有片片花瓣在时光洪流中一张一翕的灵动。花，美好的象征，幸福的表达。漾，自由的节拍，律动的波纹。浅浅，是通往深深的必经之路。"花漾浅浅"，蕴含着任老师对"月季朵朵红"班的付出和期许，饱含着老师对学生的呵护和欣赏，这就是教育最该有的模样，也是新教育在培新小学绽放的光彩。

  读完《花漾浅浅》的80篇教育随笔，我感慨颇多。书中每一篇随笔都是一幅曼妙的画，画面上都是月季开放的痕迹，也有诗情画意在花枝上蔓延，藏在画背后的就是沉甸甸的爱。任毓萍老师就是这爱的天使，她用智慧和细腻静静地呵护这些含苞待放的花儿，让他们在如花的校园里蓬勃生长。

  任毓萍老师用三年时间完成了华丽蜕变，成为新教育旅途蓬勃成长的佼佼者，让我仰视，让我惊叹。我的眼前仿佛重现，2018年7月14日她在全国新教育实验年会颁奖盛典的场景。在全国新教育实验年会的舞台上，来自全国各地两千多名新教育同仁齐聚文化武侯，共同见证她捧回"全国新教育实验榜样教师"十佳奖项，成为目前陕西省唯一荣获此殊荣的老师。

  三年来，汉滨区培新小学在全市中小学率先开启了新教育之旅，如今已花开满枝，璀璨耀眼。这源于校长程怀泉先生的高瞻远瞩，他用长者和智者的风度，为师生搭建了一个新平台，培育了一方新沃土，让教育荡漾起千种风韵，万般呢喃。任毓萍为老师们竖起了榜样，她沉潜新的教育理念，营造新的学习氛围，点亮了安康新教育的火种。

  新教育可以滋养育人环境。虽然教育改革的春风早已吹遍大江南北，但是教师教和学生学的落后模式依然还在校园里蔓延，这无疑是对教育的"隐形伤害"。三年前，新教育专家朱永新老师来到培新小学，让新教育在这里落地有声。这里的师生零距离聆听过曹文轩、汤素兰等著名作家的故事，享受着与书相伴快乐成长的甜蜜滋味。校园有着花园般的千姿百态，老师们在这里默默耕耘，求知若渴的学生在这里吸吮着丰富营养，把有限的小学学习生涯勾勒成书香萦绕的梦境。最好的教育就是激励每个孩子长成自己想要的样子，新教育正是秉承这样的理念，在全国各地蓬勃发展，也在培新校园崭露头角，成为兄弟学校仰慕的对象，备受家长与孩子的青睐和认可。

好学校可以点燃老师的激情。一位教师朋友曾多次在我面前抱怨，每天重复着给学生上课和放学这两件事情，真是单调乏味，感觉教书真没意思。难道教书就真的这么单调吗？非也。教师承担着教书育人的职责，任重道远。怎么教，必将影响到一代代人的前途和命运。每个学生都是每个家庭的未来和希望，作为老师，你就甘愿敷衍他们美好的人生吗？至少，培新小学的老师们不会。他们用新教育点燃了追梦的火焰，温暖着每个学生，让他们的童年在这里充实，在这里绚丽，在这里耀眼。职业幸福感就是你的付出换来你想要的结果，职业成就感就是你在付出中享受到收获的快乐。这里的每位老师，甘愿当好护花使者，用爱用心用情帮助学生茁壮成长。"我决定做一位在乎学生身心健康的教师，做一位阳光教师，让自己的教育生活有滋有味"（《一抹嫣红，安之如素》）。这是任毓萍老师从教的心愿，也是很多老师们共同的梦想。

好老师可以唤醒学生的心灵。"踹墙的那个学生，就那天发生的事情写了一篇日记，他向我主动承认了自己的错误，并对我的处理表示感激，向替他擦去脚印的同学表示了真诚的感谢。看着这篇日记，我暗叹自己处理这件事情时能冷静下来"（《草香袭袭，炽烈地飞舞》）。读到这样的文字，我的心从冷到暖，瞬间为他的醒悟拍手叫好。这个孩子是幸运的,他遇见了最好的老师。现实生活中很多老师，包括我在内，都曾有过粗鲁的处理问题方式，都曾不经意间伤害过"踹墙的孩子"。正是因为新教育在任老师的心中深深扎根，她可以机智地处理学生出现的任何异状。正是她的机智灵活，唤醒了一个个并不"完美"的孩子。没有哪个学生天生就坏，好的教育就是唤醒学生的心灵，帮助他们越来越好，智慧地把他们引向想要去的地方。

好措施可以折射璀璨光芒。"借分借来了郑重的承诺。当我同意借给他分数时，他的心灵深处已经打动了，当他诚恳地接收'借分'合同时，他也就做出了郑重的承诺，克服了自身固有的惰性，必然为合同上的要求千方百计地完成计划并实现承诺,才有日后的竭诚进取和硕果累累。"（《吹开花蕾,你的生命之音》）"借分事件"着实让我看到新教育的璀璨光芒，分秒之间改变学生，激发热情，改变惰性，树立梦想，有着不可预测的魔力。书中还有很多值得老师借鉴的良策，也是帮助学生重拾自信、点燃梦想的捷径。教育最大的困境就是难以改变学生消极的学习态度，新教育给了老师们最好的方法。点燃学生的激情，梦想就会燃烧。昂首阔步，向着光亮那方，每个孩子都可以在路上。

读完《花漾浅浅》的那天清晨，我站在阳台遥望刚刚苏醒的安康城，道路两岸悬挂的中国结正散发着火红的光芒，给来往行人照亮了前行的路。我仿佛看见任毓萍老师脚步匆忙，正在用生命丈量着精彩纷呈的世界，用青春激情谱写着新教育实验的成果，用生命经纬线编织着超越生命的光华。我踮起脚跟，眺望远方，花香可以抵达的远方。

"新教育浇灌了那一颗潜藏在我体内的种子，让我的教育生活如夏花一般灿烂，让每一天灿若朝阳。"这是我们从教者内心的想法，也是我们追梦者努力绽放的光彩。与其在原地徘徊，不如仰起头，欣赏绽放的花蕾，吸吮它的馨香；抑或弯腰躬耕，播下一粒种子，用行动奏响生命之音，用满满的爱打造属于自己的幸福生活。

初冬并不寒冷，太阳伸开大手掌，抚摸着月季花簇，迎春花、海棠花、杜鹃花都在阳光里积蓄着力量。

我期待着远方，那个百花争艳的春天。

是为序。

2018 年 12 月 1 日

开一扇窗，朝着光亮那方

——读吕志军《温暖的窗》

窗外，是狭窄的阳台，阳台上摆放着大大小小的花盆，花盆里长着一株长寿花，花骨朵紧紧挨在一起，如红色的小星星，在风里摇曳着。一起摇曳的还有一个安静的女子，轻倚窗台，手捧书卷，呒着馨香，她想把居家无聊的日子拉长，让岁月在书页里停歇。

每天关注天气，也关注书架上的各种书籍。读书就是生活最好的方式，她安然自若地迎来一缕缕朝阳，送走一片片夕阳，把珍贵的日子涂抹成婀娜多姿的彩色。这色彩有蓝有绿，有风有雨，有花有果，有喜有忧，有聚有散，有冷有暖，这是她读完吕志军先生的散文集《温暖的窗》后，内心深处镌刻的画面，绚丽而简单，繁华而朴素。

文学最大的目的是要使人变得更好。无论是中国的文学艺术还是西方的文学艺术，都在用不同的方式表达着这个主题。志军先生的散文和小说也是以此为圆心展开的。

"如果可以平静地生活，那就让教育做夏日的风，文学做冬天的火。吕志军，一个寂寂无闻，在文字里热爱生命的传媒人。"这句话印在吕志军新书的书舌上，道出了他与文字的情愫和缘分。无疑，正是他的文字散发出的磁性，透过文字的内核，让我读懂了他对于生命的态度，这是一位真正的作家应该具有的儒雅和敏感，也是一个人应有的高度和担当。

月光如水暖人心，尘埃点点无处藏，这是《温暖的窗》在我心上投射的光芒。这是一扇皎洁之窗，透明，清晰，一如我眼前的玻璃窗，可以映射出生命的轮廓，还可以反射心灵的底色。无论是《人情冷暖》《一见钟情》，还是《触景生情》，都为我开启了一扇人性之窗，这扇窗既是通往高尚的必经之路，亦是通往道义的温暖之窗。

"每每累了倦了伤了痛了，就泡一杯茶，浸润在茶香里，疗救也罢，自苦也罢，反省也罢，都可以沉静下来，享受茶，也享受一下脱离喧嚣的自己。这时候自己才是真的，没有被污染，没有被左右，清醒地活着。"(《泡杯茶吧，氤氲自己》)这样的茶，我们每个人都需要品尝，都渴望拥有。这茶里，氤氲着生命的光华——人生在世，能清醒地活着，品自己的茶，品别人的茶，吸吮茶的芳香，享受茶的味道。

"黑暗是暂时的，而心里的亮堂，足以照亮人生的路途。不管身处逆境，还是被邪恶围困，不管路途有同伴还是独行，正义与良知，足以温暖自己，也照亮别人。点亮心灯，就是坚守不灭的信念，不因一时的黑暗而泯灭自己的真诚，辜负更多的善良与美好。这就是品质。"(《点一盏心灯》)灯是光明的使者，是黑夜的驱散器，是前行的路标；每个人都需要一盏灯，既照亮自己，也照亮别人；既照亮现在，也照亮未来。

巴金的《灯》也曾这样写道："我想起了另一位友人的故事：他怀着满心难治的伤痛和必死之心，投到江南的一条河里。到了水中，他听见一声叫喊（'救人啊！'），看见一点灯光，模糊中他还听见一阵喧闹，以后便失去知觉。醒过来时他发觉自己躺在一个陌生人的家中，桌上一盏油灯，眼前几张诚恳、亲切的脸。'这人间毕竟还有温暖，'他感激地想着，从此他改变了生活态度。'绝望'没有了，'悲观'消失了，他成了一个热爱生命的积极的人。这已经是二三十年前的事了。我最近还见到这位朋友。那一点灯光居然鼓舞一个出门求死的人多活了这许多年，而且使他到现在还活得健壮。我没有跟他重谈起灯光的话。但是我想，那一点微光一定还在他的心灵中摇晃。"(巴金的《灯》)

这就是灯光的魅力，穿越时代的禁锢，超脱痛苦的枷锁。这盏灯，哪管微弱和强烈，都依偎着真诚和美好，散发出幸福和温暖。"在这人间，灯光是不会灭的——我想着，想着，不觉对着山那边微笑了。"这是巴金的《灯》的生命；"有黑暗的地方，就有人性的光芒。善良总归是善良，它不会因被欺侮而减色或消亡。"这是志军笔下的灯。不管是巴金笔下的那盏煤油灯，还是志军笔下的这盏灯，都在这个浮躁的社会中，成为凡夫俗子的救命稻草。更难能可贵的是，志军先生心中的那盏灯，和巴金先生心中的那盏灯一样，都是不会灭的，都会散发同样的光芒。

"每一盏灯火的背后，总有一个不眠的夜晚。"这句话印在志军的散文集《温暖的窗》的封底上，成为蓝色封面最好的点缀。我一遍一遍地朗读着，窗外的绿色树叶在这些文字上跳跃，书中的情节在阳光里出乎意外地变化着，而生命只有经得起风霜雨雪，才会透出它的光泽。这就是志军的人生哲学和创作方向。

我在志军的文字里，读到了奥斯特洛夫斯基的味道："我们从我们心灵中除掉严寒的最后的痕迹，去迎接太阳。"他用光明的双眼捕捉生活的冷与暖，讲述人生的喜与悲。故事里，有爱情的辛酸，有生活的凄苦，亦有人性的灼热与温度。

他用跌宕起伏的情节，异常多变的环境，想象丰满的画面，为我们除掉生命的严寒。精神的严寒，引领我们去发现光明，迎接太阳。

比如《大雪飞扬》的结尾，"当视线移往被大雪压断了树枝的松树时，我惊呆了：有一个身穿绿毛衣的女子，正静静地站在树下，她的手搭在额上，专注地看着月亮，像一尊雕塑。"这样的画面是无拘无束的，这样的结局是静美致远的。它定格了作者心中对光明的仰望，对爱情的渴望，对美好的憧憬，也流露出现实的沧桑与寒冷，勾勒出环境的恶劣与冷漠。大雪折断了松枝，寒冷袭落了花草，而洁净与高尚，现实与梦想，定格成稳固的雕像，水冲不淡，泪抹不褪色，安静地矗立在人生的丰碑上。

高尔基说："当一个作家深切地感到自己和人民的血肉联系的时候，这就会给他以美和力量。"志军的文字总是带给我这样的美和力量。"他的左手里攥着一个打火机。右手半蜷着，支着下巴，支持着那双痴望窗外的眼，一双浑浊了，但渴望的眼。窗外，是他的整个世界。"（《温暖的窗棂》）"每个人的苦，只有他自己知道，别人看着幸福，他自己未必幸福，别人看着可怜，他自己未必可怜。"（《大雪飞扬》）人是矛盾体，幸福与痛苦，结伴而生。我们总是在喜与忧中散步，如果透过幸福的窗，看到的幸福会比烦恼多。当然，更要尊重自己的内心，做你最应该做的事，走你最应该走的路，赏你最喜欢的风景，永远向着最光亮的地方。

很多作家都有一个朴素的愿望，以善为纸，以真为笔，在自己的田野上耕耘，让阳光朗照。

每个人都想为自己打开一扇窗，朝着有光亮的地方，可以听雨打芭蕉，可以看云卷云舒。

月影婆娑，我只想做一个安静的女子，静倚着窗。窗外，那株长寿花的叶子太漂亮了，绿色在光里面跳动着，花朵儿在光里面跳动着，我的心也在光里面跳动着，没有办法停下来。

2019 年 2 月 21 日

找准坐标，用心去爱

——读朱永新《致教师》有感

读书是编织生活的最好方式。

"世界上最复杂的，是人。教师职业面对的是最深邃的世界——人的心灵。"居家的日子，我反复咀嚼着这句话，总希望能读出新意。再次捧起朱永新先生的著作《致教师》，我一次次大声朗读印在封底的这句话，深深领悟教师职业的责任感和使命感。

很喜欢拜读朱老师的教育专著，是因为他暖暖的文字里涌动着教育的温度、追求的深度、人生的高度。他是一个为教育而生的人，教育因他而绚烂。他对教育的不懈追求与执着行动，感动着千千万万人，引领着千千万万教师，唤醒了很多在教育路上迷茫的人，一步步成为教育坐标系上那颗耀眼的星，照亮了教育的天空。

我正是这样的受益者，多次购买朱永新老师的教育著作。尤其是 2018 年 9 月，重新回到三尺讲台上，一次性买了五本朱老师的著作。最喜欢《致教师》这本书，它为我打开了一扇窗，一扇通往优秀教师之路的窗。

这本书分四个章节，分别是"给我一个做教师的理由""借我一双好教师的慧眼""愿我书写一部教师的生命传奇""让我们过一种幸福完整的教育生活"。每篇文章都是朱老师写给一线老师的回信，有关于工作态度的，有关于偶像崇拜的，有关于人生困惑的，也有关于教师成长的。总之，朱老师用饱含温度和热度的文字，为四十六位一线老师解答了工作和生活的疑惑，并鼓励他们坚定信念，找准坐标，用心去爱，书写教育的传奇人生，过一种幸福完整的教育生活。

翻开第一篇《为自己赢得心灵的自由》，朱老师把充满故事的曼德拉勾勒成诸多读者朋友共同的好老师，着实让人仰慕。很喜欢这句话：生命的意义不仅是活着，而是我们给别人的生命带来了何种不同。这决定了我们人生的意义。所谓"活着"，就是让自己的生命延续下去；"给别人的生命带来了何种不同"，这就决定了人生的高度和厚度，为社会带来价值。

作为教师，职业要求决定了我们的人生意义，要给别人的生命带来不同。教师的一言一行都可能直接给学生带来不同影响，教师必须有丰富的爱，源自生命深处的爱，源自善良心灵的爱，源自职业幸福的爱，去爱学生，爱自己，爱世界。

《致教育》教会老师何如去爱。爱是教育的源泉，一切精彩均源于爱。爱这份职业，就注定了坚守；爱工作岗位，就注定无怨无悔；爱每个学生，就不会厚此薄彼；爱我所爱，就会努力做一个有境界的教师。如何才能做到有境界呢？为人和善，宽厚待人，不畏风雨，永不言弃。

微笑是教师为人和善的标志，倾听是教师宽厚待人的方式。老师的微笑，能缩短与学生之间的距离，能唤醒学生的激情，能点燃学生的求知欲。

记得一次语文课，我正在指导阅读《去年的树》，一个不爱说话的男孩子正心不在焉，眼睛直勾勾地望着窗外，一副漠视一切的样子。我轻轻地走到他身边，弯下腰，微笑地轻声对他说："孩子，你看到了什么？"

"老师，我在想去年的那棵树，它真倒霉，被人类砍伐，生命就没了。"

"你真是一个善良的孩子。"

正是我的和善，减少了一份曲解。读懂孩子的心灵世界，既需要尊重孩子，也需要蹲下身子，耐心倾听。

真正的勇者，为了使命，明知不可为而为之。一线老师，也有责怪现实、抱怨社会之类。如何在这样的群体里做到永不言弃？这就是你的境界。如中国女排，在2016年里约奥运会中，明知不会赢，郎导却鼓励队员一拼到底，赢到了最后，让世界震惊。这就是曼德拉精神，"任何时候，我都不会也不可能向悲观低头。向悲观低头就意味着失败和死亡。"曼德拉就是这样走向人生巅峰的，朱永新老师也是这样走向人生巅峰的，坚持不懈是他成功的方法。

"真正的信仰是最为炽热的希望，既能在厄运里鼓起勇气，也能在幸运里激荡乐观。就像生命中的太阳，任何境况下的人生都会因此温暖明亮，并指引着生命中的那个远方。"曼德拉在大牢里，坚持用简练的线条、明快的颜色画下了当时的生活，八十四岁那年，他将这些"牢画"做了一个画展，赢得世界的关注。即使在生命最黑暗的时刻，只要眼里有光明，心中就有希望。

很多时候，我们都输给了挂在嘴边的"不可能"，跌倒于抛弃信仰，败给了不努力。不幸的人各有各的不幸，幸运的人大抵相同，那就是用心去对待每一次机会，并努力拼到底。成功就是善于抓住机会，并努力往前走。

或许，有人会说，作为老师，你永远不可能向曼德拉一样，能够赢得那样精彩的人生。事实上，说这话的人，他已经输了，输在了思想的境界，输在了前行的方向，输在了攀登的勇气。哪有人会随随便便成功，每个人的精彩都是奋斗而来的。每个老师，只要找准坐标，用心去爱，就会收获满满的幸福。

  我坐在阳台，捧着《致教师》这本书，认真咀嚼，每一行文字犹如窗外灿烂的阳光，温暖我的心，带给我前行的力量。栖息在阳台的花儿，在阳光里，蓬勃生长，内心安静，十分惬意。花和人一样，只要有阳光的抚摸，枝叶就会茂盛，花苞自会绽放。

2019 年 2 月 23 日

善是人类铿锵挺拔的精神高地

透亮的窗外，传来第一声鸟鸣，仿佛刹那间惊醒了秦巴山区沉睡的生灵。

在这最安静闲适的时光里，我捧着李春平老师沉甸甸的长篇小说《盐味》，有种如获至宝的满足和幸福。

仔细端详着封面上镶嵌着银白色的蜿蜒道路的深蓝色背景，触摸着封面略显粗糙的凹凸不平，多像一粒粒不规则的盐巴，散落在巴山高高低低的沟壑和山涧；又像是巴山深处一代代盐背子，踩踏出的深深浅浅大大小小的脚印，这或许是生活在这里的人们留下的物质痕迹和精神魅力，让人肃然仰视。

《盐味》是李春平老师《盐道》的姊妹篇小说，曲曲折折的故事依然围绕着"盐"字铺展开来，曲折地讲述了盐背子的生活故事。小说构思精妙而奇丽，以诡异的想象、诗化的语言书写盐道上的世事奇观，具有深远的历史和现实意义。盐道文化有着几千年的悠久历史，盐背子是大巴山里很古老的职业，随着社会演变，这段历史即将远离人们的视线，但是盐背子那些震撼人心的故事和不想屈服命运的精神，却从来不会远去。

如果说盐是生活调味之王，那么善就是人性之王。善是人类最高贵的品格，贯穿在这部小说里。善是故事情节和人物形象最完美的融合，散发着诱人的芳香。背盐，考验的不仅是筋肉的坚硬、力量的强大，更是考验生与死的立场、人性的高尚和灵魂的韧性。人生之路并不算长，每个脚印将落向何处不可预测，正如人类的发展一样步履维艰。而这条安静而古老的盐道，一直默默散发着善味，伴随着历史前行，推动着时代进步。

透过小说精致的文字，我的眼睛总是被这样的画面吸引。那些经得起风雨洗礼的盐背子，高昂着头，不畏贫穷，愈挫愈勇，带着风度行走。他们看不见自己肩头的勒痕，看不见那些险峻陡峭的山岩，眼里只有那些或明或暗的月色，还有同行的男女老少在盐道上被时光打磨出的善味。流淌在巴山人的血液里，犹如巴山深处的大树，无所谓环境的优劣，始终保持着勇于攀援的韧性，蘸着生命的血液和泪滴,用百姓苦辣酸甜的平凡日子,谱写了那个时代的生活味道。安静得听不见灵魂的呻吟,古老得无法计算历史的长短,厚重得可以承接岁月的经纬,勾勒出这里的居民崇高的境界、纯净的品格、忠贞的情感和对生活的挚爱,犹如一株长在悬崖绝壁的树,无比坚强,高高矗立。

　　骨子里的善是小说《盐味》诸多人物共有的人格魅力,无论从哪个角度欣赏都让人仰视。就说小说一号人物林万春,貌似一生都在为钞票而奋斗,但是钱并没有掩盖他骨子里的善。相反,在那样贫穷的过往里,他在艰难地呼吸,捕捉盐分子里熠熠生辉的光泽,让一位英雄版的盐背子从群体中脱颖而出。为了帮助发小张迎风,他去说服张奶奶和张妈让张迎风和他一起背盐,张迎风是张家唯一的男人,被张奶奶和张妈视为掌上明珠般的宝贝,要说服她们该有多大的难度,但是他做到了。当好兄弟张迎风和他一起背盐,途中没了消息,为了给张妈和任香悦一个交代,甘愿踏遍沟沟坎坎,背着让人毛骨悚然的死尸回到张家。为了满足张妈"赔偿儿子"的苛刻要求,他遵守承诺,甘愿给张家当儿子,履行儿子的义务,撑起了崩塌的家;当得知张迎风还活着时,为了迎风的美好未来,他处处雪中送炭,随时有求必应;当张迎风回家后,为了张家的和谐美满,他甘愿静默离开,远远地守护着任香悦,在心底做彼此的天使,成为张家真正道义上的好儿子。为了哥哥林万豪能享受优待,甘愿每次偷着替哥哥林万豪付住店钱,并一起吃晚餐;为了实现老友鄂老板的遗愿,甘愿与鄂女成亲,继续经营盐味么店子,用勤劳和智慧努力经营,得以蓬勃发展。为了帮助岳母陈氏淡忘丧夫之痛,排遣厚重的孤独,他勇敢调解爱妻与岳母之间因为"坚守贞节"而产生的厚重隔阂,默默为岳母陈氏与左木匠创造机会,情感上接受他们交往,生活中照顾他们……

　　人性至善,生活就有味。小说《盐味》满溢出的善性,着实感人,成为串联小说人物的红丝线。小说中,自始至终,最孤独的要数张奶奶和张妈。她们永远坚守爱情的忠贞,把对丈夫的厚爱化作对家的深深眷恋,倾注成对张迎风浓浓的爱。那句"活要见人、死要见尸"的铿锵有力,她们始终对张迎风百般宠爱,更是对已去的丈夫最好的缅怀。她们贤惠、勤劳、顾家,处处宽容体贴,处处身先士卒,这是中国女性共有的美德,代代相传。又比如年轻貌美的遗孀欧阳苦尽,即使她完全识破了其中善意的谎言欺骗,而为了成全赵钱易家庭的完满,她甘愿做出牺牲,甘愿当替代品被输掉,改嫁从未谋面的吴满江,甘愿用自己的担当成人之美,并坚持偶尔回来看望年老体弱、孤独无依的公公婆婆,让老人老有所依。情满则溢,善性始终贯穿在这部小说跌宕起伏的故事情节中,也折射出柔弱女性勇敢担当的性格,让人物形象栩栩如生,触动读者最柔软的心田。

　　一个作家,恰如其分地把善魂默默融入小说里,融入这个时代的各种群体之中，用疼到不知疼的文字，将生活的冷暖和现实的残酷描绘出来，让人类之魂在血与泪之中洗涤，再从文字里延伸到世界各处，必将在历史长河中回响。李春平老师做到了，他摒弃了仰视或俯视的角度，选择用同行者的视角，与小说人物一直同行在理想与现实之间，一起放逐在求生的原野，一起同苦难抗争，彰显出钢铁一般的生命意志。这不仅仅是一个作家的风度，也是灵魂的风度，更是文学的风度、时代的风度。李春平老师的《盐道》所散发出的善魂，没有丝毫的矫揉造作，而是作家那种悲悯的情怀在小说中的自然流露，这是一个作家应当具备的最高情怀。

"大巴山最有味的不是山，也不是水，而是盐。盐有味，因盐而生的故事也是有味的。"这是小说《盐味》中的点睛之笔，也是读完后我反复咀嚼的善味。李老师就是这样折服读者的，用文字的力量塑造底层劳动者的善品，记录他们坚定而执着地改变命运的善性，用骨子里的善魂滋养他们积极向上的坚忍精神，让他们从复杂的社会、经济和文化里脱颖而出。尤其是那些不辞劳苦的盐背子，用善味遮挡盐道的凄风苦雨，用善品丈量人生的悲欢离合，用善性勾勒人性的清晰轮廓，用善魂诠释荡气回肠的民俗民风，犹如一粒粒种子，播撒在青山绿水间，在阳光和水分的滋养中逐渐成长。掩卷沉思，我的心依然浸透在这善的营养中，我的脑海里翻滚着巴山人之魂，仿佛不经意间穿越时空，涌进历史的心房，荡气回肠。

善是人类铿锵挺拔的精神高地，亦是历史辗转前行的精神骨力，品之有味，馨香怡人。

2019 年 5 月 2 日

文学是近在咫尺的精神背景墙

这些年,唯一坚持下来的就是两件事,一是教书育人,二是读书写作。

很喜欢尼采的这句话:"人类的生命,不能以时间长短来衡量,心中充满爱时,刹那即是永恒。"我也如法炮制了一句:"人生的价值,不能以知识多少来标榜,倾尽全力去爱,一日即为终身。"爱在左,情在右,爱学生,爱家人,爱朋友,爱遇见的每个人,爱生活中所有的美好。于我而言,一生只能这样简单平凡,很努力,用心为学生撑起一片天,用爱为文学开辟一方田。文学贯穿在工作中,激励学生读书,指导学生读书,并把家里藏书带到学校,陪伴学生一起读,感觉文学与生活如胶似漆,滋养着我和学生健康快乐成长。不仅是我,很多教师都是热爱文学的,很多热爱文学的老师也像我一样一直坚守初心,因为我们都品尝到文学是净化心灵和滋养人生最好的琼浆。

对于文学,我一直处在"学徒期",找不到合适的门径,徘徊在门外。从八九岁开始写日记,记录生活的贫穷与艰难,讲述童年的辛酸与过往,三十多年来一如既往,虽然固守平淡,但整个过程还是愉悦而幸福的。有时候因为没什么可记录的,便想尽千方百计地借书读,央求父母买书读,而这些故事都在我的日记里呈现出痴迷和欲望。中学时代就有日记见于报端,那是莫大的鼓励,也是促使我坚守几十年最大的动力。贫穷不怕,文学是治愈的良药。

尽管那时候写的无非是口号式的青春誓言,也有理想与现实落差的自我救赎。尤其是读师范开始,才有了夜以继日的阅读,才知道三层楼的图书馆是我追梦多年的天堂模样,也是我尽情阅读、打发时间、排遣饥饿的最好家园。文学在20世纪90年代,治愈了乡村少年太多的创伤,比如土里土气、直言不讳、自卑少语,甚至吃饭、打开水、站队都落在最后面,而那些富家子弟在宿舍的炫耀与显摆,都曾狭隘地认为那是对我刻意的打击。

读书真是最好的治愈。从《平凡的世界》里读懂了生活的不易,脚踏实地,做自己该做的事,努力超越昨天的自己,就好。那个阶段,读书是上课之外最钟情的事儿。还养成了一个好习惯，读完一本书写一篇读后感，至今都是这样。现在偶尔翻阅那些潦草而凌乱、稚拙而真实的文字，竟然也有几分惬意。爱读书，会读书，读好书，偶尔改变，常常安慰，也为人生增色添彩。

　　社会辗转，历史翻越，文学必须紧跟时代的步伐。我不再为贫穷的过去抒情，也不想再讴歌农耕时代的伟大，毕竟当下所有的叙事都要紧跟历史的潮流。对于执着于文学的我来说，进入了"热恋期"。每天在青春岁月里高歌，在浩瀚广阔的文学世界遨游，在汉江边散步赏景，在宽宽窄窄的街头巷尾邂逅陌生人，在拥挤不堪的人群里眺望，在繁华而喧嚣的网络世界游走，在永远看不厌也看不完的书页间行走、沉醉、沉潜，便有所依。常常用真实的文字来描摹和叙述，用广义的思维去理解或窥探，用成年人的视角去俯视或仰视，感觉文学近在咫尺，是生活最好的"背景墙"，不是吗？

　　买书不再是最奢侈的开支，读书人不再是躲在角落里的"另类"。在安康，这座小城，读书吧比横跨在汉江上的大桥多很多，图书数量足以满足老人或孩子、青年或中年人读书的愿望，各个读书吧都是座无虚席，这是我亲身经历之后的感慨。文学已经渗透进百姓人家，滋养着一代代人学着强大，各种征文活动此起彼伏，稿件质量日臻上乘，这就是今天的文学应有的模样。文学不是一个人的事儿，而是一个城市、一个国家繁荣兴衰的大事。如果每个人都在文学的世界里热情地汲取，慷慨地付出，社会文明就会进步，生活质量就会提升，就连小偷都会懊恼地反思，改过自新。真可实现："吾日三省吾身，为人谋而不忠乎？"

　　生活一直是文学最好的来源和归宿。文学始终弥漫着生活的酸甜与芬芳。习总书记强调，当代的作家要讲好中国故事，讴歌这个美好的时代，他为每一位文学爱好者提出了写作的目标。安康自然资源条件得天独厚：碧蓝的天空，清澈的江水，便捷的交通，勤劳的人民在这块肥沃的土地上耕耘着。文学不需要隔岸观火，只有脚踩土地，贴近生活，走进人群，才能捕捉到生活真实的味道。

　　尽管我们的物质生活逐渐富裕，但并不是所有人都是吃穿不愁，作家也要透过生活的表象看到生活的本质。脱贫攻坚，安康人齐心协力，上交了满意答卷；飞机试飞，安康人不顾风雨，日夜奋战。三百多万安康人，一直都是勤劳勇敢的，经得起考验。而这些存在的生活，不需要作家架起喇叭高唱颂歌，而是应该担起责任，捕捉故事的原点和亮点，关注生活的变化，勾勒心中的风景。文学以生活为背景，再用艺术和技巧，把文学拔得高一点，让文学的意义广一点，作家责无旁贷。当然也不是说每个人都要像李白、杜甫、苏轼那样璀璨，只要选择适合自己的领域，用自己喜欢的方式记录、书写，让文学不缺席就够了，能熠熠生辉当然更好。

我常常想，这居家日子里，即使是一栋非常老旧的居民楼里，也一定有读书的背影。阳台上的迎春花开了，花盆里的长寿花长花骨朵儿了，楼下的樱花簇簇拥拥，而此刻，你和我可能一样，正坐在这样的窗前，敲打着键盘，书写着居家的感言和读书的体会。文学近在咫尺，只要坚持阅读和写作，感觉整个灵魂都裸露在阳光下，感受生活暖意融融，精神世界满足而富有，特别而深刻，难以忘怀。

　　文学能消融迷茫，给人类指明方向。回顾我的青春岁月，如果没有文学作伴，便是两手空空，一无所有。今天的你我都可以拿起笔，看一看，想一想，不妨问一问自己，你的眼里有风景吗？你的心中有怜悯吗？你的思维有经纬吗？笔下的文字，就像一日三餐，精心制作，恰到好处，才美味可口。文学是值得人一辈子去追求而无法改变的梦想，尽管我只是一个痴迷者和初学者，愿用一生时间徜徉漫步，缓解岁月沧桑带来的憔悴和迷茫，因为腹有诗书气自华。

　　往事越千年，文学永生辉。万千世界，自有日常生活的繁杂和琐碎，也有精神领域的简单与超然。愿文学与生活并行，时代和精神同构，让文学成为我们近在咫尺的精神背景墙。

2020 年 2 月 3 日

乡村风景是驰骋世界最厚重的精神原点

范墩子,久仰大名,真正认识是去年 12 月底相遇在陕师大校园里。他,90后青年才俊,用柔韧的文字旋转视野的角度,用赤诚的情感支撑脚步纵横世界,早早攀援上文字堆积而成的金字塔。品读他的散文,我感到自己的渺小和稚嫩,一直站在塔底仰视着墩子。认真拜读了他的散文《这不过是春天》,这是作者童年记忆里最珍贵的乡村风景,有山有水,有迎面而来的野风,高大的洋槐树,还有野风吹过草木瑟瑟发抖犹如海浪翻涌的画面。野风拂过,一位少年紧紧拽住乡村的灵魂,行走在尘土飞扬的昏暗里,与野风一起奔跑,但始终跑不出乡村的南北西东。这就是墩子心中最美的乡村记忆,仿佛把我也带入纯美而久远的童年时代。

活泼的语言形式里,饱含着对童年的怀念

"我躺在半坡上往下滚,感觉天空就在我的头顶,伸手就能抓到白云,晨光并不刺眼,一旁的崖上落了很多鸟,并不叫唤。滚到下面的平缓处,我平躺在地,遥远地看天,仍能看到一些星星,我在脑袋里想着它们落下来的情景。""我"是这般闲适,可以在自然的天幕里尽情享受着田野的欢乐,这仿佛是童年的"专利",想干什么就干什么,如此惬意。

"像雨滴一样纷纷掉落在沟里,孩子们抢着将星星捡回去,放在院落里的窗台上,给家中的小猫小狗看。没想到这一笑,竟把一地的草香吸进了肚子里。青草的香味湿漉漉的,挂着月影,这可真叫我自在。"这怡然自乐的乡村风景,是深扎在我心里的根。"你想要星星,我就给你摘吧",每个人都有过这样的奢望,墩子用这篇散文再次回放了美好的童真,那种不知天高地厚,随心所欲的天性,那是我们的精神原点。

"我爬起身来,学羊在地上跑,这里闻闻,那边闻闻,不时再抬起头,看看头顶的云。当风微微吹拂时,这片寂寞的沟,似乎到处都能闻到青草的香味了。

我没去过草原，但我想，沟里的草香和草原的草香肯定是不同的。"这是墩子心灵中独有的草香，也是他心扉上永远弥漫芬芳的草香，更是世界上最清淡而又最诗意的草香，任何时候，想想都会有香气扑鼻，亦会有沉醉其中的向往和惆怅。

"伸手就能抓到白云""孩子们抢着将星星捡回去""我想想，也笑笑。没想到这一笑，竟把一地的草香吸进了肚子里。"这些活泼随性的文字里饱含了作者对童年的深深怀念，那是作者无忧无虑的生活记忆，天真烂漫的快乐印记，融入自然的温馨，自由驰骋的想象，自言自语的满足……一切都符合少年的口吻、多变的视角、乡村的朴素，带着儿时孕育的梦在野风里追逐，没有青涩少年的娇羞，没有苛刻的约束，也没有成年人思维定式的羁绊。作者就在这样的乡村里与野风接吻，在蓝天和白云里自由深呼吸，与风儿一起赛跑，在花草树木和牛羊的陪伴中快乐长大了。

朴素的自然风景里，折射出深刻的哲思

"草香在沟里是可以看见的。阳光下，露珠在草叶上闪烁着清亮亮的光，滴落在地时，像绿色的墨滴被抖落，连空气都被染成青草的颜色。花朵在朝着云笑，风从沟里走过时，草香里就能听见一地悦耳的笑声，像娃娃们在耍。"这是乡村编织出的朴素的自然动态，浓郁的情感从文字里流淌出来，把心寄托给土地，把情融入故乡，才能读懂风景的内涵。

"这是沟里最美的季节，阳光灿灿，坡地青翠如毯，鸟雀在天上欢叫，怒放的花儿正铆足了劲，在风中抖落身上的尘土。远方的风是透明的，可风一旦将远方的梦携到这里来，就被无垠的沟野染上颜色，而显得生机盎然了。"四季风景不同，四时之境各异，春季的希望是最美的，青春的梦想是最美的，天人合一的境界是最美的，这是自然的馈赠和给予，也是人与自然和谐共处的缩影。

"沟里的草多是杂草，野草，各种没名没姓没有来路的草，但这片沟却是我的天堂，我爱这沟里的每一株草。沟里的草香，不那么热烈，也不那么浓郁，而是一种极为清淡的香味，只有你把心交给大地，方才能闻见青草的味道。"每一株草都是一个生命，都自带清淡的芳香，只有用心才能吸吮到。这沟是草的天堂，也是我的天堂，我们一起在这条沟里成长。

《这不过是春天》就像清晰的黑白电影缓缓而过，散发着淡淡的清香，读之有味，思之有情，蕴含着深刻的哲思，在读者心中熠熠闪光。地球是运动的，万事万物都是运动的，所有生命都是有灵性的，值得欣赏和爱惜。墩子平实无华的文字蘸着乡村的露珠，蘸着青草的香味，携裹着浓郁的情思，在田野自由驰骋。生命至上，即使经受风吹雨打，也要战胜艰难困苦，在追求中彰显生命的芳华。

诗意的乡村沟野里，流露出对生命的敬畏

"在这偏远的地方，草香叫人安宁，很快就会忘了昨日的不快。朝四处望去，每一株不起眼的小草都意气风发，如同士兵在风中唱歌。花儿的脸上永远挂着笑容，它们似乎从来都没有烦恼，太阳升高时，它们就笑得更欢了。"所有生命都是大地母亲的孩子，在大地上欢快舞蹈，让生命之光绽放，这是对生命最好的敬畏。人会悲伤，情会落泪，但"草香叫人安宁"，这是乡村最香最香的草，能让人释放烦恼，于万物都是天然的营养品，润泽乡村的生命，这是生命的春天，也是春天的生命，这是生命的最高境界。

"穿行在密匝匝的洋槐树林中，阳光从树枝间漏下来，亮灿灿的，雾气朝四野散去，露珠不时会被鸟声震落在头上。朝前走时，见前头竟有一地野花，急忙跑去探看，才发现是阳光在草丛间跳跃。"太阳真是所有生物的女神，轻轻一挥手，就把爱和暖洒向整个大地。它至高无上，大公无私，不溺爱，不偏左，不偏右，不嫌穷爱富，任何时候给予每个人都是一样的温暖，给予每个生物都是一样的平等。

"青翠的野草遍地疯跑，我躲着那些高昂着额头的野草走，生怕踩坏了它们，但总体而言，这里的大多数野草都经得起踩踏。"人生天地间，忽如远行客。野草是乡村的点缀和骄傲，高昂着头，一直朝着光亮那方。"经得起踩踏"，这是生命的力量与韧性，值得尊重和珍惜。野草是春天的标志物，春草年年绿，这是生命的蓬勃。野草遍地疯跑，是为生命着色，为沟野舞蹈，荡漾着生命的光泽。

春是万物勃发，春是播种希望。怀着生命的激情出发，在这样的春天里行走，人生值得。东风吹不破少年的梦想，坚守赤子之心，墩子一直在春风的隧道里远行。他用文字勾勒出一幅朴实无华的乡土画卷，展示了不同寻常的成长轨迹，真诚而坦率地流露出对过往的真切缅怀，有憧憬向往，有苦闷迷茫，有情感满溢，有梦想飘扬，这是青年才俊对社会的独特体察、对情感的倾诉表达、对生命的敬畏以及对人生哲理的深刻感悟，亦是对精神原点最深邃的诠释，这就是墩子散文真正的魅力。《这不过是春天》既是墩子对童年的追忆，对乡村变化和发展的诗意素描，也是思想的沉潜和心灵的慰藉，更是作者驰骋世界最厚重的精神原点。

2020 年 2 月 5 日

爱和责任是人性最美的盔甲

人生没有最好，只有不懈努力，才有更好的模样。

蜗居在家，读书成为我每天的必修课。重读了儿童文学《小王子》，仿佛被带进了久违的快乐童年，体验到孩提时的异想天开，消融了禁锢的莫大孤独。

《小王子》是法国著名作家圣·埃克苏佩里创作的一部童话小说，是20世纪最伟大的童话著作之一。它的故事情节简洁而清晰，主要讲述了来自遥远星球的小王子，因为与他的玫瑰花闹了点小矛盾，于是离开他的星球开始独自旅行。他拜访了一个个星球，见到了一个个"奇怪的人"，不明白这些人忙忙碌碌到底在追求什么，于是又来到地球，与地球人"我"建立了真挚的友谊。最后，他告别了朋友，又回到自己的星球。

真爱难求，遇见了就用一生去守护。我最喜欢书中这段最精彩的话："没有人能为你们去死。至于我的那朵玫瑰花，一个普通的过路人肯定以为她和你们一样。可是，她单独一朵就比你们全体都重要，因为是我给她浇的水，我给她盖的玻璃罩，我用屏风把她保护起来的，她身上的毛虫是我除灭的。因为我倾听过她的抱怨和吹嘘，甚至有时是我聆听着她的沉默。因为她是我的玫瑰花。"这是小王子的一段真情告白，这何尝不是我们都曾有过的一次经历？遇见最爱，肩负责任，并用一辈子来精心呵护这独一无二的爱，这何尝不是幸福的所在？

爱是人类与世界相处的最好方式，责任是指引人类前行的风向标。透过小王子的告白，我品出了他淡淡的哀愁，亦读懂了不管行走在哪条路上，爱和责任都是人性最美的盔甲。

与世界同行，常常先苦后甜。无论何时，平常人生，慢慢过。有人说，每个人来这世上，都会品尝到岁月的苦，也会品尝到人生的甜。走过四季，有"少年不识愁滋味，为赋新词强说愁"，也有"沉舟侧畔千帆过，病树前头万木春"，还有"夕阳无限好，只是近黄昏"。我们为爱而活，无所畏惧，无问东西，因为爱，所以苦；有时也因爱而伤，虽然苦，也会继续爱。

命运如同海风，即使失去了青春的舟，我们也要坚定航向，飘摇曲折地渡过时间的海。这让我想到了钟南山、李兰娟等院士，他们年过耄耋或古稀，但爱心和责任感从未消减。每一个英雄的背后，都有一串的苦和累，是爱和责任支撑他们忍住眼泪，扛起困难，坚持继续向前去。

"这个熟睡了的小王子使我非常感动的是他对他那朵花儿的忠诚，是在他心中摇曳多姿的那朵玫瑰花的形象。这朵玫瑰花，即使在小王子睡着了的时候，也像一盏灯的火焰一样照亮他的生命。"爱如帆，责任驱使其扬帆大海上，荡漾起感动的波澜；爱可以使世界爱上我，责任使我不能不去爱世界；爱是我伸出一只胳膊搂着你跟你聊天，而你已经伸出两只胳膊搂着我和我共度时光。生活纵然有苦难，爱和责任共磨砺，激励我们即使划着断桨也要继续出发。

《小王子》这本书一直在重复："只有心灵才能洞察一切，用眼睛是看不见事物的本质的。"这又让我想到了书中的玫瑰花，在别人眼里，那朵玫瑰花和玫瑰花园里成千上万朵玫瑰花都是一样的美丽，一样的芬芳，但只有小王子心里明白他的那一朵玫瑰花是独一无二的，是世界上最美的。因为这朵花包含着小王子的爱和责任，离开她，会想念，这是爱；晴空万里，担心她被小羊吃掉，刮风下雨，担心她被吹折，这是责任。爱和责任深埋于心底，眼睛是看不见的，只有心灵才能洞察这一切。作者用诗意而哲学的文字淡淡地叙述，娓娓地道来，让读者咀嚼，回味。生命轮回，只能在世上走一遭，找到所爱，并为之负责任，为之倾注一生。我们无法改变生命的长度和宽度，但可以改变生命的厚度；生命留不住，每过一天都离死神近一点，但可以让有限的生命无限地为爱奋斗。

生命的价值就在于用爱和责任为国家增色添彩。医生一辈子爱着医学事业，教师一辈子爱着教育事业，警察一辈子保家卫国，科学家为科技事业殚精竭虑，各行各业的人都始终肩负着为国家分难解忧的责任，他们都是国家的真心英雄。事业是每个人人生的梦，是我们前行的动力，用爱滋养我们的责任心，让它们在中国约960万平方千米的土地上，长成了一棵顶天立地的树，为中华民族遮风挡雨。其实世间哪有什么英雄，只有一群有爱有责任的人，不计报酬，不论生死，义无反顾向前冲。英雄不问来处，携梦一路前行，漫过岁月的河，看过人生的海，吃过生活的苦，尝过人生的甜。

爱和责任是人性最美的盔甲。"我要好好地保护她，就像保护灯焰一样，不能让一阵风把她吹灭"，小王子的爱和责任是保护"他"的最好盔甲。人生如梦，用一辈子精心呵护生命里那一朵最美的玫瑰花，让她绽放出最璀璨的光芒。

2020 年 2 月 7 日

愿每个人都能成为追风筝的人

你，有没有至真至纯地喜欢过一个人，为了他脸上的笑，愿意为他付出千千万万遍。你，有没有隐藏在心底的阴暗角落，为了忘记这份痛苦，假装不愿提及，却也渴望自我救赎。请翻开《追风筝的人》，它可以给你最想要的答案。

《追风筝的人》是一本关于温情与残酷、美丽与苦难、背叛与救赎的故事。小说如一条清澈的河流，却奔腾着人性的激情，蕴藏着善与恶的激撞。小说以风筝为线索，以第一人称讲述，涉及亲情、友情和爱情，爱与救赎贯穿始终。

主人公阿米尔生活在富人家庭，享受着哈桑的友情，少年时代哈桑一直为他追风筝，满足他的愿望。他十分渴望得到父爱，故意陷害哈桑，逼迫哈桑父子离开他家，哈桑悲催离世。后因有机会救助哈桑儿子索拉博以赎罪，他遭遇了阿瑟夫的毒打，索拉博用弹弓打瞎了阿瑟夫的眼睛，替父报仇，救了自己和阿米尔的命。后来，他为了医治索拉博的抑郁症，愿意为索拉博追风筝，从而治愈了自己的忧郁和索拉博的病。看着风筝在天空翱翔，一切都在此刻释放……

解铃还须系铃人，阴霾终究会散去。坦诚面对错误，何尝不是一种最好的救赎？阿米尔前半生都在斗风筝，也是斗风筝的高手，却未曾追过风筝，因为每次都是哈桑为他追风筝，千千万万次。而后半生这一次，是他第一次追风筝，为哈桑的儿子，同样千千万万次。这时天空阴霾散去，阿米尔心中如释重负，瞬间成为真正的人，找到了成为好人的路。

现实生活中，很多人都曾有过这样的经历，心中的死结与人性的弱点死死纠缠，不可化解，囚禁而死。其实，这是最劣等的选择，毕竟可以活着，好好活着，为他人追风筝，也是一种生存的境界。

在全民奔向小康生活的道路上，不计其数的各行各业工作者，他们都是为我们追风筝的人，建筑工人建设高楼大厦，交通运输工作人员日夜兼程，清洁工无怨无悔，等等，他们都在不同岗位上拼尽全力，夜以继日地忙碌，让我们仰望。

天有不测风云，人有旦夕祸福。每个人都可能遭遇不同的风险，意外和明天不知道哪个先抵达。风雨面前,总有人为我们筑起精神的背景墙,那是我们的幸运,也是生活在中国的幸运。

风筝,象征亲情、友情和爱情,代表着正义、忠诚和善良。对阿米尔来说,只有追到了风筝,才能成为那个完整的自己。对各行各业的工作者来说,始终不渝地坚守初心,就是为他人追风筝,为祖国造福,为人民谋幸福。

其实,我们每个人心中都有一个风筝,一个色彩斑斓而永不坠落的风筝。无论它意味着什么,都是你奔跑的动力,请勇敢地去追吧。不管身在何处,只要鼓足勇气为追风筝而奔跑,就可以期待胜利。

就像此刻,依然奋斗在十字路口的警察叔叔,依然奋战在救死扶伤一线的医生,依然奔走在脱贫攻坚第一线的工作人员,他们都忽略了春节的热闹与喜悦,用自己的肩膀扛起社会的责任。正是他们的执着,让我们有机会抬头仰望天空上千姿百态的风筝。

不管你正在哪个地方努力着,都要为自己最爱的人或事去追,就像追风筝那样,千千万万次。这样的人生就没有遗憾,这也才是生活本来该有的样子。

愿每个人都能成为追风筝的人,让我们生活的世界更加精彩。

2020 年 2 月 8 日

仁慈是冲破阴暗的出口

"这的确是青少年最好的读物，胜过所有同一类型的书籍"，这是美国作家比切·斯托夫人对马克·吐温的小说《王子与贫儿》的评价。

马克·吐温，美国著名作家，幽默大师，19世纪后期批判现实主义文学的杰出代表。他是美国文学史上第一个用纯粹的美国口语进行写作的作家，开创了一代文风，被曾获得诺贝尔文学奖的美国小说家福克纳称为"美国文学之父"，又被著名诗人托马斯·艾略特称为"美国文学中的林肯"。他的代表作有《汤姆·索亚历险记》《王子与贫儿》《百万英镑》等。

《王子与贫儿》发表于1881年，小说以16世纪英国的生活情况为背景，讲述了贫儿汤姆康第和万众瞩目的王子爱德华互换身份之后的戏剧性的故事。贫儿登上了国王的宝座，废除了一些残酷的法律和刑法，赦免了一些无辜的犯人，颁布了一些颇受人民欢迎的命令。而王子爱德华则流落民间成为乞丐，也经历了君主专制统治下人民生活的种种苦难，他立志要成为一个为民谋福的好国王。最后二人各归其位，英国人民在爱德华国王的统治下，过上了幸福的生活。

《王子与贫儿》以16世纪的英国为创作背景，小说通过一个虚构的故事，生动地反映了美国资本主义原始积累时期劳动人民的悲惨生活，批判了统治者的豪奢与凶残，字里行间流露出作者对统治者的愤懑和对受苦受难的人民的同情。它不仅使我明白了真诚待人的重要性，也明白了平等和友谊的重要意义。

小说映射了马克·吐温所处的现实环境，即19世纪资本主义的美国，他无情地戳破了当时人们对资产阶级民主自由的幻想，用一个虚构的故事去批判和讽刺当时的美国社会。

马克思曾经说过，资本的原始积累总是伴随着血腥和暴力。这种原始积累是资本主义生产方式的前提和起点，而对农民土地的剥夺，则是整个原始积累的基础。而新兴资产阶级掠夺农民土地最为典型的方式莫过于英国的"圈地运动"。

《王子与贫儿》中，爱德华王子同流浪者一起流浪、逃亡时，逃亡者约柯尔的一次个人独白，正是对整个残酷的英国资产阶级的血与泪的控诉。爱德华王子在民间流浪锒铛入狱时，"只要一有机会，就要询问那些囚犯，借此给自己增长见识，以后好把国王的职务做好"，也正因如此，爱德华王子见证了英国法律真正的阴暗。

爱德华王子在监狱见到被火刑烧死的"罪犯"——仅仅因为她们是浸礼会教友；也见到过仅仅因为偷取织布匠一两码布就被判处绞刑的女人……这些残暴的处罚正是资产阶级暴政的体现，是资产阶级利用国家权力强迫破产的农民忍受资产阶级残酷剥削的武器。

环境可以改变人。在贫民窟长大的穷孩子，更能体会民间疾苦和人间冷暖，更加珍惜来之不易的幸福。而王宫里锦衣玉食的王子，长在富裕的环境里，很难体会到苦命百姓生存之艰。于是马克·吐温借爱德华王子之口说："世界上的事情都安排错了，有时候国王应该尝一尝自己的法律的滋味，学习学习仁慈才行。"爱德华王子的这句话，恰恰表达了马克·吐温的政治立场。

19世纪70年代后，频繁发生的经济危机使生产和资本的集中进一步加强，垄断组织得到了广泛发展。而自由竞争到垄断主义的过渡，同时也是初级资本主义向帝国主义的发展，在垄断市场的压迫下，美国社会的阶级矛盾日益加剧——当时的美国与都铎王朝时期的英国是如此相像。

而马克·吐温亦是在《王子与贫儿》中给出自己的答案：社会矛盾的解决应寄希望于仁爱公正的领导者——却意识不到领导者同样是资产阶级的一部分，维护的同样是资产阶级的利益——这种改良主义永远无法消除问题。

《王子与贫儿》中包含的马克·吐温的理想，何尝不是一种悲剧？读者在欣赏他幽默辛辣的语言风格的同时，能够深切地体会到这位语言大师以笑揭示黑暗的批判主义精神。作者讽刺幽默的文风正是吸引读者的硬核元素，阐释了"仁慈才是冲破阴暗的出口"的生存法则。

2020年2月11日

最好的救赎

人们常常会这样叩问：面对困境，如何救赎自己。人生总会有属于自己独一无二的移动城堡，可以供心灵栖息，亦可以让灵魂摆渡。

宫崎骏的动漫电影《哈尔的移动城堡》就是以这样的主题展开的，移动城堡是这部电影最吸引和触动观众的标志物，也是男一号哈尔性格和内心的最好表达。

电影的一个细节最是让我感动：在流星满天的花园里，小男孩哈尔手捧熊熊燃烧的心火，走向远方；而苏菲在时间隧道里往回走，边走边哭。那只是一个孩子单纯的愿望，却成了做人的全部代价。哈尔自此被世人看作眼中钉，无奈地放逐自己，驱使城堡穿越无数大山大海，去寻找他的爱人。苏菲走出隧道，看见哈尔化身为大鸟，静静地守在山谷里等她，她大步走上前，拨开哈尔蓬乱的羽毛，亲吻他血迹斑斑的脸庞，深情地说："哈尔，对不起，你在这里等我，而我却一直到现在才来。"这无疑是最触动观众的表白，也是苏菲瞬间的顿悟，原来哈尔一直都在等她，一份爱终于在两颗心间燃烧起来。

很多青少年痴迷宫崎骏的电影，已不再年少的我也十分喜欢。感谢女儿推荐这部电影给我，让我找到了心灵救赎的另一种方式。

整部电影使用了大量的象征和隐喻的手法，流星满天的花园里到处是青春飞扬的生命，是璀璨夺目的梦想，更是美好生活的缩影。在这样的花园里，哈尔的世界谁人能懂？当然是那个移动城堡。

对于读着童话长大的孩子们，他们眼里的城堡常常蕴含双层含义。一是理想的圣地，一是沉默的内心。比如剪刀手爱德华或吸血鬼德古拉伯爵，他们常年孤零零地待在城堡里，期待着得到解救。这些影片中，城堡是主人公自闭心灵的象征；而在这部电影里，移动城堡是指哈尔那颗流浪的心。表面上城堡是火魔卡西法移动的，实际上卡西法的法力来自哈尔的心脏，移动城堡实际就是哈尔的心灵幻影。

你或许和我一样，看到这里豁然顿悟，影片开头为何这样开始。就像很多小说的开头一样神奇而富有魔力，一座巨型城堡，在平原上缓缓而行，四只脚爪撑起的金属城堡外形，颇似一颗色彩斑斓的巨大心脏，烟囱和屋顶如同心血管一样密布。城堡在苏菲面前停下，发出高分贝的摩擦声响，那不是城堡在剧烈颤动，那是哈尔的心脏在有力颤抖——仿佛整个世界都可以听到这声音——他的心上人终于等来了。

我十分惊叹于导演的想象力，他用电影的标志物来演绎人物复杂的内心世界，尤其是这个移动城堡，既是火魔卡西法制造出来的一个魔幻分身，内部房间又是哈尔在波特海文港口的家。这就是温馨的港湾，可以在这里释放精神的压力，可以在这里享受生活的美好，还可以在这里消减灵魂的孤独，一切皆有可能，多像每个人长大后藏在生命深处那个不为人知的小角落，不想说而又不能忘。

城堡的门很奇特，门楣有四种颜色的按钮，蓝色朝上，门外是波特海文港口；红色朝上，门外是王宫所在地；绿色朝上，门外是移动城堡的路途；黑色朝上，门外是硝烟弥漫的战场。这是导演赋予颜色的象征意义，多像人生的路，四通八达，任由选择，每一种选择都会带来不一样的未来。

真正的美是人的心灵。影片人物的美与丑，是用人性来折射的。苏菲与哈尔一见倾心，缘于英雄救美。但是自认为不漂亮的苏菲，竟意外遭遇荒野女巫施咒变成了老太婆。这晴天霹雳，她走投无路，来到哈尔的移动城堡，甘当清洁工，热心为他做事。男主角哈尔是个法力强大的魔法师，品性善良，有点胆小，但是当爱人陷入困境，他会无比勇猛，粉身碎骨浑不怕。平淡如水的生活遮蔽了爱情的光泽，一切都成了"生活的附庸品"。当苏菲看见哈尔化身为大鸟，静守山谷，只为等她，她热情地拨开哈尔蓬乱的羽毛，亲吻他那血迹斑斑的脸庞，这一吻绝对胜过《地球最后的夜晚》那长长的跨年之吻。爱情释放了他们内心深处的自卑和压抑，交融出人生之乐，沉潜出人性之美。

哈尔出场就拯救了苏菲全部的世界，社会的恶让苏菲惊悚不安，僻静的街道让苏菲无处可逃，两个卑劣之徒让苏菲毛骨悚然。宫导安排哈尔从这里出场，手指一点，拉着苏菲腾空而起，踩着舞步，把世间卑鄙和丑恶全踩在脚底。青春飞扬，神秘浪漫，注定爱情会因此发芽。

很喜欢那一顿哈尔亲手制作的早餐，那是苏菲此生吃过的最美味的佳肴，这是真正的幸福，也是影片最触动情感的细节，为心爱的人做点最需要的事儿。"请你拿两片培根和六个鸡蛋过来。"苏菲轻轻地把鸡蛋和培根递给哈尔，哈尔沉静地做饭，把鸡蛋一一打到平底锅里，再把蛋壳扔进火炉。油锅嗞嗞作响，火焰欢快舞蹈，幸福激情荡漾。

很喜欢整部电影用标志物串联故事的始终，用清新画面渲染美，勾勒美，给观众美的憧憬和享受。美，是生活、是渴望、是故事、是情节、是物质、是精神、是过程，亦是结局。美无处不在，触人心弦，俘获人心。

如果说移动城堡是第一个标志物，那么哈尔送给苏菲的戒指就是第二个标志物，为她指明方向，指引她从谷底走向光亮那方。她借助戒指的光芒，打开城堡的门，走过一条长长的隧道，走进一间舒适的屋子。这里有一张桌子，桌子上面铺了写满字的纸，那是哈尔的字迹，她的眼睛瞬间闪烁光芒。走出屋子，发现外面就是哈尔的秘密花园，天上流星道道划过，流星砸到草地上，落入水中，发出叮叮的声音。一个瘦弱的小男孩远远走来，站到草地中央，天上一颗流星落下，落入他手中，发出耀眼的火光。小男孩微笑地捧住流星念念有词，似乎是在许愿，接着仰头把流星吞了下去，这就是她至爱的哈尔。苏菲远远望见这一切，几乎不能置信——那就是所谓的交易。不过是孩子的一个许愿而已！男孩皱眉弯腰，捧住胸口，把一颗燃烧的心捧出来，火焰熊熊燃烧，男孩手捧着燃烧的心，静静站在草坪中央，苏菲终于明白了一切。美轮美奂，美景美人，美在此升华，爱在此沸腾。

"哈尔，我是苏菲，等着我！我一定会去找你的！在未来等我——"她的自卑终于在爱的光芒里完全消融，内心里那个自卑的女孩，在爱的强大空间里，瞬间变成白天鹅，在流星满天的花园里展翅飞翔。

人们总神往花园，那里有秘密，那里有浪漫，那里有心灵的解药，那里有最爱的人，手捧熊熊燃烧的心火，坚定地陪你走向远方。黑暗和胆怯，自卑和苦恼，犹如狭窄的隧道，阻碍不了心灵的穿越，终会被时间碾碎。

社会的暗淡，成长的烦恼，心灵的阴郁，曾经把你的岁月囚禁。世间哪有理想的城堡？即使有，也会移动，也会破碎。而唯一能拯救人类和世界的，只有真心，那是地球最好的救赎。

2018 年 7 月 2 日

道在哪里，都是美
——观看电影《动物世界》有感

骨子里的善良是人类仰慕的稀罕品，也是人类必须坚守的道。

或许电影《动物世界》就是在这样浮躁喧嚣的背景下应运而生的，也是对人性之美最好的诠释。当男主角郑开司因被发小欺骗而背负数百万的债务时，他绝望不堪，感觉只有死路一条。重病的母亲和痴心等待的青梅竹马，唤醒了心死如灰的他，他决心登上"命运号"游轮，以百分之一的胜算挑战百分之九十九的失败，以此为自己绝望的人生创造奇迹。游戏最大的诱惑就是只要能在游轮上的游戏中获胜，就将有机会将债务一笔勾销，并给家人带来更好的生活。看似简单的游戏，充满血腥和狡诈，参与者只需以标着"石头、剪刀、布"的扑克为道具，赢取对手身上的星星标志，以三颗星零张牌为赢。郑开司目睹了游轮上的亡命之徒们毫无底线的欺诈争夺，人性的自私与残酷在求胜的欲望驱使下暴露无遗。局中局，计中计，让游戏场最终沦为"动物世界"的群魔乱舞，人性在惨绝人寰的斗兽场中掩埋。我的心一次次地痉挛，一次次自言自语地拷问自己：面对绝境的郑开司，能否坚守自我底线，保持善良本性？能否凭借自己的智慧和坚韧摆脱困境？我一直暗暗为他捏紧拳头，默默为他祈祷。

直到看完电影《动物世界》，屏幕上最后出现"CONTINUE"时，我才轻轻舒了一口气。曲折离奇的故事情节，至真至美的思想主题，栩栩如生的人物形象，深深铭刻在我的心上。脑海里，徐徐回放着132分钟的画面，让我对剧中被金钱名利涂抹得怪异不堪的丑陋嘴脸更加鄙视，不得不重新审视游历在高尚和粗鄙之间的人性。

这是一部由日本漫画改编的电影，我没看过原著，整部电影对我来说，都是全新的故事。电影以人物郑开司的坎坷人生遭遇展开，八岁时父亲被人离奇抓走而失踪，植物人母亲因病常年住在医院而付不起治疗费，被发小骗走了唯一的财产——房子，成为世界上最具悲剧色彩的负债千万的穷光蛋。在生命的最后一搏里,他别无选择,被迫登上了赌船,赢得了可以免除债务,还可能赚到钱的唯一机会。他利用智慧和数学天赋,赢了这场关于生死的赌博,赢得了青春里激情燃烧的爱情,赢得了丑陋的动物世界里至高无上的人性。

  故事以动物世界的纷争开始,以动物世界的人性之美结束。前半段情节铺垫背景,展示了郑开司不敢面对爱情的痛苦,篇幅不大,却触人心弦。揪心的情节就是油船上的赌博,"石头剪刀布",这是每个孩子都曾经经历和痴迷的简单游戏,没有任何道德要求,可以合伙,可以垄断,可以欺骗,可以作弊,只要赢得星星,就可能赢得巨额财富。游戏的变数很大,最大的变数是人心,你永远不知道下一张牌会是什么,就像你不知道明天会发生什么一样。

  人生如戏,戏如人生。每一次游戏都是考验人性的一次较量。电影里的游戏规则虽然简单,但玩游戏的人数众多,就涉及大量的计算和推理,这是检验智慧的最佳考场。在鱼龙混杂的游戏中,主角郑开司在尝试中失望,在失望中警醒,在警醒中顿悟。这个游戏过程中,展现了他聪明伶俐的青春和无人能及的智商。每一步科学的推理和预测,每一步机智的反转和胜利,都带给观众自豪和兴奋。当游戏进入高潮,郑开司十分淡定地说:"我在6号桌等你"时,观众就忍不住为他鼓掌。

  电影最触碰心灵的台词:"人生的战争我都面对过,人生的苦难我都经历过。坚持底线,勇往直前,不曾回头。"这是导演和编剧送给所有观众的礼物,也是值得每个观众默默回味的秘诀。正如人生下一秒钟你真的不可预测会发生什么样的故事,又会有怎样的精彩。

  很喜欢导演在这部电影中疯狂的夸张,展现了他强烈的个人风格和创作技巧,凸现了电影的艺术效果。比如各种脑洞,将主角的各种幻想通过大量炫酷特效展现,给观众留下想象的空间。这或许就是导演的高明之处,这些炫酷的部分,成全了电影的商业魅力,留给观众新奇的观影体验。尤其是那响亮的耳光,逐渐用力的耳光,袭击自己的脸颊时,那种痛和伤,那种悲愤和欲绝,仿佛要把丑恶和悲哀击得粉碎!

  另外,人物的矛盾性和电影的节奏感,有点像大上海和香港赌神类电影的效果,不同之处在于港片中的主角全是黑社会大佬范儿,最后的胜利基本靠技术和作弊取得。而本片的主角是个最穷的平民,他走投无路,只有在绝境中逆袭,凭过人的智慧和人格魅力取胜,这是情节的必然。我的眼前,是第一次也是最后一次赌博的赌神,也是一个坚守人性的痞帅小伙儿。很喜欢他,用冷酷的眼神审视世界,穿着破衣服一边走一边眺望远方,俨然是英雄归来的气势,高高伫立在那个绝美女神的心里,深深定格在观众的脑海。

坚守自己的道，是何其不易。人性始终在故事中沉沉浮浮，善良在人性与欲望中博弈。电影的结局堪称经典，苦尽甘来，这是生存哲学，也是电影主角人生故事的必然选择。他超级燃，超级酷，超级霸气，超级风云，那是一种侠气，一种正气，一种坚守，至高无上，不计得失，永不言弃，让人羡慕，让人仰视，让人膜拜。

人性之美，就在于坚守自己的道，并沿着这条道前行，明知不容易，也绝不回头。

道在哪里，都是美。

2018 年 7 月 3 日

川剧《金子》体现的人性之美

艺术总是给予人类精神滋养，生活常常回馈艺术资源宝库。世事更迭，我们必须追赶着时间，撩开生活的帷幕，浸入艺术的长河，才能窥探到艺术之美。

金子之美，光芒闪烁。不管从哪个角度都可以欣赏、解读、追寻。近日在巴地学习，授课老师和同班同学常常说起《金子》，我便经不住诱惑了。打开《金子》剧本，我一边看一边思考，隆学义先生把曹禺先生的话剧《原野》创作改编成川剧《金子》的初衷。当我看完了川剧《金子》视频，竟忍不住看了第二遍、第三遍……平生第一次被一部戏占据了全部课余时间，完全被《金子》之美俘虏了。

反复欣赏《金子》，我恍若一个老戏迷，忍不住惊叹它精巧的艺术构思、独特的人物形象、鲜明的地域特色和完美的舞台表演。剧情在脑海回放："民国初年，焦阎王谋财害命，夕阳血染。无辜虎子囚牢冤，少女金子苦盼苦恋。无奈度过十年，金子已做焦家儿媳，复仇虎子越狱成逃犯。金子虎子重相见，恋情死灰复燃。情仇碰撞，爱恨熬煎，金子心破碎；悲虎子苦难，忧逃犯危险，哀懦夫可怜，痛兄弟相残！林子阴惨，金子呼唤……"

当来自北京的王馗老师和来自上海的罗怀臻老师给我们上课时，都不约而同地说起《金子》，并异口同声地赞美道：《金子》的演出引起了全国戏剧界的轰动，在北京、上海等地举办的全国性艺术节及赴法国、韩国的演出中，都受到了中外观众和专家的一致好评，并夺得了全国各种戏剧大奖三十余项。川剧《金子》的出现，为20世纪的川剧竖起了丰碑，也为中国戏曲现代审美形态的构建，提供了成功的范例。能让我这个门外汉瞬间恋上戏剧，《金子》功不可没。我不是叶公好龙，是真的喜欢。嘴里忍不住对《金子》絮絮叨叨起来，心里竟也开始追寻《金子》让我迷恋的理由。

作为舞台艺术，川剧《金子》最大的魅力，并非仅仅停留在用传统川剧表演，而是最大化地凝聚了地域文化特色，合理优化了唱词修辞，充分融入了现代艺术语汇，活用了各种表现手法，塑造了精彩的人物形象，在舞台艺术的演绎中展示着人性之美。

翻开《金子》剧本，那些玲珑剔透的文字，饱蘸着巴蜀地域浓厚的文化元素，浸润在生活化与艺术化高度统一的剧本里，让艺术手法之美为提升人性美打下坚实基础，让剧本更好地为演出服务。全剧使用地道的四川方言俚语，尤其是老百姓常用的生活警言箴语，浅显直白却耐人寻味。如焦母与金子的对白："男人越结越害怕，女人越嫁越胆大"，"假感情要钱，真感情要命"。又如金子的道白："妈面前笑眉笑眼有孝心，顺手顺耳多顺心。妈的话记在前心，我的事你放在背心。你把妈供在脑门心，把我踩在脚板心！"这些台词来源于生活，既是对生活的提炼，也展示了人性美——青年人对真爱的憧憬和对老人的孝敬。

修辞美既适用于文学创作，也适用于戏剧创作，唱词的修辞美助力戏剧的创作和演出的成功，为展示人性美锦上添花。川剧《金子》台词巧用排比、复叠、顶针、回文、比喻、映衬、设问、镶嵌等多种修辞手法，剧作者直接化用地方语言自然而成，实属难得。如金子唱段："清炖鸡腿儿咬起香，晚上的夜宵吃起香，热呵呵的铺盖睡起香，早晨的噗鼾扯起香，胭脂粉儿闻起香，嫩咚咚的脸儿挨起香，晓不晓得，野叉叉的嘴儿啵起香！"如仇虎唱段："父遭活埋尸骨冷，妹遭逼迫去卖身，我遭诬告铁牢困。"如金子唱段："不死不活心儿累，难死难活心儿灰，清清白白心儿美，自自由由心儿飞"……每段话使用排比和镶嵌等多种修辞，第一段重复的"香"字，道出了金子对幸福生活的向往和对大星的亲切暗示，让人怜悯；第二段重复的"遭"字，道出了仇虎一生悲惨的遭遇，让人悲悯；第三段重复的"心"字，道出了金子彷徨犹豫痛苦的心灵，让人同情。语言质朴，表达流畅，注重形态美，彰显修辞美，唱起来朗朗上口，听起来触人心弦，鲜明地表达了情感色彩，让观众在谈笑间回味，思考人生的无奈和悲哀，流淌出对弱者的善意和善行。

每个人欣赏艺术的角度是不同的，川剧《金子》赢得了巨大的成功，得益于它颇富意蕴的艺术美，促进了人性美的很好表达。《金子》让我们看到了它充分尊重川剧艺术规律，调动川剧艺术手段，发挥川剧的优势和特长，成就了它璀璨的艺术价值。《金子》主线明确，结构严谨，详略有度，重点突出，留白充分，发挥川剧高腔特点，唱腔好，音乐气氛到位，运用了"悲剧喜演"的传统手法，融正剧和喜剧、悲剧与诙谐于一炉。白傻子、常五两个丑角的设置及演员的精彩表演，给全剧增色不少，用活了川剧技巧绝活。在虎子醉眼蒙眬中，大星抬起头竟成了焦阎王，就应用了"变脸"的特技。仇虎"藏刀"技巧也安排得当。特别是这些绝技均出于剧情之需，毫无生硬卖弄之嫌。表演上，中国戏剧梅花奖得主沈铁梅唱做俱佳，技艺精湛。焦母、大星、仇虎、白傻子、常五各展风采，表演出色。犹可称道的是，该剧艺术性强，人性之美贯穿始终。

不管现实生活是否如意,艺术创作必须适应这个时代的精神追求。我们要学会自我解放,学会慧眼看世界。艺术的多元,制度的弊端,封建幽灵造成的人性扭曲,并没有完全消散。艺术创作者,只有敢于扬起人的创造性和主动性,用高尚的意志,解放曾经被囚禁的渴望,重拾人性尊严,才能实现艺术价值,展示人性之美。凡是构成人的价值的一切内容,都成为现代人自我解放的精神追求。这已成为现代社会的一种价值取向,也成为广大戏剧受众的审美形态。只有在这个基础上,才能找到我们美学思想的走向,才能唤醒有识之士的人性复归,才能创作出折射人性之美的不朽之作。

当我反复欣赏《金子》视频时,每一次都能感受到不同的美,核心的艺术精华让我读懂了戏剧关注人性之美,必将带给人类灵魂的唤醒。倘若戏剧弱化人性之美,就会造成人类精神的萎缩,思想境界的低矮,必将导致美学价值的贫乏。艺术之美,在于观众认可,深入人心,艺术精品,必将征服人类。当我沉浸在《金子》中时,我想到了中国戏剧的现状,一些故事有着共同的缺陷——缺乏"人性之美"。有的丢弃了"以歌舞演故事"的戏曲优势,变成话剧加唱;有的演出形式十分强烈,而人物形象却异常苍白;有的一味追求表面的舞台框架新模式,将形式创新看得高于一切;有的一味注重形式美,突出编导们的新观念;有的禁锢在传统的"忠孝仁义"和"惩恶扬善"上,涂抹着肤浅的道德说教色彩,忽略了人性之美。戏剧创新在于寻找新形势,升腾内容,升华主题,生动的审美层次,富有艺术感染力,缩短戏曲与观众的距离。只有这样,才能让观众始终对戏曲保持温度,乐意欣赏,百看不厌。

我终于明白了隆学义先生为什么要创作《金子》,因为曹禺先生寄寓在金子身上闪光的东西——人性。只有人性才能穿透历史的屏障,才不受时间的磨损。所谓古今之情相通就在这里,故事是可以编的,故事是戏剧赖以施展其魅力的一种手段,而深层次的心灵开拓,才是故事的灵魂。如果说观众关心故事发展,归根结底是关心剧中人物的命运。只有以剧中人物真实的人性来吸引观众,以命运的悬念牵引观众的期待,以情感的漩涡激发观众的共鸣,才能使观众在观赏后将人物形象久留心中。川剧《金子》重视开掘人性,探索人性的丰富性与命运的复杂性。通过男女主角的成功转换,使仇虎成为复仇的男神,成了恶的化身,而金子则代表着善良和宽容的人性美德。男女主角性格冲突中,蕴含的是邪恶与善良,较量的是文明与愚昧,消解的是沉重和悲怆。事实上,命运难以追随戏剧的程式化,爱情却可以很容易被纳入戏曲约定俗成的模式中。精神世界的喜怒哀乐,情感倾诉的酸甜苦辣,都要迎合观众的欣赏习惯,流淌人性之美,展示现代审美形态,促进戏剧跻身现代艺术之列。

所有的文字都是写给人读的，所有的戏都是演给人看的，这是我们每个人都深知晓的，毋庸置疑。戏剧史上，任何一位巨匠无不是在开拓或展示人物精神世界——人性之美，为我们提供高格调的审美追求范本。莎士比亚、契诃夫、汤显祖、曹禺等，他们的作品通过对人性的深度挖掘，将故事和人物从道德的牢笼里解放出来，把他们所编故事中的人物栽培在观众的心灵之中，和观众产生心灵感应，达到共鸣。川剧《金子》亦是如此，二十多年来一直屹立于舞台之上，一直深受观众喜爱，其根本原因就是用人性之美张扬艺术的魅力。当下最火的电影《我不是药神》，正是澎湃了"人性之美"，其票房超过了30亿人民币，再次证明了人性之美才是一切艺术最好的鉴别，这样的好戏从来不用担心票房。一部迸发人性魅力的好戏，必将展示艺术的思想性和时代的先进性；而摒弃人性，只注重形式诱人、情节模式化、语言华丽的作品，终究是艺术的败笔。

新时代需要我们创造的艺术之美，必然是以人性之美为艺术核心。艺术世界绚丽多姿，用不同的艺术手法和艺术方式，揭示人性内核，窥探人性之美，刻不容缓。扬善即艺术之魂，行善即人性之美，这是中华文明之魂，亦是中华民族之魂；坚守文化自信与扬善是艺术面向世界最好的立足点。此时此刻，看着《金子》视频，我又想起了小时候跟随父亲翻山越岭赶场子看戏的情景，为今天爱上戏剧埋下了伏笔。汉水流域的汉剧丰富了我简单如白纸般的童年，历史悠久的戏剧温暖了无数人孤单的青春和寂寞的晚年，灿若星辰的艺术陪伴人类走过了匆匆流逝的岁月。耳畔的宛转悠扬，叮咚作响，都在默默引领人类惬意地生活，诗意地行走。

唯愿勤劳智慧的人类，坚守传承艺术的激情，漫步在丰茂隽永的原野上，打磨更多艺术的金子，滋养人类的灵魂。我们徜徉在大江南北，或攀援于秦巴山川，都可以欣赏到经久不衰的艺术元素，享受到光辉璀璨的艺术魅力。

2018年7月7日

城市化期待乡土化浸润

"一个现代的城市,一个文明的社会,总是在不断地现代化和城市化,给我们带来便捷的同时,仍然保持着我们的地域化和乡土化。如果没有感受现代化的程度,就不可能有自觉回归的心态;如果没有经历现代化和城市化,就不能意识到乡土的可贵。"这是近日中国戏剧家协会副主席、上海戏剧学院罗怀臻先生的讲座中关于城市化与乡土化的一个突出观点。

八月一直高温,热烈中带着几分火辣,罗怀臻先生正是在这个时候,从上海匆匆赶来,丝毫没有夏日的烦躁。他用醇厚而有磁性的音质,诗意而唯美的语言,把讲座"城市化与乡土化"涂抹上浓浓的艺术魔力,吸引着大家认真倾听。他的讲座是这样开场的:

"我吃完早饭,很想去散步,但外面下雨了,我就站在十四楼往窗外看,想象着能看到传说中的古城,文学作品中的古城,记忆深处的古城,但是我竭尽全力却搜索不到。当下,人可能没有抵达某处,但是记忆已经抵达,心灵已经抵达,这是一种文化记忆。这个记忆,会让你想到从前木质结构的吊脚楼,活动在吊脚楼之间的棒棒军号子,还有火锅的香味,川剧的吟唱,好像应该是这个城市的乡土味儿。而远处,仿佛又可以眺望到嘉陵江和朝天门码头,看到这儿人来人往,江水滔滔,俨然一个码头城市。一个市井化和人性化的文化记忆中的山城看不到了,看到的是跟所有城市一样的商业化的高楼大厦、现代化的交通大道、时尚化的现代产品,所不同的是扎在那种跌宕起伏的山丘上,从山丘的高处看高楼其实就在脚下,这个城市的形貌还在,但是它的内在气质看不到了。"

这些行云流水般的语言所表达的深刻思想,仿佛从他的心上汩汩流出,饱含着对城市化的遗憾,对乡土味的怀念,感叹着城市化缺少乡土味了。其实,这已经是现代城市的共性了,他所感叹的不仅仅是这座城市的乡土味少了,而是现代城市化进程中传统文化的丢失。

"每个城市都有自己的气质,每个人也都有自己的气质,都需要时间的积淀和文化的浸润。今天的人们感受了城市化的气质，而记忆的轮廓已经开始萎缩，祖祖辈辈留给我们的那些文化记忆渐渐远去。2003年，我第一次来到这里，当时的饭店、茶馆、吊脚楼，都激发了我的灵感。我突然想，戏剧是否可以在这样的地方演出？那些帮腔是否也可以在观众的视野里，翻着曲谱，该唱就唱？是的，罗怀臻先生说得好，一个城市要有自己的气质，而这个气质就是文化，就是传统文化，可以让人记住的地方特色文化，如他所怀念的饭店、茶馆、吊脚楼等。却也如是，一个城市如果没了自己的文化特点，那还有什么个性？哪还能让人留下印象？

艺术也是这样，如果不与地方的特点结合起来，如果不把它融入大众之中，如果没有一点儿乡土味，这样的艺术也没了观众和认同，也很难激起情感共鸣。罗怀臻先生对此有深刻的认识，他说："想起梅兰芳，也曾经迷恋镜框式舞台，于是他奔向上海，开始了三面封闭式的舞台生活。没了大声吆喝，没了手捧零食，没了生活味道，没了乡土气息，镜框式舞台囚禁了戏剧的张力，观赏关系被制约了。演出时间在慢慢缩短，两小时成了极限，否则生理开始抗议。我时常怀念过去的演出方式，它让我们可以心灵自由，让我们可以融入戏剧的心脏。而此时，江边看不见随风摇曳的一叶小舟，听不见嘉陵江畔纤夫的声声号子，看不见棒棒军疲惫不堪的身躯，听不见高低起伏的川剧唱腔，于是人们开始叹息曾经生存方式的改变，城市气质在这种改变中逐渐衰落。在这种衰落中，人们开始重新重视川剧传承，这种传承是方言的传承，是观念的传承，是乡土化的传承。巴言蜀语，具有浓郁的气质感，那是文化的内涵、陶冶、浸润，代表生命的气质，辐射生命的元素。"

"于是我们开始思考：农耕文明是否适合川剧，是否可以唤醒川剧的蓬勃，是否可以浸润城市的气质？"这是罗怀臻先生最重要的观点，也是对艺术更深刻的思考。川剧这一传统艺术需要传统文化的场景，需要传统文化的氛围，只有把内容与形式融为一体，艺术才能更好地与观众交流。如同一个人在西餐厅里吃中餐，那会是极度不快活的。

一个人的身份感，不管走到哪里，都铭记在骨子里，那是灵魂的栖息地，埋藏在基因里；不管走在哪条路上，脚步与灵魂重叠，身体和心灵同行，缩短空间与心灵的距离，把身份感融入生活，融入艺术。艺术家任何时候都记得身份感，用不同的艺术形式呈现着身份感，而罗怀臻先生选择把身份感融入淮剧里，这是他讲座中给我的又一启示。

他深情地回顾了童年的晦涩、少年的鲁莽、青年的粗糙，恰如其分地穿插讲述了他的成长历程。从淮阴县淮剧团的一个打杂工，到中国戏剧家协会副主席，这种极限性的变化足以展示他人生的价值和意义。他创作的第一部淮剧《古优传奇》，尽管现在看来那是稚嫩的，但是使他迈出了成功的第一步，并引领他坚定地走上了戏剧创作之路。他把身份感融入很多作品里，激励他攀登艺术的高峰。他的代表作《金龙与蜉蝣》《武训先生》《西楚霸王》等，凝聚着他与淮剧浓郁的情缘，见证着他在艺术领域的成就。

他说："淮剧最初在上海一举成名，是因为浓郁的乡土化让淮剧在上海有了身份。而在后面时代的变革中，淮剧一度想要去乡土化来迎合市场，这倒让淮剧一度没有了目标。现在的再乡土化，使淮剧彻底地回归，让淮剧找回了自信，乡土文化的自信。"他的意思是淮剧需要回归，川剧也需要回归，甚至整个传统戏剧都需要在现代化的进程中不断地回归。淮剧的回归，无疑为川剧甚至是中国戏剧的回归提供了重要的借鉴。这种回归不是对自我的否定，而是在前进的基础上，扩大视野，选定方向。面对现代化，让戏剧的每一个道具、每一件衣服，都回归于手工，不要把舞台收缩成镜头式，让戏剧重返手工时代，传达乡土气息的审美观，彰显乡土魅力的现代意识，这是罗怀臻先生对传统戏剧的期待。我理解，他的这种观念充分地说明，他个人的根、艺术的根，都来源于传统文化、乡土文化，不可丢失。

进入新时代，国家开始重视文艺，重视文艺青年的培养，提倡写现实题材，提倡讴歌祖国，讴歌党，讴歌人民，讴歌英雄。但是，在城市化的进程中，人们的思想观念离乡土化越来越远，艺术作品看不见乡土化的根脉。"呈现在我们视野里的作品，总有些不尊重现实，剥夺人性，违背现实生活的常理。塑造的英雄形象，不外乎是某人很优秀，很忠诚，很成功，但是他在追求的路上必有挫折，要么家里出事了，要么身体出事了，为什么功成名就一定要以牺牲自我为代价？这成了现代文艺作品的模板，十分矫情，有失人性。一个艺术家如果这样违背人性去创作，那是很难走远的。"他讲这些内容时，语言变得犀利，这是罗怀臻先生关注人性的慷慨，对艺术作品需要朴素的、自然的乡土化浸润的认识。

作品如人品，当他讲到他的老师用心良苦地培养他时，他的声音颤颤巍巍，几乎哽咽。这不是煽情，而是动情。在贫穷的20世纪80年代，罗怀臻先生工作之余，尝试写了第一个剧本，他的老师悄悄拿到上海，向各个剧院推荐。因为这样的机缘，他才有幸从江苏淮阴来到上海，这些事他全然不知。老师还给他一对一改稿，周末请他到家里，给他做最爱吃的炖猪蹄。当他有能力回报老师时，老师却不在了。而他唯一能做的就是对他的学生好，帮助他们走得更远。这是罗怀臻先生对他的老师最好的敬仰、感恩和怀念，也是他这些年来一直喜欢学生并对学生关爱有加的原因。"我们每个人都是独一无二的，不可复制的。每个人身上都有我们无法解析的那种基因。发现自己，发掘自己，发挥自己，发展自己，成为独一无二的自己。并且带着你和对这个行业的情感，你就会产生卓越的艺术建树。期待各位成为这样的人。"这是罗怀臻先生对乡土味的深切理解，这理解是人生的体验。

　　罗怀臻先生的讲座，用他自己的经历和感受，诠释了每个人攀登艺术高峰的乡土本源；在现代和传统的理解中，看到了城市化与乡土化的矛盾；期待着城市化的现代艺术与乡土化的传统艺术能够很好地融合，并且通过城市化的气质看到乡土化的张力。

　　罗怀臻先生的讲座结束了，而我的眼前总是出现这样的画面：朝阳轻柔地沐浴着高高的山坡，一个少年安静地捧着雨果的《九三年》痴迷地阅读，而村里其他小伙伴正在无忧无虑地嬉闹。当晚霞浓墨重彩地漫过天际，他依然迈着坚实的脚步，稳稳当当地走向现代都市，他高高仰起头，不时回望着乡村的方向，仰望着艺术创作的未来，在乡土化浸润的城市里游走。

2018年8月27日

明亮的世界

恰逢周末，和幼儿园几位姐姐一起简单地吃过晚餐后，便走进大地影院5号厅，观看了宫崎骏的动画电影《龙猫》，八十六分钟的剧情虽短暂，但完全把我们带入了快乐的童年时光。

或许像我们这样的年龄，看这样的电影有点儿幼稚，然而深受女儿的影响，一直青睐于宫崎骏的动画电影。《千与千寻》《天空之城》等都很经典，《龙猫》是正在热映的一部，画面和剧情都以自然清新取胜，留给我的仍是唯美清新。

《龙猫》讲述了一位妈妈因病在乡下疗养，爸爸带着两个女儿来到了一间旧屋居住，传说这间旧屋是鬼屋，两姐妹却在这里发现了不一样的风景，看到了不一样的世界。她们从恐惧到觉得神秘，从觉得神秘到热爱，其中饱含着生活的美好和人性的高尚。

故事看似很零散：爸爸给大学生上课，小月上小学，四岁的小梅常常被寄养在邻居婆婆家，这是很多人都曾有的童年记忆，包括我。寄人篱下，百种滋味。但在电影里，处处温情，让人感动，让人回味。最暖心的情节，是小月和小梅在玩耍时，无意中发现龙猫的存在，小龙猫为了躲开她们，就跑到了大龙猫的身边，而小月和小梅好奇心爆棚，一直跟随小龙猫，来到大龙猫的身边，两人才真正看清楚了龙猫的样子。小月和小梅非常喜欢龙猫，认为它们很可爱，还和它们成了很好的朋友，并且交换了礼物。小月和小梅把她们的雨伞给了龙猫，而龙猫也将最喜欢的橡树果子送给了她俩。这就是孩子的天性，也是童年时光里最最珍贵的情节，一切都出于偶然，又都不可预料。没有利欲熏心，没有私心杂念，没有尔虞我诈，只有纯洁高尚，友情暴涨，触动人心。难道这样的光芒只有童年才有吗？我想不是。

天有不测风云，人有旦夕祸福。突然的一个电报，妈妈的病情恶化，唤醒了亲人的关心。而住院治疗的妈妈，似乎被匆忙的日子所忽视。小月告知上课的爸爸，他迅速赶到医院，呵护妻子。尤其是离开妈妈的孩子，每时每刻都在期盼妈妈回家，想念与担心并存。这期间，姐姐小月有些忽略妹妹小梅的感受，而小梅却觉得姐姐不关心她，就独自一个人跑出去找妈妈。正在上小学的小月十分担心妹妹的情况，连忙出去寻找，在途中遇到了龙猫，龙猫将他的猫巴士车借给小月，在猫巴士车的帮助下，小月很快找到了小梅，她俩又恢复了亲密无间。

龙猫十分善解人意，闪电般地把两姐妹送到了妈妈身旁，她们透过窗户，看到妈妈病情好转，才放下心来，小梅轻轻地把自己出走时摘的玉米送给妈妈，这才依依不舍地离开。在真情面前，成年人常常漠视孩子的内心世界，其实他们也一样会荡起波澜。每个人都会遇见意外风波，心瞬间被袭击得粉碎，悲伤好像从来不打招呼而来，但快乐幸福常常有所感悟，不受类别限制，不受时空阻隔。

童年时光总是让人羡慕和留恋，那些单纯到傻乎乎的模样，那些可爱到无知的棱角，都是最洁净透明的画面。宫崎骏的《龙猫》以童年素材为背景，以两个女孩的童年生活为线索展开叙述，在超乎寻常的丰富想象下，在经济高速发展的科技时代里，只有小孩的想象力依然可以有无限潜能，澎湃到处处充满温暖和光泽，超乎大人乃至人类都看不到的一些东西，这可能就是传说中天使的视角。请相信，年纪小，经历少，尘埃就少，没有禁锢，没有羁绊，可以无比纯粹，无比洁净，无比温暖可人，无比清新唯美。

真正长大的我们，终于发现人生最美好的时光是童年，所有的过往都那么铭心刻骨，影响我们的一生。"如果我还是个孩子"，这是我们都曾有过的幻想，让时光停留在童年，该有怎样的色彩斑斓，该有怎样的惊喜邂逅，该有怎样的星光灿烂。而正处在童年的孩子，总渴望长大，幻想长大后可以自己做主，去做想做的事儿。我们如此留恋童年，是因为孩子永远不会用世俗的眼光认识世界，不会用混浊的视角去涂抹世界，这可能就是童年最大的魅力，也是我们向往的初衷。

看完电影已是晚上十点半，走出电影院，我终于明白，女儿为什么如此痴迷宫崎骏的动漫电影，这或许就是大人对童年最好的缅怀，对人性最好的仰视，对世界最好的憧憬。以孩童为主的故事，简单，直白，风景秀丽，诗情画意，思想通透。学会用孩子唯美的视野去认识世界，是每个创作者精神和心灵的出口。美是属于人类和世界的，用美铺展的风景，尘埃就不会污染环境，垃圾就不会玷污风景。

《龙猫》是童年的追忆，是精神的依靠，是情感的客栈，是人性的追问。这就是每个人长大后无比向往的天堂，一个玉米，一棵大树，一只龙猫，一把雨伞，一袋橡果，都是时光里最至真至善的稀罕品，勾起岁月过往，那些纯真的生活，痴情在内心深处的挣扎，如电影般回放。我们在长大的过程中，物质生活逐渐满足，总会不经意地想起曾经拥有的那些饱含眼泪或笑容的礼物，想起那段如动漫般浪漫而神秘的时光，这可能就是这部电影的看点。

　　严冬太冷，让人颤抖、恐惧，不敢出门，寒风凛冽，吹得人头疼，有时吹得眼泪都忍不住掉下来。但是走进宫崎骏的动画电影《龙猫》，我整个人瞬间温暖，视觉和精神上极度享受，眼前反复呈现春天的生机盎然。如同宫崎骏的《天空之城》《起风了》一样，故事情节轻轻松松，爱意荡漾，意味深长。

　　艺术创作最大的魅力就是把世间尘埃消融，把天空之城装扮得晶莹剔透，把大自然勾勒得绚丽多姿，把美留给人类。不管在哪里行走，即使起风了，都可以看到一个明亮的世界。

2018 年 12 月 14 日

把根扎在大地上

　　艺术作品最大的魅力，在于经得起时光的淘洗，有人欣赏，有人仰望。

　　我真算不上电影迷，但看完宫崎骏的动画电影《天空之城》，依然沉醉在天空之城里。故事的主人公仍旧是两个稚气未脱的孩子，讲述的是少女希达和少年巴鲁以及海盗、军队、穆斯卡等寻找天空之城拉普达的历险经历。天空之城是贯穿整部电影的线索，前半部分是写前往拉普达途中的处处惊险，后半部分是写到达拉普达的冒险刺激，而在这中间穿插了巴鲁对希达的告白，为这部动画电影增添了一份真挚而厚重的爱情支撑。

　　整部电影以动画开场，构图简单，黑白照片般的画面，简洁地呈现出天空之城的历史。正因为工业革命之后，人们努力制造出飞行船和飞机，让整座城堡和岛屿漂浮在天空，拉普达的人民骄傲地在天空中生活。当遭遇气候变迁，天空之城陨落，幸存的人们从残骸中走出来，再一次走在地面上，他们才深深领悟：人要把根扎在土壤里，离开土壤，就难以生存。

　　飞速发展的科技不仅提升了人类的物质生活水平，而且改变着人类的精神世界。很喜欢宫导出乎意料的大胆想象和设计思路，充分发挥了先进科技带给电影艺术的创新，为人类的幸福生活锦上添花。

　　在电影逐渐走进寻常百姓生活的今天，人们对好电影的渴望愈加强烈。《天空之城》是当之无愧的一部佳作。凭借着画面美和主题美，留给无数观众美的享受和美的憧憬，让一代代人在《天空之城》里渴望自己的"天空之城"，并幻想着找到自己的"天空之城"。

　　电影从天空翻天覆地的变化开始，伴随着乌云和闪电，一艘庞大的飞行器从天空之城飘降地面，从那里走出成群结队的人们，投入大地的怀抱中，柔风轻抚着大地。这部电影旨在说明，不管人类科技多发达，多先进，都不能离开大地的主宰。当广袤的绿色草原上又出现了一架简陋的风车，旁边站着一个提着竹篮的小女孩，和风缓缓地拨动着风车，也轻轻地舞动着女孩的衣裙，如一幅静谧、温馨、绚丽的铜版画,那个女孩正是被天空之城仅存的大树树根所救的人——希达,还有巴鲁,他们的幸福正是得益于人与自然环境的和谐共存。

电影里,宫导赋予"天空之城"丰富的内涵。面对复杂的人群,他们上演着各自的好戏。在商人眼里,它是财富;在权贵眼里,它是权力;在仁者眼里,它是责任;在爱人眼里,它是心中最爱的那个人。每个人都在自己所执着选择的道路上坚定不移地努力追寻着。

我所理解的"天空之城",无疑是人类一种美好的象征和想象,吸引每个人为之努力。那是高不可攀的巅峰,那是人类仰望的高空,亦是人类幻想的神秘佳境。人类要抵达这样的天空之城,随时都会面临种种困难,必须学会勇敢。

欲望太多的人,会走上弯路或岔路,只有真正善良的人才会把根扎在大地上,与善同行。电影里,穆斯卡想称霸世界,军队想夺取天空之城的财富,外表粗暴的空中海盗家族,他们的内心和希达、巴鲁一样善良。正是因为善良的凝聚力,驱使他们彼此帮助,终于逃脱了穆斯卡和军队的魔爪,邪恶和助纣为虐的武器,同时化为大气层的火球坠入云海。而拉普达飘在空中的巨大飞行石结晶,载着拉普达的生命之树,上升到天空的尽头,最终他们返回地球,回到自己热爱的家乡,把根深深扎在大地上。

电影利用隐喻的手法,暗示要把根扎在大地上,才可以实现"人与大地共生"。在希达陷入困境时,她想起了《肯得亚山谷之歌》,她深情地朗诵:"根要扎在土壤里,和风儿一起生存,与种子一起过冬,与鸟儿一起歌颂春天。不管你拥有了多么惊人的武器,也不管你操纵着多少可怜的机器人,只要离开土地就无法生存。"这看似是希达说给穆斯卡的话,其实是宫崎骏想告诉人类的心里话:无论拉普达有多先进的武器,多能战斗的机器人,只要离开了大地,离开了土壤,也不能长久生存。

把根扎在大地上,是这部电影的主题之美,也是宫导对人类的警醒。天空之城永远只是人类的想象,是想象的圣地,人只有与大地在地球上共生,才能过着正常的生活。要想过正常的生活,就要善待他人,善待大自然,善待地球,把根扎在大地上,世界才会和谐美好,天空之城才不会消亡。

这些道理看似很简单,但很多年轻人都需要亲身体会,只有体会了才能明白其中的道理,即使长者说过一百次,他们也未必接受和认可。在电影里面,希达目睹了拉普达惊人的科技和残破的废墟后,才真正理解了拉普达为什么会灭亡。矿硫里可爱的老爷爷,早已告诫希达飞行石神奇的力量——虽然能给人带来好运,也可能会给人带来不幸。而希达的老奶奶,在教导她念光明苏醒的咒语时,也教导了她绝对不能用毁灭的咒语,原因是为了赋予好的咒语力量,就一定得知道不好的咒语之危害。

事实上，希达还是没有听进去。希达使用咒语，使得机器人为了保护她而苏醒。穆斯卡使用咒语，让拉普达大量冬眠的机器人为了摧毁而苏醒。在拉普达七百年的废墟之后，这些机器人成为拉普达先进科技最生动的象征。这些长手长脚、眼睛一大一小的机器人，是不会思考的科技力量，只会依照既定的程式运行。科技是人类发明的，必将为人类服务，被人类所控制。

电影里，宫崎骏巧妙地赋予了这些机器人感动人心的力量。在军事堡垒中苏醒的机器人，让我们和军队一样，首次见识到拉普达无限强大的力量，而它如同中世纪英勇的骑士一般，守护公主直到最后一刻，让我们无比感动。此时此刻，人类的思维一定会和希达不谋而合，从恐惧之中觉醒，惋惜、感动，被忠贞的机器人所折服。机器人毕竟只是被动的机械，无所谓好坏，这一切都源于创造者的意志，或者说操纵在谁的手里。最后，当从拉普达宫殿中苏醒的大量机器人士兵只是盲目地进行破坏时，宫崎骏再次提醒我们，科技本身是把双刃剑，很有用，但它不分善恶，有时也很危险。

人类每天都在为"天空之城"而奔跑，科技为"天空之城"提供了诸多便利，有时也在毁灭人类生存的洁净天空。就像这些机器人，只有掌控在善良者手里，才不会伤害到地球和人类，才能促进社会的和谐发展。

每个人只要把根扎在大地上，总有机会抵达自己理想的"天空之城"。孔子在儒家经典里构建了"天空之城"，牛顿在万有引力定律里构建了"天空之城"，爱迪生在电灯领域里构建了"天空之城"，瓦特在蒸汽机里构建了"天空之城"，安徒生在童话世界里构建了"天空之城"，宫崎骏在动画王国里构建了"天空之城"……

是啊，《天空之城》正是把根扎在大地上，才有了强大的生命力。人类都渴望理想的"天空之城"，它一定会保护我们共生的地球，促进人类与自然的和谐共生，并推动人类与地球的亲密发展。

愿每个人都可以早日抵达自己理想的"天空之城"。

2019 年 1 月 12 日

最好的时光

走出大千印象城的电影院,我一直在回味电影中的一句句经典台词,还有电影陪伴我度过的这一段最好的时光。

《老师·好》这部电影从这句台词开始:"人生就是一次次幸福的相聚,夹杂着一次次伤感的别离。我不是在最好的时光遇见了你们,而是遇见了你们我才有了这段最好的时光。"这部以教育为主题的电影,剧中人物个性鲜明,电影台词简单朴实。《老师·好》讲述的是苗老师智斗一群班级"捣蛋鬼"的故事。虽然故事情节没有太多跌宕起伏,但这部电影正因为缩影了生活的现实,才显得更加真实和让人熟悉。电影将时间定格在20世纪80年代,看似离我们很久远,但这些故事和情节仿佛就在我们眼前,就在我们身边,就在我们生活中。很多场景都没有时间的隔阂,也没有空间的跨越,活脱脱地将教育的某个情节重现。在教育的道路上,不管你选择扮演什么角色,都不能敷衍每个学生,你努力把他们引上正确的方向,这是教师最基本的良知和道义。电影最大的价值莫过于此,教育最大的价值莫过于此。

透过剧情,彰显人物形象。争强好胜的富家女关婷婷,小混混洛小乙,温柔胆小的好学生安静……他们在青春之路上释放着友情与真心,为了兄弟两肋插刀,任何时代都不过时。面对他们不同的个性,苗老师因材施教,效果明显。尤其是他拿出北京大学的录取通知书时,深深触动了学生上进的心,也深深戳中了我的泪点。考上北大是何其艰难,考上心仪的大学却不能去读,他的内心一定痛到了极点。那句"士不可不弘毅,任重而道远",不知道鼓励了多少人走上教书育人的道路,并努力坚守承诺:当一个好老师。

教育最大的魅力就是把绝望变成希望,把坚冰融化并暖热,把想象变成现实,付出的真诚得到回应。那位80年代优秀的高中模范教师苗老师,出场时留给我的印象貌似是个看重荣誉和面子的自命清高的人,但看完整部电影后才发现,他是一个不向命运低头、忠于教育、淡泊名利、博爱高尚的人,面对一群"问题学生",

时常眉头紧锁,整颗心都倾注于学生身上,想办法解决学生的困难,一心帮助他们实现梦想。在他的影响下,洛小乙改头换面,退出了混混的行列加入了共青团;关婷婷承认了自己撒谎离间的行为,更有了集体荣誉感,为班级争得了荣誉;安静不再是胆小怯懦的女生,她勇敢地跑到县政府为敬爱的老师证明清白……他们甚至也想成为一名老师。而安静得知老师未能实现的梦想后,立志要考北大中文系,完成老师的梦想。这样的触动是苗老师付出所有真诚换回的改变,这样的剧情也正顺应了苗老师心中所想,如他所愿。

很喜欢苗老师的那部"自行车",是电影的标志物,总是在拥有和失去之间徘徊,成为贯穿全片的一条线索。刺头们费尽心思地破坏自行车,让这部冠以奖品之美誉的自行车伤痕累累,也让苗老师的心伤痕累累。每个人心中都有一件神圣至上而不容侵犯的"神物",可苗老师的"神物"终是被孩子们毁了又毁,也让他的心伤了又伤,终因安静的车祸彻底粉碎,一如他碎了一地的理想,碎了一地的期盼,碎了一地的坚守。自行车本是代步工具,在电影里始终扮演着事业加速器的角色,在最艰难的时刻,它总是闪亮登场,让剧情走向高潮。可能是导演的心之所向,让自行车毁灭了苗老师用一辈子铸就的事业巅峰,安静永远成了自行车的旁观者和受害者,和苗老师何其相似。

"考上北大"无疑是电影的另一条线索,永不磨灭,这是诸多家长对在读高中生最高的期许。那张北大录取通知书,在电影里反复出现,给予观众更多力量。尤其是对于正处在求学阶段的莘莘学子,那是一股内心沸腾的热流,可以为奋斗加足马力。苗老师搁浅的北大梦,悄然转移到学生安静身上,这是理想的迁徙,更是优秀教师对优秀学生最高的期盼和祈祷。我们都有过这样的青春,也曾被老师这样高高举起,拥有过"北大"一样沉甸甸的梦想,但是阴差阳错,未能实现。搁浅梦想的何止是苗老师一个,生活中成百上千的像苗老师一样的人,面对不同的困难和遭遇,有了梦想搁浅的相同结局。我很能接受本片的结尾,淡化这帮学生的"高考"结局,轻描淡写地勾勒了苗老师的"不告而别",这样的结局无所谓悲喜,无所谓成败,无疑留给观众更多的思考。

讲时代故事,塑时代英雄,在这部电影里体现得淋漓尽致。艺术形象都来源于生活,又超脱于生活本身。观众用正义的尺度去评判,一切都合情合理,这就是艺术的灵活性和社会性,没必要非左即右,非黑即白,走思想的极端。苗老师,这位英雄式的老师,从电影里走向平凡人家,映入我们的脑海。面对刺头,他不卑不亢,敢于拔刺,用威严和博爱削去他们身上的棱角,用良苦用心唤醒他们迷茫的心灵,用永不放弃的精神点燃了他们青春的烈火,让他们可以在生活的舞台上演好自己的专场。偏心成绩好的学生是他的特殊用心,遭到诸多学生攻击,他也只能翻个白眼;把派出所上班的小舅子常挂嘴边,震慑调皮捣蛋的学生,才有了学生卖东西打架被抓后第一时间报他的名字,得到他的"救援",足见他的高明;得知学生生病需要做手术,捐出一个月的工资,蓦然感动全场;不放弃洛小乙,挨个找,找到混混吃饭的场所,终究征服了他绝望的心。电影里的这些人物,我们身边都存在相似的原型,电影刻意把他们"脸谱化"或"戏剧化",让他们在"理想"与"现实"之间游弋。

苗老师用高贵的人格魅力,为千千万万的教师竖起了道德的丰碑,为数以万计的莘莘学子竖起了行动的高标,让人肃然起敬。我也从教二十多年,一直行走在教书育人的道路上,一直像苗老师一样用爱去铺就学子的成长路。但是在社会这个大家庭里,总有人给老师贴上"小气""斤斤计较"的标签,也曾听说偏僻农村学校的教师,在吃大锅饭时,为了分配均匀,用三角板测量火烧馍的长宽高。我无须推测这个故事的真假,却知这是在讽刺老师的过度小气。正因为此,电影里多处将苗老师的高大胸襟放大再放大,伫立成一座高耸的丰碑。比如,苗老师年年被评为"优秀教师"成为大家学习的楷模,面对学校的福利房,始终不争,奖励都不要,终是没有得到;而那个争房的女老师,那一句恶狠狠的台词"我分不到,谁也别想得到",为了房"一泼到底",该是多么卑劣。当妻子动员他搞辅导班时,他内心极度挣扎,偷窥邻居老师收费补课的场景,激发了他免费给学生辅导的念头,还遭遇了被举报的下场。这天壤之别,将教师的尊严重新书写。看到这里,苗老师的高贵人格,在那个贫穷的时代,成为一颗最亮的星,在黑夜里闪闪发亮。这样鲜明的对比,是对教师的尊重,是对教育的尊重,是对人性的尊重。当然,我们无法苛求所有教师都如苗老师,但至少在每个时代都有千千万万个苗老师,将教育的故事讲述得栩栩如生,入脑入心,给青春年少的学子最好的指引,这已经足够了。人啊,不管走在哪个阶段,有高尚的人作伴并同行,就是最美好的时光。

当然,这部电影还有太多感同身受的场景,那就是能够把观众带入尘封的回忆里。看着电影里那些熟悉的场景,我那过去快三十年的学生时代再次重演。十多岁的懵懂孩子,我们也曾如电影里的这群"问题孩子"般淘气。淘气得可爱,淘气得彻底。也曾带着同学们集体逃课受到校长的警告;也曾周末集体爬山跌得头破血流;也曾熬两个通宵补齐所欠作业;也曾为一次数学没考到满分哭得稀里哗啦;也曾被调皮的男生奚落得三天装病不去学校;也曾因丢了所有课本和复习资料瞬间崩塌;也曾把语文课上成体育课疯狂到底;也曾因送走那个白血病的同窗好友悲伤得不能自拔……太多的场景都太过于相似,让我们有种不期而遇的震撼。故事的结局也太过于相似,很多人的结局都不得而知,而我却真的当了老师。

从过去到现在，一直坚守在教育的道路上，始终明白有一种最真的大爱叫严厉，有一种最真的幸福叫理解，有一种最真的怀念叫你从来都不曾离开。

很喜欢电影《生命因你而动听》中乔安娜尔森扮演的格特鲁德说的那句经典台词："这一屋子人的生命，个个经由您的点化，得以健康地长大成人。我们就是您谱写的交响乐，荷兰先生。我们就是您创作的旋律和音符。我们是您人生的乐章。"这就是学生心中最美的风景，也是老师心中最美的记忆。彼此的真诚和信任，赞美与祝福，在乎与宽容，才是教育最好的状态。面对现实，社会压力重重，让老师肩负过重的负荷，老师们活得确实很累。但并不会扼杀好老师对学生一生的影响，并不会影响真挚而令人羡慕的师生关系，并不会阻碍人们反思当下教育存在的矛盾和问题。当有人无理抱怨老师严厉时，当有人恶意诋毁老师时，希望有人坚持正义，有人心怀包容，支持学校，信任老师，勇敢地为老师和学生架起一座真诚的桥梁。

理解万岁，当学生渐渐长大，终究会明白老师的一片真心。那一段共同陪伴的时光，从来都不曾离去。"人生就是一次次幸福的相聚，夹杂着一次次伤感的别离，我不是在最好的时光遇见了你们，而是遇见了你们我才有了这段最好的时光。"是啊，我们每天都在遇见和告别，唯愿每个人都可以遇见人生最好的幸福，度过一段最好的时光。

2019 年 4 月 6 日

愿雨过天晴，岁月静好

世界从不缺少爱，只是缺少发现爱的心灵。

——题记

倾盆大雨从天空流泻下来，一位七十多岁的老爷爷突然犯病倒地，同行的这位十来岁的小男孩突然声嘶力竭地呼唤："爷爷，爷爷，你怎么了？你不能离开我……"这声音戳中了我的泪点，也戳中了我的六十多个学生的泪点。虽然我一个人坐在他们最后面，但是分明听见班里好几个小女孩忍不住哭出了声，看见一些男孩儿眼圈潮湿红润。

这个画面就是电影《爱在前方》最感人的一个场景，这个场景让这个淘气的男孩小杉瞬间清醒，读懂了爱的全部意义。这个一次次用极端方式激怒爷爷的男孩，在经历了一次次不知所措的迷茫和叛逆后，终于明白：那个被我无数次在心中埋怨的老人，被我无数次顶撞和伤害的老人，就是这个世界上最爱我的人。

电影《爱在前方》是一个关于留守儿童保护题材的影片。导演通过一个老人和孩子，在生命中一段寻找孩子亲生母亲的故事，展示了人性中的关爱、善良以及真情。电影以老人与孩子激烈的冲突开场，以老人找到真相后更加全力以赴地爱孩子收场。故事情节算不上曲折，但是真情感人肺腑。电影以发散式结尾收场，留给观众诸多思考。

电影的开局为观众塑造了一个固执而不可理喻的老人，他不断将孙子小杉送到福利院，小杉却总是逃回老人的身边，留给我们思考："他真是狠心，为什么要把孙子送走？小杉又为何要跑回老人身边？"看完整部电影，终于明白——在孩子心里，有爷爷的地方才是家；有爱的地方，就有温暖。

寻找亲生母亲，对一个缺少亲情的孩子来说是唯一的选择。然而，老人并不知道小杉生母的详细地址、真实姓名、固定住所，这注定了小杉的寻亲之路坎坷而艰辛。这一路上爷孙二人遇到形形色色的人，也遇到各式各样的困难，经历了漫长的找寻，最后依然没有找到孩子的亲生母亲。最后他们终于知道小杉不是老人的亲孙子，徐萌不是孙子的亲生母亲。我们在为小杉难过惋惜时，也体验到爷爷的爱是如此踏实而细腻。诸多平平淡淡的生活细节，折射出最真实的爱。一如日本导演北野武的《菊次郎的夏天》，相似的找寻故事，相似的意外结局，相似的细腻表达，让观众收获爱的感动和触动。

本片塑造了生活中最普通的人物形象：一个身患重病、生命垂危的老人，一个违背做人底线、拐卖儿童进了监狱的儿子，一个背信弃义、狼狈为奸的儿媳，一个纯真可爱、无依无靠的孩子，一群充满爱心、真诚友善的陌生人。这部电影中的人物真是社会角色的缩影，每个角色似乎都在我们身边。每天都行走在路上，每天都会遇见形形色色的人，但爱和友善才会缩短人与人之间的距离。

本片以小杉寻母为核心线索，其既是故事情节所需，也是本片揭示主题的关键所在。这位年逾古稀的老人身患重病，与之相伴的小杉面临一个十分严重的问题：如果自己离开人世，还有谁能照顾这个可怜的孩子呢？于是，他开启了寻亲之路，要在自己临终前，为自己抚养了八年非亲非故的孙子寻找到亲生母亲。

老人带着孩子辗转多地，依靠仅有的一点点线索踏上了寻亲旅程。他们俩风餐露宿，也经历了种种困难，也遇到了乐于助人的司机、尽职尽责的警察、失去孩子的寻子团、好心的渔夫以及想骗钱的坏人。在好心人真心真意的帮助下，老人终于帮孩子找到了妈妈，可冰冷的现实让他的心瞬间破碎——孙子小杉是被他儿子拐回来的，徐萌也不是他的生母，已经重新成家的她无法收留孩子。善良的老人没有告诉孩子真相，只好无奈地带着孩子一路前行。

"父母和孩子就像两部电话，无论距离多远，他们的心总是连接在一起的。"然而，永远也不知道亲生父母是谁的小杉，他成长中该有的爱到底在何方？谁能告诉他？谁也不能回答他。只有这位羸弱的老人，成为他唯一的依靠。这正好回应了片头小杉一次次从孤儿院逃跑回家的理由。每个孩子都该有爱陪伴，不管是爷爷的，还是父母的，都是最珍贵的，堪惜。"不管你找得到妈妈还是找不到妈妈，我都会陪着呢，如果找不到我继续养你。"就是这句话深深感动着我，感动了所有人。小杉没有长大，爷爷怎敢离去，"我会一直陪着你长大"，这是多么铿锵有力的誓言。

故事虽然没有画上完美的句号，但在这段漫长的寻亲路上，小杉理解了爷爷的酸楚，消释了对爷爷的误解，产生了对爷爷的依恋，也懂得了最质朴最真实的爱就在身边，更让所有人读懂了爱的真谛。很喜欢电影不确定式的结尾，谁也不知道老人和孩子到底何去何从，生活会过成什么样。这才能触动人类的灵魂，是谁破坏了家庭的完整？是谁拆散了家人的幸福？是谁毁灭了孩子美好的童年和老人幸福的晚年？是人类的不守规则，是欲望的贪婪，是人性的卑鄙与丑恶。违背道德伦理，触碰法律必受严惩，这是他们必然的归宿。期待那些丢失的道德伦理能在这里找回，良知也能在这里被唤醒。

爱在前方，且行且珍惜。风雨过后，所有的苦涩都已经铭刻于心，所有的爱都已经收藏于心。我们只能期盼那些丢失的孩子，能够早一点和家人团聚，世间不再有骨肉分离；我们无比期望，世界不再有罪恶，不再有道德沦丧，不再有伸向小孩的黑手；我们无比希望，人们都能心存美好，过着平静的生活，友善洒满人间！

细雨蒙蒙落江面，有人撑着油纸伞，伞下是可爱的孩子，有父母牵着他温暖的小手。就像电视剧《情深深雨蒙蒙》的结尾一样美好，细雨蒙蒙，在火车站，所有人都找到了自己的亲人，被亲人接回家，而那个孤独的何书桓，遍体鳞伤，一瘸一拐地走下火车，泪眼婆娑，朦胧中，他看到了那个最想看到的身影——依萍，"我爱你"三个字历经战场的煎熬，历经时间的洗礼，在此时此刻，一直重复着，响彻云霄。这就是爱，经得起风吹雨打，经得起时间考验。

愿所有雨过天晴，都有阳光灿烂，都有岁月静好。珍惜拥有的幸福，就像朱光潜那样——"慢慢走，去过美的人生！"

2019 年 4 月 14 日

不要忘记你的名字

"内心深处在呼唤，让我们不停地画出梦的色彩，比起回忆心中的悲伤，不如用同样的唇轻声歌唱。即使在粉碎的镜片中，仍然能映出新的景色，晨色初照下的宁静窗台，还有化为虚无的身体，从此我不会越过大洋去寻找。闪耀的所有都在身边，我将自己去追寻。"这首《永远同在》缓缓地为电影《千与千寻》画上圆满的句号，人早已走出电影院，而心还沉浸在整个故事中。

这已是我第五次欣赏这部动漫电影了，这样痴迷缘于每次欣赏都有不一样的感悟。电影主要讲述了十岁女孩千寻和爸爸妈妈一同驱车前往新家时，在郊外的小路上不慎进入了神秘的隧道，突来的遭遇和变故，让千寻失去了所有的依靠。茫然不知所措的她，被"小白"所救，"小白"为她指明了出路——去找锅炉爷爷以及汤婆婆，找到一份浴池打杂的工作，并在这里学会做人，学会处世，学会感恩，学会爱。

电影画面精美，故事跌宕起伏，多像人生旅程，终是回到原点。这不仅是正义和邪恶的对抗，而且善与恶纵横交错，让人在复杂社会里学会分辨是非，在混乱中读懂人性的真善美，在生存路上挖掘生命的潜力，读懂生存的哲学，寻找生命蓬勃的动力源。

这部电影没有时代的特殊性，不同年龄的人群，都可以读懂生活的味道和生命的力量。这或许是宫崎骏大师的初衷，也是这部影片的魅力和生命力所在。千寻的遭遇具有普遍性，你有过，我也有过。痛苦过，流泪过，但不自暴自弃，勇敢面对，最后走出困境。电影穿越时空阻隔，征服了不同人群，人们能从她的泪水和欢笑中，看见自己不同寻常的过往和独一无二的成长历程。

这部电影分明是千寻的一部成长史，也是每个人成长旅途中曾经经历的风霜雨雪。面对爸妈变成猪，千寻瞬间迷茫得不知所措。白龙，无疑是她生命里的第一个贵人，一次次真诚地帮助她，让千寻非常感动。白龙用自己的方式，教会她学会适应复杂环境，学会保护自我，学会负重前行，学会困难自己扛。摔跤了爬起来才有出路，学会工作才能立足社会，学会坚强才能战胜懦弱，学会真诚才能获得真心，学会感恩才能收获友谊……

不忘初心，方得始终。千寻，一个看似懦弱而胆怯的小女孩，她时刻铭记着挽救父母的责任，这是她顽强的救命稻草，也是她用心工作的原动力，这也让她完成了彻底蜕变。为了父母，为了朋友，为了感恩，她用勇敢执着的心追寻梦想，用自己的努力战胜了所有困难，用自己的方式适应了周遭世界，无论多苦，都愿意扛，都努力扛，终于心想事成。

电影塑造的人物个性鲜明：越挫越勇的千寻，凶神恶煞的汤婆婆，善解人意的白龙，善良仁慈的锅炉爷爷，默默无闻的无脸男……尤其是无脸男，没有名字，只是付出，不求回报，不问结局，一直爱着他人。没有人知道他从哪里来，他矢志不渝地站在千寻身边，默默地关注着她，千寻心有感应。爱有人懂才有意义。当他孤单地站在雨里，正在擦地的千寻发现了他，对他说："你站在那里不怕被淋湿吗？我把这扇门开着。"他什么都不说，我从他那一成不变的表情里，读到了胜似千言万语的感动。

所谓滴水之恩，涌泉相报。千寻就只帮助过他一次，却换来了他无数次的帮助。当千寻需要药浴，可是掌管药浴的人却始终不肯给时，无脸人悄悄设计了一个局，分散了那人的注意力，成功偷取了药水送给千寻。他默默地守护着千寻，在她最需要的时候提供帮助，却不要回报。无论他对她的感情是感激还是爱慕，他为她做的一切，都足以让人感动。不管世界怎样改变，一定要善待那些默默为你付出的人，那才是你值得珍惜的人。

欲望让人贪婪，贪婪毁灭人生，电影诠释了这个法则。从千寻父母贪吃变成猪拉开序幕，尤其是贪婪的汤婆婆，在她身边的那些人，无论是否有头有脸，只要有钱，都会受到热情的欢迎。但是千寻在这样的环境里始终保持着纯洁，经得起考验，没有迷失方向，始终记得为什么出发。

"你要什么，我都给你。"这似乎是无脸男对千寻最真心的表白。

"我要的东西，你没办法给我。"这是千寻对无脸男最委婉的拒绝。

这和勃朗宁夫人《抒情十四行诗》里的诗句多么相似，语言简朴，感动无比。千寻什么都不要，她只想回家。千寻问他："你家在哪里呢？你有爸爸妈妈吗？"他把头深深钻进自己的身体里，默默地说："不要，不要，我好孤独，我好寂寞。我要小千，我要小千。"其实他要的不是小千，而是一个不贪图他的钱财，真心待他的人。这种喜欢，无关爱情，只因她对他好，只因她比其他人更善良更真诚。

"是爱！是爱！是爱改变了这一切！"这份"爱"里蕴藏着几多贪婪：人类的欲望是永无止境的，人类的贪婪永不停止。千寻从一个物质世界，跌入一个对她来说全然陌生和充满困境的神灵世界，她从来没有迷路，没有失去善良和真诚。电影中许多贪婪的人，衬托出她出淤泥而不染，把善良的种子播种在陌生的世界里。真正的美是属于大家的，真诚是走近心灵的最好方式。河神喜欢她，白龙喜欢他，无脸男喜欢她，锅炉爷爷关心她，小玲愿意帮助她。

爱是这个世界永恒的主题，也是千寻矢志不渝的追寻，直到她梦想成真！电影的结局无比美好，千寻用爱和真诚感动了一切，也改变了周遭的一切，让这鬼魅城池不再鬼魅，让"人间地狱"回归充满生机的乐园，帮助那些被欲望摇晃得昏头转向的"人们"丢弃了罪恶与贪婪，找回了心灵的本真。任何时候，都要记得从哪里来，要到哪里去，走好这一程就是人生最好的修行。这途中，会犯错，会迷茫，会有悲伤阻隔，但爱是摧毁悲伤并让人勇往直前的力量。

"让灵魂回归本真"，这是一切艺术创作的终极目标。但丁在《神曲》里根据恶行的严重性顺序排列了人类"七宗罪"，它们分别是：饕餮、贪婪、懒惰、淫欲、嫉妒、暴怒以及傲慢。正因为人性的贪婪，才有了"千寻"这个词，寻人脉，寻事业，寻金钱，寻仕途，寻爱情……寻一切想要的，便会忘乎所以，终将害人害己。

"不要忘记你自己的名字，否则，你就找不到回家的路了！"这是宫导最真诚的呼唤，他借用千寻的故事呼唤人性的回归。任何时候，都不要忘记自己的名字，保持平静的心，昂起头就会看见蓝天很蓝，星光璀璨，照亮了黑夜。慢下来，走好每一步，就会看见途中的花、草、城市、原野，美到极致是平淡。

2019 年 6 月 23 日

修好人生这座桥

陪女儿看电影是每周末的必修课。

"把自己的桥修好，是世界上最大的事儿。"这是我最喜欢的一句电影台词，也是重看《银河补习班》后一直在心里慢慢咀嚼的一句话。

电影《银河补习班》以父子情为主线，主要讲述了马皓文蒙冤入狱七年，遗憾地错过了陪伴儿子马飞成长的时光，出狱后面对儿子被开除的现状，马皓文五味杂陈，难以接受，但他从未放弃，用满满的爱为儿子撑起一片蔚蓝的天空，用自己独特的教育方法给予儿子自由成长的空间，教会儿子独立思考的能力和面对困难的勇气，帮助儿子找到心中坚不可摧的梦想，并鼓励儿子矢志不渝地为之努力，努力修好人生这座桥。

巴尔扎克在《论艺术家》中说："艺术是思想的结晶。"电影的故事情节跌宕起伏，现实与回忆纵横交错，思想在矛盾中闪光。身为教师，我更关注电影中的教育话题。剧情发生在 20 世纪 90 年代，正是应试教育与素质教育激烈碰撞的时期，家长、学校和社会对教育的思考多了一点迷茫，如何找到一个合适的模式是整个时代关注的焦点。而这部电影揭示了教育的核心问题——任何一种教育方式都不应该标签化，对于不同个体，教育应该是多元的。不管选择何种模式，都应该给予孩子端正的态度、正确的思想和有效的方法，培养孩子独立思考的能力和坚忍不拔的毅力。只有做到这些，结局才能水到渠成——马飞成为博喻中学这一届最优秀的学子，实现了从飞行员到宇航员的华丽转身，成为自己和父亲的骄傲。他的成功告诉我们"教育的真正意义是什么"，而这部电影诠释了"桥是现实通往理想彼岸的唯一途径"。

家庭教育是孩子成长的重要之桥。马飞本是一个阳光感性的男孩，眼里有光亮，心中有梦想。可是却遭遇了家庭的变故，那个英雄式的爸爸蒙冤入狱，突然消失在自己的生活里，孤独无助的妈妈投靠孟叔叔，马飞所有的幸福瞬间烟消云散，仿佛从天堂跌入地狱，学习跌入低谷，人生跌入低谷。市里最好的博喻中学，是很多人向往的学校，他也被迫加入其中。然而一学期的寄宿制学习未能改变他的命运，并将他推向矛盾的焦点——班级倒数第一名，闫主任在全校师生大会上宣布他被退学，那个刚出狱的爸爸出现在现场，与主任争辩，母亲跪下来求校长，都只为赢得马飞留校学习的机会。亏欠的要加倍偿还，马皓文做到了，陪儿子一起学习，一起游戏，一起找到人生的方向，一起度过艰难的岁月，一起紧握人生的救命稻草，用一拼到底的精神挽回了留在博喻中学继续读书的机会，并彻底改变了命运。

父爱是修复人生的坚固之桥。"儿子，你是最棒的！"这句暖暖的鼓励帮助儿子找回了自信。那个足球改做的地球仪，是父爱的标志，贯穿电影始终。为了给儿子买电脑，穷困潦倒的爸爸不惜卖血，也要满足儿子的需要；为了制止校园欺凌，不惜被打得头破血流；为了带儿子看航模展，不惜忍受闫主任的嘲讽和教训；为了给儿子赢得机会，不惜挑战权威，与闫主任争辩……每一个细节，都闪烁着父爱的光芒。所有缺失的爱都需要一点点补回来，这爱必将为孩子架起一座坚固的桥。如若无法弥补，必将成为人生最大的遗憾。你一定不会忘记，骄傲的闫主任与他的那个疯儿子，这是多么残酷的对比。

努力是实现梦想的助力之桥。这部影片从不同视角，展示了努力的价值，给每位观众满满的正能量。在这部影片中，无论你是以父母、老师或儿子的身份在欣赏剧情，你都可以享受努力的过程，收获努力的结果，看到努力的光芒。闫主任用自己毕生的努力攀登人生高峰，马皓文用一辈子的努力为自己洗雪冤屈，高老师用自己的努力赢得大家的认可，马飞用自己的努力实现完美逆袭，成为时代的骄傲……

独立思考是战胜逆境的捷径之桥。马飞在太空，飞船的天线出了问题，与地面失去了联系，恐惧充斥在飞船的每一个缝隙里。真正的恐惧来自恐惧本身，害怕失败就是最大的失败。谨慎的马飞没有慌乱，淡定地寻找解决办法，爸爸说的"遇到任何困难都要自己想办法解决"给了他莫大的鼓舞和鞭策。他独立思考，顺利解决难题，没有成为太空垃圾。在这个特殊的境遇里，马飞回想起少年时代，那次与爸爸走散后遭遇了人生最大的困难——1998年的特大洪水险些吞噬自己的生命。他通过自己的独立思考解决了这个难题，成功自救，赢得了第二次生命，这就是独立思考在电影中最大的价值体现。是啊，人的一生不知道会碰到多少难题，只有具备独立思考能力的人才会赢得机会。回归今天的现实，试想一下，如果我们的孩子真的跌落洪水里，他能逃出来吗？

当然，整部电影还有很多经典的镜头：马飞父亲在人生的巅峰时刻，抱着儿子分享成功的喜悦时大桥轰然倒塌，人生陷入谷底；马飞被开除时妈妈哭着跪地求校长，继父找关系，这是教育存在的畸形；7年后父亲出狱带儿子感受大自然，真切地体验生活，以此修复亲子关系，扬起亲情的风帆；高考结束后，学校里撕碎的试卷书本漫天飞舞，是很多学校难以制止的常见场景；闫主任培养了满墙高考状元，而自己的儿子却疯了，这何尝不是教育最大的悲哀和为父者最致命的痛……这些镜头铭心刻骨，带给我诸多思考。教育真的不是校园的独角戏，分数也不是学生唯一的命根，成功更不是一蹴而就的历程。

很喜欢电影里的经典台词："这世界上有很多事情是我们控制不了的，但我们可以控制的，是我们自己。"这看似很多人都明白的道理，在行动中常常会被我们的懦弱打折。"如果你身处黑暗，还想要照亮别人，那你算是长大了。"所谓成长，就是学会负重前行；有足够的勇气在黑暗里不恐惧，努力化作一缕光照亮别人是一种境界，学会处处为他人着想才能拯救我们蒙尘的灵魂。

每个人都是社会的一分子，都是一个特殊的个体，需要用一辈子时间，去修好人生这座桥。这桥无论是高是矮，都需要真诚做桥墩，需要毅力做支撑，需要浓浓的爱去凝固。

修好人生这座桥，可以摆渡自己，亦可以摆渡世人。

2019 年 7 月 14 日

四 从教印记

努力为人生画圆，
以梦想为圆心，以激情为半径，驰骋三尺讲台。

年做的门槛

跨进2018年的站台，我又想起了旧时光里叮咚作响的音符，想起了校园里的歌声和微笑，想起了和孩子们在一起的分分秒秒。每天入校和离校时那些依依不舍的目光，延长了时光的脚步，让它慢慢地、慢慢地从我身旁离开。

时光就像用手捧起的水滴，总想牢牢抓住，可偏偏从指缝间缓缓流逝，留下了抹不掉的印迹，镌刻在岁月的枝头。春夏秋冬，在枝叶的缤纷中更替，完成着各自的使命，而不变的依然是我们为青春奔跑的脚步。

清晨，踏着晨曦，走在宽阔的校园里，呼吸着清新的空气，等待学生的到来，感受从教的幸福，心中充满了力量。在快速行走的步伐中，认真地筹划今天和明天，完成思考的过程，这也算是对自己教书生涯刻意的雕琢。

黄昏，晚风悠悠然，白云翩翩舞，仰头是风景如画，低头是脚踏实地。就这样坦然自若地走在夕阳里，一天的辛劳和疲惫，一股脑儿都被夕阳慢慢地带走了。我们就像一只只急于归巢的鸟儿，始终朝着温暖的方向前行。耳畔，仿佛回响着：爸爸，你回来了；妈妈，你下班了；孩子啊，我操心着你啊。心里一遍遍重复着：老爸老妈，您可一定要健康快乐啊！儿子冷落您了，女儿疏远您了，过年一定回家好好陪您。

当好学生的引路人，这是认真对待工作和生活的我；心怀梦想眺望远方，这是倍加珍惜今天和未来的我。人生充满爱和激情，我们要用自己微薄的力量为社会的发展贡献价值。曾记得走在乡间小路上，我的视野里，忘不了的是三条岭的桃花朵朵，凤桥村的樱桃点点，鲁家村的紫薇绚烂，我只想把自然的美丽与人们的美好追求融为一体。虽然，烈日炎炎，寒风凛冽，但我从不退缩，有时身心疲惫，有时无可奈何，但总觉得这是一种最好的精神安慰。

虽然岁月的痕迹昭然若揭地写在脸上，可我憧憬着校园里百花盛开的那一刻，我期待着青春之花在教书育人的旅途中绽放光彩。是啊，我的心时刻在校园的心扉里跳动，我的脚步总是在青春的琴键上跳跃，神采飞扬，容光焕发，仍保持着大江东去浪淘尽的豪情万丈!

站在年末的琴弦上,心中充满了感激和感恩,好想真诚地道一声谢谢!感谢那些帮助和鼓励我的恩人,感谢血脉相连灵犀相通的亲人,感谢自己的坚守和温暖,让我时刻牢记,我不是来向人类索取的,我需要奉献。

生活就像一面镜子,你对它哭,它就会对你哭;你对它笑,它就会对你笑!岁月的磨砺使我们学会了微笑,学会了坚强,学会了担当。即使有时摔倒了,站起来,依然会昂起头,真诚做人,认真做事,用矢志不渝的信仰,去对待人生中诸多的变换,去谱写属于自己的今天和明天,去勾勒自己的人生篇章。

溜走的日子总是定格在生命之树的年轮上,时间再久也不会模糊,因为它凝聚着曾经的付出,雕刻着奋斗的曲线,激情还是低缓,喧嚣还是沉静,都写满生命的诗行。不愿,不舍,都是因为它与我们有着浓郁的情节,相交的默契,重叠的完美,擦肩而过的留恋,翘首企盼的缠绵,这些生命的旋律,节奏分明,切切堪惜。

走在2018年的日子里,我满怀憧憬,可以尽情幻想,精心规划,以最浪漫的方式拥抱它,以最炽热的温度分享快乐与美好。该去的总会去,该来的总会来,抓住便是缘分,珍惜便会无憾。今天之所以如此美好,是因为我可以牢牢抓住,并好好享用。只有这样,当我老了,才不会万分遗憾地说:"好想人生重来一回。"这话,是因为回首时,不满足于昨天。

新年的太阳已经升起,我好想舒展一本久未打开的诗集,携一缕文字的芳香,与清晨和薄暮打招呼,与露珠和晚霞散步,听迎春花和柳树笑盈一条路,看野鸭和金鱼舞动一江水,请老天看住雨水,请阳光洒在肩头,然后,我穿上樱花做的外套,驾着春风去看你。我想和燕子作伴,衔着春泥,行在风里,向北,向西,向南,向东,到达我想去的地方。那里生活甜美,幸福安康,美丽如初!

站在新的起点,每一条路都将通往星辰大海,只要你愿意从此启程。世界上最幸福的事就是你喜欢的人刚好来找你,你想要得到的东西已经在你手里,你想看的风景全在你眼底。时间老人是最公正的,既不会多给你一点点,也不会少给你一点点,它给每个人的都是一样的。朋友们,抓住当下,与爱同行,与梦同行,遨游在浩瀚的大海里,努力去做那一尾最幸福的鱼。

踏着新年的节拍,面朝大海,奋力地拉起风帆,开足马力,让每一个寻常的从教日子,过得丰盛和愉悦,变得充实和饱满。当明年或者明年的明年,岁月的年轮一次又一次轻轻地划过,不管你是走在莺歌燕舞的春季,还是走在寒意料峭的冬季,不管你是迎着崭新的朝阳,还是告别昏黄的日落,我们依然可以微笑地说:面对昨天,我都做到了——努力地绽放和优雅地凋零!

2018年元旦

致我亲爱的孩子们

亲爱的孩子们，今天是我们第二次见面，请允许我这样称呼你们。自从9月1日遇见你们的那一刻开始，我们就注定有了浓浓的缘分。

"每一次相遇，都是上帝最美的馈赠！"感谢缘分，让我们相遇在这个热烈的秋天，让我们可以一起携手成长。我们的家庭有一个响亮的名字：安康市第一小学四年级12班。它有一个别样的特点：本学期新组建的班级；成员组成分别来自原一班5人，二班7人，三班4人，四班5人，五班7人，六班7人，七班5人，八班7人，九班7人，十班5人，十一班4人。相逢何必曾相识？今天我们不熟悉，但可以结伴同行，相信我们很快会熟悉的，会亲如兄弟姐妹。我们的相处秘诀是：学习和生活中，相互帮助，相互宽容，相互理解，相互学习，共同成长。

欢迎你们加入这个崭新的大家庭，让我有机会成为你们的"家长"。我会和天下所有爸妈一样爱你们的，愿我能当好你们的家长。英国作家萨克雷说："播种行为，可以收获习惯；播种习惯，可以收获性格；播种性格，可以收获命运。"我希望用我深深的爱浸润你们，培养你们爱祖国、爱学习、爱劳动的好品质。用"三爱教育"约束自己，就不会误入歧途。愿我们一起努力，把这个大家庭经营得风生水起，枝繁叶茂，让我们心往一处想，让我为你们美好的明天遮风挡雨，为你们的展翅高飞不断助力！

亲爱的孩子们，在我眼里，你们都是优秀的。在未来的日子里，我期待你们德、智、体、美、劳全面发展，希望你们认真规划人生目标，思考"我想成为什么样的人"，并努力为之奋斗。曾经，我一直用这句话引导我的女儿，今天我也想用这句话来引导你们，期待你们和我同心同行，请允许我当好你们成长的引路人，带领你们朝着既定的方向前行。

亲爱的孩子们，在我眼里，你们都是勤奋的。在我写这封信的时候，我看到了你们在爸妈的指导下，认真地完成预习作业。我也抽空聆听了家长群里你们的朗读，很多孩子朗读认真，字音正确，这让我很欣慰。尤其是赵艺茹小朋友读了好几遍，每次都是百分百正确，真棒。不厌其烦，锲而不舍，这是很好的学习态度和习惯，值得大家学习。期待每个宝宝都能够把热情和时间用在学习上，远离电子产品，加强体育锻炼，健康快乐地成长。

和你们一起学习是我最快乐的事儿。正是在你们的带动下，今天我也鼓足勇气，朗读了第一课《观潮》，并分享到家长微信群里，很多孩子已经通过爸妈的手机聆听了，期待你们指出老师朗读中存在的不足。当然，老师也想说出听了你们朗读之后的感受，在文字的正确发音、课文的情感表达和语言的流畅程度上有待提升，提升的捷径就是反复朗读。在以后的语文学习中，我努力做好示范，请你们和我一起努力，一起朗读，一起领悟，一起练笔，一起成长。因为最好的教育就是唤醒，我将用我的爱唤醒你们内心深处的学习动力和学习兴趣，一起倾尽全力去抵达远方！

孩子啊，我昨天送给你们的礼物有点特殊——那是我自己写的书，希望你们珍惜，轮流着读一读。我送出这样的礼物不是炫耀，而是希望你们能够读懂老师的良苦用心：温老师是个爱读书爱写作的人，希望在我的带领下，你们的内心深处也能迸发出同样的爱好和热情。写作是个长期坚持、不断提升的过程，当然更需要大量阅读、大量积累和大量练笔。温老师已经坚持了三十多年，每天写日记，每周写文章，并养成了随时记录的好习惯，比如看书、看电视、听讲座等做记录，积少成多，积沙成塔，非一日之功。"勤学似春起之苗，不见其增，日有所长；辍学如磨刀之石，不见其损，日有所亏。"讲的也是这个道理。

孩子，成长路上会经历很多事，我期待你们都能理智地对待。每件事都有它的利与弊，要有一定的思辨能力，正确衡量和把握，并做出正确的选择。任何时候，都要提醒自己，"我要选择什么，我要在乎什么。"

周末在家观看《开学第一课》后，你肯定有很多收获。老师也是一边看，一边记录，一边思考，我把我的观看心得分享给你们。

佩服成龙大哥，虽然身体已伤痕累累，但乐此不疲。他告诉我们：每个人对于自己所挚爱的事业都需要付出艰辛，才能有所成就。敬佩俞敏洪老师，用看似最笨拙的方法去实现自己的梦想——努力考上大专。他身处贫穷的农村，只能靠学习来改变命运。他有三次高考经历，凭着天赋和努力最终冲进北大，并留校任教。直到今天，他依然坚持每天读一本书，每周写一篇文章，这对我影响很大，因为我始终都在默默向他学习。最让我感动的是他再忙也要陪孩子，做好孩子成长的陪伴者。孩子啊，我也会像妈妈一样呵护你们，指引你们，陪着你们向着梦想进军。当你们长大后，回忆起过往，是否还能记着温老师，曾经在小学时代陪你走过人生的一段路。

梦想是人生的指路灯，希望每个人都心怀梦想。我想借用本册语文课本第25课的题目送给你们："希望你们从今天起，为中华之崛起而读书！"读书，是每个人的梦想，不仅要读有字之书，还要读无字之书。既要读中华五千年的文学经典，还要读中华民族优秀的精神典范，这是中华崛起的动力源，可以增强民族价值观，可以激发民族自信心，可以扎中华根，可以铸民族魂。这就是周恩来少年时代的志向，它曾经感动了一代代少年，而这个伟大的梦想，必将感动更多的人。聆听它那铮铮回响，求学之路神采飞扬！

亲爱的孩子们，作为新学期的新老师，我和你们一样有信心、有勇气，把我们班塑造成"阳光、上进、勤学、乐读"的班集体。这需要我们一起努力，需要每个孩子严以律己，宽以待人，努力把最好的一面表现出来，用最完美的自己感染身边的每个伙伴。也期待你们的爸爸妈妈的全力支持，帮助我们实现心愿。只有爱，才可以缩短我们的理想和现实之间的差距。

孩子们，为了新学期的新目标，我们一起快乐出发，老师为你们加油啊！

2018年9月2日

玫瑰的微笑

今天是教师节,幸福从一枝玫瑰花拂漾开来。

我还是和往常一样,七点四十准时打开教室门,迎接我的小天使们的到来。

"温老师,节——日——快——乐!"第一个到教室门口的姚振兴同学吞吞吐吐地说,他略带羞涩的头低垂着,白色的短袖明显有点紧,好像紧裹着瘦瘦的身体,黑色的运动短裤已经起了毛球,遮不住瘦长的腿。

"谢谢!早安!"我简单地回答他,而我的眼睛一直跟随着他从门口移动到教室,第一组第三排左边的座位上。他轻轻地放下书包,低着头,好像在抽屉里翻找书本。我微笑地看着他,心里默默欣慰着,这个孩子上周五迟到过一次,我当时没有批评他,而是抚摸着他的头说:"早上的时光最宝贵,要珍惜,以后来早点儿。"而今天,他就做到了,而且来得最早。

本是满怀期待地等着他拿出语文书来朗读,可谁知,他磨蹭了两分钟后,从书包里拿出一枝玫瑰花,双手拿着玫瑰花,胆怯地向我走来,我依然微笑地看着他一步一步靠近我。玫瑰花的香味很浓,扑鼻而来。我犹豫了片刻,连忙伸出双手,接住玫瑰花。孩子立即缩回手,紧张地说:"温老师,这是我家自己种的玫瑰花,送给您!您手拿上面,刺就不会扎到手指了。"我还是双手去接,右手食指和拇指轻轻捏住靠近花瓣的枝干,左手轻轻捏住花枝的下端,我小心翼翼,其实下端也没有刺,那些扎人的刺早已被他刮掉了。

不知道为什么,在我接过这枝玫瑰花时,完全被眼前这个十来岁的小男孩感动了,眼眶有些湿润。说实话,我从没有接受过学生的礼物,何况这个孩子我才教他一个周,除了能叫上他的名字,从报告册上看到了他上学期期末考试成绩不及格,其他真的都还来不及了解。但是第一天我就意外地发现,他的短袖无法遮住的左胳膊上,有一大块开水烫过留下的伤疤。或许我们有着相同的经历,就不想问起,害怕揭开伤疤的痛。但是,这块伤疤太刺眼,我每天都会不经意间看到,内心里就会涌起一种强烈的酸楚,甚至还有点埋怨他父母的粗心大意,这孩子的淘气调皮，留下浅浅淡淡的伤疤，难以抹去。

　　早读课，孩子们都在读课文，姚同学一会儿读书，一会儿抬头看我，仿佛在暗示我什么，但是我全然不知，目光依然在教室里循环移动，就像十字路口的警察，巡查谁没按规则行事。当我扫视一圈，孩子们都在认真读书，只有姚同学时而读，时而停，时而看我，我看出来了，他好像有什么心事。而我，也十分期待他能够毫不隐讳地告诉我。

　　下课铃响了，我把孩子们送的几朵塑料玫瑰花拿在左手，右手轻轻拿着那枝开得最艳丽的玫瑰花，生怕伤着它。"温老师"，我刚走出教室，耳畔传来熟悉的声音，立即停止前行，转身，正是送我带刺的玫瑰花的姚同学。我看见他焦急的面容，连忙把右手的玫瑰花放到左手，腾出右手，轻抚他的头，真诚地说："谢谢你送的玫瑰花，我非常感动！"

　　他开心地笑了，露出两排歪歪斜斜的牙齿，激动地对我说："温老师，我送你的玫瑰花，今天一定要记得带回家，插在有水的花瓶里，否则就会枯萎的，死了真可惜……"

　　"谢谢你！我一定带回家，把它养在花瓶里，让它散发满屋子馨香。"

　　第二节课是语文，我发现第一个周从不举手的姚同学右手举得高高的，我接连抽他回答了三个问题，回答都是正确的，我感到很意外。讲完课，留给孩子们五分钟写作业的时间，而姚同学对我说，第三课的大小练习册他周末在家自学后都已经写完了。他递给我检查，我拿起来认真审视，发现看拼音写词语错了一个，其他题都是正确的。一股莫名的暖流从心底骤然澎湃涌起！

　　上午放学时，我找了一个稍厚的塑料袋，装着那枝玫瑰花，骑着摩托车回家了。女儿好奇地翻来翻去，发现了这枝玫瑰花，她很惊讶。"小朋友都记得给老师送花，而我们长大了，竟全然忘记了，上课时连'老师节日快乐'都忘了说。"失望瞬间从我的眼睛里蹦出来，我惊异地看着女儿，一向细心而懂感恩的她，怎么会忘记呢？真的不知道说她什么好。

　　一直很爱花的女儿，走到阳台，找来了又瘦又高的玻璃花瓶，接了大半瓶清水，然后怜惜地把花插进花瓶。她忍不住低头轻嗅："妈妈，这玫瑰花儿真香！"我默默走近她，郑重地告诉她，这枝玫瑰花可不同寻常了，它是一个男孩在家自己种的，今天早上剪下来，刮掉小刺，拿到教室送给我的，很珍贵哦。

　　女儿听后，眨了眨大眼睛，然后和我一起蹲下身子，安静地欣赏玫瑰花。在阳光的五彩斑斓里，我仿佛看到了这枝玫瑰花最深情的微笑！

2018 年教师节

爱的疑问式

星期五的班会课上，我特别表扬了张宸瑞和徐宸宇两个男孩儿。我说完他俩的名字，同学们不仅没有鼓掌，而且都瞪大眼睛，好像有点诧异。他们的目光里流淌出一串长长的疑问，就像射线般向我袭来，逼着我说明缘由。

开学第二天，张宸瑞就忘带家庭作文本，虽然他很真诚地向我说明了原因，但我还是建议他请家长送到学校来。从此之后，这个孩子不仅再也没有忘带任何学习用品，而且每天作业写得很整齐，回答问题很积极，考试成绩很稳定，班级各项活动都踊跃参加，俨然成了班级小明星。

我们班开学第一周的阅读课，要去阅读大厅读书。我特意提前讲了在楼道站成两队，安静整齐地走进去，管好嘴巴，在那里只能有轻轻翻动书页的声音，不能有其他噪音。不守规矩，估计下次就没有机会去阅读大厅读书了。

话音刚落，同学们都迫不及待地走出教室站队，徐宸宇同学却飞一般跑下楼，和五年级的几个男孩踢足球。当我们路过他身边时，我大声叫他的名字，他似乎听不见；我又派一个男孩去叫他，他还是"听不见"。于是，我带着班上学生径直走进阅读大厅，大家有序坐下，开始安静地读书了。

上课铃响了，他依然没有过来。大约五分钟后，满头大汗的他，喘着粗气，跑到阅读大厅门口，神情得意地看着我。我坐在离门口较远的角落里看书，故意视而不见。

一分钟过去了，两分钟过去了，三分钟过去了，他终于按捺不住了。"报告"，这声音很轻，但是我还是听得很清晰。我抬起头，远远地看着他，期待他一句知错的话语，但是没等到。

"老师，给他一次机会吧。"爱管闲事的汪奕衡央求道。

"徐宸宇，你想对老师和同学们说什么呢？"我一边向他靠近，一边提示道。

"我知道错了。"这声音恐怕只有他自己听得见，我只看到他的嘴唇在一张一合。

"我以后再也不这样了。"他说这话时，脸红得像熟透的苹果。

"说到就要做到。"

"我可以的。"

"轻轻进来吧，好好看书。"

我们对话的声音很小，没有影响同学们。

之后的日子里，他一直听课认真，回答问题积极，课间不疯跑了，还主动帮助同学们扫地、擦黑板，好像竭尽全力地表现自己，感觉想用自己的行为，尽快消灭那次"足球事件"给大家留下的坏印象。

看着他的承诺变成现实，我也给了他诸多表现机会，他逐渐变成懂规矩、爱学习、有礼貌、善言谈的孩子了。在汉语小达人竞赛中，他像一匹黑马挤进前十名，让同学们都刮目相看。

这两件事都发生在开学，现在想来，我当时的处理方式是正确的，而在开学那会儿，我每天都在担惊受怕中度过。因为我听办公室的同事说，她们经历过类似事件，遇到了不讲理的家长，想起来就让我为之惊悚和恐惧。

事情发生在两年前，她班一个女孩忘记带作业，她让女孩给家长打电话，送到学校来。但是家长拒绝送，说她是医生，正在给病人做手术。于是同事就按班规处理——"没有交作业就罚抄当天的课文"。女孩回家后，就把老师罚她抄当天学的《古诗两首》的事儿告诉了妈妈，这位妈妈怒气冲天，立即打电话指责班主任，说她不该惩罚孩子，还认为忘带作业没什么大不了，并要求班主任给她道歉，同事只好在电话里给家长道歉。

我十分好奇故事的结局，"此后，我再也没有惩罚过那个女孩，她至今都是丢三落四，忘带作业是常事，忘写作业也是常事，甚至有时还撒谎，在班上几乎没有朋友，学习成绩可想而知，考及格都很难。"

相同的事件，不同的结局，带给我深刻的思考。作为老师，面对孩子们违背校纪班规的种种现象，我们到底该怎样处理？孩子的成长到底该不该有适度的惩罚？家长该不该站在老师的角度来看待问题？

作为一个新班主任，面对新组建的班集体，面对师生关系处在磨合期的特殊阶段，我的每一种应对和解决方式，都是一种冒险，也是一种尝试。但我心里时刻警告自己，一定要把每个学生当成自己的孩子去爱。紧握这爱的标尺，默默衡量着学生和我之间的距离，观察着他们在我引导下所发生的改变，预测着他们离我想象的模样还有多远。

每天反思是我的习惯，当时的我常常指责自己的鲁莽，感觉对学生有点严厉。每次见到批评过的孩子，我都主动和他们打招呼，抚摸着他们的头和他们交流，耐心地倾听他们的想法，消除他们心中的顾虑。

看着这两个孩子在班上逐渐出类拔萃，我必须在班会课上表扬他俩，想证明我已经在班上说过很多遍的一句话——所谓成长，就是在师长的引导下，不断约束自己，严格要求自己，努力把自己塑造成理想中的模样。很多孩子已经铭记于心，内化于心，看着他们越来越优秀，我感到很欣慰。

不管是老师，还是家长，爱都是一样的。面对孩子犯错，适度的惩罚是孩子成长的阶梯，既可以教会孩子承担责任，也可以帮助孩子吸取教训，并努力做到"相同的错误不犯第二次"。

时常听到身边人说，学生难教，老师难当，感觉教育好像出了问题。面对现实，难教的学生，往往是家庭教育缺失，家长素质低下，甚至分不清是非对错，让爱变味，甚至变质。

"一好百好"，这是很多老师对优秀孩子的共同赞叹。"一差百差"，绝对是谬论。善于发现孩子的闪光点，放大优点，缩小缺点，循循善诱，引导他们知错就改，懂得感恩，热爱生命，热爱生活，勤学上进，努力向理想的自己靠近。

我现在终于理解，女儿上高中学习跟不上，指责我没有从小严格要求她，原来也是很有道理的。曾经，我总认为，她比同龄孩子早两年上小学，就没给她任何压力。但高考的分数线是平等的，谁会因为她年龄小给她优惠呢？

优秀的父母，绝不会无限溺爱孩子，绝不会袒护孩子的错误，更不会遮盖孩子的短板，而是正确引导孩子认识错误，耐心帮助其改正错误，并激励孩子向理想奋进。

在这个竞争激烈而残酷的时代，身为家长的我们请务必学会思考，您的孩子长大靠什么立足于社会，靠什么赢得人生的精彩？

2018 年 9 月 23 日

坚持的魅力

很喜欢一句特励志的话:"世间最大的落差,就是我们曾经站在相同的起点,但没过多久,你已经成为我们仰望的高峰。"以前总觉得这句话只适合伟人,殊不知在我班的学生身上也得到了最好的印证。

她是一个女孩子,最近连续两次语文单元测试,试卷上都没有错误,成绩都是班上最高分,实在让我惊叹,更让孩子们仰望,都觉得她是一个"神孩子"。

她很文静,就像百花丛中那朵最矜持的百合花,淡雅,温馨;她没有玫瑰花那般爱炫美,也没有牡丹花那般爱炫富,亦没有栀子花那般爱炫香,始终是肃静的,静美如莲。她就是我班中队长刘宸纬同学。

想起第一单元考试,她的作文跑题了,我只是在班上统一再讲了一遍,关于自然现象的作文怎么写,并叮嘱写跑题的孩子最好重写一遍。

第二天早上,只有一个女孩略带羞涩地拿着重写的作文给我看,我很欣慰,要不我说的话就成为泡沫了。自由发挥的事儿,全靠无人监督的自觉,这或许就是哲人所说的为人处世的境界。

直到现在,也没有第二个孩子,拿重写的作文给我看。说实话,这个女孩的确让我刮目相看。也是从这件事开始,我一直默默关注着她。

正如我所料,她的后几次考试,除了作文扣掉的少许分,试卷总是全对,分数都是班上最高。同学们羡慕的指数与日俱增!

上个周二,晨读是语文,我安静地在教室里转圈圈,聆听他们读课文,巡视检查他们的预习作业。孩子们都在读《秦兵马俑》这一课,当我转到她身边时,她小声地有感情地读着课文,而我发现了更大的意外——她的语文书上,写有生字词的注音,多音字的辨析,重点词语的注释,好句的赏析,段落的理解,课文的主题,等等,那些密密麻麻的文字,比我读书时做的旁注好很多倍!

我忍不住拿起她的语文书,一页页地翻看,她的文字布满了语文书的每一页。原来,她一直按照我开学要求的预习方式,已经完成了这本书前20课的预习任务,这就是我一直在寻找的她出类拔萃的答案！

相同的语文书，在她的手里，变得如此魅力十足！

我拿着她的语文书，快速走到讲台上，目光环视了一圈，伸出双手，做了一个暂停的手势。教室渐渐安静下来，我举起手里的书，请同学们欣赏，有的咂舌，有的撇嘴，有的惊叹，有的羡慕，有的微笑，有的摇头……孩子们不同的表情，正是暴露了他们认识事物的个性差异，也是他们内心成长的最好鉴别。

"孩子们，如果我们每个人都这样预习课文，估计温老师很快就会下岗的！"我带着调侃的语气，表情里有着难以抑制的敬佩和憧憬。

孩子们并没有我预想的激动和热烈，他们对于榜样的崇拜都去哪里了？

我开始思考，人与人之间的差别到底是什么？

我想，依旧是：人与人之间最小的差距是智商，最大的差距就在于是否坚持。

每次考试后，总有家长和我交流分数的事情。为什么我们的眼里只有分数，而看不见分数以外的东西呢？比如坚持的可贵，宽容的高贵，善良的美好，给予的胸怀，还有阳光、勤学、诚信、友善，等等，这些都比分数重要啊！

我回忆起这三十多天和孩子们的朝夕相处，总是用自己的行为默默影响他们，说到就一定做到，每天及时表扬孩子们的各种闪光点。甚至故意用放大镜去欣赏他们表现出的优秀品质，因为这是常常被分数遮盖而不容忽视的美好。

"世间最大的落差，就是我们曾经站在相同的起点，但没过多久，你已经成为我们仰望的高峰。"我每天反复品味着这句话，今天终于明白它的含义，那就是：登上高峰的你，一定是拥抱着坚持的温暖，在宽容的世界里自由行走，在善良的丰碑上刻写着人生的年轮，并时时记得给予，因为这些才是加剧落差的"罪魁祸首"！

很喜欢一位世界重量级拳王说的话："每个人在脸上挨一拳以前，都很自信"。可很多时候，谁都不想去挨那一拳，也没有挨那一拳的胸怀，更没有挨那一拳之后的奋力崛起。

"有志者，事竟成，破釜沉舟，百二秦关终属楚；苦心人，天不负，卧薪尝胆，三千越甲可吞吴。"此刻，我仿佛才恍然大悟。原来自古以来，成功都那么相似，都那么来之不易。

命运是个很奇怪的东西，它常常都是先给你苦，后给你甜，因为这样你才能品出甜的可贵，才会懂得珍惜。学会心平气和，勇敢地接受挫折，并踩碎阻碍的绊脚石；让生命极富韧性，才会百折不挠，才会愈挫愈勇。

人和人之间为什么会有距离？距离是怎样拉开的？那就是我们在一起努力奔跑时，总有人会找到各种借口选择放弃，而你总是可以坚持到底，义无反顾。

孩子啊，人生的路还很长很长，当你努力时觉得清华北大都并不遥远，学习的路就在脚下，从来都没有距离。爱上学习，学会坚持，学会做人，学会处世，学会学习，你就会比别人走得远，留下的脚印就会深刻。当你遇到困难时，一定要学会咬着牙挺过去，而不要像懦夫那样，牵强地给自己找个借口放弃。当你放弃时，你就永远地输给了自己。

当然，我所说的坚持，并不是蛮横无理地钻牛角尖，而是选择最正确的路，并勇往直前。就像秋菊，劲风横扫，它也可以傲霜于枝头；就像腊梅，雪花肆虐，它也可以独享寒冬。这世上真的没有无缘无故的闪闪发光，就像石灰，不经过千锤百炼，不经过烈火焚烧，哪能留洁净于世间？

孩子，如果你不小心跌倒了，一定要迅速爬起来，拍拍身上的尘土，继续前行。总有一天，你会明白，每一朵花，都在风霜雨雪中坚持挺立，在与自我的抗争中学会超越。

世界上最难战胜的敌人是自己！

坚持，只有坚持，才会绽放光彩！

2018 年 10 月 2 日

努力长成自己想要的样子

晚秋的雨滴终于躲藏起来了，久别的太阳从云层缝隙里挤出来，穿越玻璃窗，钻进教室里。窗台上的绿植们，在阳光中舒展，菊花瓣开始蓬松，多肉变得丰腴，富贵竹绿得透亮，水仙昂扬向上。

"老师，谢谢您给我们买柚子吃。"魏星小声说。

"老师，谢谢您给我们剥柚子吃。"郝斯晨大声说。

"老师，你和我们一起吃吧。"郭仁泽微笑着说。

"老师，你也吃吧，你吃了我才吃。"陈思雨若有所思地说。

……

这是我给孩子们分享柚子时，意外的收获。

马卡连柯说："即使是最好的儿童，如果生活在组织不好的集体里，也会很快变成一群小野兽。"面对眼前这一群十岁左右懂事的孩子们，我真是陶醉在整个过程中，幸福得像个孩子。

是啊，本周一上完活动课，承诺了要给孩子们买柚子吃，我忙碌着，一直没有兑现。每次走进教室，都有种难以言说的愧疚感，时刻在指责我行动不力。课间，孩子们偶尔也会问起："老师，我们什么时候才能分享柚子呢？"我只能微笑着说，"老师有时间了就买好剥好送给你们品尝哦。"

阳光总是温暖一切，尤其是雨后的阳光就更加温暖。喜欢阳光的我，吃过午饭，没有午睡，径直骑摩托车去了离家最近的超市，买了五个大柚子，直接来到学校。争分夺秒，剥开第一个，再剥开第二个，第三个，第四个，第五个，从外皮到内皮，全部清除，我用数学的视角，把每一块的形状和体积分得十分近似。

上课铃声响了，我拎着一大袋子剥好的柚子，左手拿着两个空塑料袋，走进教室，装作很神秘的样子。

站在讲台上，满怀好奇的徐泽涵就举手问："老师，你袋子里装着什么？"

"神奇的宝贝！"我有点故弄玄虚。

"是送给我们的玩具吗？"

"不是。"

"那是什么？"

"是老师准备送给你们的奖品！"

"老师，我知道，是柚子，太好了！"活泼聪明的贺诗凯同学抢着说。

"真聪明！但是我们怎么分享呢？"

"和老师一起分享，不要掉在桌子上和地上。"善解人意的丁炜宸说。

"好！"

说完，我就走下讲台，双手捧着大袋子，从第一组开始，按照座位的顺序，一人一块，孩子们有序伸出右手，从袋子里取出水灵灵的柚子，仿佛从理想王国取出王冠一般幸福。尽管有的手指上沾有蓝墨水，有的手背上抹有污渍，但是都不影响他们品尝柚子的味道，也不影响大家分享柚子的喜悦。

第一组的孩子都拿到了柚子，他们用拇指和食指捏着柚子，眼睛一直盯着我手里的大袋子，仿佛在等待一场赛跑的发令枪声。我想加快速度，但是第二组的孩子们并没有感觉到，也没有配合。每个孩子的脸颊上都藏不住"获奖"的激动，嘴里还流淌出各种感激的语言。

"老师，你也吃吧，你吃了我才吃。"屈佳琪宝宝说完，就用期待的神情一直看着我。我立即回复："谢谢宝宝，你先吃吧，一会儿有剩的我就吃。"

"谢谢温老师，你也和我们一起吃吧。"这简单的文字，好像从赵艺茹同学柔美的眼睛里流溢出来，她白皙的脸颊上，好像写满仁义礼智信，成为孩子们品读的焦点，这或许就是同学们推选她当班长的最好理由。

"老师辛苦了，谢谢您给我们买柚子剥柚子吃。"这是腼腆的程公尉宝宝馈赠予我的感动。这个宝贝，在同桌赵艺茹同学的帮助下，从及格到优秀，从好动到安静，从胆怯到活跃，从有点小自私到善解人意，从捣蛋鬼到拥有强烈的集体荣誉感……堪称本学期进步最大的宝宝，值得全班孩子为他点赞，我也很想给他两块柚子！

"谢谢温老师，今天是个好日子，有这么好的奖品，老师和我们一起分享吧。"这是能说会道的邓沁邦同学所言，他的言语模仿能力很强，如果自制力再好一点就更好了。

……

走过四个小组，袋子里的柚子越来越少，王祥云宝宝是最后一个拿到柚子的，他说："温老师辛苦了，剩下的两块都是你的！"我轻轻一笑，回到讲台上，每个孩子手里高举着柚子，就像活动课那天高举着小红旗一样自豪和满足。

"请大家开吃吧！"我赶忙下令，孩子们有点舍不得吃，都是一丝一丝地掰下来，塞到嘴里，慢慢品尝着。

我拿着还有两块柚子的袋子说："还有两块，想要的来取吧！"瞬间，十几个小男孩冲到我身旁，最先到的两个孩子拿到了第二块，其他孩子失望地回到座位上。

"孩子们，只要我们每件事都做得像活动课一样出彩，温老师还会准备更好的奖品哦！"

看着孩子们的吃相，多像幼儿园孩子分享午点的场景，很馋，不舍，忍不住，慢慢品，口水都差点滴在美食上。这是孩子们幼小心灵世界最真实的素描，也是孩子们无忧无虑的生活状态最真实的再现。

本来准备装垃圾的塑料袋子成为多余，孩子们没有将残渣落在地上，没有丢在桌子上，每一处都收拾得干干净净。我捧着空塑料袋子在教室走了一圈，十来个孩子们把抽屉里用过的卫生纸，轻轻放进袋子里。这个过程教室里十分安静，孩子们的目光一直随着我的袋子移动，好像在寻找着什么。

我回到讲台上，忍不住问道："孩子们，今天的柚子甜吗？"

"甜！"孩子们不约而同。

"老师也觉得今天的柚子是世界上最甜的！"我点点头。

"因为是老师奖励给我们的！"能言善辩的易孝力回答道。

"还有呢？"

"因为大家一起分享才是最甜的！"含蓄而内敛的赵科谱说。

"因为每个人都很珍惜，没有掉到地上！"细心的刘煜阳说。

"说得真好！学会分享，懂得珍惜，我们会得到更多的奖励，会赢得更加珍贵的奖品！孩子们，我们一起努力，都长成自己想要的样子！"

教室里突然响起了热烈的掌声。阳光在孩子们的眼神里跳跃，多像窗台上那些含苞待放的花骨朵儿！

2018 年 11 月 10 日

当好孩子健康的保护神

生命只有一次，而选择无处不在。面朝大海，春暖花开，是海子的选择；人固有一死，或重于泰山，或轻于鸿毛，是司马迁的选择；"当好孩子健康的保护神"，是老师的首要选择。

今年九月，我摇身一变成为六十三个孩子的"保姆"——班主任，首先要当好孩子们健康的保护神。我一直认为，让孩子们健健康康、快快乐乐地学习和生活，才是老师职业幸福最好的体现，也是所有家庭所期盼的佳境。

健康，从爱开始。身体是父母给予的，健康是成长的渴望。教会孩子用爱的视角去对待身边的一切。学会爱自己、爱父母、爱老师、爱同学、爱朋友，有爱的世界是幸福的。教会孩子爱自己，因为自己是独一无二的，是父母生命的延续；教会孩子去爱父母，因为父母给了我们生命和无微不至的爱；教会孩子去爱老师，因为老师教我们做人和知识；教会孩子去爱班集体，因为它让我们享受到了集体的快乐。正因为有爱，我们的世界处处充满温馨和谐。

健康，从心开始。作为老师，处处身先士卒，当一个阳光教师，用健康快乐去感染身边的每一个孩子。不管是面对荣誉还是挫折，都要教会孩子们用一颗平常心去接受。即使失败了，也要学会变得强大，不抱怨，不自损，在失败中寻找差距，努力找到站起来的动力，用行动做得更好。在交往中，教会孩子们保持谦虚的态度；在生活中，教会孩子们保持良好的心态。中医上的"肝气郁结"，是说许多病都是心情不愉快造成的。保持健康最好的方式就是给心灵松绑，让心灵在愉快中散发生命的芳香。

健康，从美食开始。"民以食为天"的观念早已根深蒂固，面对众多"垃圾食品"的满满诱惑，我们必须学会说"NO"，这是健康的基本保障。对于自制力较差的孩子，像薯片、方便面等香脆可口的食品，最容易吸引他们的眼球。我总是用科学的数据和身边的事例说服他们，那些油炸类、烧烤类食物中含有许多有害物，是人体健康的无形杀手，苦口婆心，教会他们远离"垃圾食品"，注重科学饮食和健康饮食。告诉他们，妈妈做的一日三餐才是最好的美食，如面类、豆类、海鲜、肉类、蛋类、牛奶、深色蔬菜及瓜果类等，都富含蛋白质和维生素等营养成分，坚持吃妈妈做的美味菜肴，就能吃出健康和美丽。

健康，从锻炼开始。每天带领孩子做好早操、眼保健操、大课间操，告诉孩子们"坚持体育锻炼才是身体健康的保障"。我们班的孩子们，除了下雨，都会全部按时参加一日三操锻炼，我也和他们一起参加，当好陪伴者。"生命在于运动"，坚持锻炼，才能换来阳光、自信、健康的体魄和心理。体育锻炼可以磨炼孩子们的毅力，可以练就孩子们健康的身体，可以增强孩子们的记忆力。一张张阳光红润的脸蛋上绽放着孩子们的活力和朝气，必将促进课堂学习的效果。

健康，从课堂开始。课堂是对孩子们渗透生命教育和健康意义教育的最好平台。目前我国的家庭教育，倾向只关注孩子的学业成绩，而忽视心理健康和身体健康教育，导致学生心理脆弱、爱吃垃圾食品、生命意识淡薄。作为老师，我总是把心理健康和身体健康教育以及生命意识教育融入课堂里，直接教育和间接教育相结合，正面教育和侧面引导相结合，潜移默化，以情动人，让他们明白爱生命就是爱父母、爱亲人、爱家庭的最好表现，懂得我们要健康地活着，快乐地长大，努力做一个阳光上进的好孩子。

健康是生命的财富。世界因为有了生命才如此丰富美丽，但生命只有一次。作为班主任，定期召开"热爱生命""做一个阳光儿童""我健康·我快乐""拒绝垃圾食品"等主题班会课，是培养孩子心理健康和身体健康以及生命意识等教育的最好方式。通过真实的故事、相关的视频、对应的措施等，让孩子们懂得珍惜生命，学会健康生活，快乐学习。

热爱生命，铭记心间，健康第一，快乐随行！选择健康的生活方式，可以带给亲人和朋友幸福快乐。选择健康的生活理念，可以带给社会健康和谐。作为一名小学老师，必须当好孩子健康的保护神。带领孩子们，每天漫步在校园里，领着他们一起读书、游戏、锻炼，无比惬意。陪着孩子健康快乐成长，在书页里弹奏知识之歌，在课堂上谱写成长之歌，在操场上荡漾健康之歌，把所有美好的记忆深深镌刻在孩子们成长的年轮树上。

每个人心里，都要住着健康，教师尤其如此。不仅要住着健康的心理，还要留住健康的身体。一个老师的健康意识直接决定了学生的健康视野，你健康了，才可以浸润每一粒种子健康成长。杜鲁门·卡波特说："梦是心灵的思想，是我们的秘密真情。"我也如此仿写了一句："保护学生的健康是首位的，一辈子用心爱。"我坚信：学生是老师最大的幸福，健康是人生最好的财富。

无论何时，只要走在校园里，我都会健康工作，健康生活，健康学习，即使数年后生命必将枯萎，也能留存一份馨香供人欣赏。我会用满满的热情和爱心，当好孩子健康的保护神，陪伴他们健康幸福地绽放！

               2018 年 11 月 28 日

雨中的背影

当我领着四个孩子,走出汉滨小学大门时,黑色的夜幕笼罩了整个世界。噼里啪啦的雨声在我的心上猛烈地敲打着,眼前的高楼、行道树、来往的车辆,已经模糊不清了。而我的心里必须思考,先送谁后送谁呢?

屋檐遮蔽的平台,没有风,出奇地安静。银色的电动门,缓缓地关上了。我知道此处不能久留,便开始询问:"谁离这儿最近?"

"温老师,我家住贵豪领郡,离这儿最近,只有100米。"李玥桐善解人意地答道。

"你平时上学都是家长接送吗?"

"不是,我都是自己走路回家的。温老师,我就不用你送了,我可以自己回家,到家就给你打电话。"孩子说这话时表情很严肃,就像成年人郑重地许下承诺一般。

"好,那你先走吧,到家就给我打电话哦。"我再次叮嘱道。

她和我们挥手道别,匆匆离开了。红色的羽绒服,在黑夜里那么耀眼。雨滴打落在她的头上,她似乎忘记了寒冷和冰凉,径直朝着回家的方向快走。

"温老师,我妈妈就在附近上班,我可以去她办公室,你不用送我了。"温柔乖巧的马一诺吞吞吐吐地说。

"那就给你妈妈打电话说说吧。"

"好。"

紫色的棉袄,粉色的小伞,在人行道上渐行渐远。她瘦弱的背影,在雨里犹如一朵刚刚开放的小花儿,正在努力吸吮着雨水的营养。

"温老师,我给妈妈打电话,让她来接我吧。"王佳诺胆怯地说。

电话拨了好几次,都在反复的滴答声中自然断线,没人接听。

"温老师,我爷爷说了结束来接我,我现在给他打电话。"刘宸纬好像如梦初醒,其实她是想等到每个孩子都有了回家的好办法,才最后一个想到自己。这个像大姐姐一样的姑娘,任何时候心里总是装着别人,很淡定,很宽容,很友善。

我们仨就像母女一般，静静地站立在漆黑的学校门口，商量着，等待着。寒风夹杂着雨滴，从我们脸颊滑过，突然打了一个寒战，我赶紧拥起两个宝贝。

"温老师，我可以自己走回家的。"王佳诺颤颤巍巍地说。

"温老师，你先走吧，我爷爷一会儿就来了。"刘宸纬镇定自若地说。

两个孩子的话都很暖心。但我哪能走呢？雨这么大，风这么猛，我怎能扔下孩子不管呢？

"这样吧，我送你俩回家吧。你们住在哪里？"

"我家住御公馆，在西边。"诺诺说。

"我家住育才路，在东边。"纬纬说。

"那我先送诺诺，再回来送纬纬吧。"

"温老师，真的不用了，你送诺诺吧，我爷爷来接我。"纬纬谦让着。

雨越来越大，来往的行人用怪异的目光看着我们，好像在同情我们没有带伞，又像在庆幸我们还有个角落可以临时避避风雨。

纬纬反复说，让我们先走。我想了想，还是把她安放在学校门口的小卖部，给小卖部的大姐打过招呼，让孩子在这里等等她的爷爷。陌生的大姐很热情，让孩子站在小卖部里面。

路灯亮晃晃的，照亮了马路，照亮了夜色，也照亮了人心。诺诺坐在我的摩托车上，紧紧地抱着我，我的脊背无比温暖。

"温老师，谢谢你送我回家。"诺诺站在小区门口，眨巴着眼睛，深情地看着我。

"赶紧回家吧，我看着你进小区。"诺诺赶紧奔跑，粉色的大书包，在雨雾里左摇右晃，像是秋千上荡漾的童年，又像是摇摇车上重现的记忆。

这下，我才从御公馆回家。不足两公里的路程，我骑得很慢很慢。雨滴砸在眼睛上，有点疼，也有点阻碍视线。

巴山路上的中国结，格外红艳，在路灯的掩映下，如冬天的炉火，温暖人心，也温暖了整个城市。我的脑海里，又回荡起今天下午这个贸然的决定。

周五的最后一节课是班会课，我从大课间就待在教室里。课间休息时，我看到手机一条新消息，"温老师，今天下午五点你可以过来看场地，并按照你的要求布置哦。"这事儿来得太突然，简直来不及思考，就必须做出决定。

"今天放学有人接的孩子，请告诉家长把你们带到汉滨小学；没有家长接的孩子，现在可以跟家长联系一下，有时间接送的也可以一起去。"

离放学就剩四十分钟，孩子们拿着我的手机，一个一个地联系家长，四十六个孩子都得到家长的同意，我很欣慰。

这时，刘宸纬和王佳诺不约而同地走到我身边说，去不了，家里没人接送。

我悄悄地说："我骑车带你俩。"两个宝贝瞬间愁云散去。

我们在汉滨小学门口集合，整队有序进入会场。摆桌子，搬凳子，排座位，一切准备就绪。同学们认真地准备着，俨然正式上课一样。

夜色渐渐暗下来，雨滴敲打着教室外面的水泥地，发出刺耳的响声。但是并不影响我们，孩子们很投入，就像正式上课一样。

练习结束已是五点四十分，我一转身，发现身后站着很多家长。有爷爷奶奶，也有爸爸妈妈，他们的眼神已经告诉我，对孩子们的表现比较满意。

"家长和孩子们都辛苦了，找到家长的孩子可以和家长一起回家，家长没来的就和我站一起，我送你们回家。"看着家长挽着自己的宝贝幸福而有序地离开教室，那种亲密的背影，和朱自清笔下的《背影》十分相似，这背影胜过一百句"我爱你"。我瞬间明白：教育最好的默契就是这样，家长支持老师，老师支持孩子！

剩下四个孩子，依偎在我身边，我好想挽着他们走出去，可是我只有两只手。我关掉教室的灯，领着他们快速走出校园。

行走中，我想起一句话，人与人之间最美好的关系就是相互尊重，相互支持，相互信任。此刻，我完全感受到这句话的真正内涵。每个孩子的成长，都需要爱，更需要陪伴。

回到家已是七点，先生看着我像落汤鸡一般，心疼地说："本来就感冒了，还淋雨回家。没有带伞，打个电话，我去接你，多简单个事儿啊。"没出息的我，眼泪竟然哗啦哗啦掉下来。

先生递给我一杯热水，我接过杯子，捏在左手里，右手赶紧拿出手机。李玥铜妈妈的未接电话，家长群里，很多家长发来的"孩子已安全回家"，我这颗悬着的心终于平静下来。

初冬的雨，打湿了我的头发，家长的支持温暖了我的心。在感动之中，我想到了教育存在的不和谐画面，总有家长认为，孩子送到学校，老师应该全权负起教育职责，不要给家长造成压力；也有老师责怪家长不负责任，不关心孩子学习，致使孩子作业完不成，学习态度不端正，甚至背地里还诋毁老师。我一定不会做那样的老师，也希望所有孩子的家长都能负起责任。因为在这个世界上，真的没有人可以替代父母对孩子的那份爱。

我认真地翻看着群里家长在现场拍摄的照片和视频，第一次这么由衷地感谢家长，孩子们完全投入参与的过程中，快乐写在脸上。感谢家长为孩子们摄住这幸福的场景，这是对老师最大的支持，也是对孩子最好的鼓励。

其实，无论处在何种工作岗位，都有要承受的重重压力。每个人都会经历喜怒哀乐的情绪体验，每个人都无法避免酸甜苦辣的人生经历，都应该学会换位思考，互相理解。老师和家长，老师与学生，家长与孩子，都需要。老师也会是一个家长，每位家长在家庭教育中也是一位老师。明白彼此的不易，体谅彼此偶尔的过失，理解、尊重、互助，教育的路会更好走。

　　换掉淋湿的衣服，我对着镜子，整理丝丝缕缕的长发。卧室的灯特别明亮，我看见镜子里的那个傻子，正在冲我微笑，我也忍不住笑出声来。

2018 年 12 月 2 日

大雪的记忆

大雪是今天最尴尬的记忆。

上午 11 点 27 分，看着六十三个可爱的孩子像获得冠军似的，开开心心地从校园北大门走出去，和我挥手再见，温暖瞬间融化了天空中飘飞的雨雪。

校门口人头攒动，孩子们瞬间消失在放学的人流里，我紧绷的心终于放松了。

今天是 2018 年 12 月 7 日，24 节气中的大雪，这是大自然最应景的一场雪，飘逸而温暖。一向温情的安康，被雨夹雪骤然刷新最低温度，感觉瞬间从南方回到北方，天寒地冻。雪落在并不宽阔的育才路上，刹那间就融化了，柏油路湿漉漉的，像洒过油一样滑。

我之所以这么关心这场雪，还有雪落过的地方，是因为今天我要带全班同学到汉滨小学去上一节公开课，这是半个月前就接到的工作，也是我和孩子们一起精心准备的活动。我们要往返两次走这条路，而且必须平平安安。

对于安康来说，雪是很难得的，所以最引人瞩目。北方早已雪满地，安康仅是雨霏霏。这场大雪还是来得早了些，让孩子们措手不及。就连不怕冷的我，也不禁在雪花飘零的育才路上，打了好几个寒颤。微信朋友圈里，很多安康人似乎在肆意炒作这场雪，凤凰山最顶峰的银装素裹，南宫山的粉妆玉砌，化龙山的白雪皑皑，都是对这第一场雪最好的渲染。

而生活在安康城区的人们，对雪素来漠不关心，寒冷冻不到他们，冰雪是屋外的故事，最多也只是趴在窗台，静静倾听落雪的声音，透过玻璃，拉长视野，幻想一下，雪花悄无声息地给乡村和田野覆盖雪白的棉被。

上午九点半，我们走出北教学楼三楼教室，在操场整队集合。棉花一般轻柔的雪瓣，洋洋洒洒，从远处飘来，细小的雨滴很轻很柔，落在孩子们黑黝黝的头发上。蓝白相间的校服，崭新的红领巾，在雨雪点缀的世界里，格外耀眼。

我们从市一小南大门出发，孩子们在十多位宝爸宝妈细致入微的呵护中，沿着育才路人行道步行至汉滨小学。最前面是一位警察爸爸，最后面是一位警察妈妈，靠近公路这一侧，是十位孩子的爸妈，大家都忘记了带伞，忘记了严寒，整齐地走着。路上的行人看着我们，远远地礼让，好像要把最宽阔的道路留给这群风雨兼程赶路的人。而我最是感动，一定要把这份礼让带回教室，带给孩子们，教会他们礼让。

我和警察妈妈走在最后面，看着整齐的步伐，很是安慰。路上，她低声告诉我，她的女儿昨晚哭到九点多，不吃饭，就因为昨天年级组体操比赛输了，孩子觉得很委屈，怎么安慰她都无济于事，今天眼睛都肿胀着。

提起昨天的体操比赛，不知为什么，我的眼泪也瞬间崩塌，内心有一种不可言喻的冷，多了一份莫名其妙的惆怅。"孩子们，谢谢你们为体操比赛努力练习。比赛已经结束，不要在乎结果，因为过程比结果更重要。这小小的失败算什么，人生还有很多精彩等着我们。"昨天比赛结束时的这些肺腑之言，再次回荡在我的耳畔。我很遗憾，没有抚平孩子们内心的创伤，没有挽回孩子们久久的期盼，没有换回孩子们美好的期许。我的语言太过苍白！

走进操场，远远地听见汉滨小学多功能厅里传来的声音，这是安康市德育工作研讨会正在进行中。近两百位与会人员正在参加会议，而今天早上最后一个议程就是欣赏关于诚信主题的汇报课，正是我们班承担的活动课《诚信伴我成长》。

学校安排我们在阅览室暂时休息片刻。我带着孩子们走进彩色弥漫而又温馨舒适的房间里，孩子们如同走进天堂一般，忘记了陌生和羞涩，如饥饿的猫扑向活蹦乱跳的老鼠。儿童文学、世界名著、各种文学期刊，都被他们紧紧抓在手里。书桌旁的电暖器，火光明亮，热气弥散，孩子们的头发开始冒着热气。

我站在阅览室门口，欣赏着每个火炉周围的孩子，书本在炉火旁闪烁光芒，让屋里略微暗淡的光线越来越亮。突然想起，许久都没有经历过这样的画面，围抱火炉，烤着红薯，读着书中的故事，想象着一些人和事，深远而入神。隔着书页，手和脸暖暖的，脊背却凉飕飕的。寒风在窗外嬉戏，室内挺暖和的。

想起这些日子，努力激发每个孩子的潜力，反复修改活动课方案，多次磨课，让笨拙的我倍感"压力山大"。

下课铃声响了，彭文主席出现在阅览室门口，她橘色的大衣在白雪的映衬下，光彩夺目。她领着我们走进会场，孩子们迅速坐好，我立即打开课件，李主任示意开始，中队长刘宸纬落落大方地走上舞台。

活动课开始了，唱队歌、小队闯关、抢答、朗诵、品柚子、送名言卡，都有序进行。我坐在教室靠墙的凳子上，加速的心跳，让我的手偶尔颤抖。

"我们——不能——这么——干……"黄润锡同学突然卡了，眨巴着眼睛，看着台下的队友们，仿佛在求助。"用一匹好马的钱"，我小声提示道。"用一匹好马的钱，买一匹病马，这不是骗人吗？"就这样，她顺利地讲完了《司马光诚对买马人》的故事，她肿胀的眼里满含泪水，感觉眼眶即将崩裂一般，但眼泪始终没有掉下来。孩子的内心多么强大，我好想冲上去，给她一个深情的拥抱，可惜，此刻，我不能。面对陌生的舞台，陌生的老师，孩子们不紧张才怪，我是这样理解的。

所幸整节活动课顺利完成，孩子们非常努力，表现出最精彩的一面，顺利完成学校领导安排的工作，取得较好效果！但瑕疵也是有的，"残缺也是一种美"，每个人的成长历程中都会遇到难以预测的挫折，也是成长必须经历的绊脚石，只有勇敢地跨过去，才会走得更远。

看着孩子们的背影越来越远，我站在雨雪里，好像一只孤独的流浪猫，忘记了寒冷和饥饿，只有一个想法，发一条朋友圈，记住今天，记住这场雪。

打开安康市德育研讨会微信群，找了几张照片，颤颤巍巍地写下这段话："感谢安康市第一小学领导和同事的精心指导和帮助，感谢所有家长的大力支持和配合，感谢四（12）班所有孩子为不同寻常的成长历程而付出的努力！每一次努力都是为人生积累经验和财富，做好充分准备，才能取得好成绩。孩子们，任何时候都要记住，胜不骄，败不馁，过程远比结果更重要！"很多朋友纷纷留言点赞，我知道这不仅是对我的鼓励和安慰，而且是对所有努力者最铿锵有力的鞭策！

人生太过匆匆，成长真的不易，哪有时间去沮丧和迷茫。正如电影《无问西东》里那段我最喜欢的台词："如果有机会提前了解你的人生，知道青春也不过只有这些日子，不知你是否还会在意那些世俗要你们在意的事情，比如占有多少才更荣耀，拥有什么才能被爱。愿你在被打击时，记起你的珍贵，抵抗恶意。愿你在迷茫时，坚信你的珍贵。爱你所爱，行你所行，听从你心，无问西东。"

每个人在前行路上，都会经历雨和雪，你我能够做到的，就是记住你的珍贵。努力做好每一件事，认真把握每一次机会，走好人生每一步就是王道。

雪花飘呀飘，多像人类憧憬的美好未来。世界很大，我很渺小，必须努力前行。山河苍茫，雪花不管落在哪里，终将融化成水，滋润辽阔大地。

2018年12月7日

跨越严寒是春天

"老师，我们又输了……"

"孩子，我们没有输！"

面对跳绳比赛的结果，乖宝宝张静怡失望地哀叹，我立即纠正道。

"我们没有输……"这是我面对比赛结果时最想说的话。

两周前，年级组长曹姐在群里发了关于跳绳比赛的消息，我才开始抽空带孩子到操场练习，很多孩子都不会跳绳，几乎从零开始学。

体育课上，吴忠会老师真可谓竭尽全力，手把手教孩子摇绳，手把手教孩子们跳绳，我读懂了他的良苦用心。

但事实上，最费劲的原因还是孩子们非常胆小，大部分都不会跳绳。不仅不会，很多孩子都不想学跳绳。

面对这样的局面，吴老师毫不畏惧。起跑，跳起，离开，把一个连贯的动作分解成三步，一个一个地示范、鼓励、纠错，让孩子们和我非常感动。

在吴老师的帮助下，部分男生学会了跳绳，但是女生还是不会。我看在眼里，急在心里。怎么办呢？

孩子们说，温老师，我们需要时间反复练习。我听到孩子们内心深处最真实的想法，就有了源动力。

体育课上，孩子们已经自觉分组了，男生参赛队，女生参赛队，未参赛队，这分组显然很科学。既不放弃一个孩子，也让每个孩子在学习中有所提高，最终达到锻炼身体的目的。

以前课间，孩子们除了在教室写作业、看书，就是在走廊里聊天，很少做游戏。自从准备跳绳比赛开始，每天下课时间，孩子们都自觉下楼分组练习，大家团结一心，努力向前冲。

很多时候，上课铃声响起，站在教室门口的我，都可以听到学生喘着粗气，看到他们涨红的脸蛋，还有疾步奔跑的身影。大部分孩子都记得我强调的时间，还剩两分钟时就迅速收场,回教室,不能迟到,不能影响上课,孩子们做到了。

比赛不是最终目的,准备的过程足够让孩子们收获和成长。昨天下午最后一节是体育课,我主动申请去欣赏他们跳绳,孩子们欣然答应。

我习惯了先观看女生参赛队表演,惊喜地发现好几个不会跳的女孩,都已经跳得很连贯了,而且动作规范,反应灵敏,我不停地给她们鼓掌,欣喜地说:"每个人都学会了,太棒了!"

"一群小精灵跳得太好了!"这是男生参赛队留给我的印象,他们动作敏捷,有的还在跳的过程中来个360度旋转,这动作完美之至。

"你们都学会了,比温老师强很多啊!"这句话是我送给未参赛队孩子们的,也是发自我内心深处的鼓励。一直不敢跳绳的我,看到孩子们都努力练习,取得进步,我很是感动,努力的过程真的比结果重要啊!

"加油,加油!"未参赛队员们,有的手拿自制海报,有的手握买的鲜花,有的挥动小红旗,都一起为队员们加油,加油声撼天动地。本来很平静的我,被这样的场面完全震撼了!

"加油!加油!"我也站在比赛场地,声嘶力竭地鼓励着参赛的孩子们。他们都脱掉了羽绒服,穿着单薄的毛衣,只为比赛全力以赴。

一个女孩突然摔倒了,"吴晓雪",我赶紧走过去,她已经勇敢地站起来了。

"孩子,伤着没?"我着急地问道。

"老师,我可以坚持比赛。"她答非所问地说道,立即回到比赛队伍里。我一直心疼地看着她,我知道她心里想着什么。后面的几次,她都顺利跳过,我也松了一口气。

随着裁判的一声哨音,今天的跳绳比赛到此结束,好几个孩子飞一般地跑到记分处,"偷窥"裁判老师正在统计的成绩。听到"580"这个数字时,我轻轻叹了一口气。

"老师,我们又输了。"汪一博遗憾地说。

"老师,这次不会又是倒数第一吧!"李熙哲说。

"老师,下次比赛,我们一定努力!"文体委员范一晨说。

"老师,又让你失望了!"集体荣誉感超强的肖立凡说。

"……"

"孩子们,你们努力准备的过程是最棒的!"我用尽最大的力气说道,希望每个孩子都能听到,忍不住伸手抚摸最靠近我的那一张张泛着红晕、沾满汗水的脸颊,心里默默惊喜着。

"孩子们,回家路上注意安全哦!"我目送每一个孩子走出校园北大门,看着好几个孩子坐在妈妈的摩托车上,还在用力挥舞着手中的红花,和我道别,我也不停地挥手。

每一次比赛都是孩子们成长的垫脚石,他们经历着人生的考验,品尝着比赛结果的苦辣酸甜,寻找着走向高峰的成功秘诀。

作为老师,和他们一起相处不到半年时间,我见证了他们在这一百多个日子里,从胆怯变得勇敢,从懦弱变得坚强,从自卑变得自信,从偷懒变得自觉,从淘气变得懂事。他们从来都没有辜负自己,每个人都默默努力创造着"成长奇迹"。

作为一个七年都没有教过课的语文老师兼班主任,我也在和他们一起相处的过程中慢慢成长。从拿到语文书的茫然无知到有条不紊,从接受班主任职位的战战兢兢到泰然自若,从第一节课的照本宣科到思路清晰,正是不怕输的我,在努力学习的过程中收获了教书育人的快乐。

"老师,我现在觉得语文课时间过得太快了!"活泼的袁东阳追到办公室悄悄对我说,说这话时,她白皙的脸上,荡漾着笑容。

我一直认为,只要内心足够强大,行动足够给力,有不怕输的勇气,做每件事都没有那么难。因为勤能补拙,爱能滋润,一切都可以改变。没有比脚踏实地更好的捷径,没有比齐心协力更大的力量,没有比永不怕输更强的毅力。无论工作还是学习,只要不怕输,就会每天进步一点点,总有一天可以击败昨天的自己。

想起五年前,和九岁的女儿一起夜爬泰山,走到中天门时,我一屁股坐到地上,耍赖,不想走了,也走不动了,还对女儿说:"孩子,我们就走到这儿吧,山上也没什么好看的。"

"泰山日出是可遇而不可求的胜景,不看会终身遗憾的!"女儿费尽心思地诱惑我,我还是不想站起来。

无奈之下,女儿把我的右胳膊紧紧夹在她瘦小的双手里,咬紧牙,拉我站起来,拽着我向上爬,最终我们一起爬到了泰山山顶。

朝霞斑斓,坐在泰山最高处,我仿佛栖息在海市蜃楼里,享受着"一览众山小"的气魄,感慨着"泰山日出天下奇"的魅力。

人生亦如爬山。如果你想要屹立山顶,就必须要踏踏实实,一步一个脚印,努力往上攀登。只要有不怕输的勇气,你就会竭尽全力,就会给自己一万个继续的理由,就一定有机会登上山顶,欣赏到山顶最美的风光。一旦放弃,就一切都与你无缘。

不怕输,就要输得起,即使跌倒了,也要从哪里跌倒就从哪里站起来。只有站起来,才能仰望璀璨的星空。

不怕输,就有动力,才有机会获得成功。每个人都渴望成功,别幻想能够找成功的捷径，脚踏实地才是成功最基本的前提。

不怕输，才会强大，才会在芸芸众生里脱颖而出。成功最大的秘诀是勤奋钻研，苦练业务，不断进步，赢得契机，才有机会展翅高飞。

不怕输，就会赢。带着梦想，勇敢出发，跨越寒冬，就是灿烂的春天。

2018 年 12 月 26 日

教学是一种精神

1

立春过后，万物复苏，春意盎然。我懒散的心绪也因此而焕发朝气。"我们都是追梦人"，这是奔走在路上的人们共同的心声。

每个人都有梦想，并以梦想为圆心，以激情为半径，为人生画圆。驰骋三尺讲台，书写教育人生，这是我坚守二十多年的夙愿，也是我必将坚守的未来。

2018年匆匆流逝，回想起我在市一小度过的半年教学时光，犹如深秋时节桂花怒放，馨香满园。这半年时光，在我奔跑的脚步里匆匆流逝，在我追梦的校园里荡起涟漪，在我从教的路上留下深深印痕。在这里，有热情相助的领导，有真诚友善的同事，有勤学上进的孩子；在这里，有求真务实的作风，有精益求精的教风，有锲而不舍的学风；在这里，有快乐从教的幸福感，有一视同仁的公平感，有一起追梦的节奏感；在这里，每个人都可以拿起画笔，勾勒最好的愿景；在这里，每个人都可以乘风破浪，扬帆远航；在这里，每个人都可以开拓创新，谱写教育凯歌。在这里的一百五十多个日子，我深深领悟到——教学不仅仅是一种职业，更是一种精神，一种可以趟过泥泞、穿越沟壑、攀登高峰的精神。

2

只要一走上讲台，我就有一种兴奋感，因为那是我梦想的舞台、追梦的舞台，二十年前曾经拥有的舞台。

不管是读师范的时候，还是踏上讲台的日子，市一小一直是我魂牵梦绕的天堂，也是很多教师梦寐以求的圣地。

实习期间，走在一小校园时的胆怯，至今都历历在目。十二年前的3月30日，市一小面向全市招考选拔优秀教师，我在赶往一小取准考证的路上遭遇车祸，期盼已久的梦境，终究擦肩而过，我欲哭无泪。

人就是这么奇怪，越是得不到越是神往。就在2018年暑假，当我的个人申请得到市教育局领导审批同意后，终于在这个鲜花盛开的九月，我如愿以偿地走进市一小，成为一名可以在这里教学的老师，我激动落泪。圆梦，是幸福的，是快乐的，是惬意的。

每天迎着晨曦，穿越人山人海，才能走进校园。那块引人注目的汉江大石上，雕刻着"幸福"二字，这字出自著名作家陈忠实先生之手，彰显着市一小校园文化的核心，打造幸福校园，构建幸福课堂，塑造幸福的从教者，培养幸福的求学者，这是一小的办学宗旨。很幸运，我是参与者；很幸福，我是受益者。

人生最珍贵的经历莫如追求幸福。感谢市一小这个大家庭，让我从教二十年后，还有机会走进你，可以在这里开启幸福的教学之旅。念念不忘，必有回响，一小与我，我与一小，终有交集。不忘初心，矢志不移，永远怀抱激情，勇敢地在教学之路上追梦。

3

每一次选择都是新的开始。踏上起点，有晴空万里，也有风霜雨雪，做一个爱学习的人，用知识融化冰雪。

有人说：全世界只有两类人，一类是做过教师的，一类是没有做过教师的。我就是做过教师的人，深感做教师不易。尤其是面对信息时代的冲击，孩子们获取知识的渠道更加便捷，当一名学生认可的好教师更是不易。

一位好老师一定是受学生欢迎，胸怀理想，热爱学习，充满激情的。自从走进市一小，那种理想实现的快感与七年未曾教书的矛盾瞬间碰撞，才发现自己与一名好老师的差距太大，捧着语文书的迷茫，面对来自不同班级的六十三个陌生孩子，怎样快速熟悉他们，成为他们的好朋友和好老师，如一团迷雾，让我彻夜难眠。有一种瞬间智商为零的感觉，解决的办法只有一个，那就是学习，抓住这学习的最佳契机。

向身边的老师们学习，向国内外的优秀老师学习，是解决教学难题的最好捷径。面对四年级语文教学，是全新的开始，教学内容不能太难，也不能太简单。从《语文课标》学起，通读课本，年级组集体备课，聆听省市教学能手的公开课，在网上看名师教学视频，读李镇西的《好的教育莫过于感染》、王君的《更美语文课》、朱永新的《我的教育理想》等书籍，解决了教学之难。班里学生出现的纪律松散、不懂规矩、不按要求做等各种状况，着实让我头痛。向办公室姐妹请教，向校领导求援，翻开于洁的《我就想做班主任》、彭兴顺的《教育就是唤醒》、袁卫星的《做一个理想教师》等书籍，解决了班务管理之难。

团队的力量是无穷的。办公室的姐妹们是我最热情的帮手,年级组老师是我最温暖的依靠,校领导是我最坚强的后盾,各种教育专著是我最好的导师,诸多难题迎刃而解,心中的愁云渐渐散去,当老师的幸福感与日俱增。

4

机会来之不易,常常留给有准备的人。勇于前行,才能欣赏到路途的美景;努力尝试,才能体会到过程比结果更有意义。

"请温洁老师给我回电话。"国庆节假期的最后一天,我在市一小教师群里看到了这句话,立即拿起手机给彭文老师打电话。

"你文笔挺好的,想不想试试,设计一节班队会活动课?"

"很想试,可是我从没做过,什么都不会哦。"

"没关系了,我可以帮你的。"

"太好了,谢谢您!"

挂掉电话,我就开始思考,确定主题,查找资料,尝试设计活动方案,向彭老师请教,一遍遍修改,初步确定了《诚信伴我成长》活动课方案。一次次在班上尝试练习,彭老师每次必到,手把手地教,一对一辅导,反复修改方案,直到最后一天才定稿。一个月的辛苦和努力,这节活动课终于在市一小承担的陕西省浸入式国培项目中给全体国培学员成功展示,得到学员和老师们的认可。

更令人惊喜的是,本节活动课还在全市德育工作会上向全市德育工作者展示,赢得诸多赞许。这样的活动课,对于六十三个孩子来说,他们是最大的受益者。整个活动由他们自己主持,每个环节熟记于心,每个孩子参与其中,每个孩子在活动结束后都记录了自己的感受。这样的公开课,对于我一个新来的老师来说,是可望而不可即的,也是我积累经验的最好方式。

每一次尝试,都是为自己抓住学习的机会,找到提升的平台,在活动中和学生们一起成长。我深深领悟了——尝试就有机会获得成功,放弃就注定失败。

5

三尺讲台就是老师最好的舞台,每一出戏都要认真对待。既要当好主角,也要当好配角,用爱支撑,就会赢得阵阵掌声。

"我怎么那么倒霉,班里的孩子都不听我的话。"这句话在我心里一次次重现,该怎么办呢?面对全新的环境,全新的孩子们,我不能退缩,不能逃避,唯一的办法就是努力改变。

第一天早读课,我提前二十分钟出现在教室门口,面带微笑地迎接孩子们,"早上好"，习惯性地给每个孩子打招呼，有的孩子回应我一句，有的孩子视而不见，但我每天坚持这样做，一周后，那些没礼貌的孩子学会了和老师打招呼。

早读课前的卫生清扫，担任卫生委员的蔡尚谷同学，每天早早到校，第一个拿起扫把扫地，我每天都表扬他，呼吁同学们向他学习。在教室里，见到垃圾我就弯腰捡拾，或者立即清扫。一个月后，那些爱偷懒的孩子都学会了主动扫地。

喧闹的课间，我总是安静地待在教室，教会学生珍惜课间十分钟看课外书，耐心说服好动的孩子别在教室疯跑，指导孩子们纠正作业的错误，解答孩子们的疑惑，表扬提前认真完成作业的孩子，个别辅导作文的写法，鼓励内向的孩子大胆举手回答问题，帮助疏导孩子与家长之间的隔阂……渐渐地，那些坐不住的孩子，课间也能安静地坐在座位上，看书、写作业、讨论问题，刘瀚锐同学在作文里写道："真没想到，屁股长刺儿的我，还能惜时如金，感谢老师的称赞——你安静的样子很美！"

"温老师，请您好好管教我家的熊孩子，您要是能教好我的坏儿子，我给你下跪都不为过。"面对家长发来的消息，我首先说服他不要给孩子贴标签，要真心地去爱他，并让他能够感受到；同时，我也费尽心思，制订帮助计划，努力去改变这个最调皮的男孩。

每天早上都在教室门口等着他到校，微笑着表扬他昨天的点滴优点，轻声地提示他今天需要改正的缺点，并握手承诺。每天改正一小点，一学期下来，他的优点终于遮住了缺点，期末考试各科成绩都及格了，并第一次全部突破了80分。假期里，他一次次给我打电话，说想我了，想请我到家里吃饭。我非常欣慰，鼓励他假期多读书，做好复习和预习，吃饭还是免了。

6

前行路上，有欢笑，也有眼泪。胜不骄，败不馁，一切都坦然面对。再难做的事，只要用心都可以做好。

"这次体操比赛哪个班倒数第一？"年级组开会时，有位老师无心地问道。

"是我们12班，我们班就是垫底的。"我立即回答。

面对这样的尴尬，大家都心知肚明。我们班是从每班抽出几个学生新组建的班集体，其他班级是从一年级一路走上来的，哪有可比性？但是这也不能成为认输的借口，必须化作前行的动力。

"孩子们，输一次没关系，最怕的是一直输，你们愿意吗？"

"老师，下次比赛我们一定好好练习，甩掉倒数第一。"六十三个孩子齐声说。

两周后的跳绳比赛，孩子们十分勇敢，比赛中吴晓雪摔倒了，爬起来坚持继续跳，这样的正能量比赢更有意义，最终比赛我们获得第五名。

面对期末考试，我提前一个月指导孩子们制订了复习计划，每个人都要找到各学科的短板，并写出解决措施。

赵一依："老师，我很多字不会写，我每天抄写一单元的生字和词语。"

马湘如："老师，我的背诵还不熟，我每天再加强背诵。"

王楚涵："老师，我的字写得很丑，我每天认真练习。"

张家麒："老师，我修改病句不会，请你教教我。"

成瑞华："老师，我的作文不会写，请你抽空指导我。"

……

面对孩子们的学科短板，我认真统计、分类，利用课余和休息时间，一个一个指导、突破，并鼓励他们好好坚持，一定会取得好成绩。

"孩子们，你们努力学习的样子最美！"每天站在教室门口，都能看到孩子们认真学习的美景，我都忍不住说出声来。

努力的过程比结果更重要。面对期末考试，孩子们信心满满。考试结束时，我们在操场整队放学，孩子们难以抑制地开心和激动，跳起来对我说："老师，我们这次一定甩掉了倒数第一！"这个场景，真的让我好幸福！

期末考试成绩出来了，最高分99，最低分72，90分以上43人，年级排名第三，我们真的甩掉了倒数第一。

休业式那天，我给孩子们买了奖状、奖品、糖果，人人有份。面对孩子们略有浮躁的表情，我淡淡地说："假期是创造奇迹的最佳时间，要想当最后的大赢家，任何时候都不能骄傲，不敢放松哦！"孩子们点头示意，我也心满意足。

7

有一种无穷的力量叫榜样，有一种最好的捷径叫投入。每天行走在校园里，目之所及，花香袭人，看在眼里，醉在心里。

一个高大的背影，左手正吃力地顶着柜子里的横挡，右手快速地把横挡上的书一本一本往外取。

我站在他办公室门口，目睹这一切，"王校长好"这几个字都卡住了，没敢说出声来。他的书柜里，横着，竖着，堆满了书，书柜都压塌了。办公桌上，堆放着一叠黑色的笔记本，这都是他学习最好的见证。

想起三年前，冒昧地给王校长送我的第一本散文集时，总害怕他拒绝。谁知，他接过书，还微笑着说："向你学习。"他的过度谦虚让我十分羞愧，他的真诚鼓励让我无比坚定，每天在业余时间，坚持读书和写作，从没懈怠。

在一小的校园里，放眼望去，每一堵墙壁都会说话，每一块角落都是风景。在这样的校园里，从校领导到老师们，他们的爱业、乐业、敬业精神，都是我学习的最好榜样。

想起读师范时，俯仰皆是"学高为师，身正为范"这八个字，今天终于深刻领悟，这是对老师最基本的要求，也是老师教书育人最好的方法。学高方可为师，博学多识才能给学生答疑解惑。身正为范，身教大于言教，当好学生的榜样，才能让学生心服口服。

在这里，校领导是老师的榜样，老师是学生的榜样，随时随地都可以感受到他们对工作的投入。每个舞台都可以创造辉煌，每个岗位都可以做得精彩，只要你用心去做。

面对六十三个孩子，我每时每刻都要求自己当好他们的榜样。按时到校，随时弯腰，保持微笑，宽容担当，乐于助人，勤学上进，随时记录，等等，要求他们做到的，我首先要做到。就这样坚持每天写日记，每周写教学随笔，不经意间就写了近四十篇，十多万字，每一篇都发到家长群和他们分享。这些真诚而朴实的文字，唤醒了一个个迷途的心灵，帮助很多孩子养成了记录的好习惯，为家校共育架起了一座幸福的桥梁。

走在这个最好的时代里，学生仰望的好老师，既可以望穿千古洞悉宇宙，也可以上知天文下知地理，还可以惊看鱼跃，喜随鸟飞，无所不能，无所不会。与这些孩子同行，我们只有不断丰腴双翅，才能和他们一起飞翔。

追梦的时代，我们携着梦想，在教学路上奔跑，动力十足。感谢市一小，圆我凤愿，伴我成长，幸福荡漾。

岁月可居，时光如流。开学在即，那根紧张的弦，在春节的舒适里，变得松弛。当日子还剩最后一天，我又开始整理行装，打开电脑，把自己关在温馨的书房，让明亮的灯光从头顶照射，照亮文字，照亮星空，照亮今天，也照亮未来。

2019 年 2 月 18 日

幸福是什么

寒露刚过,虽看不见风的影儿,清晨也多了几分寒意,不禁让人打个冷战。

站在教室门口的我,习惯性地用温柔的目光快速横扫教室一周,学生正在齐背七言绝句《晓出净慈寺送林子方》,个别学生一边背,一边取语文书,他们满怀期待地看着我。

当我的目光回到讲台上,一体机关闭完好,这让我很失望。我实在不想因为开一体机来影响上课时间了,只好瞬间改变本节课的教学思路。准备好的课件只好"休息",一体机也"休息",也算是对学生一种无言的警醒和告诫吧。

"昨天,我们学习了第九课《巨人的花园》,让我们认识了一个知错就改的巨人,让我们记住了那个四季风景秀丽的花园,让我们懂得了有爱的地方就有春天。今天,我想带同学们去寻找幸福,请把语文书翻到第46页,一起学习第十课。"我慢条斯理地说,有的同学开始翻书,有的同学眼睛依然盯着关闭着的一体机,若有所思的样子。

我只好走下讲台,一边走一边说:"请同学们自由读课文,找出这篇童话的人物,并尝试简述故事情节。"说完,同学们就开始朗读:"《幸福是什么》,有三个小孩,都是牧羊的……"

我轻缓地在教室走动,默默聆听哪些孩子朗读得通畅,哪些孩子带着情感,哪些孩子声音洪亮,哪些孩子没有出声,哪些孩子读音有误。这个故事有点长,大约读了十分钟,我在教室走了两圈。当他们读到第24自然段时,我就走上讲台,板书课题,做好准备,聆听他们交流学习所得。

"幸福是什么",我用红笔写在白板上,写得很大,在这几个字的左前方写下了两个字"人物",随着他们的朗读声停止,我就开始引导了。还是"开火车"的形式,第一排第一个,周明好同学自信地站起来,这个故事写到的人物有:"三个小孩和一个美丽的姑娘。"他说,我板书。

"还有不一样的答案吗?"没人回应,看来大家的想法一致。

我又在"人物"的正下方写下了两个字"情节",我们开始梳理情节吧。

王泽宁同学说:"三个孩子疏通了泉眼";

李香薇同学说:"美丽的姑娘喝了井水,她让三个孩子去寻找幸福";

刘嘉馨同学说:"这三个孩子都找到了幸福。"

"谁能说得具体点儿呢?"我故意把"具体"两字重读。

黄梓滢同学站起来说:"第一个孩子当了医生,给病人治病,他很幸福;第二个孩子做了许许多多工作,都是对别人有用的,他很幸福;第三个孩子留在村子里耕地,种麦子,养活了很多人,他也很幸福。"

"那个美丽的姑娘,她找到了幸福吗?"我继续问。

罗雅戈同学站起来说:"那个姑娘也找到了幸福。"

"你们能理解他们的幸福吗?"

"能。"

"那我们每个人都来说说幸福是什么吧。"

李博伦同学说:"幸福要靠劳动,要很好地尽自己的义务,做对人们有益的事。"

"幸福是疏通泉眼,让过路的人有水喝。"这是王昱坤眼里的幸福。

"幸福是凭借自己的双手,做对别人有益的事儿。"这是王国旭眼里的幸福。

"幸福是农民伯伯耕地种粮食,让我们有饭吃。"这是蒿薇合眼里的幸福。

"幸福是有一个幸福的家庭,家里每个人都力所能及地帮助别人。"李思源说。

"幸福是好好学习,长大报答父母和老师,报效祖国。"李青源说。

……

"幸福是上学时遇到好老师,就像温老师一样!"这是第45个同学说出的幸福。这个孩子学习不太好,考试从不及格到及格,上课从不听课、不做笔记到慢慢写笔记,回答问题越来越积极,进步很大。他的话让我突然语塞了。

孩子的话音刚落,教室里响起了掌声。同学们都不约而同地看着我,63双明亮的眼睛里投射出一缕缕幸福的光,还有一缕缕清澈的暖,一串串真挚的情。

"谢谢可爱的宝贝!"我幸福地点头,并弯腰致谢。

后面的时间,我还是让没发言的同学说出了他们理解的幸福,他们中也有好几个说到了"老师无私奉献,教书育人"这个范畴。

四十分钟就这样在无拘无束中消逝了,孩子们心情愉悦,情绪高涨,好像都意犹未尽。

我还是按时下课,这是我的习惯。没有哪个学生会喜欢拖堂的老师!这是真理,也是我从学生到从教二十多年总结的经验。

"温老师,这节课时间过得真快!"这是最不爱说话的张异琛走到我身边,对我说的悄悄话。

"以后会经常有这样的语文课哦！"

一节准备充分的课，被沉睡的一体机给活生生地搁浅了，30秒钟改成了随机课，心里很担心，默默祈祷——希望领导不要这个时候推门听课哦。

其实，改变主意，还有第二个原因，就是想暗暗惩罚一下那个负责开关一体机的男孩。

开学第一周，我发现他不仅学习基础差，而且学习习惯也差，最头疼的是废话特多，前后左右都是他的"放射区"。但是，他第一周主动找我申领了这份工作，我就想给他机会试试吧。

事实上，他真的让我很失望，我的课有太多次都没有打开一体机。开始，我总是会温馨提示，先亲切地叫他的名字，等到他的眼睛注意到我时，就用手示意他打开一体机。但是他并没有因此就记住，还是经常忘记。

我也挺矛盾，对于一个学习基础和学习习惯都不太好的男孩，撤职还是会打击他的积极性。所以，我常常沉默，让学生背诵诗词时，自己着急地走上讲台，匆忙地打开一体机。但是机器打开的过程最快也要两三分钟，这就意味着我的语文课，从40分钟变成了37分钟，有时预备要讲的内容总是剩一点。所剩内容拖到下节课，就会影响到下节课内容的容量和质量，如此累加，就像"恶性肿瘤"，越堆越多。但是我又有什么办法呢？

孩子好习惯的养成需要时间的检验和磨砺。我无数次地这样安慰我自己，并无数次地重复使用唯一的办法，那就是——用我足够多的宽容、理解、引导、提醒和鼓励，去努力帮助他们慢慢改变。

毕竟，他们是孩子，就像平原上的一棵棵小树苗，当劲风把它们吹偏了，或者吹弯了，只要有人去扶正，就有机会变直，亦有机会长成参天大树。

再不优秀的孩子，都值得老师再多爱他们一点，用尽全力去拯救他们。因为你努力拯救的是可爱的孩子，也有可能是一匹逆袭的黑马，或许他们就是下一个爱迪生或莫言哦。

2018年10月10日

孩子，你争气的样子真美

孩子们说，2018 年 11 月 5 日，终生难忘，我也是。

因为一楼多功厅里，传来这样的声音：

"今天早上的活动课，每个孩子都自信大方，表现得很精彩。放手让学生去活动，真正体现了以学生为主体；每个孩子都参与，在活动中成长，在活动中收获。我总结了三个字：精、细、实，即精心准备，让人震撼；细节到位，效果很好；事例真实，教育深刻。"

"这节课呈现'五美'，即立意美、内容美、形式美、趣味美、教育美。最有特色的教育就是不教育，每个孩子在活动中感悟，在感悟中成长和收获，内心感到无比的满足和幸福。"

"教育的意义就是用无言的形式，让孩子们终身受益，如今天的活动课。任何时候，当孩子们想起这次活动课，都是快乐的、激动的、幸福的。因为孩子们在这里学会了诚实做人、诚恳做事的道理，展示了阳光上进的精神风貌。"

……

这样的声音真是来之不易！

晚秋乍寒，谁曾料到，大雨噼里啪啦地下。我的心情更加忐忑不安，骑着摩托车，在积水或深或浅的马路上前进，心里一直惦记着今天的大事，为国培学员和本校班主任老师展示《诚信伴我成长》活动课。

7 点 40 分到达市一小校门口，陈忠云副校长和几位值日老师早已在门口迎候师生了。密密麻麻的人群，蓝色的校服，鲜艳的红领巾，七彩的伞花，还有校园里翠绿的常青树、铁树、开过花的桂花树，把清晨的校园装点得诗情画意。尤其是校园里"和谐""幸福"的字样，与其说是雕刻在汉江大石头上，不如说是雕刻在师生们的心上。走在这样的校园，我的心情瞬间有了舒展的感觉。

来到教室，孩子们都到齐了，大部分在读书，值日生在打扫清洁区。我拎着牛皮黄的纸袋子，里面装着国旗、耳麦、电池、奖章、文稿、优盘、翻页器，装作十分镇定的样子。

"孩子们，我们还是走一遍流程吧。"

"好！"

我把道具发给孩子们，打开PPT，像往常一样走到教室最后面，我很想管住自己，不说一句话，只管安静地欣赏。

但是，我还是违背了自己的旨意。面对孩子们忘台词、说错说漏台词、不敬礼、红领巾戴反了、名言卡撕破了、小红旗折断了、耳麦忘家里……我实在是愤怒了："彭老师和我说的话都不记心上，以后谁敢让你们承担公开课呢？"教室里没有回应，孩子们睁大眼睛盯着我，有乞求，有懊悔，有期盼，有惭愧。

"还有15分钟就正式上课了，这样的表现简直是砸场。"我内心中强烈的声音在喧腾，我必须抑制自己的怒火，逐一解决现场的问题。

还有10分钟，我们整好队准备下楼，孩子们脚上的雨鞋瞬间刺痛我的心。"天啊，穿雨鞋上台表演，你们见过吗？"孩子们都不约而同地摇头。

"老师，我和他换，我不用上台。"这是聪明机灵的陈旭东的声音。

"老师，我和他换，我不用上台。"这是乖巧懂事的汪一博的声音。

"老师，我和他换，我不用上台。"这是善解人意的蔡尚谷的声音。

……

这无疑是我未曾料到的小插曲，活动课即将开始了，发现有9个要上台的孩子都穿着七彩的雨鞋。乖巧懂事的张宸瑞，眼泪瞬间忍不住掉下来，说："我让妈妈送来"。孩子啊，时间真的太宝贵了，一切都来不及了。

孩子们纷纷提出交换鞋穿，这是此刻唯一的办法，也是孩子们自己想出来的最好办法。这时，孩子们忘记了性别，只要鞋码一样，立即调换，两分钟全部搞定，孩子们亲如兄弟姐妹一般。尤其是姚振兴同学，和他换鞋的孩子脚太小，33码，而他的鞋是35码，为了班级，他非常乐意换。尽管他的脚塞不进鞋子，几乎是踮着脚跟，下楼，上楼，小心翼翼，为了让活动课圆满成功。

下午上语文课，我们一起总结反思。孩子们说："今天，我们敬礼动作不标准，个别细节没到位，如果好好练习还是可以避免的。"孩子们已经能够发现问题，并能找准原因，这真是难能可贵。虽然我们在磨砺中花费了很多时间和精力，在练习过程中每个人或多或少都有委屈，但是看到孩子们瞬间长大的感觉和展示风采的喜悦，觉得一切都值得！

奖励是对孩子最好的鼓励！我为每个孩子颁发了奖章，有学习章、才艺章、实践章，等等。零作业也是孩子们最期盼的事儿，我的话音刚落，下课铃声响起，孩子们簇拥而上，把我团团包围。善于表演的成思涵说："老师，我们今天太开心了！"讲台周围，无法落脚，孩子们用身体砌成了欢乐墙，而我被这群可爱的宝贝当成了圆心。人生第一次这么美好，这么难忘！

其实，我还记得一个承诺——分享柚子。我甚至都能想象，孩子们这些天在欣赏柚子之后，品尝柚子时会表现出怎样的欣喜若狂。时间真的太紧，就连上课给老师们品尝的柚子，都是办公室的好妹妹们给剥好的。

近日，一定要抽空去买柚子，剥好柚子，必须拿给孩子们品尝，这一定是世上最好吃的柚子！

放学了，我送走班级孩子，就到安中校门口接我女儿。看着她满脸喜悦的表情，我们光着头，迎着雨，快乐地回家。在路上，我给她讲了今天的故事，她说："立刻在家长群发一封表扬信，让家长为这些争气的宝贝们点赞！"

到家后，我立即执行，"一个活动的成功，来自孩子们的齐心协力，宝爸宝妈的全力以赴，彭文老师的精心指导，所有喜悦一起分享！同时，活动课对孩子们也有深刻的教育意义，正如评课老师所言，孩子们受益终身。所以，请宝爸宝妈记得为争气的宝宝们点赞哦！"收到了很多家长的回复，感激大于辛苦多少倍啊！有付出就有收获，不努力哪有机会赢啊，或许就连输的勇气都没有！

生活总是有太多的出乎意料，快乐常伴左右。学会控制自己的情绪真的很重要，一味生气是最傻的傻瓜。想起过往，很多人都有生气的经历，甚至用别人的过错严重惩罚自己，这行为该是世间最愚蠢的。

人生在世，不如意事十之八九，不要生气，而要争气。石头从不知道生气，任何时候都坦然自若；树木从不知道生气，任何时候都顺应变化；季节从不知道生气，任何时候都迎来新的希望。只有学会勇敢面对现实，摆脱困境，才能实现逆袭，才会变成真正的强者。

孩子，你争气的样子真的很美！机会总是留给有准备的人，越努力越幸运！让自己的翅膀越来越丰腴，用能力撑起自己的梦想，用智慧改变自己的未来。只有羽翼强大，理想才会更丰满，人生才能更精彩。

2018年11月5日

欣赏的角度

岁月更迭，不可阻挡。每个人就这样悄无声息地跨进了 2019 年，继续在纷繁复杂的世界中行走。

太阳每天都是新的，世界每天都是新的，不管在哪里行走，行走的方式决定了行走的速度，行走的速度决定了欣赏世界的角度，不同的欣赏角度就会看到世界的完美和不完美，不同的方式沉潜不一样的人生。

有这样两类人：第一类人是把自己摆在世界的最前台，把世界上的一切人和物都摆在一块儿玩把戏，甚至把一切都看作痴呆，把自己看作世界上至高无上和最聪明绝顶的控制者；第二类人是把自己摆在世界的最后台，安静地袖手旁观，看旁人在那儿装腔作势，默默地站在后台，不张扬，不露脸，不附庸，不卑俗，低调低调再低调，欣赏可以欣赏到的一切美景。

看待人生的方式与人的性格有关。生性张扬的人，可能习惯于站在前台看人生，常常只看见自己的精彩人生，而看不见别人的精彩；生性胆怯的人，可能平时习惯于站在后台看人生，总是先看到别人的成功人生，后看到自己的平凡人生。

不管站在哪里，从哪个角度欣赏，我们都渴望看到社会的光明和人性的温暖。就像同行者，看到行善的人，总是会不谋而合；看到行恶的人，总是恶心泛滥，只想默然远离。当然，最令人深恶痛绝的就是处处行恶的人，这类人嘴里常常假五做六地说自己是行善者，而心底里肮脏得不堪入目。

芸芸众生，许多人都喜欢和行善的人交往，同行成为挚友。这里指骨子里的善，他们眼里的世界总是如此美好，他们的人生或平淡或精彩，都心甘情愿地做善事，扶危济困，为人性增加温度和热度，为世界增色添彩。

行善是人生的大路，每一个在场的人，都是甘心情愿，不问西东，勇敢向前走。无关贫富，全凭一颗善心前行，他们不畏惧贫穷，不留恋富有，只悄然远离肮脏的心境。

走在 2019 年的大道上，世界是否精彩纷呈，都无关紧要，最紧要的是有一颗纯洁的心，有一颗能分辨是非善恶的心，足矣。每天在自己选择的方式里，在自己痴迷的生活里，当好主角，好好表演，留给观众的就是一部好戏。行走的过程就好比欣赏艺术作品，就像拜读长篇小说，每一章节作品都有魅力，只要你愿意拜读，乐意欣赏，用明亮的眼眸去欣赏，用善良的心去品味，件件都有趣味，各个都精彩。

学会欣赏是一门艺术，需要选择正确的角度，慢慢领悟。就像看到纷纷扬扬的雪花，有人喜欢它的纯洁和奉献，有人憎恨它的寒冷与凛冽，有人欢天喜地，有人愁眉苦脸，有人赞不绝口，有人痛彻心扉。这与欣赏的角度有关，完美与不完美，它们之间其实没有明显界限，有时也不需要界限，有时也会相互转化。

心灵的天平，最懂复杂的世界！

2019 年 1 月 5 日

牵挂

天空飘着小雪，枯黄的树叶落满灰尘，乡村的冬季多少有点萧瑟的味道。

我和中华姐在安康高速路口迎来了一群尊贵的客人——西安交通大学第51届CEO班的总裁们。他们开车从西安出发，舟车劳顿，穿越蜿蜒曲折的隧道，走过山路十八弯，我们将一起走进汉滨区大同、早阳、谭坝、茨沟等乡镇，回访以前资助的那些贫困留守儿童。

这是爱心企业家对山区的一份牵挂，一份心意，一份期许。五辆车缓慢地走在崎岖不平的山路上，尘土飞扬，而眼前的孩子们，明亮的眼眸里，闪烁着光芒。我们首先回访了和妈妈相依为命的黄定云，那个可以做她奶奶的好心人将她捡回家，使女孩有了不同寻常的成长历程。妈妈，在她心中有了特殊的意义。

第一次看望她时，任福奎校长给黄定云的一个拥抱，换来了她和妈妈最灿烂的微笑，也成了这些爱心企业家们最深的牵挂。那个有了大大小小裂缝的房屋，已经变成了简易的砖房，那条被大石头阻挡的通家的小路，已经杂草丛生。屋后那颗高大的核桃树，结出的核桃是她们招待尊贵客人的最好礼品。葫芦瓢里的核桃，是黄妈妈对企业家们最诚挚的感谢。

又见到了那个被寒冷撕裂的手背，血迹斑斑，肿痛的样子触痛了我们的心，使我们不禁感慨道："没妈的孩子像根草。"那是对姐弟，姐姐十一岁，上四年级，弟弟八岁，上一年级，他们在双目失明的奶奶的陪伴下生活。与其说是奶奶照顾娃，不如说是他们照顾奶奶。

在这样艰难的家庭里，孩子的成长着实不易。虽然政府已经在物质上给予了很大扶持，但是缺失的爱还是无人代替。看着孩子冻伤的手背流血了，美女邢总立即把口袋里高档的护手霜塞给她，我把手套塞给她，同行的企业家们纷纷慷慨解囊，你二百，他三百……两千多块钱被塞到了姐姐的手里。我还特意给孩子们送来了自己的第二本散文集《汉水瑶》，孩子内心充满感激紧紧地捧着钱和书。

天快黑了，我们依然在路上。走进最偏远的大山上，来到一个特殊的家庭里。

一家七口人，五个大人四个残疾，两个小孩中一个也是残疾人。这样的家庭，日子是沉重的，就像这寒冬腊月的雪，加剧了空气的呼吸难度。

　　健康的大儿子叫尹潇然，今年八岁，他很热情，也很阳光，主动和我们打招呼。爱心企业家们热情地和他聊天，被他的善良懂事、聪明伶俐深深感动，企业家们把两千多块钱善款塞到孩子手里，还给他们买了棉被、大米、菜油等物品，我给孩子送了散文集和台历等。孩子可高兴了，右手紧紧攥着钱，左手紧紧握着书，望着我们露出幸福的微笑。他的妈妈从家里端出来一大盘蒸好的红薯，一缕缕热气带走了一天的疲惫，省城的帅哥美女拿着刚刚出锅的红薯，都舍不得吃，这可能是他们一家七口人的晚餐。

　　第一天一共慰问了十一户，住户相对零散，居住条件都比较差，大多在山上。最远的要走一个小时，他们不辞辛苦，一步一步艰难地爬上去，把爱心物品和善款亲自送到老人或孩子手里。汗水浸透了风华正茂的帅哥的脊背，汗珠在窈窕淑女的脸上流淌，还有几个阳光可爱的孩子，有六岁的、有十岁的，也都和他们的爸爸妈妈一起，把真诚和善良，把温暖和阳光，送给大山里最需要的人。爱心企业家们还现场解决了面临辍学的王艳的上学问题，在返程途中商议解决了王艳和爸爸搬迁入户的五千块钱难题。

　　非常感谢西安交通大学第 51 届 CEO 班的总裁们对安康的牵挂，陪着他们走访两天，一共看望慰问了孤寡残疾老人和留守儿童十八家，共计捐钱捐物五万余元。他们用满满的正能量帮助老人过好生活，鼓励孩子好好学习，帮助他们走出生活的困境，解决他们的学习之忧，用行动为安康脱贫攻坚谱写了一曲感人的奉献之歌。

　　天色已晚，他们五车同行，驶向西安，我静静目送。看着他们走远了，听不见车声了，我们才开始返程，也期待他们再来安康。默默祝福爱心总裁们——愿有爱的人事业顺利，阖家幸福，生活美满！

　　这些爱心企业家都住在中国不同的城市，在不同的城市工作，因为有相同的梦想相聚在西安交通大学第 51 届 CEO 班，因为有爱邂逅安康，于是就有了这份持续的温暖。这一次，尤其是来自内蒙古自治区的杨总和来自甘肃张掖的邢总，他们都远道而来，组成爱心企业家团队，用自己的爱心去帮助他人，去点燃乡村老人和儿童生活的希望。

　　他们为人低调，从不张扬，因为爱只需要用心感受。他们的慷慨和大爱，在秦巴山间默然弥散。自 2016 年 5 月 21 日以来，西安交通大学第 51 届 CEO 班的爱心企业家们连续四年自发组织，在刘辉部长的带领下，不辞辛苦，多次深入陕南安康汉滨区的贫困山区，先后走访慰问贫困户近八十户，捐款共计二十多万元。

我们期待那些老爷爷和老奶奶，还有那些正在读书的孩子们，都能够勇敢地渡过难关。任校长和我都给他们留下了我们联系方式，希望他们在最困难时能够联系我们。"我们还会再来看你们的。"这不是戏言，这是爱心企业家们对那些孤独的老人和孩子们由衷的牵挂。

人生最艰难的时候只有一步，最关键的时候也只是片刻。只要勇敢前行，努力跨过去，一切都会过去。这并不是我的想象，是我们跨越严寒后共同的经验。愿那一袋米，一桶油，一本书，一叠钱，一床棉被，可以温暖整个冬天。

站在大山深处，小草开始发芽了，大树摇落了枯叶，努力向上生长。冬天过去了，春天一定会百草丰茂，鲜花也一定会努力绽放。

2019 年 1 月 27 日

做孩子成长的摆渡人

春风习习催万物,细雨蒙蒙润大地。新学期,新气象,我们一如既往,踏上2019的征程。

谁曾料到,刚开学教育部禁止微信和QQ群布置作业的消息一经发布,竟引起了轩然大波,家长和老师吵翻了天……这着实让我意外。

我一直最喜欢那句话——百年大计,教育为本。这就告诉我们,教育不是一个人的事,也不是一个家庭的事,更不是一所学校的事,而是一个国家、整个社会的大事。如何做好这件大事呢?那就需要每个家庭,每所学校,每个老师,每个家长,整个社会人,共同关注,找准坐标,端正心态,为这件事献智出力。

作为一名老师,首先要摆正心态,扮演好每个孩子的陪伴者、呵护者和引路者等角色。孩子们来自不同的家庭,老师只有积极地与家长沟通,了解孩子,与家长形成教育合力,才能共同完成孩子的教育。

网络是把双刃剑,微信群和QQ群在家校沟通中发挥了很大的作用,也大大降低了沟通的成本。正因为沟通几乎零成本,便给老师带来了很多麻烦。比如,家长发消息不择时间,一天24小时不间断;不择言语,或感谢,或请求,或质问,或攻击;不择方式,或文字,或语音,或视频,着实让人尴尬,让人反感。

话说在微信群和QQ群发作业,很多老师都尝试过。我在去年也试行了一个月,实在难以持续下去,就立即叫停了。原因有三:一是老师很难固定发作业的时间,常常遭到家长的攻击;二是每次作业要重复发很多遍,增加了老师的工作量;三是部分留守儿童父母不在家,很难及时看到作业,影响作业完成速度和质量。

为了很好地处理这件事,我与班级代课老师商量,也在班上征求了孩子们的意见,在班级家长会上讲明了原因,就停止了在家长群里发作业。我给孩子们发了抄题本,每天按时把作业抄在黑板右侧,直到第二天早读时才擦去,每天早读前检查抄题本和家庭作业。孩子们都能按要求完成作业,家长们也很赞同这样的做法。

当然，若有孩子生病或有事请假了，代课老师都会及时通过微信群把作业发给家长，并按时给缺课的孩子进行个别指导，保证孩子作业完成的质量。也有个别孩子抄错题的情况，老师就要多一分耐心和多一点宽容，给他们时间补写漏写的作业，并叮嘱孩子做事要细心。

面对微信群不准发作业这件事，我还是很赞成的。孩子们自己抄作业，真的无可厚非。小学一二年级的孩子，基本没有书面的家庭作业，三年级及以上的孩子，自己有能力抄作业，既能促进孩子的书写，也有益于孩子养成"自己的事情自己做"的好习惯。至于个别家长反感孩子自己抄作业，还是因为太过于溺爱孩子了。

如今的孩子，独立生活的能力和自我动手的能力有弱化趋势，正是源于很多事都有家长代劳，孩子少了许多锻炼的机会。但未来的人生路，是要靠自己走，一个人的知识和能力决定了他能走多远。

每个老师和家长的心愿都是一样的，希望孩子走得越远越好。这就需要家长和老师心往一处想，力往一处使，用智慧和汗水，用陪伴和指引，当好孩子成长路上最好的摆渡人。家庭和学校彼此支持，家长和老师相互配合，这才是教育最需要的合力，也是最有效的方式。

今天的教育已不再是"娃交给你了，你想咋管就咋管"的年代。今天的孩子本来都比玻璃还脆弱，比温室的花儿还娇气，这就为教育增加了难度，我们需要看清这种真相，改变教育方式，转变爱的姿态，努力实践此刻此地此时能完成的事情。

首先，老师要给孩子创造轻松愉悦的学习环境。校园是孩子最好的学习场所，努力为孩子营造温馨的学习空间，努力创造各种学习机会，让孩子努力去尝试，去体验，去思考，在参与过程中逐渐坚强，逐渐成熟。

其次，老师要让孩子充分体验课堂学习的幸福感和成就感。不管哪个学科的老师，都要充满激情，重视激发孩子的学习兴趣。一节有激情、有趣味的课，老师不用将声音提高八度，不用反复提醒，孩子们都会积极参与，成为课堂的主人。孩子只有全身心投入，学习效果才好，诸多问题就在课堂得以解决，孩子完成课后作业就轻松，有些孩子在课间作业就完成了。

很喜欢稻盛和夫在一次演讲中说过的一句话："为了度过一个理想的人生，我们必须用尽自己的力量，拼命划船。"作为教师，当好孩子成长的摆渡人就是我们最大的理想。我们必须努力用尽自己的智慧和力量，与学校共舞，与家长相伴，与孩子同行，拼命划船，力争把每个孩子摆渡到理想的彼岸。

爱出者爱返，福往者福来。渡人，亦是渡己。

2019 年 3 月 2 日

好习惯是一种巨大的力量

培根说:"习惯真是一种顽强而巨大的力量,它可以主宰人的一生,因此,人从幼年起就应该通过教育培养一种良好的习惯。"

每天早上六点二十分起床,给家人做早点,早已成为一种习惯。因为女儿说,安中学校食堂吃早点的人太多,排队浪费时间。

今天早上的早点是姐姐送来的包子,只需要加热一下就好了。当我打开卧室的门,又是一个幸福的场景。厨房的灯亮着,我快步走进去,电磁炉上的时间显示,包子已经蒸了六分钟,而姐姐的女儿琦琦一直在这儿招呼着。这个格外懂事的宝宝,比我女儿大半岁,总是偷偷抢着去做我应该做的事儿。

想着一会儿要送孩子们上学,我便轻轻关上卧室门,快速走进卫生间洗漱,以免吵醒了先生。给两个孩子的水杯装满水,温牛奶,陪他们一起吃早点,再一起去学校。正在我们仨拿起包出门时,"还是我送你们吧!让妈妈在家休息一会儿,七点多再去上班。"先生说。看着他们三人的背影,有一种深深的幸福,温暖着这个雨后初晴的清晨。

七点四十分出发,直奔市一小,本来骑摩托车五分钟就可以到达,一路上接到五个学生家长的电话,等我赶到操场,上自习的铃声都响了。虽然没有早读课,但还是走进教室清点人数,再将家长的请假消息一个一个对应。亲爱的搭档张迷老师已经站在讲台上,做好了上课的准备。其实每次她的早读课,都代我做了这个晨检,俨然是我最好的搭档。早已习惯了这样的重复,"不差人,可以上课了。"然后我们相视一笑。

我每天早上至少两节课,每天重复做着同样的工作,但是心里丝毫没有怨言。相反,感觉一切都是新的,就像这眼前的春天,就像这未来的日子。抽空去听了两节公开课,已是中午十一点五十分,直奔安中大门口,停在邮局这一边,巴望着密密麻麻的人群,在人群中搜索馨馨和琦琦。看到她们走出校门时,就亲切地叫一声她们的名字,看着她们喜悦而满足地向我跑来,跨上摩托车,一句"好了",

我们就开始出发，迎着风雨，踏上回家的路。

午餐每天都是米饭，早上上班前都提前预约好了，进门就开始炒菜，赶在十二点半前开始吃饭，十分钟结束。不是规定，是真的赶时间。高中学生很辛苦，她们习惯了写二十分钟作业，我抽空准备晚上的饭菜，然后一点准时午睡。一点半起床，一点四十出发，一点五十到安中，等我从安中挤到一小门口，一般都是一点五十五左右了。我时常是奔跑着去教室，一是赶时间，二是看着王校长早已站在操场迎接每个师生到校，实在是因为姗姗来迟而愧疚不已。

下午两节课都是语文，一节课讲新课，一节课讲下午足球比赛和明天参观移民博物馆的事，同时还接待了两位家长，处理了两个孩子课间发生的一点小摩擦。虽然都是不值一提的小事，但还是得处理得让大家心服口服，皆大欢喜才行。我处理的原则是公正公平，教导他们也要学会换位思考，多一点儿宽容，多一点儿理解，就多一个朋友，多一条路可走。

放学的铃声响起，我们集体站队。足球赛队员站一边，其他孩子站一起，送走这些宝宝们，我摇身一变，俨然足球队队长，带着十八个足球队员直奔足球场参加比赛。

雨后没有夕阳，空气中有着春天淡淡的清香，孩子们英姿飒爽，全力以赴，叱咤赛场。比赛依然很精彩，王赛楠就像班里的"罗纳尔多"，一口气踢进了三个球，徐宸宇再进一球，锁定全局，其他想上场的队员都体验了一把。守门员汪奕衡也十分给力，刘宸纬简直是发挥得淋漓尽致，她可是被我"逼上"球场的新手，之前从没摸过足球。体育组师英果老师一直在场边观看这场球赛，比赛结束时他立即让我转告刘宸纬同学："以后可以带她出省参加比赛。"看来师老师又发现了一匹"千里马"。我们四比零胜出，孩子们激动地欢呼，我冲上球场拥抱了"罗纳尔多"，也拥抱了其他宝宝。

每一次比赛都是心理与战术最好的较量。我虽然不会踢足球，但我是十足的球迷，懂得团结合作的力量。每一次比赛前都要重复一句话："孩子们，我们一定要高度重视，拼到最后一分钟，就像中国女排在奥运会上的比赛那样！"这是叮嘱，也是最好的鼓励。

习惯了帮队员们整理衣物和书包，送队员们走出校园，已是六点，便突发奇想去看电影。遇见了好几位同事，邀请他们一起，他们都说有事，这才想起还有一个人可以试试。

"你回来没有？"

"还没有，马上出发"。

"我想看电影，你愿意陪我去吗？"

"好啊，几点的？"

"七点的。"

"什么电影？"

"《老师·好》。"

"好。"

立即在手机上订票，骑车回家，做晚饭，一起晚餐，去电影院，都在七点前搞定。

偌大的电影院，只有十几个人。音乐已经响起，我们轻轻地走到最后一排，相依而坐。这时，我才拿起手机，给今天请假的五个学生发作业，回复家长发来的各种消息。有询问明天参观的事的，有学生用家长手机微信请教我家庭作业中的难题的，有家长汇报孩子最近完成家庭作业情况的，有家长想了解孩子在学校表现的……我一一回复，每一句话里都是真诚的鼓励，每一个字里都充满温暖。老师只有和家长同心同频道，才能唤醒孩子的真心，才能激发孩子学习的动力。

每一次看电影，时间总是过得很快。110分钟的电影很快就结束了，这部《老师·好》让我再次读懂了优秀教师的内涵。那个严肃而有点固执的苗老师，用高尚的灵魂，炽热的情怀，滚烫的博爱，去引领和改变每个孩子，让我顶礼膜拜。我一次次抑制自己的眼泪，不让它轻易跌落；一次次在心里感慨：当教师真的好难，但也真的好幸福。

突然想起海子的诗句："愿麦子和麦子长在一起，愿河流和河流汇在一起。"在人生的道路上，总有一些人会不期而遇，只要你真诚相待，就会收获意外的幸福。不是你给了他们多少幸福，而是因为遇见他们，让你度过了人生最美好的时光，收获了人生最珍贵的幸福。看着电影，回复着家长的消息，一天的忙碌和疲惫，就这样逐渐消散。

原来，生活的幸福不是在乎的太多，而是想要的真的很少。先生两小时的陪伴，这部电影的情节设置，让我的小欲望得到了满足。人生最大的幸福莫过于此，坚持做自己最想做的事儿，就像苗老师那样。不忘初心，坚定走好我的从教之路，坚守我的人生信念——永远做一个严厉而有爱的老师，让爱在这里蔓延！

十二点的闹钟已经响起，必须严格遵守。我就写到这儿吧！晚安，好梦。

2019年4月3日

心上花开

每年的母亲节那天,我都要去看望我的母亲,买一些她最爱吃的水果和零食,陪她散步,聊天,总之让她高兴地度过。而我的女儿,也会选择送我最喜欢的书籍,外加一个热情拥抱。

自从走进安康市第一小学,当上了四(12)班的"孩子王",我深深感觉,作为母亲,在培养孩子成长的过程中有太多不易。有时候会受委屈,比如付出太多,却被孩子视而不见。在与孩子以及家长的相处中,我由衷地觉得,教会孩子学会理解爱,懂得感恩,比教给他们文化知识更重要。

母亲节这一天,日历本上早已被我用红笔圈住的日子,该让它在这个五月留下怎样的痕迹呢?我思考着。

星期四晚上,一位妈妈打来电话,说淘气的孩子在家里很叛逆,不听她的话,作业乱写,束手无策。听到家长这样的话语,已经不是第一次了,这样的电话接过好几次,虽然来自不同家庭,但带给我的思考完全一样:家庭教育出现了裂缝,需要及时弥补。

如何修复呢?

"时光如白驹过隙,是您陪我走过一个个春夏秋冬。转眼间,我都快上完四年级了,您的青丝里过早地留下了一抹白色的印痕。您就像一棵大树替我遮风挡雨,又如一方沃土哺育我成长。您四年如一日地奔波在接送我的路上,每次在校门口,都能看到您的目光不停地向熙熙攘攘的人群里焦急地张望。当我们四目相对时,您就会露出舒心的微笑,好像是一种幸福和满足。"

——赵艺茹

"'妈妈',这两个字像大树的树根,牢牢地扎在我的心上;也像一颗启明星,时刻指引我的航向;更像一缕阳光,在我心里留下一道深深的爱。'爱'这个字眼,总是让我陶醉。是谁在我成绩退步时万分着急?是谁在我拿到高分时兴高采烈?是谁在儿童节到来时早已准备好礼物?是谁不管风吹雨打都按时接送我?当然是我敬爱的妈妈!"

——郝斯晨

"在这十年的日子里,每一天都有您陪我度过,感觉真幸福。是您给予我宝贵的生命,是您让我看到了多姿多彩的世界,是您教会我在草地上尽情奔跑,是您让我能在这个世界快乐地生活。此时此刻,我好想对您说——谢谢您,亲爱的妈妈!"

——丁炜宸

"妈妈,谢谢您一直默默陪伴我成长。在成长的道路上,您像一缕金灿灿的阳光,照亮我前行的方向;您似一条清澈的河流,滋润我幼小的心灵;您如一把锋利的宝剑,斩断我成长路上所有的困难。妈妈,您辛苦了!"

——程公蔚

"虽然您每一天都要唠叨我,但是我还是常常记不住您唠叨的话语,让您失望,惹您生气。但上次去西安看牙,您告诉我:'孩子,一定要好好保护牙齿,否则又要受疼,还要请假,你耽搁学习,我耽搁上班'。妈妈,这一次我真的记住了。"

——罗雅戈

"妈妈,我们虽然是母女,但我一点儿都不了解您。我不知道您最爱吃什么,也不知道您喜欢做什么;但您对我却了如指掌,您时刻记得我喜欢什么,最爱吃什么。有时候,您也是刀子嘴豆腐心,下雨天说不来接我,但您还是来了,您知道我没有带伞……"

——刘嘉馨

……

当我读到孩子们写给自己母亲的这些饱含深情的文字时,我立刻否定了家长的谬论——"我的孩子不懂爱。"不是孩子不懂爱,是家长没有给孩子表达爱的机会,没有给孩子创造诉说爱的情境。

虽然我已过不惑之年,但是面对这些十来岁的孩子,我还是学会了装嫩,充当他们肚子里的"蛔虫",这一次我的计划又百分百成功了。

总结出和孩子相处的秘诀:学会用放大镜放大他们的优点,用健忘症暂时忘记他们的缺点,用知识和智慧把他们带进快乐的生活空间。

小学生最大的特点可能是不懂装懂,或似懂非懂。那些发生在孩子与孩子、孩子与家长、孩子与老师之间的"小隔阂"是常有的,作为语文老师兼班主任,我每天都在倾力化解他们之间的小隔阂。

"老师,发信纸干什么?"爱管闲事的汪奕衡问道。

"写信。"我斩钉截铁地说。

"给您写吗?"

"不是,是给自己的妈妈写。请写出你最想说给妈妈听的话,书写要认真,不能涂改,下课交给我。"

星期五的第三节语文课就这样开始了,我拿出提前准备的横格信笺纸,请大组长给每个孩子发一张,并叮嘱拿到纸先不要急于动笔,最好先思考一下。

"唰唰唰……"教室里安静极了,只有孩子们的写字声传入耳畔,我本想转着偷窥一下他们书写的内容,但害怕打扰他们的思路,甘愿一直静立在讲台上。

时间过得真快,还剩两分钟了,"都写完了吗?"我问道。

"写完了。"教室里异口同声地答道。

"请大组长下座位去收,按照从后到前的顺序,收齐交给我。"

一叠厚厚的书信,我必须小心翼翼地装进深蓝色的手提袋里。

下午上班后,我赶紧拿出来读,孩子们的肺腑之言超出了我的想象,语言或优美或朴实,但真情动人。大部分孩子书写比较整齐,个别孩子书信格式有错误,我拿着红笔,本想简单修改一下,犹豫片刻,还是决定一个字都不改。放学时全部发给孩子们,并温馨提示:"这是送给妈妈的节日礼物,请一定在星期天的早晨送给妈妈,并读给妈妈听哦。"

晚上,我在家长群发了一条长长的消息:"本周星期天是母亲节,今天课堂上,每个孩子都给妈妈写了一封信,星期天早上孩子可能会送给你,这是孩子对妈妈的感恩,也是孩子与母亲交流沟通的最好方式。信我都收上来看过了,并拍成照片保存了。每个孩子都写得很好,很感人,请群里的妈妈们一定收下,建议让孩子读给你们听,并好好收藏。孩子成长的路上,你们一直都是默默的陪伴者和引导者,向辛勤付出的妈妈们致敬!本来想等到周日再告诉你们,害怕个别宝宝忘记了,就提前告知。祝所有妈妈节日快乐,健康美丽!"

星期天上午十点,当我醒来,拿起手机,看到了家长群里满满的祝福语和感谢语:"感谢温老师的良苦用心,我的孩子不善于表达情感,越长大越不爱说话。能收到这样的礼物,很激动,很开心,也祝您母亲节快乐!"

"温老师,礼物已收到。您在用心育人,十分感谢。庆幸孩子的人生路上遇到了您这样有爱的老师,此刻最想对您说——老师好,节日快乐!"

……

看着这些真诚的话语,感觉这个母亲节比往年过得更充实,更有意义,还欣赏到人间最美的风景,那便是心上花开。

2019 年 5 月 12 日

最美的花儿

"老师，你最喜欢什么花儿？"

"我最喜欢杜鹃花。"

"老师，那我们明天就给你买杜鹃花。"

"孩子，千万别买，我不喜欢买的花，我最喜欢自己种的花。"

"那我现在回家种，明年送给你。"

……

这是班里的小精灵黄润锡、刘煜阳和康子茹，前两天课间走进我的办公室和我的对话。毫不设防的我，在这几个美丽的小公主面前，这样的回答简直有点笨。

窗外的大雨如连缀的珍珠一般，闪烁着光泽，浸润着大地，这是今年教师节最美的风景。人们都说——老师如春雨，润物细无声，我非常赞同。因为老师和雨水最大的相似就是无私奉献，不溺爱，不偏心，不自私。

鲜花无疑是教师节最惹眼的礼物。尤其是在城区学校，有热心的领导为全体老师准备的鲜花，有家长为老师送上的鲜花，也有学生为老师送上的鲜花。总之，鲜花成为教师节颜值爆表的礼物，刷爆很多人的朋友圈。

然而，市一小的教师节却是异样的风景！

今晨当我走进市一小的校园时，看着一群身着校服的"红领巾"满脸微笑地站在大门口，迎接老师的到来。耳畔那句："老师您辛苦了，教师节快乐。"我觉得这是最暖心的祝福。让现在这些孩子们理解或体会到老师的付出和工作的辛苦，就会缩短老师与学生之间的距离，就会增加老师和学生之间的默契。懂爱，才会珍惜。不懂，就会视而不见。愿我们的学生都能理解老师的良苦用心！

"廉洁从教签名墙"，这是今年教师节的第二道风景。老师们的名字在这里龙飞凤舞，在这里闪烁光芒，在这里留下沉甸甸的诺言。老师，这个高尚的名字，崇高的称呼，在这里更加坚定！学高为师身正为范，从来都不曾褪色！

少先队员为每位老师敬献红领巾，这是今年教师节的第三道风景。鲜艳夺目的红色，在老师和学生面前熠熠生辉，在这里更是一份责任和担当。当好学生的引路人，把学生铭记于心，这是我们无愧于时代的使命。

走进教室，我发现讲桌上多了两盆新栽的植物，一盆是长寿花，一盆是水杉。教室的书架上多了五盆新栽的花，有君子兰、吊兰、多肉等。窗台上也多了很多盆栽，有绿色的，有橘色的，生机盎然！

站在讲台上，我微笑着扫视一圈，孩子们端坐在座位上，有的在看书，有的在检查作业，还有的在打扫卫生。发现有三个空位，正准备走出教室打电话，一个陌生的电话突然在手机屏幕上闪现。我走出教室接听，是袁东阳妈妈打来的，说孩子坐电厂的大巴车给堵在路上了，孩子可能要迟一会儿到校，车上还有班上的王赛楠，请老师不要担心。挂掉电话，看到家长群里李博伦妈妈发来的消息，孩子坐的公交车给堵在路上了，要迟到几分钟，请老师别担心。家长群里，还有很多家长发来的祝福消息，看着消息，嘴角忍不住上扬。这何尝不是最大的幸福？

上课铃声响了，我走出教室，回望着教室里孩子们亲手栽的花，我才突然领悟，感觉生命的价值和爱的意义在这里闪烁光芒。前两天毫无思路的话语，竟成功阻拦了孩子们想送花的想法。

看着朋友圈晒的各种花儿，感觉很奢侈，很浪费。教室里有了孩子们自己培植的盆栽，安安静静地美化着教室，感觉如春天一般美好。

早读和第一课都是数学，我回到办公室，打开电脑，继续从邮箱下载学生发来的作文。一共五十多封电子邮件，这是五十多个孩子对心中最爱的老师最诚挚的告白，是五十多个孩子心中的秘密，更是五十多个孩子对老师最真的爱。这是最近省教育厅和《教师报》联合组织的"感恩教师"的主题征文，为此我在班上讲了一节作文课，也在家长群里发了消息，期待每个孩子都积极参加。

两天收到这么多封邮件，对于既是班主任又是语文老师的我，无疑是最最幸福的事。老师和学生以及家长之间最难能可贵就是理解和支持，一起努力，呵护和陪伴孩子成长，当孩子的知心朋友。想当初，刚接班时，孩子们的调皮和淘气，惹得我生闷气惩罚自己，像警察一样窥视他们；家长们的怀疑和担忧，激励我勤奋学习，不断提升自我；同事们的帮助和鼓励，缓解了工作的很多压力。而现在，一年过去了，五（12）班这个大家庭，亲如一家，其乐融融。

前些年，远离讲台，在幼儿园办公室做着各种琐碎的事情，差点忘了教师的本职工作，甚至偶尔连最常用的汉字也会忘记如何书写。于是才有了在旁人看来很荒唐的想法——我想重回讲台，捡拾自己喜欢的语文课，继续当"孩子王"。正是这样的理由，助力我坚定信念，便有机会走进市一小，圆我多年的夙愿。而今天，孩子们对我的鼓励和感谢，让我收获了当老师最大的幸福！

今天是我在市一小度过的第二个教师节，王斌校长的节日祝福，全体教师的庄严承诺，办公室姐妹们分享的巧克力，张迷妹妹从远方为我买的黄桃，还有从黎明时分到此刻都没有间断的祝福，让我感到做一名教师的自豪和荣耀！

这些真诚的祝福，给了我满满的感动和力量。我也抽空给我的恩师们发了祝福的信息，也在朋友圈发了消息祝福我的老师朋友，愿所有老师节日快乐，幸福安康。

下午的雨稀疏了一点儿，笼式足球场传来足球赛胜利的欢呼声，窗外对面的汉滨初中学校里传来学生为教师节而朗诵的诗歌，而我一个人安静地坐在办公室里，认真读着班里五十多个学生写给老师的文字，精心修改用错的字词和标点。他们笔下的数学老师周欣和蔼可亲，英语老师李浩严肃可爱，体育老师吴忠会多才多艺，只给他们上过一周数学课的李亚玲老师慈祥有爱，而他们眼里的班主任温老师童心未泯，热爱学习，喜欢写作……稚嫩的语言里，流淌着满满的爱！

孩子们稚嫩的文字，清晰的描述，比较准确的评价，让人无比感动。孩子们的心灵是最肥沃的土壤，播下爱的种子静待花开。想起去年第一次布置的作文，一半的孩子只写了半页，不到两百字，当时我很失望……办法总是比困难多，想办法改进，耐心地指导，逐个地引导，而这一切都是多么值得啊！

天色已晚，先生打电话说接我回家。途中，偶遇卖桂花树的，大拇指头粗细的一株桂花树，结了很多星星点点的小花苞。先生看我眼馋，就停车，买下了。知我者谓我心忧，刚刚好，我拔掉了已经枯死的米兰，把桂花树栽进花盆，也算是他送的节日礼物。

愿桂花树在我家快乐生长，早日开出最美的花儿，愿花香飘远，你也可以享受哦！

愿所有孩子早日长大，像花儿一样绽放！

2019 年 9 月 10 日

画好人生的圆

近日，看到年过八旬的王宗仁老师，走进北京某学校为学生讲述写作的故事。这个画面我非常熟悉，王老师走到哪儿，记到哪儿，写到哪儿，我被深深触动。人生匆匆，抓住每一天，就好。

弹指一挥间，从教二十二年。回想自己的从教路程，就像一条抛物线。师范学校毕业，我满怀憧憬，回到家乡，当了初中英语和数学老师，教了一群比我小两三岁的孩子。一年半后，我调入一所完全小学，从事六年级语数教学。两年后，我再次回到初中，除计算机外，其他学科都教过。十年后，我进入幼儿园，从事办公室工作，几乎没有上过课。告别讲台的岁月，我最大的感慨就是很多最常用的字突然不会写，很多最常见的诗词看到下句忘记了上句，很多名著只记得它的标题而忘记了书的内容……才疏学浅是我最真实的素描，害怕上课是我最真实的想法。

人生路漫漫，未来的路不敢奢望，但生命的意义总不该就这般模样！这样的老师还有人愿意叫他老师吗？师者，传道授业解惑也，自己一无所知，何谈教书育人？于是我有了一种冲动，我要回到三尺讲台，学做老师。

我常常说，我是一个最不会教书的老师。因为走进新时代，人们对老师有了更高的期待，有了更高的要求。像我，不会琴棋书画，又不会唱歌跳舞，是真的不会当老师了。

正当我迷茫时，于漪老师一句朴素的话拯救了我："我做了一辈子老师，一辈子学做老师。"第一次读懂这句话，是悟出了学习的重要性。老师要不断学习，不断创新，跟上时代发展，才能当好老师。否则，就会被淘汰，不学习就会落伍。第二次读它，我开始思考，向谁学，学什么。教师要适应环境，适应工作岗位，学会尽量满足学生和家长的要求，要向身边最优秀的人学习，学习他们的教育理念、教学方法和教育智慧；还要向这个领域最优秀的人学习，学习他们成长的经验、成功的秘诀。活到老学到老，教到老学到老，学习是教师从教终身的必修课。

加入市一小这个大家庭，我最大的困惑就是——每个人都那么优秀，我如何才能缩小与他们之间的差距，不要因为自己的工作拖学校的后腿。从接到到一小任教的通知，我开始到各大书店购买教师必读的职业道德、业务素养、语文教学、班务管理、家校沟通和家长工作等书籍，埋头苦学一个月，挑拣实用性强的方法和策略记录在本，铭记于心，随时翻阅，适时使用。随时随地向身边优秀的人学习，随时随地抱团取暖，众人拾柴火焰高。学习中提炼好方法，好方法教会我尝试努力去做好老师。

很喜欢于漪老师的另一句名言："教师应该要有两把尺子伴随自己的人生，一把尺子专门量别人的长处，一把尺子专门量自己的不足。"这句话对每个老师都是最好的警醒，也是最温馨的提示。时间的长度自然而然地积淀了老师的惰性，自然而然地增长了老师的浮躁，也自然而然地降低了知识的厚度。这把尺子犹如一面镜子，常常折射出真实的自己，优势与劣势十分明显，我们不是神，也不是圣人，我们就是最普通的老师，低调地教书育人，恰到好处地把德才兼备和匠心独运融为一体，帮助学生学会学习，学会做人，学会立志，学会成才。这才无愧于我们时代的使命，无愧于我们的名字。

智慧从教是新时代老师最难做好也必须做好的事情。因为我们的学生来自不同的家庭，面对学生成长环境的较大差异，因材施教是最好的选择。教与学是左膀右臂，相辅相成，只有学生乐学，才会苦学，只有家长重视和配合，过程才有意义，教学效果才会提高。

然而现实并非如此，老师要承受很多委屈，甚至是诬陷，老师要有足够的度量包容这一切。比如学生成绩退步了，或者没学好，有人会把责任推卸给老师，家长也会听一面之词而妄加猜测或评论，老师在这样的迷雾围城中，常常是有口难辩。就像我上周四，放学后接到班上一位学生家长的电话，询问我本学期本班两周换了两位老师，到底要换多少数学老师呢？班上很多家长都有意见，他代表家长打电话问个明白。

面对这样的质问，我耐心倾听，等他说完再一一回复。"家长朋友你好，聆听了你的疑问，只能说明你的孩子听课很不认真哦！开学第一天，我就在班上讲了三遍，本学期周欣老师是我们班的数学老师，因为她家里有事，第一周请假了，故学校第一周安排了李亚玲老师给我们班带一周数学课。第二周开始，就是周老师给我们班上数学课。这两位老师都是学校的老前辈，德高望重，深受学生爱戴，她们的教学方法和教学成绩都很出色，都是我学习的榜样。希望你严格要求孩子，一定要按照老师的要求，好好学习，天天向上。"家长朋友听完连连道歉。

就是这个周末，我在家修改学生写的教师节征文，当我读到某学生写给只带一周数学课的李老师的文章时,我的眼前一亮,立即把这篇作文转发到家长群里,这不是对质疑的家长最好的回复吗?晚上,我忍不住良心的驱使,又在家长群发了一段长长的话:

"虽然李老师只带了我们班一周的数学课,但她尽职尽责,给学生留下深刻印象。希望宝宝们学会珍惜,学会按照老师的教学要求把当堂知识严格落实到位,在老师的帮助下学习进步。从第二周开始,周欣老师就给我们班上数学课了。周老师多年来在市一小一直带六年级数学,取得很好的成绩,教学风格严谨,对待学生严中有爱,是我学习的榜样!李老师和周老师都是市一小的优秀老师,她们敬业与乐业的精神,是我学习的榜样,也是市一小诸多年轻教师学习的榜样。遇到这样的优秀老师是学生的幸运,希望每个学生懂得珍惜,勤学好问,提高成绩。也希望所有家长正确引导,积极配合,严格落实家长职责,督促孩子按时、准确、高效地完成作业!尊师重教是中华民族的传统美德,希望我们能把它发扬光大!"

是啊!每个孩子都是一个家庭的未来和希望。但是一个尊师重教的家庭才能培养出德才兼备的优秀人才,父母是孩子的第一任老师,也是孩子终身效仿的榜样。当孩子的思想偏了轨道,家长和老师都要及时引导。由衷地希望,家长能当好孩子的正面老师。也真心希望每个孩子都能遇见一位手握戒尺眼里有光的好老师,每个孩子都有尊师重教严格有爱的好父母。

每个父母的心中永远住着"别人家的孩子",因为总是看到最优秀的孩子都是别人家的。那我们是否想过,别人家的爸妈都是怎样的人,都是怎样对待自己的孩子,怎样教育引导自己的孩子,怎样陪伴自己的孩子学习,怎样带领自己的孩子读万卷书行万里路……

这也是我的女儿反击我时所说的话,因为她的同学都比她优秀,当她成绩退步或越来越低于我们的期望值时,我们偶尔指责和抱怨,终有一天她难以抑制自己最后的防线,一泻而出,我才恍然明白,这些年来,我错过了做好家长的最佳时光。而我现在能做的,或者说最好的弥补就是,陪伴孩子塑造良好的个性,提升成绩,养成习惯,培养兴趣等。陪孩子寻找一盏属于她自己的独一无二的明灯,抬头即可仰望,前行都可享受到光芒。

"上帝给每只笨鸟都准备了一个矮树枝。"足以说明孩子自身的能力和天赋,智商和情商,兴趣和爱好,努力与付出,都是有差异的,尊重孩子的个体差异,帮他找到合适的坐标,陪他一起努力拉长半径,用智慧和汗水画圆。这或许不是你最期待的风景,但一定是最适合孩子的!

人生起起伏伏,社会变化无穷,时代日新月异。新时代,我们无须惊慌失措,驻足、思考、行动,我们一起努力!我努力做一名优秀的老师,期待家长朋友努力做最优秀的父母,祝愿每位学生用知识努力为自己撑起一片绚丽多彩的天空!
生命短暂,时光匆匆,每个人都要画好人生的圆!

2019 年 9 月 16 日

孩子是你未来最美的全世界

正值寒冬，而我家靠北面阳台的花儿都开了，淡黄色的是月桂，火红色的是串串红，格外迷人，感觉好像仍然行走在春天里！

花开四季，缘于我每天下班回家的精心照顾！在我心中，每一盆花都像一个可爱的宝宝，熟悉、亲近、爱抚，倾其所爱，陋室因花儿而温馨。看着这些花，情不自禁地想起今天早上发生在班上的一件小事。

早上数学课进行了小测试，有一个女生拿着试卷左看看，右看看，一副心不在焉的样子。终是忍不住偷偷从书包里取出了另一张一模一样的试卷，然后她很快就交了试卷。这张试卷她前一天晚上已经抄好答案，除了故意抄错了一个填空题和一个选择题，其他和标准答案完全一样！数学老师周欣见证了她调换试卷的全过程，细心的周老师并没有揭穿她，而是请她把试卷的几道应用题写在黑板上，她竟然一道也不会，而她交给周老师的试卷可是全对啊！

下课铃响了，周老师让她到办公室来，还没开始说话，她就声嘶力竭地说："周老师，我没有抄答案，每道题都是我自己写的。"这句话不知道她重复了多少遍，周老师只说了一句话："我已经给了你多次机会，请你说真话。"她依然声嘶力竭还带着委屈的哭腔重复着那句话："周老师，我没有抄答案，我没有抄。"

这样的学生总是有点不可理喻，但是作为老师我们又不能置之不理，或听之任之。几分钟后，我实在忍无可忍，便陪她走进教室取书包（其他学生都到操场上体育课去了），拿到办公室。我郑重地说："请你自觉把书包里的'东西'拿出来"。她依然声嘶力竭地带着万分委屈地说："我没有抄答案。"我随意取出了她的语文书，语文书里掉出一张试卷，正好是今天早上考试的数学试卷，大部分试题都空着。我拿着这张试卷问她："这是什么？"她大声哭嚷起来："妈妈，谁让你给我买一样的试卷的？"

听到这句话，我才豁然开朗，明白事情的来龙去脉。原来她交给数学老师的试卷是另一张，是她妈妈给买的。

为了很好地处理这件事，我让孩子给她家长打电话，她拿起电话手表，一个键也没按，一个"嘀嘀嘀"的声音也没有，只有她哭得声嘶力竭的声音，嘴里一直重复着："妈妈，谁让你给我买一样的试卷的？"

大约持续了五分钟，我拿出手机，拨通了她妈妈的电话，电话一直发出"嘀嘀嘀"的声音，直到自然断线。我又重复拨了五次，结果完全一样。我的搭档周老师和办公室的其他老师都安慰我说："不接算了，别打了，何必和自己过不去。"事情就这样算是不了了之。

临近下午六点，天色已晚，我也没有等到家长的电话，只好下班回家，客厅的灯光皎洁明亮。窗外的串串红开得这般繁华，光彩透过玻璃，映入我的眼帘，触景生情，自然而然地想起了冰心的诗句："成功的花儿，人们只惊慕她现时的明艳，然而当初她的芽儿，浸透了奋斗的泪泉，洒遍了牺牲的血雨。"养花和养孩子的过程原来是如此相似！

花喜欢严格而责任心强的主人，他们会精心照顾它，爱护它。我想每个孩子也像花儿一样，喜欢严格而有责任心的父母，这样的父母会给予他应有的爱和教育，一定会讨厌敷衍了事的父母。花和孩子的成长历程都是不可复制的，也是不能重来的。错过了花期，就毁灭了它的整个人生。

孩子如花，前程似锦。父母是孩子最好的老师，你的管教严格，孩子做事就会懂得分寸；你的责任心强，孩子就不会随心所欲；你越来越优秀，孩子就不会颓废。父母是孩子成长的一面镜子，你温文尔雅，他就不会粗俗；你博学多识，他就不会浅薄；你为人诚实守信，他就不会满嘴谎言；你宽容大度，他就不会自私小气；你知错就改，他就不会声嘶力竭地狡辩……

我们都是为人父母者，唯愿我们都能成为孩子心目中那一面优秀的镜子，镜子里映出的是孩子最崇拜的模样——有高尚的人格、博大的胸怀、强烈的责任心、远大的梦想和高远的境界！

很喜欢一句话：培养好你的孩子就是你最伟大的事业。三十年前活自己，三十年后活儿女，我很赞同。五年后，十年后，三十年后，孩子的精彩人生也许就是你未来最美的全世界！

2019 年 12 月 5 日

孩子，你离幸福还有多远

"老师，王同学听写没带拼音。"
"老师，成同学预习不符合要求。"
"老师，李同学家庭作业书写太乱，看不清。"
"老师，张同学背诵没完成。"
"老师，袁同学试卷没有纠错。"
"老师，我们组缺一人，因为作文本没带，忘家里了。"
……

每天这样的"晨报"我实在受不了了，听累了，耳朵好像对这样的内容都有屏蔽功能了，可还是难以改变这样的局面。

每天早晨，当我早早出现在教室门口时，小组长都是争先恐后地来给我"报告"，我不得不想办法抑制这样的局面。

组长检查作业本，每天坚持详细登记，每天作业优秀的孩子几乎都是相同的姓名，每天作业未完成或未按要求完成的几乎也都是相同的姓名。这让我想起了列夫·托尔斯泰在《安娜·卡列尼娜》中说到的那句话："幸福的人都是相似的，不幸的人各有各的不幸。"

或许，你会认为我借用这句话有点牵强。完成作业的情况与幸福有一毛钱的关系吗？请允许我慢慢道来。

每天坚持按时按要求完成作业的孩子都有良好的学习习惯，这好习惯的养成来自老师和父母的严格要求，来自孩子的执行力，来自家庭的文化背景，来自家长对孩子的教育态度，这也决定了家庭的幸福指数。

这让我想起了曾经看过的一个视频，内容是这样的：大年夜的晚上，一家人其乐融融，都在看春晚。母亲端来了糖果，递给儿子一个巧克力，儿子刚要塞到嘴里，母亲突然制止说，这是给爷爷的，姑姑见状，带着侄子把巧克力递给了爷爷，接着孩子又把糖果递给了奶奶、爸爸、妈妈、姑姑，最后母亲给了他两个巧克力。

一家人可高兴了，让儿子懂得心中要有家人，好东西要与别人分享，而不是独吞。这才是真正的幸福！

同理，如果从小就慢慢规范孩子的行为，用智慧纠正孩子存在的问题，也许现在就没有那么多烧脑子的困惑了。培养孩子，父母要多一点耐心，多一点引导，多一点策略，多一点严格，让孩子从小养成良好的学习习惯。

比如，自己整理书桌，自己收拾书包，自己端饭送碗，自己整理衣柜，自己独立完成作业，自己检查作业，自己的事情自己干，不会干的学着干；自己的物品要爱惜，公共物品更要爱惜，对人有礼貌，诚实守信，尊老爱幼，遵守交规，不闯红灯，不随手丢垃圾，公共场合不喧哗，服务窗口要排队……

这些都是孩子成长路上需要遵守的规则，也是需要养成的好习惯，只有从小培养，才能逐渐放手，孩子的习惯和品质才会越来越好。正确的、合乎情理的事大抵都是相似的，而错误的、能让人误入歧途的事大抵千差万别。就像通往幸福的康庄大道一样，幸福大道只有一条，那就是你我所向往的、众人皆为之奋斗的那一个。而不经意间从旁边延伸出去的，或出其不意地从不同方向冒出的小岔路却很多，让人防不胜防。这些岔路就像孩子的坏习惯、坏毛病一样，常常都在不经意间养成，一旦养成，要改掉可是要花费几倍甚至几十倍的精力。

优秀的孩子幸福指数固然很高，在家有父母宠着，在学校有老师宠着，在教室里有同学崇拜，幸福无处不在。课堂发言积极，作业天天优秀，考试次次高分，活动大显身手，比赛处处鹤立鸡群，完全被幸福包围。

不够优秀的孩子，就没有这么多的优势，那作为老师和父母，我们应该怎么办呢？我想，当务之急就是更多地关注这些孩子。温柔以待，乐于倾听，细心观察，亲近为先，赢得信任，发现问题，善意提醒，学会搀扶，智慧引导，严格要求，使其慢慢改正。幸福的孩子总是懂得快乐的人为什么快乐，而那些自卑或少言的孩子总是处于孤独之中，首先要努力和他们做朋友，当他们心中那一面镜子，引导他们发现镜子里映出的优点，折射出的缺点，专注于找出改正的好方法。

我班有个男生，每天不抄作业，任你怎么说，就是不抄作业。有几次下课了，我站在他旁边，帮他拿出抄题本，看着他写，结果他的钢笔在手里凝固了，直到上课铃响，一个字也没写。父母为了纠正他这个坏习惯，用了语言暴力，也用了行为暴力，甚至用了最粗鲁的暴打，至今他还是每天不抄作业。足见，坏习惯，要改掉，真难。很无奈，我只好妥协，让语文课代表每天回家后把家庭作业发到家长群里，方便家长检查作业。

为了每天方便家长督促孩子保质保量完成家庭作业，我们还安排课代表汇总登记孩子们每天的家庭作业完成情况，并发到家长群。通过这些天的反馈，家庭作业的质量明显上升，优秀作业与日俱增，说明每个家长开始关注孩子的作业了，这让我感到很欣慰。

以前都是我一个人唱独角戏，现在几乎每个家长都在关注孩子的作业完成情况。这是良好的开端，关注孩子的作业就是关注孩子的学习，关注孩子的学习就是关注孩子的成长，关注孩子的成长就是关注家庭未来的幸福。每天创造一点幸福，体会幸福的味道，幸福就会积少成多，最终实现一家人的终极目标——大家都幸福！

教育最大的快乐来源于家校合作，积极配合，实现共赢。我们的教育观念、教育态度、教育方法、教育策略，都可以资源共享，最后水到渠成，实现共同幸福。

当你错过接听老师的电话，你一定要及时回复，大家都很忙，没有重要的事情，老师一般不会来电打扰。

当你看到老师的留言，一定要及时回复，那是善意的提醒，不要嫌麻烦，否则你的孩子将来不能如你所愿，你会更麻烦。

当你在家长群看到老师或班干部表扬了某个孩子，你不要嫉妒，一定要鼓励自己的孩子，爸爸妈妈也好期待在家长群里看到关于你的表扬。

当你的孩子没有选上参加某个活动，你不要怨恨老师和孩子，说明你的孩子在这方面还不是最优秀的。你要善于发现孩子的特长，并鼓励孩子提高本领，力所能及地帮他发挥特长，让特长出众，不是"我认为他很优秀"，而是"同学们都认为他非常优秀"，你要永远相信"老师和同学们的眼睛是雪亮的"！

父母是孩子最好的老师，也是孩子最坚强的后盾。孩子行走的速度不一样，有的快，有的慢。面对孩子走得慢，只要你不妥协，不放弃，不持偏见，老师就会持之以恒，倾力去爱你的孩子。给孩子精神支撑，比物质支撑更重要，更温暖。你的状态决定孩子的状态，你一定要和老师保持一致，因为老师总是希望每个孩子的未来都很精彩。

即使你的孩子今天还不够优秀，你也要像老师一样，多鼓励，多帮助，多陪伴，多呵护，给他信任和温暖，让孩子感受到这么多人爱我，我要努力变得更优秀。同时，我们也要关注孩子的缺点，在他高兴时隐晦地指出他存在的不足，为他树立优秀的榜样，激发他憧憬最美好的未来。

孩子们作业完成情况越来越好，学习习惯越来越好，学习兴趣越来越浓，这得益于家长朋友的密切配合，得益于十二位组长的认真负责，语文课代表刘煜阳同学每天坚持认真统计家庭作业完成情况，旨在方便各位家长了解孩子作业完成的质量以及存在的问题，并及时改进。从第一天近乎一半学生作业有问题，听写报错单元，听写没带拼音，背诵不熟，纠错不完整，家长没签字等，到现在大部分问题几乎不再出现,这就是付出换来的收获。

  本学期已临近尾声,温故而知新,刻不容缓。期待各位家长朋友一如既往,你的细心和认真能培养出和你一样优秀的孩子。同时,也希望我们一起努力,教会孩子改变学习态度。其实,平时的语文课上,我已经与全部学生探讨和交流过多次,同学们一致认为,改变学习态度,方法只有两个字——认真。认真听课,认真完成课堂作业和家庭作业,认真对待每一次考试,认真完成每一次试卷纠错。

  孩子成长犹如草木,该浇水时就浇水,该施肥时就施肥,该剪枝时就剪枝,一切都要把握最佳时机。一旦错过花期,花再多的钱,出再多的力,都弥补不了错过孩子成长的花季的遗憾。

  陪伴永远是最好的教育方式。请你转变观念,花时间比花钱更有效。多花点时间陪伴孩子,督促孩子认真完成作业,认真学习,认真听讲,认真规划未来,认真为梦想而奋斗。只有这样,你的孩子才会离幸福越来越近!

2019 年 12 月 13 日

家庭教育之殇

1

多次读到学生写的关于家庭暴力的文字，我的心和孩子一样纠结和沉重。透过这些触目惊心的文字，担心家庭暴力何时休，思考着到底如何才能改变这样的局面。

很多家长都如此酷爱这样的教育方式，希望您看到这篇文章时，也能有一点改变。最好的教育是什么样子呢？陪伴但不放纵，呵护但不护短，心疼但不溺爱，正确看待分数，正确看待优点和缺点，正确面对孩子存在的问题，正确引导但不持偏见……很羡慕郑渊洁，不用把儿子送到学校，利用家庭独特的教育方式，也可以把儿子培养得那么优秀，给社会和国家减少入学压力，同时也为国家培养栋梁之材。

因材施教，不可复制。最好的教育方式就是最适合孩子的独一无二的方式，不是套用和复制。每个孩子都是独一无二的个体，有的孩子比父母优秀很多，有的孩子却不如父母优秀，有的孩子怎么努力总是达不到父母想要的样子……这是现实，前人强不如后人强，青出于蓝而胜于蓝，但父母与孩子的相遇，提前也不可预知，不像去超市买东西，可以任你选择。不管遇见怎样的儿女，他都是你生命的延续，也是你未来最好的名片与财富。

2

如果遇见比你更加优秀的子女，这就是父母最大的幸运，你会脸上有光，眼里有自信，但不能得意忘形。当然优秀的孩子一定出于优秀的家庭，与金钱无关，网红北大才女刘媛媛就是最好的证明，优秀的孩子与他的生长环境，家庭教育和父母素养等因素有关。

如果遇见不如你优秀的子女，这就是你命运给你最大的挑战。这样的孩子随时提醒你，要付出比优秀孩子家长更多的爱心和耐心，付出更多的宽容和理解，付出更多的心血和金钱，付出更多的智慧和精力。任何暴力都是徒劳，只会把孩子逼上梁山。我常常在想，北大弑母的男孩，那一定是扭曲的家庭教育最大的牺牲品，也是给不健康的家庭教育有力的回击。但这样的极端事件发生非一日之寒，一定是在几十年的日积月累中，怨恨和报复急剧上涨，终是爆炸，爱与恨碎了一地，留给社会和世界的除了悲痛，更多的是教育的悲哀与失败。那位母亲一辈子也不会承认，是她的教育出现了问题，是她的极端毁灭了儿子，是她的扭曲心态摧毁了北大辛辛苦苦培育的栋梁！悲哉！悲哉！

每个人都害怕父母用枷锁式的教育方式，把孩子塑造成父母想要的模样。想让孩子帮你实现未完成的学业和梦想，这是无可厚非的，可以正面引导，让孩子心甘情愿。如果只是一厢情愿，那可能是以失败告终。

3

或者你想让孩子成为国家领导人，或者你想让孩子生活在社会最顶层，或者你想让孩子成为科学家……这都是你的美好心愿，可以从小善意地引导，正确地开启孩子通往成功的大门，一切皆有可能。但无意义的强逼，只会两败俱伤。

记得有一次，我班一个孩子语文测试96分，我在班上表扬了孩子，卷面整洁，知识掌握得非常好。结果第二天早上，孩子给我说："昨天晚上我妈妈又打我了，说我看拼音写汉字不该写错了一个。"哎，我只能叹口气，什么都不说，你的暴力不是在否定老师的表扬，而是在扼杀孩子学习的热情，扼杀孩子追梦的真心……

五年级的孩子已经有叛逆的苗头，很多家长都和我交流过这个话题。记得今年开家长会时，我特意讲到孩子会因为年龄变化而带来性格的变化，家长要多关注。如果孩子出现叛逆的行为，一定不要硬碰硬，可以换一种心情，换一种方式，换一种心态去对待。难道你少年时就没有叛逆过你的父母吗？

4

从教二十多年了，我越来越觉得不会当老师了，越来越觉得教书育人之难，越来越觉得孩子成长之难。最难的事就是你满心牵挂着别人家的孩子，无心顾及自己的孩子。最难的事就是你全心全意呵护别人家的孩子，却忽视了自己的孩子也需要爱。最难的事就是你班里的孩子越优秀，你就越失落，因为别人家的孩子都比你的孩子优秀，你要遗憾地接受自己孩子的平庸，一辈子都生活在愧疚里。

所幸的是，我的家人和我一样平庸，所以他能接受我们一家三人都平庸。至少，我们有饭吃，有书读，心里有阳光，未来有希望。希望女儿如爸爸所愿有大学上，有学上就是幸福和满足。一路走来，感谢女儿陪我变老，我也会努力陪你走好人生路。"最懂你的人是我"，这是作为母亲的我最温馨的幸福，懂你的喜怒哀乐，懂你的尽力而为和无能为力，懂你的"幻想总是很多，现实支离破碎"……这远比"爱你"更珍贵！

未来可期，我们从不畏惧。因为你有健康的身体，也有健康的心理；你有少年特有的快乐无忧，也有少年应有的青春锋芒。孩子，勇敢向前走就好。

5

生活有味。任何时候，都不要对孩子绝望。

"上帝给每个不会飞的鸟儿都准备了矮树枝。"只要你不失望，自信就会写在脸上。藏在骨子里的善良，无人监督的自觉，这都是孩子成长的光芒。勇敢面对教育中出现的问题，多一点阳光，鼓励孩子积极上进，少一点责备和无谓的惩罚，心静如水，这些可以支撑着我们好好陪伴孩子成长。

当家庭教育出现了裂缝，当爱出现了故障，我们有必要思考一下教育的出发点和归宿点是什么。"仇富"心理是一种病态，"听之任之"是一种放纵，"唯我独尊"是一种自恋，"极端主义"是一种摧残……我感觉这些都是家庭教育之殇，需要有所改变，刻不容缓。

家长和老师都要换一种心态，接受每个学生都比较优秀的事实，只是每个孩子的闪光点不一样。不要拿十全十美作为标准来衡量孩子，更不要只拿分数来判断孩子是否优秀。畸形的教育将会酿成悲剧，希望悲剧不再重演！

教育之难，难在"特殊孩子"和"特殊家长"，就像鞋子里的沙粒，让你走起路来就不舒服，但又不能停滞不前，所以小心谨慎地从教吧。换位思考一下，"家暴"孩子的家长，也有可能对他人实施暴力。

当年龄成为我唯一可以炫耀的资本，庆幸我已经幸福地走在奔五路上，离退休的距离越来越近。想到这里，我不禁笑了。一辈子的从教时光，就这样乐哉乐哉了！

2019 年 12 月 19 日

让语文课散发生活的芳香

深秋时节秋阳暖,语文课堂溢芳香。很荣幸聆听了唐海波老师的一节语文优质课,四年级语文组周老师让我评课,我真有点心惊胆战。作为一名交流老师,这真的是最好的学习机会,给我指明了语文教学的方向,让我深深懂得,一堂优秀的语文课实在来之不易!下面我从三个方面谈谈我听课后的感受吧。

一是贴近生活的真实感,展示了语文课堂的生活美。生活处处有语文,语文处处有生活,语文与生活息息相关,形影不离。唐老师开课问:"同学们钓过鱼吗?能说说当你钓到大鱼时的心情是怎样的吗?"他用挖掘学生生活体验的方式导课,缩短了学生与课堂的距离,缩短了语文与生活的距离;他启发学生结合生活实际来理解重点词语"乞求""翕动"的意思,降低了学习新词的难度,使学生加深了对新词的印象,轻而易举理解含义。唐老师教学时的游刃有余,彰显了他丰富的专业知识,让我钦佩。

二是引导学生设身处地地体会在场感,感受了语文教学的形式美。一位优秀的语文老师总是会一次次把学生带入课堂情境之中,引导学生张弛有度,收放自如。唐老师采用多种形式读课文,反复品读重点词句,由浅入深地启发学生理解"我不愿意把鲈鱼放回湖中的原因和钓鱼、放鱼时的心情变化"。这个环节就是带领学生感受语文课堂在场的魅力,仿佛我就是"那个钓鱼者",整个故事就发生在我和父亲之间。他循循善诱,通过找关键词,引导理解,由浅入深,让学生油然体会到"我不愿意放掉大鲈鱼的三个理由,即钓鱼辛苦、鲈鱼大美和无人知晓。"唐老师教学方式灵活自如,范读声情并茂,引导流畅自如,评价形式多样,充满语言魅力。

三是心理变化的矛盾感,洋溢了语文学科的情感美。教学三维目标的情感目标,在语文学科教学中闪烁光芒。无论从文学的角度,还是从语文的角度,表情达意都是文字魅力的展现,也是陶冶情操的方式。唐老师在教学中,紧握詹姆斯的心理活动和情感主线,指导多种方式朗读,"体会我放鱼时的心情变化",将"父亲放鱼时不容争辩的态度"和"我依依不舍的心情"之间的尖锐矛盾展现出来，让学生在读中思，在读中悟，从而使学生对文本的理解从故事到情感，从感性到理性，层层上升，为第二课时理解作者钓鱼的启示打下坚实的情感基础。

情非得已，如若非要让我找点瑕疵，那就是本节课容量偏大，有点拖堂，学生的配合不如老师预期的好。当然，这只是我的个人意见。每堂课都会有太多的不可预见性，这就检验了老师教学的综合能力，需要老师有敏捷的应对能力。走进新时代，我常常追问，语文到底应该怎样教？华东师范大学叶澜教授已经给出了答案："只有将人的培养、将完整人格的自我塑造而不仅仅是知识的传授看作教育的最终目标，生命的无限可能性才能在教育的过程中展开，教师才能成为富于时代精神、创新精神的人，教师职业也才能具有像医生、律师一样的专业不可替代性。"

教育就是培养人的职业，教师任重道远。语文知识浩瀚无边，每个孩子潜力无穷，语文老师责无旁贷。我们既要传播语言的芬芳，传承文化的魅力，又要启迪思维的发展，激发热爱生活的激情，更要释放美学与诗意，铺就孩子快乐成长之路，帮助他们展翅飞扬。我们只有脚踏土地，站在人生的高度和文化的深度，用道德做路标，用知识做动力，用思想去启迪，用智慧去沉潜，才能当好学生成长、成才、成功的铺路石，才能在语文教学中吸吮生活的芳香。我无比渴望，把阅读的种子撒满大地，渴望文字跳跃成快乐的音符，渴望浓郁的墨香浸润孩子的心田，渴望孩子的心田上盛开璀璨的花朵。

2018 年 10 月 16 日

深秋寒意浓，诚信暖心田

诚信是为人之本，非常荣幸为我校承办的"陕西省小学优秀青年教师浸入式培训"的学员展示少先队活动课《诚信伴我成长》，让我和六十三个孩子一起深刻感悟诚信，理解诚信，践行诚信。

本次活动课得到了市一小领导的信任和鼓励，得到了工会主席彭文老师的精心指导，得到了四年级语文组老师的大力支持，在此请允许我向你们的付出表示诚挚的感谢。下面我将从活动背景、活动目标、组织过程、活动准备、活动过程、活动效果六个方面来说说本节课的活动设计。

首先，说活动背景。诚信是为人之本，修德之道，兴邦之计，是每个人应该具备的人格素养。哲人的"人而无信，不知其可也"，民间的"一言既出，驷马难追"，几千年来"一诺千金"的佳话，"诚信"写入《小学生日常行为规范》，等等，这都在强调诚信的重要性。但现实生活中，学生考试作弊、抄袭作业、言行不一、欺骗他人等违背诚信的事偶有发生。

这让我想到了诚信教育，既是当前德育工作的重点，也是班务工作的重点。我一直在思考，如何对小学生进行诚信教育？我们的教育对象是小学生，空洞的说教对他们的作用只是微乎其微。目前我国的家庭教育，倾向只关注孩子学业成绩，而忽视心理健康（或者说德育）教育，导致学生在与老师、同学、伙伴甚至家长的交往过程中，存在失信行为，如不加以纠正，将影响其一生。

于是，我设计了《诚信伴我成长》主题活动课，我想以学生为主体，通过说名言、讲故事、诗朗诵、说相声、演情景剧等多种形式，让学生明白诚信就在我们身边，更能深刻领悟诚信内涵，受到诚信教育，让诚信陪伴学生成长。

其次，说活动目标。根据活动课的设计理念，结合四年级学生的情感发展水平和生活实际，我将活动目标设定为：通过本次活动，让学生感悟诚信，体验诚信，弘扬诚信，培养"诚信"品质；让他们从自我做起，从身边的每一件小事做起，在家做一个诚信的好孩子，在校做一名诚信的好学生，在社会做一名诚信的好公民。

第三，说组织过程。一是辅导员要精心制定活动方案。按照座位顺序将学生分成四小队，抽取任务卡。二是队员们要精诚合作。同桌合作，组内合作，查找诚信资料，再现生活情景，自编自导自演，感受活动过程，领会活动意义。三是遵循"生活处处皆教育"的理念。活动形式多样，体现生活化和情景化。四是激励与竞争并存。以闯关的形式激励学生精心准备，增强队员的集体荣誉感，抢答环节是检验活动效果的最好方式。

第四，说活动准备。为了使本节活动课的目标顺利完成，课前需要做好活动准备。一是搜集有关诚信名言，并做成精致的诚信名言卡。二是搜集名人、伟人和身边人的诚信故事，并能绘声绘色地讲出来。三是编排课本剧《苦柚》、相声《选班长》、诗朗诵《真诚之歌》，学生在准备中理解诚信。

第五，说活动过程。根据本次活动课的目标，结合四年级学生的特点，我将活动课分成"小队闯关""抢答活动""集体朗诵""发出倡议"和"总结寄语"五个环节。一是小队闯关——分享诚信名言和故事，表演情景剧和相声，情景再现，感受诚信，启发思考。二是抢答活动——检验效果，学以致用，明白诚信内涵。三是集体朗诵——《真诚之歌》，诗化诚信，内化于心，外化于行，感染学生，领悟诚信。四是发出倡议——创设情境，努力实践，拥抱诚信，弘扬诚信。最后是总结寄语——拓展提升，升华诚信，践行诚信。

第六，说活动效果。本节活动课，本着贴近生活、全员参与、由浅入深、层层递进的设计原则，符合学生年龄特点；以学生为主体，学生在参与中理解，在理解中领会，在领会中成长，在成长中实践与发扬，实现了活动目标，培养了学生正确的道德观，学生讲究诚信、推崇诚信。树立诚信意识，要从小抓起，从每个人做起。学生在活动中展示了阳光上进的精神风貌，体现了勤学乐读的学习态度，领会了诚信对人生的意义。

当然，面对这样的大舞台，面对如此多的新老师，对于四年级的学生来说，活动中存在经验不足、个别学生不够大胆、显得拘谨等瑕疵。熟能生巧，勤能补拙，在以后的教学中，我将通过形式多样的活动课，提升学生的综合能力。最后，我想借用恩师王宗仁老师的话来结束我的发言：只要你想飞翔，我就给你一双翅膀，陪伴你飞向远方。

2018 年 11 月 5 日

解读抒情散文，落实语用策略

抒情散文在部编版小学语文教材中占有相当比重，尤其是在三年级语文教材中。老师在教学过程中，要重视对学生语用能力的培养，教会学生通过朗读和想象，激发学习兴趣，感知具体意象，捕捉美丽画面，获得情感体验，熏陶认知情感，发展思维能力，提升语文素养，以实现散文的语用教学价值。下面我以教学《铺满金色巴掌的水泥道》为例，结合设计思路，谈谈个人粗浅的教学思考。

一、以"美"为线索，捕捉语用价值

《铺满金色巴掌的水泥道》是部编版三年级语文上册第二单元第二篇精读课文。本单元的人文主题是"金色的秋天"，单元训练要素是"运用多种方法理解词语"。这是一篇非常优美的抒情散文，描写了"我"在上学路上看到的风景。一场秋雨过后，雨后初晴，道路两旁的树叶变黄，随风飘零，紧紧地粘在水泥道上，就像一个个金色的小巴掌，整条道路上就像铺上了一块色彩绚丽的地毯。作者以儿童的视角细心观察身边的事物，发现平常生活之美，并展开丰富的想象，平凡中透着美丽，朴素中尽显诗意。尤其是把极为普通的"落叶"想象成"金色巴掌"，充满童真童趣，饱含对自然和生活的热爱之情。教材是最好的范文，我在备课时就以"美"为线索，在教学中引导学生反复朗读课文，发现课文的文字美、画面美、音韵美、视角美，这样既可以感受美的痕迹，亦可以享受美的陶冶，还可以勾勒美的画面。

本节课，我设计了三个教学目标：一是正确认读、书写本课生字，感受文字之美；二是美读文本，感受秋天画面之美；三是学习多种方法理解词语，品味文字之美。教学中，我以单元语文要素为重点，以培养学生语用能力为主体，运用朗读想象、启发引导、评价激励等多种教学方法，努力捕捉教学各环节中的语用训练价值，扎扎实实引导学生感受文字美，捕捉画面美，享受生活美。

二、以"读"为根本，提升语文素养

兴趣是最好的老师。开课之前，我这样导课："一夜秋风，一夜秋雨。美丽的大自然会发生怎样的变化呢？是啊，树叶变黄，飘落下来，又会是怎样的景象呢？就让我们一起走进作者张秋生的《铺满金色巴掌的水泥道》，在课文里可以找到答案。"学生带着对美景的强烈好奇，听完老师的读书要求，就迫不及待地开始自由朗读课文。

学生朗读结束，我引导学生回顾文章主要内容，初步感受作者用文字为我们描绘的美好画面。在品读文字之美的环节，我又用PPT出示了课文第7段："每一片法国梧桐树的**落叶**，都像一个金色的小巴掌，**熨帖**地、平展地粘在**水泥道**上。它们**排列**得并不规则，甚至有些**凌乱**，然而，这更**增添**了水泥道的**美**。"指名学生朗读，注意黑体词语的读法，个别读、集体读，直到在一遍又一遍的朗读中有所感受。进入本节课核心教学环节，我以重点理解"熨帖、规则、凌乱"等几个词语意思为抓手，训练学生掌握理解词语的方法，提升学生的语用能力。整个教学中，"读"字贯穿教学过程的各个环节，文章的画面在学生一遍遍朗读中美起来了，语言文字的奥妙在一遍遍朗读中清晰起来了，理解词语的方法在一遍遍的对比朗读中被学生所掌握了。

三、以"悟"为抓手，学习表达技巧

这篇课文共11个自然段，写得最美的当数第7自然段。学生再次默读课文，结合插图和生活经验、想象画面，感受生活中的美。引导学生品读课文时，指导学生结合生活经验、重点词语理解文意。本段用词准确而形象，多处富有思考和想象空间。比如"熨帖""平展"两个词语，写出了掉落的树叶紧密地、平整地贴合在湿漉漉的水泥道上的状态，与"粘"字相呼应，把水泥道之美描绘得细致入微；"凌乱"一词写出了掉落的树叶不规则地排列在水泥道上的情景，呈现一种自然之美，也写出了学生日常生活中看得见的画面美。

根据三年级学生的年龄特点和认知规律，教学中我引导学生一边读一边悟，从作者的用词之美到画面之美，学生水到渠成地感悟到秋天之美。授之以鱼不如授之以渔，老师恰如其分地引导，学生在读中思考画面之美，在思考中感悟散文意境之美，在感悟中收获写作的技巧。

四、以"写"为归宿，训练语用能力

语文新课标明确提出，学习语言、运用语言、积累语言，体现语文的人文性与工具性的统一。语文教学的最终目的就是学以致用，最大化地落实语用价值。三年级上册是小学语文阅读教学的初始阶段，学生独立写作还有一定难度。于是，我设计了"支架式写作"练习，启发学生在大脑里搜索自己观察到的校园秋色，完成练习。"一夜秋风,一夜秋雨。美丽的大自然就像神奇的魔术师,把校园里的银杏树也都(　　),像一把(　　),轻轻地落下来,铺在(　　)。它们排列得并不(　　),甚至有些(　　),然而,这更增添了(　　)美。"学生一边默读,一边思考,一边联系生活实际,60秒钟完全搞定,每个人都出色地完成了仿写,达到了预期的效果。

课程最后,为了更好地延伸本节课的学习效果,真正实现语文教学的语用价值,充分提升学生的语用能力,我布置了课外小练笔:"生活并不缺少美,而是缺少发现美的眼睛。孩子啊,请用你智慧的双眼,去发现上学路上美丽的春色,用你优美的文字写下来。"学生听我说完,他们智慧灵动的眼睛光芒闪烁,心里面好像已经有了想写的内容。

如果给学生一个支点,他们可以撬起整个地球。这真的不是胡言乱语,是诸多教育者用一次次实践证明的真命题。面对一个个潜力无限的学生,只要老师善于开发,灵活引导,抓住语用训练点,下一个"张秋生"就会出现在你的教室里。

2019 年 4 月 7 日

紧扣小说要素，感受人性温暖

阴雨连绵给秋增添了几分寒意，王文琰主任充满爱的课堂给我们带来温暖，也为我们今后小说题材的语文教学指明了方向。

作为市一小教务主任的她，先后荣获陕西省"优秀教学能手""学科带头人"等荣誉称号，是安康市小学语文教师中的佼佼者。有幸聆听了她讲授的六年级语文上册《穷人》这一课，我受益匪浅。

爱是文学作品永恒的主题。课文《穷人》是统编版六年级上册第四单元的第二篇精读课文，是俄国作家列夫·托尔斯泰的经典作品。课文讲的是渔夫和桑娜在邻居西蒙死后，主动收养她的两个孩子的故事，真实地反映了沙皇专制制度统治下的社会现实，表现了桑娜和渔夫勤劳、善良，宁可自己受苦也要帮助别人的美好品质。课文语言朴实，表达情感恰如其分，处处散发着爱的芬芳，荡涤人们心灵的尘埃，彰显人性的光辉。

游戏导入激发学习兴趣。俗话说，良好的开端是成功的一半。通过简单介绍猜测小说人物，激发了学生的学习兴趣和课外阅读兴趣，还可以迅速消减学生面对公开课的拘谨情绪。

检查生词考查自学效果。精心设计两组词语，一组是写景的，一组是写人的，老师看似不是刻意实则刻意的设计，为学生感受小说题材奠定基础。从个别读到集体读，从会认到会用，从会用到会写，循序渐进，既是对学生预习效果的检验，也达到了学以致用的目的。

问题阅读理清文章内容。课堂是学生学习的最好平台，给学生搭建一个合理的支架，就可以打开学生思维的枷锁，也可以预防假阅读，旨在帮助学生理清小说的三要素："人物、情节、环境"。四个问题层层递进："这篇小说写到哪几个人物？""人物之间是什么关系？""小说是围绕哪个人物的活动展开故事情节的？"学生读懂这三个问题就弄清了小说的人物关系以及人物关系在小说中的地位和主次。"小说描写了哪几个场景?"分别是"等待丈夫,探望邻居,收养孤儿",这样学生就理清了小说的故事情节,明白了文章的主要内容。

紧扣题目读懂小说背景。王老师设计了"本文题目是《穷人》,文中没有一个"穷"字,浏览全文,找一找,圈一圈文中体现贫穷的句子",给足够的时间让学生自己去发现,再畅所欲言,老师恰到好处地点拨,帮助学生感受小说贫穷的背景,为故事情节的发展和小说人物形象的塑造起到渲染作用。"穷"是全文的线索,也是小说的环境,他们因为穷,住得差,吃得差,穿得差,有病没钱治,可见穷到了极致。

对比阅读紧扣环境描写。王老师精心设计了三组对比阅读,第一组是数字的并列"十下,十一下……",透过细致入微的细节描写体会人物复杂的内心世界。第二组是第1和第7自然段的两个句子,找找相同,找找不同,旨在引导学生揣摩小说的环境描写在文中特殊的作用,体会人物生活的贫穷,处境的艰难,真是进退维谷。生活如此贫穷,显得如此艰难,不堪重负,但孩子还是"安静地睡着"和"睡得正香甜"。那个勤劳而善良,关心他人的桑娜,逐渐高大而清晰,伫立在读者面前。

由扶到放营造轻松氛围。王主任处处创设民主、平等、和谐的教学气氛,尊重学生的独特感受,让学生根据自己的理解,读出不同的感情色彩,说出不同的情感体验。各种阅读方式触动了学生情感的琴弦,调动了学生思维的积极性,激发了学生想象的愿望,让学生收获了不同的阅读方法,课堂就有了精彩的智慧生成,学生就有了满满的收获。

"非精心达思者,其孰能知之。"王主任处处紧扣小说要素,精心设计教学活动,拓展学生思维的广度和深度,让学生在读中思,在读中悟,悟出读书方法,悟出人性温暖,悟出爱的芬芳。是啊,世界有爱,你我在场,注定温暖。

2019 年 10 月 9 日

成长的阶梯

《四季之美》是部编版五年级上册语文第七单元第二课,这是一篇优美的写景散文,描述了四季之美,各美其美,美美与共。作者文笔生动,抓住大自然中极为平常的景色,观察仔细,笔触细腻,足见其内心的敏感、情感的丰富以及性情的雅致。

本单元的语文要素是"初步体会课文中的静态描写和动态描写",本课有三道习题:一是反复朗读课文,体会作者笔下四季之美的独特韵味;二是读句子,体会其中的动态描写;三是仿照课文用几句话写一写印象最深的某个景致。

在教学中,我紧扣"体会作者独特的视角、优美的语言、动态的描写"为主线来设计教学活动。尊重学生已有的知识水平与生活体验,按照"导中激美、读中感美、想中悟美、听中评美、写中现美"的思路,引导学生体会景物的动态描写为本节课的教学重难点,将学习主动权交给学生,引导学生对文本进行个性化解读,充分体验和感悟。

精心设计导语,游戏导入激趣。我先后设计了诵古诗、说成语、看图片等9种导入形式,发现"我来描述你来猜"的游戏导入最能激发学生的学习兴趣,可以让学生感知四季之美,为写作练习做铺垫,起到潜移默化的作用。

说说你心中的四季美,与本文四季美对比,发现差异,体会作者独特的视角。环节铺垫到位,学生一语中的,达到预期效果。

抓重点词句品读,展开想象,初步体会动态描写,感受春夏之美。美在静的大背景下事物以动的形式存在,静是舞台,动是主角,静是积蓄,动是勃发,静是底色,动是亮点——动与静完美结合,构成了景物的独特意蕴。

迁移训练,读写结合,驰骋想象,创设情境,引导学生说通顺、说完整、说具体、说优美,层层递进,紧扣动态描写,突破重难点。

发挥主导作用,营造轻松氛围,展开合理想象,让课堂洋溢出散文的诗意美、动态的画面美和奇妙的意境美。

　　作为一名转岗教师，七年没有上过讲台，教学技能消失殆尽。去年有机会来一小学习，处处倍受优待，在这个大家庭里幸福着。年级组给我这次学习展示机会，我很珍惜。走在奔五的路上，年龄大、反应慢、记性差、十分笨拙，我感伤于自己提高得太慢，心里害怕，眼泪也曾吧嗒吧嗒掉下来。

　　准备我还是蛮认真的。前后历时半月，算上本周一的最后一次共试讲十一次，年级组的姐妹们一次次耐心指导，尤其是程艳主任，从百忙中多次抽空指导我、帮助我、鼓励我，让我一次次走到放弃的边缘又坚定地修改，最终没有半途而废，也没有十分狼狈。

　　每一次经历都是难忘的成长之路。特别再现几个花絮：上周四下午最后一节课在七班试讲，经验丰富的胡咏梅老师听后，建议我"最好体现语言美，这是你应有的风格，也是大家期望听到的特点"，给了我重新设计的灵感；上周五下午在五班试讲后，军玲妹妹给我建议"通过老师有效的引导，学生还是会说出你想要的答案"，教会我时刻提醒自己努力做好引导人；梁老师给我指出"鱼肚色的'肚'应读第三声"，纠正了我知识上的错误；铭记李倩、嫦娥、嫣婷等给我的建议"熟能生巧，熟练了就顺了，废话就少了"；程艳主任多次听课后建议我"不重复学生说的话，不被学生拽着走，抓关键词反复品，设置情境降低难度，给足学生时间，静待花开。"磨课过程中还有诸多精彩记忆，我不一一赘述。这些珍贵的建议，必将成为我教学路上最宝贵的财富，时刻校正我前行的方向。

　　当然，这堂课也有诸多不足，让我明晰了能力的缺陷：教学方法呆板，教育机制稀缺，评价语言干涩，教育痕迹明显，絮絮叨叨说得较多，板书字体不够美观，临近下课安排背诵，导致拖堂令人生厌。

　　一位作家说：在这个表扬有点失真的时代，能够听到真正的批评着实荣幸。我期待各位评课老师的批评指正，因为您的批评是我最好的成长阶梯。

　　纸上得来终觉浅，绝知此事要躬行。不忘初心，一辈子努力学做教师。前行路上，有您搀扶，真好！

2019 年 10 月 28 日

放慢脚步，静待花开

初冬时节，菊花含笑，树叶难舍，动物冬眠，万物都放慢了脚步。聆听了张晓安主任执教的《一只窝囊的大老虎》，我蓦然醒悟，原来课堂上也可以放慢脚步，静待花开。

于漪老师在《语文课堂教学有效性浅探》一文中所言："衡量一节语文课堂教学的有效性，不是看课堂如何热闹，而是看学生学到了什么，知识有无增长，能力有无锻炼，求知的主动性如何，思想情操方面有无泛起涟漪，乃至掀起波澜，受到文本感情的熏染。"张老师的这节语文课，整堂课有条不紊，循循善诱，层层推进，培养学生的阅读能力，使不同梯度的学生学有所获。这得益于他放慢的教学节奏，慢下来才有时间让学生自己质疑，自己思考，自己理解，自己消化，自己吸收，从而达到"自奋其力，自致其知"。

课堂教学节奏快与慢，本是无所谓好与坏，但很多老师习惯了以疾驰的速度与时间赛跑，拽着学生奔跑，让听者绷紧神经，甚至不敢眨一下眼睛。而张老师的语文课，就让我们学会慢下来欣赏途中的风景，慢下来等等学生的脚步，慢下来听听生命拔节的声音，也有一种异样的魅力。针对张晓安老师的这节课，我想用"朴实、真实、丰实"这三个词来谈谈我粗浅的感受。

语言朴实，简简单单教语文。不管是轻松导入激发学习兴趣，还是出示图片让学生思考"这是一只什么样的老虎？老虎会什么本领？"，他的语言都很朴实，带领学生快速在脑海中搜索对老虎的印象。出示课题，引发思考，"'窝囊'的老虎会是什么样的？"启发学生自己思考，然后带着问题亲近文本，自是朴实而兴趣盎然。

过程真实，真真切切为学生。从初读课文开始，给足时间，让每个学生读完课文后自己思考：课文写了一件什么事？再默读课文，引导学生学会在文中不理解的地方尝试做批注，学生交流汇报，怎么想就怎么说。整堂课思路清晰，教学过程有条不紊地步步推进。课堂是学生学习的平台，张老师恰到好处地引导点评，很真实。整节课慢条斯理，不急不躁，为学生营造了安静而浓郁的学习环境，引导有方，指导有度，训练有效，真实高效。

语用丰实，扎扎实实求发展。分类识字夯实语言文字基础。精心设计三组词，一组难读字，一组多音字，一组轻声词，分类识字教学提高了学习效果。引导学生观察难写的字，与学生交流如何书写美观，指导示范书写，正是四年级写字教学的目标所在。合作学习共同答疑解惑，突破了本节课教学重难点，夯实了做批注的阅读方法，使学生在自主学习和合作学习中释疑解惑。

当下的语文教学可谓是百花齐放，有人倡导"生命语文""本色语文""简约语文"，有人欣赏"青春语文""深度语文""诗意语文"，有人探索"精致语文""快乐语文"。不管形势如何变换，作为一线语文老师，我们始终要铭记自己最朴素的初心——用心做教育，用心读文本，用心讲故事，用心启心扉。

我一直简单地认为，上语文课就是带领学生去看海的快乐旅行，只有激发每个人的学习兴趣，他们才会乐此不疲，醉在其中。有人静立岸上眺望风景，这是浪漫；有人漫步沙滩捡到贝壳，这是乐趣；有人潜入海底发现奇景，这是力量；有人蹲在海边捡拾鱼虾，这是实惠。老师戒骄戒躁，求真务实，随心尽力，各得其所，足矣。

学生是教学的主体，是发展中的人，但他们参差不齐，存在个体差异，不能百分百同时抵达目的地。只要我们时刻心中装着学生，挂念着他们的发展，"实"字当头，课堂中就会学有所获。语文的最高境界，不是皆如人愿，而是从心所欲，轻松驾驭，智慧生成。遇见贝壳，享受捡拾乐趣；想要探索，便去勇敢发现；追求浪漫，就惬意眺望风景；解决温饱，只能捞鱼捕虾。

老师们，从教路上，真的不要过于心急。牢记使命，脚踏实地，放慢脚步，带着学生在语文的浩瀚海洋里旅行，捡几颗贝壳，捞几只鱼虾，赏远近风景，皆乐在其中。

当然，张老师这节课如果在指导学生如何就问题做批注时多教一点儿方法策略就更完美了，学生的收获也会更丰富。

2019 年 11 月 20 日

润物无声，教育无痕

今天非常荣幸的人教部编版四年级下册第七单元第二十二课《文言文频，我和她的学生都被她精心设计的教学活动完全折服。

本单元以"人有二，一是"从人物的语言、动作等描写中感受人物的仔细研读文本，发现人物的品质是如何通过人物的言行表现，并能够受到人物品格的感染；二是习作要求"学习从多个方面写出人物的特点"。第二十二课《文言文二则》选编了关于车胤和李白的两个故事，展示了我国传统文化中勤奋学习、持之以恒的精神，揭示了只有坚持不懈地勤奋学习，才能取得成就的道理。

《铁杵成针》是一则关于李白的传说。故事大意是：磨针溪在眉州的象耳山下，传说李白在山中读书的时候，没有完成学业就放弃了。他路过一条小溪，见到一位老妇人在那里磨一根铁棒，于是就问这位老妇人在干什么。老妇人说："我要把这根铁棒磨成针。"李白被这位老妇人的意志所感动，于是就回去勤奋学习，完成学业。这个故事充满了励志元素，老师充分调动学生已有的知识积累和生活体验，轻轻松松完成了本节课预设的教学目标任务，理解了"任何的伟大成就都是与坚持不懈的努力分不开的"这一深刻的道理，取得了完美的教学效果。

徐海霞老师是陕西省第六届学科带头人培养对象、陕西省教学能手。她温文尔雅，博学多识，淡定贤淑。课堂上恰到好处的搀扶，让学生可以自信地学习；干净利落的设计，成为文言文教学的典范。

一是交流李白诗句导入新课，激发了学生的学习兴趣。学生课前搜集李白诗句，为语文积累奠定基础。课堂分享展示，帮助学生找回自信，迅速消减学生面对公开课的拘谨情绪，也能激发学生课外阅读兴趣，还能加深学生对李白的了解以及对唐诗的热爱。

二是放手让学生自由充分朗读课文，可以感知文意，提高阅读能力。课堂是学生学习最好的平台，给学生搭建一个合理的支架，就可以打开学生思维的枷锁，旨在帮助学生读准字音，读通句子，读出节奏，读懂字义，初步读懂文意。

三是灵活多样的教学手段充满吸引力，学生在积极参与活动中收获知识，并积累学法。提前预习，借助注释，运用扩词法，想象画面，给视频配音，换角色体验，联系生活实际等形式多样的活动设计，层层递进，由易到难，满满的新鲜感，满满的在场感，满满的收获。

四是润物无声，真正实现语文课堂立德树人的教学任务。引导学生体会李白与老媪的对话，感悟李白"未成，弃之"的错误做法，旨在启发学生领悟"做事半途而废"之危害；引导学生反复咀嚼"李白感其意，还卒业"的本意和言外之意，并让学生联系生活实际换位体验"自己感其意"，颇有在场感，体会到做事成功的秘诀"唯有坚持不懈，才能成功。"

教育的艺术不在传授，而在鼓励和唤醒。徐老师身怀绝技，语言有诗人的意蕴，声音有播音员的磁性，课件有动画片的灵动，板书有书法的美感，启发有母亲的温柔。丰富的教育策略，真正的扶放有度，让语文课堂有唐诗的韵味，有真情的感动，有艺术的陶冶，有文化的启迪，有励志的效果。一切皆水到渠成，再次证明：老师给学生一个机会，他会给你一个奇迹。

2020 年 5 月 20 日

五 春日笔记

这个春天,
文字里弥漫着生活的味道,
还有阳光抚摸。

别让家庭教育短板阻碍了孩子成长

从教二十多年，我一直觉得教育是个很难的事。但是最难的事还是家庭教育，家庭教育对孩子的成长有诸多影响，不仅仅是学习。

"何时开学，我才能结束与神兽的战争？"看到这样的文字，对于蜗居在家而游走在网络世界的人们来说，太熟悉，太相似，体会太深了，道出了很多家长的苦水和抱怨。

作为教师和家长的我，看到这样的文字心情异常复杂。有的老师回复道："尊敬的家长们，你在家最多管两个娃，我平时要管五六十个娃，这滋味真是不好受。今天，你感同身受了，你对老师的态度会好一点儿吗？对学校教育的支持会多一点儿吗？对孩子成长的过程会关注多一点儿吗？对孩子的学习会付出多一点儿吗？……"我期待肯定的回答。

国家对基础教育越来越重视，社会对教育的期望值越来越高，科技对教育提供的便捷越来越多，老师对教育的付出也越来越多，但是我们教师仍然感觉教育工作越来越难做，为什么呢？

首先，有的家庭教育达不到入学教育最基本的标准，给老师和学校的正常教育教学工作带来困难。比如，幼儿园宝宝三岁入学，应具备的最基本能力就是自己吃饭、自己如厕等生活自理能力，能简单表达想法。可事实并不尽如人意，总有一些宝宝不会自己吃饭，要老师喂饭，不会脱外套，老师要给他脱，不会穿鞋子，老师要帮他。尿裤子和拉裤子的情况常有，甚至上二年级的宝宝还尿裤子和拉裤子，这都是我亲眼所见。于是幼儿园老师就成了家长眼里的"保姆"，甚至有的家长还出言不逊地指责老师："我们家长交了钱的，你就该为我的孩子服好务。"这些话也都是我亲耳所听，老师只能叹息。小学老师也有各种难处。比如四五年级的学生，老师重复讲过三遍的事他依然听不见，家庭作业从来不写，迟到的理由总是相同的"堵车或睡忘了"，老师每天两次放学明明将学生全部按时送出学校大门，总有家长打电话质问："我的孩子放学一小时了还没回家，是怎么回事？"

诸如此类问题每天都有发生，作为老师，你都要耐心答复，绞尽脑汁，帮助家长解决。所以，老师真的太难了！

其次，家庭教育畸形导致孩子性格偏激，给班务管理和学校管理增加了难度。尤其是小学高段学生和中学生，与老师顶嘴，辱骂老师，甚至打老师的都有。在这个网络发达的时代，这样的消息当然不是危言耸听。家庭教育畸形引发的恶性事件给老师造成的伤害，给学校带来的麻烦，让教育失去了应有的模样，时刻警醒老师，退一步海阔天空，爱惜身体从我做起，健康生活才是王道。身边教师朋友数以千计，听他们诉说的苦都是一样的："被班上特殊的孩子折磨得心碎！"说个典型事例，我的闺蜜霞姐是安康城区某中学省级名师，她在博文中写的那个爸妈把饭送到床上吃的学生和家长，把她告到了教育局，理由是："你让我娃每天写作业导致他不去学校上学，整天睡在床上，从早到晚玩手机，我把饭递到手上他都不吃……"局长转给校长，校长找到霞姐，霞姐委屈落泪，实在找不到谁可以诉苦，于是她只能写进博客，自我宣泄一下罢了。其实，我们身边很多老师都有这样的经历，很多老师也都和霞姐一样，把苦咽下肚子去，擦干眼泪，继续上课。这个孩子不上学也是霞姐的错吗？敬业的老师们真的不怕苦不怕累不怕熬夜，就怕委屈和冤枉。所以，老师真的太难了！

最后，过度溺爱的家庭教育与公正公平的学校教育落差太大，导致学生敌视老师和学校，促使家庭教育与学校教育背道而驰。"教育最好的方式就是家校携手共育"，如果做到了，做好了，你家的孩子就是挂在家长们嘴上的那个"优秀的别人家的孩子"。这是学校和老师最期待、最理想的教育效果。但现实与理想落差太大，你也见过这样的家长，"孩子交给学校，交给老师，你就得教好，我是给学校交了钱的"。老师或许很茫然，但瞬间清醒，满脸微笑解释："你的孩子在义务教育阶段的学习都是免费教育，学校不收钱。""我的娃成绩差，都是你们老师教得不好。"这些话很多老师听得耳朵都长茧了，因为纵然有千万张嘴也不想辩解，所有的辩解都无意义。作为老师，只有自己问心无愧，这就够了！亲爱的同仁们，家长和你作对，你即使累倒在三尺讲台都难以改变。这样的家庭教育除了影响孩子的成绩，还会影响到孩子的爱好、个性、特长、品德、为人、交往等。家长三观不正，你很难把他孩子的三观纠正，到头来一切都是你的错。所以，教育真的太难了。

可怜天下老师心。没有良好的家庭教育，学校教育真是很难。在教育如此受重视的时代，基础教育工作者依然如此艰难，显得很不搭调。再优秀的老师也无法代替爸爸妈妈，即使三头六臂也无法弥补缺失的家庭教育。亲爱的家长朋友，如果您欠孩子一份爱，请及时补回来。因为您的爱加上老师的爱，才能教会孩子热爱生命，关心他人，心地善良，正义担当，热爱祖国，自立自强，心中有梦想，脚下有行动。如果您也希望孩子成才，请用正确的方式来教育孩子，找到正确而合适的教育方式，重构教育的理念和内涵，陪伴孩子健康快乐成长。

  教育兴则国兴，教育强则国强。是挫折给我们每个人上了一节特殊而终生难忘的课，这教育的内容太丰富，生命安全、身体健康、自我保护、品德高尚等方面都是家长和老师应该关注也必须关注的焦点。

  我时常对女儿说："你可以不优秀，但你一定不能成为人们最讨厌的那类人；你可以不高尚，但你一定不能成为社会上最卑鄙的那类人。"身为父母，我教育孩子尊重老师，热爱学校、社会和国家。身为老师，我教书育人，引导孩子心中有爱，眼里有光，不懈努力，成为活得最精彩的人。父母和老师都是孩子最好的榜样，从自身做起，和孩子一起学习，共同成长。家庭永远是孩子最好的学校，父母永远是孩子最好的老师，没有父母的成长，就永远不会有孩子的发展！

  一个不会用知识和能力装扮自己的人，怎么会去装扮别人；一个连爱自己都没有学会的人，永远不懂得怎样去爱别人！愿大家此生能遇见有爱懂爱会爱的父母和老师，也能教出有爱懂爱会爱的孩子！

  别让家庭教育短板阻碍了孩子成长，愿每个家庭教育的光芒都能照亮孩子成长的道路！

2020 年 2 月 11 日

唯有努力的时光，才不会被辜负

每个人的人生都是从呱呱坠地开始的，在悄然离去中结束。我们无法改变生命的长度，但可以改变生命的厚度和宽度，在有限的生命里，活出不一样的自我。

路在自己脚下，看你选择往哪儿去，怎么去。这就是树立人生目标的意义。

生命就是一趟无法重来的修行，即使过程并不完美，也要坦诚接受它的残缺，因为世界本没有完美。

每个人的人生修行，就是用智慧看透世间黑白，并用一颗善良的心成就一切美好，坦然地接纳无法改变的底片。心存善念，容得下别人的缺点，忍得住困苦的折磨，放得下错过的美好，这样才能轻松行走，走得更踏实。

鲁迅说："这世上本没有路，走的人多了，就有了路。"每条路都是靠自己去走，走好每一步。在现实生活中，有人遥不可及，有人纸醉金迷，有人无视拥有，有人脚踏实地。我喜欢脚踏实地，微笑着面对人生的机会，接受人生的难。世事纷繁复杂，不羡慕别人，不轻贱自己，努力走好每一步。

人生如一次单程旅途，没有回头路，必须走好这一遭。前行路上，总有一些不期而遇的相逢，也总有一些失之交臂的陌生。珍惜缘分，一切随心，就是一种温暖；冷暖自知，不奢望，不抱怨，就是一种幸福。

人生不易，所有尘埃都是风景，每段记忆都是邂逅，一定要找到快乐的密码。在正确的时间和地点，遇见正确的人，编织成动人的生活，化作幸福的时光。

很多故事，都是以甜甜的笑开始，以涩涩的泪结束，比如生死离别，都要有勇气接受。悲伤可以尘封，故事可以随风而去，失败和挫折都可以遗忘，再重新站起来。站起来，就有新的开始，就像演戏，一幕结束，新的一幕就会继续。

失败是成功之母。哪有什么一蹴而就，只有经过地狱般的磨练，才能创造出天堂的力量；只有流过血的手指，才能弹出世间的绝唱。

看不见胜利的曙光，是因为眼睛里有沙粒，而忽略了绿洲。有时候，成功近在咫尺，不过是我们的付出还差一分，与所期望的回报还不成正比。

很喜欢高中学校鼓励学子的一句话：努力到感动自己。有时候，够不着目标，就是我们还不够努力，或者只是努力了一点点，就开始忘乎所以，就期盼摘取成功的果实。

生活没有我们想象的那么好，也没有我们想象的那么遭，往往是我们心态出现了问题，找不到前行的方向。

心中有绿洲，那绿色就是目标。即使是茫茫沙漠，只要愿意为它付出最大的努力，你就有机会看见那一抹绿色。

美玉无瑕，都是历经时光的打磨。只有经历过自我奋斗，经历过不懈努力，经历过苦苦求索，才会换来胜利的果实。内心毫无虚浮，没有侥幸，一路满满的踏实，就会有满满的欣慰。

智慧从来不是天生的，而是在一次次失败中沉潜而来。真理总是写在失败的尽头，"两个铁球同时着地"的实验早已证明它的成立。就怕这世上，贫穷和愚笨阻挠，人们忘记了去寻找真理，没有勇气去寻找。

贫穷和失败并不可怕，可怕的是我们一直生活在自以为的可怕里，而没有拼搏向上的韧劲，没有战胜困难的冲动。好吃懒做，不思进取，坐享其成，注定是以失败告终。

人生短暂，一定要努力活出不一样的精彩。每个人都渴望优秀，渴望成功，渴望美好，渴望幸福，但都需要行动和方向导航，不够努力，就难以抵达远方。

人生很现实，你是什么样的人，你就会遇见什么样的人。你有多努力，就有多精彩。你若盛开，蝴蝶自来。你若千般努力，人生自会万般精彩。

没有一条路，可以通向不劳而获。渴望美好，就得学会修炼自己。让自己有涵养，有资本，有风度，有真诚，有阅历，有担当，有欣赏美的眼光，有珍惜美的胸怀，一切美好都会向你涌来。

幸福从来不会缺席，精彩从来不会从天而降。前行路上，奋斗不止，保持矢志不渝的心态，总会遇见那个优秀的自己、梦中的恋人、成功的掌声。

总有一天，当你站在最精彩的舞台上，你可以自豪地告诉全世界，走过万水千山，终于明白：只有奋斗不止才有天经地义的事儿，因为你一直很努力，才有了不一样的人生。

你的故事可以不精彩，你的努力必须精彩，终有一天你可以自豪地说：唯有努力的时光，才不会被辜负。

2020 年 2 月 12 日

所有坚强，都是柔软结的茧

　　只有经历病魔的摧残，才知生命可贵，才懂得活着是最幸福的模式，才明白奋斗在救死扶伤一线的医务工作者无比伟大。

　　以前，我一直觉得当老师没有安全感，每个细胞都被安全紧紧拽着，关于学生和自己。尤其是传染病多发的春季和秋季，每天晨检午查，下班前用84和水配成消毒液，装入洒水壶，小心翼翼地洒到教室的角角落落，生怕漏掉某处，给细菌留下活路。每天讲安全，祈安全，护安全，都是老师的必修课。因为学生和老师都健康生活，快乐学习，才是校园里最幸福的模样。

　　尤其是老师更不敢生病，你病了，就会给同事和领导带来麻烦。说实话，学校里上班的每个人都不轻松，谁替你上课都是辛苦和煎熬。你病了，也会影响班上的学生，他们会担心，会胡思乱想，学习状态可想而知。所以，唯愿同为教师的我们天天都健康！

　　但今天看了关于《鼠疫》的纪录片，我突然醒悟，和医生相比，教师那点危险多么不值一提，医生的职业危险系数不知要比教师高多少倍。他们每天面对的都是形形色色的病人，或危重，或急症，或传染，或轻微，在确诊之前，他们都要零距离和病人接触，望闻问切、量体温、测血压、做皮试、配药、打点滴、动手术、包扎、护理……每个环节都得谨小慎微，认真细心，每时每刻都处在这样的状态下，着实不易。正是他们的全力以赴，把疾病和痛苦赶走，把健康和幸福还给人们，他们是当之无愧的天使！

　　让我们把目光聚焦到一场场没有硝烟的战争中，数万医务人员"不计报酬，无论生死"，克服困难，医治患者，用义无反顾征服了全国人民的心。有人说他们坚强，其实世间所有坚强，都是柔软结的茧啊！他们也是人，也是家庭成员，也是为人父母或儿女，但是他们只记得"生而为人，鞠躬尽瘁"，他们是大写的"人"，他们是伟大的"英雄"。

　　他们越是什么都不在乎，越是让我们担心和牵挂，他们的付出被我们看见、理解、铭记、感恩。每一次疾病来袭，全国各地的医务工作者都积极响应国家的号召，用医生的担当和善行为中华民族分忧解难，他们与时间赛跑，四小时，八小时，十二小时……为了争分夺秒地从死神那里抢救鲜活的生命。他们的工作真是太难了！

太多太多关于他们工作的感人画画，占据了我们亿万人的视线，让和我一样的人对他们刮目相看。他们需要经历怎样的成长才能铸就"铁石心肠"，他们需要忍受怎样的煎熬才能变得"毫不畏惧"，他们需要坚定怎样的信仰才能学会"所有的痛由我来扛"。

每个人的心都是柔软的，可他们早已习惯把痛苦深埋心底，用微笑缩短医患距离，用真诚拉近医患关系。"我就是你最亲的人"，这是他们唤醒患者同疾病抗争到底的誓言；"我是共产党员，我先上"，这是他们用火热的青春践行着党员的承诺；"我会在这里把我的工作做好，完成好我的任务，不胜不归！"，这是他们白衣天使共同的目标。我知道，他们把坚强写在脸上，藏在心里，刻在祖国发展的脉搏上。他们的坚强触痛了无数国人的心扉，催人泪下，让人仰视。

他们不仅将"把人民群众生命安全和身体健康放在第一位"挂在嘴上，而且时刻镌刻在心里。他们用高尚的医德谱写了新时代的坚强，他们用分秒必争的行动诠释了医者仁心的意义，他们用"誓死也不放弃"的执着谱写了"生命至上"的真谛。

五千年的文化养育了勤劳、勇敢、坚韧、执着的中华民族，即使最普通的老百姓，也要懂得德行的价值和人格的魅力。谁偶尔都会有自由主义和利己主义，但当与集体、社会、大局冲突时，我们都要选择以集体为重，维护大局，为民出力，为国争光。

困难面前，刻不容缓。众志成城，有难共当。这是他们最崇高的职业道德。希望我们也要有一颗感恩的心，要学会换位思考，感同身受。至少我们可以做到：用我们最诚挚的心，为医务工作者默默祝福，也为正奋战在一线的所有医务工作者深深致敬！

岁月再苦再难，都要笑着面对；危险无处不在，白衣天使保重！病魔无情人有情，阴霾终将过去。很喜欢那句："明知山有虎，偏向虎山行。"我也如法炮制了一句："所有坚强，都是柔软结的茧。"世间真的勇士，都有一个相同的名字，叫"英雄"。

向英雄致敬！

2020 年 2 月 13 日

路走远了，精彩就近了

外面的世界很精彩，好想出去散散心，呼吸新鲜空气，吃火锅，逛商场，这是我们此时共同的心愿。

闲逛朋友圈，各种美食照片诱惑力十足，很多运动照片也应有尽有。想想自己，好久都不曾出门走路了，懒惰完全控制了我。看着友人到香溪洞风景区运动的照片，到江边散步的美图，只可惜自己难以战胜自己。

我常常扪心自问：人的自律都去哪里了？一点一滴的小事足以见证。自律的人总是有自律的理由，不自律的人总是各有各的借口。

多一点儿自律，就多一点儿约束。说白了就是对自己狠一点儿，提升自我境界。自律对每个人来说，难度系数相等，要做到都很难，但自律者都可以做到，这就是觉悟了吧。困难面前，觉悟低了，受伤的几率就高了。

大凡有成就者都是特别自律的人，因为他们一旦认准目标就勇往直前，不退缩，不犹豫，朝光亮那方走。他们选择的路，即使爬也要爬到胜利的终点。贪睡是平庸的理由，自律从早起开始。在很多人眼里"早起难，难于上青天"，自律者只要听到闹钟响了，就立即起床，惜时如金，开始为一天的工作准备，或捧起书读。贪睡者找个理由继续昏睡。上班路上，有人行走如飞，有人悠闲漫步，有人在公交车上也看书，有人用手机玩斗地主游戏。自律者充分利用碎片化的时间，努力给自己充电，给人生增色添彩。

自律是铸就卓越的最好途径。学会自律，找准心中正确而合适的榜样，努力向他学习。新时代人才济济，真才实学才是立足之本。很多人都崇拜央视"一姐"董卿，羡慕她出口成章，欣赏她优雅天成，惊叹她才华横溢，但这一切都来源于她几十年的自律，近乎苛刻的自律。工作再忙碌，每天也要坚持读书一小时，把经典熟记于心，这该要多专注多费神啊。每个人因为自律，所以成长；因为成长，所以收获；因为收获，所以精彩。聊到这里，像我这样的凡人哪有理由不努力呢？学会自律，从读书开始。每天读书一小时，让自己在读书中成长。

自律是磨砺意志的利器。严格自律就会变得有行动,有内涵,有风度,有修养。想要健康生活,规范一日三餐,拒绝暴饮暴食。想要梦想开花,奋斗不息,拒绝半途而废。想要成为天空最亮的星,需更加严格,时时刻刻打磨自己,让自己能够发光,从微弱到璀璨。央视才子白岩松说,到今天他身边不玩微博和博客的只有他一个,因为玩手机太浪费时间,他想把稀缺的闲暇时光花在读书和思考上,很多想法就这样诞生了。

　　很喜欢《摆渡人》里的一句话:"如果命运是一条孤独的河流,谁会是你灵魂的摆渡人?"这是明知故问,旨在强调自律的重要性。我的命运我做主,改变命运从自律开始。如果不学会早起,就看不见日出,就会错过朝露晨曦;如果不仰望蓝天,就看不见阳光灿烂,就会错过金色烂漫或夕阳绚丽;如果不欣赏夜空,就看不见星光迷离,就会错过群星璀璨。抓不住世间美好,人生注定黯然失色。时光匆匆,昼夜堪惜,岁月飞逝,不容错过。

　　自律是把每天的时间按分秒计算,做好规划,严格落实,能听见时间的回声。我有个老师,鲁迅文学奖得主,出版五十多部著作,六十多年来坚持每天早上五点起床写作,至今没用手机,就家里一部座机与外界沟通,问起原因,答曰,尽量省下时间做点儿正事。自律不是自我封闭,不与外界沟通;自律是打开心扉,接受阳光,珍惜美好,被温暖包围,让温馨满屋。

　　自律是人生的拐点,放纵便会功亏一篑。自律是战役的利器,管好自己,管好时间,规律生活,读书写作,提升自我,越努力越幸运。自律是成功的垫脚石,你踩稳了,步履就坚实,路走远了,精彩就近了。

2020 年 2 月 14 日

青春可贵，经不起浪费

今天接到好友的电话，她说孩子从高一开始，便学不进去了，整天浑浑噩噩的，看起来很焦虑。通过电话里的语气足见朋友也很焦虑，思之再三，得寻找解决的好办法。

固然，高一的孩子，真不能浑浑噩噩了，两年后的高考是人生的第一次挑战，也是非常重要的选拔，你想怎样在这次挑战中获胜呢？

首先，你要确立学习目标，朝目标奋斗。就像医生一样，救死扶伤，帮助病人早日恢复健康，就是奋斗目标。作为高中学生，你想考什么样的大学，是你当下必须思考的焦点。同时还要付诸行动，必须遵守规则，让目标在行动中实现。

其次，你要学会自律，克服负能量。自律就是约束自己做不想做的事儿，约束自己换一种心态，约束自己超越昨天的自己，成为最优秀的自己是你当下最大的目标。就像每个人都想出去看看外面的世界，可是得有足够的时间，得有足够宽裕的经济，得有健康的身体，才能实现。健康和自由是我们共同的心愿，自律是健康的基本保证。

孩子，战胜自我就是检验自律的最好方式。自律是一种约束，是一种境界，是对自己的严要求，说白了就是对自己狠一点儿。自律对每个人来说都有很大难度，难度系数一样，要做到都很难，但很多人都可以做到，这就是觉悟很高。

世间好事多磨难。但凡有成就者，都是特别自律的人，因为他们一旦认准目标就勇往直前，不退缩，不犹豫，朝光亮那方走。努力走好自己选择的路，即使爬也要爬到胜利的终点。

孩子，想想你班里最优秀的同学，他们每天都是怎么做的，榜样的力量是无穷无尽的。优秀的同学大都爱读书，爱学习，早或晚，坚持如一。早起也是习惯，定好闹钟，铃声响了，就立即起床，开始为一天的工作学习准备，或惜时如金，捧起书读，不问东西。

自律的人都是充实的。上班路上，有人行走如飞，有人悠闲自如，有人在公交车上争分夺秒地看书，有人在手机上玩得不亦乐乎。这就是差别，充分利用碎片化时间，努力学习，向梦想奋进，给人生增色添彩，也是自律的表现。

　　孩子，青春可贵，听从内心的声音，走好自己的人生之路。学会倾听他人的呼唤，努力打造不一样的人生。人生靠自己，努力打造属于自己的平台。中国的未来靠你们，也靠知识、文化和技术。只有勤学，才能进取。

　　孩子，青春可贵，经不起浪费。人生匆匆，岁月飞逝，经不起错过，抓不住世间美好，留下的路注定黯然失色。自律就是把每天的时间按分钟计算，做好规划，严格落实。自律就是严于律己，打开心扉，让阳光照进来。

　　孩子，青春可贵，绝不浪费。从今天开始，严格自律，朝目标靠近。自律是走向成功的垫脚石，你愿意拥有它，你离成功的人生就越来越近。祝你成功！

2020 年 2 月 15 日

人最大的幸福就是活着

1

尼采说:"对待生命你不妨大胆一点,因为我们始终要失去它。"

人生短暂,还有什么比活着更幸福!生命太脆弱,意外和明天真的不知道哪个先到。所以活着就好,健康地活着,快乐地活着,有家可回,可以好好孝顺父母,可以好好陪伴孩子,可以好好经营家庭,可以好好完成想做的事儿。

《孟子》中说"君子有三乐",其中的第一乐就是"父母俱存,兄弟无故"。唯有父母健在,兄弟姐妹安好,才能心有所归,心有所依,心有所念。

父母在,家就在,有家就有爱。有爱就可以抵御所有风浪,有爱就可以迎难而上,有爱就有奋斗不止的勇气。

2

父母健在,我们永远是长不大的孩子。世界上只有一种人关心你飞得累不累,而这种人总被我们忽视。他们就是我们的父母。

小时候,我们拼命想要长大,离开家去看看外面的世界。长大后,才知道有父母的地方才有家,有他们就有依靠。

遇到困难和挫折,遇到悲伤和烦恼,我们独自一人扛不住时,第一时间就会想到父母。一次次在心底呼喊"爸爸妈妈",将所有的伪装统统卸下,瞬间又变成了那个无拘无束的孩子,成为父母掌心中的宝贝。

人生最大的幸福就是活着,有家可回。当我们四处游走,看了全世界,才发现幸福就在眼前,就在身边,却常常被忽视。

3

铭记父母恩,永远报不尽。世界上只管付出,不求回报的永远是我们的父母。

而我们却常常忽略他们的感受。

回想过往,面对父母的叮嘱,我们视而不见,充耳不闻,甚至把他们当成我们的出气筒。他们不怨恨,不记仇,默默付出,默默爱着他们的孩子。长大后,我们才理解,父母的爱是这个世界上最无法报答的恩情。

高中语文有篇课文《一碗阳春面》,讲的就是父母爱的故事,道理非常简单:别人的一碗面让你感激不尽,父母一辈子的养育恩你却看不见、感受不到,这篇课文让所有忘记了父母恩的人,都惭愧不已。

每个人都容易被雪中送炭所感动,而忽略了颇有厚重感的爱。不是忽略,是早已习惯,理所当然,等你明白,你已不再年轻。好好珍惜和父母相处的生活,对父母多点耐心,多些包容,善待他们就是最大的幸福!

4

子欲孝而亲不待是人生最大的遗憾,孝顺父母只有现在进行时。不管在外奔波的我们多辛苦,也别忘记了家里的父母和兄弟姐妹,人生最大的幸福,其实是沉潜在家里的浓浓的爱。

子欲养而亲不待是这个世界上最大的悲哀。我们能陪伴父母的时间非常有限,珍惜这短短的几十年,十几年,甚至几年。一旦失去了父母,我们就变成了回不了家的孩子。

记得周国平说过:"一个人无论多大年龄,没有了父母,他都是孤儿了。他走入这个世界的门户,他走出这个世界的屏障,都随之坍塌了。"

即使我们都懂得:每个人都是带着甜甜的笑迎接世界,含着涩涩的泪告别世界。人生旅途,善待父母,学会珍惜幸福,陪伴父母安心度过他们人生最后的岁月,我们才能问心无愧,才真正有勇气说"人生值得"。

时间匆匆,岁月静好,我们在父母的呵护下慢慢长大。他们陪我们长大,我们陪伴他们变老。用最大的宽容和理解,接受父母的固执和节俭,和他们一起快乐,一起享受幸福的生活。

爱经不起等待,也经不起蹉跎,唯有珍惜当下,珍惜父母健在的时间,陪伴他们幸福地活着。

2020 年 2 月 16 日

人生如花花似梦

"老师,能为我的高考祝福吗?"

"孩子,老师一直都在默默祝福你!"

这是我今天早晨睁开眼睛,与一位高三孩子的对话。说实话,看到手机屏幕上的这几个文字,我的心情是沉重的,也是欣慰的。

这是一个与我素昧平生的高三孩子,他喜欢从妈妈的手机上读我的文字。我们是熟悉的陌生人。他没有附上姓名,我也叫不上他的名字。他发来这样的消息,我想他内心深处沉潜了复杂的东西,是难以抑制的焦虑,是无法自拔的压抑,是线上学习的煎熬,是高考倒计时100天的逼迫,是"拼命"之后的崩溃……这只是我的猜测,我不得而知。

我是老师,学生愿意和我说话,找我倾诉,至少我们还是互相信任的朋友,满足感和喜悦之情溢于言表。此时此刻,我非常能理解他的心情。我也是高中孩子的母亲,我非常能理解他的无助。

逆水行舟,不进则退。在这样特殊的情况下,你别无选择,只能不择环境,只管努力往前冲。今天读到俞敏洪老师写给学生的寄语,我想分享给你——100天,涨100分。多好的祝福啊!孩子,相信你可以更好!可以更努力!

我家窗外阳台上的迎春花,迎来了春雨的滋润,清晨第一缕阳光也对它青睐有加,就这样,它竟然比楼下院子里的迎春花早开,你说这不是生命的奇迹吗?往年,院子里的迎春花都谢了,它才轻轻露出一点儿淡淡的黄色。而今年,满枝的花骨朵很繁盛,已经开了数十朵,最近会次第开放,实在是让人意外,又全在我的意料之中。

往年的早春时节,恰逢开学季,大家都忙得不亦乐乎,谁还顾得上管它呢?而今年,一直闲在家,除了每天的工作,还能挤出时间照看它。一般是饭后,往日的百步走,现在只能省去,这个时间就用来照顾它。前几天,给木本的盆栽花剪枝,尤其是给迎春花剪去了多余的旁枝、松土、施肥、摘了枯叶,没想到今天早上就开花了。

孩子，人生如花花似梦，绚丽多彩映春红。我相信，梦想在你的精心呵护中一定会璀璨夺目。孩子，加油，老师一直默默相伴，远远地看着你。

青春年少，挥斥方遒，正乃读书时。

人生有梦，全力以赴，让梦想成真！

"孩子，还有什么比高考更重要的呢？"这是我的一位毕业于北大的才子学生对我女儿说的话，今天我想分享给你。这不是我们成年人的偏见，是我真实的叮嘱。放眼当下，毕竟高考还是选拔人才最合理的方式，作为有志青少年，也是你们成就梦想的垫脚石，踏上去，走稳走好，眼里有亮光，心中有力量。

"孩子，相信自己一定会天下无敌。"信心满满，笑着面对学习的苦与乐，勇敢战胜最近的压力，克服网课学习的疲惫，看到即将来临的曙光。人生就是这样的，任何时候，不管遇到怎样的风雨，都要努力应对，奋斗不息。

"孩子，期待你今年高考写下奇迹。"努力做好时间规划，有条不紊地按计划好好学习，天天向上。积累知识是基础，阳光生活是心态，不急不躁是毅力，美丽绽放是结果。孩子，祝福你！

"孩子，机会总是留给有准备的人。"以最好的准备去迎接人生最重要的一次考试，家人和朋友，老师和同学，都是你坚强的后盾。相信这群坚强的后盾，他们的祝福汇流成河，可以让你扬帆远航。他们用鼓励为你支撑起一方蓝天，供你展翅高飞。孩子，相信自己，放手一搏。你若安好便是晴天，花儿绽放就是璀璨！

大声喊出来：天生我材必有用，千金散尽还复来。加油！孩子！世界注定繁华，人生注定精彩，努力到感动自己，其他就交给明天好了！

向北的迎春花静悄悄地开放了，我默默等你精彩绽放！

2020 年 2 月 17 日

遇见了，真诚相待

1. 反省是最好的成长

世间万象，皆为正常。

苦不抱怨，误会不较真。遇见了，就真诚相待。

生活中，总有这样的人，明明是错的，却总习惯用力涂抹。因为自己非常在乎，心中越在乎，越是倾力包裹，给缺点镀金，让它成为致命的硬伤。

《论语》中讲道："吾日三省吾身。"任何人做任何事，当初都认为是正确的，因为当初的出发点是好的，认为自己做了正确的选择。事后一定要及时反省：行为是否过激，过激会伤人；是否畏惧，畏惧就会变得非常小心翼翼，甚至瞻前顾后；是否过于自私，过于傲娇，而对别人造成无意伤害。

生而为人，总会为自己的行为找到合理的借口。自认为想法合情合理，即使有错也不会立即承认。子曰："已矣乎！吾未见能见其过而内自讼者也。"意思是说："算了吧！我没有看到过能发现自己的过错就在内心责备自己的人。"可见，古往今来，能够勇敢承认错误的人真的很少，这需要一个反省的过程，也需要反省的勇气。

2. 没有人喜欢被责备

每个人都喜欢听到表扬和赞美，没有人喜欢被责备，这是人之常情。每个人内心深处都有一堵墙：不愿意责备自己，就不愿意承认自己的错误。

司空见惯，身边人犯了错，既要找一万个理由去解释，又要找一千种办法去涂抹，殊不知越涂越黑。所以，在公共场合，若不是大问题，尽量不要指责别人，会伤害他人，他也不会承认错误的。指责和抱怨他人真的没有用，只有他自己反思才会明白。

善意的提醒也要恰逢最佳时机，否则也是火上浇油。最可怕的是错了九十九次，仍不反思，结果又错了第一百次，第一百零一次，第一百零二次……这才是真正的南辕北辙。

3. 尝试善意地提醒

善意的提醒和善意的谎言有相同的功效。如果他一直沉醉其中，不能自拔，我们可以善意地提醒，不是指责，不是抱怨，试着帮忙分析，找到错误的原因，使其明白正确的方向。

就像《追风筝的人》，阿米尔因为嫉妒佣人的儿子哈桑很受自己父亲的疼爱，就陷害他，把他赶走了，尽管父亲很反对，也无济于事，那时候阿米尔认为自己是对的，凭什么哈桑过生日什么都有，而自己有时候却没有。但后来，阿米尔知道了真相，哈桑是父亲的私生子，就能够理解父亲，明白了父亲爱哈桑是天经地义的事。想办法告知当事人真相，帮助其分析错误的原因，才是有效的方法。

毕竟真相大白之后，抱怨就会随之消失。世界的一切真相都有着传奇色彩，即使是冬天，也会跨越寒冷，迎来春天。任何事，都有成立的理由。任何错，都有真相的支撑。搞清事情的真相，尝试善意地提醒，会管用的。

4. 理解就是宽恕

世界安好，就需要多一分理解，多一分宽恕。在我们这个地球上，生活着各种不同肤色、不同生活习惯、不同宗教信仰的人。即使是同一件事情，也是仁者见仁，智者见智。

不管是谁，在做事情之前，多替别人想想。完事之后，多想想结果。有的事是复杂多样的，需要了解和分析才能找到答案。比如，在单位里，常常被人黑，你要不要说出来？动脑子，想一想，从单位大局出发，你是不是最适合背这个黑锅的人？如果是，就不用大声吆喝，群众的眼睛是雪亮的。有时候，也是别人能力所不能及，就像偶尔让小孩子去做大人的事，因为小孩还不懂得大人的做事规则，常常会犯错，就不要批评他，要批评的人是自己。

生活在一起，就尝试友善地去理解，理解别人这样做一定有他的苦衷，毕竟没有人愿意故意犯错。正如亚里士多德所说："全然的了解，就是全然的宽恕。"了解原因，尝试善意地提醒，努力去宽恕，何乐而不为呢？

5. 换位思考是良策

各种姿势，都是存在的方式。因为我们一起生活，就不要用自己的价值尺度去衡量他人的生活方式，这本来就是自私自利的表现。你自己认为正确的，别人未必接受；你认为自己付出了很多，别人未必喜欢或接受。

因为看待问题的角度不一样，这就需要换位思考。如果你只是站在自己的角度去想问题，纵然有一百个利人利己的好处，也难被别人接受。学会换位思考，可以增进理解，相互宽容，促进友好。

6."君子和而不同"

世界上没有完全相同的两条河流，也不会有完全相同的两个人。人与人之间的交流，不是你高我低或非黑即白，善意的表达，不带刺，不诋毁，不摆谱，不蔑视，不曲解，就会赢得对方的接受。

矛盾是永远存在的。只是我们应尽量减少矛盾，缩小距离，多一分理解，就会少一分误解。人与人之间的许多抱怨，都是毫无意义的。比如，你总是心太软，你总是太善良，你总是刀子嘴豆腐心，这其实就是很多人的心声。心地善良，干吗非要掩藏起来。

善良就是人们喜欢的样子。即使别人没有按照自己的愿望去做去想去爱，这没有对错之分，多一分关心就是对人生多一分理解，多一分珍惜。请你换位想想，谁愿意时刻按照别人的意愿去做事。只要不损人利己，就是正道。你可以彰显自己，但不应贬低他人。

孔子说："君子和而不同。"正人君子，既能够坚持自己的观点，也能够认真倾听他人的意见，并能够换位思考，理解和尊重他人。尊重是相互的，如一缕阳光，可以抚慰每一个心灵。

2020 年 2 月 18 日

每个冬天的句号都是春暖花开

婚姻与爱情最大的区别就是,爱情是以开心为目的,婚姻是以生活为目的。婚姻难以维系,绝非一个人的错。

丈夫的性格若开始就如此,无可厚非,不爱说话,能理解。作为妻子,不应埋怨,而应找到他关心的话题,一起探讨,会慢慢改变的。最主要的是,你是否愿意这样做,并努力坚持和包容。

所有心情压抑,都需要彼此宽容,才能缝补婚姻的裂缝。反之,那些丝丝裂痕,只会加大,最后是破碎一地。

莎士比亚曾说:"爱情不是花荫下的甜言,不是桃花源中的蜜语,不是轻绵的眼泪,更不是死硬的强迫。"爱情是建立在共同语言的基础上的担当和包容、理解和支持。

婚姻里,时常有锅碗瓢盆的碰撞发出刺耳的声响,往日的"时光不老",掩饰不住今日的矛盾。很多夫妻闹得不可开交,两看不顺眼,多在一起待一天都是煎熬,一个拥抱都是世间最大的奢侈,迷途知返已经失去了意义。真的是失去才懂得珍惜吗?

近日,在网上看到一段视频:烈日炎炎,柏油路上没有一个行人,只见一位白发老爷爷双脚踩着三轮车的踏脚板,豆大的汗珠在额头上闪光,深蓝色汗衫的脊背处已经湿透。老奶奶十分费劲地摇着蒲扇,为老爷爷送来一缕清凉。这一对老夫妻正在完成结婚时的心愿,自驾走遍中国。

我们无须听见他们的对话,却忍不住为他们动容,这样的情节比一万个"我爱你"更轰轰烈烈。

婚姻里,彼此真诚,生活才会更加精彩。

近日,听说两个朋友的家庭走到了尽头。

一个是丈夫患癌症晚期,儿子在医院守护,妻子很少照顾,冷漠如冰,患者说一定要顽强,与病魔抗争,为了儿子。

另一个朋友是完全被手机绑架，中年人对网游爱得死去活来，其他，都是浮云。生活本来有几分艰辛，租房，打工，居家，没有生活来源。贫穷把妻子逼得太苦，含泪带着孩子回到乡下娘家，为了孩子能够不挨饿，不影响听网课。

　　婚姻里，最动人的场景是相爱的人更加努力珍惜，最心酸的画面是将就的人已经濒临破裂，三驾马车也无能为力，拽不回变味甚或变质的婚姻。

　　有时候，不懂珍惜比不懂爱更危险，爱和珍惜同步则更牢固。

　　路遥遥水迢迢，朦胧淡月，细雨如愁。人的命就像琴弦，拉紧了就拉好了，珍惜就好了。

　　只有真正经历生死的考验，才知平日里粗茶淡饭的可贵，才知每天下班回家，有饭吃、有人暖、有人关心，就已足够幸福。

　　日暮酒醒随风去，漫天风雨下西楼。即使苦也不怕，就怕苦中人，不知苦，不回头，不觉醒。

　　每个冬天的句号都是春暖花开。好的婚姻，无关贫富，无关外界，只关两人，内心深处，是否可以安抚和安放。

　　愿我如星君如月，夜夜流光相皎洁。

2020 年 2 月 19 日

"暴力式"家庭教育会把孩子逼成"雾都孤儿"

叛逆期的孩子很脆弱，最不能使用"暴力式"家庭教育，这样不仅会把孩子逼成"雾都孤儿"，甚至会把他们逼上梁山。

家庭教育是一门艺术，充满了智慧。如何面对叛逆期的孩子？我常听身边朋友说，只会用打来威胁孩子，这样的家庭教育注定是失败的。只会打孩子的威胁教育，折射出家庭教育的短板，阻碍了孩子健康成长。

叛逆期是孩子的人生蜕变期，良好的家庭教育是孩子顺利度过叛逆期最重要的驿站。"暴力式"的家庭教育暴露了教育诸多的短板，对孩子的成长有诸多影响，不仅仅是学习，还有为人处世、性格品德等。

孩子叛逆期，"暴力式"家庭教育是家长无能的表现。孩子不听话，打；不完成作业，打；不做家务，打；和你争辩，打；不按你规划的路线走，打。总之，孩子不能有自己的想法和方式，否则，打。孩子生活在这样的家庭里，无异于生活在监狱里，这有什么意义？

有能力的父母从不打孩子，优秀的家庭教育注定是孩子成功度过叛逆期的垫脚石。很多成功者的背后，都潜藏着令人羡慕的家庭教育环境和方式。比如，人们都羡慕的一位英雄人物——钟南山院士，英雄钟院士为何会这么优秀呢？当然是家庭教育铺就了他的成功路。

我们看到了他在医学领域里不顾生死的伟大，更多人记住了他的"敢医敢言"，敢医是因为他的医术水平精湛，敢言则是他至高无上的英雄气魄。从钟院士身上，我们也看到了成功的家庭教育对孩子的影响。英雄自有来处，家庭教育让人如此幸福。这位英雄，只记得爱别人，忘记了爱自己。每个成功者的背后，都有家庭教育的光芒照亮孩子前行的路。

当下，叛逆期的孩子常常与父母成为敌人，所以家庭教育危机四伏。"我已经教育不了我的孩子了！"看到这样的文字，很多家长的体会都是一样的，苦水相投，肆意横流。

家长朋友们，当你发出心声时，也要学会思考，那些优秀的家庭教育，是怎么实现的。我和你一样，正在经历孩子的叛逆期，最好的办法就是从改变自己开始。少一点儿抱怨，多一点儿换位思考，尝试做一些改变。

孩子在叛逆期，父母对孩子态度应好一点儿，孩子犯错时不大声训斥，心平气和地和孩子交谈，宽容一点儿，帮助孩子改正缺点。

孩子在叛逆期，父母对孩子应多花点时间，陪他一起学习，一起吃，一起玩，一起乐，一起笑，一起看电影，一起听音乐，等等。

孩子在叛逆期，父母对孩子应多用点儿智慧，试试奖励政策，以精美物品引诱，偶尔装傻，偶尔低头，少一点儿趾高气扬，都会感动孩子。

孩子在叛逆期，父母对孩子应少一点儿过分的限制，比如不准看电视，不准玩手机，不准玩游戏，不准看闲书，不准在家大呼小叫，不准卧沙发，不准……这样的家长就在我们身边，只是他总是借用"一切都是为你好"来掩盖他的霸权和"不平等条约"，孩子会听他的吗？听他的才怪了。

父母是孩子最好的老师。你想让孩子成为什么样的人，你首先要学着去做那样的人。你希望孩子爱读书爱学习，你就要爱读书爱学习，让他学有榜样。父母和孩子是平等的，不要把"我是爸妈"挂在嘴边，孩子很讨厌。你在孩子心中，首先是超人，无所不能，才能征服他，他才能佩服你。

言传身教，努力改变自己，叛逆期的孩子才会默默改变。你轻言细语，孩子才会耐心倾听。你宽容大度，孩子才不会斤斤计较。你心中有梦想，脚下有行动，孩子才会努力学习，至少不输给你。

固然，严是爱，松是害，但严并不是"暴力式"的教育。严是对原则性问题的态度，比如人品问题、德行问题，父母必须严格教育。比如孩子偷东西，父母在第一次不严格教育，一定会有第二次，第三次……又如孩子耍流氓，这是给人类文明抹黑，必须严格教育。

家庭教育至关重要，家长是父母的一面镜子。你可以不优秀，但你一定不能成为人们最讨厌的那类人；你可以不高尚，但你一定不能成为最卑鄙的那类人。身为父母，当好榜样，教育孩子尊重老师，热爱学校、社会和国家，你首先要做到。你心中有爱，孩子眼里就有光，你不懈努力，孩子才有可能成为最精彩的那一个。

家庭教育是孩子成长的第一所学校。父母都是孩子最好的榜样，从自身做起，和孩子一起学习，共同成长。家庭永远是孩子最好的学校，父母永远是孩子最好的老师，没有父母的成长就永远不会有孩子的发展！

家庭教育环境决定了孩子的性格和爱好，父母的综合素养影响着孩子的未来。棍棒底下出孝子，已经成为历史，我不评价它的好坏与对错。

当下，作为父母，如果我们都是一个不会用知识和能力装扮自己的人，怎么去装扮孩子？一个连爱自己都没有学会的人，永远不懂得怎样去爱孩子，爱他人！孩子们，愿你此生能遇见有爱、懂爱、会爱的父母，也有能力去爱他人！

　　孩子叛逆期，父母"暴力式"的家庭教育已经过时，只会用打和威胁来教育的方式早该收场和停歇了，正确而人性化的家庭教育才是孩子成长路上的最好教育方式。别让扭曲的家庭教育阻碍了孩子的成长，别因"暴力式"家庭教育把叛逆期的孩子逼成了"雾都孤儿"。

　　愿每个家庭教育的光芒都能成为每个孩子成长道路上最温暖的墙！

2020 年 2 月 20 日

善待是生命的最高级形式

1

茫茫人海，相遇不易。在乎彼此，好好珍惜。

常常想起百岁老人杨绛先生，想起他们一家三口，想起她的《我们仨》，让我们懂得了生存之道："善待是生命的最高级形式。"

善待就两个字，落实到生活中，就是彼此真心相待。有人愿意向你倾诉，时刻为你着想，这份情谊更是珍贵而厚重，一定要善待。遗憾的是，我们常常忽视了这份在乎，忘记去珍惜，把关心解读成唠叨，把等待误解为失望，把满心欢喜变成了恩将仇报。

2

善待是生活的必需品。不管是闺蜜、亲人，还是朋友，都很适用。

蓦然回首，女儿和某个好友，彼此刚在一起时，女儿和好友总会买很多好吃的在楼下分享，会早早地为对方准备节日礼物，会认真地为对方的点点滴滴进步点赞。两个人的位置，就像天平的两端。随着时间慢慢地移动，这份热情和美好好像被冲散了，现在彼此疏远，几乎不往来。

恋人曾经约定天长地久，没想到很快就劳燕分飞，互不往来。说好了新年一起吃晚饭，过生日为对方买蛋糕，有困难共同分担。男友竟也玩失踪，总是以各种理由消失不见。可这美好的约定，就没有了。现在彼此面对面坐着，都不想说一句话，各自安好，看着手机，刷着微博，打着游戏，沉默无语。

是谁敷衍了事？是你，是我，是他们。失去了，才懂得惋惜。不知道何时敷衍成了习惯，爱变淡了，心无处安放。曾经两颗心从未想过分开，可敷衍早已成为了心与心之间的阻碍，把彼此狠狠分开。

美好的故事总是以甜甜的笑开始，千万别以撕心裂肺的痛结束。曾看过这样一段话："如果你在乎我，我将卸下防备迎接你；如果你并没那么在乎我，我将会重新裹上层层坚硬的外壳。"在乎是礼尚往来，在乎是相互的，在乎经不起敷衍，唯有用真心去浇灌，善待对方才能永远保鲜。

3

曾经挽着彼此，走在幸福大道上，微笑地说："我赠你三月春光，你予我四月桃花，世间真情能长存莫不因此。"可惜没有如果，怎样的关系都经不起如果，同事，家人，好伙伴或知心朋友，如果有了敷衍，长久就成了传说。

洋洋和青青，老乡，邻居，一起长大，一起上学，一起进到同一家电子公司工作，两人真心友好。

洋洋属于热情似火那一款，接受新鲜血液很快，一年之后成了公司中层，而青青原地不动。洋洋一直照顾和帮助青青，时间久了，青青便觉得理所当然。

洋洋希望通过彼此的努力，改变青青的局面，可青青的敷衍和冷漠，让洋洋失望至极。两个人的情谊就这样阻隔在敷衍之间，越来越远。放假了，他们相约一起回家，青青竟不打招呼，提前撤离……

谁都不欠谁的，大家一起珍惜就好。一个人付出，一个人敷衍，一个人在乎，一个人马虎，就导致人和人之间的感情破裂了，没有人愿意用自己的在乎，换来敷衍的结局。

4

童年时光里，老师就教会我们，无论是同学、朋友还是亲人之间，都要互相帮助，互相信任。年轻的时候，为了事业发展，每天忙碌着穿梭在世界的各个角落，有个真心待你的人真好。

不管走多远，母亲从不干涉，也不多说什么，只是要求你想她时打一个电话。而她每时每刻，都牵挂着你。

每一次挥手道别，每一次飞机起落，每一次火车启程，她都祈祷你平安抵达，平安归来。可是，很多时候，你都忘了打电话报平安。听说你要回家了，母亲一直在路口等你，就为了抱你一下。

"等你成为妈妈，就会明白我现在的心情。"时光流逝，时隔多年，当你已为人母为人父，终于理解到父母亲的爱有多深，他们的牵挂和不舍有多长。当你懂得时，你和他们在一起的岁月就不会太多，是否有点后悔呢？

每一种牵挂都会耗费彼此的时间与精力，每一次付出都会挽救疏远和隔阂。珍惜身边爱你的人：下雨天告诉你带伞，天冷了提醒你加衣，夜深了催着你赶快睡吧……父母的惦记，在我们生活的每一个细节里，被铭记在我们长大的心扉里。

总以为来日方长还很长，天长地久会很久，殊不知最让我们毫无察觉的就是日渐老去的父母，匆匆逝去的青春时光。学会多给父母一点儿温暖与关心，多给父母一点儿尊重和理解，多给父母一点儿支持和宽容，让他们安静地生活。学会珍惜，努力实现："你养我长大，我陪你变老。"

5

生命是一场绝版电影，永远无法回放。成长路上来来往往，每天都会有不一样的遇见，真诚地对待每一份遇见，珍惜每一份感情，才会让彼此走近，不会背道而驰。

善待是生命的最高级形式。希望我们都能善待爱你的人和你爱的人，珍惜每一份爱，用热情和真诚呵护在一起的时光。

2020 年 2 月 21 日

孩子讨厌的妈妈是什么样

"妈妈"本是世界上最亲切最温暖的称呼,可稍不留意就会成为最讨厌的字眼。孩子眼里最讨厌的妈妈到底有哪些标签呢?

第一类"唠叨妈妈"。孩子最讨厌唠叨妈妈,她们整天蛮不讲理,唠唠叨叨,好事也叨叨,坏事更叨叨,没事仍叨叨,莫名其妙,怨天尤人,很讨孩子嫌弃。叨叨婆是影响家庭氛围的导火线,这样的妈妈最讨人嫌。管住嘴,就会改变自己的处境,稳固自己的家庭地位。

第二类"不修边幅"。孩子心中的妈妈应该是干净、整洁的,与美貌关系不大。妈妈在岁月的洗礼里,如果慢慢变得不修边幅,孩子就开始讨厌。尤其是开家长会时,如果妈妈打扮得精致优雅,被同学羡慕,孩子就会觉得很有面子。反之,孩子就会受到"奇耻大辱"。不管何时,一定要当个精致的妈妈,孩子眼里的精致妈妈与金钱无关。

第三类"孝道绑架"。孩子最不喜欢妈妈处处用传统的孝道观念绑架自己,"你必须听我的,我是妈妈"。妈妈天天将孝顺挂在嘴边,会给孩子造成很大的压力和负担。爱出者爱返,你都没有付出,没有尽到妈妈的责任,孩子怎么会接受呢?孝道是建立在爱的基础上,只有爱才能维系和传承。

第四类"唯钱至上"。这样的妈妈把金钱挂在嘴边,"我每天辛苦为你赚钱,花钱养你……",孩子就会十分讨厌,毕竟金钱永远是敏感的话题,最好不要恶化亲子关系。尤其不能抱怨养育孩子的花费,这是你应该付出的,也是你的责任和义务。妈妈一定要撕掉这张黑心的标签,不要成为孩子心中的阴影。给孩子健康的成长环境,才是妈妈应该做的事。

第五类"唯分数论"。分数是一把利剑,眼里只有分数,会斩断母子的情感。淡化分数,也是拉近母子关系的最好办法。否则,孩子对考试充满恐惧,就会经常因心理负担过重而出现低级失误,成绩会下降。妈妈淡化分数,多一点儿鼓励,孩子就会乐观,妈妈悲观地抱怨是孩子成长的杀手。

第六类"强迫症型"。家庭教育最和谐的场景就是父母一起教育,但是有些家庭教育就成了妈妈的独角戏。这时候,有的妈妈就会与宝爸吵架,还会硬拉着孩子帮腔,这是特别常见又偏执的一种做法。孩子不会偏袒一方,诋毁另一方,不要为难他。稍微大一点儿的孩子就有能力判断是非黑白,你的强迫无效。好好爱孩子就是最正确的,但不是溺爱!

第七类"语言肮脏"。在孩子美好的生活里,妈妈的语言干净纯洁就是他的榜样,说脏话的妈妈很恶心,孩子通常很鄙视。妈妈是孩子最好的榜样,你的文明发声就是孩子最好的镜子。

第八类"缺乏善良"。人之初,性本善,妈妈听到孩子讲别人家的事,尤其是需要帮助时就要耐心倾听,努力做有怜悯之心和乐于助人的人。不要一副"事不关己高高挂起"的冷漠表情,孩子会很讨厌的!

第九类"自以为是"。在今天的家庭里,自以为是是很多家庭矛盾的导火索,妈妈常常成为自以为是的罪魁祸首,干涉家人的自由生活。比如你睡觉,大家就得都关灯休息;你饿了,大家就得陪你吃饭,尽管还没到饭点;你可以浪费,但大家浪费就得挨骂。诸如此类,都会讨人嫌的。

第十类"绝不妥协"。太过强势的妈妈一般都这样,明明知道自己错了,却从不低头承认错误,还要加大音量苦苦狡辩,换来一家人满腹的埋怨。不管是谁,做错了事立即道歉,天经地义,应该成为一种习惯。爱狡辩的妈妈也是讨人嫌弃的!

好妈妈胜过好老师!如果你已经有了上面列举的标签,请尝试改正。你的这些不讨人喜欢的缺点,可能会折断孩子飞翔的翅膀。你可以不优秀,但是一定不要讨人嫌,不要把孩子逼疯,不要阻碍孩子健康快乐成长。

林清玄说:"最大的感恩,是我们生而为有情的人,不是无情的东西,使我们能凭借情的温暖,走出或冷漠或混乱或肮脏或匆忙或无知的津渡,找到源源不绝的生命之泉。"这就是母子应有的温暖,情感相依,彼此连通,喷涌着源源不断的爱!

妈妈如阳光,孩子如小树,每一缕阳光都会滋养孩子成长。即使你是一位平凡的妈妈,也不能成为孩子嫌弃的模样。爱是孩子成长的阶梯,希望每个孩子都会遇见最好的妈妈,希望每个妈妈都成为孩子喜欢的模样!

2020 年 2 月 22 日

只求三月可去阅读吧

这个寒假，居家模式居多。闲暇之余读书写作，呵护花草，仅此而已。

屈指一数，这般孤独的日子已是一月有余，莫名的孤独感驱使人渴望自由。想起昨天和友人讨论的话题：此刻你最想干什么？好友春姑娘说，最想带儿子去春游。好友静姑娘说，最想早晚去江边散步，呼吸新鲜空气，多年的好习惯不能丢。而我，好想带先生和女儿去阅读吧读书。友人笑曰："书香之家就该这样子。"

读书为什么一定要去阅读吧？这才是真正的谜。虽然家里藏书数千册，唾手可得，但真不想在家读书。真的不是书的错，先生喜欢的人文历史，女儿喜欢的青春文学，家里应有尽有。缘于我们仨在家读书效果差，效率低，读书兴趣衰减。在家你一言他一语，破坏了读书氛围。再者，零食也是罪魁祸首，薯片的嘎嘣嘎嘣，巧克力的淡淡幽香，牛奶咖啡的浓郁弥漫，贪吃的三人先是互相嘲笑，接着有福同享，最后是后悔莫及。全是高热量食品，体重秤不堪重负，主人索性也把迅速增长的数字不放心上。

年前，我和女儿早早制订了学习计划。早上在家学习文化课，午饭后去阅读吧读书，六点回家，一直坚持到腊月二十七。每天在阅读吧近六小时，安静，没人干扰，全神贯注，读书的速度和效果比在家好很多倍。每天基本上可以读完一本书，坚持了十多天，还做了一本读书笔记，有关于散文和小说写法的，也有关于我最喜欢的作家写作的故事。每天下午六点多挽着女儿的胳膊，走在兴安路上，看着人来人往，而我俩却如猎人，拎着捕获的猎物，心满意足，满心欢喜。

当初，先生比较反对我俩去阅读吧读书。女儿费尽口舌地给他讲阅读吧读书的好处，他全然听不进。恰逢周六，我们仨在酒店吃饭结束，我和女儿生拉硬拽把他拉进兴安西路读书吧，他才发现这里风景独好。靠窗空着三个座位，阳光钻进明亮的玻璃窗，洒落在阅读桌上，好像专门给我们留着的。读者较多，老中青皆有，十分安静。书架上琳琅满目，文史哲，中外名著，国家核心文学期刊，任你选。互不干扰，没有交头接耳，脚步声轻轻，就连身边的读者几时走的有时也不知道。

在阅读吧，很少遇见熟人，既没有打扰别人的冲动，也很少被打断，温暖的画面很多很美。比如，某天看见一位坐着轮椅的老人在读书，他的孙女陪着，估计中途想去卫生间，孙女推着他到门口，一位正准备回家的青年，从后面用力抱起老人，搀扶他如厕，再把他扶着坐上轮椅，转身离去。而就在这天阅读吧闭馆时，先生主动背着这位老人下楼，女儿和那位个头比她矮的姐姐抬着轮椅，在楼下扶老爷爷坐好，听着车轮发出咕噜咕噜的声音，看着爷孙俩越走越远，消失在夕阳里。这看似寻常的一幕，被女儿真实地写进了她的读书笔记里，还发出了感叹——"不知是读书使人良善，还是良善的人喜爱读书，我很难求证，不过读书总会推动人类文明进步的。"

这些日子，每天关注着市图书馆李焕龙馆长的微信，期待早点儿看到他发出"阅读吧恢复正常"的消息。年前借的两本书早已超期，不过他说这次情况特殊可以忽略不计，不影响读者信誉度。

好久没有走进安康阅读吧，想念之情尤为强烈。没有走进阅读吧的这段日子，也有打开书页的时候，但纯属装模作样，让每天忙碌于听网课和写作业的女儿找到心理安慰。但读书学习真不能作假，就像做人一样，作假心虚。

在阅读吧心无旁骛地读书，才知"书到用时方恨少，事非经过不知难"，领悟"鸟欲高飞先振翅，人求上进先读书"，真正懂得读书可以净化人类的心灵，播下良善与智慧的种子，提升知识学问和思想内涵，给人类精神补钙，让人腹有诗书气自华。

我在阅读吧读书时，曾记下一句话："读书最大的理由是摆脱平庸，早一天就多一分人生的精彩；迟一天就多一天平庸的困扰。"虽然我本平庸，行走在日渐苍老的人生路上，没办法让时间慢下来，只能用读书来延长时光，修身养性，至少可以避免老了变坏。

二月渐尽，春光乍泄。阳台上的迎春花吐蕊了，院子里的玉兰花也露出了乳白的花瓣，唯愿三月可去阅读吧安静地读书。

2020 年 2 月 23 日

人生是一场孤独的旅行

为什么我们的内心常常会感到孤独？或许是因为懂你的人很少。其实，人生不就是一场孤独的旅行吗？读懂了就可以轻松抵御、排遣、释放和治愈。

人生就是一场孤独的旅行，不是物质的匮乏，而是精神的孤独。一个人静静地体会，可以读懂内心深刻的孤独，亦可以窥见灵魂深处的丰盛。

往事越千年，文化永生辉。中国上下五千年的文化史，就是我们解读孤独最好的文献，早已对孤独做出了独特的诠释。我们正是吟诵着这些经典的诗句，吸吮着文化精髓长大的。

面对无奈的孤独，晏殊写下了"无可奈何花落去，小园香径独徘徊"，我们读懂了诗人对人生旅途的哀叹和惋惜。

面对难觅知音的孤独，辛弃疾写下了"把栏杆拍遍，无人会，登临意"，苍茫人海无人知我意，我们读懂了他百无聊赖的孤独。

面对无人理解的孤独，陈子昂写下了"前不见古人，后不见来者，念天地之悠悠，独怆然而涕下"，我们读懂了他豪迈的孤独，也是"世人皆醉我独醒"的最好表达。

面对亡国之痛的孤独，一代国君李煜写下了"问君能有几多愁，恰似一江春水向东流"，国破山河在，只是朱颜改，还有什么词语能够表达丧国之痛呢？这是国君撕心裂肺的孤独。

茫茫人海，每个人都是孤独的行者。宇宙苍穹，都是孤独的存在者。从说文解字的角度，分解"孤独"，就更好理解了。有孩童，有瓜果，有走兽，有飞虫，孤独的个体组成了复杂的地球。孤独汇聚在一起，就是繁荣昌盛。

孤独也是作家笔下的精品，这些文字陪伴我们度过孤独的岁月，内心深处的孤独消逝，尤其是读书释放了很多人的孤独。

愚昧无知是一切痛苦之源。翻开书页，捧着毕淑敏的《孤独是灵魂的必修课》，书中解读了人生关于孤独的温暖感悟。回首来时路，从旅行中遇见幸福，自梦想处观照生命，人生一场，一期一遇，用文字相遇，以声音作答。当我们品味灵魂的孤独时，就宛如照见生命深处的幽幽光亮。

所谓孤独，就是努力承受生命之痛。米兰·昆德拉将孤独元素糅合在一起，写成一部非同凡响的小说《不能承受的生命之轻》。书中既有隐喻式的哲学思考，也有人的悲欢离合的生命历程的展现，整部小说解读了孤独的内涵，揭示了被政治化了的社会内涵、人性考察、个人命运等，孤独正是在特定历史与政治语境下的完美呈现。

奋斗不止，就是战胜孤独的最好方式。海蓝博士的《不完美才美》，让我们懂得每个人生而不完美，认识到这一点，一切的努力和奋斗，其实都是为了使自己变得接近完美。在本书中，沟通与理解的主基调始终贯穿全文，作者发现人生的痛苦多来自与人的关系，深度剖析亲密关系中的夫妻关系和亲子关系、职场关系等，引领我们进行自我梳理和自我发现。

一个老是受班上同学欺负的瘦弱小男孩，因为拥有一种特殊能力而强大：他能"偷别人的影子"，因而能看见他人的心事，听见人们心中不愿意说出口的秘密。他开始成为需要帮助者的心灵伙伴，为每个偷来的影子找到点亮生命的小小光芒。这就是《偷影子的人》所要告诉我们的内容，我们读懂了——影子是孤独者形影不离的伙伴。

孤独时，捧着书本，想象着书中的情节：某年灿烂的夏天，他在海边邂逅了一位又聋又哑的女孩。该如何用自己的能力帮助她？他将如何信守与她共许的承诺？帮助是最好的救赎，安慰是排遣孤独最好的方式。

尼采说："谁终将声震人间，必长久深自缄默。谁终将点燃闪电，必长久如云漂泊。我的时代还没到来,有的人死后方生。"孤独使我们成长，孤独使我们领悟。所谓孤独，即使深陷困惑和坎坷，也要用生命支撑，用信念提醒；即使痛苦不堪，也要用灵魂呐喊，用智慧战胜困惑。经历孤独，让我们更加清晰地看到真实的自己，学会在变幻无常的生活中，不逃避，不自暴自弃，努力改变能够改变的一切，努力接受不能改变的一切。

人生旅途就是书写孤独和战胜孤独的过程，不管故事如何跌宕起伏，我们都要学会战胜孤独，掌握自己。因为掌握自己，方能安心快乐地活着。

2020 年 2 月 24 日

每个人都要理所当然地活着

梁实秋说:"没有人不爱惜他的生命,但很少人珍视他的时间。"

很喜欢这句话,因为梁先生揭示了一个隐藏的真理:每个人都理所当然地活着,有些人却不去思考为什么活着。有意义地活着就是珍惜时间,无意义地活着就是浪费时间。

农民伯伯为种地而活着。他们辛苦地付出,可以换来很多粮食,当人们饥饿时就有食物吃,让人们的生活得到保障。所以他们不是为自己活着,他们为人类做着有意义的事情,他们活着也是有收获的。

医生为救治病人而活着。他们每一天辛苦地工作,能够换来病人的早日康复。医生能够驱走病魔,能够从死神那里挽救人们的生命,他们也是为人类而活。他们是生命的再造者!

工人为生产而活着。他们建造各种各样的房屋、机械、电子产品等,他们的工作满足了人类各种生活需要,为人们生活提供更多方便。他们充实地活着,让我们衣食住行有所保障。

作家为写出更多的好作品而活着。他们是精神的缔造者、艺术的主宰者、文明的传递者,他们用自己的文字记录着这个时代,推动了文明的进步。作家为人类提供了精神食粮,让人类在文字世界里吸吮着营养品,净化着灵魂。

画家用绘画作品满足人们的审美需求。那些经典的绘画作品成为审美的至高境界,就像达·芬奇的《蒙娜丽莎》带给人类温馨与美好,就像凡高的《向日葵》带给人类希望和热情,等等。绘画艺术彰显了艺术的无穷魅力,为人类提供美的享受。

商人为赚钱而活。"文明不是短期能积累起来的,但可以毁于一旦。"这句话是对商人最好的警醒,文明经商才能赢得尊严。生活中有"无商不奸"的说法,一旦他们的心里只有金钱,那么他们的灵魂就会沾染尘埃。商人活着最大的意义是为人类提供各种方便,想要购物时就有各种便捷服务,切忌唯利是图。

园林美容师为我们提供舒适优雅的环境。他们用自己的剪刀修剪出植物的美丽造型，让我们路过时就能感受到一份惬意，收获一份欣喜，带给我们愉快的心情。他们用自己的工作装扮了大自然，美化了环境。

存在即是完美，存在即有意义，存在即有价值。各行各业的人们辛苦地活着，就是在为人类造福，为人类默默提供各种服务，默默为人类奉献自己的光和热。

他们不是来索取的，他们是来奉献的。这就是他们活着的伟大意义！

每个人都要理所当然地活着，更要理所当然地为人类奉献，这样才会活得更精彩！

2020 年 2 月 25 日

为孩子成长撑起一片天

家庭是孩子成长的第一所学校，父母是孩子的第一任老师。父母要努力为孩子的成长撑起一片蔚蓝的天空，不断优化家庭教育环境，让优质教育成就孩子精彩的人生。

第一，言传身教，当好榜样。家庭教育是一面镜子，孩子会自觉模仿父母的行为举止，既模仿好的方面，也模仿不好的方面。父母身教大于言传，要随时注意个人修养和言行举止，给孩子树立好榜样，用行动来影响自己的孩子。在生活中，家长也要时刻约束自己的言行举止，做出正面表率，当一面闪闪发光的镜子。

第二，改变环境，熏陶品格。家庭是人生活的主要场所，家长要努力为孩子营造一个良好的生活环境，努力成为孩子的榜样，成为一个品德高尚的人，使孩子的品格和习惯受到感染和熏陶。当孩子在学习的时候，家长可以选择陪读。父母喜欢读书，孩子也会受到熏陶，从而养成爱阅读的好习惯。父母爱动脑子，孩子在遇到难题时就喜欢动脑子去解决问题。

第三，建立信任，和蔼沟通。家庭教育体现父母和孩子之间要互相信任，彼此真诚相待。父母要无条件地信任孩子，积极与孩子进行沟通和交流。营造家庭和谐的沟通氛围，谈话温文尔雅，更加有利于培养孩子好的脾气和性格，以增强其沟通能力。善于沟通，孩子和父母之间就少了隔阂。

第四，抓住机会，教育引导。每个孩子在成长的路上，都会犯错误，父母要抓住机会，对他进行正面教育，一定不要翻旧账。批评要有针对性和灵活性，态度要和蔼。父母要尊重孩子，就事论事，不要一副高高在上的样子，更不要挖苦孩子。引导教育时要耐心聆听孩子的意见，尽量不要体罚孩子。父母经常体罚孩子，孩子的心理会变得脆弱，没有安全感，性格就会变得扭曲。

第五，生活规律，重视锻炼。培养孩子养成有规律的生活习惯，才有利于孩子的学习和好习惯的养成。让时间变得有规律，孩子就能够更高效地去完成作业，养成节约时间的好习惯。学习之余，一定要创造条件锻炼孩子，让孩子自己做家务，提高其社会交往、生活自理、善于思考和解决问题等能力，这些锻炼都能为孩子将来适应社会打下坚实的基础。

第六，培养兴趣，发现潜力。每个孩子都会对某一领域产生特殊的兴趣。父母要善于发现，并努力培养，适时地表扬和鼓励孩子。当孩子做对事情时，或者说表现比较突出时，父母要及时给予表扬和鼓励。同时父母也要努力做好引导，努力发现其闪光点，多鼓励孩子发挥特长，增加兴趣。

第七，读万卷书，行万里路。孩子的成长路上，书是最好的营养品，父母应陪着孩子一起读书，增长知识和见识。父母还要带孩子行万里路，感受生活，开阔眼界，认识千姿百态的社会，这样孩子长大后更容易理解生活，热爱生活，珍惜生活。

有人说："你想让孩子成为什么样的人，你就要努力成为什么样的人。"父母在培养孩子成长的路上，会遇到各种问题，父母要善于学习，积累经验，及时解决问题。父母还要不断充实自己，才能当好孩子成长路上的镜子，才能让这面镜子熠熠生辉！

2020 年 2 月 26 日

阳光暖暖，幸福站在春天的路口

　　一场大雪，选择在春寒料峭的二月，降临到大江南北，也落在安康这座小城。雪花覆盖了整座城市，大街小巷没有积雪，但屋顶、树枝、草坪，一夜间都被染成了白色。

　　春天的回心转意，唤醒了冬藏的人们，又仿佛经历了一次特殊的冬眠。面对突如其来的大雪，无数的警察和清洁工不畏严寒，仍坚守在工作岗位上，风雨无阻是对他们最真实的描述。任雪花染白头发，冻伤脸颊，无畏无惧，将"大爱无处不在"展示得淋漓尽致。

　　很喜欢加缪说的那句话："我并不期待人生可以过得很顺利，但我希望碰到人生难关的时候，自己可以是它的对手。"面对这场春雪，这些最平凡的普通人都奋战在路上。

　　真的勇士，从来不顾未来，只管奋斗。是警察用铿锵的誓言诠释了果敢，是清洁工用忙碌的身影定格了人生，他们用美好的初心和淡淡的微笑迎接擦肩而过的每一个匆匆过客。

　　雪花落到哪里都是寒冬，阳光洒到哪里都是温暖。一个人，一个家庭，一个民族，一个国家，只要坚定信仰，抱团取暖，就会赶走严寒。不仅仅是警察和清洁工，所有中国人都要有共同的信仰，以此汇聚成世间最灼热的温暖，来温暖风雨中的每个人。

　　面对大自然的风霜雨雪，我们义无反顾；面对生活的阴晴雨雪，14亿中国人都是奋斗的主角。每个人都在不同的岗位上，用不同的方式默默与风雨对抗，只有战胜它们，才能迎来春暖花开。那时候，我们可以自信地对着天空呐喊，可以自由地去见想见的人，去做想做的事，去享受自由的幸福生活，去完成尚未完成的约定，去追寻夙愿。

　　这个世界真的如此美好，值得人们为它奋斗。珍惜过好每一天，就不会留下遗憾，因为谁也不知道明天会发生什么，明天的明天还会经历什么。生活从不会轻易偏爱某个人，也不会轻易亏待某个人，只要珍惜现在，珍惜未来，珍惜拥有，珍惜失去，就能深刻领悟生活的真谛。要像行动者那样爱思考，更要像思考者那样爱行动，因为一切美好都是行动的必然产物。

生活往往就是这样。我们只有战胜严寒，才能翘首企盼，等待和春花一起随风而舞，和布谷鸟一起歌唱。每个春天都可期待，阳光带来赤诚和温暖，希望在田野里发芽，缕缕芳香挟持着空气自由飞翔，到处都是春天最惬意的生活图景。

冬天已经过去，春天姗姗而来。阳光暖暖，幸福早已站在春天的十字路口。

2020 年 2 月 27 日

漫漫长路，其乐无穷

说到写作，贵在坚持，其路悠远。我更想借用爱国诗人屈原的经典语录来表达："路漫漫其修远兮，吾将上下而求索。"走在写作这条漫漫长路上的每个人，亦是如此。

每一个写作者起步时，熬夜、痴迷、偶尔的执拗、生活的不规律，是常态，所以常会遭到家人的反对。反对你不务正业，反对你熬夜苦读伤害身体，反对你痴迷读写而疏于陪伴和交流，因为你的心中已经播下了文字的种子，进退两难。面对这样的僵局，深爱写作的你要思考如何来改变，怎么赢得家人的认可，毕竟有人支持就会如虎添翼。

书是调解家庭氛围最好的润滑剂，随时可用。学会选择最佳时机，分享读书之乐。尝试与家人分享你读过的书，有乐共享。家人在生活中都会遇到不同的烦恼，成年人和小孩儿都会困惑，哀叹"我简直太难了"。是啊！哪个人都不容易。立即推荐余华的《活着》，读一读，比一比，看看到底谁最难。这一招很管用。当家人与书中的富贵感同身受时，他除了自己的生命和影子，什么都没有了。而你我，还有家人陪伴，有书读，有饭吃，有事做，着实要好好珍惜。

书是存储知识最好的富矿。海明威说："优于别人，并不高贵，真正的高贵应该是优于过去的自己。"读书可以改变自己，和家人一起读书，驱走愚昧和无知，受益于书本，让家人变得富有，变得豁达，变得有追求，变得博爱，变得高贵，变得知性，变得高雅，变得绅士，他就会理解你，或许还会和你一起同行。人最难的事儿，就是用自己的爱好和思想去影响别人。然而，我已经把这件难事儿实现了，家人早已开始和我一起读书和写作，共同提高，共同成长，这是不是世间最大的幸福？"业精于勤，荒于嬉；行成于思，毁于随"，韩愈的这句叮嘱已经挂在书房，成为家人心中最亮的明灯。

读书是精彩人生最好的垫脚石。家人共读，其乐融融。我们从孔子的"知之者不如好之者，好之者不如乐之者"中懂得了兴趣的重要性；从孔子的"学而不思则罔，思而不学则殆"中领会了读书方法的重要性；从孔子的"三人行，必有我师焉，择其善者而从之，其不善者而改之"中悟出了读书与做人的关系；从欧阳修的"立身以立学为先，立学以读书为本"中读懂了读书与人生的意义；从杜甫的"读书破万卷，下笔如有神"中悟出了读书与写作的默契。

"鸟欲高飞先振翅，人求上进先读书"，李苦禅告诉我们——读书改变命运，成就精彩人生。翻开书页，从《汉乐府·长歌行》的"少壮不努力，老大徒伤悲"中读懂了趁着青春年少去奋斗；从岳飞的"莫等闲，白了少年头，空悲切"中读懂了时间不待人；从苏轼的"发奋识遍天下字，立志读尽人间书"中知晓了活到老要学到老的真谛。

写作是读书的副产品。读书与写作就像形影不离的好朋友，读之愈多，思之愈深，就会情不自禁地拿起笔写一写。三十多年前我就开始写作，后来孩子也爱上了写作，先生也不甘落后，也跟着一起写作了。家人偶有文字发表，这真是激动人心的时刻。每个写作爱好者都是这样走上写作之路的。写作贵在坚持，家人的支持和同行，朋友的鼓励和帮助，都能助推你登上更高的台阶。

"读万卷书，行万里路。"对于一个写作者，不仅要爱读书，也要经常出去走走，呼吸新鲜的空气，积累更多的写作素材，"行万里路"是观察和感受生活的必经之路。司马迁从二十多岁就开始漫游全国，考察史迹，采访史料，终于写出了家喻户晓的巨著《史记》。我们一家人去过几十个城市，所到之处，必有文字记录，行走的感受，眼中的美景，心中的回味，都一股脑儿变成文字，跃然纸上。

写作路上耕耘人生，何尝不是最辛苦又最快乐的事儿啊！庄子说"吾生也有涯，而知也无涯"，写作就是在人生路上不断求知，采撷花粉，酿成花蜜的过程。我们一家人总是习惯把人生的感悟、读书的心得，纷纷记录下来，再一起分享，开展批评与自我批评，或许可以达到共同提高的目的。

加缪说："一切伟大的行动和思想，都有一个微不足道的开始。"我与家人就是这样走上写作之路的，我们一直微不足道地走在这条路上，每次把凌乱的思想梳理成有序的文字，反复修改，偶有发表，供人阅读，就特别欣慰。很喜欢《礼记》中的一句话"玉不琢，不成器"，人生亦是如此。人生有限，世界美好，值得我们去好好奋斗。

走在写作这条漫漫长路上，真的其乐无穷！

2020 年 2 月 28 日

低调行善是一种境界

闻一多先生说："有的人说了也不做，有的人做了也不说。"而中国女排郎平选择了后者，她不想为世人知晓，这是她为人处世低调的风格，我很喜欢。

在这个舆论媒体过于喧嚣浮躁的时代，选择低调行善更会被很多人理解和接受，毕竟中国女排在国人眼里是备受关注的团队，是新中国成立70周年站在花车上的"最靓的明星"，她是女中豪杰，也是中国的骄傲。

中国女排一直处在舆论的风口浪尖，郎导一直谨慎执教，全力以赴推进我国排球事业的发展。毕竟在她的心中，核心目标是打球、训练、比赛、昼夜奋战、奋斗不息。她创造了女排精神，创造女排竞技的神话。

树大招风，这是中国的古训，郎导谨记于心。低调行事，低调行善，用这样的方式贡献自己的一份力量！她是不想把善心变成人们关注的焦点，也不想成为被关注的焦点，低调多好，安静，不被打扰，把更多的时间和精力用于排球训练，迎战东京奥运会。其实，选择低调行善的人很多，她们都是默默做事，为社会做出贡献的英雄。

低调行善是一种境界。之所以低调，是因为她们觉得，不想占用舆论宣传的点击率来提高自己的知名度，不想分散媒体的注意力。奋战在工作第一线的院士、医务工作者、警察、社区工作人员、志愿者等，他们冒着生命危险，救治患者，解决居民生活所需，更值得媒体关注并做好宣传，应记录这些平凡的英雄，让他们被更多人知晓。

"天空没有留下一点儿痕迹，但是鸟儿已经飞过"，郎平虽然不说此事，但是她的爱心已经抵达，人们已经收到。中国女排留给中国必胜的信念——一切皆有可能。每一次机会都牢牢抓住，明知道不可能，却拼到感动自己，战到最后一秒，赢得奇迹。这就是女排精神，这就是中国最需要的精神支柱。

一方有难，八方支援。这是中国文化瑰宝，也是民族团结一致的见证。共同努力，战胜困难，我们都在行动，只是每个人的方式不一样，每个人的付出也不一样，我们都要认可和接受。每一份爱心都是温暖，堪惜！

　　珍惜收到的和拥有的温暖，因为每一份温暖背后都是抵挡灾难的屏障。这里面包含着怎样的真诚，怎样的坚韧，怎样的柔情，怎样的勇敢，怎样的努力，我们都无须揣测，我们唯一能做的就是记住这份温暖，并充分利用这份温暖从悲伤和疼痛之中走出来，并从中学会坚强，继续传递温暖。任何时候，爱都不该中断或停止。

　　低调行善是一种境界。世界从不缺少温暖，只是缺少低调和理解。低调不是清高，是隐形的本色。理解是同理心，公平公正地看待，不强求，不吹捧，不贬低。学会理解，学会感恩，不以捐赠物品的多少论英雄，不以贡献大小论英雄，这是衡量文明进步的标尺，也是民族气节的见证。郎导和中国女排的善心，让我们非常感动！

　　在这个社会主义大家庭里，人民的健康和生命永远摆在第一位，困难面前，爱从未缺席。你只需要做好自己，保持自己的微光，有一分光发一分热就好。所有人的爱就会聚成光亮，照亮困难，也照亮中国。这是温暖的幸福，也是国人的骄傲！愿爱传递，愿每个需要帮助的人都能得到温暖！

2020 年 2 月 29 日

世界有爱，无坚不摧

很喜欢尼采的这句话："人类的生命，不能以时间长短来衡量，心中充满爱时，刹那即是永恒。"

爱是会永恒的，这句话时刻激励着我，让我去爱家人，爱朋友，爱我认识的人或不认识的人，尤其爱那些需要帮助的人。爱出者爱返，你付出爱，就会幸福他人，快乐自己。

困难无处不在，爱也无处不在。我们常常被太多的大爱感动得泪流满面，汉江游泳队员一次次救起落水的孩子，出租车司机用车灯为夜行的人照亮回家的路，医生用极短的时间与死神争夺鲜活的生命……他们都是平凡的人，而他们用爱铺成长长的生命之河，汇聚成爱的河流，温暖了世界。

落日余晖里，偶有坐着轮椅在汉江边散步的老人，在夕阳的轻抚中，与晚霞接吻。看夕阳缕缕变幻，听晚风悠然翩翩，和河堤上的柳枝挥手，这样幸福而温馨的画面都定格成了爱。

因为有爱，困难不得不折腰。2003 年的非典，2008 年的汶川地震，那些爱的画面都依然如此清晰地铭刻在心上。此时此刻，"为什么我的眼里常含泪水，因为我对这土地爱得深沉"。是啊！无数平凡的英雄人物，像他一样，冒着生命危险，默默付出，默默帮助需要帮助的人。在困难面前，我们看到了中国人的觉悟，人人都是爱的天使，人人都倾力而为，再次诠释了中华民族团结一心的真谛。

爱不能改变生命的长度，却可以改变生命的宽度和厚度。因为有爱，瞬间也会成为永恒。一次次想起凉山的救火英雄们，他们真的很平凡，平凡到很多人都不知道他们的名字；他们却很伟大，舍生忘死，光荣地献出了自己宝贵的生命。但是他们的名字永远载入史册，载入人们心中，载入英雄的丰碑。"我年轻，让我冲上去。"他们是这样说的，也是这样做的。他们的精神和大爱铸就了精神的丰碑，让英雄精神永远熠熠生辉。

爱可以创造奇迹。14 亿中国人，一人一份力，就有 14 亿份。中国人从来不畏惧困难，众志成城进行曲是战胜困难的壮歌，让世界刮目相看。生活在有爱的国度，每个人都是幸福的，每个人都要珍惜，每个人都要学会去爱。如果说渴望爱、接受爱是每个人的本能，那么付出爱、给予爱也要成为每个人的自觉。

  世界有爱，无坚不摧。愿爱永远闪烁光芒，照亮世界每个角落！

2020 年 3 月 1 日

铭心刻骨的伤，时间也不能治愈

很喜欢王尔德说的一句话："我们都在阴沟里，但仍有人仰望星空。"

时间或许能淡化记忆，模糊感情，却无法抚平伤痛。真正能治愈你的，不是时间，而是释然。昨日之事不可留，今日之事不可待。与其沉浸在苦痛的囚牢里，不如打开窗，让阳光进来。

每个人心中都会有深刻的记忆，曾经遇见的困难或是遭遇的坎坷，铭心刻骨，时间再久，也不会忘记。

时间能抚平的只是粗浅的伤痛，而常常被误认为是治愈一切伤痛的良药。可事实真的是这样吗？被伤过或痛过的人才知道，伤痛是会留疤留痕的，当某个熟悉的场景、某件不经意的小事重新触碰我们内心掩盖的伤疤时，我们依然会难过。

铭心刻骨的事，虽然时过境迁，也不能治愈，因为时间能治愈的只是皮外伤。很多人都是看似很健康很快乐，可是内心的伤口仍在滴血。原来时间治不了心伤，人们也只能假装失忆，独自承受痛楚。

铭心刻骨的伤，时间不能治愈，但能够改变很多人和事。曾经喜欢的东西成了现在讨厌的东西，曾经失去的人会慢慢回到我们的生活中，曾经亲近的闺蜜也会渐渐疏远……这都是生活。曾经溢于言表的悲伤都渐渐遗忘了，笑容重新荡漾在脸上。人应该好好活着，好好说话，好好生活，因为人间值得。

铭心刻骨与选择失忆是一对矛盾体。时间一分一秒地过去，苦和痛经历一年又一年的淘洗，经历一次又一次风霜雨雪的侵蚀，漫长的时间足以让伤口结痂。不计较，不较真，活在当下，珍惜拥有，珍惜家人和朋友，忘记心痛，用喜欢做的事来充盈生活，丰富人生。

铭心刻骨的人，是抹不去的。虽然抹不去，也不愿打扰。即使彼此在一个城市，有联系方式，但也不愿联系，心里默默祝福就好。不打扰也是一种智慧，心里的伤时间都治愈不了，不触碰就是最好的智慧。不自欺欺人，习惯微笑着面对生活，每天醒来轻轻对自己说一声："今天的我依然很好。"

怅然若失是最好的选择。刻骨铭心的事，已经没有改变的余地，也没有改变的意义，就让它慢慢褪色。时间都治愈不了，还斤斤计较就是折磨自己。享受当下，把时间带来的风景独好，用文字记录，用手机拍摄，用心情荡涤，全新的生活真的很美。

刻骨铭心的事要忘记太难了。比如童年吃的苦，少年的冲动，成年受的伤，摔过的跤，曾经的贫穷，遗憾的错过，不小心的窥探，不经意的读懂，看破不能言说的酸楚……今天的你不管是否幸福，都不能忘记，但生活幸福就是最好的疗伤药。看庭前花开花落，春去秋来，所有过往，随它去。即使走在沙漠里，心中有绿洲，眼里有光亮，就不会痛苦，更不会迷惘。

真正的痛，时间也不能治愈。铭心刻骨的人和事，即使别人已经忘记，你选择性失忆也固然不是智慧，却胜似智慧。因为你别无选择，只能慢慢地模糊、淡化、释然、回归，过好当下每一天。

2020 年 3 月 2 日

中小学生如何践行雷锋精神

雷锋精神是中国精神世界一颗最亮的星。它凝聚成中华民族的精神之魂，铸就成社会主义核心价值观的关键词，浓缩成中华文化的精神瑰宝，需要一代代人传递下去。中小学生是祖国的未来，更应该传承和发扬这种精神。

习近平总书记指出，我们既要学习雷锋的精神，也要学习雷锋的做法，把崇高理想信念和道德品质追求转化为具体行动，体现在平凡的工作生活中，做出自己应有的贡献，把雷锋精神代代传承下去。

践行雷锋精神，就要坚定信念，做好力所能及的事，发挥好一滴水的作用，把"再苦也值得"铭记心间。困难面前，中小学生应遵守规则，自我约束，力所能及地做好事，尽我所能地做善事，都是雷锋精神的体现。不让父母分心，自我管理，让父母一心一意地工作。每个人都这样做，就能赢来真正的春天。

践行雷锋精神，就要心中有爱，努力为社会贡献一份爱心，化作一束最温暖的光，散发应有的光芒。一个人只有把自己的事业、集体的利益、社会的和谐和祖国的兴衰荣辱融合在一起，才能散发最亮的光芒。

五千年的文化浸润了中华民族的精神家园，雷锋精神犹如精神世界最亮的星，在黑暗的夜里散发光芒，燃烧着自己，点亮着生命的希望。中小学生是一个庞大的群体，在困难面前，在灾难面前，你们的爱从未缺席，你们用少年的担当和热情温暖着这个世界，传递正能量，散发爱的光芒。

雷锋精神永放光芒，少年践行任重道远。少年强则国强，少年富则国富，少年兴则国兴，时代的发展有你们的全力支持，有你们的灿烂微笑，有你们的勇于创新，有你们的博大胸怀，中国必将会越来越强大，越来越繁荣。

2020年3月3日

每份感情都靠付出来维系

好友云说，他们的感情出现了裂缝。

问及原因，是懒惰所致，暴力所致。

三口之家，本来弹奏着幸福和谐的旋律。但是这段时间，云的老公赋闲在家，经济危机，自然生活品质下降。

钱本来不是生活幸福的唯一条件，但在维系婚姻之间，它有着独特的价值。

云的老公平时在深圳打工，云在家照顾孩子。各司其职，寒暑假才能欢聚，相敬如宾，距离产生美，这是很多家庭幸福的理由。

而当下，云的老公在家，浑浑噩噩，睡觉、吃饭、玩儿手机，成了他的全部。孩子哭闹，家里没有粮草，经济的压力，情绪的烦躁，似乎都与他无关。

云精疲力尽了，因为她感觉好像一个人在扛着家的重担，一个人包揽了全部家务，一个人在抵御严寒。没有一份感情，能仅靠一方的付出来维系。

云终于愤怒了。某个阴雨霏霏的早晨，她蒙头装睡，听不见孩子反复叫嚣："妈妈，我饿了。"

云的老公用脚使劲儿踹她，她忍住疼痛，不发出声音。接着，有力的耳光打在她白皙的脸上，嘴角流出的血落到米白的枕头上，孩子哭得更厉害了。

云在床上躺了三天，她不吃不喝，老公吃了三天泡面，对她不闻不问。她突然觉得，自己这些年死心塌地地坚守，原来只是一厢情愿的悲怜。

都说感情是相互的，但并不是所有人都真的懂得付出。

云在痛过之后，终于看清了婚姻的真相。二十多岁的她，瞬间清醒了。大学毕业的她终于开始思考自己的人生，规划自己的未来。

家暴彻底撕裂了他们的婚姻，惊醒了她昨日的美梦。

拿着离婚证，拎着两个拉杆箱，她头也不回地走了。

昨天，她给我打来电话说，凭借本科毕业证和不错的口才，在面试中出色表现，找到一份不错的文秘工作。我看好她，默默祝福她未来一切都好。

生活中总是有些人，游历在生活之外，把卑鄙包裹得严严实实。当近距离相处时，原形毕露，习惯了粗鄙，习惯了自私，习惯了索取，习惯了享受，便忘记了感恩，忘记了付出，忘记了拥有，忘记了珍惜。

云和她老公是大学同学，郎才女貌，在校园里都曾是别人羡慕的对象。彼此拥有的七年时光，云一味地付出，一味地宽容，一味地理解，就酿成今天的悲剧。

很赞同一句话："感情最怕的是一腔真心，换来对方的毫不在乎。"云不就是最好的例证吗？

好久没有翻看云的朋友圈，发现她的个性签名早已修改为："有时候，你越是对一个人好，对方却越不当一回事，后来才慢慢领悟，并不是所有人，都值得你对他好。"

我算是读懂了云，理解了她。轻轻回复她一句话："是的，你的每一分辛苦付出，一定要留给值得的人，因为他才不会辜负。"

曾经被很多人羡慕的云，成为生活的受害者。

其实，伤她的不是生活，是那颗早已不在乎她的心。让她站起来的不是坚强，是痛过之后的觉醒和重生。

云开始了新的旅途，我知道云一定会把人生打磨得有光泽，很精彩，就像学生时代那样，时常被掌声和鲜花包围。

有人曾说过："但凡人心，只要付出了，不免要期待回报。"我非常理解，这是天经地义，也是礼尚往来。看着云站起来，我对云的未来充满期待。

在我们身边，时常会听到这样的悲剧，只是很多人甘愿隐忍伤和痛。尽管你一直都真心实意地付出，对方却把你的付出当成理所当然，任凭是谁都会有感到心寒的一天。

等到青春不再，你与他之间的感情已不再，你们之间的爱已经不再，仅靠一方的努力付出是很难维系一份干瘪的感情的。

我佩服云的果断，还有她的坚强和勇敢。正如一位主持人所说："人与人之间是有一个情感账户的。每次让对方开心，存款就多一些；每次让对方难过，存款就少一些。"

对于那个只想一味地从中提取的"自私鬼"，对于那个永不知珍惜而任性地挥霍你的存款的人，甚至一直得意地认为你的存款永远都挥霍不完的人，愈早离开愈好。当你的存款变成零的时候，你就失去了利用的价值，还是会一刀两断，分道扬镳，那时的你会比现在难受得多。

比起云，朋友英子就是不幸中的大幸了。五年前英子被查出患了乳腺癌，术后，身体渐好。2020年元旦，再次复查时，癌细胞转移到眼角膜，老公和两个儿子都在医院陪着她，鼓励她，安慰她。

"被幸福包围，此生足矣。"昨天看到她的微信更新的九个字，真替她高兴。战胜病魔，好好活着，让幸福无限延伸……这是我对英子的期许。

英子和云都是我的好友。她们的经历告诉我：真诚面对一切人和事，宽容以待，并珍惜愿意为你付出的那个人和那份情；这个世界上就少了突来的悲伤和眼泪，就少了理所应当的悲剧和破碎。

任何事都需要把握好分寸，每一份感情都要靠付出来维系。善待愿意为你付出的人，学会用付出来维系属于你的幸福。

2020 年 3 月 4 日

即使不能左右世界，也要努力照亮世界

有思想的人一般阅历丰富，知识丰富，善于表达，能够看清世界，活得很洒脱，很释然。

每一次经历都在为人生积累财富，思想也是在阅历中沉潜而来。每个人都是在经历中慢慢成长，走向成熟。

有思想的人一般心胸都比较开阔，每一次阅历都给他提供了思考的素材，在思考中变得活跃、和谐，生活就越来越幸福。

人生阅历丰富，思想才会慢慢沉淀，在时间的考量中，慢慢蜕变成一个思想活跃而懂得珍惜幸福的人。

一个人阅历丰富了，就会发出微妙而神奇的光，这就是所谓的思想。有思想的人，能用审美的眼光去欣赏世界，能带着感恩的心情好好地生活，能肆意畅想去美化生活。

一个真正有思想的人，他的内心世界非常强大，不会被身边的人所影响，不会在乎别人的看法和眼光。

一个有思想的人，就是一团火，可以温暖纯良，力量无边，拥抱世界。如何成为有思想的人呢？

有思想的人酷爱阅读。从书中汲取智慧。古人云："书中自有黄金屋，书中自有颜如玉。"阅读可以让你走近作者，与他进行思想交流，汲取书中精华。阅读让求知的人从中获知，让无知的人变得聪慧。阅读是人生最好的润滑剂，能够帮助读者蹚过岁月的河，能够荡涤浮躁的尘埃污秽，过滤出一股沁人心脾的灵秀之气，能够营造出一种超凡脱俗的娴静氛围，能够使人身心宁静，能够让人心胸开阔。

有思想的人总是乐于与人交往。人与人交流就会碰撞出思想的火花。每一个人都生活在复杂的人际关系中，犹如行走在纵横交错的网络中。善于交流，可以让思想开阔、传播、提升、丰富。一个有思想的人，不仅能够使自己的生活更加丰富多彩，也能给别人带来快乐。

思想开阔的人善于处理人际关系，他本身所散发出来的光就是社会运转的润滑剂，可以让社会生活有条不紊地进行，人与人之间变得开明、睿智、和谐、友好、积极、亲密，这也是交往的意义。思想不是独立存在的，人生的发展和事业的成功都与人际关系有着密切的关系。一个人思想开阔，就不会斤斤计较，就能很好地处理周围的人际关系，工作和生活就会变得满树花开。

有思想的人总是心怀热情，有思想的人总是带着正义和光明，与世界握手，与生活亲密，周围便是春眠不觉晓，处处闻啼鸟，春光明媚，清新脱俗，歌声动听悦耳，风景这边独好。

一个思想丰富的人，他的世界宽阔无边。他不计较别人对自己的误解，不在乎世俗的偏见，不辩解思想的正确与否。理解你的人，他会理解你的对与错，不理解你的人总是揪住你的缺点大做文章。一个有思想的人，他的内心就是一个完美的世界，郁闷时可以开窗通风，快乐时可以与人分享。

一个有思想的人一定是一个心胸开阔的人，一个有思想的人内心十分强大，一个有思想的人能与世人和解，一个有思想的人心里可以装下世界。

努力做一个有思想的人，即使不能左右世界，也可以照亮世界。

2020 年 3 月 5 日

活着，如花儿一般绚丽多姿

余华说："我们来到这个世界，是不得不来；我们最终会离开这个世界，是不得不离开。"

很喜欢这句话，因为余先生揭示了一个隐藏的真理：每个人都要珍惜活着的美好时光。珍惜活着的每一天，人生就有意义；浪费活着的每一天，人生就会失去意义。

所有生物都想活着，不仅想活着，还想繁衍，这是自然界的法则。人为了更好地活着，就有了职业分工，就需要发展农业、牧业、渔业、工业、服务业，发展科技，不断提高生活品质，满足日益增加的物质需求。

每个人的生命都只有一次，生命如此宝贵，就要珍惜，好好活着，为人类造福，活出生命应有的光彩和价值。

我们为什么活着？不同的人回答是不一样的。

农民伯伯为收获粮食而活着。他们辛苦地付出，可以为社会奉献很多粮食，当人们饥饿时就有食物吃，让人们的生活得到保障。

医务工作者为救治病人而活着。他们每一天辛苦地工作，让病人早日康复，他们是人类健康的天使！

教师为教书育人而活着。他们的工作促进人类文明进步，满足了人类社会发展需要，为人类摆脱愚昧而奉献着。

艺术家为创作出更多的艺术作品而活着。他们是精神的缔造者、艺术的主宰者、文明的传递者，他们用自己的艺术品记录着这个时代，推动了文明的进步。艺术家为人类提供了精神食粮，让人类在艺术世界里吸吮着营养，净化灵魂。

勤劳的清洁工，每天早起，打扫卫生，他们默默无闻地为人们提供清洁的环境。当我们迎着朝阳，走在干净的大街上，是否会想起他们——环保卫士。

各行各业的人们辛苦而幸福地活着，都是在为人类造福，为人类默默提供各种服务，默默为人类奉献自己的光和热。

人，活着即是完美，活着即有意义，存在即有价值。也有少数人"胸无大志，苟且偷安"，玩物丧志，毫无意义地"混日子"，他们或许不会明白人生的意义。

"没有什么比时间更具有说服力了，因为时间无须通知我们就可以改变一切。"活着不仅为改变自己的命运，而且要为家庭富裕而努力，为国家富强做贡献，这就是我们活着的真正意义！

每个人都要如花儿一般绚丽多姿，理所当然地绽放，活出精彩，香气扑鼻！

2020 年 3 月 6 日

教师为什么会遭受社会的指责

网络日益疯狂的当下，尊师重教的风气并非愈来愈浓。教师依然会陷入各种网络绑架或舆论是非的旋涡之中，造成这种局面的原因是什么呢？

一是个别教师违反职业道德，甚至违反法律法规。"教不严，师之惰"是公认的教师职业道德，但是当下因个别教师体罚学生或者变相体罚学生，违背职业道德，导致行业遭遇社会围攻，"一丑遮百美"就是这个道理。当然，人们习惯了用道德标准来评判教师的教学行为，也让教师陷入尴尬境地，这也是冲突的缘由。

二是个别教师文化素养和个人素质较低，很难满足教育的需求。当下，学生和家长对教师的要求越来越高，教师个人素养和文化素养较低就很难满足他们的要求。不爱学习，怎么提高知识素养？怎么改善教学方法？怎么与时俱进？怎么满足新时代学生及家长对教师的高要求？怎么赢得师道尊严？这样的教师很危险，家长找茬儿就是迟早的事儿，何况这样的事情防不胜防。

三是个别教师缺少博爱和职业敬畏精神，固然很难得到学生和家长的理解和尊重。教师本身就肩负培养国家栋梁之才的重任。大部分教师还是非常称职和敬业的，他们爱生如子，爱校如家，把所有精力都用在教育事业上，自然会赢得尊严，反之亦然。

四是教师要立德树人，真正做到教书育人，成为学生的引路人和好朋友。教师本身要有爱心，努力去爱每个学生，至少不排斥某个学生。学生的能力不同，成绩有差异，但他们求学时期的机会和权利是一样的。教师努力帮助每个学生提高自己，改变自己，这个过程很辛苦，但是很有效果。这样做才能赢得学生和家长的认可和尊重。

五是师德不配位，问题自来之。教育问题层出不穷，正是个别教师师德不配位。教师行为陷入各种是非之中，教育主管部门要分析原因，并逐步改进。公众指责个别教师不负责任，相关部门和学校要加强督促和管理。教育主管部门不仅要制定相关法律法规，也要保护好教师的权利和尊严，让尊师重教落地有声。

如何改变社会的指责呢？

首先，教师要秉承职业道德，用真诚和付出感动学生和家长，赢得社会的认可。在尊师重教的今天，我们常被身边的优秀教师感动着。比如，有的老师身体不适要做手术，常常会一直拖到学生考完试才去医院；有的老师不小心扭了脚，为了不耽搁学生上课而没有及时去医院治疗，仍拄着拐杖坚持上课；有的老师结对帮扶困难学生，给他们购买学习资料，辅导功课……学校应树立榜样，鼓励老师们向这些优秀教师学习。

其次，兴教之本在于教师，鼓励教师勤学上进，不断提高教学技能，向专家型教师靠近。无论工作再忙再累，都要挤出时间加强学习，不断积累，不断创新，不断探索，逐步形成新颖独特的教学风格。有趣的课堂充满吸引力，重视培养学生的自主学习和实践能力，才能激发学生的学习兴趣，才能征服学生和家长，才能取得理想的教学效果。

当下，家长水平参差不齐，学生存在个体差异，教师还要因材施教，教书育人。教师应牢记初心，不忘使命，持之以恒，一步一个脚印，敬业奉献。教育工作任重道远，日复一日，年复一年，教师在平凡的岗位上，爱生如子，与人为善，努力践行当初的承诺，才能赢得社会的尊敬。

教师如此平凡，责任如此重大。每个学生就像一朵栀子花，在教师爱的滋润下，经历寒冬的洗礼，才能开始孕育花苞，直到夏季才会绽放。每一次绽放，都要经历不懈的努力与奋斗，更需要家长的正确引导和教育。斤斤计较的父母很难培养出宽容大度的孩子，性格阴郁的老师很难教出活泼可爱的学生。

最好的教育是言传身教。平淡、持久、温馨、脱俗的外表下，蕴含的是美丽、坚韧、醇厚、高尚的生命本质，就像栀子花开般尽情绽放。希望国家早日制订出教师管理学生的相关法律，教师可以依法从教，教师可以早日从争议和无所适从的尴尬中解脱出来，这才是拯救教师的最好办法。

愿每个教师都致力于教育事业，用自己的行动阐释着不平凡的教育人生。

2020 年 3 月 7 日

生活的纵横交错

遇见，有时让人兴奋，有时让人郁闷，有时让人苦不堪言。

最大的幸福就是在最正确的时间遇见最好的人。最好的人首先是人品很好，他会带给你正义和友善，也会带给你热情和温暖，因为他自带光芒。其次是情商很高，他知你心里所想，懂你的喜怒哀乐。当你需要星星时，他会努力给你月亮，实在给不了你月亮，就送给你星星。这类人一定是你所爱的人。

有些人，当你遇见，就会很郁闷。这人看起来不坏，说明人品较好，不会干伤天害理的事儿，但总让你觉得不怎么舒服，让你找不到他的优点。其实，就是情商低。他给不了你浪漫和惊喜，也不懂温暖你的心。就像路边的石头，可有可无，没有温暖，也不会阻碍你行走。这类人是你无所谓爱也无所谓恨的人。

有些人，遇见了第一次，就永远不会有第二次。满嘴油腔滑调，背信弃义，你不想把他归为人品差都不行。人品差算是人间极品，就像可怕的病毒，你躲避得越远越好，以免病毒感染了你。遇见人品差的人，你随时都要用最好的防护服保护自己，否则病毒会侵入。这类人就是你不喜欢的人。

人生如棋，每一步都会影响你的未来，遇见的每个人都会影响到你的成长。身边的人，总是千奇百怪，不可能都是人品好情商高的那一类。遇见人品好的要学会善待他们，至少他们不会自带病毒，不会令人担忧。

如果没有遇见自己喜欢的那一类人，或许缘分未到，那就继续等待吧！有很多选择都非心甘情愿，有很多遇见都情非得已，有时也是满足他人之愿，有时也是环境所致，遇见了就凑合凑合吧！生活就是这样，不是每个人都会对你付出真心，不是所有爱情都奔向婚姻。即使是处境尴尬，也不要愤怒，默默地保持距离，至少不要有恨，一旦有恨你就没有快乐。

遇不到能给你初恋般幸福的人，也依然可以安静地漫步在静静的河边，也不用轻易自暴自弃，生活还有一种空隙就是为了等待。茫茫人海，总有一个人在等你，那或许恰好也是你等的那个最好的人。

掩卷沉思，偶尔憧憬，常常会无端地向往那个最好的人。思念荡漾时，总感觉自己的生命有一段是为了那个最令你感到幸福的人，总想切一段长长的时光送给他，这一段连着你与他的心海。

那些偶尔令你郁闷的人有时常和你连在一起。因为没有这些人，你的生命似乎也就黯然失色，苍白无力，好似没有着落。生活中不单有好朋友，还有一些不是朋友的人，也不得不与他们发生联系，甚至还有一些让你憎恨的人，也常常会想起，就像苍蝇，你能完全拒绝吗？

生活就是这般复杂而简单，生命常被这三类人瓜分而去。一些给你爱的人，一些给你恨的人，一些你无所谓爱或恨的人。你时常在漫长的岁月里想起他们，因此你觉得自己的生命简单而充实。

每个人心底，都有着不为人知的幽幽想念，带着红橙黄绿的色彩，夹杂着或爱或恨，或浓或淡，或长或短的情感。当你无端地想念一个人时，其实那个人早已藏在你极深极深的心底，若隐若现，欲罢还休。

时光流逝，所有的爱也就随风而去。所有的恨有时也会蒙上一层淡淡的光晕，在某个时候也会与你和解。还有那些无所谓爱或恨的人，在生命的时光隧道里闪过，想看时多看一眼，不想看时视而不见，终有一天，爱和恨都会化作一缕云烟，消失殆尽。

2020 年 3 月 8 日

心若向阳花自开

1

"妈妈,告诉你一个不坏的消息,我第一次线上月考班级排名进步了五名。"
"真是一个好消息。"
"但是年级排名退步了,差距还是很大哦。"
"孩子,尽力就好了。"
"压力还是蛮大的,不过我不怕。"

每次和女儿交流都这样轻松、简单、明了。看着女儿淡定的表情,我不禁又想起了她以前的体育老师对她的评价:"每天都像捡钱了一样开心。"

我深深知道,今年的线上学习,带给高中学子的压力是巨大的,就像空气,无所不在,无处不在。疏散压力,就是重中之重。辗转于网络,个别人选择了放弃,大部分人拼命去扛,而女儿已经学会了看淡,实在难得。

面对成绩不骄不躁,这对于读高中的学子来说,就是最好的学习状态。

2

去年听闺蜜说,她正读高三的儿子莫名其妙地不去学校了,她怎样劝说都无效,家庭硝烟四起。面对孩子的固执已见,她向我求助,我试着帮她分析事情可能发展的最坏结局和最好结局。如果强逼,可能会走极端,那太可怕;如果顺其自然,可能会越来越阳光,自己找到释放的突破口,或回心转意,重新回归学校。

闺蜜听后,豁然开朗,接受了我的说法,从阴影中走出来。尊重孩子的选择,联系学校保留学籍,给他一条退路,也是给自己一条出路。

后来,那个男孩在装修公司正常上班了,薪水不高,起早贪黑,他能承受。闺蜜说,就这样好了,生活终于回归平静,就接受这个现实吧。人生苦短,何必自己为难自己,学会释放压力,走出死胡同,就是生命的释放。

3

想起去年春天，学校举行了教学比赛，两位被大家都看好的语文组老师，都没有取得最好的成绩。一位意外出局，一位勉强继续进入下一轮比赛，这似乎让老师们很惊诧。

用心想想，实则并不意外。教学比赛就是实力和运气最好的较量。尤其是语文教学，抽到不同的课文类别，就限制了教学的方式，禁锢了教学技能的发挥和施展。遇上坏运气，不抱怨，接受好了；遇上好运气，不嘚瑟，珍惜好了。三尺讲台，注定就是平凡，默默坚守，抱怨也没有用。面对不同的结果，谁能说什么呢？

很喜欢一句经典：我们最多花两年的时间学会说话，却要花数十年的时间学会闭嘴。是啊，说是一种能力；不说，有时真是一种智慧。那位出局者并没有埋怨，每天一如既往，忙忙碌碌地工作着，每次见面还是如往常一样，脸颊上荡漾着真诚的笑容；另一位入围的老师仍是不懈努力，每天在不同的班级磨课，我备受触动，挤时间去听课，在心里一直默默为她点赞，为她祝福。

4

同学梅子，十年前离异，带着一个两岁的女儿艰难地生活。

一晃十年过去了，那个消失的人一直都没有再出现，而梅子靠着自己的努力，卖化妆品，开美容院，做保险，无比努力。她的生活越来越好，在小城已经有了房，女儿也已经上初中了，懂事，善良，能干，非常贴心。

她说，当初面对孩子的爸爸突然没了消息，整个人都崩溃了。真是祸不单行，正在此时，她的哥哥因病住院，查出癌症晚期，感觉天瞬间都塌了。但正是哥哥心态好，就像没病一样，住院两周后就申请出院了，做着往日的那些琐事儿，到现在都生活得好好的。

在她面前，再也没人敢与她比坚强。十年来，她依然保持着青春活力，依然高兴时开怀大笑，激动时一饮而尽。有同学好奇地问她，这一路走来，一定是遇见了生命的贵人，才走得如此快、如此好。

她淡定地说，有一种最大的动力叫生不如死，有一种最好的方式叫笑着面对，有一种最珍贵的体验叫奋斗不止。十年最大的收获就是终于明白，是否遇见贵人并不重要，重要的是自己一直都没有停止勇敢前行。哪有什么一步登天的本领？只有失去了，不抱怨，让自己不断强大，不断充实，让能力撑得起梦想，努力去争取想要的生活。

5

近朱者赤，近墨者黑。在什么样的环境里，就会受到怎样的熏陶。拥有怎样的心态，就会赢得怎样的生活。我常常与身边的同事和朋友说，简简单单，快快乐乐，过好每一天，这是我喜欢的生活方式。

很多时候，我们都喜欢万物复苏，春暖花开，心情愉悦，醉在绚丽多彩中。很多时候，我们都喜欢欣赏蜜蜂勤劳，远远地看着它，采花酿蜜，醉在奋斗的过程里。很多时候，我们都喜欢跟随蝴蝶的方向，默默跟着它一起走下去，醉在鲜花的芬芳里。

如果想要保持快乐，就一定要和正能量的人在一起，就要积极生活，乐观面对，排除烦恼。如果遇见负能量的人，就尝试去改变他，当你无法改变他时，就学会与他保持距离，与消极、悲观、颓废说拜拜，就是与灰色的情绪保持距离。

6

每个人都有自己想要的生活，成败与年龄无关，努力皆有可能。只要你足够阳光、足够上进、足够勤奋，总有一缕炽热的光芒会穿破层层叠叠的云层，在天空的一隅绽放出精彩，让人仰望。只要你决不放弃，不抱怨，就有机会遇见幸运之神。

朋友，不要把别人的成功归功于遇到贵人，把自己的一事无成归咎于时运不济。当你学会转身，透过成功的华丽外衣，就会发现每一个成功者都在你看不见的角落付出了太多不为人知的艰辛，流过太多难以述说的汗水。

朋友，请勇敢地迎接挑战，奋斗不息，活出自己最好的状态。不纠结过往，不惧怕将来；不沉浸悲伤，不畏惧迷茫。任何时候，脚踏实地走好人生每一步路，以诚待人，奋斗不息，努力不止，就有机会遇见人生最好的花期。

一年之计在于春，一生之计在于勤。这个世界，没有什么比自己的努力更有助于自我成长了，也没有什么荆棘可以阻挡我们乘风破浪。任何时候，都要像一粒种子般向上勃发，像一棵大树般坚韧不拔，像一只小鸟般翱翔飞远。因为成功的"捷径"只有一个：那就是脚踏大地，扎根泥土，把努力看作生命里最重要的事儿，百折不挠，势不可当，坚信——心若向阳花自开。

2020年3月9日

假如最爱的人欺骗了你

假如最爱的人欺骗了你，一定很悲伤。即使悲伤逆流成河，你也要勇敢面对，努力尝试去原谅。

最爱的人可能是恋人。被欺骗之后，首先思量，是一厢情愿还是两情相悦。若是彼此相爱，对方欺骗了你，就要了解欺骗的原因，尝试找到可以原谅的借口，再给一次机会，毕竟那是你最爱的人。

原谅他或她，就要帮助其改正错误，欺骗不能重演。否则，就只能把美好留给回忆，继而分道扬镳。

原谅他人，会带给彼此愉快，不原谅会使彼此悲伤。学会原谅，让不愉快的事儿早点过去，用快乐代替伤心。

不沉浸在欺骗的回忆里，是一种境界。欺骗这东西，若是有气味的话，那估计就是樟脑的熏香，臭而浓郁。原谅却是甜而不腻，多想想彼此之间的快乐，拥有爱，好好爱，就忘却了欺骗的忧愁。

你的一厢情愿，则是我担不起的重担，对方欺骗，只能好聚好散。情话只是偶然兑现的谎言，今日的欺骗，或是他日的出轨和背叛的苗头。可以预见，也可以遇见。

当爱情欺骗了你，一定很悲伤，一定要清醒，该原谅就原谅，不值得原谅就分手，早日走出黑色的阴影。

爱情最大的敌人就是自欺欺人。不腾空你温柔的双手，就无法拥抱真正爱你的人；不清空阴郁的回忆，就无法拥抱阳光和快乐；不抬脚奋力往前，原地踏步或犹豫不前，害人害己，只能囚禁在痛苦的坟墓里。

最爱的人还有父母和儿女，如果是他们欺骗了你，这爱是认真的，不爱做不到。原谅，除了原谅，还是原谅。父母曾经给予你的爱是认真的，今天儿女回报父母的爱也是认真的。现在的原谅就是认真的，说清楚理由，消除阴霾。

人最大的痛苦，就是习惯了接受好事，却无法接受坏事。但很多时候，好与坏都是结伴而行。就像人人都喜欢听到赞赏，却无法接受批评一样。

实际上，批评和赞赏都是客观存在的，有时候又未必都是真的，善意的批评和恶意的赞赏一个味道。真实的赞赏和正确的批评，都是前行的动力。分清真相，看清说话的人和说话人的目的更重要。而那些真实而有价值的批评才是真正应该接受的。

亲情是宿命，都要认认真真对待。欺骗了你，不是急不可耐地接纳，而是认认真真地谈判，交代真相，制定规矩，否则欺骗还会故伎重演。

无论是爱情或亲情，爱里面都掺杂着太多干扰因素，我们需要认真甄别和鉴定，才能决定是否接纳。即使原谅，也要约法三章，故伎重演就决裂。这不是威胁，犯错容易改错难。知错就改，接着去爱；知错不改，那就只能宣布收场。

帮助最爱的人改错，也是爱的最好表现和最高级形式，这样才有利于跟犯错的人握手言和。每一段感情都是人生旅途的风景，带给我们某些成长和阅历，好的坏的，美的丑的，喜的忧的，我们都需要承受，都需要面对。

回忆在一起时的快乐，让彼此幸福。恋人之间期待白头偕老，亲人之间渴望"你养我长大，我陪你变老"。曾经笃定的地老天荒，这是人生旅途的终极目标，要抵达，仍要接受彼此相爱的许许多多无法磨合的锋芒。原谅，包容，共担当。既然敢爱，就要彼此勇敢面对一切结果。开始，继续和结束；昨天，今天和明天。

如果最爱的人无法改变，态度坚决，欺骗了又怎样，趾高气扬，威风凛凛，那你头也不回，离开，无须原谅。即使原谅，余生也不会快乐，因为自以为是的人心中永远只有自己。

你走你的阳关道，我过我的独木桥。再也不见，余生各自为安，不必打扰，不必再见。宽容和饶恕很厚实，只有彼此在乎的人才可以用心穿越，才愿意珍惜，才乐意继续同行。

爱是最容易被欺骗的。因为爱自带魔力，繁华的假象和漂亮的欺骗，常常让人防不胜防。浅浅的喜欢，淡淡的好感，常常被我们误认为是最爱，错把初见之欢，当作百世不厌。时间是最好的考验，不求天长地久，海誓山盟，只愿彼此在乎，真诚相待。

人生海海，唯有真爱，百品不厌。生命那么短，余生那么长，都渴望跟喜欢的人一起走完。找到对的人，做最正确的选择，才会不枉此生。

但愿，最幸运的你我，从来不会被最爱的人欺骗。天佑你我！

2020年3月10日

学生最大的压力来自何处

教育是当今社会最需要关注的焦点。国家、学校、社会、家庭、教师、学生等多方面的原因,导致教育处于当前最重视、最无奈又最尴尬的境地。教育改革如火如荼,轰轰烈烈,而学生的成绩是一年不如一年,教师的焦虑也与日俱增,学校的升学压力越来越大,一届一届的学生都成了试验品。

改革创新的高科技时代,对人才的要求越来越高,老师和学生的压力越来越大。教育主管部门要求学校提高教育质量,学校要求教师提高升学率,教师只能将重担压给学生,于是学生就有了写不完的作业,熬不尽的黑夜。写作业熬到凌晨是家常便饭,一般从初中开始,学生的作业都要写到凌晨,不足为奇,而学生的身体健康就要做出牺牲了。

尤其是初中和高中,升学率是考察学校和老师的标尺。学生考试成绩的排名是班级老师职称评定的重要依据。老师要晋升职称,学校要增加名气,所有压力不得不甩给老师,老师又不得不给学生加码,导致学生每天的各种作业多得数不胜数,只能尽力完成。成绩好、智力强、自觉性高的学生,可能怨言少一点,完成作业的速度快一点,但对那些学习成绩相对滞后的学生,那可就是压力山大,难以接受,几欲崩溃。

前人强不及后人强,儿子英雄爹好汉。很多家庭背负着沉重的压力,对孩子的学习期望值过高。现在的社会,家长动不动比孩子在哪所学校读书,以考上好的大学为荣,这些压力都得学生背负。辅导班一个接一个,辅导资料一本接一本,孩子永远写不完。更别说好好休息,时刻都要加足马力,疲惫应战是学生最大的敌人。

如今全国高考统一命题,对于落后地区的学生无疑是雪上加霜。不一样的起点,不一样的家庭,不一样的地域,却要面对一样的高考卷,他们到底有多难啊,谁人理解?因此,当今想要进入名校读书的贫困孩子真是难上加难,沿海城市和发达地区居民,他们的孩子享受着优等教育,而偏远山区的学生接受着普通教育,教育资源、教师水平、教学设备都有着巨大差别，他们已经滞后于起跑线。

就业门槛越来越高，学生的压力越来越大。尤其是想要进入好行业，谋得好职位更难，对学生的各种硬性学历学位要求更高，家长们急于求成，总觉得自己的孩子应该是最优秀的那一个，总希望自己的孩子在升学和就业中成为最出色的那一个。培养特长，参加各种补习和培训，学生肩负重任，疲于奔命，超负荷地应对，也只能忍着不言，甘愿写作业到凌晨，因为这一切都是"为你好啊"。

想要改变这种局面，实在很难。教育部门要改变考核学校的措施，学校要改变对老师的考核措施，但是还有什么更好的措施呢？就像高考制度，大家都发现不太合理，不太公平，但是又找不到更合理的方式，毕竟高考还是相对公平、公正、公开、透明的制度。

所以，学生学习和升学的压力真大。正处在中学时期的孩子已经很有思想，过犹不及，重压无效。作为父母，首先要为孩子营造和谐的家庭氛围，孩子才能心情愉悦，心里踏实才能提高学习效果。然而很多家庭给不了孩子舒适的学习环境，孩子很难安心学习。有的父母甚至两天一小吵，三天一大吵，孩子走在回家的路上，就开始担心爸妈会不会吵架或打架。这对孩子的学习十分不利，这样的环境会直接影响孩子的成绩。我们家自从孩子上初一以来就约定：除了逢年过节家人大聚会之外，孩子高考之前不邀请朋友在家聚餐。给孩子一个独立的学习空间，有个大一点的书桌，有一张舒适的床，保证睡眠质量。

老师和父母要帮助孩子释放压力。尤其是家长，要时刻关注孩子的心理健康和情绪变化，及时缓解孩子的学习压力，疏导淤积在孩子心中的情绪，抓住机会跟孩子多沟通，这是优秀的父母每天必做的功课。孩子的心情写在脸上，接送时就和孩子聊一些学校的开心事，化解孩子心中的烦恼和困惑。同时，也要学会正面鼓励，谁谁今年吃饭好个子长得快，谁谁今年学习态度转变了，谁谁字写得越来越好了，谁谁参加什么比赛获奖了，等等。正能量的消息都能给孩子一份激励，当然不要刻意，否则会让孩子厌烦。父母也要经常陪孩子一起吃吃喝喝，做他最爱吃的饭菜，还要注意均衡营养。

我还想给家长一点儿建议，不要"唯分数论"。孩子在成长的路上，培养好习惯、好品德、好身体，也很重要。孩子的健康成长，事关家庭的未来和幸福。帮助孩子卸掉过重的压力，把"压力"变成"鼓励"，或许又是另一番景象。

愿每个孩子都有一个精彩人生！

2020 年 3 月 11 日

枪响之后没有赢家

有人说：我们生活在一个矛盾的世界。因为矛盾总是在有人的地方四处弥漫，怎样应对才是赢家呢？

对于被病魔或灾害不幸夺走生命的人来说，活着就是赢家。我们每个人都应该好好珍惜，好好活着。好好活着，就不要影响他人，更不要伤害他人。因为"枪响之后没有赢家"，伤害本来就是一对矛盾体。

这句话诞生在"中央广播电视总台2019央视主持人大赛"新闻类总决赛的舞台上。比赛中，选手王嘉宁抽中了一张图：一个持枪猎人与凶猛的野熊在平衡木上对峙，他们的身下是万丈悬崖，情势凶险。

选手演讲结束后，董卿在点评选手时说："伤害与被伤害，有时候也是对立统一的关系，伤害他人，有时候也意味着在毁灭自己。如果我们失去了平衡，那对不起，枪响之后没有赢家。"节目结束后，"枪响之后没有赢家"上了热搜。

一场狩猎者与被狩猎者间的博弈，最终的结果只会是两败俱伤的惨烈。网友们更多地在思考，隐藏在这句话背后的深度与高度。

当下，日益富裕的生活环境，日益幸福的生活状态，让人们聚焦的目光开始转移，从对物质生活的追求到对精神生活的渴望日益强烈。人们尤其关注社会焦点事件，对立的局面好像势头汹涌，难分胜负。其实，大可不必，因为"枪响之后没有赢家"。

当下，正义从未缺席的背景下，恶语中伤只会让个人的威望下降，没有多大意义的纷争本是可以忽略不计。在这个言论自由的时代，每个人都有说话的自由，但要实事求是，不能臆造，更不能恶意中伤。

群众的眼睛是雪亮的。不会因为某个人偏激的言论而随波逐流，更不会因为某个人的批评而南辕北辙，最可悲的就是落井下石。

很喜欢一句话："人性的悲哀，就是做着最坏的事，却说着最善良的话。"这句话适合每个人，言论自由，但要站在正义和事实的天平上，维持社会平衡。

发声者一旦偏向某个极端主义，或以偏激固执的情绪，强加于他人，就会把卑鄙导演成一场戏，那些"演员"即使涂抹各种颜色变着花样上场，但其世俗和伪善都清晰地留给每个观众。只是观众习惯沉默，沉默并不是赞成，更不代表掌声。

"枪响之后没有赢家"，这是一种沉默的警醒，也是一种含蓄的忠告。请你放下举起的枪，对手也会退一步，观众便是"事不关己高高挂起"。或许有些人喜欢装扮成无辜的小绵羊，说自己真的善良和无辜，善良的人是不会举起枪的，充其量只是自说自话而已。

善良无法伪装，善良自带光芒。教书育人楷模张桂梅，数十年如一日，执着地创办了全国第一家免费女子高中，励精图治，勤俭节约，用实际行动诠释了善良的内涵。面对丈夫的离世，她选择到云南贫困山区从教，出钱出力，既当老师又当母亲，免费给学生补课，忍着身体的剧痛站在三尺讲台上，只为能够帮助孩子们提高成绩。她不是英雄，但是人们不会忘记她的善良。

现实生活中，善良和道义本身应该是修养自己心性的根本，有时也成了某些居心叵测之人刻意标榜自己的工具。

高尚是高尚者的墓志铭，卑鄙是卑鄙者的通行证。"我真的对你很好"，这句话时常都可以听到；"我是为你考虑"，这句话你一定不会陌生；"我们关系很好，处处为你着想"，这句话是否令你我的耳朵已产生了天然的屏蔽功能？总有人利用我们的善良，标榜着他的虚伪和企图，看破不说破，是否也会让某些人变本加厉？

真情面前见人性，道义深处有真诚。在中国的大地上，我们看到了各行各业的工作者，如张桂梅那样的英雄比比皆是，他们大公无私地奉献着，不论生死，不计报酬，第一时间奔赴在祖国最需要的地方，着实让人敬佩。

灾难最大的教训就是让我们更加珍惜幸福的自由生活，善良最大的福利就是让我们生活的环境和状态越来越好。活着不易，好好生活，心存善良，践行善良，就会减少卑鄙隐藏的灰色，就会增加我们的幸福指数，甚至将幸福指数几何倍数般放大。

著名的心理学著作《乌合之众》曾经列举过群体的种种弊端，群体会消灭个人的思考能力，从而使得群体的智商低于个人；群体会摧毁一个人的心理防御，让人们变得疯狂而暴力；群体极容易受到暗示，只会跟着狂热的情绪行事。任何时候，弘扬真善美才是正确之道。

走进新时代，弘扬正能量，树立精神世界的标杆，是每个人的职责所在。学英雄，树楷模，践行真善美，已蔚然成风。

一个时代的文明趋向，可以促进社会的发展。干净的言论，清新的空气，宽容的魅力，和谐的风景，真诚的关心，善良的心灵，都是文明孕育的最美风景，既是助人们走出困境的原动力，也是人们战胜困难的助力器。

"枪响之后没有赢家"，枪响之后都会受伤。愿每个人都能心存善良，真诚待人，推动时代文明的发展，铭记"开枪"的教训。

2020 年 3 月 12 日

你当像鸟儿飞往你的山

很多人都崇拜俞敏洪，羡慕他的精彩人生。其实我也是他的忠实粉丝，明明知道，不可能像他那样精彩，但我也从未自暴自弃，始终不渝地尝试去飞。尤其是陷入困境时，有人望而生畏，有人就会弯道超车。

前行途中，时常听到一句鼓励的话："即使在每一瞬间，人们都必须飞起来，就像鹰隼，就像苍蝇，就像平常的日子。"是啊，正是这句话，无时无刻不激励着我，读书和学习，不断提高自己，丰富自己的羽毛，从农村到城市，从饥饿寒冷到衣食无忧，努力像鸟儿般勇敢飞往我的山！

首先，从"即使每一瞬间"读懂了珍惜。因为每一瞬间都是生命诚可贵的一瞬间，人生旅途最重要的一瞬间，必须珍惜活着的一瞬间，足显时间的珍贵。生命之所以真实，是因为由这些无数个瞬间编织而成。

其次，要抓住"人们都必须飞起来"的内涵，飞起来才是硬核动作。习总书记说"青春是用来奋斗的"，讲的也是这个道理。虽然现实生活中很多人都有碌碌无为的借口，但是很多人都没有沉沦，而是选择"飞起来"。在书本里飞，在追梦的路上飞，在践行善良的旅途上飞，在静心陪伴家人中飞……诸如此类都是值得推荐的动作。

每个人都有无限飞翔的潜力，就像鹰隼，可以搏击长空。在任何时候、任何时代，都要努力开发自己的潜力，都要勇敢地去飞。搏击长空，才知道速度之快、能力之强。养尊处优只会消耗潜力，让自己失去飞的动力和勇气。

雄鹰展翅，一飞万里，饱含多么深刻的领悟！雏鹰曾经也是弱小王子，在平凡日子里，一点点地练习，一点点地尝试，力气愈来愈大，韧劲愈来愈强，飞的距离愈来愈远。

人类也是这样，从学着走路到快跑，都是一段磨砺的过程。从父母牵着手走，到放手走两三步，再到学会独立走几十步，到后来终于可以独立地直立行走了，最后学会跑步，长大后飞速奔跑。

人生何尝不是这样呢？求学的岁月，奋力拼搏，废寝忘食，总想成绩在每一次考试中进步。从差到良好，从良好到优秀，从优秀到金字塔尖，都是奋斗不止换来的。

俞敏洪的人生非常精彩，新东方创始人兼总裁，他的成功也源于努力去飞。他的高考有三次，第一次、第二次都没考上，第三次就挤进北大。之所以能进北大，是因为他认为学习是他当时唯一可以用来改变贫穷的方式。

他为什么会有"鹰隼"的动力呢？因为他特别难忘一个细节。他的母亲为高考两次落榜的他找补习学校时，那一天，倾盆大雨淋湿了母亲的全身，衣服上还有很多泥巴。泥巴？当然是母亲摔跤沾上的泥巴。母亲不惜一切地为他努力做这些事，他不努力就是对母亲付出的亵渎！

当我听俞敏洪的演讲，他一次次讲到这个细节时，我的眼泪总是忍不住掉下来。我时常叩问自己，我的母亲也曾经这样为我付出，但是我却当作理所当然，认为那是她应该兑现的母爱。错过了求学时代的"努力到感动自己"，所以只能用工作中的竭尽全力来弥补。

诚然，每个人的努力有大小，不能像鹰隼，就像蝴蝶一样勤劳，不断地飞翔在不同的花海，不停地飞，总能找到适合自己的落脚点。或者像鸟儿一样执着，执着地飞往自己的山。

前几天看到一个小学同学的消息，在外漂泊不定，耗掉了青春，尝试做过搬运工、建筑工、餐饮、美发等，都没有做成。年过而立，还是单身，父母担忧，就让儿子回老家搞养殖和种植。这一次，他真的飞起来了。通过父母的帮助和自己的努力，他现在有了爱人和孩子，年收入也不菲，一家三代其乐融融。

当我读到塔拉·韦斯特弗小说《你当像鸟飞往你的山》，我在书中找到了类似的一句话："你当像鸟飞往你的山，找寻自由，找寻你的价值。"这本书教给我们最好的道理：命运掌握在自己手里，努力像鸟儿飞往自己的山。

这辈子活得是好是坏，决定权在我们自己，众生皆苦，唯有自渡。主人公塔拉出生在一个贫穷的家庭，有五个哥哥和一个姐姐，但是她并没有受到他们的优待，遭遇了生活的威胁和悲苦。她的童年几乎是在垃圾堆里度过的，她后来成长为世界顶级大学剑桥的研究生，实现了她人生的飞跃，奇迹的创造者正是她自己。

早早清醒，放下该放下的，勇敢去飞。无论环境怎样阻挡你的人生，都应该飞起来把它踩在脚下，深埋在五十英尺的地下，在泥土中腐烂。就像鹰隼，在欲望高处，迎接世界的光明。

我们每个人都很平凡，注定要不停地飞，才能飞高飞远。即使在每一瞬间，不管在顺境或逆境，不管在青年还是中年，都必须飞起来，就像鹰隼，就像蝴蝶，珍惜平常的日子，你我也要默默飞翔。

非常喜欢这句话，因为这句话很适合我，也适合你，适合每个人。只有不断地飞，才能找到最适合自己的方向，才能找到最适合自己的领域，才能找到最适合自己的平台，才能飞得自如。

只有像鸟儿一样不停地飞，日子才过得充实，才能无愧于自己有限的生命。当我们老了，头发白了，走不动了，也能问心无愧地说"此生无悔"。再回忆的时候，所有真实的过往就像电影一样，原来自己走过的路也如此努力，如此可爱，如此美好！

"即使在每一瞬间，人们都必须飞起来，就像鹰隼，就像蝴蝶，就像平常的日子。"这是我很喜欢的一句话，也是此时最能反映我心情的一句话，一直鞭策我前行。

每一个起风的日子，都要记得抬眼望远方，远方便是你我的故乡。心灵拂去浮尘，就干净了；人生每一个瞬间都需要过滤掉消极情绪，这样才有勇气飞翔。记住：越努力越幸运！

你当像鸟儿飞往你的山，飞过人生的海，飞向世界的海！

你准备好了吗？

2020 年 3 月 13 日

线上教学，班主任津贴该发

近日，网上对线上教学期间班主任津贴该不该发放展开了讨论，支持和反对都有，似乎有点难分胜负。到底该不该发放，我想说说自己的看法。

这个假期，各类学校先后开展线上教学，老师们对网络办公还是苦水较多，尤其是班主任老师，最是辛苦，责任重大。停课不停学对于教育战线的工作者来说是一种挑战，班主任是最辛苦的人，比学校正常教学期间辛苦多了。从付出与收获的性价比来说，我个人觉得班主任津贴应该有，学校不能收缩班主任津贴。

班主任是学生安全的保护伞。每天早上七点开始线上晨读，逐个统计学生学习情况，拉开了一天的学习序幕。尤其是留守儿童或家里手机紧缺的孩子，几乎不能按时完成安全打卡，班主任要分别打电话，逐个询问落实，知晓具体情况。比起在学校，他到教室扫一眼就 OK 了，现在就麻烦一些。

班主任要当好安全讲解员，随时开展安全知识教育，尤其还要重视有特殊情况的孩子，叮嘱做好安全防护。诸此等等，班主任既扮演着老师的角色，还扮演着家长的角色。

班主任要当好协调员。就像润滑剂一样，协助各科教师开展网络教学，督促学生按时学习，按时完成作业，认真提交作业，处理科任老师、学生和家长之间的琐事和需求。

班主任要当好心理辅导教师。这个假期，每个班主任都要自觉承担学生心理疏导工作，调解烦躁情绪，激发学习欲望，化解学习期间的各种困惑，疏导学生和家长之间的矛盾。班主任责任重大，付出很多，应该得到应有报酬。

班主任要当好班会课的组织者。每周的主题班会都是精心设计，符合学生要求，并有针对性地解决问题。这期间，班主任要设计活动方案，组织教学，总结工作，缓解学生心理负担，让学生对未来的日子充满希望。

班主任还是教学工作的主角。尤其是中小学，一般班主任都是由语、数、英等授课老师兼任。他们既要组织好正常的教学工作，完成教学任务，还要承担班主任工作，并且要做到两不误，当然要付出比非班主任老师更多的精力。

所以，按照付出与收获对等原则，班主任应该在这个特殊而漫长的假期享受班主任津贴。这是对班主任工作的肯定，也是对学校管理工作的促进。有付出就有收获，班主任应该得到报酬，得到应有的尊重。

工作仍在继续，班主任老师依然在忙碌中。师者，传道授业解惑也。班主任老师任劳任怨，把教师职责落到实处，我想对他们说一声："你们辛苦了！"

2020年3月14日

孩子，要用光明和正义审视世界

偶尔游走在网络世界，一位高中生写的信让我感慨万千。

单就这封信的文采，让我很佩服。从文字里，我可以肯定地说：文学早已在你心中扎下了根，正在发芽，茂盛，期待开花。然而读完这封信，我还是忍不住唠叨几句。孩子，人生海海，首先要学会去爱，还要学会用光明和正义去审视这个世界。

亲爱的孩子，吸引我读完你这封信的原因，是因为你和我的孩子同龄，而且都在读高中。不同的是你是理科生，她是文科生。

爱好文学的人，首先要学会做人，做一个正直和善良的人，因为人品如文品。眼里有光明，笔下有文明；眼里有正义，笔下有正气；眼里有怜悯，笔下有良知。作为新时代的青少年，有活力，有知识，有思想，有见地，还要有一颗正义、纯洁且善良的心。

书信中你说到你不懂什么是文学。这是你的谦虚，但是这谦虚的背后带有刺。作为一个高中生，你必然懂什么是文学，因为小学生语文书里，早已讲述过什么是文学，鼓励小学生要读文学作品。同时，俄罗斯作家索尔仁尼琴这样定义文学："文学，如果不能成为当代社会的呼吸，不敢传达那个社会的痛苦与恐惧，不能对威胁着道德和社会的危险及时发出警告，这样的文学是不配称为文学的。"当下文学繁华璀璨，文学作品也琳琅满目，但文学的意义从来没有改变。

作为高中生，你应该正在为高考昼夜不息地奋斗着，每天的网课和作业基本占去了全部时间，你辛苦之余还非常关注社会，说明你学有余力，很有责任感，也很有毅力。孩子，你是祖国的未来，但你的文字里缺少光明和正义，这不利于你成长。

从你的书信中，我读懂了你的家庭教育模式，主要是"妈妈说"，这对你的成长不利。读者对文字的解读，首先要带着正义和光芒，不能带着个人情感的偏见。之所以有不一样的阅读感受，就因为每个人的成长环境、生活阅历、家庭教育等因素产生了影响。

父母是孩子的第一任老师，也是孩子最好的老师。有人说："你想让孩子成为什么样的人，你就努力成为什么样的人。"她的成功得益于她的父母言传身教，你的成长也得益于你的父母。

同理，你父母的文化程度和"三观"、家庭氛围和教育方式都会影响到你的认知水平，也会影响到你的思想和未来。我并不了解你的家庭教育情况，只是从你的书信中读到了其中的弊端和裂缝。特此举例说明。

孩子，学会称呼别人很重要，这是你与人交流的通行证。比如和你母亲年龄相仿叫"叔叔或阿姨"，和你祖母年龄相仿叫"爷爷或奶奶"，和你年龄相仿叫"兄弟或姐妹"。这封信的称谓不当，我想给你指出来。

孩子，学会辨别和吸收很重要，这是你增长知识和智慧的途径。比如信中说"我没去过现场，是真是假，全当是真"，这个态度不对，也不应该是高中生的态度，老师从没有这样教过学生。读别人的文字，既不能全当是真，也不能全当是假，自己可以辨别真伪。你不能别人怎么说就怎样好了，更不能偏执或极端，这很危险，会误入歧途。

孩子，学会尊重别人很重要，这是做人的基本道德。比如书信中的多处"质问语气"，这很不合适，青少年更要谨记。不知道这是否是你家人的语言习惯？如果是，请慢慢改过来，因为父母从小到大就教育我们要平易近人。常用质问语气，很生硬，没有人喜欢听，也影响社会和谐。

法国作家纪德说过："对于一个心地善良的人来说，付出代价必须得到报酬这种想法本身就是一种侮辱。善良不是装饰品，而是美好心灵的表现形式。"孩子，你的文字让我记住了网络时代的繁华和伤痛，但更多的是看到了你认知的偏执和极端，也看到了你文字里缺失的正义和美好。请你用正直而透明的眼睛，用正义而善良的心灵，去审视世界，这样才能看见真相和本质，否则眼睛就会被灰尘和病毒蒙蔽。

孩子，网络世界，固然轻松自在，但不要忘了人的初心和信念。你是祖国的未来，坚定信念，不要被阴暗迷惑，不要被病毒淹没。擦亮眼睛，才能看见光明。

2020年3月15日

读书，可以使人找到心中那片海

为什么那么多人都喜欢读书？因为读书真的很有用。

兴趣是最好的老师。你对哪个领域的知识感兴趣，就选择这个领域的书开始读，获取你想要的知识，就有成就感，就会喜欢读这个系列的书。读书兴趣逐渐变浓，阅读领域慢慢扩大，读书欲望就更强烈了。读书越多，对人生的理解就越深刻。

人类是为了自己的希望才活着，读书也是为了让自己更好地活着。所以不要过于放纵自己，一定要读书。可以暂时不读那些不喜欢的书，读了也没有太多收获，反而消减兴趣，浪费时间。

读书是战胜人生困难的最好方式。十多年前，一次意外的车祸，我住进医院，彻夜无眠。白天，我在一片恐惧和嘈杂之中度过；黑夜，我在疼痛和恐惧面前煎熬。无奈，只有读书，才可以舒缓压力，可以调适心情，读书让我坚强地走过孤独而阴郁的低谷。

读书是人生走向精彩的最好捷径。还记得第五季《中国诗词大会》的冠军彭敏吗？他大学毕业，在北京一个月收入两千块，几乎难以维持生活。他用读书改变自己，从读书到写书，从读书到参加文化节目，从读书到诗刊编辑部副主任，读书彻底改变了他的人生轨迹。

读书是积累人生财富的最好平台。《朗读者》栏目制作人和主持人董卿就是这样走进百姓心中，刻进新时代的历史书页里，创造了人生的奇迹——点燃大众读书热情，让中国文化活起来，火起来。很喜欢她说的那句话：你所有读过的书，总会在某个恰当的时候，在你的人生里闪烁光芒。

读书是赢得尊严的最好途径。还记得快递哥雷海为吗？他每天骑车送快递，风里来雨里去，为了生活，所以坚持。他在背诵诗词中，仿佛发现了人生的另一个出路。电梯口背诗词，客户门口背诗词，每一个等待的零碎时间都用来背诗词。

诗词大赛的冠军来之不易，无数个日夜坚守，无数次反复吟诵，他终于把生活过成了诗歌的模样。换了新工作，有了新规划，人生有了成就感，这就是快乐之源。

读书最好的时间是在清晨。一缕微风轻拂过，蒙蒙雾气中，太阳缓缓升到天空中，给人以希望和活力。坐在有阳光的地方，太阳的光芒照得暖洋洋的，幸福感倍增，读书的感觉爽歪歪。

书籍也是自带光芒的，看似一动不动，也会显得耀眼。文字从心中拂过，在心中跳跃，知识和兴趣激发的欲望和灵感，都会带来满满的幸福感。

读书可以使人忘记灰色的情绪。即使刚从一场噩梦中醒来，在书页里抬起眼睛，看见头顶上蓝色的天空和一轮耀眼的太阳，憧憬就会油然而生。

培根说："知识就是力量。"高尔基说："书籍是人类进步的阶梯。"读书可以改变一个人的命运，给你想要的生活，能够让你聪明起来，成为有独立思想的人。坚持读书，让读书成为一种习惯，读出别样的人生，在茫茫世界留下你的精彩痕迹。

读书，可以帮你从无边无际的天涯，找到心中的那片海。遥远的距离，你可以荡着小舟，亦可以划着快艇，一直朝向着未来的那片海驶去。

2020 年 3 月 16 日

"伤医"，人性的扭曲

《人民日报》3月19日报道：鄂尔多斯市中心医院的汤医生，在为患者王某某做透析准备时，患者王某某趁汤医生不备持刀将其刺伤。目前，犯罪嫌疑人王某某已被警方提请检察机关批捕。

又是一起让人悲愤难抑的伤医事件，一定要严惩不贷！广大医务工作者舍己为人、忘我工作，不论生死，不计报酬，冲在救治患者第一线，他们承受着多大的风险。

那一摞摞请战书，他们剪去的长发，他们昼夜不息，他们的全力以赴，都铭刻在我们心里。全社会对医生的感恩感谢之情，创下历史新高。值此感恩之际，居然有人把屠刀挥向救命恩人，令人难以接受，更让人痛彻心扉，人性的扭曲何时休？

医生是救命的天使，是人类的恩人，是疾病的天敌，怎么能成为患者撒野的牺牲品？任何原因，都不能成为暴力伤医的理由，等待犯罪嫌疑人的必将是法律的严惩。

这个消息引起了人们的公愤。冲动是魔鬼，它给人们的心理带来了一种"断裂"，给公众造成了巨大的心理冲击，上升到伦理道德的"冲突"。

致敬英雄，你可以挂在嘴上，也可以落实到行动上，但不能恩将仇报。广大医务工作者是"最美天使"，是人民健康的"最大功臣"。伤医事件卷土重来，这些最美天使怎么接受这世间最大的悲剧？

卑鄙暴力伤医者，他们良心巨黑，挑战的是法律，触痛的是人性，抹黑的是全社会共同坚守的正义良知和道德底线，法理不容。

战争重演，带给人类更多的是反思。道德沦丧是人类极端的耻辱。

保护医务工作者，人人有责。记住他们，是他们面对重大传染病威胁时无所畏惧，是他们在抗击重大自然灾害时义无反顾，是他们临危不惧勇往直前，是他们舍己救人至死不息。

他们舍生取义，默默为人民服务，为国家做出贡献。我们应该尊重他们，褒奖他们，礼赞他们，感恩他们。善待恩人就是善待我们自己。

和平盛世，医生救死扶伤。灾难面前，医生不惜一切。医者仁心，也需要珍惜和爱护。他们精益求精，一个脑外科医生需要将自己的手术刀精确到毫米，甚至更小的单位，每次手术如履薄冰。手术成功是职业标准，一点差错就是冰冷的尖刀。医患纠纷，让医生陷入高风险、高压力的囧局。

文明在进步，医术在发展，构建和谐医患关系刻不容缓。这需要医患共同构建和维系，恶化医患关系伤害的是患者自己。医生也是人，理解万岁。构建和谐医患关系，人人有责。

我们可以什么都有，千万别有病；我们可以一无所有，千万别没良心。医生是每个人的救命恩人，尊重，理解，保护，感恩，这是你我基本的责任，也是守护好健康的源头。

"伤医"，是人性的扭曲。揭开卑鄙者的面纱，揭开他虚伪的面具，严惩不贷，让他受到应有的惩罚。

2020 年 3 月 17 日

我安静地站在您身边

在我的记忆里,有两所学校于我是魂牵梦绕的,一所是安康市第一小学,另一所是安康师范学校。前者是我教书的地方,后者是培养我教书技能的学校。

开学延迟,学校常常成为我的日夜所念,尤其是改变我人生命运的母校——安康师范学校,简称"安师"。我每天行走在育才路上,亲爱的母校,我一直安静地站在您身边,您一直安静地藏在我心间。

最难忘母校的大礼堂,这是现在所剩无几的老建筑,心里有几分落寞,亦有几分怀念,这是每天都要路过的地方。大礼堂的一楼是餐厅,一块钱的早餐和晚餐,大多数都是馒头、花卷和酸菜面片,两块钱的午餐,每天都是米饭和四素两荤。二楼就是真正的大礼堂,学校的各种大型活动都在这里举行。三年时光,在大礼堂的舞台上,我代表班级参加过五次演讲赛,和同班同学参加了每年秋季的歌咏比赛。在这里,我们聆听了多场学术报告,欣赏了每年学生自编自演的新年晚会,难忘一年一度的毕业班级、毕业典礼,欢笑与眼泪,憧憬与回味,在这里激荡。

最最难忘母校的图书馆和阅览室,这是农村学生汲取知识的天堂,也是我们度过孤独时光的最好港湾。书籍是人类最好的精神食粮,我们每天在这里阅读各种书籍,学会以理性的方式认识世界,学会用科学的方法分析问题,从书本里认识社会,认识自然,认识人性。

三层楼的图书馆,一楼是借阅图书的地方,二楼和三楼是阅览室,每天在这里读书,就这样爱上了读书,爱上了文学。这里的文学作品无穷无尽,每天的阅读帮助我们认识复杂的世界,懂得了经典文学作品总是默默发挥着它的教化作用,理解了历朝历代的统治阶级都是利用文学的这一功能对劳动人民进行思想统治。千百年来,"诗,可以兴,可以观,可以群,可以怨。迩之事父,远之事君,又多识于鸟兽草木之名"。最是难忘手抄《诗经》的美好,一边抄写一边背诵,吸吮着古典诗词中散发的馨香。阅读《论语》,懂得了中国儒家文化的"仁义",几千年来根深蒂固地浸润着中华儿女。背诵唐诗、宋词、元曲,在古典文学里吸吮精华，可以更加诗意地栖居于现代文明之中，人类在文学作品中潜移默化地受到熏陶和感染。

人总是在阅读中丰腴，阅览室让我们把孤独岁月凝聚成青春最可贵的记忆。在文学的世界里，享受教育的绿色通道。在这里行走，懂得了世界文学作品始终散发着民主、自由、友善、平等的火光，照亮着世界，教化着人类。无数著名作家用敏锐的双眼，刺穿浓重的黑雾迷障，透彻地洞察到"人类丛林原则的新动向"，将文学作品化为燃烧的火炬。徜徉在世界文学花圃里，从《战争与和平》里读懂了人类要远离战争追求和平，从雨果的《悲惨世界》里读懂了人类善良有爱，从托尔斯泰的《复活》里读懂了人类的平等和友善。文学作品总是滋养稚嫩的我们，让我们快速成长，帮助我们养成独立思考的习惯，学会用行动来救赎灵魂。

人总是在阅读中逐渐向善。在阅览室读书，仿佛找到了一扇窗，一扇通向文明和高尚的窗户。每天阅读优秀文学作品，不经意间提升了审美境界，潜移默化地向美向善。正如歌德所言："优秀的作品无论你怎么去探测它，都是探不到底的。"茶余饭后，文学是我们谈论的主题。我们在阅读文学作品中学会思考，学会鉴赏，提高了道德的透明度和纯洁度，净化了灵魂。

怀念母校，更加怀念母校的图书馆，陪伴我们走过青葱岁月，引领我们健康成长，留下诸多美好记忆。终身铭记"学高为师、身正为范"的校训，永远鞭策我们坚持学习，永无止境，学高方能为师。

离开母校的日子里，最大的感慨就是青春远去，最大的收获就是我们不曾浪费。岁月静好，母校一直安静地在我心中校正航向，而我一直安静地站在母校身边，把您守望！

2020 年 3 月 18 日

坚持读就好

有人说：书籍是人类最好的营养品。有书读真好！

晨起或黑夜，每天总会在某个时候捧起书本阅读，沉浸其中，吸吮营养。这是很多人喜欢的方式，只是每个人读书的目的和意义有所不同。

近日忙碌于网课学习的女儿，这段时间很少读书。今天偶然读到她写的关于读书的随笔，颇有感触，发现她小小年纪对读书的意义有着别样的理解。摘录如下：

读书不是为了雄辩和驳斥，也不是为了轻信和盲从，而是为了思考和权衡。

——培根

看了罗翔老师在直播里说的一段对于读书的思考，我觉得很深刻，产生了共鸣。事实好像就是我，因求知而读书，但是当我读书越来越多时，我越来越发现自己的无知。当然很多人读书都带有目的性，但其实在过程中知识就像一个圈，越探索，接触到更多无边际的空白。在不断的阅读中，才能接受理性的有限。而当我们接受理性的有限，就会拥抱现实主义的人性化，才能拒绝种种乌托邦的诱惑。

人的时间是有限的，而世界上的信息是无限的。人不可能体验到世界上所有的信息，不同的信息构建了不同的人生，让不同的人有了不同的人生方向。接触到新词汇"降智打击"，总有种把一个人的内在涵养变成了大数据下可以用来比较、炫耀或拉踩的标志词。

我其实感觉自己活得挺糊涂的，但过程也算不好不坏。学着认识论里所写的内容，真知和谬论是相悖的，世界上有对与错，但我有时很难判断。我其实很怕自己变成那种不知自己知识边界的人，变成不踏实、步履不稳的人。语言被说出的那一刻就不受自己的控制了，不是肯定沉默一定是金，只是观摩了数字军团和不受控制的某些群体，越发觉得为了建立一个思维体系，要让自己在不便言论或众多言论中保持清醒，不要为自己的无知辩护，也不要先入为主带有戾气。还是苏格拉底说的："承认自己的无知，乃是开启智慧的大门。"我们基于无知而读书，但好像越读越发现自己无知。大话我讲不出来，至少读书能够让我清醒点，少做白日梦。

我妈总说我是一个幸运的人，她想让我活得糊涂一点，她可以做我的依靠。但我还是想心里清楚点，可以活得糊涂点。有个不恰当的比喻，在我脑海里突然闪现，心里像一篇中规中矩的全文翻译，活得像是我自己的跛脚翻译，少花点时间去反问自己："为什么纵容我的人是我，紧逼我的人还是我？"乱七八糟，胡思乱想，写不出一道题，想歪一篇又一篇文章主旨，不如少说废话，多睡会儿觉。

胡适老师说："怕什么真理无穷，进一寸有一寸的欢喜。"

季羡林老师说："脑袋里乱七八糟的满是作文的题目，但是却一篇也写不出来，今天只想作一篇《自咒》。"

卑微如我说："亲爱的江苏卷，对不起，我瞎写了这么多琐碎的话，也想不出昨儿写了些什么给你，思维枯竭了……"

人，不用盲目地崇拜任何权威，因为你总能在书里找到相反的权威。

书，坚持读就好！

坚持读就好！我很喜欢，很多人都喜欢！

坚持读书不需要太多的理由。

为了思考和权衡，为了在迷茫时找到前行的灯盏，为了压抑时找到释然的出口，犹豫时找到不轻信和盲从的理由……这都算是理由的理由。

坚持读书就是丰腴自我，找到正确的路去走，不管是否有人走过，都能在正确的路上留下行走的脚印和奋斗的痕迹。

坚持读书可以过滤思想，不是人云亦云，不是你唱我和，不是鹦鹉学舌。读过的书，总会在人生的某个时候为你带来光泽，但不是带着功利色彩，功利性读书只是暂时的鲜亮，就像肥皂泡，光泽会瞬间消失。

坚持读书总是能带来好运。当然这不是必然关系，而是因果关系。很多读书人，都邂逅了好运气，这是读书的附带品，不用怀疑。

坚持读书是涵养心灵的保鲜剂。无关年月和季节，每天读几页文字，享受读书的过程，让风尘岁月在读书中留下美好的记忆，让心灵在读书中永远洁净，让思想在读书中沉潜。

坚持读书是最高的境界。不管忙碌与清闲，坚持读就好！

2020年3月19日

开学在即,老师如何帮学生快速转换频道

经历了这个太太太长的寒假,经历了线上教与学的煎熬与疲惫,老师和中小学生终于等到了开学的通知,兴奋之情真是难以言表。

开学在即,老师不免会有新的担心,学生能否快速转换频道适应线下教学呢?我想答案是肯定的,不过这需要老师的努力、时间的磨砺和智慧的考量。

第一,老师要关心学生健康,每天像医生一样做好晨检午查,按时按要求进行卫生消毒。学校是人员密集场所,老师要把学生的健康状况放在第一位。教室是学生校园学习生活最主要的场所,每天做好开窗通风,做好教室内外的卫生清扫和消毒,把握好人与人之间的距离间隔,为学生提供干净清洁的学习环境。

第二,老师要打通学生心脉,鼓励他们像农民伯伯一样精心耕耘,安心学习。学生的求知生涯,就像农民伯伯种地一样辛苦,不用心,辛苦也白费。老师要当好指导员,教会学生学习方法、观察技能、了解"种子"的生长规律,避免急功近利。校园是肥沃的土壤,知识是老师播下的种子,需要学生用心管理,到收获的季节,才能五谷丰登。不仅要做到"晨兴理荒秽,带月荷锄归",还要小心翼翼地呵护,遇见风雨,挺身而出,全心投入,才能种出最好的"庄稼",才能收获农人最大的幸福。

第三,老师要疏通学生淤积的情绪,像心理咨询师一样主动靠近他们,亲切倾听。分别长达三月之久,师生之间自然而然地会陌生和疏远,学生在线上学习产生的焦虑、困惑和烦躁等各种情绪,在家里长时间与父母碰撞的委屈与忧郁等消极情绪,都像垃圾一样淤积在学生幼小的心灵里。现在,老师与学生的现实距离近了,就要想尽一切办法及时拉近与学生的心理距离,疏通学生线上学习的各种负面情绪。学生心无旁骛,才能全神贯注地投入学习中,才会达到预期的学习效果。

第四,老师要帮助学生查漏补缺,像修理师一样火眼金睛,小心翼翼。开学初期,老师不要急于求成,一定要放慢脚步,及时查找学生线上学习的疑惑和滞

留的问题，做好答疑解惑，确保知识不断线。线上学习大部分学生有家长督促，知识掌握较好，而少部分家长忙于工作而疏于监督，个别孩子也会养成不良的学习习惯，甚至个别学生偷着玩游戏上瘾了，老师还要给予更多关注。教书育人，唯有精心服务，才有累累硕果。

第五，老师要鼓励学生思考，精心设计问题，激发学生表达欲望，让课堂活起来。线上教学最大的弊端就是老师习惯了自问自答，学生习惯了不用动脑，坐等答案，忙着抄笔记，或多或少地养成了不思考、不表达的坏习惯。最好的教育模式，就是师生互动，思维同步，你问我答，你考我会。老师要及时调整学生线上学习思维僵化的现状，努力成为打开学生思维的那一把金钥匙。

第六，老师还要有足够的耐心和爱心，转变学生线上学习时"小嘴巴不张、小动作不断"的懒散习惯。因为这次开学很特殊，学生可能不愿意回答问题，前期的网课学习影响到了学生的表达欲望，上课老师要多启发、多鼓励，少安毋躁。同时，学生线上学习小手随意玩笔或橡皮的习惯有增无减，也需要老师多一点儿关注和耐心，巧妙地引导学生把注意力集中到学习上。

期盼的开学终于到来了，亲爱的老师们又要开始新的教学模式。久违的课堂，需要您的智慧去尽情驰骋。及时帮助学生转换频道，老师首先要从自我做起。您的热情会换来学生的微笑，您的爱心会换来学生的健康，您的细心会赢得学生的进步，您的耐心会赢得家长的支持。

鲁迅说："教育植根于爱。"愿所有老师一起努力，用爱和智慧为学生的成长保驾护航，当好学生健康成长的摆渡人。

2020 年 3 月 20 日

点一盏灯，照亮前路

无论身居何处，每个人都需要点一盏灯照亮前行的路。

对于出生在大山深处的那些穷孩子，有饭吃是最大的心愿，有书读是最奢侈的幻想。

我的爸爸是半个文盲，仅仅读了三年书就辍学在家，辛苦而灰暗的成长经历早早地教会他"读书才能改变命运"，这是他几十年来坚守的真理。两三岁开始教我认字，四五岁就送我进学校，六七岁就可以独立阅读，我真算得上比较幸运的那一个。

记忆里，我的阅读是从《安康日报》开始的。爸爸每年订阅《安康日报》，一则方便他了解安康的各种信息，二则可以供我们阅读。20世纪80年代的《安康日报》是袖珍版，版面精致，文章短小，很符合我们的阅读喜好。几乎两分钟可读完一篇，省时省力。我喜欢朗读，爸爸喜欢默读，读完后偶尔交流，也常因此而加深对文章的理解。

1994年，正值读初中，在语文老师兼班主任郑运彪老师的鼓励下，开始尝试把作文投给《安康日报》。一次次杳无音信，我失望过。郑老师一次次鼓励我，我又继续投稿。就在那年，《安康日报》刊发了我的作品《青春》。青春之灯就这样被点燃了！

1995年8月，安康的洪水发狂过后，烈日又接着发狂。孤独和焦虑是中考过后等待成绩最难以消遣的情绪，巴掌大的小方桌和一叠厚厚的方格信签纸就是我每天苦心经营的沃土，每天写一篇作文就是宣泄的最好方式。

就是这个8月的某一天，我一个人在家看门。谁曾想到，一辆吉普车突然停到我家门口。我连忙跑出去，两位帅气的叔叔下车了。

"小姑娘，我们的车开锅了，方便给加点凉水吗？"

"当然可以呀。"话音刚落，我转身走进厨房，从水缸里舀出满满一桶水，吃力地拎着往外走。两位叔叔见状，立即接过水桶，拎到车旁边，打开引擎盖，倒进水箱里。

"小姑娘，车太热了，还要一桶水降温。"

"好嘞。"说完我就伸手去提水桶。

"我们自己来吧！"这声音多么铿锵有力。

他们给车加满水，我招呼他们在家里歇会儿。赶紧泡茶，洗李子和葡萄（家里仅有的可以待客的美食），端出来招呼他们吃。而这空隙时间，他们正在看我书桌上的作文。

"这都是你写的？"

"是的，写得不好。"

"挺好的，我们拿去看看。"谁曾想到，这个假期的小作文后来纷纷刊发到《安康日报》了，我知道这一定是两位叔叔的"美好馈赠"。就这样与《安康日报》仿佛有了终生的约定，订阅，拜读，投稿，收藏，憧憬，收获。

纵然时光流泻，一晃就是多年，青春早已褪色，而我与《安康日报》的情愫与日俱增，至今都一直订阅《安康日报》，从未间断。只是多年后，当我有机会再见到那两位叔叔时，才恍然大悟，原来他们就是《安康日报》社的胡弗老师和陈敏老师，那种感激和敬佩之情是很难用语言来描述的。

少年时代，阅读《安康日报》，不经意间就播下了一粒文学的种子，顺着成长的曲线，在青春的沃土上默默生根发芽。那些稚拙的文字，得益于恩师的潜心鼓励和倾心帮助，随着年轮的磨砺逐渐好转，写作的思路也愈加广阔。从个人的小确幸到对文学和艺术的探究，从教育叙事到对教育事业的思考，从家庭的变化到对乡村生活的展望，都是我写作最爱的范围。

如果说文学是一盏明灯，那《安康日报》就是最亮的那一盏，照亮了我前行的路。工作之余，那些偶尔发表在《安康日报》的零零碎碎的文字，带给我生活诸多的幸运，亦带给我工作环境的改变，还带给我精神的愉悦与满足，并让我永久地爱上了文学。

《安康日报》伴我成长，尤其难忘成长路上对恩师情感的表达。2000年《师生缘》刊发在《安康日报》，那是对数学老师最真的感激；2001年《生命的价值》刊发在《安康日报》，那是对因病而去的恩师最好的缅怀；2003年《教育因爱而美丽》刊发在《安康日报》，那是对中国十四大代表、乡村女教师锁捍东老师的敬仰；2020年《开学在即，老师如何帮学生快速转换频道》刊发在《安康日报》，那是一线老师对学生满满的爱，更是疫情之后对线下教育的思考……

每一篇文章的刊发，都饱含着《安康日报》社编辑老师对我的帮助和厚爱，特别感谢写作路上报社恩师对我的倾心挽扶，感谢你们精心为那些稚嫩的文字着色添彩。最是难忘 2019 年写的采风散文《树》，得到报社主编刘云老师的精心修改后刊发到《安康日报》，并推荐刊发到《中国文化报》，着实让我感动。报社很多编辑老师都是这样精心搀扶我，并鼓励我坚守写作的初心，胡弗老师鼓励我写作贵在坚持不懈，陈敏老师教会我写作要有思想和格局，吴昌勇老师教会我构思要视角独特，梁真鹏老师教会我文字要真情感人，李小洛老师教会我散文要有诗意和美感，陈曦老师教会我随笔要有时代感和生活味……

写作之于人生，真的犹如庄稼之于大地。庄稼是土地的希望，文学是人生最亮的一盏明灯。庄稼需要农民伯伯辛勤地播种耕耘，写作同样也要春耕夏作才能秋收。从处女作《青春》开始，文字在日积月累与反复咀嚼中从量变到质变，至今已有数百篇文章发表，从《安康日报》到《中国文化报》《作家报》《教师报》《延河》《散文选刊》《陕西教育》等，还出版了《清水文字》《汉水瑶》等散文集，于 2018 年 6 月加入中国作家协会，文学成为我人生路上最美的精神背景墙。

诚然，天赋可以决定我们能走上一条什么样的路，但老师的搀扶和自我的努力，将决定我们可以走多远。从"青春飞扬"的学生到"青春澎湃"的教师，从业余的写作者到培养学生写作兴趣和技巧的引路人，这一切变化得益于《安康日报》的一路相伴，报社恩师们的一路搀扶，如一盏最亮的明灯，照亮了我前行的路，激励我努力穿越三尺讲台的"结界"，有勇气去探索生命的极限。

2020 年 3 月 21 日

后记

每个人都想长成一棵大树，长成一棵会开花的大树。

当我们来到这个世界上，根就深深地扎进了大地，大地的乳汁浸润着生命的芽，芽儿就在暖暖阳光给予的热量和能量里长大，期待着明天，或明天的明天，可以开花，可以结果。

花苞的孕育过程着实不易。风雨无常，我们笑过，哭过，失望过，埋怨过。雨过天晴，我们不得不捡拾破碎的希望拼接成花儿的模样，不得不把潮湿的晶体放在跳跃的阳光下晾晒，把风干的眼泪包裹在坚强的外衣里，把那些想说和不想说的秘密都封存起来，化作成长的勇气。

春天，树枝上有了一片片新叶，绿绿的，亮闪闪的，一点点地向四周蔓延。树枝是叶子坚强的后盾，可以容下宇宙万物的过去和未来，可以容下树的喜怒哀乐，可以容下环境的酸甜苦辣。叶子吸吮着浓郁的情感、阳光的温暖、生活的激情，为逐渐长大的花苞积蓄力量。

夏天，流逝的岁月编织了花儿成长的经纬，收藏情绪的秘密沉淀成星星点点的色彩，在斑驳陆离的阳光下开始绽放。

每个生命都有一个开花的梦想，渴望有人欣赏。山川之美，峡谷之幽，花草树木之盛，虫鱼鸟兽之乐，各有春秋。梦想使然，即使处在寒冷的冬季，等到阳光朗照的日子也会生机盎然。聆听它们黎明时欢乐的歌谣，深夜借着朦胧的月光，顶着清晰的思绪，用文字为它们低吟浅唱，堆积在一起就有了《花势》。

花，植物最耀眼的器官，有花才有果。势，长势，姿态丰盈才能精彩绽放。生活在秦巴山间，它们以汉水为食，以大地为根，以阳光为床，迎风招展。花期是你的长度，花季是你的宽度，花香是你的魅力，花势是你的涵养。

因为汉水浸润，大地滋养，阳光抚慰，树根陪伴，绿叶呵护，所有爱的馈赠才让你尽情舞蹈，逐渐涂上最美的色彩。两年时间很短，经过反复打磨，才有了今天的模样。"行走如水、岁月如歌、艺海拾贝、从教印记和春日笔记"是你的五个花枝，一百四十二朵密密麻麻的花瓣在枝头摇曳，把秦巴山间的美一股脑儿汇聚在《花势》里。

2020年的春天是特别的。万物携裹着灵秀，生灵复活了所有能量，终于穿越严寒，让生命的光彩和人性的光辉安然绽放，灵魂的馨香不知不觉弥散到世界的角角落落。

冬已去，春天漫过树的枝叶，花儿已经在夏天呼风唤雨，果实开始寻找栖息的秋天。我采撷了花的棱角，用文字勾勒四季，就这样第三本散文集终于要和大家见面了。由衷感谢一直挽扶我的老师、呵护我的领导、鼓励我的朋友和支持我的亲人，你们的厚爱就是我前行的不竭动力。感谢石老师和王老师一如既往地鞭策我，并为我的散文集作序，让这些文字可以借着花儿的名义在阳光和雨露里飞舞。感谢西南师范大学出版社，感谢本书编辑老师为我朴素的文字着色。为此，借这本书的最后一页，表达我真挚的敬意与谢意！

四季轮回，花开有期亦无期。感谢上帝，给予我这特殊的花季，让这个秋天比春天更幸福……

2020年4月16日